SAINT-GERMAIN

DU MÊME AUTEUR
CHEZ LE MÊME ÉDITEUR

Jeanne de l'Estoille :

1. *La Rose et le Lys*
2. *Le Jugement des loups*
3. *La Fleur d'Amérique*

Orages sur le Nil :

1. *L'Œil de Néfertiti*
2. *Les Masques de Toutankhamon*
3. *Le Triomphe de Seth*

GERALD MESSADIÉ

SAINT-GERMAIN

L'homme qui ne voulait pas mourir

*

LE MASQUE VENU DE NULLE PART

ARCHIPOCHE

Si vous souhaitez recevoir notre catalogue et être tenu au courant de nos publications, envoyez vos nom et adresse, en citant ce livre, aux Éditions Archipoche,
34, rue des Bourdonnais 75001 Paris.
Et, pour le Canada, à
Édipresse Inc., 945, avenue Beaumont,
Montréal, Québec, H3N 1W3.

ISBN 978-2-35287-065-4

À la mémoire de Georges Henein
et de Georges Zézos

PREMIÈRE PARTIE

LE BÉLIER ET LE TAUREAU

(1728-1730)

1

Le page évanoui

Sur les hauts murs entourant le palais, les jasmins embaumaient l'aube. La première note de l'angélus monta dans le ciel de Mexico. Les grandes fleurs jaunes des daturas, accrochées aux treilles des jardins, saluèrent la jeune femme sur les hanches de laquelle se balançaient deux paniers ; elle leur répondit d'un hochement de tête complice, réfrénant un sourire.

Seize ou dix-sept ans, mince, le sein à peine bourgeonnant. Pas une Indienne, à coup sûr, ni une *mestiza* : une pâleur de bon aloi, cernée par l'ébène lustrée des cheveux en chignon, à peine visibles sous le châle, disait l'Européenne. Elle gagna prestement la porte de service, souleva la lourde barre de bois et, l'instant d'après, se retrouva *calle* del Vicerey Albuquerque, déserte à cette heure précoce. L'autre versant de la rue n'était que basses broussailles car personne n'eût osé bâtir en face du palais. Elle longea les murs jusqu'aux premières maisons de la ville et s'engagea du même pas vif dans les dédales des maisons patriciennes.

Marchant toujours en direction du soleil, elle parvint dans les faubourgs. Là, elle avisa une carriole tirée par un âne.

— *Olé !* Où vas-tu ? cria-t-elle au conducteur, un *peón* au visage terreux, descendant des glorieux Mayas, christianisés depuis quelque deux siècles maintenant.

L'ânier s'arrêta et tourna vers elle une face de cuir bruni au regard sombre. Les Blancs ne parlaient jamais aux Indiens que pour les morigéner. Mais la fille était accorte et souriante. Peut-être était-elle folle. Une domestique de Blancs, en tout cas, à en juger par sa mise.

— Tlaxcala, répondit-il, comme un aboiement.

— Deux pesos si je monte sur ta carriole.

Il la regarda comme si elle avait proposé de monter sur lui. Qu'allait faire cette Espagnole à Tlaxcala, un village d'Indiens qui se trouvait à trois heures de route ?

— Tu veux aller à Tlaxcala ? demanda-t-il, incrédule.

— *Dos pesos*, répéta-t-elle.

Il n'en voyait pas autant en trois jours. Il hocha la tête. Elle prit place parmi les paniers vides et puants jonchant la carriole et qui avaient contenu des salades, de la volaille, des quartiers de mouton, Dieu sait quoi !

Malgré le train de tortue de la carriole, ils furent sortis de Mexico à la huitième heure. Ils atteignirent Tlaxcala à midi et la mystérieuse passagère sauta au bas de la carriole, donna les deux *pesos* à l'homme et disparut sur la place du village. Il regarda sa petite croupe se tortiller dans la foule des villageois qui commençaient à remballer leurs étals devant l'église de San Isidro, où les cloches sonnaient à toute volée, en ce lundi 12 juin 1728.

*

Au palais du vice-roi du Mexique, dans les appartements de son hôtesse Doña Concepción de Los Artabazes, comtesse de Miranda, épouse du gouverneur de Lima, des cris retentirent trois heures environ après que la donzelle fut partie sur la carriole de l'Indien.

Doña Concepción se levait d'habitude vers huit heures, sa gouvernante, Doña Ysabel Ruiz, le savait bien depuis quinze ans qu'elle était à son service. Peu avant neuf heures, Doña Ysabel s'étonna de n'avoir entendu sa maîtresse lui réclamer ni son petit déjeuner, ni un broc d'eau chaude pour ses premières ablutions du matin, comme d'habitude. Elle toqua, puis quelques instants plus tard poussa la lourde porte de la chambre à coucher.

Elle vit d'abord, figée d'horreur, le corps de sa maîtresse, nue, étalée sur le lit dans une posture qui passait de loin l'abandon que pouvait s'autoriser une patricienne telle que Doña Concepción. Mais l'expression de la dame était alarmante ; ce n'était pas celle d'un sommeil tardif ; l'excessive pâleur évoquait plutôt un malaise.

— Doña Concepción ? murmura la gouvernante, prise d'un pressentiment affreux.

Elle toucha le bras de sa maîtresse. Mais son attention fut simultanément attirée par un autre spectacle, celui de Fray Ignacio, confesseur personnel de Doña Concepción, également nu, nu comme un ver et gisant sur le plancher, de l'autre côté du lit à colonnes. Son état ne semblait guère plus enviable que celui de la dame. Le désarroi chez la gouvernante se changea en vertige, puis en panique, pimentée de soupçons féroces.

Le confesseur gisait dans du vomi, dont se dégageait une odeur infâme.

Sur une table dans le salon attenant traînaient les restes d'une collation, sans doute tardive. Mais qui l'avait servie ? Certes pas Doña Concepción. Le confesseur ? Douteux. Le page, alors, sans doute. Trois flacons vides de vin d'Espagne, par terre, et un quatrième, sur la table, témoignaient que la soirée avait été arrosée. Il n'y avait cependant là que deux plats. Et trois verres. Quel avait été le troisième convive ? Certes pas le page. Ce n'était qu'un vermisseau, et de surcroît quasiment un domestique.

Le pressentiment de la gouvernante se doubla d'une urgence : il fallait prévenir le vice-roi au plus vite. Mais pouvait-elle laisser Doña Concepción dans cet état ? Ne devait-elle pas lui prêter une apparence plus décente ? Corriger le décor de ce qui, à l'évidence, avait été une orgie ? Mais alors, il faudrait laver et rhabiller le confesseur… Avec l'aide de qui ?

Ce fut alors qu'un râle s'éleva de la gorge de Doña Concepción.

— *Madre de Dios ! Ayúdame !*

Le cœur de la gouvernante battit la chamade.

— Doña Concepción ?

La dame entrouvrit les paupières sur un regard boueux.

— De l'eau…

Doña Ysabel s'élança vers la cruche qu'elle apercevait sur la table, là-bas, quand prise d'un nouveau soupçon elle sortit, s'empara d'une cruche dans sa chambre, de l'autre côté du couloir, et revint faire boire sa maîtresse.

Elle espéra que celle-ci sortirait de sa torpeur et qu'on pourrait enfin disposer du… du corps du confesseur. À moins que ce ne fût déjà un cadavre. Mais Doña Concepción se laissa retomber sur l'oreiller avec un grand soupir et se rendormit après avoir marmonné l'ordre de ne pas être dérangée. Doña Ysabel la couvrit alors des draps et s'efforça de lui donner l'apparence la plus décente possible.

Puis elle courut, éplorée, à travers salles, patios et couloirs, déjà emplis de fonctionnaires de l'administration coloniale, jusqu'à l'aile centrale du palais, pour prévenir le vice-roi. Celui-ci était déjà en audience. Elle lui fit communiquer le message par le premier chambellan, lequel profita d'une pause entre deux requérants pour prévenir son maître. Un conciliabule sourcilleux s'ensuivit, au terme duquel le chambellan lui-même escorta Doña Ysabel aux appartements de la comtesse de Miranda.

Déjà, une domesticité flairant l'incident s'attroupait dans les couloirs. L'arrivée du premier chambellan, personnage magnifique, en redingote de soie grise et jabot de dentelle empesée, la jeta en émoi.

Le chambellan considéra d'abord Doña Ysabel, qui ronflait maintenant comme un sonneur. Puis il contourna le lit et se pencha sur le corps du confesseur ; un beau gaillard quand il était vaillant. Il lui prit le pouls. Précaution superflue car le jeune homme était d'une éloquente lividité.

— Mort, dit le chambellan.

Doña Ysabel poussa un cri d'effroi.

— *Madre de Dios !*

— Je crains que la mère de Notre-Seigneur n'ait pas grand-chose à faire dans ce drame, dit le chambellan en se penchant pour saisir un linge détestablement souillé.

La gouvernante eut un haut-le-cœur et se signa.

Le chambellan ouvrit la porte, donna l'ordre d'apporter une couverture et mobilisa deux gaillards :

— Vous ferez porter le corps de cet homme dans l'antichambre de la chapelle, ordonna-t-il. J'instruirai l'abbé de ce qu'il en est.

Il attendit que cela fût exécuté et se tourna vers Doña Ysabel :

— Vous connaissiez cet homme ?

— Fraile Ignacio ? Il suit... Il suivait la comtesse depuis sept ans.

Le chambellan hocha la tête et, pour s'éloigner des ronflements de la comtesse, alla dans le petit salon où son regard avisa les trois verres sur la table. Il en saisit un, le flaira et le reposa.

— Qui était ici hier soir, outre la comtesse et le confesseur ?

— Je l'ignore, Monseigneur. La comtesse a soupé à sept heures, comme d'habitude, avec Fraile Ignacio, puis elle s'est retirée. Je me suis couchée à neuf heures.

— Mais qui a dressé cette table ?

— Je l'ignore... Peut-être le page.

— Le page ?

— Vicentino.

Le chambellan hocha la tête ; il se rappelait le personnage car la beauté de ce jouvenceau retenait le regard : des yeux immenses et sombres, une bouche purpurine, un teint de lys, des cheveux d'ébène lustrée. Il portait le sac de la comtesse lors de l'arrivée de cette dernière au palais.

— Où est-il ?

— Je ne l'ai pas encore vu, Dieu merci.

Le chambellan alla à la porte :

— Qu'on aille chercher le page Vicentino !

Il arpenta la pièce, les mains derrière le dos.

— Ce page était-il dans l'habitude de boire avec la comtesse ?

Doña Ysabel répondit par un regard effaré.

— Je l'ignore, Monseigneur… Je ne… Je ne crois pas… C'était un page…

Elle fondit en larmes.

On toqua. Le page Vicentino n'était pas dans sa chambre et nul ne savait où il se trouvait. Le chambellan donna l'ordre de le rechercher dans le palais, puis dans tout Mexico.

— Où la comtesse serre-t-elle ses bijoux ? demanda le chambellan.

— Dans un coffret de fer.

— Où se trouve-t-il ?

— Je l'ignore, Monseigneur, répondit Doña Ysabel, d'un regard encore plus épouvanté. À Lima, elle le gardait dans une armoire de fer dont elle seule avait la clé. Ici, je crois qu'elle le cachait sous le lit.

— Sous le lit ?

Le chambellan alla regarder sous le lit de la comtesse, dont les ronflements avaient cédé à une respiration stertoreuse. Rien que le pot.

— Trouvez-moi ce coffret.

Ce nouveau motif d'égarement déclencha en Doña Ysabel une tremblote quasi sénile. À l'exception d'une grande armoire qui ne contenait que deux capes et des coffres de voyage, les appartements mis à la disposition de la comtesse de Miranda étaient meublés de façon spartiate, comme la plupart des demeures coloniales : deux lits, des sièges, des tables, un prie-Dieu devant un petit autel surmonté d'un crucifix. La gouvernante écarta les bras en signe d'impuissance.

— Comment s'appelle ce page ?

— Vicentino de la Fey.

Le chambellan quitta les appartements de la comtesse de façon brusque et de méchante humeur.

*

La comtesse de Miranda ne retrouva une partie de ses esprits que deux jours plus tard. Une partie seulement. Elle fut saisie, le matin, en apercevant le vice-roi en personne et son chambellan au pied du lit.

— Où sont les anges ? demanda-t-elle d'un ton comminatoire.

Un lourd silence suivit la question.

— Il n'y a pas d'anges ici, répondit enfin le vice-roi. Vous avez été souffrante. Nous nous inquiétons pour vos bijoux, comtesse. Où les gardez-vous ?

— Sous le lit, répondit-elle, surprise.

— Ils n'y sont pas.

— Impossible. J'ai la clé sur moi.

Elle mit la main à son cou et chercha visiblement une chaînette. Elle n'y était pas.

— Où est ma clé ? cria-t-elle.

Le vice-roi et le chambellan échangèrent des regards sombres.

— Envolée avec le coffre, apparemment. Et votre page.

— Vicentino ? Impossible. Il est là. Je l'ai vu tout à l'heure.

Elle l'appela d'une voix stridente. L'égarement se peignit dans le regard de Doña Ysabel.

— Où avez-vous caché Vicentino, Monseigneur ? demanda-t-elle d'une voix menaçante.

Le vice-roi la regarda longuement.

— Comtesse, le bateau qui doit vous ramener en Espagne appareille à la fin de la semaine. Vous prendrez la route demain.

— Où est Fray Ignacio ? demanda-t-elle.

— Au ciel, madame. Ou en enfer. Au revoir, madame.

Quand le vice-roi et le chambellan quittèrent la pièce, la comtesse de Miranda s'époumonait à appeler Vicentino et Fray Ignacio.

À la fin de la semaine, le 21 juin, l'esprit décidément aussi amoindri que la fortune, elle embarquait à Veracruz sous la garde de Doña Ysabel à bord du vaisseau de cinquante-deux canons *Espíritu de Gracias*, à destination de Cádiz.

La ravissante jeune fille qui avait quitté le palais, à l'aube du drame, avait déjà débarqué à Mayaimi, port de Floride, après trois jours de voyage sur une caraque grinçant de partout mais encore vaillante, au nom bien mal approprié d'*Estrella del Sur*. Quant au nom de la jeune fille, que lui avait demandé le capitaine du navire, étonné de voir une aussi jolie donzelle voyager seule, elle l'avait donné d'une voix susurrante comme Mercedes de Leal, fille d'un lieutenant de l'armée de Nouvelle-Espagne qui l'envoyait rejoindre sa mère souffrante. Elle produisit même un billet du lieutenant de Leal, priant le capitaine de bien vouloir conduire sa fille à bon port. Elle fut respectée durant tout le voyage.

Le premier jour de juillet, un messager spécial apprenait son infortune au comte de Miranda.

Le choc fut rude : le coffret disparu contenait quinze émeraudes, dont la plus grosse, encore brute, était de la taille d'un poing, plusieurs pierres précieuses de Taprobane, y compris un magnifique rubis, une pierre de lune inouïe, une fortune en perles du Pacifique, dont plusieurs grosses perles noires, quatre cent treize rais portugais et mille deux cent cinquante escudos espagnols…

Le lendemain de cette déplorable nouvelle, le gouverneur comte de Miranda fut trouvé mort dans son lit. Il avait succombé à une hémorragie du cerveau, comme en témoignait le filet de sang, déjà noirci, coagulé sur sa bouche.

L'émotion, à coup sûr.

2

Le cauchemar

Mayaimi puait le moisi. L'étouffante végétation et la nature fangeuse du sol entretenaient de surcroît des légions de moustiques. Cela se devinait dès qu'on posait le pied sur la passerelle descendant au débarcadère.

Avant de s'y engager, Mercedes de Leal embrassa la scène d'un œil rapide. Des Indiens Tekesta grouillaient sur les quais, chargeant et déchargeant les navires sur les ordres de contremaîtres et d'officiers de port espagnols – quelques-uns métis – et, éventuellement, portant les bagages des voyageurs jusqu'aux habitations qui les attendaient.

Elle épia les attitudes des officiers de port ; ils ne semblaient guetter aucun passager en particulier. Elle se fit donc une démarche imperceptiblement primesautière, comme il convient à une jeune fille qui se sait plaisante, et sauta d'un talon coquin sur le quai.

Elle s'adressa à l'un des contremaîtres pour lui demander l'adresse d'une auberge décente. Il la toisa, s'attendrit, se fit gracieux et lui conseilla la Posada del Alcalde, dirigée par son excellente amie Doña Ana, en lui conseillant de se recommander de son nom. Il héla même un Indien et le chargea d'accompagner la demoiselle et de porter ses bagages. Ceux-ci se réduisaient à une petite malle d'osier et une grande sacoche en cuir. La voyageuse refusa toutefois de se séparer de la sacoche.

Ce fut à pied qu'ils traversèrent la ville, si l'on pouvait appeler ainsi un comptoir constitué d'une seule grande rue, bordée de part et d'autre de maisons de bois à grandes vérandas, où gîtaient quelque deux mille administrateurs coloniaux, doublés de marchands, armateurs, menuisiers et filous décidés à s'en mettre plein les poches.

Doña Ana, une matrone flétrie dans les moiteurs des tropiques, étendait du linge à l'arrière de l'auberge. À l'appel de l'Indien, elle arriva, l'air morose, mais s'adoucit au nom du contremaître. Elle esquissa un sourire carié et mielleux, accompagna sa nouvelle cliente à sa chambre et fit monter la malle d'osier par l'Indien.

— On paie d'avance, dit-elle. Quinze maravédis la nuit.

La jeune fille tira une bourse de sa cape et régla avec un sourire la somme demandée. La matrone fut confondue. Voilà une demoiselle de bonnes manières.

— *Señorita*, dit-elle alors, Mayaimi est un port. Les rues, le soir, y sont risquées. Les marins sont saouls et les Indiens fous. Une aussi jolie fille que toi ne ferait pas dix pas qu'elle serait accostée. Inutile de chercher un *bodegón*. Je te servirai moi-même le souper et il est meilleur qu'ailleurs.

Mercedes de Leal acquiesça avec un nouveau sourire.

Demeurée seule, elle verrouilla la porte et s'écroula sur le lit. Tant de jours qu'elle n'avait dormi que d'un œil !

*

Que lui avait-on donc fait absorber ? Comment le corps se transforme-t-il ainsi en bête ?

Son dard labourait le ventre de la comtesse de Miranda, qui geignait de volupté, les seins blets ballottant sur son ventre fripé.

Derrière, le Franciscain de malheur l'empalait.

Des gouttes de sueur tombaient sur ses épaules.

La comtesse gémit.

Fray Ignacio rugit.

Vicentino, oui, lui, se liquéfia, la cervelle et les entrailles meurtries.

On se servait de son corps comme d'un objet. On lui avait volé son corps. Son corps ne pouvait pas s'accoupler avec cette femelle en rut.

Cela faisait plus de deux ans que cette scène se répétait, avec une variante prévisible. Chaque fois que le gouverneur partait en tournée, ce qui était fréquent, le temps que la chienne et son âme damnée se refissent de l'ardeur.

Les bras de Fray Ignacio scellés sur son torse l'étouffaient.

Mais que confessait-il après cela, grand ciel ? Et lui, se confessait-il ?

La bouche rouge, tordue par l'agonie de l'orgasme de Doña Concepción, symétrique de son sexe poignardé.

Jusqu'au jour où le jardinier indien du palais de Lima l'avait surpris admirant les cloches jaunes des daturas.

— *Chico*, trois feuilles macérées dans le vin pendant une nuit et adieu ! Dans les rêves les plus fous !

Et l'Indien avait éclaté de son rire édenté.

— *Adiós, mundo crudel !*

Un rire gênant, obscène.

Trois feuilles.

Ce soir-là, le diable s'était insinué en eux, sans doute à la faveur de cette fausse liberté que procurent les changements de lieux. Ils avaient voulu recommencer. Ils avaient déjà bu chacun un flacon de vin. Il avait proposé de reprendre haleine en s'humectant le gosier de vin d'Andalousie. Il avait rempli les verres, vidant le sien dans le grand vase d'arums.

— Petit ange, tu sèmerais le désordre en enfer même, avait confié Fray Ignacio…

— *Una vez más… La parrillada !*

Vicentino de la Fey s'éveilla dans un spasme, la gorge sèche, l'envie d'uriner, dans une chambre que les premiers moustiques du soir emplissaient déjà de leurs zinzins énervés.

Il s'assit sur le lit, haletant, pissa dans le pot de fer-blanc, puis but une lampée d'eau à la gargoulette et s'examina dans un miroir. La sueur avait lavé le fard qui masquait le duvet sur sa lèvre. Il ouvrit la malle d'osier, achetée à Veracruz en même temps que quelques effets de donzelle pour la remplir ; il contempla le peu de vêtements masculins qu'il avait emportés du palais et enfin tira un rasoir, un bol de savon et se rasa avec une minutie de chirurgien. Puis il se rafraîchit sommairement, tira une blouse ample et longue de linon brodé, dérobée à la fille aînée de Doña Ysabel, la gouvernante. Il la considéra un instant, l'enfila, l'ajusta à la taille par une ceinture de soie, rajusta par-dessous la dague qu'il avait volée dans la chambre de la comtesse et descendit prendre une collation, sans oublier sa cassette, qu'il posa sous sa chaise.

La clef de la cassette, elle, qu'il avait eu garde de ne pas laisser au cou de la comtesse, pendait à son cou. Avec la même chaînette.

L'aubergiste, maternelle, l'installa à une table isolée près d'une fenêtre. Des magnolias se découpaient sur le ciel indigo. Vicentino entamait son repas, une friture accompagnée d'une salade de pommes de terre, quand trois hommes entrèrent, le pas bruyant, le geste floride, et s'attablèrent. Trois Espagnols, que leurs mises désignaient comme commerçants. Ils commandèrent du vin et un vrai souper. Ils parlaient haut.

— ... une rançon de roi ! Le gouverneur en est mort de chagrin ! On ne parle que de cela à Mexico.

Vicentino tendit l'oreille.

— Mais il a eu de la chance : il n'a appris que la moitié de l'histoire. La comtesse, son épouse, le trompait avec son page et son confesseur !

Un rire salace secoua les trois hommes.

— En même temps ?

— Imaginez !

— Et qu'est-elle devenue ?

— Elle est rentrée à Séville. Il paraît qu'elle est devenue à moitié folle.

— Mais le trésor, où est-il passé ? demanda un des convives.

— Mystère ! Évanoui avec le page. Je me suis laissé dire que l'Inquisiteur s'intéresse beaucoup à l'affaire. Je ne sais si c'est à cause des bijoux ou de la mort du confesseur.

Vicentino se sentit pâlir. Heureusement que Doña Ana économisait les chandelles et qu'on n'y voyait pas trop clair. Une bouchée de pomme de terre resta coincée dans son gosier et seule une longue gorgée de vin la fit passer.

— Des bijoux pareils, dit un autre convive, sentencieux, cela se remarque. Le gamin essaiera de les vendre et on l'attrapera alors. Toute la Nouvelle-Espagne doit être informée de la description des bijoux.

De nouveaux commentaires égrillards saluèrent cette prévision.

Le cœur battant, Vicentino se tapota légèrement les lèvres avec un mouchoir de baptiste tiré de son corsage, suscitant une nouvelle fois l'admiration de l'aubergiste pour ces manières fines, puis il paya et remonta dans sa chambre, haletant.

Oui, il avait volé le coffret. Mais la comtesse et son diable de confesseur ne lui avaient-ils pas volé la vie ? Qu'étaient ces bijoux en regard de l'horreur qu'il avait vécue ?

Il haleta.

Toutefois ces bijoux étaient trop importants, il s'en avisait à présent. Ils le mettaient en danger.

Il tâta sa dague. Puis la clé à son cou.

Les dîneurs avaient raison : les autorités de toutes les provinces de la Nouvelle-Espagne possédaient à coup sûr son signalement. Même celles de la Floride. Il devait quitter d'urgence les terres de la Couronne. Mais pour aller où ? Et comment ?

Un cauchemar ne succédait-il jamais qu'à un autre cauchemar ?

3

Les Tekesta

La soirée s'avançait, les bruits de la rue s'estompaient et Vicentino, allongé sur son lit, sombrait dans une torpeur sourde, s'interrogeant sur les moyens de fuir les territoires de la Nouvelle-Espagne quand on frappa à la porte. Son cœur battit de nouveau. Qui ?

— Qui est-ce ? demanda-t-il à travers la porte.

— C'est moi, Doña Ana, l'aubergiste.

Il se refit une contenance plus féminine, se peignit un sourire sur le visage et entrebâilla la porte après l'avoir déverrouillée. Il fut surpris par une brusque poussée de l'aubergiste, qui entra d'un coup, referma la porte et se planta devant, les bras croisés. C'était déjà alarmant. Mais le pis fut son attitude, ironique et muette. Vicentino la considéra, inquiet :

— Que se passe-t-il ? demanda-t-il enfin, d'une voix fluette.

Doña Ana répondit avec un mouvement sec du menton :

— Fini la comédie.

— Je ne comprends pas…

— Fini la comédie ! répéta l'aubergiste, d'un ton autoritaire. Le page qui a volé la cassette du gouverneur de La Paz, c'est toi. Je me disais aussi que c'était singulier, cette jeune fille qui voyageait seule. Et cette ombre sur ta lèvre. Donne-moi la cassette tout de suite ou j'appelle la *guardia civil*.

Évidemment, elle n'avait pas pu résister à la tentation d'un pareil magot. La seule idée de ces joyaux perdus dans la nature avait dû exacerber sa vigilance et son imagination jusqu'aux limites de l'hallucination.

— Mais vous faites erreur, Doña Ana…

Elle ne prêta pas attention à la protestation et parcourut des yeux la pièce, éclairée par deux simples chandelles. Elle cherchait évidemment la cassette. Elle ne la trouverait pas du premier coup, sauf à regarder sous le lit et ouvrir la sacoche.

La plus noire terreur déferla dans les veines de Vicentino. Doña Ana tenterait vraisemblablement de s'emparer de la cassette par la force. Puis elle livrerait son client à la police. S'il ne réagissait pas rapidement, la partie était perdue : sa vie s'arrêterait dans cette chambre d'auberge. La corde l'attendait.

La corde. Il avait déjà vu des pendus, des Indiens punis pour vol. Il se vit le cou distendu, la langue noire. Il faillit hurler. Il porta la main à son cou et trouva la chaînette à laquelle pendait la clé. Sinistre présage : il portait déjà une cordelette au cou… Non, pas cette mort-là ! Pas la mort !

— Où est la cassette ? demanda Doña Ana, avec un rictus qui découvrait ses dents gâtées.

Puis elle avança vers Vicentino, toujours assis sur le lit. Il regarda ce masque soudain convulsé par la cupidité, la peau luisante de sueur grasse et l'œil venimeux. Qu'avait-elle été dans une autre vie ? Une rate ?

— Vous faites vraiment erreur, Doña Ana, répéta-t-il d'une voix étranglée.

L'autre s'impatienta et, le regard mauvais, saisit Vicentino par la blouse. Son haleine empestait l'ail et le vin.

Un vertige fou s'empara de Vicentino. En un tournemain, il tira la dague de son fourreau et, d'un coup désespéré, l'enfonça dans le cœur de Doña Ana. Jusqu'à la garde.

La tenancière roula un regard terrible, relâcha sa prise sur la blouse de Vicentino et ouvrit la bouche pour crier mais aucun son n'en sortit. Puis elle s'écroula dans un râle.

Blême, près de tourner de l'œil, il se pencha sur elle. Une aussi belle dague. Une amie précieuse. Il la retira. Un spasme secoua l'agonisante et un flot de sang sortit de la blessure. Vicentino s'écarta, puis lava la dague avant de la remettre dans le fourreau.

Les minutes comptaient. Comment fuirait-il ? Repasser par l'entrée de l'auberge serait trop risqué. Par la fenêtre, donc. Mais en garçon ou toujours déguisé en fille ? Trop tard, il n'avait plus le temps de se changer. Quelqu'un arriverait avant longtemps, peut-être, s'étonnant de l'absence prolongée de la tenancière. Il referma sa valise d'osier et la jeta par la fenêtre, puis il saisit la sacoche, enjamba le rebord et se laissa tomber.

Le jardin était obscur et désert.

Par où s'enfuir ? Et vers où ?

Il s'éloigna de l'auberge aussi vite et loin qu'il put. Il ne s'arrêta qu'une heure plus tard, pour souffler dans un bosquet sombre, et réfléchir. Quand on découvrirait le cadavre de Doña Ana, on donnerait le signalement de la jeune fille qui avait occupé la chambre où elle avait été assassinée. Vicentino se défit donc de sa jupe, de ses chaussures de femme et de sa blouse, les fourra dans la valise, dont il tira ses culottes de drap gris, sa chemise et son gilet. Une fois rhabillé, il serra la dague sous son gilet, puis enfila ses chaussures de garçon, bien plus commodes pour marcher.

Car il le savait, il allait marcher.

*

Il marcha toute la nuit, comme un damné sous le coup d'une malédiction inconnue, faisant fuir des reptiles, des animaux inconnus qui détalaient dans des froissements de broussailles et des oiseaux de nuit qui s'éloignaient dans des claquements d'ailes et de petits cris. Ces bruits inquiétants le rassuraient pourtant, car ils lui indiquaient qu'il s'éloignait de Mayaimi, centre de tous les dangers. En s'orientant sur les étoiles, il allait vers le nord. Pourquoi le nord ? Il l'ignorait mais c'était là que le menait son instinct.

Le jour se leva sur un lac, une plaine et des clameurs. Exténué, suant, le visage couvert de cadavres d'insectes, Vicentino espérait s'asseoir et souffler quand il entendit une femme pousser des cris stridents. Presque en même temps, il aperçut une forme dériver sur l'eau. Il plissa les yeux. Un enfant, se débattant faiblement, apparaissant et disparaissant dans les vagues que suscitait le vent du matin. Il se vit lui-même dans l'enfant et, lâchant pour la première fois la sacoche, se jeta à l'eau. Dans un sursaut d'énergie, il lutta contre le courant, parvint enfin à l'enfant, le saisit et le souleva hors de l'eau, s'avisant qu'il dérivait lui-même. La petite créature, devinant que c'était sa seule chance de survie, lui agrippa les cheveux. Il la maîtrisa et serra l'enfant du bras gauche, tandis que, battant des jambes et du bras libre, il s'efforçait de regagner la rive. Il se dit soudain qu'il avait présumé de ses forces. Il était épuisé, chaque brasse lui coûtait ses ultimes forces. Il allait perdre deux vies. Mais une chance miraculeuse le jeta sur un haut-fond où il prit pied. Il fit deux pas et s'écroula, tenant toujours l'enfant.

La femme, maintenant suivie par un groupe, était accourue. Elle s'élança dans l'eau et s'empara de l'enfant, en larmes, hoquetant. Des hommes tirèrent Vicentino à terre. Il haleta, sur le dos, les yeux fermés. Puis une torpeur le saisit et, dans un nuage d'images mélangées, le visage de sa mère lui apparut…

Il perdit conscience.

Des voix agitées et encore des cris lui firent entrouvrir les paupières. Des mains le massèrent et le tirèrent sur l'herbe. Un temps infini s'écoula. Des bras le soutinrent, l'assirent, lui firent boire un breuvage violent. Le feu descendit dans ses entrailles. Il toussa. Des hommes, des femmes, des enfants étaient attroupés autour de lui. La mère de l'enfant lui passa la main sur le visage. Il sourit. Dix bras l'étreignirent et l'aidèrent à se remettre debout. Ils titubèrent sur la rive fangeuse.

Soudain une panique étreignit Vicentino. La sacoche ! Il se trouvait à près d'un tiers de lieue de l'endroit où il s'était jeté à l'eau.

Un Indien arriva, tenant la sacoche et la malle d'osier.

Il fondit en larmes.

Ils le ramenèrent à leur campement. L'homme qui lui avait rapporté ses bagages les suivait. Vicentino n'aurait pu soulever une pomme.

Ils le firent entrer sous une tente de peau, l'allongèrent, le dévêtirent et le massèrent de nouveau avec un alcool au parfum âcre.

À bout de forces, il s'endormit.

*

Torse nu, pieds nus, il portait une courte jupe de peau. Un homme lui tendit un bol de soupe. De la soupe de viande, Dieu savait laquelle, vaguement musquée et marquée par un fort goût de sauvagin. Mais elle était chaude et il la but presque d'un trait. Un homme au masque de cuir, du cuir de Cordoue songea Vicentino, était accroupi près de lui, l'observant sans ciller. La mère de l'enfant, elle aussi accroupie, son enfant dans les bras, observait la scène.

Dehors, le soleil dorait le monde d'un or fin et doux. Des hommes se tenaient à l'extérieur de la tente.

« Je suis chez les Tekesta », se dit Vicentino.

Il aperçut la sacoche à portée de bras et fut certain qu'ils n'avaient même pas essayé de l'ouvrir ; d'ailleurs, il en portait toujours la clef au cou. Trois paires d'yeux le vrillaient.

— Tu as sauvé une vie, dit l'homme, dans un espagnol approximatif. Tu en auras deux.

À son autorité naturelle, Vicentino devina que c'était le chef.

« Il ne connaît pas ma véritable arithmétique, songea Vicentino. J'en dois encore une. »

— Je suis le chef de cette tribu, confirma l'homme. Je m'appelle Sismatya. Tu es des nôtres, désormais, si tu le veux, ajouta-t-il avec un sourire.

— Je te remercie. Mais je veux aller au nord, répondit Vicentino. Pouvez-vous m'y aider ?

— Au nord ? répéta le chef, surpris.

Vicentino hocha la tête.

— Comment t'appelles-tu ?

— Vicentino.

— Tchantino, dit Sismatya, tu n'es pas bien chez les tiens ?

Vicentino secoua la tête.

— Si ce ne sont pas les tiens et que tu les crains, tu es en sécurité. Ils ne viennent jamais par ici.

Les Tekesta avaient-ils donc l'expérience d'autres fugitifs ?

— Mais il faut que tu le saches, Tchantino, au nord, ce sont les ennemis des tiens, dit Sismatya d'un ton soucieux.

— Ceux que tu appelles les miens ne le sont pas. Je dois aller au nord. Ma vie en dépend.

Sismatya le dévisagea d'un regard perçant.

— Ta vie ? Ils veulent te tuer ?

Vicentino hocha fortement la tête.

— Quel crime as-tu commis ?

— Ils me prenaient pour un esclave. Je me suis enfui. Ce qui, d'une certaine manière, était vrai.

— Tu veux donc traverser la frontière ?

Vicentino hocha la tête.

— Bien, nous allons souper tout à l'heure et j'en discuterai avec les anciens de notre tribu. Nous ne sommes pas très nombreux mais je ne peux pas décider seul, car pour t'aider à aller au nord, un des nôtres devra t'accompagner. Il y a beaucoup de territoires à traverser. Mais nous t'aiderons.

Il se leva et quitta le tepee. La femme se leva aussi et tendit l'enfant à l'autre homme, dont Vicentino devina que c'était le père. À son tour, celui-ci tendit le garçonnet à Vicentino. Il devait avoir trois ans. Des yeux de jais dans une peau ambrée. Il sourit timidement à l'étranger et tendit la main vers son visage. Pour la première fois depuis longtemps, depuis un temps indéfini, Vicentino sourit aussi. Des larmes lui vinrent. Il le rendit au père, qui posa le garçonnet par terre et ils sortirent tous quatre.

Vicentino vit sa chemise qui palpitait au vent, mise à sécher sur une branche de saule. Ses pantalons. Ses caleçons. Ses bas. Ses chaussures dans l'herbe. Comme une peau vide.

— Le chef te donne aussi cette chemise, dit la femme en tendant le vêtement à Vicentino.

Une chemise de toile brune ornée d'une ceinture de passementerie rouge et blanche.

— Et ceci.

Des mocassins hauts. Il enfila l'une et les autres, surpris, amusé.

— Et ton couteau, dit l'homme en remettant sa dague à Vicentino.

Ils l'avaient entièrement déshabillé pour le réchauffer. Il huma sa peau et reconnut le parfum. Du camphre. Il avait été entièrement à leur merci et ils n'avaient songé qu'à le soigner. Il y réfléchirait plus tard mais se dit tout de suite que ce n'était pas seulement lui qui avait sauvé la vie de l'enfant, mais ce dernier la sienne.

La brise du soir fraîchissait. Elle charriait aussi les odeurs de viande grillée. De gros volatiles cuisaient à la broche sur un grand feu. Des pots de diverses tailles fumaient sur d'autres petits feux. À la nuit tombée, Sismatya fit signe à Vicentino de le rejoindre. Une cinquantaine d'hommes se tenaient en cercle autour du grand feu et quand le chef s'assit, avec Vicentino près de lui, ils s'assirent aussi. Tous les regards étaient tournés vers lui.

Les femmes apportèrent des pots à l'anse étranglée et des gobelets de corne. Sismatya servit son voisin le premier ; c'était un alcool fort, inconnu de Vicentino. Puis il prononça un discours à l'intention de l'audience. Discours bref, dont Vicentino ne comprit évidemment pas un mot, mais qui jeta visiblement les hommes dans une profonde réflexion. À la fin, un autre homme prit la parole. Ses propos furent encore plus courts que ceux du chef. Plusieurs convives opinèrent et les regards se tournèrent cette fois vers un des leurs, comme s'ils attendaient une réponse de lui. C'était un homme d'une trentaine d'années, au masque lisse et dur. Il regarda Vicentino. Puis il parla encore plus brièvement. Le chef hocha la tête. Après un moment, il se tourna vers Vicentino :

— Nous te conduirons hors d'ici, Tchantino. C'est un voyage long. Il te conduira à travers plusieurs territoires. Celui des Ais. Puis celui de Timoucouas, qui est encore plus grand. Puis celui des Hitchits. Puis celui des Cherokees. Et enfin, celui des Youchis. Tu seras alors arrivé à la frontière. C'est un voyage de près d'unc lune. Il te faut un guide qui sache chasser et naviguer. Parce qu'il sera beaucoup plus facile et plus rapide pour vous de remonter les rivières. Ce sera Ketmoo, que voici.

Un homme de vingt-cinq ou vingt-six ans, au visage taillé à la serpe. Vicentino inclina la tête et lui sourit. L'autre sourit aussi.

— Comment naviguerons-nous ? demanda Vicentino.

— Vous emporterez un petit canoë. Tu es bon marcheur, je crois. Cela te sera utile.

Vicentino eut soudain la vision d'un réseau mystérieux qui le conduirait hors de l'enfer, les colonies de la Nouvelle-Espagne. Chez les Anglais.

Les Anglais. Après avoir traversé la Lune, il débarquerait donc sur la planète Mars.

Il n'avait pas le choix.

— Je te remercie, déclara-t-il à Sismatya.

Ils dégustèrent le dindon sauvage. Certains quartiers, les plus blancs, étaient savoureux. Puis les haricots, dans la même soupe qu'on lui avait donné à boire et dont il apprit que c'était du bouillon de ragondin.

4

Une gracieuseté pour l'alligator

Ils partirent le lendemain matin. Sismatya avait conseillé à Vicentino de s'habiller comme un des leurs, pour ne pas attirer l'attention au cas où les deux voyageurs viendraient à rencontrer des Espagnols, et Vicentino se rangea à son avis. La chaleur lui fit d'ailleurs enlever jusqu'à la chemise et il alla torse nu toute la journée, laissant voir pour la première fois la dague attachée à sa ceinture. Il ne portait comme bagage que ses vêtements de garçon roulés dans une couverture, une grande gourde d'eau fraîche et la sacoche contenant la cassette. Ketmoo, son guide, portait son arc, des flèches et, dans un sac au flanc, de l'amadou, des pierres à feu, un poignard et une arme de jet. Sur le dos, un harnais léger en larges lianes retenait un canoë, la plus petite et la plus légère embarcation que Vicentino eût jamais pu imaginer ; fabriquée de peaux cousues ensemble sur une carcasse de nervures en bois dur, à peine plus longue que Ketmoo était grand, on l'eût dite conçue pour des enfants. Une grande pagaie était attachée au côté.

Vicentino se demanda comment deux hommes pourraient y prendre place. Mais il ne savait rien de ce monde et il devinait qu'il eût été malséant de poser des questions à ces gens qui lui sauvaient la vie, même s'ils ignoraient qu'il était guetté par les geôles de Sa Majesté Très Catholique et par la corde au-dessus d'une trappe. Il se garda donc de toute réflexion.

Sur le midi, toutefois, il commença à avoir faim et, dans le milieu de l'après-midi, il avait vidé la moitié de sa gourde d'eau et son estomac le tourmentait. Son guide n'avait-il pas besoin de nourriture ? Quand il avisa toutefois de gros fruits vert sombre, qu'il reconnut pour les avoir vus dans les vergers du Palais à Lima, il s'élança vers eux : des poires d'avocat, dont il cueillit autant que ses mains pouvaient en tenir, cinq.

— Tu as faim ? demanda Ketmoo, d'un ton indifférent.

Vicentino hocha la tête, la bouche pleine de la pulpe beurrée. Peu avant le crépuscule, Ketmoo ralentit son allure et finit par s'arrêter dans une clairière. Vicentino, fourbu, se laissa tomber sur l'herbe et s'allongea sous un grand arbre. Son repos fut bref. Des nuées de moustiques l'assiégèrent. Ketmoo défit le canoë de ses épaules, le posa soigneusement par terre et se mit en demeure de bâtir un feu. Le bois était assez vert et sans doute Ketmoo connaissait-il l'arbre dont il arracha des branches, car celles-ci dégagèrent une fumée épaisse et odorante, qui découragea moustiques et moucherons. Puis il prit son arc et son carquois et regarda alentour. Vicentino suivait chacun de ses mouvements. Ketmoo banda l'arc. Qu'avait-il vu ? La flèche partit comme une riposte, un battement d'ailes affolé suivit et le Tekesta se dirigea d'un pas lent vers sa proie. Un dindon sauvage. Il en retira la flèche, le rapporta à Vicentino, et lui dit :

— Tu plumes et tu vides.

Vicentino, interdit, l'interrogea du regard ; il n'avait l'expérience ni de ceci, ni de cela. Ketmoo s'assit et le regarda opérer, arrachant péniblement plume après plume. Sans doute l'Indien ne fut-il pas convaincu par les opérations de l'apprenti, car au bout d'un moment, il lui prit le volatile des mains, brûla le reste des plumes au feu, trancha la tête, pratiqua d'un geste énergique une grande entaille dans le ventre et vida les viscères en quelques instants. Puis il alla casser d'autres branches, fabriqua deux fourches qu'il planta en terre, de part et d'autre du feu, embrocha le dindon sur une branche presque droite et le mit à rôtir.

— Tu n'as jamais préparé ta nourriture ? demanda-t-il.

— Non.

— Tu dépends donc des autres.

Vicentino retint un sourire devant cette leçon de philosophie élémentaire. Puis Ketmoo reprit son arc, son carquois et s'éloigna. Un long moment plus tard, il revint, portant un autre dindon et une bête qui ressemblait à un gros rat noir.

— Tu fais des provisions ? demanda Vicentino, indiquant du menton l'autre dindon et le ragondin.

— Pas pour nous, répondit énigmatiquement Ketmoo.

Vicentino n'osa pas poser d'autres questions.

Le dindon grésillait depuis quelque temps quand Ketmoo le retira du feu, coupa une tranche et la dégusta, la moue questionneuse, comme un maître de broches qui tâte un rôti dans les cuisines d'un grand d'Espagne.

— Il sera prêt dans un moment, dit-il, contemplant le paysage alentour.

C'était donc l'homme auquel Vicentino avait confié sa vie. Dans l'émotion des deux fuites successives, du sauvetage du petit Indien, de sa propre réanimation, il avait absorbé les événements tout crus, sans y réfléchir. D'un coup, il mesura à quel point il était sans défense. Un dindon sous les flèches de Doña Concepción de Los Artabazes, comtesse de Miranda, de Fray Ignacio, de l'aubergiste Doña Ana, et même de ceux qui lui voulaient du bien, Sismatya et maintenant Ketmoo.

Le soleil se coucha, l'indigo céleste vira au noir, la nuit s'emplit de cris d'oiseaux, de chuintements, de frémissements de feuillages.

— Dors d'abord, dit Ketmoo, je veillerai. Puis ce sera ton tour.

Mille craintes bourdonnèrent dans l'esprit de Vicentino. Dormir ? Il serait plus vulnérable que jamais et même s'il y avait un duel entre les deux hommes et qu'il en sortait vainqueur, il ne retrouverait jamais son chemin hors de ces forêts. Peut-être, à l'hésitation de son compagnon, l'Indien devina-t-il ses doutes.

— Je suis ton gardien, Tchantino, dit-il avec un sourire un peu triste.

Craignant de paraître de mauvaise grâce, Vicentino déroula sa couverture et s'y enroula, puis s'allongea la tête sur son sac. Un fatalisme le prit. L'instant d'après, il s'endormit.

Une main sur son épaule l'éveilla.

— C'est ton tour.

Vicentino s'assit. Ketmoo avait ranimé le feu.

— Il ne viendra pas de bêtes. Le feu les tient en respect. Mais d'autres voyageurs pourraient emprunter ce chemin. Pas des Espagnols. Des nôtres. Il vaudra mieux que ce soit moi qui leur parle. Dans ce cas, réveille-moi.

Vicentino guetta donc. Il écouta les bruits étranges. Les branches qui craquaient. Les sifflements, les couinements, les grésillements, les claquements d'ailes soudains, puis ces cris stridents qui fusaient parfois, hystériques, comme ceux de démons frustrés.

Il ouvrit la sacoche et vérifia que la cassette s'y trouvait toujours. Il ne l'avait ouverte qu'une seule fois. Peut-être était-il l'homme le plus riche du monde mais, pour le moment, il n'était qu'un garçon perdu dans des forêts sans fin et ne sachant rien de son lendemain.

Il se massa les pieds. Il n'avait jamais tant marché.

Il se demanda quand ils se serviraient du canoë. S'en serviraient-ils d'ailleurs ? Puis il mangea l'avocat qui lui restait, découpant des tranches dans ce fruit savonneux.

*

Il vérifia le lendemain l'utilité du canoë, quand ils abordèrent les bayous, marécages coupés de forêts qui plongeaient dans l'eau des centaines de racines adventices, comme si, ayant atteint la lumière et le ciel, ils éprouvaient la nostalgie de la terre et de l'eau, et qui semblaient se voiler de rideaux de lianes. Le soleil était haut quand Ketmoo mit le canoë à l'eau et s'y installa en tailleur, l'arc entre les orteils, le carquois, le sac, le dindon non plumé et le ragondin de la veille devant lui, puis il fit signe à Vicentino de prendre place derrière lui. Pieds nus et plein d'appréhension, celui-ci s'exécuta, craignant à chaque moment de faire chavirer l'esquif sous son poids. Mais quand les deux hommes se furent embarqués, il restait encore une longue main de profondeur entre le bordage de l'embarcation et la surface de l'eau. Sur un coup de pagaie, le canoë avança, ridant l'eau verte qu'effleuraient des essaims d'insectes transparents.

Ils naviguèrent ainsi des heures, tantôt suivant des rivières et tantôt s'engageant sur des étendues d'eaux glauques bordées de massifs d'arbres mystérieux.

— Pas d'Espagnols ici, déclara Ketmoo. Seulement des animaux.

Un peu plus tard, il s'arrêta de pagayer, le regard fixé sur l'eau. Vicentino suivit le regard, crut d'abord qu'une branche cassée dérivait dans leur direction, puis son cœur s'emballa : un alligator ! Un cri lui échappa. Mais Ketmoo demeurait calme. Il saisit le cadavre du ragondin près de lui et, d'un geste ample, le balança dans la direction du fauve aquatique. La proie tomba en arrière du grand reptile, qui s'arrêta, leva une tête en forme de grand bec, puis fonça vers le cadeau avec une rapidité saisissante, le happa, plongea sous l'eau et disparut.

— Voilà, il ne nous dérangera plus, dit Ketmoo, qui reprit son pagayage sans autre trace d'émotion.

Vicentino comprit l'usage de ces provisions.

Au crépuscule, il aborda la berge d'une rivière qui ouvrait sur une clairière. Vicentino descendit le premier et, tandis qu'il gravissait la berge, il fut glacé de terreur. Un animal venait de sauter d'une branche basse voisine vers une autre, encore plus proche. Un puma. Vicentino poussa un cri étouffé. Mais Ketmoo aussi avait vu la bête. Il la regarda sans broncher et tandis que le fauve arquait le dos pour bondir, il lui jeta le dindon conservé pour cet effet. Une fois de plus, le stratagème fut efficace : le puma tourna un œil méfiant vers Vicentino, puis fondit sur le volatile, l'emporta dans sa gueule et disparut dans les taillis.

Vicentino tremblait d'émotion rétrospective. Ketmoo sortit du canoë en riant et lui entoura les épaules du bras.

— Eux aussi ont faim, dit-il. Il suffit de prévoir des cadeaux, cela évite de les tuer pour rien. Il faudra refaire des provisions.

*

Au bout de quelques jours de bayous et de plaines, Vicentino avait épousé l'esprit de ces territoires inconnus. Il avait appris à faire du feu comme Ketmoo, à plumer et accommoder des dindons sauvages et d'autres volailles volantes, il savait interpréter les bruits de la nuit. Le soleil l'avait hâlé et avec ses cheveux d'ébène serrés par un bandeau et ses yeux noirs, on l'aurait plus volontiers pris pour un sang-mêlé ou un quarteron que pour un Blanc.

Ce fut d'ailleurs le cas quand ils rencontrèrent les premiers Ais. Après des palabres auxquelles Vicentino ne compris évidemment rien, un homme d'un certain âge vint le dévisager, lui parla dans sa langue et comme Vicentino écarquillait les yeux, l'homme secoua la tête.

— Il dit que tu es un Tekesta et que tu ne le sais pas, expliqua Ketmoo en riant.

Ne connaissant pas les territoires qu'ils allaient traverser, Ketmoo se fit indiquer les itinéraires les plus sûrs, c'est-à-dire les plus éloignés des villes. Comme il y avait des bourgades espagnoles sur les rivières Kissimee et Wewahotee, ils les longèrent de nuit. Ils ne virent d'Espagnols que des escouades de militaires qui soulevaient la poussière des chemins et parfois une chaise de poste qui fonçait dans des cahots sur une grand-route. Mais ils virent plus souvent des esclaves noirs qui allaient quasi nus dans les plantations de canne à sucre et de coton.

Tant de jours et de nuits passés à peu près dans leurs seules compagnies avaient créé une intimité entre les deux jeunes gens.

— Tu étais comme eux ? demanda Ketmoo, un après-midi où ils longeaient une rivière sinueuse, sous une voûte basse de branches.

— D'une autre manière, répondit Vicentino, assis derrière lui.

— C'est bien ce que je pensais.

— Pourquoi ?

— Tes mains et tes pieds sont trop fins. Et tu as tué pour ta liberté ?

Vicentino, stupéfait, ne répondit pas.

— Chez nous, le déshonneur aurait été de ne pas tuer, reprit Ketmoo.

La réflexion laissa Vicentino songeur. L'Indien était donc sûr d'un meurtre. Au moins un.

— C'est de l'argent que tu as dans la cassette ?

— Oui.

— Bien. Ils te le devaient.

Même quand ils se furent installés pour la nuit, Vicentino ne cessa de penser à ces réflexions. Depuis combien de temps Ketmoo se doutait-il des raisons véritables de la fuite de son compagnon ? Et les siens, là-bas, s'en étaient-ils aussi doutés ?

Une fois de plus, ils changèrent de territoire ; ils parvenaient maintenant dans celui des Timoucouas et la même scène se reproduisit. Vicentino eût voulu consulter un miroir pour juger de sa métamorphose. Enfin ils atteignirent le pays des Hitchits. Encore des forêts. Vicentino n'en avait jamais imaginé autant, ni si profondes.

— Nous arriverons bientôt au terme de ton voyage, dit un jour Ketmoo. Nous sommes chez les Cherokees.

Là, ils furent invités à partager un repas, générosité qui devait autant à la curiosité à l'égard du faux Indien qu'était Tchantino qu'à l'hospitalité des Cherokees.

Pendant le souper – n'existait-il pas au monde d'autre nourriture que le dindon sauvage et le ragondin ? –, le regard du Cherokee assis près de Vicentino se fixa soudain sur la cuisse de celui-ci. Il s'immobilisa. Des propos incompréhensibles s'échangèrent sur un ton d'urgence. Le chef de la tribu donna un ordre bref. Vicentino sentit un contact inconnu sur sa cuisse et baissa aussi les yeux, puis se figea d'effroi. Un grand serpent s'était lové là et remuait à peine.

— Ne bouge pas, ordonna Ketmoo d'une voix pressante.

Vicentino pencha la tête vers le reptile et celui-ci leva la sienne. Puis il se détacha de la cuisse de l'humain et s'en fut tranquillement dans l'herbe. Le cœur de Vicentino battait à se rompre.

— Tchantino, dit le chef dans un espagnol primitif, chez nous c'est un signe. Tu es protégé par les dieux.

Il regarda longuement Vicentino :

— Tu vivras longtemps. Si longtemps qu'on dira que tu as fait peur à la mort.

Puis il lui tendit un gobelet contenant une boisson âpre.

— Bois pour que le signe se réalise.

Vicentino obtempéra.

*

Quatre jours plus tard, ils avaient traversé le territoire des Youchis. Deux guides d'entre ceux-ci les menèrent à la frontière de la Floride avec la Géorgie.

— Va vers l'est, tu trouveras rapidement un village anglais.

Lui et Ketmoo s'étreignirent. Vicentino avait les yeux mouillés. Ce Tekesta avait lavé les horreurs qui lui collaient à la peau depuis tant de mois, depuis toujours semblait-il. Vicentino s'avisa soudain que ces odeurs d'herbe froissée, d'eau et de poussière, ces senteurs d'arbres musqués et de fleurs sauvages avaient agi comme un baume sur ses brûlures invisibles.

— Remercie le chef pour moi, dit-il. Toi et lui resterez dans mon cœur pour toujours.

Ketmoo hocha la tête.

— Va, dit-il.

Vicentino soupira et partit dans la direction opposée, son ballot accroché au cou, la sacoche au bout du bras. Il marcha un long moment, dans des prairies, songeant qu'il ne tarderait plus à gagner la province la plus méridionale des colonies de la couronne britannique, s'il n'y était déjà.

Au bout d'une heure, il distingua, en effet, un clocher et des toits d'ardoise. Il s'arrêta, changea de mise et remit ses vêtements de Blanc. Ils étaient passablement défraîchis et ses chaussures avaient rétréci.

Mais il était hors de portée de l'Inquisition, de la police de la Nouvelle-Espagne, des sbires du gouverneur de Lima.

De son passé.

5

Le fils du pirate

Il ne connaissait pas le nom du village. Il ne parlait pas un mot d'anglais. Il mourait de faim.

Il dépendrait donc, une fois de plus, de la compassion et des soupçons. Et de son imagination. Car il fallait une bonne histoire pour justifier la présence d'un garçon échappé de la Nouvelle-Espagne dans les colonies ennemies anglaises. Il ne connaissait que deux noms anglais, Drake et London. Sir Francis Drake, le pirate mort depuis plus de trente ans, qui avait représenté le diable pour les Espagnols et nourrissait encore bien des récits de violence au palais du gouverneur, et London, la grande ville d'Angleterre.

Il ne savait rien du monde. Il avait vécu ces dix dernières années par le truchement de Fray Ignacio. Il avait mangé avec lui, dormi avec lui, subi ses violences physiques, ses appétits sexuels, son interprétation du monde. Il avait été soigné par lui quand il avait été malade, instruit dans l'amour de l'Église, l'obéissance, le respect des aînés et de l'autorité. Maintenant, il était orphelin d'un père abusif, incestueux et suffocant.

Il s'arma de courage et s'engagea dans le village. La première personne qui l'avisa fut un homme d'une quarantaine d'années, en long manteau noir, coiffé d'un haut chapeau également noir à larges bords et au visage pâle et ridouillé.

L'homme lui adressa la parole en anglais et Vicentino ne put que battre des cils avec un sourire et répondre en espagnol qu'il ne parlait pas anglais.

L'homme fronça les sourcils et Vicentino accentua son sourire engageant.

— *Come with me*, dit l'homme du geste et d'un ton impérieux, *I know someone who speaks your tongue.*

Vicentino le suivit le long d'une grand-rue de terre battue, tout comme à La Paz. Ils entrèrent dans une boutique qui semblait être une quincaillerie, ferblanterie et épicerie tout à la fois. Ils furent accueillis par un homme aux yeux mi-clos sur les turpitudes ordinaires du monde. Les deux Anglais échangèrent quelques propos rapides et le commerçant se tourna vers Vicentino pour lui demander en espagnol :

— D'où viens-tu ?

— De Mayaimi.

— Qu'est-ce que tu fais ici ?

— Je veux aller à Londres.

L'Anglais qui parlait espagnol faisait donc office de traducteur. Sans doute, dans cette ville frontière, faisait-il office d'intermédiaire avec les commerçants de Floride qui venaient à l'occasion acheter et vendre des denrées, car le commerce, lui, ne connaissait pas de frontières.

— À Londres ? Pour quoi faire ? demanda le quincaillier, surpris.

— Voir ma famille.

— Comment s'appelle ta famille ?

— Drake.

Le nom fit sursauter l'autre, même s'il ne comprenait pas l'espagnol. Les deux hommes se consultèrent du regard, intrigués.

— Drake, dis-tu ?

Vicentino hocha la tête.

— Comment t'appelles-tu ?

— Vincent Drake.

L'homme aux yeux mi-clos les rouvrit tout à fait cette fois-ci.

— Mais tu ne parles pas anglais ?

— Ma mère est espagnole. Nous vivions chez les Espagnols, mon père ne parlait pas l'anglais, parce qu'il n'avait personne autour de lui avec qui le parler.

— D'où venait ton père ?

— D'Hispaniola. C'est là qu'il était né.

— Connais-tu le nom de ton grand-père ?

— Francis.

Un silence tonitruant tomba dans la pièce. Les deux Anglais considérèrent le visiteur aussi attentivement que s'ils avaient affaire à un Sélénite.

— Comment es-tu arrivé ici ? fit demander l'homme en noir quand il se fut ressaisi.

— À cheval.

— Où est ton cheval ?

— Il est mort il y a trois jours.

— *Can't believe my own ears*, dit l'homme en noir.

— Et tu es venu à pied ? Comment tu ne t'es pas perdu ? demanda le commerçant, incrédule.

— Les Indiens m'ont accompagné jusqu'à la frontière.

— Quels Indiens ?

— Les Youchis, répondit calmement celui qui était désormais Vincent Drake, conscient de l'effet de ses propos sur ses interlocuteurs.

Nul doute : ç'avait été une bonne idée que de revendiquer le nom du diable comme ancêtre.

— Où puis-je acheter à manger ? demanda Vincent Drake.

— Tu as de l'argent ?

— Oui.

— Combien ?

— Assez pour aller jusqu'à Londres, répondit le garçon avec assurance.

C'était déjà une bonne nouvelle pour l'homme en noir, qui était l'*alderman* de Statenville : ce vagabond ne pèserait pas sur la charité municipale.

— De plus, j'ai besoin de nouveaux vêtements, ajouta Vincent Drake, d'un ton dégagé.

— Ça, ça sera moins rapide, répondit l'*alderman* d'un ton réprobateur. Nous ne donnons pas dans la coquetterie, par ici. Il faudra aller à Waycross, ou plus probablement à Savannah. Et se tournant vers l'autre Anglais : Je vais conduire ce jeune homme chez Mrs Bascomb. Nous aviserons demain sur la suite à donner à cette affaire.

Le commerçant résuma ces propos avec moins de hauteur.

L'*alderman* se leva et fit signe à Vicentino de le suivre. Quelques minutes plus tard, ils arrivèrent devant une maison à grande terrasse. L'Anglais fit sonner une cloche sur le perron. Une femme au visage pâle et las apparut. Il lui expliqua l'affaire ; elle dévisagea son visiteur et hocha la tête.

— *About money ?*... dit-elle.

Vicentino comprit le mot, qui ressemblait à *moneda* ; il tira de son ballot une bourse et l'ouvrit ; les deux Anglais regardèrent à l'intérieur : il y avait là quelques piécettes de cuivre et deux d'argent, ce qui restait de l'escudo qu'il avait changé à Veracruz, et trois pièces d'or, un rais et deux escudos. Mrs Bascomb et l'*alderman* parurent surpris. Vicentino comprit qu'ils le jugeaient riche mais pas grand-chose de plus, et à la fin, Mrs Bascomb fourra deux doigts dans la bourse et prit la pièce d'argent.

Elle l'invita dans la cuisine et lui servit un ragoût de veau et de pommes de terre avec une sauce épaisse, qui lui parut le plus délicieux des repas, puis elle posa devant lui une miche de pain, ainsi qu'un verre et une carafe. Enfin, elle s'assit devant son nouveau pensionnaire et le regarda. Un peu étonné, il lui sourit ; elle lui rendit son sourire, avec une pointe de tristesse. Il comprit qu'elle observait ses manières de table. Au bout d'un moment, elle s'en fut, songeuse.

*

Dans la soirée, deux réunions eurent lieu à grande distance l'une de l'autre. Vicentino était l'objet principal des deux.

La première se tint à La Paz, entre le nouveau gouverneur de la ville et son majordome.

— Vous dites, déclara le gouverneur, que le trésor de mon prédécesseur aurait disparu à Mexico, en même temps que le page de son épouse ?

— Le gouverneur marquis de Miranda, Excellence, a fait procéder à une enquête approfondie, avec l'appui du vice-roi. Les appartements qu'occupait la marquise ont été consciencieusement fouillés à la recherche de la cassette. On n'en a pas retrouvé trace.

— Avez-vous vu cette cassette ?

— Oui, Excellence, une fois, quand le gouverneur m'a demandé de faire creuser une niche dans un mur derrière une grande armoire pour l'y entreposer. Elle était en gros cuir fauve, à peu près de ces dimensions, dit le majordome, indiquant du geste un volume long comme l'avant-bras, haut et large des deux tiers. Elle était assez pesante. Je dirais bien vingt-cinq à trente livres.

— Et il l'a confiée à son épouse ?

— Je pense que peu de gens étaient informés des trésors qu'elle contenait. Pendant le voyage, elle devait être portée par Fray Ignacio, le confesseur de la marquise, ou l'un des deux domestiques indiens.

— A-t-on interrogé ces domestiques ?

— Oui, Excellence. Leurs logis au palais du gouverneur ont été fouillés et, de toute façon, ils n'avaient pas pénétré dans les appartements de la marquise dans les deux jours précédant l'incident.

— A-t-on su de quoi Fray Ignacio est mort ?

— L'inquisiteur de Mexico pense qu'il a été empoisonné par une substance qui affectait également l'esprit. Il n'en manque, hélas, pas dans la région. La marquise en a consommé sans doute moins, ce qui explique qu'elle ait survécu mais que sa raison ait été atteinte. Ce poison a sans doute été versé dans le vin.

— Cela indique un complot, s'écria le gouverneur, fier de sa sagacité. Et le page ?

— Nul ne sait rien de lui, sinon qu'il a disparu.

— Sa famille ?

Le majordome parut soucieux.

— Je crains qu'il n'en ait plus, Excellence, dit-il d'un ton chargé de sous-entendus.

— Que voulez-vous dire, majordome ?

— Excellence, l'affaire est un peu délicate.

— Parlez.

— Ce page s'appelait officiellement Vicente de la Fey mais nous avons appris que c'était un nom choisi par Fray Ignacio. Le garçon, qui s'appelait Ismaël Meianotte, était le fils de Juifs portugais de Lisbonne, condamnés à mort par l'Inquisition pour pratiques impies.

— Pratiques impies ?

— Invocations du diable, Excellence, murmura le majordome en se signant. Le garçon a été confié à Fray Ignacio quand il avait six ou sept ans. Il a été jugé utile qu'il oublie jusqu'à sa langue et à son pays.

Le gouverneur parut mécontent de ce qu'il avait appris.

— Belle éducation qu'il aura reçue ! bougonna-t-il. Un assassin et un voleur ! Car c'est lui, le coupable ! Aucun doute !

Le majordome faisait la moue.

— N'est-ce point votre avis ? demanda le gouverneur d'un ton impérieux.

— Excellence, je suis moins savant que vous. Mais le garçon m'a semblé bien frêle pour un aussi épouvantable complot.

— En tout cas, il a disparu avec ce trésor. Savez-vous si la police de Nouvelle-Espagne a fait des recherches ?

— Nous avons reçu un rapport il y a dix jours. Le garçon semble s'être littéralement volatilisé. Peut-être avait-il appris ce talent de ses parents…

Le gouverneur avait assez entendu de balivernes. Il hocha la tête et donna congé au majordome. Celui-ci s'en fut, content de n'avoir pas été interrogé sur les raisons pour lesquelles Fray Ignacio avait été découvert nu, ni sur les rumeurs concernant les rapports du confesseur avec le page et l'épouse du gouverneur. L'Inquisiteur avait sévèrement interdit d'en faire mention et le majordome s'en trouvait bien aise.

Ces choses-là dérangeaient une âme pieuse.

*

À Statenville, une réunion se tint chez l'*alderman* après le souper ; comme toujours, celui-ci était achevé à sept heures trente. Six personnes étaient présentes : le vicaire de la paroisse, sa femme, le chef de la garnison militaire (grands mots pour deux douzaines d'hommes armés de mousquets et dont quatre seulement tenaient présentement le fort de la ville), le chirurgien de la ville,

Mrs Bascomb et l'épouse de l'*alderman*, qui servait du vin de Porto, *portwine*, et des noix.

— Quelle est votre impression sur ce jeune homme, Mrs Bascomb ? demanda l'*alderman*, rendant ainsi hommage à l'expérience de la commère, qui avait été jadis tenancière d'une auberge à Savannah et qui avait suivi son époux, aujourd'hui défunt, dans ce bled où il avait précédé l'*alderman* dans ses fonctions. Mrs Bascomb passait donc pour avoir l'expérience du vaste monde.

— Indéniablement, le garçon a reçu une bonne éducation, dit-elle. Il se comporte à table avec délicatesse. Il n'a même pas bu un verre de vin, se sert avec élégance du couteau et de la fourchette et mange avec retenue. Quand je l'ai conduit à sa chambre, il m'a demandé où il pourrait faire ses ablutions. Je lui ai indiqué le poste près du puits. Ce n'est visiblement pas un garçon du commun. Son visage est noble et plaisant, son teint est pâle, il n'a donc pas fait de gros travaux.

— J'entends que sa mère est espagnole, intervint alors le vicaire. Cela signifie donc qu'il est catholique. De surcroît, il ne parle pas anglais.

Tares fâcheuses, tout le monde en convint.

— Le jeune homme me paraît intelligent, déclara l'*alderman*. Quand il aura compris qui est son grand-père, je veux espérer qu'il se ralliera sans effort à la religion qui est la sienne.

Chacun se tourna vers le chef de la garnison, qui sirotait méditativement son porto.

— Histoire extraordinaire, observa-t-il. Mais nous savons que Sir Francis Drake était, lors de ses nombreuses escales, très vulnérable aux charmes du sexe faible. Et que ce dernier était sensible aux siens.

Les hommes émirent des murmures amusés. Chacun savait que Drake passait pour avoir été apprécié de feu la reine Elizabeth Ire.

— En tout cas, il n'est pas dans le besoin, dit Mrs Bascomb. Je l'ai observé à la dérobée pendant ses ablutions, il se servait de savon.

— De savon ! s'écria l'épouse du vicaire.

— Bon, dit le vicaire, ce garçon occupe déjà trop les esprits. Il faut l'encourager à se rendre, en effet, à Savannah. Je ne vois pas ce que nous gagnerions à le retenir.

Ce fut ainsi que, deux jours plus tard, à l'aube, après avoir avalé le grand bol de thé offert par Mrs Bascomb, Vicentino se retrouva dans la malle-poste qui partait tous les jeudis pour Savannah.

Il avait entre-temps appris ou plutôt enregistré une douzaine de tournures d'anglais, *Thank you, Bless you, Would you pass the salt, please ? The soup is a bit hot* et autres chevilles de la conversation.

Il jeta un coup d'œil sur la cassette. Quand donc pourrait-il la mettre en lieu sûr ?

6

« Pirate de chambre à coucher »

Savannah comptait au moins deux auberges dignes de ce nom, que le cocher avait indiquées à Vincent Drake, en réponse à la question :

— *Do you know of an inn ?*

La gare des courriers où il avait été déposé se trouvait sur une place au bord du fleuve qui donnait son nom à la ville. Vincent choisit l'adresse la plus proche, pour n'avoir pas à porter trop longtemps sa cassette et son ballot. *The Christian River Inn*, une coquette bâtisse blanche à l'architecture dépouillée, se trouvait non loin des quais, dans un grand espace planté d'arbres hauts et près d'une église. Vincent Drake y fut accueilli par une quinquagénaire amène qui lui demanda son nom.

— John Tallis, répondit-il, la dévisageant secrètement pour déceler quelque trace de vilenie.

C'était un nom qu'il avait entendu citer par un de ses compagnons de voyage. Celui de Drake, jugea-t-il, avait attiré un peu trop d'intérêt. Il aurait donc changé trois fois d'identité en trente-deux jours.

Il paya sa chambre d'avance et demanda où il pourrait se faire confectionner des vêtements plus décents que les siens ; elle lui indiqua une adresse, King James Street, et il s'y rendit aussitôt après s'être arrêté à la banque de Mssrs Waters & Michals, pour y changer les deux escudos et le rais dans son escarcelle ; le caissier posa chaque pièce sur une balance, inscrivit des chiffres, consulta un registre, hocha la tête et, d'un ton plein de componction, annonça à son client que, pour cent soixante et un grains et demi d'or, il obtiendrait, après déduction de la commission de change, cent onze livres d'argent et quinze pence de Sa Majesté George Ier d'Angleterre, somme qui lui parut visiblement considérable. Sur quoi il paya M. John Tallis en faisant tinter chaque pièce avec tant de soin qu'un de ses collègues tourna la tête.

Le tailleur parut surpris à la vue de son visiteur. Bien que ce dernier eût laissé pousser le duvet de sa lèvre supérieure, on ne l'aurait pas vieilli de beaucoup plus d'un an.

— J'ai besoin de m'habiller, dit ce dernier.

Le tailleur lui présenta alors un exemplaire de la *Pall Mall Gazette* et lui montra diverses gravures de mises pour messieurs, à la mode dans le royaume et apparemment coloriées par le tailleur lui-même ou sa fille. John Tallis les étudia soigneusement et choisit des culottes de velours bleu sombre, un gilet de soie d'un bleu plus clair à parements blancs et un habit de drap du même bleu que les culottes.

Le tailleur hocha la tête, apparemment amusé.

— Et les bas ? demanda-t-il. Soie ou coton ?

John Tallis portait les bas en coton qu'il avait emportés de Mexico et qui, après avoir été trempés et guère changés, faisaient grise mine ; il ne connaissait pas le mot « soie » en anglais :

— *Silk ?* répéta-t-il, inquiet de paraître étranger.

Le tailleur prit la question pour un acquiescement.

— Combien de paires, *my lord* ?

John Tallis devina qu'il avait donné une réponse sans savoir laquelle. Mais aux mots *How many ?* il comprit qu'il fallait préciser combien de paires :

— *Five*, répondit-il.

Le tailleur s'installa à son comptoir, fit des calculs et annonça à son jeune client qu'il en coûterait la somme de treize livres et dix shillings. Cette fois, John Tallis le comprit parfaitement et hocha la tête.

— J'aurai besoin d'un acompte, dit le tailleur d'un ton menaçant.

John devina plutôt qu'il ne comprit la question, ouvrit sa bourse et compta cinq livres. Le tailleur entendit le bruit des pièces à l'intérieur et parut admiratif.

— Huit jours, dit John Tallis en anglais d'un ton assez ferme, sans savoir lui-même pourquoi ; peut-être parce qu'il était pressé d'être habillé de façon correcte.

Une fois de plus, le tailleur sembla surpris.

— Le délai est bien court, *my lord*, observa-t-il. Cela fera une livre de plus.

John Tallis rouvrit sa bourse et ajouta une livre sur le comptoir.

Le tailleur le considéra alors avec une expression de respect. Puis il se mit en demeure de prendre les mesures de son jeune client.

— Chaussures ? Bottes ? Chapeau ? demanda John Tallis quand ce fut fait.

L'autre lui indiqua une boutique à l'angle de la rue. John Tallis y fut de trois livres cinq shillings pour une paire de bottes de bon cuir teinté de noir et deux paires d'escarpins à boucle, à porter en ville. Puis il alla s'acheter un chapeau à trois pointes en feutre noir gansé de rouge et un bout de ruban pour nouer ses cheveux à l'arrière. Ensuite, il se promena, sa cassette toujours à la main ; maintenant, il avait l'air d'un jeune monsieur qui a chaud et qui a laissé son habit à la maison. La ville était neuve, avec un tracé à angles droits, ponctué de vastes squares d'essences exotiques, sans aucun rapport avec La Paz ni Mexico. Midi était passé d'un moment. L'appétit vint au promeneur. Une taverne était proche ; John Tallis y commanda une bière et une pièce de bœuf et mangea de bon appétit.

Il n'avait pas la moindre idée de ce qu'il ferait. La cassette lui tirait le bras. Il ne pourrait pas la traîner indéfiniment de la sorte.

Qu'allait-il faire de sa vie ?

*

Ce fut la gazette locale, le *Trade and Port Mercury*, qui le lui apprit. En ayant trouvé un exemplaire sur la terrasse de l'auberge, il le feuilleta pour se familiariser avec les mots anglais, les récitant mentalement pour tenter d'en reconstituer l'accent. Cette feuille donnait en première page les arrivées et les départs de navires maritimes et fluviaux, ainsi que les prix des denrées dont le commerce faisait la fortune de la Géorgie avec les autres colonies anglaises du Nouveau Monde et avec l'Ancien Continent : du bois, du riz, de l'indigo, de la térébenthine, du bœuf, des peaux…

La dernière page comportait une colonne de nouvelles du monde et de rumeurs de la ville. Un nom accrocha l'œil de John Tallis : La Paz. Puis un autre, et son cœur fit un bond : *Miranda*. Il s'efforça désespérément de déchiffrer l'article, fort court :

UN PIRATE ESPAGNOL DE CHAMBRE À COUCHER

Un négociant hollandais en provenance de la Nouvelle-Espagne rapporte une rumeur qui fait autant rire les sujets de Sa Majesté espagnole qu'elle consterne les autorités coloniales espagnoles : l'amant de l'épouse du gouverneur de La Paz, le comte de Miranda, a dérobé à celle-ci un considérable trésor et s'est enfui. De chagrin, le comte en est décédé.

Quelques mots lui étaient familiers ou pouvaient être déchiffrés, tels *pirate*, *lover* ou *authorities*, mais non *tradesman*, *Dutch*, ni *sorrow*. Certes, le nom originel de John Tallis n'était pas cité, à l'évidence son âge n'était pas donné et sa présence en Géorgie n'était pas indiquée. Et pas un mot de Fray Ignacio ; pas de raison de trop s'alarmer. Mais si la gazette venait à tomber entre les mains des gens de Statenville qui avaient vu arriver ce jeune homme d'origine espagnole, ils pourraient faire des déductions fâcheuses. Cependant, John Tallis ne pouvait demander à personne de lui expliquer cet article, sous peine d'éveiller les soupçons. Il le lut et le relut jusqu'à ce qu'il l'eût quasiment appris par cœur ; à l'expression « pirate de chambre à coucher », il devina qu'il était ironique. Il monta dans sa chambre et finit par se rasséréner. Mais il était impérieux de quitter le Nouveau Monde. Il avait annoncé à Statenville qu'il allait à Londres ; une prescience : ce serait là-bas qu'il effacerait définitivement ses traces. Toutefois il avait d'abord besoin de ses vêtements. Il avait bien fait de prévenir qu'il était pressé.

Le lendemain, il alla au port et s'enquit des navires en partance pour l'Angleterre ; on le regarda avec étonnement : aucun navire ne reliait directement Savannah au royaume. Pour cela, il fallait monter à Norfolk, ce qu'il pourrait faire par l'un des bateaux qui longeaient la côte plus ou moins régulièrement.

Il attendit donc de prendre livraison de ses vêtements. Les ayant essayés, il ne voulut plus les quitter. Le tailleur lui fit maint compliment sur sa prestance et l'aubergiste encore plus. Il acheta deux sacs de cuir à soufflet, dans l'un desquels il plaça la cassette, et dans l'autre ses bottes et son ballot, et s'embarqua deux jours tard sur le quatre-mâts *Maiden of Charleston.* Après quatre jours de cabotage où il ne mangea quasiment que des haricots et de la viande boucanée, il débarqua à Norfolk ; il se mit en quête d'un navire en partance pour le royaume. Il y en avait deux, il paya une cabine sur le *Princess of Virginia.*

Il eut à peine le temps d'acheter des vivres sur le conseil d'un lieutenant : un jambon fumé, des citrons et deux flasques de rhum, ne fût-ce que pour rendre l'eau buvable. À dix heures du matin, le capitaine leva l'ancre et mit les voiles à destination de Southampton. John Tallis s'éloignait d'un continent qui lui avait arraché son âme et failli l'envoyer à la mort.

Sa cabine était une soupente tendue d'un hamac. Un homme de taille moyenne n'eût pu s'y tenir debout, mais elle lui parut charmante.

7

L'invitation

Southampton stupéfia John Tallis jusqu'à la frayeur, car c'était toujours lui. Tous ces bateaux, cet affairement, ces chariots pesants qui roulaient des marchandises sur les quais, ces cris… Il se sentit perdu.

Portant ses deux sacs, il s'éloigna du port et entra dans la première taverne en vue. Le mois d'août touchait à sa fin et le voyageur avait oublié de boire pendant les dernières heures du voyage. Aussi n'avait-il plus de rhum ni de citrons. Il fit un sort à une pinte entière d'ale et un creux lui vint. En plus d'un sourire engageant et même aguicheur, la serveuse, une jolie rousse d'à peine dix-huit ans, lui proposa un jambon chaud au madère et aux pommes de terre. Il accepta.

Il avait quasiment nettoyé son plat et elle se planta devant lui :

— *A ruddy good appetite you 'ave, m'lord.*

Son attitude et son corsage disposaient la langue à une repartie galante. Il la considéra un moment, songeant qu'il n'avait plus de corps. Rien n'eût été plus éloigné de son esprit que des ébats avec cette fille, n'eût-elle pas été, de surcroît, une servante de taverne.

— Je dois aller à Londres, répondit-il.

— Ça vous laisse une heure, dit-elle, et il ne sut trop si elle signifiait par là qu'il disposait d'assez de temps pour un en-cas amoureux.

Mais sa froideur parla pour lui.

— La station des *coaches* est juste à côté, dit-elle, insistante.

Il hocha la tête, paya et sortit avec ses deux sacs.

— *Fare well, pretty lord,* lui lança-t-elle, un rien moqueuse, quand il fut sur le seuil.

Des lazzis de consommateurs éméchés suivirent. Il ne les comprit pas mais il fut troublé. N'appartenait-il plus au monde des humains ? Une fille s'était offerte à lui. Pour des raisons vénales certes, mais aussi pour répondre à un besoin sans doute aussi naturel que la faim et la soif.

Fray Ignacio l'avait-il stérilisé ?

Il alla attendre à la gare des *coaches* et se réserva une place, pour être sûr d'arriver à Londres. Folie, songea-t-il. Il ferait nuit quand il atteindrait la capitale. Et que ferait-il alors ? Comment s'y dirigerait-il ? Même s'il était moins ignorant en anglais qu'il ne l'avait été en arrivant à Statenville, il en savait à peine assez pour se trouver un gîte.

Il pressentait obscurément que ce serait à Londres que se jouerait la première grande partie de sa vie.

Dans le *coach*, tiré par quatre chevaux, il cala le sac contenant la cassette sous ses jambes – l'autre était arrimé sur le toit – et s'arma contre les cahots.

Au bout d'une heure, il se rendit compte que son voisin d'en face lui adressait de temps à autre des regards interrogateurs. L'homme, élégamment vêtu, frisait la quarantaine. Il était assis près d'une matrone poudrée et soufflante, qui ne cessait de lancer au monde des regards et des soupirs éplorés et il lui concédait de temps à autre des propos rassurants.

À l'étape, John Tallis descendit avec les autres se dérouiller les jambes et vaquer à ses besoins dans les champs attenants. Un grand gobelet d'ale et un pâté aux pommes achetés à la taverne lui rendirent quelque présence d'esprit. Le *coach* arriva à Southgate, dans les faubourgs de Londres peu avant six heures du soir. Il faisait encore jour. John Tallis regarda autour de lui, égaré.

— Avez-vous un attelage, sir ?

John se retourna ; c'était l'inconnu du *coach* ; il ne sut que répondre.

— Si vous voulez bien m'indiquer l'adresse où vous vous rendez, reprit l'inconnu, je vous y accompagnerai gracieusement.

— Merci, murmura John, en désarroi.

— Mon nom est Solomon Bridgeman, dit l'inconnu. Je suis négociant en épices et bois précieux. Ma maison est sur Brompton Road.

Ou la Lune, songea John. Il restait muet devant l'inconnu et craignit soudain d'être désobligeant.

— Je m'appelle John Tallis, dit-il.

Mais il n'aurait su donner d'adresse, et pour cause. Bridgeman lui lança un bref regard scrutateur, puis tendit la main vers une voiture couverte à deux chevaux.

Il donna au cocher l'ordre de rabattre la capote, ce qui offrirait aux passagers le loisir d'observer le paysage. John prit place auprès de Bridgeman et garda le sac à la cassette à ses pieds. Peu après, la voiture se dirigea vers un petit port et, aux alarmes de John, s'engagea sur un bac.

— Il n'y a pas de pont ? demanda-t-il.

— Il n'y en a qu'un, et il est en réfection pour le moment. On abat depuis quelques semaines les maisons qui s'élevaient dessus.

Comment pouvait-on circuler sur un pont avec des maisons dessus, se demanda John, qui ne connaissait que les ponts du Pérou et du Mexique.

Quand ils furent débarqués sur l'autre rive, en vue de la cathédrale Saint-Paul, à propos de laquelle John n'osa plus poser de questions, bien qu'il brûlât de savoir ce qu'était cet édifice gigantesque qui montait dans le ciel[1], Bridgeman demanda à son passager :

— Je ne me souviens pas que vous m'ayez indiqué une adresse ?

— Je n'en ai pas, répondit John, optant pour la franchise. Je ne connais pas Londres. Pouvez-vous m'indiquer une auberge décente ?

Bridgeman parut réfléchir.

— C'est bien ce que je pensais, murmura-t-il.

Il examina John Tallis un instant de plus et déclara :

---

1. En 1737, la cathédrale Saint-Paul, qui avait brûlé lors du grand incendie de 1666, a été rebâtie sur les plans de Christopher Wren et est en cours d'achèvement ; avec 157 mètres au sommet du dôme, c'était la plus haute église du monde.

— Ma maison est assez grande pour que je puisse vous offrir l'hospitalité sans inconfort pour aucun de nous deux.

John médita l'invitation, à la fois méfiant et soulagé. Méfiant, parce qu'il ne s'expliquait pas l'intérêt de cet homme pour lui, soulagé parce qu'il avait enfin rencontré quelqu'un de bienveillant à qui demander des informations précieuses.

— Je vous remercie, vous êtes bien aimable, articula-t-il maladroitement.

Solomon Bridgeman disposait certes des moyens de son hospitalité : sa maison était une grande demeure à deux étages, d'un style que John Tallis ne connaissait évidemment pas ; elle était composée d'un bâtiment principal et de deux ailes, sise au milieu d'un parc. Annoncer qu'il pouvait la partager sans inconfort frisait l'ironie. Deux valets accoururent quand la voiture s'arrêta devant le perron, aidèrent les passagers à descendre et s'emparèrent de leurs bagages, sauf évidemment le sac à la cassette. Bridgeman donna des ordres pour qu'on aménageât dans l'aile droite ce qu'il appelait l'« appartement bleu ». Un des valets y conduisit John Tallis, après que Bridgeman lui eut proposé de le retrouver pour le souper dans l'aile centrale.

Après avoir manqué s'égarer, il arriva dans l'aile principale, où un valet le conduisit auprès de son hôte. Celui-ci l'attendait debout dans une salle aux murs tapissés de livres, majestueuse sans être solennelle. Une petite table portait deux couverts de part et d'autre d'un haut candélabre d'argent. Bridgeman proposa à son hôte un verre de vin de Porto, que John Tallis accepta.

— Êtes-vous descendant du musicien Tallis ? demanda Bridgeman.

L'étonnement qui se peignit sur le visage de John en révéla plus long qu'il l'eût voulu et il s'en avisa.

— Vous ne saviez pas qu'il y avait un musicien de ce nom ? reprit Bridgeman, d'un ton détaché. C'est singulier : Thomas Tallis était avec William Byrd l'un des deux musiciens attitrés de la Cour.

Il posa son verre :

— C'est un poste enviable et tous deux étaient célèbres. Il ne reste plus que deux Tallis à Londres. Ils sont très connus et je crains que vous trouviez le nom difficile à porter.

Il fit peser son regard sur son hôte. John parut embarrassé.

— Je vous offre mon hospitalité, reprit Bridgeman d'un ton presque affectueux. Me témoignerez-vous assez de confiance pour me dire votre vrai nom ?

— Pourquoi m'offrez-vous cette hospitalité ? s'écria John d'un ton presque sauvage, maudissant presque l'idée d'avoir choisi un nom qu'il avait saisi au vol ; il eût dû être plus circonspect.

— Pour des raisons honorables, fussent-elles mélancoliques. J'ai perdu mon seul fils il y a deux ans et il se peut que je le cherche encore dans ce monde.

— Croyez-moi si vous voulez. Je ne connais pas mon vrai nom, murmura John, levant sur Bridgeman des yeux sombres. Vous m'avez dévisagé plusieurs fois dans le coche de Southampton. Pourquoi ? Je ressemble à votre fils ?

— Non. Asseyez-vous, dit Bridgeman en prêchant l'exemple. Je vous ai entendu parler au cocher quand vous l'avez payé. À l'évidence, vous maîtrisez mal l'anglais. Vous n'êtes pas habillé d'une façon qui sied à votre âge et qui est cependant élégante et anglaise. Ce ne sont donc pas là vos vêtements ordinaires et ils ont été coupés pour la circonstance, dans le but de vous donner un air anglais. Vous portez une expression triste, solitaire et parfois méfiante. J'ai déduit de ces observations que vous n'êtes pas de Southampton, mais d'un pays lointain. Comme le *Princess of Virginia* venait d'accoster, puisque j'y ai pris livraison d'un chargement d'acacia, j'en ai également conclu que vous étiez à bord. Cependant, si vous vous étiez bien embarqué à Norfolk, vous ne veniez pas des colonies d'Amérique, mais d'ailleurs et probablement de la Nouvelle-Espagne…

John se pencha vers son hôte, les yeux ronds. Les propos qu'il venait d'entendre avaient été dits avec douceur, mais l'effet n'en était pas moins effrayant : il avait été mis à nu. Quelles que fussent les peines qu'il eût prises à se composer un personnage, il avait été démasqué. Il songea avec terreur que la perspicacité de son hôte avait peut-être percé le mystère de sa fuite de Mexico : un meurtre.

Il était donc à la merci de Bridgeman. Et que savait d'autre cet Anglais ? Que lui voulait-il, à la fin ?

L'idée de la fuite lui vint. Courir jusqu'à sa chambre, s'emparer de la cassette et filer dans la nuit… Mais vers où ? Jusqu'à quand ? Il se raidit pour écouter ce que l'autre aurait encore à dire.

Bridgeman poursuivit sur le même ton :

— Personne ne vous attendant sur le quai, votre désarroi évident m'a laissé supposer que vous étiez seul. Probablement seul au monde…

Tout cela était affreusement vrai.

— Que voulez-vous ? coupa John, d'une voix presque rauque et retenant ses larmes.

Il n'avait réfuté aucune assertion de Bridgeman ; il se rendait donc implicitement à la justesse de ses déductions. Ce dernier haussa les sourcils et répondit avec un sourire :

— Rien qui ne vous soit agréable, John, si vous permettez que je vous appelle ainsi, en attendant de savoir votre vrai nom. Et surtout pas vous ôter l'appétit, ce qui chagrinerait mon cuisinier, car il nous a préparé un excellent bœuf en croûte.

— Pourquoi cette sollicitude ? Vous n'êtes pas le Christ !

— Non certes, vous le sauriez, répondit Bridgeman avec un autre sourire. Voyez-vous, John, j'ai cinquante ans. À cet âge, un homme ou une femme se désolent, s'ils n'ont pas de descendance, de ne transmettre à personne leurs véritables richesses, c'est-à-dire leur expérience. Le hasard vous a placé sur ma route, aussi bien qu'il m'a placé sur la vôtre.

Il fixa John d'un regard qui saisit celui-ci : direct et mélancolique. Le garçon fronça les sourcils. Il avait envie de croire à l'explication de Bridgeman. Il y croyait presque. Il était las de se méfier sans cesse de tout et de tout le monde. Il sursauta quand Bridgeman agita une clochette à portée de main.

— Benedict, clama celui-ci à l'intention de son valet de table, je crois que nous avons faim.

L'interruption fut tellement imprévue que John, ébloui par l'assurance de l'Anglais, se mit à rire.

— Voyez, dit ce dernier, l'intelligence est le meilleur apéritif du monde.

Pour la première fois de ses dix-sept ans, John Tallis, ex-Vincent Drake, ex-Vicentino de la Fey, se sentit respecté.

Une salade de raves au jambon servit de mise en bouche à un bœuf en croûte fondant.

Pour la première fois depuis longtemps, aussi, John Tallis dormit cette nuit-là d'un sommeil bienheureux. Il y mit le temps, toutefois. Pendant des heures, verrou tiré, chandelle soufflée, il se remémora chaque moment et chaque mot de la soirée, afin de débusquer le moindre signe de duplicité. Mais en vain. Puis il entendit, à travers les murs, un cartel égrener les coups de minuit et finit par s'abandonner au sommeil.

8

« Regardez, Solomon, regardez... »

Huit jours s'écoulèrent qui rachetèrent pour John Tallis les angoisses et la misère endurées depuis un temps qui lui avait paru immémorial. Il voyait Solomon Bridgeman au petit déjeuner et au dîner mais, ruse ou sagesse, le négociant n'avait pas posé une seule question à son hôte sur le passé visiblement dramatique qui l'avait poussé à fuir le Nouveau Monde. Il semblait se satisfaire de ses déductions et, dans sa bienveillance suprême, il attendait sans doute que la langue de John Tallis se déliât.

En dépit de son insouciance juvénile, John devinait que tant de bienveillance finirait par entraîner sa reddition. Il ignorait comment, et dans cette attente, se promenait dans Londres et dans le parc, apprenait lentement l'anglais et songeait à son bienfaiteur. Car Bridgeman était indéniablement un archange qui l'avait tiré des ténèbres. Mais John n'entrevoyait même pas la suite de leur relation. Resterait-il éternellement à Brompton Road, servi, presque choyé, sans savoir quelles étaient vraiment les intentions de son hôte et encore moins l'expérience que ce dernier entendait lui transmettre ?

Le huitième soir, au souper, il dit à Bridgeman :

— Monsieur, j'ai le sentiment d'abuser de votre bonté. Je serais plus à l'aise si je vous étais utile.

— Et vous pouvez l'être, répondit Bridgeman. Je serais heureux d'avoir un collaborateur dans mes affaires. Et également de vous enseigner ce que sont les affaires de ce monde. Cela étant, vous pouvez m'appeler Solomon.

Ils étaient alors convenus que le nom de Tallis était absurde et Bridgeman avait proposé celui de Jan Hendricks, batave, qui pouvait justifier l'accent étranger du nouveau Jan. Et Jan ne traînait plus partout sa cassette ; il avait trouvé dans ses appartements une cachette sûre : un vase Borghèse sur un grand socle de pierre entre deux fenêtres. Le valet le plus scrupuleux n'eût pas eu l'idée d'aller y voir.

— Je vous paierai d'abord le salaire d'un second commis aux écritures, dit Bridgeman, c'est-à-dire dix livres le mois.

— J'en serais flatté, répondit Jan, mais il ne put réprimer un sourire.

— Pourquoi souriez-vous ?

— De plaisir, Solomon.

Mais après le souper, alors qu'ils achevaient le flacon de claret qu'ils avaient entamé à table, Bridgeman demanda pour la première fois à Jan Hendricks :

— Que serrez-vous dans cette sacoche que vous teniez si près de vous pendant vos premiers jours ici ?

La question était franche. Un silence la suivit. Le visage de Jan se colora. Il pressentit que l'heure de l'affrontement sonnait.

— Solomon, vous m'avez dit un soir qu'il n'y avait personne à qui je pourrais faire plus confiance au monde que vous.

— En effet. Je ne sais si je dois m'en désoler ou m'en réjouir.

— Cela est-il toujours vrai ?

— Autant que lorsque ces mots sont sortis de ma bouche.

— Quelles que soient les circonstances ?

— Je ne peux pas imaginer de circonstances qui me pousseraient à me trahir.

— Quoi que soit ce que je vous révélerai ?

Jan Hendricks interrogea du regard Solomon Bridgeman, intrigué.

— Jan, dit enfin celui-ci, j'ai pensé depuis notre rencontre que vous portez un secret trop lourd pour vous. Vous consentirez peut-être à vous en décharger. Mais quel qu'il soit, demeurez assuré que ma disposition intérieure ne changera pas. En dépit de mon nom, je ne juge pas. Seul Dieu le peut.

— Je vais vous mettre à l'épreuve, répliqua Jan, avec la fougue de son âge. Solomon, ce que vous verrez est pour nous deux seulement.

Et il se leva et s'en fut vers ses appartements. Quelques moments plus tard, il revint. Les valets étaient partis. Jan Hendricks posa la sacoche par terre et en tira la cassette, la posa sur la table et en déverrouilla la serrure grâce à la clef qu'il portait toujours au cou.

Il en tira d'abord les émeraudes, dont la plus volumineuse, à peine dégrossie, avait la taille d'un poing d'homme. Des rubis. Des sculptures d'or barbares, ornées de pierreries. D'autres gemmes, moins volumineuses mais non moins exceptionnelles, dont un gros saphir à l'étoile et un œuf d'opale.

— Regardez, Solomon, dit-il en indiquant du doigt les monceaux de pièces d'or au fond. Regardez !

Un coup d'œil avait suffi à Bridgeman pour appréhender l'immensité du trésor. Sans doute lui valut-il une émotion, car il vida son verre et le remplit. Il prit la grosse émeraude en main, l'examina et la reposa. Puis il détailla les autres gemmes, tira de la cassette un *rais*, le regarda de près, le soupesa pour s'assurer de son authenticité et le rejeta dans la sacoche. Il remplit alors le verre de Jan Hendricks.

Les joyaux scintillaient à la lumière des chandelles.

Jan s'était assis et jugeait de l'effet de ses trésors sur l'homme qui l'accueillait.

— Remettez ces objets dans la cassette, Jan, dit enfin Bridgeman. Vous m'en direz l'origine quand il vous plaira. C'est un butin comme seuls les conquérants de jadis en ramenaient au pays. Vous êtes bien plus riche que moi. À vue de nez, j'évalue vos biens à plus d'un demi-million de livres. C'est vous qui devriez me salarier, observa-t-il avec un demi-sourire. Je vous remercie de votre confiance.

Un temps infini passa. Jan se demanda quelle pouvait être la valeur d'un demi-million de livres. Il but une gorgée de vin pour se donner contenance, espérant que l'alcool lui apporterait le savoir, mais en vain.

— Je vais maintenant vous dire l'origine de tout cela, déclara-t-il avec détermination.

Il raconta ses années d'esclavage à La Paz et ses aventures à Mexico, les scènes infâmes auxquelles il ne pouvait plus résister. La décoction de datura. Les circonstances où il avait laissé la comtesse de Miranda inconsciente sur son lit, ou encore Fray Ignacio agonisant et nu sur le sol. La fuite à Mayaimi, puis le meurtre de l'aubergiste. Le sauvetage de la fillette et les Indiens. La nouvelle fuite avec Ketmoo à travers la Floride. Les souvenirs brisaient sa voix. Bridgeman l'écouta avec une gravité proche de la consternation.

— Vous avez fait la guerre, Jan. La guerre sans nom que se livrent les humains. Vous y avez conquis votre liberté. Vous avez craint que je vous juge. Vous avez gagné mon estime.

— Je m'appelle Ismaël, Solomon. Ismaël Meianotte. On m'a baptisé, mais je suis juif.

Bridgeman hocha la tête :

— Je m'en doutais.

— Mon père est mort sur le bûcher.

— Vous avez racheté sa mort, Ismaël.

Jan éclata en sanglots. Ils se regardèrent, accablés, l'un par les évocations et l'autre par la révélation.

— Et vous avez forfait l'amour, dit sombrement Bridgeman.

— Comment ?

Jan Hendricks ne comprenait pas assez bien l'anglais.

— *I said : And you have forfeited love.*

Jan ne comprenait toujours pas. Une sorte de lassitude insidieuse envahit Bridgeman.

— Jan, dit-il, je crois que vous en avez assez confessé, sans en comprendre la portée. Je propose que nous ajournions la séance. Remettons la suite de cet entretien à plus tard. Je vous souhaite une bonne nuit. *And flights of angels sing thee to thy rest.*

9

La sympathie universelle

C'était le lendemain du soir des révélations de Jan Hendricks. Le temps étant chaud, ils venaient d'achever un souper froid, composé d'œufs durs, de cheddar et de noix. Comme boisson, du porto, et comme dessert, des poires.

— Mon garçon, dit enfin Bridgeman, je crois que votre métier est tout trouvé. Banquier.

— Banquier ?

— Avec les intérêts de ce que vous serez en mesure de prêter, vous doublerez votre mise en un an.

Jan Hendricks le regarda, attendant davantage d'explications.

— Il suffira de convertir une partie de tout cela en livres anglaises.

— Et ensuite ?

La question suscita un éclat de rire profond de Bridgeman. Quand son hilarité eut pris fin, il dit d'un ton sérieux :

— Et ensuite, en effet… C'est là que tout commence. Et c'est là que je pourrai vous être utile.

Jan Hendricks ne comprenait pas.

— La fortune, Jan, c'est le prix que vous assignez à votre âme. Dites-moi, j'espère que vous pensez valoir plus que tout cela ?

La question transperça Jan comme une épée fine et profonde. Il le savait, oui, il avait volé une fortune comme rançon de son âme. Les larmes jaillirent de ses yeux. Bridgeman hocha la tête.

— Tel était mon sentiment dans le coche de Southampton. Je vous remercie de le confirmer.

Toujours en pleurs, Jan Hendricks se jeta aux pieds de Bridgeman. Il pleura longtemps. Bridgeman lui caressa la tête.

— La sagesse est dure, je le sais. Mais vous avez des dispositions, grâce à Dieu.

Jan Hendricks leva sur lui des yeux égarés. Il saisit les mains de Bridgeman et les baisa.

— Rasseyez-vous, dit ce dernier.

Il semblait lui-même ému et soucieux de ne pas le paraître.

— Quel âge avez-vous ? demanda-t-il.

— Je… Je ne sais pas. Fray Ignacio disait que j'allais avoir sept ans quand il a… il a assumé mon éducation. Je suis resté avec lui dix ans.

— Dix-sept ans. Si, jeune comme vous l'êtes et avec des capitaux aussi importants, vous demandiez patente royale pour ouvrir une banque, vous éveilleriez des soupçons. Mais avec un partenaire connu sur la place de Londres, on supposera que vous disposez de quelque bien et que je vous ai choisi comme associé afin de parfaire votre éducation. Écoutez-moi, Jan. Les catholiques ne sont pas bien vus dans ce pays, pour dire le moins. Vous direz donc que vous êtes luthérien. Cela vous contrarie-t-il ?

— Non, répondit Jan en souriant.

— Bien. De surcroît, la vie dans toute société humaine implique qu'on se fasse des vêtements moraux. De même qu'on dissimule le corps, il faut habiller la personne, comprenez-vous ? Les gens dissimulent leurs tares et leurs vices sous des fables, tout comme ils drapent leurs bedaines sous des gilets amples et leurs orteils goutteux dans des bottes larges. Les fils de manants racontent qu'ils ont été élevés par des précepteurs, ceux qui foulent aux pieds les préceptes de la religion ne manquent pas un office au temple, les femmes infidèles se rendent en secret chez leurs amants.

Jan sourit, songeur et surpris de cette leçon d'hypocrisie.

— Seuls les misérables, les désespérés et les impudents disent la vérité. À moins que vous soyez philosophe ou médecin, gardez-vous de confier celle que vous croyez, car chacun voit midi devant sa porte et la vôtre ne vaut que pour vous.

Cette fois stupéfait, Jan ouvrit de grands yeux. Mais qui était donc Solomon Bridgeman ? Cet homme, il le comprenait, le sermonnait dans son intérêt, mais sa leçon était exactement opposée à celles de Fray Ignacio, qui parlait de vertu et n'obéissait qu'au vice, sans parler de l'épouvantable Concepción de Los Artabazes.

Il regarda autour de lui cette maison, qui lui apparut soudain comme une caverne pleine de mystères. Les boiseries craquaient, les bûches crépitaient dans le feu, une vie secrète animait les lieux. Il ne savait laquelle, mais il pressentait que Solomon Bridgeman en était l'âme. Pour la première fois depuis longtemps, il cessa d'avoir peur.

Mais à quoi songeait donc son hôte ? Il était absorbé dans des pensées impénétrables. Au bout d'un long moment, il saisit le flacon de porto et remplit le verre de Jan, puis le sien.

— Il y a quatre mois, dit-il enfin, comme s'il faisait effort pour parler, j'ai perdu un ami que j'estimais par-dessus tout. C'était un homme célèbre. Tellement célèbre que la nation lui a réservé l'honneur suprême d'exposer sa dépouille dans la chapelle Jérusalem de l'abbaye de Westminster. C'est un honneur qu'elle a refusé à bien des seigneurs. La mort du roi George Ier, peu de semaines plus tard, a moins ému les esprits, sauf à la cour et dans les partis, évidemment.

Il tourna vers Jan Hendricks un regard désolé.

— Isaac Newton, dit Solomon Bridgeman. Sir Isaac Newton[1].

Jan n'avait jamais entendu ce nom.

— L'homme qui a révélé quelques-uns des secrets de l'univers, reprit Bridgeman. Vous devez connaître son nom. Quant à son œuvre, votre vie entière, fût-elle longue, vous suffirait à peine pour l'explorer. Il vous en faudrait une autre pour l'approfondir.

Jan, confondu, ne savait que dire.

1. Newton mourut à quatre-vingt-trois ans, le 20 mai 1727.

— Quels secrets a-t-il donc découverts ? demanda-t-il timidement, craignant d'être foudroyé par un sarcasme.

— Pour commencer, les lois de l'attraction universelle. Vous êtes-vous jamais demandé, Jan, pourquoi la Lune ne tombe pas sur la Terre et pourquoi une pomme, elle, tombe de l'arbre ?

L'évidence du mystère laissa le jeune homme sans voix. Pourquoi, en effet ?

— Parce que la gravité est trop forte pour la petite pomme, qui tombe vers la grande Terre, tandis que la Lune, elle, est seulement captive de cette gravité, mais qu'elle est trop loin et que l'attraction du Soleil la dispute à celle de la Terre.

Jan éprouva le désir de manger la demi-poire demeurée sur son assiette mais s'en retint, de crainte de paraître insolent.

— Car le monde, Jan, est régi par une loi : celle de l'attraction.

— Cela signifie donc que les plus forts sont encore une fois les gagnants, observa Jan, d'un ton amer, penché sur la table.

Son expression était devenue farouche, comme le premier soir.

Bridgeman le considéra avec un demi-sourire.

— C'est à vous que vous pensez, Jan. La loi que j'ai décrite est celle de la sympathie universelle. Mais il existe également une loi de répulsion. Si un objet vous est odieux et même s'il est plus puissant que vous, vous ne subirez pas son attraction.

Jan se radossa.

— Ce M. Newton a-t-il publié des livres ?

— En anglais. Et je crains que sa langue soit trop ardue pour vos connaissances actuelles. Mais je ne doute pas que vos dons vous permettront vite d'accéder aux livres de ce génie.

— Et d'ici là, m'entretiendrez-vous de ses découvertes ?

— Volontiers.

— Qu'a-t-il découvert d'autre ?

Bridgeman réfléchit.

— J'ignore tout ce qu'a pu découvrir Isaac Newton. Mais je sais qu'il travaillait sur deux secrets. Le premier est celui de l'élixir de la jeunesse éternelle, mais j'ai des raisons évidentes de douter qu'il l'ait trouvé. Le second était celui de la transmutation du plomb en or.

— Du plomb en or ? s'écria Jan, écarquillant les yeux.

— Ce n'est pas un secret dont vous aurez besoin de tantôt, mon ami, répondit Bridgeman en riant. Allez, je crois que nous avons tous deux besoin de prendre du repos. Des journées laborieuses nous attendent. Il faudra trouver moyen de faire évaluer vos richesses sans attirer une attention excessive. Puis demander patente pour le métier de banquier. Trouver un local et des gens honnêtes pour nous seconder. Nous aurons besoin d'une âme égale pour cela.

Jan hocha la tête et souhaita une bonne nuit à son hôte. Puis il prit un chandelier et regagna ses appartements. Il éprouva de la peine à s'endormir, écoutant les craquements de la maison et les ululements des chouettes, comme autant de messages dans une langue inconnue, se demandant ce que pouvait être l'élixir de la jeunesse éternelle et comment on pouvait transmuter du plomb en or.

10

« Quelle est cette personne ? »

Au petit déjeuner, Bridgeman expliqua à Jan que la mesure préliminaire la plus sage était de rédiger un inventaire du contenu de la sacoche, qu'ils cosigneraient, pour toute éventualité. Puis il ferma les portes, donna à son majordome l'ordre de ne pas être dérangé, apporta plusieurs feuilles de papier, une plume et un encrier. Jan sortit d'abord de la sacoche les pierres précieuses.

À l'évidence, Bridgeman fut stupéfait par les richesses du jeune homme qu'il avait recueilli et qui avait incarné la solitude et le désarroi. Outre la gigantesque émeraude brute, son attention fut retenue par un rubis d'une taille et d'une eau exceptionnelles, un œuf de pigeon à peine irrégulier et plusieurs gros saphirs étoilés, ainsi que des pierres d'autres couleurs, les unes d'un brun ambré, les autres d'un blanc qui les faisait ressembler à des diamants car elles avaient été professionnellement taillées.

— Les provenances sont très diverses, observa-t-il. Certaines sont passées par les mains de diamantaires, les autres ont été plus ou moins grossièrement dépolies.

Mais Jan n'avait aucune explication à fournir. Ils passèrent ensuite aux pièces d'or espagnoles et portugaises.

— Jan, dit Bridgeman, nous allons commencer par le plus aisé, c'est-à-dire les pièces d'or. Celles-ci sont connues de nos changeurs et vous en possédez plus qu'il ne faut pour fonder notre demande de patente. Pour les grosses pierres, je crois qu'il serait plus sage d'aller les faire expertiser et tailler à Amsterdam.

Jan se rendit à son avis.

Ils prélevèrent un peu plus de la moitié des pièces d'or et partirent pour l'établissement Ashe & Bromley, sur Ermine Street. Bridgeman y était déjà connu et ils furent reçus par l'un des associés, Abraham Ashe. Il présenta Jan Hendricks comme le fils d'un négociant d'Amsterdam qui désirait s'établir à Londres. Le clerc changeur fut convoqué et vint, équipé d'un cahier de bordereaux et d'une balance.

Jan Hendricks ouvrit sa sacoche et en tira les pièces, qu'il empila en rouleaux de dix.

— De l'or espagnol et portugais ? s'étonna Ashe.

— Nos capitaines ont transité par la Nouvelle-Espagne, répondit d'emblée Jan.

Il avait devancé la réponse de Bridgeman, qui ne dit mot mais admira la promptitude d'esprit du jeune homme.

— Et l'or reste de l'or, n'est-ce pas ? ajouta Jan.

Ashe opina du chef. Et le compte commença.

Une heure et demie plus tard, la voix altérée par l'émotion, le vieux Abraham Ashe posa un long regard sur Jan Hendricks, puis sur Solomon Bridgeman :

— Messieurs, vous venez d'entendre le total énoncé par mon fidèle Joshua : cent quatre-vingt mille livres.

Bridgeman demeura serein.

— Maître Ashe, je n'aurais pas pris la liberté de vous déranger pour des sommes ordinaires.

Ashe hocha la tête.

— J'entends, Solomon. Mais vous songez bien que je ne dispose pas de l'équivalent en numéraire. Les trois pour cent de commission que je prélèverai feront déjà de moi un homme riche et de cette journée, la plus faste d'une longue carrière. Puis-je demander auquel d'entre vous appartient cette fortune ?

— Aux parents de mon excellent ami Jan Hendricks, qui ont fait fortune dans la Compagnie des Indes néerlandaises et qui ont décidé d'établir leur fils aîné à Londres.

Ashe hocha la tête.

— Je ne peux que prendre consignation de cet or, vous offrir l'équivalent en livres dont je dispose sur l'heure, quelque cinquante mille livres et vous présenter des billets à ordre pour le restant.

Jan ignorait tout de ce langage. Il consulta Bridgeman du regard. Celui-ci hocha la tête.

— Cela va de soi, maître Ashe. En échange de cette commodité, je vous demanderai quelque discrétion sur cette opération. Elle est parfaitement honnête mais vous savez ce qu'il en est de l'argent. Son apparition suscite des convoitises qui s'ignoraient. Cent personnes se presseront demain à nos portes pour demander des emprunts. Les refuser serait preuve de dureté de cœur et susciterait des rancœurs.

Cent grands noms de la noblesse souffraient de pénurie chronique d'argent pour tenir leur rang et avaient déjà gagé les revenus de leurs terres pour l'année et la suivante. Certains étaient affligés d'épouses qui ne savaient compter, surtout quand il s'agissait de leurs atours, d'autres de fils oisifs qui couraient les établissements de jeux et les jardins du Ranelagh, s'y ruinant la bourse et les bourses.

Ashe hocha la tête d'un air entendu.

— Je vous suis fort bien. Quant à Joshua, je le sais frappé de mutisme dès qu'il s'agit d'argent.

Ledit Joshua opina avec un sourire passablement édenté.

Deux heures plus tard, les billets à ordre rédigés et signés, Bridgeman et Jan prirent congé de Mr Ashe et se retrouvèrent devant la voiture.

— Nous allons faire une promenade. Allez lentement, ordonna Bridgeman au cocher, que nous puissions examiner les maisons au passage.

— Vous cherchez un local où nous puissions nous installer, observa Jan.

— Oui, répondit Bridgeman, surpris une fois de plus par l'agilité d'intuition du jeune homme. Je souhaite que la banque soit éloignée de mon négoce de bois précieux.

— Nous avons bien fait de n'emporter que la moitié de l'or, reprit Jan Hendricks au bout d'un temps. Votre ami Ashe semblait déjà fort ému. La totalité des pièces l'aurait sans doute alarmé.

— Vous m'avez étonné, avoua Bridgeman, retenant un sourire.

— Qu'auriez-vous répondu à ma place ?

— Ma foi, quelque chose de semblable mais peut-être pas aussi bien ni aussi vite.

La voiture longeait Bond Street et Bridgeman demanda soudain au cocher de s'arrêter. Il considérait une bâtisse morne, d'un seul étage au-dessus de l'entresol et qui semblait mal entretenue, sinon abandonnée.

— Qu'en pensez-vous, Jan ?

— Qu'il faudra tout rebâtir.

— Oui, mais les lieux semblent oubliés et j'aperçois un jardin à l'arrière. Descendons voir.

Ils toquèrent à la porte ; personne ne répondit. Des chats se querellaient dans le jardin livré aux ronces. Ils s'adressèrent à la boutique voisine, une librairie. Ils apprirent que la maison avait appartenu à une famille décimée par la Grande Peste, les Partridge, et dont la seule héritière était une vieille nièce retirée dans un couvent à Hampstead. Ils remontèrent dans la voiture.

— Je vais charger notre avoué de retrouver Miss Partridge, dit Bridgeman.

— La maison vous plaît tant ? demanda Jan.

— Mon cher Jan, la plus grande partie du quartier appartient aux Whigs, et c'est le parti d'avenir, même s'il n'a pas les faveurs du Palais. Je pense que le voisinage ne nous sera pas défavorable.

Jan rumina l'information jusqu'à ce que Bridgeman lui eût expliqué de quoi il retournait[1].

---

1. Bien qu'inférieur en nombre aux Tories et peu apprécié du roi George Ier, le parti des Whigs, constitué de l'aristocratie et de la bourgeoisie riche, menait la politique anglaise, sous la houlette du Premier ministre, Sir Robert Walpole.

*

Au souper (une grouse rôtie farcie au blé), Bridgeman se caressa le menton et déclara à Jan :

— Un voyage s'annonce dans le proche avenir. Je crois plus prudent de négocier vos plus grosses pierres à Amsterdam.

— Vous n'avez pas de joailliers à Londres ?

— Si, mais l'indiscrétion court cette ville comme les miasmes d'une maladie. Si l'on venait à apprendre que Messrs Bridgeman et Hendricks ont d'abord déposé chez Ashe and Bromley cent quatre-vingt mille livres en *escudos* et en *rais*, puis qu'ils ont négocié des pierres dignes de la Couronne, nous deviendrons l'objet d'attentions importunes. Chacun s'efforcera de savoir l'origine de cette soudaine richesse. Il n'est pas impossible que des ragots aient circulé jusqu'ici sur la disparition du trésor du comte de Miranda.

Jan hocha la tête.

— Où voulez-vous aller ?

— À Paris ou Amsterdam.

— Amsterdam ? demanda Jan d'un ton dubitatif. On y verra bien que je ne suis pas batave.

Bridgeman se mit à rire.

— Qu'à cela ne tienne. Nous irons à Paris. Ou bien vous changerez d'identité une fois de plus. Je suis déjà émerveillé par la rapidité avec laquelle vous progressez en anglais.

— Je vous remercie.

— Même votre accent s'améliore. Vous parlez maintenant avec l'accent gallois. Encore quelques efforts et vous aurez l'écossais. Je ne doute pas que d'ici la fin de l'année, vous semblerez né dans le West End.

Il décharnait son pilon de grouse avec soin, levant de temps en temps un regard inquisiteur sur Jan.

— Que voulez-vous dire ? demanda Jan, conscient que ce regard en disait plus que les mots.

Bridgeman déposa sur le plat un os parfaitement nu.

— Vous me surprenez, Jan. Je n'aurais jamais pensé que la chance me servirait aussi somptueusement qu'avec vous. Elle ne m'a gratifié jusqu'ici que des plats froids de la mélancolie. N'ayant pas d'autres ambitions que celle d'une vie honnête et raisonnablement récompensée, je n'ai jamais rêvé aux honneurs et l'âge m'en ôte désormais l'appétit. Je me préparais donc à une vieillesse sans charmes quand vous avez arrêté mon regard à Southampton. Ai-je été récompensé par le ciel, pour ma compassion à l'égard d'un être en désarroi ? Votre esprit est vif comme une belette. Vous devinez ce qu'on ne dit pas aussitôt qu'on l'a pensé. Mais je me demande ce que vous allez devenir. Tant de dons peuvent présager du meilleur comme du pire.

Jan Hendricks écouta ces propos chaleureux sans émotion apparente.

— Vous ne m'avez toujours pas donné à lire les ouvrages de M. Newton, répondit-il, avec une feinte simplicité.

Bridgeman se leva, alla tirer d'un quartier de la bibliothèque deux gros livres et les posa sur la table.

— Ce ne sont, dit-il, que deux des ouvrages publics de mon ami. Ils vous prépareront à ses écrits plus ésotériques.

Jan hocha la tête et ouvrit les pages de titre : il lut : *Observations sur les Prophéties* et *De motu corporum in gyrum.*

Titres bien énigmatiques.

*

Miss Elspeth Partridge prit son temps pour sortir du couvent des Filles de la Charité, à Hamsptead, pour aller à la rencontre de trois personnes sorties du siècle infâme des plaisirs et du lucre. La troisième personne était l'avoué engagé par Bridgeman pour rédiger les actes nécessaires, Mr William Straightwaite. Miss Elspeth était une bréhaigne blême, apparemment en cours de momification naturelle. Elle n'avait pas d'autre âge que celui du renoncement acide au commerce des humains. Une religieuse l'escortait, sans doute pour veiller à ce que les trois visiteurs ne tirassent parti de son innocence pour l'attirer dans les griffes du démon.

Quand elle pénétra dans le parloir, silhouette décharnée vêtue de gris et de blanc, elle fusilla les visiteurs du regard, s'attachant plus particulièrement à Jan Hendricks, puis elle s'assit, raide. Straightwaite l'informa de l'objet de leur visite. Elle l'écouta d'un air chagrin.

— Que vaut cette bâtisse ? demanda-t-elle.

— En son état présent, pas grand-chose, je le crains, en plus du prix du terrain, répondit Straightwaite. Mille cinq cents livres est le prix que vous en offrent mes clients. De l'avis des marchands de biens, il est plus que décent.

La religieuse sursauta, sans doute émerveillée de la somme. Miss Elspeth darda de nouveau son regard sans charité sur Jan Hendricks, puis Bridgeman.

— Que comptez-vous faire de ces lieux ? demanda-t-elle à ce dernier. Un tripot, sans doute ?

— Point, répondit Bridgeman en réprimant un sourire. Un établissement de banque.

— De banque ?

— Vous savez, ces établissements qui prêtent de l'argent pour des entreprises.

— Avec intérêt, évidemment. Vous êtes juifs ?

— Non, miss. Nous appartenons à l'Église réformée.

— Seuls les Juifs prêtent sur intérêts. Qui est ce jeune homme ?

— Jan Hendricks, citoyen de la République batave, mon associé.

Elle le fixa de nouveau d'un œil sourcilleux et Jan s'en inquiéta : l'aurait-il croisée à Lima ou à Mexico ?

— Une banque, répéta Miss Elspeth avec mépris.

— Petite sœur Elspeth…, intervint la religieuse, se penchant vers celle-ci.

Et elle chuchota avec vigueur à son oreille. La teneur du message était évidente : Miss Elspeth étant tenue de remettre ses biens aux Filles de la Charité, la nonne ne laisserait pas un bénéfice semblable s'évanouir. Un silence tomba dans la pièce. Miss Elspeth regardait devant elle.

Aux termes de « petite sœur », Bridgeman comprit que Miss Elspeth n'était encore que novice et qu'à ce titre, elle était probablement redevable à l'ordre du gîte et du couvert depuis des années.

— Mille cinq cents livres ? dit-elle. Et sur un hochement de tête des trois visiteurs, elle ajouta : payables en une fois ?

Nouveaux hochements de tête. Bridgeman posa une bourse sur la table. Les yeux de la nonne se fixèrent dessus ; ceux de Miss Elspeth revinrent à Jan, à la fin intrigué.

— Quelle est cette personne qui se cache derrière vous ? lui demanda-t-elle d'un ton sévère.

Les regards se tournèrent vers Jan, abasourdi.

— Ne le voyez-vous pas, Sister Merioneth ? s'écria Miss Elspeth d'un ton indigné. Un personnage obscur, la tête dans les épaules et l'air morose…

Miss Elspeth avait-elle perdu la raison ?

— Avez-vous tué un homme de Dieu ? s'écria-t-elle à l'adresse de Jan Hendricks. Cet homme est vêtu en prêtre…

Jan pâlit, les yeux exorbités, et ravala un hoquet sous le regard inquiet de Bridgeman.

— Je ne vois personne, dit calmement Sister Merioneth.

Miss Elspeth haussa les épaules.

— Vous ne voyez pas la corde à sa taille ? Ils ont des yeux pour ne point voir ! marmonna-t-elle. Bon, finissons-en, la présence de ce personnage me déplaît. Comptez l'argent, je vous prie, ordonna-t-elle à Bridgeman.

Décontenancé, il défit la bourse et en versa le contenu sur la table. Pendant ce temps, Straightwaite tira d'une sacoche l'acte de vente en deux exemplaires, un encrier et une plume d'oie. Miss Elspeth considéra le tas d'or et se tourna vers Sister Merioneth :

— Voudriez-vous avoir la bonté de voir si la somme est exacte ?

La nonne s'assit et compta les pièces, dont elle fit de petites piles, puis elle déclara à la novice :

— La somme est bien exacte, petite sœur.

— Voulez-vous signer ceci ? demanda alors Straightwaite, tendant les deux actes à l'étrange vieille fille. Elle lut attentivement l'acte de vente, levant de temps en temps les yeux sur l'avoué, puis il déboucha l'encrier, y trempa la plume et la lui tendit. Elle signa d'une écriture haute, appuyée, presque militaire. Une ombre passa sur le visage de Straightwaite.

— Voudriez-vous, Sister Merioneth, apposer également votre signature en qualité de témoin, confirmant que Miss Elspeth Partridge a signé cet acte en pleine possession de ses esprits et de sa liberté ?

Un bref regard informa les visiteurs que la nonne avait compris la prudence de l'avoué.

— Je suis en pleine possession de mes esprits, pas de ceux qui errent dans cette pièce ! protesta Miss Elspeth.

Mais la nonne comprit : elle prit la plume à son tour et rédigea le témoignage requis. Puis, à la surprise générale, elle sortit une bourse de sa poche et y engloutit les pièces. Miss Elspeth Partridge se leva et précéda tout le monde à l'extérieur. La nonne, bourse en main, fit face aux trois hommes :

— Je devine ce que vous pensez, dit-elle d'une voix sourde et rapide. Mais petite sœur Elspeth n'est pas folle. Elle voit des choses que les autres ne voient pas, c'est tout. Bonne journée, Messieurs, et que le Seigneur vous accompagne, ajouta-t-elle, après un regard à Jan Hendricks.

*

La première partie du trajet de retour dans la voiture de Bridgeman s'effectua dans un silence consterné.

— Cette femme est folle ! déclara Straightwaite.

— Nous avons le bâtiment, observa Bridgeman.

— J'espère que la vente ne sera pas contestée.

— Vous avez eu la sagesse de la faire contresigner par un témoin.

Jan Hendricks ne pipait mot, ce qui finit par intriguer l'avoué.

— Elle était en tout cas déplaisante, concéda-t-il d'un ton qui se voulait dégagé.

Quand ils eurent raccompagné Straightwaite et que Bridgeman et Jan se retrouvèrent seuls face à face, ce dernier fondit en larmes. Bridgeman le laissa pleurer un moment, puis se pencha vers lui et posa la main sur son épaule.

— Remettez-vous, Jan.

— C'est effrayant… Cet esprit… Je ne savais pas… Me poursuivra-t-il toujours ?…

— Nous allons trouver moyen de l'écarter, si tant est qu'il existe.

— Mais comment ?

— Cocher ! cria Bridgeman. Veuillez faire un détour par l'église Saint-Thomas.

Jan lui lança un regard effrayé.

— Ne craignez rien, dit Bridgeman.

Quand ils furent à l'église, ce dernier, qui en était un paroissien, demanda à voir le révérend Conway. C'était un homme petit et râblé, qui donnait plus l'impression d'un débardeur en jaquette que d'un homme voué à la spiritualité. Bridgeman lui présenta Jan Hendricks comme le fils d'amis et confrères d'Amsterdam et, sans mentionner évidemment Fray Ignacio, lui conta la vision d'Elspeth Partridge et lui demanda quels remèdes appliquer en la circonstance.

— Je connais petite sœur Elspeth, dit Conway. Certains l'ont soupçonnée d'être dérangée. Mais tel n'est pas mon sentiment depuis le récit que le vicaire de la paroisse de Saint-Ives m'a fait de sa rencontre avec elle. Elle lui a dit : « Rentrez tout de suite chez vous, votre épouse a besoin de vous. » Bien qu'interloqué, il a suivi son conseil et, en effet, sa femme venait de se casser la jambe dans l'escalier.

Jan Hendricks parut encore plus alarmé.

— Avez-vous quelque indice sur la personnalité de ce fantôme ? lui demanda Conway. Elspeth Partridge a bien dit qu'il lui semblait être un prêtre. Avez-vous connu un religieux qui soit décédé ?

Jan secoua énergiquement la tête.

— Vous ne vous en étiez jamais avisé avant de rencontrer Elspeth Partridge ?

— Non.

— Vous cause-t-il un désagrément ? Vous parle-t-il ?

— Non.

— Ce n'est donc pas un démon, conclut Conway avec un sourire placide, comme s'il avait jugé qu'une poutre soumise à son jugement était solide. L'Église d'Angleterre ne pratique pas d'exorcisme et, de toute façon, il me faudrait l'autorité de mon évêque pour y procéder.

Il réfléchit un moment, puis reprit :

— Sœur Elspeth a-t-elle précisé comment il était vêtu ?

La question frappa Bridgeman mais il laissa Jan répondre.

— Elle a parlé d'une corde à la taille…

— Une corde à la taille ! s'écria Conway. Une cordelière, voulez-vous dire. Je reconnais la robe. C'est un prêtre catholique, alors. Messieurs, il faut aller en consulter un autre.

— Un prêtre catholique ? s'enquit Bridgeman.

— Un frère Gris[1]. Le frère Howing ! déclara Conway. À l'église Saint-Francis, à deux rues d'ici. Nos paroisses se superposent presque, voyez-vous.

Jan s'était déjà levé. Bridgeman remercia le révérend Conway et se leva aussi. L'instant d'après, ils étaient dans la voiture.

— Je ne passerai pas une nuit de plus avec cette ombre près de moi ! grommela Jan.

En apercevant le frère Howing dans la sacristie, il perdit cependant contenance : c'était le premier franciscain qu'il voyait depuis Fray Ignacio, à cette différence près que le frère Ulysses Howing était bien plus gras et que sa barbe était blanche. Il ravala sa salive et laissa Bridgeman exposer l'affaire. Howing considéra longuement son jeune visiteur, puis posa à peu près les mêmes questions que Conway et tira des réponses la même conclusion : ce n'était pas une affaire de possession et l'exorcisme n'était pas de circonstance.

---

1. C'était le nom des franciscains en Angleterre.

— Une âme pareillement errante, dit-il d'une voix douce, n'a pas atteint les domaines où nous allons après la mort, selon la volonté du Seigneur. Elle n'est ni au purgatoire, ni au ciel. Si elle vous suit, c'est qu'elle est attachée à vous par un amour terrestre. Cruellement terrestre.

Bridgeman s'alarma : la sueur ruisselait sur le front de Jan.

— Avez-vous un frère religieux ?

— Non, articula Jan.

— Nous appartenons à l'Église réformée, expliqua Bridgeman.

— J'entends, dit Howing, mais deux confessions dans une même famille, cela s'est parfois vu.

Son regard vrillait Jan. Il se leva et disparut un moment. Quand il revint, il portait un bol. Il y plongea les doigts et en aspergea Jan et l'air autour de lui.

— *In nomine Patris et Filii et Spiriti Sancti, te mittimus ad regnum Domini et...*

Le frère Howing s'interrompit. Un gémissement audible de tous avait traversé l'air de la sacristie. Jan poussa un cri et le poil de Bridgeman se hérissa. Le religieux acheva sa formule dans un marmonnement inintelligible. Jan était en larmes. Bridgeman s'était levé, stupéfait, la bouche ouverte comme un petit gouffre.

Howing posa le bol sur une table proche.

— Qui était ce religieux ? demanda-t-il d'une voix tonnante.

Jan, dans ses sanglots, secoua la tête.

— Qui ? cria Howing.

— Il l'ignore, Père, intervint Bridgeman d'une voix cassée.

Howing le regarda, soudain jupitérien.

— La preuve en est, frère, qu'il ignorait l'existence de cette ombre jusqu'à sa rencontre avec sœur Elspeth Partridge. Convenez que l'histoire est bouleversante pour un jeune homme.

— Vous n'avez aucune idée du mystère que je viens de dissiper ? demanda Howing, le cou tendu.

— N'avez-vous, vous, aucune idée des mystères du monde, mon frère ? rétorqua Bridgeman d'un ton également impérieux. Je croyais que vous autres, catholiques, vous en étiez instruits. Pour une raison que nous ignorons tous trois, une ombre s'est attachée à ce jeune homme…

— Une ombre aimante, coupa le religieux.

— Amour ou souci ? Qu'en savons-nous, mon frère ? Que savons-nous des mystères de l'au-delà ?

Le religieux poussa un soupir.

— Non, admit-il d'une voix rauque. Nous n'en savons rien.

Jan les entendait à peine. Il était inerte sur son siège.

— Vous dites des messes pour les défunts, dit Bridgeman, mettant la main à sa bourse. J'en ignore le prix. Mais voici de quoi en dire quelques-unes, je suppose.

Il tendit cinq guinées à Howing.

— Que vos prières contribuent à la paix des âmes.

Ils durent soutenir Jan pour l'aider à franchir le trajet jusqu'à la voiture.

11

« El amor brujo »

Le médecin vint le lendemain, appelé par Bridgeman, car Jan était fiévreux ; il suait à profusion et par moments délirait. Le médicastre prescrivit une potion à base de chanvre indien, beaucoup de boisson, des compresses d'eau vinaigrée et le repos.

Il se remit à partir du quatrième jour. Un valet dut l'aider à faire ses premières ablutions depuis le soir où, de retour de Saint-Francis, il avait pris le lit sans souper. Bridgeman avait fait préparer un petit déjeuner de jambon frit, de fromage et de cacao, avec force muffins, et à son soulagement, Jan lui fit honneur. Il était creusé.

De temps à autre, il levait un visage éploré sur Bridgeman et rencontrait le regard souriant de son hôte.

— Je vous ai valu du souci, dit-il.

— Certes, et je vous en remercie. Il y avait longtemps que je n'en avais éprouvé pour quiconque, rétorqua Bridgeman. Cela m'a prouvé que mon cœur n'était pas sénile.

Un rire faible salua la repartie.

— Mais je n'ai pas perdu notre temps pour autant. J'ai lancé notre architecte sur le bâtiment que nous avons acheté à Elspeth Partridge, et ses idées sont brillantes, vous en jugerez tout à l'heure. Les travaux commenceront dans peu de jours.

— La banque.

— La banque, en effet. Et dès que vous serez remis, Paris.

Jan ne dit mot pendant un moment.

— Que pensez-vous de tout cela ? demanda-t-il.

Bridgeman se redressa.

— N'est-ce pas un peu tôt pour en parler ?

— Non, je suis troublé. Si je vois clair, cela m'aidera à me remettre. Car pour le moment, je vous avoue que je ne sais comment je retrouverai mon équilibre. J'ignore si je pourrai reprendre nos projets où nous les avions laissés. Expliquez-moi, si vous savez.

Bridgeman lui versa une autre tasse de cacao.

— Je pense que vous avez découvert par le chemin le plus rude une force de la nature que je n'avais fait qu'évoquer lors de notre dernière conversation avant votre… malaise. La force qui a guidé les recherches et les travaux de mon ami Isaac Newton.

Jan parut éberlué.

— Quel rapport ?

— Cette force, je vous l'avais dit est la sympathie universelle.

— Je ne saisis pas.

— Comprenez sympathie au sens d'amour.

Le visage de Jan se colora.

— Mais vous m'aviez dit qu'il existait une loi de répulsion, et que si un objet m'était odieux et même s'il était plus puissant que moi, je ne subirais pas son attraction.

— J'ignore la réalité de vos rapports avec ce religieux que vous avez empoisonné, et plus encore ses sentiments à votre égard. Mais le fait est que son esprit vous a poursuivi jusqu'à ce que le frère Howing le renvoie à ses domaines.

Le visage de Jan se colora.

— Il vous aimait sans doute, Jan. Certainement. À sa manière.

— Aimait ? De cette manière bestiale ? cria Jan.

— Ne vous émouvez pas. Chacun aime comme il le peut. Il est possible qu'il n'en ait pas connu d'autre.

Jan se mit à trembler et Bridgeman s'inquiéta.

— Il ne faut pas que cette idée vous contrarie à ce point. D'autres vous aimeront, à leur façon. Vous êtes un joli garçon. Très joli, même. Je n'ai point ce goût, mais la nature est plus vaste que je ne peux l'entendre.

Jan respira profondément et but une gorgée de cacao, puis mangea un quartier de poire. Soudain, il s'arrêta de mâcher, comme frappé par une pensée bouleversante. Il se redressa, accablé.

— Qu'avez-vous ? demanda Bridgeman.

L'expression de Jan était figée dans la perplexité.

— La marquise…, murmura-t-il. Des choses qu'elle disait et qui ressemblent à ce que vous venez d'expliquer… Comment cette vieille sotte…

Il s'interrompit, au bord de l'incohérence.

— Que disait-elle ?

— Elle parlait de l'amour sorcier… *El amor brujo.*

— *El amor brujo*, répéta Bridgeman, songeur.

Le silence régna un moment.

— Je pense qu'il serait bon de vous distraire de ces sujets qui vous troublent, dit enfin Bridgeman. Notre ami Straightwaite a rédigé la requête de patente au Premier ministre. Je vous la soumettrai, afin que vous en preniez connaissance, puisque vous la signerez avec moi. Puis nous irons ensemble la présenter à Sir Robert Walpole. Il sera souhaitable que vous enrichissiez un peu votre garde-robe à cette occasion.

— C'est au Premier ministre que nous devons présenter la requête de patente ?

— Oui, car vous êtes étranger mais je ne me fais pas de souci sur ce point. Nous serons renvoyés sans autre formalité au chancelier de l'Échiquier. Nous ne verrons d'ailleurs pas Walpole, il nous déléguera son secrétaire pour recevoir la requête.

*

Il se trouva que, dans l'antichambre de Walpole, au 10, Downing Street, attendait une dame de grand air, escortée d'une suivante. Elle toisa les deux visiteurs, puis détacha son regard et comme elle les précédait, elle passa avant eux.

Une demi-heure plus tard, à la surprise de Bridgeman, le secrétaire de Walpole annonça aux visiteurs que Son Excellence le Premier ministre était disposé à les recevoir. La réaction de Bridgeman mit Jan sur le qui-vive et il suivit son mentor le cœur battant, cependant que le secrétaire s'emparait de la lettre de requête.

Ils se trouvèrent soudain devant le Premier ministre. Un visage massif, un port impérieux, une mine fleurie, tout en Walpole respirait l'aisance et l'autorité. Le demi-sourire amène qui flottait sur son visage dut rasséréner Bridgeman, mais le regard insistant qui s'attarda sur Jan eut l'effet inverse. Ses rapports avec le pouvoir n'avaient jamais été sereins.

— Entrez, messieurs.

Le secrétaire les présenta, puis déposa la requête sur le bureau de son maître. Des laquais avancèrent des sièges. Walpole décacheta l'enveloppe et parcourut la première page, puis la seconde, la troisième enfin, cependant que les visiteurs attendaient le verdict dans l'anxiété.

— Cent quatre-vingt mille livres, mazette ! dit enfin Walpole. Vous êtes bien riche, Mr Hendricks. Bien plus que votre associé, Mr Bridgeman.

— Mes parents le sont d'abord, Excellence, répondit Jan, devinant d'emblée la situation, ou du moins une partie des circonstances.

— Dans quel domaine ont-ils fait fortune ?

— Les denrées des Indes néerlandaises, Excellence. Le bois, les épices…

— Ah, fit Walpole, vous n'êtes donc pas anglais.

— Non, Excellence.

— Souhaitez-vous le devenir ?

— Ce serait un honneur.

— Nul doute que nous pourrions considérer cette éventualité. Et vous, Mr Bridgeman, comment en êtes-vous venu à vous associer à Mr Hendricks ?

— Les parents de mon excellent associé, que j'ai connus dans mes entreprises, me l'ont recommandé aux fins de l'établir comme banquier, Excellence.

— À Londres ?

— Je n'aurais pu faillir à l'hommage qu'ils rendaient ainsi à nos talents dans le domaine des finances.

— Nul doute, nul doute ! s'écria Walpole. Vous avez bien fait. Et je ne doute pas que vos talents serviront à faire fructifier le capital de Mr Hendricks au bénéfice de *nos* finances, poursuivit-il en émettant un petit rire bref. Et vous, Mr Hendricks, séjournerez-vous à Londres ?

— La ville est magnifique, Excellence.

— Bien, bien ! Où habitez-vous ?

— Mr Bridgeman a eu la bonté de m'héberger…

— C'est ce que je vois, dit Walpole. Je vais, messieurs, informer le chancelier de l'Échiquier de mon avis favorable. La lettre traversera la rue avec vous, conclut-il en regardant son secrétaire.

Il se leva. Les visiteurs l'imitèrent avec empressement. Ils traversèrent la rue, en effet, en compagnie du secrétaire. L'instant d'après, ils précédaient les gens qui faisaient antichambre, furent reçus par le chancelier et, trois quarts d'heure plus tard, regagnèrent la voiture.

— Quel est le sens de tout cela ? demanda Jan. Vous m'aviez dit…

Bridgeman penchait la tête, l'air amusé.

— Jan, vous rappelez-vous la dame qui attendait dans l'antichambre de Sir Robert ?

— Cette duègne ?…

— Elle vous a beaucoup regardé. Nul doute qu'elle vous ait trouvé bonne mine. Elle l'aura confié au Premier ministre, aux fins de savoir qui vous êtes. Ce soir, tout Londres saura qu'il y a un jeune homme accort, fort de cent quatre-vingt mille livres, qui va ouvrir une banque appelée Bridgeman and Hendricks. Comprenez-vous ?

— Je crains que non, répondit Jan, tandis que la voiture recommençait à rouler sur les pavés.

— La duègne, comme vous l'appelez, est certainement une dame de la Cour. Elle aura repéré en vous un parti possible. Toutes ces femmes ont des filles à caser. Les questions de Sir Robert sur vos dispositions à l'égard de la citoyenneté anglaise étaient révélatrices.

— Mon Dieu !

Bridgeman se mit à rire.

— Heureusement que vous n'avez pas gagé toute votre fortune, reprit-il. Vous auriez été anobli avant la fin de la semaine.

Et il rit de plus belle, mais il était le seul.

Deux semaines plus tard, alors que maçons et charpentiers relevaient la bâtisse de Bond Street et lui prêtaient un lustre qu'elle n'avait sans doute jamais connu, deux invitations dans des enveloppes armoriées parvinrent à l'adresse de Bridgeman, l'une pour Mr Jan Hendricks et l'autre pour Mr Solomon Bridgeman, conviés à célébrer les noces d'argent du marquis et de la marquise Abercorn, à trois semaines de là.

— Vous connaissez les Abercorn ? demanda Jan.

— Non, mais je ne doute pas que la marquise soit la dame qui vous a vu dans l'antichambre de Walpole.

— Ciel ! C'est le piège !

— De quoi vous plaignez-vous ? Vous ferez la connaissance de la meilleure société anglaise, y compris sans doute le prince de Galles, vous rencontrerez des jeunes filles du meilleur monde, vous danserez…

— Solomon, je ne peux pas ! Ils m'interrogeront sur ma jeunesse, ma famille…

— Je suis invité aussi. Je vous aiderai à vous tirer des mauvais pas. Allez-vous passer votre vie à fuir ?

— Non, non, je vais fuir tout de suite.

— Vous êtes banquier établi à Londres, Jan.

— Solomon, je vous en supplie, trouvez un moyen…

Son expression était tellement implorante que Bridgeman finit par céder.

— Bon, dit-il, nous allons écrire au marquis pour l'informer qu'à notre immense regret, nous n'assisterons pas à la célébration de ses noces d'argent, car nous serons en voyage sur le continent.

Il adressa à Jan un regard empreint de reproche.

— Jan, il faudra qu'un jour vous vous décidiez à affronter le monde.

Un silence passa.

— Votre ami Isaac Newton allait-il danser chez les marquises ? demanda Jan, agressif.

— Non.

— J'ai lu l'un des livres que vous m'avez confiés, *De motu corporum in gyrum.* Je n'ai pas le savoir nécessaire pour en juger mais j'ai compris que Newton croyait qu'une loi compliquée régit le mouvement des corps dans l'espace. Cette loi est l'effet d'une force. Croyez-vous que je suive une orbite sur cette terre ?

Bridgeman, stupéfait, ne trouva pas de mots pour répondre.

— En tout cas, reprit Jan, aucune loi ne dit que je doive aller danser chez les marquises.

Le ton était inédit chez ce jeune homme.

— Partons pour Paris, conclut-il.

Sur quoi, il regagna ses appartements, laissant Bridgeman interdit. Était-ce bien le garçon qu'il avait fallu quasiment transporter à la voiture quand on l'avait libéré d'un fantôme amoureux ?

12

Une fin de souper agitée

Deux jours plus tard, Bridgeman et Jan achevaient de souper tardivement après une longue journée à la banque. Non seulement Bridgeman avait-il dû régler des problèmes d'intendance, installer ici tel clerc et là tel autre, régler avec l'architecte l'installation du coffre dans l'arrière-bureau des présidents, Bridgeman lui-même et Jan, mais encore avait-il fallu décider du jardin, que Jan entendait réaménager, ainsi que du sort des chats qui y avaient élu demeure.

— Je préfère voir des chats que des rats, avait-il déclaré.

Et Bridgeman, retenant un sourire, en était convenu.

La chambre forte abritait désormais l'autre moitié des pièces d'or et tous les joyaux ramenés de Mexico après des péripéties mêlées de sang et de sueur.

Les deux hommes avaient quitté Bond Street après un long regard attendri à l'enseigne, en lettres dorées sur un fond rouge sombre : *Bridgeman and Hendricks, Bankers.*

Ils aspiraient tous deux à une nuit réparatrice, à laquelle les disposait un claret meilleur que d'habitude. Les domestiques s'étaient déjà retirés sur l'invitation de Bridgeman. Et les deux hommes échangeaient des propos quelque peu décousus quand un bruit brutal les alerta. Une fenêtre dans la galerie voisine avait été forcée, probablement du côté jardin.

Bridgeman fronça les sourcils et se leva. Des bruits de pas firent craquer le parquet de la galerie et Jan se leva également ; plusieurs hommes marchaient dans leur direction. Ils entrèrent dans la pièce. Ils étaient trois. Le meneur tenait un pistolet au poing. Il était, comme les autres, drapé dans une cape noire. Le visage carré et camus était encadré d'une barbe rousse en collier. On voyait à peine ses yeux sous un chapeau à large bord.

— Asseyez-vous, ordonna-t-il à Bridgeman et Jan.

D'une geste du menton, il signifia à ses acolytes de prendre place derrière eux.

— La pierre, dit-il d'un ton impérieux.

— Quelle pierre ? demanda Bridgeman, abasourdi.

Le chef des voleurs eut un grognement sarcastique.

— Vous savez bien, Bridgeman. La pierre philosophale. Ou ce qui en tient lieu.

Bridgeman écarquilla les yeux. Jan ne comprenait rien.

— Ne me prenez pas pour un imbécile, Bridgeman, dit l'homme. Vous avez hérité les papiers de votre ami Newton, qui était sur le point de parvenir à son but quand la mort l'a cueilli. Soudain, vous voilà riche, vous déposez des masses d'or chez Ashe and Bromley et, vous croyant rusé, vous les mettez au compte de ce jouvenceau.

— Vous vous êtes égaré, répliqua Bridgeman. La pierre philosophale n'a rien à voir dans tout ça et, quoi qu'il en soit, je ne possède rien qui réponde à sa description.

— Ha ! fit l'inconnu. Tel n'est pas le sentiment de mon maître.

— Qui est votre maître ?

— Vous ne connaîtrez pas son nom. Trêve de tergiversations. La pierre ! Ou bien nous commencerons par modifier les traits de votre ravissant petit camarade, dit-il en s'approchant de Jan.

Celui-ci regardait l'inconnu d'un regard de feu. Une bûche claqua avec un bruit de détonation. L'homme sursauta.

— Puis ce sera votre tour, Bridgeman. Si vous y survivez, vous serez plus laid qu'un cadavre, ajouta-t-il en tournant la tête vers ce dernier. Nul or ne vous fera retrouver vos oreilles, ni votre nez non plus…

Avec une rapidité foudroyante, Jan saisit la coupe en argent remplie de poivre, demeurée sur la table et en jeta le contenu à la face de l'homme. Celui-ci poussa un rugissement et, bien qu'aveuglé, tenta d'armer son pistolet mais avant que l'homme posté derrière lui eût pu le saisir, Jan plongea en avant et, saisissant la jambe du chef des brigands, le déséquilibra et le fit tomber. Le coup partit vers le plafond, mais l'homme étalé sur le plancher ne voyait plus rien : il larmoyait, il toussait, il suffoquait. Son acolyte avait presque rattrapé Jan mais celui-ci lui échappa de nouveau, bondit vers la cheminée, saisit le tisonnier et, juste au moment où le brigand allait mettre la main sur lui, il lui en administra un coup en travers du torse. Un cri atroce jaillit de la gorge de la victime. Il tomba à son tour et, tandis que Bridgeman, enhardi, se battait avec son sbire, Jan, tenant toujours le tisonnier, en administra de toutes ses forces un coup de travers sur les jambes du malandrin. Un hurlement atroce déchira la nuit.

— Cassé, hein ? cria Jan avec sauvagerie.

Il courut à la table et, s'emparant du flacon de claret, l'abattit sur le crâne du chef qui gisait à terre. Ce dernier s'immobilisa. Le troisième, pris de panique, tenta alors de fuir, mais il était désormais seul contre deux. Jan lui barra la porte et Bridgeman prit l'homme au collet. Quand celui se retourna, Bridgeman lui décocha un formidable coup dans le foie. L'homme se plia en deux. Un direct à la mâchoire l'étala par terre.

— Des cordes ! cria Jan.

Deux domestiques, alertés par le vacarme, accoururent. Quelques instants plus tard, ils revinrent avec des cordes, en effet. Jan courut au chef des malandrins, toujours inanimé, et le ficela avec une vigueur qui démentait la somnolence à laquelle il semblait sur le point de céder au moment de l'irruption des brigands. Bridgeman et les domestiques ligotaient les autres.

Cela fait, Jan s'affala sur un siège, considéra les trois hommes ligotés, dont l'un, celui qui avait la jambe cassée, poussait des cris déchirants.

— Taisez-vous, dit Jan, où je vous assomme aussi.

Bridgeman, épouvanté, regarda Jan, ne reconnaissant rien du jeune homme doux et émotif qu'il connaissait. Il s'assit également.

— Reste-t-il du claret ? demanda Jan, plus calmement.

Un domestique courut en chercher.

— Que comptez-vous faire ? demanda Bridgeman, la direction des opérations revenant visiblement au jeune homme.

— Attendre que le chef se réveille. Et l'interroger. Installez-le en attendant sur une chaise, là, ordonna-t-il aux domestiques quand le claret eut été posé sur la table.

Les domestiques hissèrent le chef sur la chaise. Jan alla lui appliquer un soufflet. Puis un autre. Le brigand entrouvrit les yeux, la bave et les larmes se mêlant au sang qui se coagulait sur son visage et dans sa barbe. Jan tira la dague de sa ceinture, sa fidèle vieille lame.

— Écoutez-moi, lui dit Jan. Je ne vais pas vous livrer tout de suite à la police. Vous allez d'abord me dire qui vous envoie.

L'homme bava.

— Le plus tôt sera le mieux, dit Jan piquant la dague sur la poitrine de l'homme. Car voyez-vous, je vous ferai subir le sort que vous me promettiez. Je dirai que nous nous sommes battus et que je vous ai blessé dans la lutte.

Il saisit l'oreille de l'homme et appliqua la lame dessus, comme pour la trancher. L'homme hurla. Les domestiques effarés ne savaient quelle contenance prendre. Bridgeman leur expliqua l'affaire et ils se turent, observant la scène, fascinés.

— Qui ? demanda Jan, accentuant la pression de la lame.

— Cosgood ! cria l'homme, la voix cassée dans un sanglot et la morve lui coulant des narines. James Cosgood, espèce de démon !

Bridgeman écarquilla les yeux et alla se planter devant l'homme.

— C'est James Cosgood qui vous avait chargé de nous torturer ?

L'homme râla et hocha la tête. Les domestiques se récrièrent ; ce personnage avait été reçu dans cette maison même.

— Qui est-ce ? demanda Jan.

— C'était un ami, répondit Bridgeman d'une voix sépulcrale.

À l'évidence, il ne souhaitait pas en dire davantage pour le moment, ou devant les brigands.

— Qu'on fasse quérir un barbier, dit Jan, afin qu'il pose une attelle sur la jambe de ce malfrat avant qu'on l'emmène en prison.

Le barbier arriva deux heures plus tard, ahuri par le spectacle qui se présentait à ses yeux. Il achevait de bander la jambe cassée quand la police se présenta, encore plus éberluée.

— Monsieur Bridgeman est trop bon de faire soigner ce criminel, dit le lieutenant.

— Non, non, dit Bridgeman, comme cela on ne prétendra pas que ses aveux ont été dictés par le délire.

— Mais comment avez-vous eu raison de trois hommes armés ? demanda le policier en s'emparant du pistolet.

— Mr Hendricks se bat comme un lion, expliqua Bridgeman.

L'aube pointait quand lui et Jan eurent fini leur récit. Un fourgon cellulaire emporta les brigands et les policiers.

Jan retourna dans ses appartements pour faire ses ablutions.

*

Il retrouva Bridgeman devant la même table, nettoyée et garnie d'un petit déjeuner. La pièce avait été remise en ordre. L'Anglais semblait accablé. Il leva sur Jan un regard perplexe : le même visage pur, les mêmes traits délicats, le teint frais. Une lassitude dans le regard et comme une amertume aux commissures des lèvres. Il secoua la tête, incrédule.

— Vous nous avez sauvé la vie, dit-il. Si vous n'aviez pensé au poivre, je me demande ce qu'il en serait de nous.

Jan hocha la tête.

— Mais quelle sauvagerie est la vôtre ! Quelle énergie ! Et quelle rapidité dans la décision ! Vous m'avez bouleversé. Jamais je ne vous aurais cru…

— Pourquoi aurais-je fait quartier à des individus qui comptaient nous défigurer ? coupa Jan en haussant les épaules.

Il trempa une mouillette de pain dans le jaune des œufs frits.

— Qui est Cosgood ?

— Le comte James Cosgood, fils d'un dignitaire de la Cour, fort bel homme de vingt-neuf ou trente ans. Il courtisait Newton quand celui-ci avait atteint la gloire. Isaac l'avait entretenu devant moi de la pierre philosophale.

— Qu'est-ce que c'est ?

— Ce n'est pas une pierre mais un minerai dont je ne connais pas la nature et qui permettrait de transformer le plomb en or. Je vous l'ai dit, je crois.

— Vous m'avez parlé de la transmutation du plomb en or, mais pas de la pierre philosophale. Existe-t-elle ?

— Je ne l'ai jamais vue. Mais je suppose qu'elle existe, en effet.

— Et les héritiers de Newton ?

— J'ignore s'ils ont inventorié tous les papiers et toutes les possessions que Newton a laissés derrière lui. Je ne suis pas sûr qu'ils en saisiraient la portée.

Bridgeman posa sa tasse de café.

— Nous allons affronter un scandale de première grandeur, dit-il sombrement. L'inculpation de Cosgood sera un séisme à la Cour. Il risque la pendaison. Les gazettes répandront plus de ragots qu'il n'y a de rats dans les égouts. Tout le monde voudra connaître la raison de l'opération commandée par Cosgood et si la vérité venait à transpirer, la réputation de la banque en souffrirait. Nous serions vous et moi accusés de pratiques occultes, sulfureuses, peut-être démoniaques. L'Église d'Angleterre s'en mêlerait… Si l'un des religieux que nous avons vus cédait à son tour à l'indiscrétion, nous serions pis que pestiférés.

— Nous avons donc des raisons de quitter Londres bien plus sérieuses que l'invitation de la marquise Abercorn, observa Jan. Il est plus urgent que jamais de partir pour Paris.

— Certes, mais nous avons encore plus intérêt à étouffer cette affaire.

— Comment, l'étouffer ?

— Nous serons, croyez-moi, pressentis avant peu par des émissaires de Cosgood. Dès qu'il aura appris que le chef des brigands l'a désigné comme commanditaire de l'attaque, il nous offrira une transaction.

Jan était abasourdi.

— Et vous l'accepterez ?

— Dans notre intérêt, je vous l'ai dit. Nous avons déjà suscité assez de curiosité avec la création de cette banque. Nous conviendrons avec Cosgood que cette attaque ne devait rien qu'à la cupidité des brigands. Ils seront pendus et personne ne parlera plus de l'affaire. C'est dans l'intérêt de la banque. Non seulement vous n'avez pas cent fois le capital que vous avez investi, mais encore et surtout votre réputation, sans parler de la mienne, méritent le sacrifice de la justice et de la vérité à l'honneur.

Jan lui fit face un moment, impassible, indéchiffrable.

— Vous avez raison, convint-il enfin.

Une fois de plus, Bridgeman fut décontenancé. Il s'était attendu à devoir plaider et tempêter ; or, le bon sens de celui qui s'appelait pour le moment Jan Hendricks lui avait représenté la situation dans sa répugnante nudité.

Étrange garçon, se dit Bridgeman. Tant d'intelligence devenait inquiétant.

*

Trois jours plus tard, comme l'avait prévu Bridgeman, un personnage mélangeant avec talent l'obséquiosité et l'impudence se présenta à la banque. C'était Mr Parkins, un avoué mandé par Cosgood. Il se lança dans un discours alambiqué, mélangeant les regrets que la mésaventure de ces messieurs valait au comte Cosgood et l'indignation suscitée par les racontars éhontés des malandrins aux mains de la police. Comment le comte, qui avait été un ami d'Isaac Newton et de Solomon Bridgeman, aurait-il jamais pu imaginer de faire attaquer celui-ci et son hôte dans sa demeure ! L'avoué était donc chargé de faire savoir à ces messieurs que son client n'était évidemment pour rien dans ce crime innommable et souhaitait entendre de leur bouche confirmation de sa bonne foi.

La meilleure réponse, et Jan le comprit d'emblée, à l'admiration de Bridgeman, une fois de plus, était leur attitude face à cette jactance hypocrite. Quand l'avoué eut achevé, Bridgeman et Jan le considérèrent sans mot dire. Le silence devint pesant et l'avoué perdit son assurance. Bridgeman feignit l'ennui et Jan fixa le visiteur d'un regard noir ; il avait écouté le discours sans broncher, Parkins s'adressant surtout à Bridgeman et, à l'évidence, tenant le jeune homme pour un comparse mineur. À la fin, Jan demanda d'une voix égale :

— Combien ?

— Pardon ? demanda l'avoué se tournant vers lui, décontenancé.

— Vous m'avez entendu.

— Je ne saisis pas..., insista Parkins, s'adressant à Bridgeman pour qu'il arrêtât ces questions inconvenantes. Mais l'autre n'en fit rien.

— Combien votre client vous a-t-il donné pour blanchir son honneur ? articula Jan sur un ton sans douceur.

— Mais l'honneur est sans prix, monsieur, est-ce à vous que…

— La vie aussi est sans prix, avoué. Vous êtes porteur d'un effet, abrégeons ces simagrées.

Le ton autoritaire de Jan désarçonna Parkins. Bridgeman dissimulait mal son amusement.

L'avoué leva les yeux au ciel, comme pour le prendre à témoin.

— Messieurs, est-il vraiment honorable de mêler des histoires d'argent à la défense de l'honneur et…

— Pas moins, coupa Jan, que d'empocher l'effet si nous ne le réclamons pas.

L'allusion était insultante, mais l'avoué était piégé ; il était en mission et il devait s'en acquitter pour éviter un scandale détonant.

— S'il faut en venir là, que diraient ces messieurs de trois cents guinées…

Jan secoua la tête.

— Avoué, vous ne voulez pas repartir bredouille. Abrégez.

Parkins dévisagea Jan, visiblement médusé par la froideur de cet Adonis. Puis il poussa un soupir et tira de sa poche un rouleau pour le tendre à Jan ; un effet de cinq cents guinées.

— C'est un bien petit prix pour deux vies humaines et une goutte d'eau pour blanchir l'infamie, dit Jan.

Parkins s'empourpra, alarmé.

— Mais le mépris que cette affaire nous inspire, poursuivit Jan, nous interdit de poursuivre ces tractations. Nous gardons l'effet, Mr Parkins. Bonne journée.

Il s'apprêtait à se lever quand l'avoué leva la main.

— Monsieur, vous voudrez bien, en échange, me signer la déclaration que voici, déclara-t-il en extrayant de sa poche un autre document.

Jan le déplia : un engagement à reconnaître que les accusations infamantes et folles des malfaiteurs qui avaient attenté à la vie de Solomon Bridgeman et Jan Hendricks étaient, de leur intime conviction et sur l'honneur, sans fondement. Bridgeman fit apporter par un domestique un encrier et une plume, et lui et Jan signèrent l'attestation, puis la poudrèrent pour la sécher avant de la rendre à l'avoué.

En partant, Mr Parkins lança un long regard à Jan et, quand il fut sorti, Bridgeman se tapa sur les cuisses et donna libre cours à son hilarité.

— Pardieu, Jan, c'est vous qui devriez me donner des leçons !

— À propos de leçons, qu'est-il advenu des manuscrits de votre ami Newton ?

— Les héritiers se les sont partagés avec beaucoup de querelles et je pense qu'ils ont presque tous été vendus.

— Et vous, n'en avez-vous pas ?

— Si, admit Bridgeman. Je vous les montrerai.

— Comment travaillait-il ?

— Je ne connais, pour l'avoir vu, qu'un instrument, c'est l'athanor.

— L'athanor ?

— Un réchaud d'un modèle spécial dans lequel il effectuait ses essais, répondit Bridgeman, avec un geste qui décrivait à peu près la taille de l'appareil.

— Où est-il ?

— Je pense que ce sont sa nièce et son mari, John Conduitt, qui le détiennent. Vu la gloire de Newton, toutes ses possessions ont été très disputées.

— Avez-vous l'adresse de John Conduitt ?

— Oui, répondit Bridgeman, intrigué.

— Me ferez-vous l'amitié de m'accompagner chez lui ?

Le lendemain soir, après la visite, Jan et Bridgeman ramenèrent à la maison un singulier réchaud en fonte, haut de deux pieds, pansu et pesant : l'athanor. Les Conduitt étaient trop heureux de tirer bénéfice d'un objet dont ils ignoraient l'usage.

Jan Hendricks l'avait payé cent cinquante guinées. Un prix royal pour John Conduitt.

— L'attaque que nous avons déjouée m'a donc rapporté cent guinées, conclut Jan avant de se mettre à table.

— Cent guinées ?

— Ma part de l'effet de Cosgood étant de deux cent cinquante guinées. Après cet achat, il m'en reste cent.

— Jan, parmi les surprises que vous me réservez, il en est une que j'apprécie particulièrement, dit Bridgeman en levant son verre, parce que j'en ai été longtemps privé : vous me faites rire.

— Dieu soit loué ! dit Jan, levant aussi son verre.

*

Quinze jours plus tard, les trois mécréants furent pendus.

Une fois de plus, la main payait pour la tête. Éternelle injustice.

Solomon Bridgeman et Jan Hendricks regardaient alors les falaises de Douvres s'estomper dans les brouillards de novembre. La Manche était grise comme du fer liquide.

13

Un œuf de dragon

Sur le bateau qui les emmenait à Calais, Bridgeman, penché sur le bastingage car il préférait l'air du large à l'atmosphère nauséeuse des cabines, s'adressa à Jan, qui serrait entre ses bottes la sacoche aux joyaux :

— Pardonnez-moi de vous entretenir de sujets qui ne regardent que vous. Vous avez fui l'invitation de la marquise Abercorn pour n'avoir pas à danser la gavotte avec des filles à marier. Mais vous êtes fort joli garçon et vous ne fuirez pas éternellement les ardeurs féminines, car elles ne sont pas moins pressantes que celles des hommes. N'avez-vous aucun penchant pour le beau sexe ? Ou auriez-vous choisi une vie de moine ?

Un vent obstiné fouettait le visage de Jan et le peignait de roseurs. Il sourit.

— Solomon, ce que j'ai connu des ardeurs amoureuses n'était pas édifiant. Les corps s'échauffent, sous l'effet de la concupiscence et souvent du vin. Chacun se sert de l'autre comme d'un objet pour parvenir à un pinacle animal de deux ou trois minutes, au cours duquel les corps émettent des humeurs, censées assurer une descendance. À la suite de quoi on se retrouve l'esprit vague et las, surpris que l'affaire ait pris tant de peine pour si peu, et guère intéressé par l'humeur de son partenaire. Je suppose que c'est ce qu'on appelle communément l'amour. Or, je ne songe pas à une descendance et j'ai l'intention de ne plus être traité comme un objet.

D'abord interloqué, Bridgeman fut secoué par une crise de fou rire et Jan se mit à rire par contagion.

— Je ne crois pas que cela corresponde à ce que votre ami Isaac Newton appelait l'attraction universelle, ajouta Jan.

Le rire de Bridgeman redoubla ; l'Anglais criait presque, suffoquant au point qu'il attira l'attention des marins.

— Je suis heureux de vous avoir de nouveau diverti, dit Jan.

Bridgeman tira de sa manche un grand mouchoir, dont la mode se répandait, et se tamponna les yeux avant de se moucher.

— Mais vous n'éprouvez jamais le besoin d'une présence amicale, complice, qui vous console dans vos moments de solitude ? demanda-t-il.

— J'ai subi la présence physique de Fray Ignacio pendant près de dix ans. Je vous assure qu'elle ne m'a pas manqué un moment depuis que je l'ai laissé à Mexico dans son lamentable état.

Bridgeman hocha la tête et songea, presque involontairement : « Ce garçon est sourd du corps. Peut-être est-ce une bénédiction pour lui. » Mais il était néanmoins désorienté. Il insista :

— Mais quand vous voyez une jolie jeune fille, une rose dotée de toutes les grâces de la nature, n'éprouvez-vous pas un élan vers elle ?

— Solomon, répondit Jan, une telle créature fait partie des chefs-d'œuvre de la nature, comme les roses, justement, les papillons et les rossignols, sans parler des perroquets d'Amérique du Sud, dont les couleurs éclatantes m'émerveillaient. Mais croyez-vous que j'éprouve le besoin de forniquer avec les roses, les papillons, les rossignols et les perroquets ?

Là, Bridgeman se retrouva sans réplique. Le discours de ce garçon était parfaitement logique. L'ennui était qu'il ne s'accordait pas à ce qu'on appelle le sens commun et l'Anglais en fut tellement troublé qu'il ne posa plus de question.

Jan Hendricks était-il infirme du cœur ?

*

La malle-poste les emmena en deux jours de Calais à Paris, après une halte à Péronne, où ils soupèrent d'une potée de choux et d'un pâté de sanglier, arrosés d'un vin blanc de Champagne, qu'ils choisirent parce qu'il coûtait cher, mais qui picotait plaisamment le nez.

Bridgeman s'était déjà rendu deux fois à Paris ; il loua un mauvais carrosse et donna au cocher, dans un français à peu près correct, l'adresse de l'Auberge du Cygne, non loin du pont aux Tripes, dans le quartier Saint-Médard. Là, il demanda les deux plus grandes chambres et, vers le soir, les voyageurs, exténués mais débarbouillés et rafraîchis, furent enclins à considérer l'existence d'un œil plus serein.

— J'ai des amis qui nous eussent accueillis volontiers, dit-il à Jan, mais je préfère que ce voyage soit discret.

Le lendemain, il pria son compagnon de se munir de la sacoche et ils se firent accompagner en carrosse quai des Orfèvres, où Bridgeman chercha l'enseigne d'un sieur Chalinchon, artisan orfèvre-joaillier et lapidaire. Elle se trouvait entre celles de ses collègues Boehmer et Demay.

Bridgeman se recommanda d'une connaissance commune, client important de l'artisan, ce qui fit son effet. Chalinchon emmena ses visiteurs dans une grande arrière-salle à l'écart des couinements d'une scie à pédale avec laquelle un apprenti taillait un bloc de porphyre et des coups de marteau que deux autres répétaient sur des marbres. Sur un établi voisin, un autre apprenti rendait son galbe à une pièce de vaisselle d'or, à l'aide d'un petit marteau à frappe garnie de feutre.

Chalinchon ferma la porte et prit place devant un grand bureau. Derrière lui se dressait un coffre-fort imposant. Les visiteurs étaient assis en face.

— Je souhaite que vous vous engagiez à la plus entière discrétion sur ce qui va suivre, déclara Bridgeman en préambule.

— De tels engagements font partie de mon métier, répondit l'autre, en hochant la tête.

Bridgeman fit signe à Jan, qui ouvrit la sacoche, en tira la géode d'émeraude et la tendit au joaillier. Chalinchon la soupesa et glissa un regard par l'ouverture pratiquée.

— Juste ciel ! s'écria-t-il en secouant la tête.

Il saisit un bougeoir pour examiner l'intérieur à la lumière de la flamme.

— J'aurai vécu pour voir cela, reprit-il. Cette gangue aura été arrachée aux entrailles d'un dragon ! J'ai aperçu dedans assez pour donner le vertige à un roi.

Il reposa la pierre sur son bureau.

— Un objet inouï. Je doute qu'aucun de mes confrères ait jamais vu trésor comparable. Que puis-je faire pour vous, messieurs ?

— Nous souhaitons détailler l'intérieur de cette pierre pour le vendre, répondit Bridgeman. À l'évidence, nous ne pouvons le faire en l'état. Seul un roi pourrait l'acheter. Mais nous ne voulons pas attirer l'attention.

Chalinchon hocha la tête.

— Il faudrait donc que vous l'ouvriez et la tailliez. Nous sommes venus vous consulter sur ce point.

— Casser cet œuf est un préalable, en effet. J'y ai aperçu des pierres d'une taille étonnante. Nous pourrons alors voir combien il y en a et quelle est leur qualité. Nous verrons ensuite pour leur taille.

— Combien de temps cela prendrait-il de le casser ? demanda Bridgeman.

— Nous pouvons le faire sur-le-champ.

Bridgeman traduisit la proposition du joaillier pour Jan, qui l'accepta aussitôt.

— Allons-y, dit Jan.

Chalinchon se leva, prit la pierre et se dirigea vers un établi dans un coin de la salle. Il posa la géode sur un épais plateau de bois, l'immobilisa dans un vérin, puis se saisit d'un gros pic d'acier et d'une masse. Il donna un premier coup. Des éclats de pierre volèrent. La géode se fendit au sixième coup. Le joaillier desserra le vérin, dégagea trois gros fragments et les posa sur son bureau.

— Voyons, dit-il, tendant la main vers une petite loupe.

Bridgeman et Jan se penchèrent sur les fragments. Ils furent émerveillés. À la lumière du chandelier sur la table, de gros cristaux aux facettes naturelles quoique irrégulières semblaient jaillir de leur gangue et flambaient d'un feu vert. Le plus gros était de la taille de deux gros doigts d'un homme adulte. D'autres, plus petits, ressemblaient à de jeunes pousses ou des pois noyés dans une masse grise.

— Celle-ci, dit Chalinchon, indiquant la plus grosse, vaudrait au moins cinquante mille livres. Mais j'aimerais juger de son eau plus à mon aise.

— Que faut-il faire ?

— La détacher.

— Est-ce difficile ?

— Il faut de toute façon réduire ces fragments en parties de plus en plus petites, afin d'en tirer tout le parti possible. Je ferai ensuite scier les pierres à leur base, une à une, en commençant par les plus belles.

— Combien de temps faut-il pour la plus grosse ?

— Une heure.

— Pouvons-nous revenir demain ? demanda Bridgeman.

— Ma boutique vous est ouverte.

— Et pour dégager toutes les pierres que voilà ?

— Comptez bien un mois, commodément, répondit Chalinchon.

Sur quoi, l'heure étant avancée, il pria ces messieurs de partager son ordinaire ; une planche fut posée sur des tréteaux et les trois hommes s'attablèrent. Le repas fut simple, mais savoureux : une terrine de pâté de canard, une salade de pommes de terre, un fromage crémeux de Brie, qui changeait agréablement du cheddar plâtreux. Deux flacons de vin d'Anjou relevaient le tout. Jan goûta particulièrement le pain, dont il n'avait pas connu l'égal.

Puis il serra les fragments dans sa sacoche.

*

Un incident mémorable pour Bridgeman advint quand les visiteurs prirent congé. Il neigeait et, mettant le pied sur la chaussée de la rue Saint-Nicolas, qui n'était pas pavée, Bridgeman faillit glisser dans une flaque boueuse. Jan le rattrapa d'une main ferme. Un cri échappa à l'Anglais. Il se tourna vers son compagnon et le dévisagea, stupéfait, haletant.

C'était le premier contact physique entre les deux hommes depuis leur rencontre à Southampton.

— Qu'avez-vous ? s'étonna Jan.

— Vous… vous…, bredouilla Bridgeman en se massant le poignet.

— Eh bien ?

— Vous m'avez donné une secousse !

Jan haussa les sourcils, sans répondre.

— J'ai essayé de vous retenir, dit-il d'un ton neutre.

— Je le sais. Mais un fluide inouï m'a inondé le poignet…, dit Bridgeman, accompagnant ces mots d'un regard interrogateur.

— Pardonnez-moi.

— Vous saviez que vous possédiez ce fluide ?

— Oui, avoua Jan à contrecœur. C'est pour cela…

Mais il n'acheva pas sa phrase. D'ailleurs Bridgeman ne le lui demanda pas.

Ils regagnèrent l'auberge sans mot dire.

*

Au souper, Bridgeman parut tourner plusieurs fois sa langue dans sa bouche, par ailleurs occupée à tâter de la poularde en sauce, avant de déclarer :

— Newton vous aurait beaucoup apprécié, Jan. Il croyait à l'existence de ce fluide que vous possédez mais qu'il n'avait jamais pu expérimenter. Il était persuadé que certains êtres, des humains, possèdent des liens plus étroits que le commun avec les forces de l'univers.

Jan l'écouta, intrigué, sans plus.

— Vous êtes de ceux-là, Jan. J'ignore quel sera votre destin mais je crois que si vous en prenez conscience et que vous le dirigez dans le sens le plus utile, il sera exceptionnel. La fortune inouïe que vous avez dérobée à vos tourmenteurs témoigne déjà qu'une étoile vous guide. Mais je sens bien que l'argent n'est pas votre but en ce monde. J'ignore quel serait ce but. Mais j'ai le pressentiment qu'il instruira le monde pendant longtemps.

Les yeux brillants, Jan demanda :

— Tout cela parce que vous avez ressenti un choc quand je vous ai touché le poignet ?

— Pas seulement. Ce choc n'était qu'un révélateur. Je vous observe depuis que je vous ai rencontré à Southampton. Et je vous ai vu à l'œuvre contre les brigands qui nous ont attaqués à Londres. Vous sembliez un génie de la nature, déchaîné contre les forces du mal. Un pistolet était braqué contre vous et nous étions deux contre trois, pris de surprise de surcroît. Vous avez réagi avec une rapidité à couper le souffle. Qui eût songé au poivre ? Je ne doute pas que vous ayez dépêché au trépas avec la même promptitude ceux qui se dressaient sur votre chemin. L'œuf de dragon, c'est vous !

Jan se mit à rire. Ses dents parfaites étincelèrent à la lumière des flambeaux.

— C'est de moi que vous parlez ?

— Oui, vous ! s'écria Bridgeman avec un feu insoupçonné. Si vous feigniez d'ignorer les dons que la nature vous a délégués, vous seriez criminel.

Jan fut saisi. Il n'avait jamais connu ce ton à l'Anglais mesuré qui l'avait recueilli. Mais il devina que son interlocuteur croyait passionnément en lui.

— Vous êtes innocent, je le sais. Mais prenez conscience de votre innocence et des responsabilités que le ciel vous a confiées.

— Que dois-je faire ?

— Je vous l'ai dit. Prenez conscience.

Il versa du vin à son convive, surpris et songeur.

14

« Vous vouliez un souvenir ? »

Puisque leur séjour serait long et comme le temps était décidément trop froid pour aller à pied, Bridgeman décida de conserver le carrosse de louage, vieille boîte dédorée, aux feutres usés et crasseux et grinçant de toutes parts, mais qui avait le mérite d'inspirer le dédain et non l'envie. À condition qu'on partît de bonne heure, on évitait les insupportables embarras d'autres carrosses, de charrettes, de voitures à bras et de cavaliers, sans parler évidemment des piétons qui pataugeaient dans la gadoue, tandis que fusaient les invectives et les injures. Pour le retour, c'était une autre histoire et il fallait prendre son mal en patience ou bien se résigner à rentrer à l'auberge à pied, transi jusqu'à la moelle. Lestés de café, de pain et de fromage, ils furent à la porte de Chalinchon à l'heure où celui-ci déverrouillait les cadenas de son atelier, en présence des apprentis battant la semelle.

Le joaillier pria ses visiteurs de s'installer dans son bureau pendant qu'on ranimait les poêles et qu'un feu de bûches était bâti dans la grande cheminée de l'atelier.

Chalinchon demanda ensuite qu'on lui confiât le fragment à la grande émeraude. Bridgeman et Jan le regardèrent procéder. En une heure, le fragment fut divisé en neuf. Un peu plus d'une autre heure plus tard, il dégagea la gemme et la fit chatoyer à la lumière.

Les apprentis regardaient de loin. L'un d'eux, un dodu rose, sembla fasciné par les trésors révélés.

— Le cardinal Fleury, dit Chalinchon en tournant dans ses doigts la baguette d'émeraude.

— Comment ? demanda Bridgeman.

— L'accès au cœur des puissants en est la partie la plus tendre, M. Bridgeman, ne le savez-vous pas ?

Les deux hommes se mirent à rire.

— Mais qui est le cardinal Fleury ? demanda Bridgeman.

— Le Premier ministre. Comment, vous ne le saviez pas ?

Ces Français croyaient toujours que leurs affaires retentissaient dans l'univers.

Jan, tout ouïe, comprenait maintenant ces mots simples, « cardinal » et « Premier ministre ».

— Pourquoi le cardinal achèterait-il cette pierre cinquante mille livres ? insista Bridgeman.

— Monsieur, parce qu'il s'assurera ainsi la faveur de la reine.

— Le cardinal est l'amant de la reine ?

— Que non, monsieur. Il a soixante-seize ans. Il est amoureux du pouvoir. C'est une maîtresse qui ignore l'âge de ses soupirants.

— Que va-t-il faire de la pierre ? demanda Jan.

Chalinchon dut comprendre la question et se tourna vers le jeune homme :

— Messieurs, je vous en donne quarante-cinq mille livres. La taille et le bénéfice de la vente me reviendront.

Bridgeman eut à peine besoin de traduire.

— Et les autres pierres ? demanda encore Jan.

— Nous allons y venir, dit Chalinchon, qui devait posséder quelques notions d'anglais. Donnez-moi le temps.

*

Trente-trois jours plus tard, l'œuf de dragon, comme l'appelait Chalinchon, avait livré l'essentiel de ses richesses.

Trois cent trente mille livres d'émeraudes. Vingt-sept pièces d'une dimension et d'une eau exceptionnelles.

— Je n'ai pas tout cet argent, déclara Chalinchon. Fleury a acheté la grande émeraude et j'en ai vendu onze autres à mes confrères. Vous en avez le compte, cent quatre-vingt-dix-huit mille livres que je vous ai remises. Mais la demande n'est pas si grande que je puisse écouler le reste dans les délais que vous souhaitez.

On ne pouvait douter de sa bonne foi ; il s'était largement payé sur trois émeraudes moyennes représentant quand même vingt-huit mille livres.

Bridgeman et Jan, qui avait acquis quelques notions de français, le regardèrent sans mot dire. Trois cent trente mille livres. De quoi ouvrir une autre banque, songea Jan.

— Vous avez cent trente-deux mille livres à toucher, ajouta le joaillier, mais ne les demandez pas : si je mettais en vente les seize pièces restantes, elles ne seraient pas payées leur prix.

— Et alors ? demanda Jan.

— Prenez ces pierres et vendez-les ailleurs.

— Où ?

— Amsterdam ou Saint-Pétersbourg.

— Cela est bel et bon, déclara Jan en français, qui avait appris cette expression durant les semaines passées à Paris, « bel et bon » mais que ferons-nous alors du reste ?

Chalinchon le regarda, amusé : c'était la première fois qu'il entendait le jeune homme prononcer une phrase entière en français.

— Vous parlez le français fort bien, M. Hendricks, mais avec l'accent piémontais.

N'ayant cure de son accent, Jan sortit de la sacoche le gros rubis et les saphirs étoilés et les posa sur le bureau du joaillier.

Chalinchon poussa un cri.

— Seigneur tout-puissant ! cria-t-il. Mais d'où sortez-vous, Messieurs ? Ce sont les pierres du trône de Dieu décrit par le prophète Ézéchiel !

Il tendit le cou, puis les doigts vers le rubis, l'examina sous toutes les faces.

— Invraisemblable, murmura-t-il. Plus beau que les joyaux de Golconde !

Les saphirs étoilés furent sans doute une épreuve trop forte pour ses sens. Il se leva et saisit un carafon de vin de Madère et s'en remplit un verre qu'il vida quasiment d'un coup.

— Pardonnez-moi, mais jamais joaillier n'eut à subir pareilles émotions. Ce rubis, dit-il, s'adressant cette fois à Jan, dont il commençait à deviner l'importance, c'est l'œil du dragon que vous avez éventré, n'est-ce pas ?

— J'ai, en effet, éventré des dragons, monsieur Chalinchon, dit Jan, mais leurs entrailles étaient puantes, comme celles de tous les dragons, ne le savez-vous pas ? Les pierres que vous avez vues et voyez sont, elles, les fruits et les légumes de la planète, ses pommes, ses poires et ses cerises. Vous n'aviez vu que les salades. Reprenez-vous et dites-nous sur quels marchés les maraîchers vont vendre ces fruits.

Chalinchon considéra Jan un long moment, déconcerté par ce discours et toujours par l'accent, indéfinissable. Ce jeune homme avait-il perdu la raison ? Quels dragons aurait-il éventrés ? Il se tourna vers l'Anglais :

— Votre ami est prodigieux, monsieur Bridgeman. S'il n'était de vos amis, je croirais qu'un archange est venu me poser une énigme. Un archange ? Non, un sphinx.

Il se leva et arpenta la salle.

— Vous avez épuisé pour le moment les finances des amateurs de pierres de France. Je vous avais conseillé Amsterdam ou Saint-Pétersbourg. Je vais me répéter avec une légère différence : Amsterdam *et* Saint-Pétersbourg. Et Berlin. Et Vienne.

Bridgeman semblait plongé dans des réflexions sans fin. À la fin, il hocha la tête.

— Je comprends ce que vous dites, monsieur Chalinchon. Je vous remercie de vos conseils. Nous allons les suivre.

Jan remit le rubis et les saphirs dans sa sacoche et Chalinchon à Bridgeman, les seize émeraudes taillées par ses soins, chacune dans une enveloppe de gros papier.

— Prenez garde, ces pierres ne sont pas aussi dures que le diamant et se ternissent quand elles sont frottées ensemble.

Ils signèrent des papiers. Bridgeman convia Chalinchon à un souper pour célébrer la conclusion de leur marché. Le joaillier choisit l'Auberge du Roy, rue de la Planche, près de l'hôtel du prince d'Isenghien.

Le menu fut un faisan aux choux, précédé par un pâté de lièvre et des salades, le tout arrosé de ce vin de Champagne que Jan avait fini par apprécier. Puis les convives se quittèrent sur des assurances d'amitié et des souhaits de prospérité.

*

— Vous voilà donc en possession d'effets pour cent quatre-vingt-dix-huit mille livres, dit le lendemain Bridgeman à Jan. Que voulez-vous faire ?

Ils sirotaient leur café dans la salle de l'auberge, à l'aube de leur avant-dernière journée à Paris.

— Aller à Amsterdam récolter les cent trente-deux mille livres annoncées par Chalinchon pour les émeraudes, sinon plus.

— Et ensuite ?

— Fonder une autre banque. Trois cent trente mille livres devraient y suffire, non ? Sans compter l'or qui me reste. Et les autres pierres. Il y en a même assez pour une troisième banque.

Bridgeman en resta muet.

— Une autre banque ? Et une troisième ?

— Des succursales de Bridgeman and Hendricks.

— Je n'ai plus d'argent à y engager.

— Vous en achèterez des actions avec vos revenus de la banque de Londres. Je serai votre créancier. J'ai l'argent, vous avez l'expérience.

— Quel est votre but dans l'existence, Jan ?

— Solomon, je ne sais pas tenir de discours. Je ne sais pas si j'ai un but dans l'existence. Je pense plutôt qu'elle en a un pour moi. Les gens sont ivres d'argent, parce qu'il leur permet de s'offrir des plaisirs dérisoires. Manger des mets coûteux, s'habiller comme les rois qu'ils ne sont pas, s'offrir des maîtresses qui flattent leur vanité plus que leurs sens et tourmenter les faibles. Vous ne savez pas comment les Espagnols, parce que leur puissance est sans limites, traitent les Indiens. Mon sort était à peine plus enviable. Convenez-en, je serais sot de l'ignorer et de négliger le pouvoir que m'offre l'argent contre la folie et la méchanceté humaines : en effet, il m'en protégera. Ma sacoche est pleine de pierres et d'or dont je n'ai pas le moindre usage. Je ne peux manger deux fois de suite, ni dormir dans tous les lits d'un palais de cent pièces. Dites-moi, Amsterdam n'est-elle pas une ville convenable à l'établissement d'une banque ?

— Excellente. Elle prête à tous les rois de la planète, sans parler des marchands.

— Alors, pourquoi vous étonnez-vous ?

— Je ne vois pas où vous allez.

— Je vous l'ai dit : je ne veux plus dépendre de moines libidineux et de vieilles femmes échauffées.

— Vous voulez commander.

— Non plus. Si j'ai quelque valeur, je veux influencer mes pairs. J'ai bien vu comment le Premier ministre Walpole nous a reçus : les banquiers sont aussi respectés que les rois.

Bridgeman demeura songeur.

— S'il vous avait connu, dit-il enfin, Isaac eût été éperdument amoureux de vous. Plus qu'il ne le fut de Duillier.

— Duillier ?

— Fatio de Duillier. C'était un mathématicien suisse dont il s'était épris et qui le quitta. Isaac en a été malade.

Jan haussa les épaules.

— Nous revoici dans des histoires d'amour.

— Êtes-vous inhumain ?

— Non, prudent, répondit Jan avec un sourire, en tartinant du pain avec du beurre avant de le saler.

Bridgeman fit une grimace comique.

— Vous répugniez à aller à Amsterdam, demanda-t-il. Comment vous y êtes-vous décidé ?

— C'est fort simple. Vous témoignerez sur l'honneur que je suis Philip Westbrooke, directeur de votre banque à Londres, ou Guillaume de Beauvais, votre agent à Paris

— Mais vous êtes infernal ! s'écria Bridgeman en riant.

— Vous avez déjà témoigné que je suis Jan Hendricks. C'est même vous qui avez trouvé le nom. Seriez-vous à court d'imagination ?

— Infernal ! répéta Bridgeman. C'est moi qui ai couvé un œuf de dragon.

— Plaignez-vous !

C'était leur seule journée de loisirs depuis qu'ils étaient arrivés à Paris. Ils allèrent visiter la cathédrale de

Notre-Dame, s'émerveillèrent, puis se promenèrent, soupèrent et, comme un voyage les attendait le lendemain, ils décidèrent de se coucher tôt.

Ils rentrèrent à l'auberge.

*

Jan n'avait pas lâché sa sacoche un instant depuis que, la veille, il avait pris possession des effets de Chalinchon pour cent quatre-vingt-dix-huit mille livres et des pierres taillées. Il la glissa sous son lit, près du pot et tira le rideau, laissant la chandelle allumée, au cas où il aurait soif.

Il s'assoupissait quand on toqua à la porte. Il se leva à pas de loup et alla coller d'abord une oreille à la porte avant d'ouvrir le judas. À des riens, des craquements multiples sur le plancher devant la porte, des respirations bruyantes, il perçut, lui sembla-t-il, plus d'une présence. Il entrouvrit le judas et capta, en effet, des bruits précipités. Mais il n'aperçut qu'un charmant visage féminin, éclairé par un bougeoir. La clarté dorée de la femme jetait des reflets sur une poitrine bien plus découverte que la modestie le conseillait.

— Qu'est-ce que c'est ? demanda-t-il d'une voix faussement somnolente.

— Messire, dit la jeune personne, soudain souriante, je suis la servante qui s'occupe des chambres. J'apprends que vous nous quittez demain. J'ai pensé que vous ne voudriez pas partir sans me laisser un souvenir.

Elle tenait un flacon de vin sur son corsage.

— Nous verrons demain matin, dit-il d'un ton bougon.

Il avait aperçu, près de la porte, une main d'homme et il avait entendu, cette fois nettement, une respiration bruyante.

— C'est que je ne travaille point demain, messire, je serais navrée de ne point vous revoir…

Un traquenard.

Il jaugea la porte. Peut-être résisterait-elle à l'assaut d'un homme, peut-être pas. De deux hommes, c'était douteux.

— Bon, laissez-moi le temps d'arranger ma mise. Ce ne sera pas long.

Il claqua le judas, le cœur battant.

Il fallait alerter Solomon, dans la chambre voisine. La cloison entre les deux chambres était mince, puisque, les jours précédents, il entendait son compagnon ronfler. Il alla donner des coups dessus. Aucune réponse. Alarmant. Il enfila précipitamment ses chausses et sa chemise, noua sur ses reins la ceinture avec la dague dans son fourreau, s'empara de la sacoche et ouvrit la fenêtre. Il évalua le rebord. Il était assez large, deux pieds d'homme côte à côte mais le point d'appui le plus proche, une gouttière le long de la fenêtre de la chambre de Bridgeman, serait difficile à atteindre avec la sacoche en main. Il enjamba quand même le muret de l'appui. L'air était glacé et Jan frissonna. Il avança précautionneusement jusqu'au moment où il put saisir la gouttière et coula un regard dans la chambre de Bridgeman. Le spectacle lui glaça le sang. L'Anglais était assis sur une chaise, bâillonné et ligoté, sous la garde d'un brigand au chapeau baissé sur les yeux. Jan recula. Les brigands avaient dû entrer dans la chambre de son compagnon sous un prétexte ou l'autre et, voyant que la sacoche n'y était pas, s'étaient rabattus sur la chambre voisine.

La rue était à trente pieds plus bas. Il risquait de se casser une jambe. Si on venait alors lui arracher la sacoche, il ne pourrait pas se défendre et encore moins courir après ses agresseurs. Il respira profondément. Son haleine forma un brouillard devant lui. Les orteils insensibles, il retourna vers la fenêtre de sa chambre, ne s'y arrêta pas mais avança vers celle de la chambre voisine. Il avait souvenir que, le matin, elle était encore occupée par un voyageur français portant épée. Il tenta de voir à travers le carreau givré. Si la chambre était occupée, l'homme dormait. Seule une chandelle vivait dans la pièce. Il toqua vigoureusement sur la vitre. Chaque seconde comptait, car n'ayant pas obtenu la réponse espérée, les brigands allaient forcer sa porte.

Le rideau du lit fut tiré et un visage apparut, ahuri, en bonnet de nuit. Une silhouette blanche vint à la fenêtre et l'ouvrit. C'était un homme dans la force de l'âge, en chemise de nuit et aux moustaches de Gaulois.

— Que diantre…

— Monsieur, au nom de Dieu, des brigands essaient de forcer ma porte ! chuchota Jan. Venez-moi en aide. Ils ont ligoté mon compagnon…

— L'Anglais ? Mais qu'est-ce que c'est que cette histoire…

— Monsieur, je vous en conjure, supplia Jan, grelottant, les pieds quasi gelés.

— Entrez, dit l'homme, vous allez tomber à force de trembler. Où est votre chambre ?

— Près de la vôtre…

À ce moment, un coup sourd retentit. L'homme l'entendit et écarquilla les yeux.

— Voyez…, dit Jan.

— Venez ! ordonna l'autre, et bien qu'en chemise de nuit, il s'empara de son épée. Savez-vous vous servir de ceci ? demanda-t-il à Jan en ouvrant précipitamment un coffre dont il tira un pistolet à mèche.

— Oui, dit Jan, saisissant l'arme.

Le Français ouvrit bruyamment la porte. Lui et Jan déboulèrent dans le couloir au moment où deux hommes venaient, en effet, de forcer la porte de la chambre voisine. La fille poussa un cri strident.

— Ha, mes gaillards ! s'écria l'homme, dardant son épée vers eux. On vous tient !

Le brigand le plus proche de la porte tenta de fuir. L'homme plongea et lui toucha le rein. L'autre hurla.

— Un pas de plus et je vous embroche.

Jan s'élança vers la chambre de Bridgeman, le pistolet dans la main droite, la sacoche dans la gauche, au moment où la porte de Bridgeman s'ouvrait.

— Mais qu'est-ce qui se passe ? marmonna le malandrin commis à la garde de l'Anglais.

Puis il aperçut la fille, Jan qui braquait le pistolet vers lui, l'homme à l'épée et son complice saignant au côté et gémissant. Il tenta de fuir. Jan braqua le pistolet et tira dans les jambes. L'homme s'écroula avec un cri de douleur. Jan enjamba son corps et bondit dans la chambre de Bridgeman. Il lui libéra les poignets, lui confia la sacoche, puis courut dans le couloir. La fille à son tour tentait de s'enfuir. Il la rattrapa en deux bonds.

— Par ici, ma belle ! dit-il en la saisissant par le bras, hoquetante. Puis il la poussa brutalement dans sa chambre.

Un seul des trois brigands était indemne, celui qui était entré le premier dans la chambre de Jan.

Bridgeman sortit de sa chambre, hagard. Les aubergistes, alertés par les cris et le vacarme, montèrent à l'étage. Un autre client les suivit, grommelant des jurons.

— Messieurs, déclara solennellement l'homme à l'épée, d'un air martial, apparemment inconscient du fait qu'il était en chemise de nuit et le bonnet sur la tête mais l'épée en main, je suis lieutenant général des gabelous d'Aquitaine et ces malandrins sont bons pour le gibet ou les galères. Madame, intima-t-il à l'aubergiste, allez je vous prie me chercher des cordes.

— Cet homme est blessé, dit Jan, désignant le malandrin qu'il avait atteint à la jambe. La charité chrétienne exige, avant la justice, qu'il soit soigné.

— Vous avez raison, mon garçon, dit le lieutenant des gabelous. Il sera pendu guéri. Qu'on mande un barbier.

Exactement la même scène que chez Bridgeman, songea Jan, frappé par la similitude, à cette différence près que la scène comptait un protagoniste de plus.

— Messieurs, dit l'officier, je suis Aubert des Aignans, officier du roi.

— Solomon Bridgeman, banquier à Londres.

— Jan Hendricks, négociant en joyaux.

Ils se serrèrent la main. Des Aignans sursauta au contact de Jan.

— Peste, monsieur Hendricks, vous portez la foudre.

Jan feignit de rire. Les aubergistes arrivèrent avec des cordes. On ligota les malfrats.

— Ce garçon, déclara des Aignans à Bridgeman, désignant Jan, mérite d'être mousquetaire du roi.

Le barbier arriva avec sa trousse et demanda qu'on fît descendre le blessé au rez-de-chaussée et qu'on le couchât sur une table.

— Je vais prendre du repos, annonça Jan.

— Moi aussi, dit Bridgeman, brisé.

*

Jan, sacoche en main une fois de plus, avait refermé la porte de sa chambre derrière lui quand il perçut un mouvement dans la tenture derrière son lit. La fille ! Il l'avait oubliée. Dans l'émoi général, personne ne l'avait maîtrisée et elle avait dû se cacher quand l'aubergiste et son époux étaient entrés ligoter le malfrat indemne. Il alla vers le lit et la tira sans ménagement de sa cachette.

— De grâce…, supplia-t-elle.

Il la considéra d'un air ironique. Une petite rousse au chignon opulent et bas, au teint de lait.

— Vous vouliez un souvenir, dit-il d'un ton insidieux.

Elle le regarda, terrorisée.

Elle portait toujours la bouteille de vin. Il la lui prit des mains.

— Une boisson pour célébrer nos plaisirs, n'est-ce pas ?

Il tendit la main vers un verre, déboucha la bouteille, remplit le verre et le lui tendit.

— À vous d'abord, princesse.

Elle parut encore plus apeurée.

— Pourquoi, n'avez-vous pas soif après ces émotions ? demanda-t-il en portant le verre aux lèvres de la fille.

— Non, articula-t-elle, de plus en plus terrifiée.

— Vous avez raison, le vin empoisonné n'étanche pas la soif. Car il est empoisonné, n'est-ce pas ?

Elle tremblait.

— Et l'on n'aurait retrouvé que mon cadavre, n'est-ce pas, ma belle ? fit-il en approchant son visage du sien.

— Ce sont eux qui l'ont apporté… Ils m'ont forcée… Ils…

C'était plausible. Elle ignorait probablement l'enjeu de l'attentat. Elle était à l'agonie. Il posa la bouteille sur un guéridon, tira sa dague de sa ceinture, en considéra la pointe, en tâta la lame et la regarda.

— Non… je vous en supplie…

Il darda la pointe vers elle.

— Non ! cria-t-elle.

D'un geste sec, il déchira le corsage de bas en haut et dévoila la poitrine.

— Plaisant spectacle, dit-il en hochant la tête.

Il glissa la lame dans le jupon et trancha la ceinture. Le jupon tomba. La fille était nue.

— Enlevez vos bas, ordonna-t-il.

Elle s'exécuta. Il hocha la tête et lui posa la main sur la poitrine. Elle retint un cri. Il la poussa vers le lit. Elle ne le quittait plus des yeux et ne cillait pas.

— Regardez bien, oui, car vous vouliez un souvenir, dit-il.

Ses caresses se firent indiscrètes. Là, elle se laissa aller à de petits cris. Il la renversa sur le lit et lui flatta les seins ; les tétons se dressèrent instantanément et la fille haleta, les yeux écarquillés. Quand il toucha le sexe, l'effet surprit Jan lui-même.

— Qui êtes-vous ? s'écria-t-elle, affolée. Un sorcier ?

Il n'arrêtait cependant pas ses caresses. À chaque contact elle frémissait. Il la posséda. Elle se pâma, se tortillant comme un grand serpent possédé. Il était toujours en elle. Puis elle lui enlaça le cou.

— Je sais que vous ne me croirez pas, murmura-t-elle. Mais je vous aime. Vous êtes un sorcier… Je vous aime plus que mon Seigneur…

Il lui donna l'estocade et s'épancha. Elle fondit en larmes.

— Pourquoi pleurez-vous ?

— Parce que je n'aimerai personne autant que vous… Jamais.

Il prit son temps pour goûter cette situation étrange où l'on était dans un autre corps, puis se retira et considéra la fille étalée sur le lit, comme une victime sacrifiée.

— Allez-vous-en maintenant, dit-il en lui tendant cinq livres. Quittez tout de suite ce quartier et même Paris, que la maréchaussée ne vous trouve pas.

Rappelée à la réalité, elle s'assit, lui lança un regard misérable et perplexe, puis tenta de s'habiller avec ce qui restait de ses vêtements. Il était nu, l'air sévère.

— Vous ne m'avez pas accordé un baiser, dit-elle à la porte.

— J'ai vu que je n'étais pas votre premier amant. Demandez les baisers à votre ordinaire. Vous vouliez me donner la mort, je vous ai donné deux vies. Si c'est une fille, appelez-la Séverine.

— Et si c'est un garçon ?

Il réfléchit un instant.

— Ismaël.

— Rappelez-vous toujours que je vous aime.

Il haussa les épaules et enfila sa robe de chambre.

Puis il ouvrit la porte, poussa la fille dehors et se remit au lit. Il dormirait peu. L'aube ne tarderait pas.

C'était vraiment étrange que les gens qui l'aimaient lui fussent ennemis.

15

Des esprits, des banques et de l'amour

Le lieutenant des Aignans n'était pas un lambin. Quand Bridgeman et Jan, débarbouillés et habillés mais rompus, descendirent prendre leur café, quatre sergents de ville et leur lieutenant étaient présents, écoutant le récit de l'officier des gabelous, deuxième en rang après le fermier général. Son autorité et la solidarité du métier suffisaient au procès-verbal.

Les confessions des malandrins, qui gisaient dans un coin de la salle, les mains liées derrière le dos et l'un d'eux la jambe pansée, feraient le reste. Ils étaient jeunes et si l'on avait eu l'innocence de la compassion, on se fût lamenté que leurs vies fussent bientôt écourtées par le gibet.

Le lieutenant de police prit les noms et les adresses des étrangers. Bridgeman prit la parole :

— Nous voulons savoir qui a fomenté ce complot.

Les malandrins furent interrogés. Tout était perdu ; ils avouèrent : le premier apprenti de Chalinchon.

— Faites-le arrêter, dit Bridgeman, consultant son oignon de Nuremberg. Chalinchon ouvre son atelier dans quelques minutes.

Deux sergents partirent à cheval.

— Le plan de l'empoisonnement est donc celui de l'apprenti ? demanda Jan.

Ils hochèrent la tête.

— Nous sommes entrés chez votre ami à la recherche de la sacoche et comme elle n'était pas chez lui, nous sommes allés chez vous.

— La fille était censée séduire mon ami ?

— Non, dit le malandrin, c'était vous qu'elle voulait.

— Quand elle a frappé à la porte, expliqua Bridgeman, elle a dit qu'elle m'apportait un broc d'eau, et de fait le mien était presque vide. Les trois hommes se sont jetés sur moi, je n'ai pas eu le temps de crier. Ils m'ont ligoté d'emblée et ont fouillé la chambre.

— Où est cette fille ? demanda des Aignans.

— Je la croyais en votre pouvoir, dit Jan.

— Peste ! Elle s'est enfuie !

— Nous en savons assez sans elle, intervint le lieutenant de police. Nous la retrouverons.

— Attendez ! s'écria Jan, et il monta à sa chambre prendre la bouteille de vin empoisonné pour la tendre au policier.

— N'est-ce pas ce que vous appelez le ru des cimetières, lieutenant ?

Celui-ci éclata de rire, les autres aussi.

— C'est le vin que la fille voulait me faire boire pour célébrer notre rencontre.

Les aubergistes écoutaient, effarés.

— On ne peut plus faire confiance à personne, se lamenta la femme.

Jan s'abstint d'observer que si elle avait vu le contenu de la sacoche, il n'aurait pas juré de son honnêteté à elle non plus. Il fit servir du vin et du café aux policiers. Une heure plus tard, les deux sergents revinrent avec le premier apprenti. C'était un homme rondouillard et rose, en dépit de son air déconfit. Il tenait la tête baissée.

— Reconnaissez-vous cet homme ? demanda le lieutenant de police en désignant l'apprenti aux brigands.

— C'est lui !

— Comment avez-vous retrouvé notre adresse ? demanda Jan.

— Quand vous êtes partis, l'autre soir, j'ai suivi votre carrosse.

— Et le poison, c'était votre idée ?

L'apprenti marmonna des mots inintelligibles.

— Parlez fort, qu'on vous entende ! ordonna le lieutenant.

— Un damoiseau pareil, posséder une telle fortune !

— Embarquez-les tous les quatre, ordonna le lieutenant, excédé par l'insolence. Monsieur le lieutenant général, messieurs, je vous présente mes respects.

Il coiffa son chapeau et les quatre hommes furent poussés vers la porte puis dans un fourgon qui attendait là.

*

À l'évidence, Jan et Bridgeman avaient manqué la malle-poste pour Bruxelles. Ils ne pourraient partir que le lendemain. Ils s'installèrent dans la salle de l'auberge, buvant du café en cassant des noix, entourés par la sollicitude de l'aubergiste qui ne savait comment se faire pardonner le scandale de la nuit précédente.

— C'est la seconde fois qu'on nous attaque, observa Jan en français.

— Non, la deuxième, corrigea Bridgeman.

— Quelle différence ? s'étonna Jan.

L'Anglais connaissait assez bien le français pour expliquer que « seconde » supposait qu'il n'y en aurait plus d'autres, ce qui n'était pas le cas de « deuxième ».

— On nous attaquera tant qu'on verra des richesses entre nos mains. Et je me demande si vous aurez toujours la possibilité de nous tirer d'affaire. Cette fois-ci, déjà, je me demande comment vous auriez fait sans l'intervention de ce M. des Aignans.

— Quelle solution ?

— Ne transporter que les richesses qu'on peut se permettre de perdre. La banque est bien le moyen de les conserver sans vous mettre en péril. À ce propos, j'en reviens à votre projet de banque à Amsterdam. D'abord, vous éprouverez beaucoup plus de difficultés qu'à Londres, où j'étais votre ambassadeur en quelque sorte, dans des milieux fermés. Le système des guildes hollandais est encore plus gardé que les milieux banquiers de Londres. Ensuite, vous n'avez pas intérêt à fonder des banques partout. Cela implique que vous ayez des commis en qui vous auriez confiance, et je ne peux être présent en deux villes à la fois. Cela vous engage aussi à payer ce personnel, ce qui réduit vos gains.

Jan hocha la tête.

— Vous pouvez faire fructifier votre argent, reprit Bridgeman, en le plaçant dans une banque établie. Je ne suis pas éternel, Jan, et quand je ne serai plus là, vous devrez conduire la banque de Londres et celle d'Amsterdam, à supposer que vous parveniez à la fonder.

Jan réfléchit à ces conseils.

— Qu'appelez-vous une banque établie, en dehors de Londres ?

— La Banque de Prusse et la Banque de Suède, par exemple. Je vous déconseille Paris. Les Français n'ont pas fini de payer leur déconvenue suite à l'inflation de John Law.

Il expliqua à son interlocuteur ce qu'avait été la bulle délirante des assignats et la dévaluation qui s'en était suivie. Jan parut stupéfait.

— Mais aucune autorité n'a-t-elle donc mis le holà ?

— Mon cher Jan, les autorités, comme vous dites, étaient les premières meneuses du jeu. Vos propos d'hier m'ont donné à penser que vous le saviez déjà. L'argent facile est comme l'excès de vin : ceux qui en ont le plus besoin, les princes et les puissants, s'en enivrent beaucoup plus que les gens de peu, qui ont l'habitude de la parcimonie. Cette faiblesse est universelle et même les Hollandais, qui sont pourtant réputés pour leur prudence, se sont ruinés il y a quelques décennies avec la folie des tulipes. Ils en étaient arrivés à payer des oignons de ces fleurs plus cher que leurs poids en or.

Jan se mit à rire.

— Des oignons de tulipes ?

— Qu'est devenue la fille ? demanda tout à trac Bridgeman d'un ton légèrement moqueur.

Jan leva vers lui un visage inexpressif, sans répondre.

— Ne faites pas l'ignorant, Jan. Je l'ai entendue pleurer dans le couloir, ce matin, peu avant l'aube.

— Ah bon. Vous aurez tout deviné, alors. Elle voulait un souvenir de moi, admit enfin Jan d'un ton qui se voulait dégagé. Je crois lui en avoir offert un qui sera durable.

— Elle voulait aussi vous empoisonner, si j'ai bien compris.

— Je lui ai laissé la vie sauve et lui en ai confié une autre. Je l'ai engagée à quitter Paris.

— Vos résolutions de froideur n'annonçaient pas un tel revirement, dit Bridgeman, visiblement amusé.

— Je voulais tâter d'un exercice qui ne me serait pas imposé.

— Qu'en avez-vous pensé ?

— Qu'à la condition d'être spontané, il est plaisant.

*

Tout au long du voyage, Bridgeman s'interrogea sur le comportement de son compagnon. Le trop-plein d'affection déversé depuis l'été sur le garçon qu'il avait pris pour une âme égarée se tarissait. Le changement de ses dispositions l'étonna lui-même.

« Un chat sauvage qui peut tourner au tigre quand il est menacé, songea-t-il. Le meurtre ne lui fait pas peur. Et la comparaison ne s'arrête pas au moral : sa prestesse physique est étonnante. Marcher à demi nu en plein hiver sur un rebord à trente pieds du sol, vraiment ! »

Ils étaient seuls dans la voiture, la saison et la proximité de Noël n'engageant pas les gens à se déplacer. Par moments, les chevaux, d'ailleurs eux-mêmes protégés par des couvertures, patinaient sur des plaques de verglas et la voiture dérapait dangereusement, aussi le cocher avait-il réduit l'allure. La buée qui givrait de l'intérieur sur les vitres des portières veloutait le paysage noir et blanc qu'on apercevait par les fenêtres. Les deux voyageurs s'étaient pelotonnés dans leurs houppelandes.

— Sur quelles bases votre ami Newton recherchait-il l'élixir de vie éternelle ? demanda Jan entre deux cahots.

— Je serais en peine de vous le dire : avant sa mort, il a brûlé les papiers contenus dans une grande malle et dont il ne voulait pas révéler le secret. Je sais, pour l'avoir vu ouvrir cette malle plusieurs fois devant moi, qu'il y avait rangé une grande, une très grande quantité de manuscrits consacrés à la magie et à l'alchimie.

Bridgeman se pencha pour tirer de sa sacoche un flacon de cognac dont il avala une lampée. En effet, il faisait dans la malle-poste un froid pénétrant. Jan, lui, tira de la sienne un flacon de whisky car il appréciait la boisson écossaise depuis qu'il l'avait découverte et il lui en restait deux flacons de la réserve emportée de Londres un mois auparavant.

— Pourquoi a-t-il brûlé ces manuscrits ? demanda-t-il. S'il les avait écrits, c'est qu'il leur attribuait de la valeur.

— Il m'a dit un jour : « Rien ne serait plus désastreux qu'un secret primordial tombant dans la possession d'un esprit inférieur. »

— Qu'entendez-vous par « magie » ? Qu'est-ce que la magie ?

— Des choses qui alarment les autorités morales et peuvent mener au discrédit, sinon à la prison, répondit Bridgeman. Isaac avait acheté sur le continent, et notamment à Amsterdam où nous allons, quantité d'ouvrages introuvables de magie et d'occultisme.

— Qu'en a-t-il tiré ?

— Je l'ignore, répondit Bridgeman en riant et en ramenant sur lui les pans de sa pelisse, puisque je ne pouvais entrer dans le secret de sa cervelle et qu'il ne parlait pas volontiers de ces sujets. Mais j'ai assisté chez lui à une séance de spiritisme troublante.

— Qu'est cela ?

— La convocation des esprits.

Jan fut interloqué.

— Les âmes des morts, voulez-vous dire ? On peut les convoquer comme cela ?

— Isaac me disait qu'ils nous entourent et que si l'on observe certaines règles, ils se manifestent. Une forme blanche est apparue au-dessus de la table et elle s'est immobilisée au-dessus de Duillier.

— Ces esprits parlent ?

— Non, ils ne sont perceptibles qu'à la vue. Ou bien ils entrent dans le corps de certaines personnes présentes et s'expriment par l'entremise de celles-ci. C'est ce qui est advenu à Duillier. Ce dernier a alors déclaré d'une voix méconnaissable, à l'adresse de Newton, qu'il perdrait la raison si le secret qu'il cherchait lui était révélé. C'est à la suite de cette séance que Duillier, qui était chrétien pratiquant, a quitté Newton.

— Sait-on à qui avait appartenu l'esprit convoqué ?

— Je l'ignore.

— Pourquoi votre ami convoquait-il les esprits ?

— Pour obtenir le secret de l'élixir, entre autres.

— Mais y avait-il vraiment un secret ? Ou bien me tiendriez-vous pour un esprit inférieur indigne de le savoir ?

— Je vous tiens pour un jeune homme exceptionnel, je vous l'ai dit, Jan. Mon modeste savoir est à votre disposition. Mais c'est sans feinte que je le qualifie de modeste. Je crois savoir ce que cherchait Isaac Newton et je vous l'ai indiqué mais non ce qu'il avait obtenu. L'élixir de la vie éternelle aurait, selon moi, été la substance immortelle qui fait, par exemple, que des cendres mortes donnent naissance à une fleur vivante.

— Avez-vous vu entre ses mains quelque substance qui s'en approchait ?

— Je ne sais ce que j'ai vu, une fois, dans l'athanor que vous avez racheté. Une liqueur rouge qui rutilait de façon étonnante dans un flacon. « Du mercure rouge », m'a dit Newton. Mais je doute fort que c'était buvable. Le mercure est un poison.

La voiture ralentit et s'arrêta soudain. Elle était arrivée au relais de Saint-Quentin. Les voyageurs descendirent pour un vin chaud et calculèrent qu'ils passeraient la Noël 1727 à Amsterdam.

Bridgeman, entrant dans l'auberge du relais, se dit qu'ils avaient parlé des esprits, des banques et de l'amour, trois puissances insaisissables de ce monde, et cela le fit sourire. Mais Jan Hendricks, enfin celui qui s'appelait alors Jan Hendricks, ne le vit pas.

Une neige fine et poudreuse garnissait l'air avec espièglerie.

— Il me revient, dit Bridgeman au souper, que les Hollandais ne sont pas tellement favorables aux Français depuis l'attaque que Louis XIV a montée contre leur pays. Ce nom de Beauvais que vous aviez évoqué ne me semble pas opportun. Celui de Hendricks étant connu ici et comme nous ne voulons pas d'embrouille, quel nom souhaitez-vous ?

— Quels sont leurs rapports avec les Anglais ?

— Commerciaux.

— Alors revenons à Philip Westbrooke, non ?

Bridgeman hocha la tête. À la fin son compagnon ressemblait aux esprits que Newton convoquait : on n'était sûr que de son existence, mais son identité devenait de plus en plus mystérieuse. Et pourtant, lui, Solomon Bridgeman, connaissait bien le nom de celui qui avait jadis été Ismaël Meianotte. Mais il se demanda si Newton ne lui avait pas délégué ce garçon pour poursuivre sa tâche.

Ils arrivèrent à Amsterdam le 23 décembre dans la première heure après midi, et quand ils mirent pied à terre, devant l'hôtellerie qu'on avait recommandée à Bridgeman, un chœur céleste emplissait l'air cristallin et chargé des odeurs de la Zuider Zee. Le moment atteignit au sublime.

En effet, le chœur de l'église toute proche, la Nieuwe Kerk, répétait l'office du lendemain soir.

Philip Westbrooke l'écouta un instant, immobile, puis il dit à Bridgeman :

— L'homme qui a écrit cela connaissait aussi les secrets de l'harmonie universelle.

16

« Te résignes-tu à mourir, toi ? »

Au printemps de l'année 1729, la comtesse de Rothenburg écrivit à sa sœur, Mme de Kamken, dame d'honneur de la reine Sophie-Dorothée, épouse de Frédéric-Guillaume, roi de Prusse, les lignes suivantes, en fin d'une lettre traitant d'affaires de famille :

> *… Je ne saurais achever sans te parler de la soirée la plus inattendue et la plus charmante que nous ayons eue depuis longtemps à Neuenkirchen. Franz-Georg était allé chasser en compagnie, près du vieux château, quand il a vu là un équipage de trois cavaliers qui visitaient les ruines de Rothenburg. Surpris de leur intérêt pour ces lieux, Franz-Georg a engagé la conversation avec eux et il a découvert que le trio était en fait composé d'un aristocrate français et de deux valets engagés à Brême. Il s'est enquis des raisons de l'intérêt que portait cet étranger au berceau de sa famille. Le Français lui a répondu qu'il était désireux de connaître le site où, selon la légende, dormait Frédéric Barberousse.*

Mon mari a été agréablement surpris qu'un Français fût au fait de cette légende et la conversation est devenue assez chaleureuse pour que Franz-Georg ait invité cet inconnu à chasser avec lui, ce que ce dernier a accepté de bonne grâce. Il s'est trouvé que c'était un excellent fusil et Franz-Georg, content de sa rencontre, a invité le Français à séjourner au château, au lieu de l'auberge de Neuenkirchen, qui est comme tu le sais plutôt rustique. L'autre a dépêché ses valets prendre ses malles à l'auberge et il a pris ses quartiers avec ses valets dans ceux qu'occupait jadis ton fils.

Ah, chère Lotte, je ne peux te dire ma surprise ! Ce Français, qui s'appelle le marquis de Saint-Fargeau et qui ne compte guère beaucoup plus de vingt ans, est beau comme un adonis, courtois comme un prince et apparemment fort riche. Il portait au souper une chaîne en or sur sa cravate, garnie d'un saphir à se pâmer. Il semblerait qu'une étoile y soit captive. La taille en est celle d'une petite prune, songe à sa valeur ! Elle suffirait à acheter le château et les terres.

Pour notre bonheur, le marquis de Saint-Fargeau parle couramment l'allemand et la conversation fusait de toutes parts. Je ne peux te dire l'émerveillement de mes filles Gwynver et Melsend, qui en sont toutes deux tombées folles amoureuses. Le marquis est également fort cultivé et, comme Franz-Georg racontait l'anecdote de leur rencontre, le Français a dit, à la stupeur générale, qu'il ne pensait pas que ce fût Frédéric Barberousse qui dormait dans la montagne, mais plutôt

Frédéric II. Franz-Georg en béait d'admiration, et tu le connais.

Là-dessus, nous avons prié le marquis de bien vouloir demeurer quelques jours de plus, le temps d'organiser un bal pour qu'il connût notre société. Franz-Georg a commandé un petit orchestre et nous avons invité une douzaine de gens de nos amis. Le marquis s'était entretenu au préalable avec l'orchestre et, faute de partition, leur avait chanté les danses qu'il souhaitait entendre. L'orchestre était émerveillé de ses connaissances musicales et s'amusait au moins autant que nous.

C'est ainsi, chère Lotte, que nous avons dansé la gavotte, le menuet, une sorte de polka et je ne sais quoi d'autre encore. Le marquis danse à ravir, et il n'est pas une dame qu'il n'ait invitée, même la vieille comtesse Archenholz, qui en était tout émue. Tous les Français sont-ils donc aussi séduisants ? Dis-moi, toi qui en vois à Berlin. Je crois bien que Franz-Georg a été un peu jaloux, cela lui a rappelé sa jeunesse, tant mieux. Nos invités jurent que c'est la plus jolie soirée qu'ils aient vue de longtemps et le seul ennui est que mes filles sont ivres d'amour, mais que le marquis de Saint-Fargeau est parti. Il disait qu'il allait en Russie, puis en Inde. en passant par la Perse. En Perse, en Inde, songe ! J'en suis encore tout étourdie…

✵

Le marquis de Saint-Fargeau partit en effet pour l'Inde, mais onze semaines plus tard. Ses affaires étaient prospères. Il avait vendu à Amsterdam quatorze des seize émeraudes taillées par Chalinchon, en avait offert une à Bridgeman et s'était réservé la dernière. Le produit de la vente avait été placé à la Banque d'Amsterdam, ensemble avec le reste de ses *escudos* et *rais*. Les Hollandais n'avaient pas posé de questions indiscrètes. Puis Bridgeman et lui étaient rentrés à Londres au début février.

Les bénéfices de la banque Bridgeman and Hendricks avaient dépassé les espérances de Bridgeman. Les placements faits par l'entremise de la Banque d'Amsterdam n'étaient pas moins brillants.

— Vous êtes l'un des hommes les plus riches du royaume, lui avait annoncé Bridgeman.

— Je vous le dois, Solomon.

— Je suis payé de mes efforts car la banque que je n'aurais pas eu l'idée de fonder tout seul m'a aussi enrichi. Mais vous n'avez point de siège, Jan – il continuait de l'appeler ainsi. Ne voulez-vous pas acheter une maison, des terres, que sais-je, prendre racine ?...

— J'y songerai peut-être un jour, pas tout de suite, répondit-il, debout devant le feu. J'ai toujours, voyez-vous, le sentiment que ces biens matériels vous alourdissent. Une maison attirerait inévitablement des demandes en mariage et, vous l'avez dit, je ne saurais les esquiver à l'infini. Puis, si je m'établissais comme vous le souhaiteriez, il me faudrait expliquer l'origine de ma fortune et le fait que je n'aie pas de famille. C'est impossible, comme vous le savez, les Juifs étant de surcroît considérés partout comme d'éternels étrangers et toute l'eau bénite des églises n'y changera rien. La moindre miette de vérité échappée attiserait des enquêtes et des ragots sans fin. Les partis qui auraient brigué l'honneur des noces s'enfuiraient épouvantés. Vous devinez le discrédit qui s'ensuivrait. La banque même et votre propre réputation en souffriraient.

Bridgeman hocha tristement la tête. Tout ce que disait le jeune homme était vrai. La situation était sans issue et il éprouva la morsure d'un accablement aussi grand que si Jan lui avait révélé qu'il souffrait d'un mal incurable. Depuis quelque vingt mois que le jeune homme était son hôte, il avait reporté sur lui tous les soins qu'il aurait prodigués au fils perdu. Et même plus, car les dons naturels de Jan, sa vie pourtant si brève mais déjà extraordinaire, son intelligence aiguisée sous ses apparences de naïf angélique lui avaient inspiré un sentiment au moins aussi étrange que le personnage : celui d'avoir conçu ce garçon avec dame Fortune, un soir qu'elle aurait été d'humeur généreuse.

Mais il était également conscient que son œuvre était vouée à rester inachevée : il n'avait pu insérer Jan dans la société anglaise.

Jan comprit d'ailleurs l'effet de son constat sur son ami.

— Vous ne devez pas vous en affliger, Solomon. Si j'avais fait un bon mari, ç'aurait été par résignation. Mon sort aurait fini par vous faire pitié. Par ailleurs, j'ai le sentiment d'à peine commencer mon voyage.

— Votre voyage ?

— La vie n'est-elle pas un voyage ? répondit Jan avec un sourire indéfinissable. J'ai l'intention de chercher la réponse aux questions que se posait votre ami Isaac Newton.

Bridgeman, déjà bouleversé, leva sur son interlocuteur un regard interrogateur. Pour se donner du cœur, il se versa un verre de vin de Porto et le sirota.

— L'élixir de la vie éternelle ? demanda-t-il d'un ton désabusé. Ou bien la pierre philosophale ?

— L'un et l'autre. Je ne sais s'ils existent mais je ne puis faire autrement, désormais, que les chercher. La vie éternelle ne saurait être que la jeunesse éternelle, sans quoi traîner des membres perclus pendant des siècles serait lamentable. Quant à la pierre philosophale, songez au pouvoir qu'elle conférerait.

— Que feriez-vous du pouvoir ?

— Le meilleur usage, Solomon, déclara Jan en riant. Il s'assit près de son compagnon et se versa aussi un porto.

— Je l'emploierais à soutenir les gens qui le méritent et à mettre en valeur les vertus que vous m'avez enseignées.

— Je vous ai enseigné des vertus ? demanda Bridgeman, incrédule.

— La générosité, l'élévation et l'ouverture d'esprit.

— Merci, s'écria Bridgeman en riant. Voilà donc que l'élève félicite le maître !

Ils rirent tous deux. Puis Bridgeman fit servir le souper, s'efforçant de paraître enjoué alors qu'il entrevoyait une litanie de soupers solitaires.

*

Jan Hendricks avait annoncé, mais en termes vagues, son intention de partir pour l'Orient, en quête des sagesses anciennes.

— Je vous écrirai, promit-il à Bridgeman.

Restait à régler des questions matérielles. De retour à Londres, Jan Hendricks, c'est-à-dire le marquis de Saint-Fargeau, anciennement Philip Westbrooke et John Tallis, précédemment Vincent Drake et avant cela Vicentino de la Fey, s'était fait confectionner un cachet qui, par accord avec sa propre banque et les autres, garantissait exclusivement les ordres de paiement qu'il pouvait émettre. Il l'avait fait graver des initiales I.M., de part et d'autre de trois pointes de flammes dont jaillissait un phénix. Cependant, après des au revoir émus à son bienfaiteur, il emporta assez d'or pour aller jusqu'au Monomotapa et en revenir sans avoir à signer de billets. Et plus longtemps il serait absent, plus son argent fructifierait.

Il avait aussi obtenu du bon docteur Jeremiah Hutchins, le médecin attitré de Bridgeman, la recette d'une poudre parfumée qui tiendrait les puces et les punaises en respect. Car du séjour à Paris il avait emporté le souvenir de quelques piqûres de ces pestes. Il suffisait d'en saupoudrer la literie pour être assuré d'une nuit tranquille. Et comme elle fleurait le cèdre, la rose et le camphre, elle n'était pas du tout désagréable.

Enfin, il fit l'acquisition pour la somme rondelette de trente livres sterling d'une montre chez Messrs Thomas Tompion and Sons et écouta attentivement les conseils de l'horloger, Tompion en personne : ne pas secouer l'objet, le préserver dans l'étui *ad hoc* du grand froid et de la chaleur, qui en contrariaient les délicats rouages, ne l'exposer en aucun cas à l'air humide ni à l'eau et le remonter rigoureusement aux mêmes heures chaque jour. Une fois l'an au moins, la montre devrait être confiée à un horloger expérimenté, aux fins d'en nettoyer les rouages et de les graisser à nouveau, puis de rétablir l'harmonie entre eux et éliminer toute cause d'avance ou de retard. Un objet vraiment magnifique dans son boîtier d'argent orné de gravures et n'attendant que le chiffre de son nouveau propriétaire.

Il reprit le bateau pour aller sur le continent, jusqu'à Rotterdam. Et ce fut ainsi qu'il emporta des souvenirs enchantés de Neuenkirchen.

Les onze semaines écoulées depuis le séjour chez les Rothenburg avaient été employées à traverser les États allemands jusqu'à l'empire d'Autriche-Hongrie et à visiter plusieurs lieux historiques. Toujours élégant et respirant une opulence exceptionnelle, suivi des mêmes valets, le marquis de Saint-Fargeau avait évidemment noué plusieurs relations amicales, privilégiant les gens puissants ou titrés.

Ainsi à Prague, il n'avait eu garde de négliger l'attention témoignée par le jeune comte Robert Czernin, rencontré à l'Académie impériale d'escrime, près de la cathédrale de Tyn. Car le marquis avait, déclarait-il, résolu de s'initier aux finesses de l'escrime de cette célèbre école et, saisi par l'assurance courtoise et le charme du Français, le premier professeur l'avait pris sous son aile. Le comte ayant admiré la fermeté du poignet de l'étranger, les deux jeunes gens décidèrent de se mesurer l'un à l'autre. Les autres élèves, tous issus de l'aristocratie, interrompirent leurs exercices pour observer le duel. Saint-Fargeau toucha deux fois son adversaire, les applaudissements éclatèrent, son professeur le félicita et le comte Robert, enchanté malgré sa défaite, invita le vainqueur à souper au palais.

Une fois de plus, le Français éblouit l'assistance par son aisance, sans compter cette fois-ci les boutons en diamant de son gilet et le fameux saphir.

— J'apprends par mon fils que vous allez en Inde, avait demandé à table le vieux comte Franz, père de Robert. Qu'est-ce donc qui vous attire dans ce pays ?

— J'étudie la philosophie, comte, et j'entends dire par les esprits les plus sages que les hindous y sont passés maîtres.

— La philosophie ? s'était étonné le comte Franz. Mon fils m'assure que vous brillez aux prouesses physiques.

— La prouesse physique, comte, est aussi une façon de cultiver son esprit. Surveiller sans relâche le moindre geste de son adversaire, mesurer sa force et décider de la parade en une fraction de seconde, c'est pour moi une façon d'aller au cœur d'un sujet et d'éviter l'erreur.

Les convives s'étaient mis à rire.

— Bien trouvé ! s'était écrié l'un d'eux, vieil officier un peu perclus, mais prompt à lever le coude.

Les dames et les demoiselles dévoraient du regard le comte de Saint-Fargeau.

— Mais notre sagesse chrétienne ne vous suffit-elle donc plus, que vous alliez en chercher une autre en Inde ? avait repris le maître de céans.

— Comte, notre sagesse chrétienne est comparable à ces pierres magnifiques qu'on entoure de plus petites, pour les mettre en valeur.

— Ce garçon a décidément l'esprit aussi rapide que le poignet, avait conclu en souriant l'ecclésiastique qui avait jusqu'alors surveillé le Français d'un œil réservé.

Après le bénédicité, le comte Robert proposa un toast au marquis de Saint-Fargeau et tout le monde leva son verre avec entrain. Avant les au revoir, le vieux comte Franz invita le marquis à s'installer au château jusqu'à son départ pour Vienne, prévu un lundi. La comtesse déclara à leur invité :

— Si vous restiez à Prague, marquis, je ne doute pas que la ville finirait par vous en nommer citoyen d'honneur. Vous êtes aussi sage que plaisant.

Saint-Fargeau s'inclina et saisit la main qui lui était tendue pour y déposer un baiser. La comtesse poussa un petit cri et regarda sa main, puis le jeune homme, stupéfaite.

— Qu'est cela ? murmura-t-elle. J'ai eu l'impression de toucher un tison ardent…

— Pardonnez-moi, dit-il, cela advient parfois quand on a touché de la soie. Et il prit congé sur un sourire indéchiffrable.

Il avait jusqu'alors soigneusement évité de toucher qui que ce fût et, là, il s'était oublié.

Dès lors, pénétré de la conviction qu'il avait rencontré un être exceptionnel, Robert Czernin ne quitta Philippe (car c'était son nouveau prénom) de Saint-Fargeau qu'à l'heure du coucher. Ils se donnèrent du prénom dès le lendemain matin et se tutoyèrent au déjeuner.

Une chausse-trappe attendait Saint-Fargeau et seule sa présence d'esprit l'en tira.

— Pourquoi ne portes-tu pas ton épée ? lui demanda Czernin, tout à trac.

L'autre sentit le vent du boulet ; il ne possédait pas d'épée et l'idée ne lui en était jamais venue. Vous parlez d'une bévue ! Espérant que Czernin n'eût pas remarqué la dague qu'il portait à la ceinture, sous le gilet, il prit son air le plus naturel pour prétexter qu'il ignorait si les Autrichiens toléraient le port d'une arme par des chevaliers étrangers.

— Mais bien sûr, voyons !

— Alors, c'est fâcheux que j'aie laissé la mienne en France. Maintenant, il m'en faudra une. Que faisons-nous ?

— Je t'emmène chez notre armurier de famille. Mais je dois te prévenir qu'une épée, c'est cher.

— Nous verrons bien, répondit Saint-Fargeau avec désinvolture.

Mais il avait déjà son idée. Il préleva en secret dans sa sacoche un gros brillant et quand ils furent chez l'armurier et qu'on en vint à discuter des pommeaux avec l'orfèvre, il sortit le diamant et demanda qu'il fût serti au sommet.

La pierre stupéfia l'armurier, l'orfèvre qui l'assistait et Czernin.

— Monsieur le comte…, dit l'orfèvre.

— Marquis, rectifia Saint-Fargeau.

— Monsieur le marquis, ceci est une pierre exceptionnelle… Ne lui connaissez-vous pas un autre usage ?…

— Mais quel plus noble usage, monsieur, que d'orner l'instrument de l'honneur ? releva Saint-Fargeau avec hauteur. D'ailleurs, j'en ai d'autres. Voilà, pour moi l'affaire est conclue. Je dois quitter Prague dans une semaine. J'attends donc que l'épée soit prête avant cela.

L'armurier, éberlué, accepta le délai et les deux jeunes gens quittèrent la boutique, Czernin confondu par la désinvolture et la fortune de son compagnon. Saint-Fargeau s'en avisait bien et ne doutait pas qu'avant peu l'épisode aurait fait le tour de la ville.

Il apprenait ainsi les grandes manières, sachant bien que ces extravagances étaient les friandises chéries de l'aristocratie.

Le lendemain, Robert proposa une chevauchée à travers les bois, jusqu'à l'une des fermes de la famille. Dès les premières foulées hors de la ville, Czernin essaya de distancer son compagnon sous couleur de lui montrer le chemin, mais Saint-Fargeau devina son intention de prouver qu'il était meilleur cavalier et, à la première haie, il éperonna son cheval et distança Czernin comme l'éclair, bondit par-dessus l'obstacle et alla attendre à une dizaine de foulées de distance. Czernin arriva en riant aux éclats et donna une claque dans le dos du Français.

— Tu es fine mouche ! Tu m'as eu ! Mais quel gaillard !

Un peu plus tard, il déclara :

— Tu es le compagnon dont je rêvais. Je te suivrais bien jusqu'en Inde mais j'imagine que mon père ne le verrait pas d'un bon œil. Dis-moi, n'es-tu pas marié ? Comment ta femme accepte-t-elle la longue absence qui s'annonce ?

— Je ne suis pas marié.

— Pas encore ? L'embarras du choix, sans doute, dit Czernin en souriant.

— Non plus.

Le visage de Czernin se fit grave :

— Une passion contrariée, alors ?

— Non, justement, répondit Saint-Fargeau. La seule passion que je connaisse et que j'estime digne de moi est de mener une vie libre et moralement élevée. Et si je le peux, la consacrer à l'amélioration de ceux qui peuvent l'être.

Robert Czernin parut décontenancé.

— Mais une femme, l'amour, cela ne te manquera-t-il pas ? Ta famille ?...

— L'amour est un piège que la nature nous a tendu pour nous contraindre à nous reproduire.

Ils arrivaient à la ferme et Robert Czernin semblait de plus en plus perplexe.

— Mais alors, demanda-t-il, contrarié, en descendant de cheval, tu juges que ma vie d'homme marié, au service de ma famille, de ma race, de mon pays, est dénuée de sens ?

— Non pas, cher Robert. Tu m'as interrogé sur mon avenir et je t'ai exposé celui que je vois pour moi. Je serais tyrannique si je prétendais t'imposer le mien ou que je ne respectais pas tes projets. La nature humaine est aussi diverse que la création : il est des animaux magnifiques tels que ces chevaux, qui ne connaissent que le sol, il en est d'autres non moins admirables, qui ne touchent la terre que pour s'y reposer, comme les hirondelles ou les aigles.

Ils entrèrent dans la ferme et le maître des lieux accourut pour les accueillir avec force courbettes et compliments. Il offrit de les restaurer, fit servir du lait frais, du jambon, des cornichons, un pain noir qui, rien qu'à l'odeur, semblait savoureux, des pruneaux confits dans l'alcool, une bouteille d'un vin ambré un peu râpeux... Suivirent d'autres civilités et vœux de prospérité pour le comte et sa famille.

Puis Robert et Philippe reprirent leur conversation en faisant honneur à l'en-cas. Saint-Fargeau était partagé entre la difficulté et même l'agacement que lui valait l'effort de tenir un discours vraisemblable et la sympathie qu'il éprouvait pour son compagnon. Mais il résolut d'abréger ses échanges ; aussi peu qu'il en eût dit, celui-ci avait été visiblement déconcerté.

— Peut-être, dit-il pour apaiser les inquiétudes de Robert Czernin, tomberai-je là-bas sous les charmes d'une Indienne qui me servira au réveil le miel de ses lèvres et celui des abeilles.

Czernin se mit à rire.

Saint-Fargeau, pour sa part, se promit de perfectionner son masque social, de ne plus céder à des élans de sympathie et de s'abstenir de considérations philosophiques.

— Mais voilà un tyran domestique qui pointe l'oreille ! repartit Robert Czernin.

— Et peut-être trouverai-je ainsi le secret de la jeunesse éternelle, ajouta Saint-Fargeau avec une fausse emphase.

— La jeunesse éternelle ? Est-ce là ce que tu cherches ?

— Bien sûr. Pourquoi, te résignes-tu à mourir, toi ?

Le visage de Robert Czernin sembla se creuser sous le choc de cette question. Jeune, beau et plein de vie, il n'avait à l'évidence jamais songé à la mort. Elle n'existait donc pas.

17

Les surprises de Karlowitz

À Vienne, après avoir congédié ses deux valets, le marquis Philippe de Saint-Fargeau disparut et laissa la place au graf Gottlieb von Rennenkampf, livonien de son état.

Il avait besoin d'une pause. Il évita les académies d'escrime et d'équitation, où il ne ferait que renouveler l'expérience de Prague, plaisante mais inutile, avec les Czernin. Les gens de la bonne société semblaient jouir de la plus grande liberté, mais en réalité, à Prague comme à Londres et sans doute partout ailleurs, ils vivaient dans un système de fortifications immatérielles. Du haut de leurs créneaux et de leurs mâchicoulis, ils détaillaient l'étranger avec une indiscrétion feutrée, mais non moins pénétrante pour autant. Leurs déclarations d'amitié et d'affection n'étaient que des cris de conquête. Il n'en avait cure.

Puis à frayer sans cesse avec ces gens-là, il n'apprenait rien et finissait par acquérir leurs mauvaises manières élégantes. Ils ne parlaient que des affaires d'une cour ou de l'autre, de guerre, de chevaux, de chasse, de chiens et de mariages. Les mêmes soucis que les gens de leur classe à Lima et à Mexico. Et sans doute la même absence de cœur.

Regardaient-ils jamais les étoiles ? Ou les fleurs ?

Il songea à l'ami de Bridgeman, ce Newton qui avait établi la raison pour laquelle les astres ne tombaient pas sur la Terre, ni elle sur eux.

Il rédigea une lettre pour Bridgeman :

Très cher Solomon,

Éloigné de Londres, je me suis avisé que j'en apprenais plus en une journée avec vous qu'en une semaine avec la noblesse d'Europe. J'ai eu l'impression d'être convié dans des tanières de loups habillés. Ils n'étaient gracieux que parce qu'ils me prenaient pour l'un des leurs. Comment est-il possible d'avoir la tête à la fois aussi vide et aussi pleine de bruit et de fureur comme vous dites, citant votre Shakespeare.

Les voyages se sont jusqu'ici bien déroulés, du moins si l'on oublie les routes d'Europe, qui sont affreuses, et les voitures, qu'elles mettent à mal. Nous avons jusqu'ici trois fois perdu des roues et quasiment fini dans le fossé. Les poudres du bon docteur Jeremiah ont tenu les punaises en respect et mes livres, l'ennui.

Je me propose toujours d'aller chez les Turcs, puisque c'est le seul moyen de gagner les Indes. Je vous en écrirai chaque fois que je serai assuré que des lettres peuvent être acheminées.

Je vous adresse mon plus affectueux souvenir,

à Vienne, ce 18 mai de l'an de grâce 1729,
Gottlieb von Rennenkampf

P. S. Comme vous le voyez, je suis désormais livonien.

Il donna une grande pièce d'argent pour que la missive fût acheminée à destination par les chaises de poste du service des Thurn und Taxis ; pour celle-ci, c'était plus cher parce qu'il fallait traverser la Manche.

Il demeura là une semaine, dans une auberge près de la cathédrale Saint-Stéphane, laissant son esprit décanter. Au crépuscule, suivi d'un nouveau valet, un solide gaillard nommé Albrecht, il descendait à pied vers le Danube et soupait dans une taverne de charcuteries aux pommes de terre ou d'un de ces ragoûts au vin qui semblaient constituer l'ordinaire de la région.

La vie dans l'empire austro-hongrois était paisible : moins d'un siècle après s'être défaits des Turcs et d'Européens aussi rapaces qu'on le disait des Ottomans, les sujets de Charles VI retrouvaient le goût de la liberté.

La liberté, c'est-à-dire l'absence de souffrance causée par la servitude et l'obligation de subir les appétits des autres, ne fussent que les désirs de compagnie pour rien et de conversation.

Vers le soir, surtout en fin de semaine, vieux et jeunes se donnaient des fêtes ; ils improvisaient des danses et des chants en chœur, sur les airs que leur servaient des orchestrions de trois ou quatre musiciens ; ils étaient entraînants, le plus souvent gais, parfois nostalgiques, évoquant un balancement rêveur. Gottlieb von Rennenkampf donna plus d'une fois la pièce pour qu'on lui rejouât un morceau qui l'avait séduit. Le temps s'adoucissant, ces réjouissances donnaient soif et l'on buvait un vin qui semblait fumé, le tokay.

Avec la permission de son maître, Albrecht dansa et, à la fin, le comte finit par céder à l'invitation sans façon d'une jeune lavandière.

Le nouveau valet possédait cette qualité de ne parler que si son maître lui adressait la parole et comme il avait l'esprit tourné vers l'immédiate réalité, il ne proférait jamais de sottises et se gardait le plus souvent des généralités qui prêtent aux gens l'apparence de pédants ou d'esprits bornés.

— Où allons-nous, mon maître ? demanda-t-il un soir.

— Chez les Turcs.

— C'est bien ce que j'avais cru comprendre, mon maître. Dans ce cas, je crois qu'il vaut mieux ne pas en souffler mot jusqu'à ce que nous soyons chez eux. Les gens d'ici considèrent les Turcs comme des diables sortis de l'enfer. J'ai entendu les discours des aînés de ce quartier : ils racontent que ces gens empalent un homme pour un oui ou un non. Le pal entre par une ouverture naturelle et sort par une qui ne l'est pas. Le sommet du crâne, disent-ils.

Il guetta la réaction à ces horreurs sur le visage du comte von Rennenkampf et n'en vit pas. Gottlieb avait remarqué qu'Albrecht avait une intelligence avec la première servante de l'auberge, une jolie veuve dont le mari était justement mort dans une des innombrables guerres contre les Turcs ; c'était donc auprès d'elle, entre autres, qu'il avait recueilli ces informations.

— Il s'agit de récits de guerre, Albrecht, répondit-il, et les chrétiens n'ont pas fait beaucoup mieux dans certaines circonstances. Nous n'allons pas faire la guerre aux Turcs. Je ne crains ni pour vous ni pour moi le sort que vous me décrivez.

— Fort bien, mon maître. Dans ce cas, puis-je suggérer que nous descendions par bateau jusqu'à la mer Noire ? J'ai cru comprendre que le passage des territoires autrichiens aux turcs n'est pas commode par voie de terre, mais qu'il l'est plus par le Danube.

Gottlieb réfléchit à la suggestion ; elle présentait l'intérêt supplémentaire d'éviter les cahots des carrioles bâchées, la poussière des routes et les étapes dans des auberges douteuses, possédées par les punaises et les souris, sans parler du reste. Albrecht devança la question de son maître :

— Il y a des bateaux assez grands pour comporter une ou deux cabines, ou davantage. Ce qui permet d'y dormir ou du moins d'y passer la nuit. Nous pourrons aller demain en choisir un à Freudenau.

Le lendemain matin, ils louèrent deux chevaux et s'en furent à Freudenau, l'un des trois ports de la ville. Ils considérèrent d'abord les bateaux. C'étaient pour la plupart de lourdes barques à faible tirant d'eau, tenant de la barge et de la pataque, avec une voilure simple et comptant plus sur la force du courant que sur celle du vent pour avancer. Leurs voiles servaient surtout à remonter le fleuve. Presque tous comportaient des abris fermés sur le pont arrière ; sans doute ce qu'Albrecht entendait par des cabines. Après un entretien avec un contremaître qui dirigeait les chargements et déchargements d'une voix de stentor, leur choix tomba sur un navire nommé *Düfte Mädchen von Vasvar*, la « Douce vierge de Vasvar », Gottlieb convint d'un prix avec le capitaine, un gaillard aux moustaches en sabre et au regard d'eau pâle. Il partait le lendemain matin.

— Et vous serez à Karlowitz dans quatre jours, dit le capitaine.

— Et après Karlowitz ? demanda imprudemment Albrecht.

Le capitaine le dévisagea, intrigué, un rien défiant :

— Que voudriez-vous faire au-delà de Karlowitz ? Vous êtes pressé d'expier vos péchés ?

Gottlieb se mit à rire ; il avait compris : au-delà de cette ville, les Turcs commandaient donc le Danube. Il invita le capitaine à partager un verre à la taverne la plus proche ; le capitaine lui fit goûter une liqueur de prunes. Au second godet de ce breuvage à emporter la cervelle, ils devinrent moins guindés. Le capitaine se nommait Lazslo de Temesvar et c'était un Magyar, de mère serbe. Après que la serveuse eut fait des grâces appuyées à Gottlieb, il déclara à son futur passager, l'œil luisant d'envie :

— Je suis certain, comte, que les filles se roulent à vos pieds.

— Capitaine, le chasseur ne tire pas dans les basses-cours.

Temesvar et Albrecht éclatèrent de rire et le comte Gottlieb en fut quitte pour une virile bourrade dans le dos.

*

Aucun mode de voyage, décida le comte Gottlieb, n'était plus aimable que la navigation fluviale, et plus encore en descendant un fleuve tel que le Danube à la belle saison. Au lieu des roulis et des tangages des bateaux de haute mer, des brinquebalements de voitures qui perdaient une roue à la première ornière, on allait en se balançant dans la brise et en admirant le paysage.

Gottlieb trouva ainsi le temps de réfléchir, voire de rêvasser. L'objet principal de ses méditations était simple : les jouets de ses semblables ne l'intéressaient pas. La fortune, il l'avait conquise. Le pouvoir lui semblait fragile ; on dépensait autant d'efforts pour le conserver qu'on en avait mis à s'en emparer. L'amour qui, à la vérité, se réduisait à des ébats charnels, lui apparaissait comme une viande faisandée, qui intoxiquait ses consommateurs. Des hommes apparemment sensés prodiguaient des sommes folles pour briller auprès de créatures qui leur en coûtaient ensuite autant. Était-ce pour faire des enfants ? Il n'éprouvait pour le moment aucun désir de se reproduire.

Il ignorait sa date de naissance mais il savait qu'il allait sur ses dix-neuf ans. « Et je deviens vieux », songea-t-il, surpris.

Il aspirait à autre chose. Quoi ? Il le devinait obscurément. Il voulait reprendre les études de ce grand homme auquel Bridgeman portait une admiration sans bornes, Newton.

Mais il avait eu beau lire et relire les ouvrages de cet homme, il n'y décelait aucun secret, ni même la mention de secrets. Rien sur la façon de faire de l'or. Rien sur l'élixir de la jeunesse éternelle. Il n'y déchiffrait que la volonté de percer les secrets de l'univers. À quelle fin ?

Il l'ignorait.

Newton n'était certainement pas le seul au monde qui fouillât ces questions ; il en était d'autres, lui avait soufflé Bridgeman. Peut-être en Orient. Oui, en Orient.

*

Un matin, Albrecht observa qu'ils achevaient le quatrième jour de voyage. Une heure plus tard, en effet, le capitaine de Temesvar vint annoncer qu'ils atteignaient Karlowitz.

— Monseigneur, dit-il, je vous engage, au nom du respect et de l'amitié que je vous porte, à ne pas aller au-delà. Je ne sais ce qui devrait vous mener chez les Infidèles mais je m'inquiète qu'un gentilhomme aussi charmant que vous s'aventure chez ces sauvages.

— N'ayez crainte, répondit le comte Gottlieb avec un sourire. J'ai entendu vos conseils et je vous en remercie.

Albrecht et lui prirent congé du Magyar et débarquèrent dans ce port avec leurs bagages.

— Allons attendre dans une auberge qu'il soit reparti, dit Gottlieb. Je ne veux pas qu'il se répande en ragots sur un Européen qui va s'aventurer chez les Turcs.

De fait, une taverne, installée dans un bâtiment à arcades et surplombant le port, offrait des bancs et des tables qui s'avançaient jusque sur la chaussée ; de là, ils pouvaient surveiller le déchargement de la *Douce Vierge de Vasvar*. Après avoir confié leurs bagages à la garde du tavernier, ils choisirent une table en retrait, sous les arcades, et commandèrent du café ; on le leur servit dans une aiguière de cuivre à long bec et des bols de porcelaine bleue, assorti avec un plat de pâtisseries au miel, aux pistaches et à la liqueur de roses.

Une population étrangère hantait les quais et leurs parages, mêlée à des naturels ; à l'évidence des Turcs. On les reconnaissait au vêtement : d'amples pantalons bouffants et, pour le torse, une simple chemise et un gilet de couleur vive ; la tête était presque toujours ceinte d'un turban. Quelques personnages plus solennels s'enveloppaient dans de longues capes, en dépit de la douceur du temps.

— Quelle langue allons-nous donc parler avec ces gens ? s'interrogea Albrecht, sur le qui-vive.

En dépit de l'évidente hostilité qu'on opposait aux Turcs, Karlowitz servait à l'évidence de centre d'échanges commerciaux entre eux et l'Occident. Mais que leur achetait-on et que leur vendait-on ?

L'un d'eux, un personnage majestueux, portant un manteau de soie aubergine à parements dorés et un turban de damas blanc, s'arrêta à l'une des tables à l'extérieur. Il mit la main à la hanche et Gottlieb distingua un sabre au pommeau rutilant. Trois hommes entouraient le personnage, dont un Noir coiffé d'un turban de soie bleue, du bleu des martins-pêcheurs, tous visiblement à ses ordres. Le Noir disposa un grand coussin à la place choisie par son maître, qui s'assit. Le personnel s'empressa. L'homme explora du regard la voûte des arcades et dévisagea

Gottlieb et son compagnon. Un buisson de sourcils prêtait à son regard clair, gris ou bleu, une expression farouche, qu'accentuait une moustache dorée en crocs. Le personnage, en effet, était blond, ce qui surprit Gottlieb.

Les trois autres hommes dévisagèrent à leur tour les Européens et s'assirent. Peu après, on leur servit aussi du café et des pâtisseries. Gottlieb et Albrecht se reprirent à suivre à distance l'appareillage de *Douce Vierge de Vasvar*. Le valet indiqua à son maître que la moitié de la matinée était déjà passée et qu'il serait sans doute plus avisé de passer la nuit à Karlowitz et de s'informer à loisir sur la suite du voyage. L'attention de Gottlieb fut alors attirée par une scène suspecte : à vingt pas de lui, à gauche, dans la rue alors déserte, deux hommes, visibles de lui seul, s'étaient tapis derrière un des piliers de l'arcade, mais dans la rue. L'un d'eux tenait des deux mains, contre son estomac, une boule ronde et l'autre s'apprêtait à enflammer la mèche dépassant de l'objet, que Gottlieb avait d'abord pris pour une gourde.

Le sang de ce dernier se glaça : bien qu'il n'en eût jamais vu, il devina que l'engin était une grenade à main, destinée aux quatre clients attablés devant eux. La mèche de la grenade fut enflammée et les deux comploteurs disparurent : ils allaient lancer l'engin du côté de la chaussée. Gottlieb poussa un cri strident et, s'élançant vers les quatre Turcs devant lui, il saisit par le bras le notable et son voisin, stupéfaits, sinon scandalisés, et les tira en arrière, à l'abri des murs de l'arcade. Albrecht, qui avait compris la scène une fraction de seconde plus tard, fit de même et entraîna les deux autres. Ces derniers poussaient des cris d'indignation mais sans doute comprirent-ils rapidement, à l'expression de Gottlieb et d'Albrecht, qu'un danger menaçait.

Ils étaient tous plaqués contre des piliers, sous la voûte, quand un choc sourd retentit et la grenade tomba et explosa. Des tables, des sièges, des fragments de pierre et de plâtre volèrent de toutes parts. Un des éclats fracassa un gros globe de verre pendu à la voûte de l'arcade.

Si Gottlieb et Albrecht n'avaient pas entraîné les Turcs à l'abri des piliers, ceux-ci auraient été tous quatre déchiquetés.

Des clameurs s'élevèrent. Le Turc blond saisit le bras de Gottlieb et le regarda, bouleversé : il venait de comprendre que le jeune homme lui avait sauvé la vie.

D'autres cris retentirent : ceux du Noir et de ses deux compagnons qui s'élançaient à la poursuite des comploteurs. Albrecht courut avec eux. Gottlieb ne comprit pas les imprécations des poursuivants mais toujours fut-il que les deux fuyards furent arrêtés par la foule et ramenés vers le café.

Le personnage turc mit la main à son sabre et Gottlieb craignit d'être sous peu le témoin d'une exécution publique.

Mais entre-temps la maréchaussée avait été prévenue et les agents des douanes au port vinrent s'emparer des deux prisonniers, que le Noir et l'un de ses compagnons malmenaient avec vigueur. Une foule de badauds examinait les traces de l'attentat. Parmi eux se trouvait le capitaine de Temesvar ; il avait bien remarqué que son passager s'était dirigé vers ce café. Quand il vit le Turc étreindre le comte Gottlieb von Rennenkampf, pour le serrer contre son cœur, il s'arrêta et fronça les sourcils, étonné. Puis après un long et indéchiffrable regard au jeune homme, il tourna les talons.

Une bonne partie de la population de Karlowitz était massée autour du café. La scène devenait effroyablement confuse et même périlleuse, car si quelqu'un d'autre avait nourri des intentions malveillantes à l'égard du Turc, il aurait eu encore plus de chances que tout à l'heure de les mettre à exécution.

Une demi-douzaine de Turcs venaient de se joindre aux quatre rescapés ; ils appartenaient apparemment à l'escorte du plus important d'entre eux, le blond, qu'ils appelaient Pacha.

*

— Venez, dit le Turc blond en français, à l'adresse de Gottlieb, accompagnant son invitation d'un geste de la tête. Vous parlez français ?

Gottlieb, stupéfait, hocha la tête.

— Je ne saurais jamais vous remercier assez, s'écria-t-il avec intensité.

— Où voulez-vous aller ?

— Sur mon caïque, répondit le Turc en indiquant un voilier à l'amarre, qui se distinguait des autres par une proue ornementée et garnie de deux inscriptions, l'une en turc et l'autre en français : *Brise des anges.*

Là-dessus un officier de la maréchaussée, à la tête de quatre hommes en uniforme, vint entretenir le Turc.

— Pacha, déclara-t-il en allemand, en ôtant son chapeau et en s'inclinant cérémonieusement, nous avons arrêté vos agresseurs.

— Vous voulez dire que mes hommes vous les ont remis, rectifia le Turc avec hauteur, dans un allemand rocailleux.

— C'est cela, Pacha, admit l'officier, imperturbable. Ce sont des Bosniaques, il me semble. Nous allons les interroger sur leurs motifs.

— Sans nul doute bienveillants. N'avait été l'intervention de ce gentilhomme, vos discours s'adresseraient à ce trou, dit le Turc en indiquant celui qu'avait causé la déflagration. Pendez-les haut et court quand vous en serez convaincus. En attendant, je m'en vais et vous prie de mieux veiller à l'ordre public à Karlowitz.

Ses hommes lui frayèrent un passage dans la foule et ils descendirent vers les quais.

— Je suis Ahmet Bayrak Pacha, gouverneur de Nisch, dit le Turc.

— Je suis le comte Gottlieb von Rennenkampf, Livonien, pour vous servir.

Bayrak Pacha s'engagea sur la passerelle qui menait à son caïque, suivi de Gottlieb et d'Albrecht. Le pont était garni de tapis et le pacha entraîna son hôte vers un bâtiment à la poupe luxueusement aménagée avec des divans couverts de fourrures, des tables basses, des chaufferettes. Dans un vase pendu au plafond se balançaient des roses. Le pacha donna des ordres brefs et, peu après, le Noir apporta un flacon de cristal rubis décoré de dorures et deux verres. Gottlieb tâta de la boisson qu'on lui servit ; elle était forte et parfumée. Le pacha vida son verre d'un coup et précisa que c'était de l'eau-de-vie d'orange.

— Considérez cela comme une médecine, dit-il.

— Comment parlez-vous si bien le français, Pacha ?

— Mon père était ambassadeur à la cour du Régent, à Paris. Il s'est épris de la langue et a engagé un précepteur, qui nous a instruits, mon jeune frère et moi. Que faites-vous à Karlowitz ?

— Je m'apprêtais à aller à Istamboul, Pacha.

— À Istamboul ? répéta le pacha, surpris. Pour quoi y faire ?

— Je fais des recherches sur la sagesse, Pacha, répondit Gottlieb en souriant. On m'a assuré que l'Orient en possède une plus grande connaissance que l'Occident. Je projette d'aller jusqu'en Inde, et au-delà si possible.

Le pacha considéra son hôte un moment.

— Comte, dit-il enfin, vous m'avez sauvé la vie et je vous dois donc mon bien le plus précieux. Si j'en juge par votre apparence, vous avez l'âge d'être mon fils, et si j'avais la moindre idée de ce que vous cherchez, j'offrirais des fortunes pour vous le donner. Mais pardonnez-moi, je ne comprends pas ce que vous allez faire à Istamboul. Si vous y tenez le discours que voilà, vous serez en péril. On vous prendra pour un espion ou un fou.

Le langage était raide mais Gottlieb von Rennenkampf y reconnut l'amitié autant que l'inquiétude de son hôte.

— N'avez-vous donc pas de famille, de femme, d'amis qui vous aient mis en garde contre les risques de votre expédition ?

— Si fait, répondit Gottlieb, feignant la désinvolture, le capitaine du navire qui m'a amené ici.

Il craignit cependant d'avoir démérité aux yeux du Turc et se demanda comment se tirer de ce mauvais pas. À la réponse que venait de lui faire son interlocuteur, le pacha, en effet, haussa les épaules.

— Que cherchez-vous ? reprit-il d'un ton impérieux.

— Un grand homme anglais, Pacha, a trouvé, m'assure-t-on, les deux secrets les plus précieux du monde : l'élixir de la jeunesse éternelle et l'art de transformer le plomb en or.

Bayrak Pacha considéra Gottlieb d'un air stupéfait.

— Qu'est devenu cet homme ?

— Il est mort.

— Vous voyez donc qu'il n'avait pas trouvé cet élixir. Était-il riche ?

— Je l'ignore.

— S'il l'avait été, vous le sauriez, comte, car il aurait été fabuleusement riche, dit le pacha, se resservant de liqueur.

Gottlieb fut pris de court par ce bon sens tranchant.

— Qui vous a dit qu'il aurait trouvé ces deux secrets ? reprit le pacha.

— Un ami qui le connut bien.

— Et comment s'appelait cet Anglais ?

— Newton.

— Le même qui a expliqué la gravitation universelle ?

— Lui-même, répondit Gottlieb, une fois de plus étonné.

— Ne soyez pas surpris, comte, déclara le pacha, qui avait relevé la surprise du jeune homme : les Turcs ne vivent pas dans la Lune et ils savent lire.

Le pacha se leva pour se diriger vers la porte de la cabine.

— Comte, il me vient à l'esprit que vous gagneriez à connaître une femme remarquable. Avant de vous rendre à Istamboul, en tout cas. Elle habite Constantza, un port de la mer Noire, où nous allons. Je vous offre le passage sur ce bateau et, si vous poussez au-delà, je vous donnerai un sauf-conduit jusqu'à la Sublime Porte.

— Vous m'obligez beaucoup, dit Gottlieb.

— Vous avez fait plus que m'obliger, comte, et l'effet de cet incident a été de faire de moi votre protecteur, répondit le pacha avec un sourire. Avez-vous des bagages ?

Gottlieb hocha la tête et le pacha reprit :

— Pendant que votre domestique ira les chercher, nous partagerons une collation, si vous le voulez bien.

Il sortit et donna des ordres. Le Noir, qui veillait apparemment à la porte de la cabine, se matérialisa soudain. L'instant d'après, lui et un autre homme de la suite du pacha étaient partis avec Albrecht chercher les bagages à la taverne.

Gottlieb, demeuré seul quelques moments, songea que, pour la première fois depuis Londres, il avait donné de lui-même une image ridicule. Ce Turc avait cassé toute la comédie qu'il avait montée et à laquelle il s'était lui-même laissé prendre, avec ces histoires insensées d'élixir de jeunesse et de pierre philosophale ! Il aurait mieux fait de laisser les Bosniaques faire sauter ce Turc trop perspicace. Il fut brusquement tenté de lui fausser compagnie, mais seule la peur de se discréditer le retint. D'ailleurs, le pacha se trouvait sur le pont et Albrecht était parti chercher les malles.

Une leçon se dégageait de cette déconvenue : ne jamais déclarer ouvertement ses buts.

Quant à l'élixir de jeunesse et à la pierre philosophale, il faudrait approfondir plus soigneusement leurs mystères, si tant était qu'il y en eût.

Mais quelle était donc cette femme que Bayrak Pacha voulait lui faire rencontrer ? Et pour quoi ?

Il consulta son horloge de poche et fut dépité d'y lire trois heures de l'après-midi alors que midi n'avait même pas encore sonné. Puis il songea qu'il avait voyagé vers l'est et qu'il avait donc vieilli de la différence. Il s'échina à modifier la position de l'aiguille vers une heure qui lui parût plausible.

Même les montres étaient donc infidèles.

18

La chouette du Phanar

Constantza n'était une ville, ni un village mais un port au pied d'une forteresse en hauteur, sur cette bande de terre que les Ottomans avaient conquise aux franges de l'Europe et qui se nommait la Bessarabie, entre la Bulgarie et le Jedisan.

Tout le long du trajet, qui avait duré onze jours, Bayrak Pacha avait instruit son jeune passager de ce qu'étaient les Ottomans et l'islam. Le comte Gottlieb von Rennenkampf dut plus d'une fois maîtriser sa surprise : il ignorait tout des pays où il se trouvait et de leur histoire. Solomon Bridgeman ne lui avait jamais dit que les Turcs se trouvaient sur le chemin de l'Orient. Le savait-il lui-même ?

Puis ce pacha francophone était décidément trop fin. Un soir, au dîner, qui avait toujours lieu après le coucher du soleil, Gottlieb avait cru bon de restaurer le prestige perdu en arborant l'un de ses joyaux, un gros saphir en cabochon pendu à une chaîne d'or, qu'il avait enfilé pardessus sa cravate. Le pacha avait considéré le joyau d'un air sourcilleux :

— Qu'est cela ? avait-il demandé, pointant l'index vers le saphir.

— Une pierre, Pacha, répondit Gottlieb, décontenancé.

Il avait appris à respecter le Turc, subodorant qu'il n'en était pas seulement l'hôte sur ce caïque mais en quelque sorte l'otage.

Le pacha tendit le cou.

— Si elle est vraie, je n'en ai jamais vu la pareille que sur le turban du sultan. Écoutez, comte, je veux bien que vous ayez la fantaisie de la porter ce soir, encore que je n'en voie pas l'utilité. Mais si vous vous en pariez dans nos contrées, je crains fort que vous donniez à des besogneux l'idée de vous enlever contre rançon. Est-ce un bijou de famille ?

— Oui, Pacha.

— Votre famille doit être bien riche. En tout cas, croyez-moi, on ne porte pareils joyaux que si l'on dispose du pouvoir, c'est-à-dire d'une petite armée. Faites-moi le plaisir de la ranger dans vos coffres et de ne plus la montrer que dans des cérémonies d'importance. Elle ne convient ni à votre âge, ni à votre rang.

Gottlieb avala cette leçon de manières et se demanda ce que le pacha eût dit des autres joyaux qu'il avait conservés, pour le plaisir et peut-être en souvenir des crimes par lesquels il avait conquis sa liberté. Il appréhenda aussi que le pacha l'interrogeât sur les Rennenkampf ; c'était un nom qu'il avait, comme tant d'autres, cueilli au hasard d'une conversation à Vienne.

Cependant, l'ordalie advint.

Une après-midi, alors que le pacha et Gottlieb sirotaient leur café sur le pont, en regardant d'un œil apaisé et somnolent la rive droite du Danube, sur la Bulgarie, Bayrak Pacha déclara :

— Votre nom a éveillé en moi des échos brumeux. Puis je me suis souvenu que je l'avais découvert dans les livres d'histoire sur la Grande Lituanie. C'est une illustre famille que la vôtre.

— Assurément, répondit Gottlieb, aux aguets.

— L'un de vos ancêtres a été, à la fin du XVe siècle, le héros de la bataille de Tannenberg contre les Polonais.

Gottlieb ravala sa salive ; du diable s'il avait soupçonné l'existence de cet illustre faux ancêtre.

— Comment se prénommait-il ? demanda le pacha.

— Gottlieb, répondit Gottlieb avec assurance, bien qu'il n'en sût rien.

— Sans doute, sans doute. Puis un autre Rennenkampf a combattu contre nous mais en vain, à Cozmin, en Moldavie, le saviez-vous ?

— C'était il y a longtemps, dit Gottlieb d'un ton badin.

— En effet, c'était en 1492. Et voici que les descendants des ennemis héréditaires boivent le café ensemble sur le Danube, dit le pacha en riant. Et que l'un d'eux a sauvé la vie de l'autre !

Gottlieb feignit de trouver la situation piquante et observa que 1492 avait été l'année de la découverte de l'Amérique. La conversation dériva, à son grand soulagement.

Il conviendrait, à l'avenir, de s'informer plus soigneusement de l'histoire des noms qu'il empruntait.

Mais enfin, ils étaient arrivés.

*

Un grand remue-ménage se fit sur les quais à la vue de la bannière du caïque *Brise des anges.* Des militaires, cimeterre au côté, vinrent accueillir le pacha et sa suite, considérant d'un œil circonspect les deux Frangis qui le suivaient : des otages ? Gottlieb se demanda si lui et Albrecht n'allaient pas être conduits dans des geôles sans lumière et y finir leurs jours. Il se rappela le regard du capitaine de Temesvar et regretta son imprudence. Il tâta sa dague, puis son épée. Mais à quoi lui serviraient des armes aussi ridicules contre une meute de ces moustachus ? Il se rasséréna cependant quelques instants plus tard, quand lui et Albrecht furent invités à prendre place dans des litières. Leurs malles étaient chargées sur des mulets. Ils s'allongèrent donc sur les coussins de ces véhicules et suivirent le convoi qui s'engageait le long de la mer, sous une escorte de cavaliers.

Puis, dans le balancement un peu nauséeux des litières, ils entrèrent dans des jardins odorants, rosiers, résédas, jasmins, gardénias, Dieu sait quoi ! et par-dessus les têtes, les houppes de faux acacias qui répandaient leur parfum sucré. Les porteurs les déposèrent devant une vaste maison d'un étage, sur le perron de laquelle Bayrak Pacha déclara à son hôte :

— Comte, mes domestiques vous conduiront à vos appartements. Quand vous serez reposé et rafraîchi, nous nous retrouverons sur la grande terrasse centrale, si vous le voulez bien.

Gottlieb retrouva le ton impérieux qui l'avait décontenancé. Il n'en avait plus l'habitude ; mais force était de se plier aux circonstances. Il entra dans la maison, la première d'Orient qu'il visitât. Elle était entièrement différente de celles qu'il avait connues. L'ameublement ne semblait composé que de divans bas, de coussins, de tables basses, de paravents et, çà et là, d'armoires, le tout flottant sur une mer de tapis ponctués de braseros, mais pas un meuble ni une porte à clef. On vivait sans doute là dans la confiance. Mais surtout, les demeures étaient pareilles à des campements dont les tentes auraient été en murs. Ces gens ne faisaient que passer chez eux. Ses appartements étaient magnifiquement vastes, enrichis d'une vue sur la mer si bien conçue qu'on eût dit que l'occupant était maître de ces étendues liquides.

Albrecht tirait les coffres dans un angle. Comme il ne pouvait en monter la garde en permanence, Gottlieb lui avait enjoint de les cadenasser ; par mesure de précaution, il avait serré ses joyaux les plus précieux dans une petite bourse qu'il portait sur lui.

Le Noir qui semblait l'homme de confiance du pacha toqua à la porte.

— Je m'appelle Osman, récita-t-il en français, mais avec un accent qui prêtait à cette langue les couleurs d'un dialecte exotique, les esclaves que voici vont vous offrir un bain avec des massages.

Pendant l'heure qui suivit, Gottlieb et Albrecht furent chauffés en étuve, étrillés des orteils aux oreilles avec une écorce végétale râpeuse, ensuite pétris et frictionnés à en perdre le souffle avec des essences rudes, où Gottlieb reconnut du santal et du camphre, enfin rincés de frais et séchés.

— Ils m'ont arraché la peau ! geignit Albrecht.

— Celle du dessous était bien plus blanche que je le pensais, répliqua son maître. Et vous fleurez maintenant la vertu.

Osman vint les conduire à la terrasse où les attendait le pacha.

C'était presque une esplanade dominant la mer. Les balustrades s'ornaient de vasques de gardénias qui embaumaient. La lumière déclinante teignait la mer de pourpre.

— Bienvenue, comte, dit le pacha, s'avançant vers Gottlieb. Vous voici donc dans l'Orient des Barbares.

— Sans doute l'antichambre du Paradis, répliqua plaisamment Gottlieb.

Un domestique servit à ce dernier du vin dans un hanap couleur de la mer, paillettes d'or comprises. Gottlieb cligna des yeux et examina son verre de près.

— Oui, comte, dit le pacha d'un ton suave, saisissant le geste, ce sont bien des paillettes d'or. Nos médecins m'assurent que ce métal n'est pas seulement le garant de la prospérité, mais également celui de la santé. En plus d'inciter à la modération, quelques miettes dans le vin entretiennent l'équilibre des humeurs. Quant à la boisson elle-même, le Prophète la promet aux croyants admis au paradis, justement. Je pense donc que nous sommes autorisés à en boire.

Il leva son hanap à la santé de son hôte et Gottlieb, émerveillé, but ainsi sa première gorgée d'or.

Une table dressée fut portée au milieu de la terrasse, puis deux sièges. Trois flambeaux furent disposés autour.

Le pacha invita Gottlieb à s'asseoir. Quand ils furent installés, les serviteurs disposèrent devant eux une profusion de salades dont Gottlieb n'eût su dire ce qui les composait. Suivirent une friture de petits poissons, de l'agneau rôti, un riz qui semblait doré lui aussi…

Albrecht, assis seul à cinquante pas de là, dînait seul, apparemment ébahi.

— Vous avez piqué ma curiosité, comte, déclara le pacha. Vous êtes le premier homme au monde auquel je doive ma vie, car j'en ai été jusqu'ici le seul gardien. Je suis enclin à y voir un signe du ciel. De surcroît, vous êtes singulièrement jeune, et pour ce rôle et pour vous être lancé tout seul dans le voyage que vous avez évoqué. Mais bien plus, l'objet de ce voyage, s'il est bien ce que vous m'avez dit, m'a rempli de perplexité. Je l'ai contesté d'emblée, je ne crois pas que les secrets que vous m'avez dévoilés existent. Le saviez-vous ?

— Comment savoir qu'un objet n'existe pas à moins qu'on s'en soit assuré ?

— Pour vous en assurer, il vous faudrait toute une vie et encore, rétorqua le pacha. La gratitude et la curiosité m'ont décidé à vous confier aux soins de la femme remarquable que j'ai déjà mentionnée.

Vexé d'être traité comme un enfant turbulent, Gottlieb posa sa fourchette.

— J'ai lassé votre patience ?

— Point, comte. Mais la sagesse enjoint de se fier aux gens d'expérience et de savoir. La princesse Polybolos possède les deux. Faites-moi confiance. Seule la générosité m'inspire à votre endroit.

— Serais-je donc un problème pour vous ?

Le Turc considéra son hôte un instant sans répondre, le regard pétillant, imperceptiblement ironique :

— Un problème ? Non pas, comte. Mais voyez-vous, en me sauvant la vie, vous avez tissé entre nous un lien dont ni vous ni moi ne sommes maîtres. Je suis responsable de votre bien-être autant que vous du mien. Ne le saviez-vous pas ? L'on dit chez nous que celui qui sauve un noyé double son existence.

Gottlieb ne sut trop comment entendre ce discours, mais le trouva artificieux.

— Au reste, vous le verrez, la princesse est une femme de grand caractère et d'égale culture. N'eussiez-vous fait ce voyage que pour la rencontrer que vous seriez comblé. Les quartiers qu'elle vous offrira seront au moins aussi plaisants que les vôtres dans cette maison. Car je dois, pour ma part, reprendre mon voyage demain matin.

— Je veux espérer que ce n'est pas notre dernier souper, dit courtoisement Gottlieb.

— Il ne tiendra qu'à vous, comte, de m'informer de vos déplacements. Je ferai alors en sorte que nos chemins se recroisent.

L'on servit alors des desserts variés, des sorbets à la pistache, une gelée aux amandes, une boisson rouge inconnue aux raisins secs…

Tout ce luxe du décor et de la table donnèrent à Gottlieb le sentiment qu'on lui présentait un coffret magnifique, mais plein de mystères inquiétants.

La nuit était tombée et les flambeaux s'échevelaient dans la brise du soir et les parfums des gardénias.

Pour la première fois depuis qu'il avait débarqué à Southampton sous le nom de John Tallis, Vicentino de la Fey se sentit désarmé. Il existait dans le monde des puissances au moins aussi redoutables que les deux secrets que Solomon Bridgeman lui avait fait entrevoir.

Sur quoi Bayrak Pacha prit congé de son hôte, se félicita que le sort eût posté sur sa route un gentilhomme si bienveillant et lui souhaita une bonne nuit. Les deux hommes se serrèrent la main et le pacha quitta les lieux.

À la porte, Osman et la garde personnelle lui emboîtèrent le pas. Gottlieb demeura seul sur la terrasse. Là-bas, Albrecht lui lança un regard désespéré. Gottlieb lui fit signe de le rejoindre.

— Maître, dit l'Autrichien, tout cela est comme un conte de fées. Mais que mon maître me pardonne, c'est trop beau.

Gottlieb hocha la tête et regarda un long moment les lumignons des barques qui scintillaient sur la mer Noire. Puis il décida de se retirer.

*

Le lendemain matin, quand Gottlieb eut manifesté qu'il était réveillé, le majordome lui fit porter un vaste plateau chargé de tous les mets que les Turcs consommaient sans doute à la première collation, du café, du lait caillé, des pâtisseries. Sur le plateau se trouvait un long étui. Gottlieb l'ouvrit et trouva un document roulé, rédigé en turc et constituant, il l'espérait, le sauf-conduit promis et non l'ordre de le décapiter au premier éternuement.

Sa toilette achevée, il se demanda comment diantre il se débrouillerait dans ce pays, si le seul personnage connaissant le français en était parti, et ce qu'il en serait de la visite à la princesse… mais comment donc se nommait-elle ? Il fut pris de doute : il avait oublié le nom de sa prochaine hôtesse.

Le pacha avait tout réglé avant de partir. Dès que Gottlieb exprima sa volonté de se mettre en route, le majordome les conduisit, lui et Albrecht, aux litières qui attendaient dans les jardins et, au terme d'une petite demi-heure, ils parvinrent à une autre demeure, assez semblable à la première et, elle aussi, au bord de la mer Noire.

Leur visite était attendue, car un majordome aussi magnifique que celui de la précédente maison les attendait sur le perron. Quand Gottlieb mit pied à terre, il s'avança, s'inclina cérémonieusement et déclara d'une voix emphatique :

— Binvenu, messié lé comte.

Parlait-il français ? Gottlieb jugea opportun de ne pas le mettre à l'épreuve. Après ces quatre mots de français, il indiqua la maison d'un geste ample et les visiteurs le suivirent, eux-mêmes suivis d'un convoi de domestiques portant leurs bagages. Ils traversèrent de vastes espaces agrémentés de fontaines et de vasques, puis le majordome les précéda dans un appartement privé qui ne le cédait en rien à celui que Bayrak Pacha avait réservé la veille à ses hôtes. Quand les bagages y eurent été déposés, Gottlieb s'avisa que le mirliflore attendait à la porte, sans doute pour le conduire devant la princesse. Ce fut alors, miraculeusement, que le nom de celle-ci lui revint :

Polybolos. D'après ses maigres connaissances de grec, acquises là-bas au Pérou, sous la férule de Fray Ignacio, cela devait signifier « Plusieurs dons ».

La princesse siégeait sur un divan garni de coussins de brocart, sous une pergola devant la mer. Plusieurs femmes l'entouraient, toutes parées à la mode orientale : des manteaux de soie épaisse serrés à la ceinture, sur des chemises dont le col et les poignets ne laissaient voir que la tête et les mains, les cheveux pris dans des bonnets de soie claire.

Gottlieb ne vit d'abord que des yeux, charbonneux, dans un masque pâle et sans âge, comme posé sur le socle d'une blouse au col haut.

Une grande chouette.

Il s'avança et s'inclina cérémonieusement.

— Bonjour, comte, dit-elle dans un français roulant, soyez le bienvenu chez les Polybolos.

— Bonjour, princesse, je suis honoré de me trouver en votre présence.

Quel âge avait-elle donc ? Impossible à évaluer. Elle ne détachait pas ses yeux du visiteur et il jugea déplacé de soutenir le regard de face.

Elle fit un geste, imperceptible, et l'une des femmes, sans doute sa première dame de cour, en fit un autre. Sur ce, deux servantes avancèrent un fauteuil près du divan princier.

— Asseyez-vous, comte, nous allons vous faire servir un rafraîchissement.

Il se rendit alors compte que le divan était posé sur une estrade de trois marches et qu'il devait donc lever les yeux vers son hôtesse.

— Votre obligé, Ahmed Bayrak Pacha, vous a fait précéder d'une lettre fort élogieuse, dit-elle de son accent chantant. Il a voulu étendre sa sollicitude au-delà de son absence et m'a chargée de vous être utile.

Où donc ces gens-là apprenaient-ils le français ? se demanda Gottlieb.

— Le pacha est trop bon, dit-il, soudain contrarié de se trouver dans une situation dont il ne devinait pas les enjeux.

— Le comte parle un français exquis pour un Livonien, observa la princesse.

— Que la princesse me permette de lui retourner le compliment.

— Nous avons de bons professeurs au Phanar.

Le Phanar ? Il ignorait ce que c'était et flaira un piège ; la question symétrique ne tarderait pas : depuis quand les Livoniens parlaient-ils donc français ? Un prétexte lui serait d'urgence nécessaire. Il considéra la boisson rubis qu'on venait de lui présenter. Du vin ? Ou bien celle qu'il avait déjà bue chez le pacha ?

— Le Phanar, comte, est le quartier grec de la ville qu'on appelle Istamboul et qu'on appelait autrefois Constantinople, précisa-t-elle. On nous y enseigne La Fontaine et Racine, et les garçons sont fort épris de Corneille aussi. « Nous partîmes cinq cents, en arrivant au port nous nous vîmes trois mille... », récita-t-elle avec un enjouement martial. Quant à la boisson qu'on vient de vous servir, c'est du carcadet.

Elle n'était donc pas née dans ces lieux. Qu'est-ce donc qui l'y avait amenée ? Et quels liens l'attachaient à Bayrak Pacha ?

— Qu'est donc le carcadet ? s'enquit-il, feignant une fois de plus la désinvolture.

— Une décoction de guimauve, comte. Cela rafraîchit le sang et dilue la bile.

Quel était le sens de tout cela ? se demanda Gottlieb.

— Je n'apprendrai rien à la princesse en lui disant que le français est aussi la langue chérie du Nord.

Elle hocha la tête et le considéra de son œil de chouette farceuse. Bon, elle avait compris qu'il avait débusqué le piège. À l'évidence, elle ne le tenait pas du tout pour un comte livonien. Il eut le sentiment aigu que lui et la princesse jouaient au chat et à la souris.

— Maintenant, dit la princesse, nous allons laisser le voyageur s'installer dans ses appartements et, s'il le veut bien, nous prendrons une collation sur le midi.

Il se leva, la dame d'honneur en fit de même et l'escorta vers la porte donnant sur l'intérieur de la demeure. Là, un homme au visage ronchon se força à sourire et les conduisit, lui et Albrecht, vers leurs appartements.

19

La Dame de Babadag

Peu après le coucher du soleil, cependant que les esclaves de la princesse Polybolos achevaient de le sécher, le comte Gottlieb von Rennenkampf parut absent. Les événements de la journée l'avaient laissé perplexe. Les sous-entendus de son premier entretien avec la princesse l'avaient déjà intrigué. Le déjeuner ne l'intrigua pas moins. Outre Gottlieb et son hôtesse, il comportait un troisième convive, une jeune fille d'une saisissante beauté, prénommée Danaé, qui ne cessa de couver l'étranger du regard et de multiplier ses attentions. Elle lui servait le vin, lui offrait des salades et des mets et s'apprêtait à sourire dès qu'il ouvrait la bouche. La princesse semblait trouver normale cette sollicitude.

À la fin du déjeuner, Gottlieb avait demandé à la princesse comment on savait l'heure à Constantza, car il voulait régler sa montre.

— Le jour, nous nous servons toujours du cadran solaire. Le temps est beau et vous n'aurez donc aucune peine à savoir l'heure jusqu'au coucher du soleil. La nuit, nous consultons la grande clepsydre dans le vestibule.

— Où se trouve le cadran solaire ?

— Dans le verger d'orangers, Danaé vous y mènera après le café.

Le moment venu, la jeune fille conduisit Gottlieb dans les vastes jardins qui séparaient la villa de la mer. Chemin faisant, elle lui prit la main. Il supposa que c'était un geste de plus dicté par sa gracieuse nature. Parvenu au cadran solaire, une vaste table de marbre avec une aiguille de bronze, il tira sa montre et entreprit d'en régler l'aiguille aussi exactement que possible. Mais alors la jeune Danaé s'approcha encore plus de lui et, lui enlaçant la taille, posa ses lèvres presque sur les siennes ; de fait, son mouvement de surprise lui évita le baiser. Tout à fait déconcerté, il recula la tête et dévisagea la jeune fille ; il ne lut dans ses yeux que l'innocence de l'élan amoureux ; vieille ruse des rouées. C'était bel et bon, mais il n'était pas disposé aux ébats, encore moins au milieu de jardins où pouvait surgir n'importe quel importun au bout d'un sentier. Il sourit le plus aimablement possible et prit sa distance. Elle posa la main sur son bras, pour attirer son regard.

— Vous jouez des jeux périlleux, mademoiselle Danaé, lui dit-il.

— C'est vous qui m'inspirez ! s'écria-t-elle.

— J'en suis flatté mais je ne suis qu'un étranger de passage, dit-il, se demandant si toutes les jeunes filles de la région étaient aussi effusives, sinon écervelées.

— Non, vous devez rester !

Il s'alarma, sans pourtant cesser de sourire.

— Pour l'heure, si vous le voulez bien, nous allons regagner la villa.

Et il reprit le sentier par lequel ils étaient venus.

— Je vous déplais, dit-elle, avec tous les accents de l'affliction.

— Point, Mademoiselle, vous êtes belle comme le jour.

— Mais alors, pourquoi me repoussez-vous ? gémit-elle.

Soudain, ces simagrées de caille énamourée échauffèrent Gottlieb et l'idée lui vint de saisir la donzelle par les hanches, de la faire basculer et de l'embrocher, à la hussarde. Une longue continence l'aurait bien préparé : quelques minutes suffiraient à consommer l'union, puis il pousserait la Danaé dans les ronces et s'en irait. Mais c'eût été justement tomber dans le piège et il imagina les cris éperdus qu'elle pousserait. Quelqu'un accourrait, peut-être plusieurs acolytes tapis dans les fourrés et le ciel savait ce qui s'ensuivrait. Il hâta le pas.

— Je ne vous repousse pas, Mademoiselle, je ne m'attarde pas. Je vous l'ai dit, je ne fais que passer et n'entends pas m'établir à Constantza.

— Je vous suivrai ! s'écria-t-elle derechef. Partout au monde !

Providentiellement, ils arrivaient au bas des marches. La terrasse était déserte.

— Ne croyez-vous pas, Danaé, que ces propos soient prématurés ? Je vais maintenant prendre du repos, si vous le permettez.

Et il se détacha résolument d'elle et se dirigea vers ses appartements.

Il chercha Albrecht et ne le trouva pas ; puis il s'inquiéta. Personne d'autre que la princesse et l'effrontée Danaé ne parlait sans doute français dans cette maison et n'aurait donc pu le renseigner sur son domestique.

Vers quatre heures, il entendit marcher dans le vestibule et bondit : c'était Albrecht, l'air singulièrement guilleret.

— Où étiez-vous ?

— Mon maître, je vous ai vu partir dans les jardins en charmante compagnie et j'ai supposé que vous n'auriez pas besoin de mes services pour l'heure à suivre. Pardonnez-moi car j'ai alors cédé aux sollicitations d'une servante qui semblait fort empressée. On ne peut toujours tenir la nature sous le boisseau, mon maître.

Gottlieb ne put s'empêcher de rire. Les femmes de ce pays étaient-elles donc à court d'hommes ? Ou bien lui et son domestique n'étaient-ils pas plutôt les jouets d'une machination qui se donnait des airs galants ?

— Vous avez fouetté les esprits de ces parages, reprit Albrecht, dont la langue se déliait, maintenant qu'il voyait que son maître ne lui tenait pas rigueur de son escapade. Cette pécore m'a rebattu les oreilles de votre apparence. Elle m'a posé cent questions…

— Lesquelles ? demanda Gottlieb.

— D'où nous venions, quels étaient votre âge et l'origine de votre fortune…

— Mais en quelle langue vous a-t-elle interrogé ? s'écria Gottlieb, stupéfait.

— En allemand, mon maître, en bon allemand. Il semble qu'ils aient dégotté pour l'occasion une créature qui parle ma langue. Toutes mes langues, sauf votre respect, mon maître.

Gottlieb n'en revenait pas ; le pacha et la princesse avaient donc bien monté une conspiration sur mesure.

— Et que lui avez-vous répondu ?

— Que sais-je de vous, mon maître ? Quasiment rien. Mais je lui ai raconté que j'étais votre serviteur depuis l'enfance dans un superbe château de la Baltique, où votre famille règne sur des terres sans fin…

À la faconde paysanne d'Albrecht, Gottlieb éclata de rire.

— Me prenez-vous pour un benêt, mon maître ? Je voyais bien qu'elle voulait me tirer les vers du nez. Et je finis par me demander si les avertissements du capitaine de Temesvar n'avaient pas quelque fondement.

— Que voulez-vous dire ?

— Mon maître, nous autres, serviteurs, nous sommes comme les enfants qui voient les dessous des jupes que les grandes personnes comme vous ne soupçonnent pas. Depuis que nous sommes arrivés ici, j'ai eu le sentiment que les gens ne sont pas honnêtes. N'avez-vous pas songé que la sollicitude du pacha à votre égard était excessive ? On eût cru qu'il voulait vous adopter. Bon, vous lui avez sauvé la vie, cela se règle en deux coups de cuiller à pot. Un personnage de cette importance offre une bourse et un souper et puis voilà. Mais vous ayant connu, il ne se résout pas à vous perdre. Que fait-il avant de partir, ne pouvant différer son départ ? Il vous confie d'office à cette princesse qui, à mon avis, a plus d'un tour dans son sac et lui sert de complice. Elle a instruit le personnel de tirer le plus d'informations possible sur vous et l'on a évidemment commencé par moi.

Gottlieb ne mentionna ni l'élixir de jeunesse, ni la pierre philosophale. La complicité que cet épisode avait tissée entre maître et domestique suffisait telle qu'elle était. Mieux valait que ce dernier n'en sût pas trop, au cas où il se laisserait corrompre.

— Mais que veulent-ils, croyez-vous ?

— Je l'ignore, mon maître. Mais ils vous traitent comme un perdreau de choix qu'ils s'apprêtent à farcir.

— Veulent-ils de l'argent ?

— Non, je ne le crois pas. Ils semblent assez riches pour nourrir d'autres projets que des coupe-jarrets. Je ne peux deviner quel usage ils espèrent de la proie que vous êtes. Mais ils en ont un en tête.

Gottlieb se félicita de l'intelligence finaude de son domestique : grâce à lui, il était désormais assuré de ne pas s'être trompé.

Que voulaient de lui le pacha et la princesse ?

*

Comme chez le pacha, le dîner fut organisé sur la terrasse, mais la table était trois fois plus grande, bien que dressée pour trois convives ; Danaé n'était pas là, ravalant sans doute son humiliation vraie ou feinte. À sa place se tenait un jeune homme assis en face de lui et que la princesse avait présenté comme son neveu, Alexis. Ce dernier était ce qu'on appelle girond et Gottlieb soupçonna qu'il avait relevé ses traits de quelques touches de fard ; ainsi, la lèvre inférieure était bien trop purpurine et la longueur veloutée des cils, qu'il battait en direction de l'étranger, n'était sans doute pas étrangère au kohl. Que faisait là ce damoiseau ? Prétendait-il reprendre le rôle de Danaé ?

Les sens en éveil et bien décidé à débusquer un indice qui l'éclairerait sur les intentions de la princesse, Gottlieb décida de donner le change à son hôtesse. Il feignit l'abandon et souriait béatement, comme s'il sortait de la couche de la donzelle Danaé. Cependant, il scruta à la dérobée le visage de la princesse, s'efforçant, pour commencer, d'estimer son âge. Il fut déçu : le masque blanc, doré par la lumière des photophores, ne trahissait que des ridules infimes. Et comme le matin, un col haut de mousseline retenu par un ruban dissimulait le cou, qui se prête bien moins que le visage aux artifices des cosmétiques. Mais soudain, alors qu'elle tendait la main vers son verre, il y saisit les traces du temps : décharnée, ressemblant plus à une serre de rapace qu'à une donneuse de caresses, cette main-là, surtout pour une femme oisive, comptait bien ses soixante-dix ans.

— J'espère que votre après-midi fut plaisante, dit la princesse sans conviction.

Ce qui signifiait en clair : j'espère que vous vous êtes morfondu de regrets pour n'avoir pas cédé aux avances de Danaé.

— Exquise, princesse. Rien n'incite plus à la réflexion que l'horizon oriental. Je comprends que le privilège de contempler toute une vie ces ciels de nacre ait porté les esprits de l'Orient à la sagesse suprême.

Elle lui jeta un regard charbonneux dont la transcription n'était pas douteuse : cessez de me prendre pour une nigaude.

— Vous croyez que le paysage influence les âmes ? susurra le jeune Alexis d'une voix langoureuse.

C'était la première fois qu'il prenait la parole, et il parlait donc français, lui aussi. Peste fut des professeurs égarés qui inculquaient la langue aux Phanariotes.

— En doutiez-vous ? répliqua Gottlieb. Les azurs sans tache de la Grèce ont engendré la plus lumineuse philosophie de l'histoire des civilisations, tandis que les ciels orageux du nord ont produit les visions les plus chagrines de la destinée humaine.

L'échanson vint regarnir les verres cependant que les domestiques changeaient les plats. Gottlieb avait à peine trempé ses lèvres dans son verre ; ce n'était pas le moment de s'enivrer. Un regard en coulisse l'assura qu'Albrecht était présent, à l'extrémité de la salle.

— J'admire la finesse de votre jugement, dit sentencieusement Alexis. J'ai l'impression d'une dague acérée capable de couper en deux une mouche en plein vol.

Où lui a-t-on enseigné pareil fatras ? se demanda Gottlieb.

La princesse intervint :

— Le comte Gottlieb est persuadé que l'Orient recèle des secrets extraordinaires, dit la princesse.

— Vraiment ? gloussa Alexis, l'œil de plus en plus mielleux. Mais lesquels ?

La princesse ne laissa pas Gottlieb répondre ; elle reprit :

— Notre seul secret est notre familiarité avec l'au-delà. Nous avons assez vécu pour savoir que la vie n'est qu'un jeu d'apparences et que les vrais fantômes se trouvent de notre côté.

Tiens donc, se dit Gottlieb. Que mijote-t-elle ? Il releva qu'elle avait dépouillé l'enjouement de la matinée. Il s'en félicita : il n'en apprendrait que plus tôt quel jeu elle jouait avec lui.

— Nous en donnerons ce soir une démonstration pour le comte Gottlieb.

— Comment cela ? demanda Gottlieb, achevant de savourer une poitrine de poulet confite dans ce qui semblait être de la crème d'amandes.

La princesse releva la tête avec un sourire énigmatique.

— Les vrais mystères ne s'annoncent point, déclara-t-elle d'un ton de pythie. Si l'on y est convié, on regarde et l'on se pénètre, mais l'on garde les lèvres scellées.

Quel amphigouri, songea Gottlieb, jetant un regard vers Albrecht, qui était réapparu sous une arcade de la terrasse, ayant sans doute achevé de souper.

Alexis enchaîna en observant que le premier quartier de la Lune était favorable aux activités de l'esprit.

— Le comte n'apprécie-t-il pas le vin de Transylvanie ? demanda-t-il ensuite, indiquant le verre presque plein de son voisin.

— Je suis peu porté sur l'alcool, répondit Gottlieb.

L'on servit une salade, puis un fromage blanc et des pâtisseries, assorties de café. La princesse se leva.

— Venez, enjoignit-elle à ses commensaux. La Dame de Babadag a dû arriver.

Gottlieb et Alexis la suivirent dans un salon clos, au sol et aux murs couverts de tapis et meublé d'un seul petit divan bas et de grands coussins de peau. Seuls deux hauts trépieds de bronze sommés de lampes à huile éclairaient la pièce. Une créature au visage émacié s'y trouvait déjà, accroupie sur un vaste coussin de cuir, en face d'un plateau de cuivre garni d'une cafetière et d'un bol. La princesse s'arrêta devant elle et l'entretint un moment dans une langue inconnue de Gottlieb, mais différente du turc. La Dame de Babadag vida son bol de café et scruta du regard Alexis et Gottlieb, qui la salua d'un geste de la tête et la dévisagea en retour, autant que faire se pouvait dans cette avare clarté.

Quelqu'un montrait-il donc son vrai visage dans cette maison ? Les traits de la Dame de Babadag étaient enduits du même blanc de céruse dont usait la princesse, et ses yeux étaient si lourdement fardés qu'on eût dit un spectre. Seule la bouche carminée témoignait qu'elle n'était pas morte. Était-ce même une femme ? Ses pommettes hautes et son nez tranchant eussent mieux convenu à un homme. Et les pieds nus qu'on devinait sous les plis de la robe étaient également masculins. Mais savait-on jamais, dans ces contrées…

La princesse s'installa sur le divan, qu'elle occupa à elle seule, et les jeunes gens s'installèrent sur des coussins. Albrecht, la dame d'honneur et les autres serviteurs se tenaient à la porte. Un serviteur vint emporter le plateau de café et un autre apporta un brasero qu'il posa à la même place. La Dame de Babadag tira un sac des plis de sa robe, y plongea la main et soudain jeta dans les braises une pleine poignée d'on ne savait quoi. L'instant suivant, une fumée bleuâtre s'éleva et se répandit dans la pièce. L'odeur en était douceâtre.

La Dame de Babadag ferma les yeux et commença un lent balancement du torse d'avant en arrière, accompagné d'un chantonnement flûté, comme celui d'une enfant qui geint. Elle leva une main, puis l'autre, dans un geste d'imploration. Cependant son ululement s'enflait.

Alexis posa la main sur le bras de son voisin, qui feignit de ne pas s'en aviser.

Les incantations, si c'en étaient, se poursuivirent pendant un temps indéfini, que Gottlieb évalua à une heure. Il s'ennuya et se demanda quel était le sens de cette séance. Il était près de s'assoupir.

La fumée était-elle hallucinogène ? Dans sa torpeur, Gottlieb cligna des yeux : les volutes bleues semblaient avoir pris une légère densité devant la Dame de Babadag, à deux ou trois pieds du sol.

Alexis haleta. Gottlieb tendit le cou. Un visage se dessinait, même dans cette forme floue. À peine un visage : trois trous, pour les yeux et la bouche. Un visage étrangement immobile, en dépit des fluctuations de la fumée.

Gottlieb épia la princesse. Elle était figée sur le divan, les sourcils froncés.

Un cri jaillit de la gorge de la Dame de Babadag. Elle parla.

— Que dit-elle ? chuchota Gottlieb.

— Je ne comprends pas, répondit Alexis, la main une fois de plus crispée sur le bras de son voisin.

La Dame de Babadag agita le bras gauche et le tendit vers Gottlieb. Sa voix devint rauque. Puis stridente. Elle tomba en arrière, proférant des bribes qui paraissaient de plus en plus confuses.

Elle resta immobile. Peut-être était-elle morte.

La princesse émit des sons. La dame d'honneur accourut. L'instant d'après, des domestiques venaient relever la Dame de Babadag.

— J'ai besoin d'air frais, dit Gottlieb, se levant.

Il était sur le pas de la porte, aspirant à pleines goulées l'air qui venait de la terrasse quand la voix de la princesse retentit :

— Comte.

Il s'écarta pour laisser passer des esclaves qui apportaient un plateau de rafraîchissements et entra dans la pièce.

— Comte, dit la princesse, c'est de vous qu'elle parlait.

— J'ai cru le deviner, répondit-il froidement, mais je n'ai évidemment rien compris.

— Elle dit que son esprit tutélaire a vu loin, très loin, un homme mort à vos pieds dans un amoncellement de joyaux.

Gottlieb retint un frémissement. Ce n'était pas tout à fait faux, mais, à ce point de méfiance où il était parvenu, il n'aurait même pas trahi son émotion si la princesse lui avait dit : « Vous vous appelez Vicentino de la Fey, vous avez volé les joyaux du gouverneur de Lima et vous avez causé la mort de Fray Ignacio. »

Il considéra la princesse sans aménité :

— Madame, je ne saisis pas l'opportunité du spectacle auquel vous m'avez convié ce soir, et je trouve les folies de cette devineresse déplaisantes.

— Vous vouliez vous initier aux grands secrets, dit la princesse d'un ton sévère.

— Je n'ai vu là aucun secret et seule la courtoisie que je dois à votre hospitalité me retient de dire ce que je pense de ces vaticinations.

Leurs regards s'affrontèrent dans un duel muet.

— Maintenant, si vous le permettez, je vais respirer de l'air pur, déclara-t-il.

Et il tourna les talons.

Des pas précipités lui firent tourner la tête.

— Monsieur… Monsieur…

C'était Alexis, haletant, sans doute sincèrement troublé par le spectacle.

Gottlieb s'arrêta.

— Monsieur, par charité… Je suis bouleversé… Laissez-moi, de grâce, demeurer en votre compagnie.

S'il feignait, le jeune Alexis était bon acteur. Mais on ne pouvait exclure qu'il poursuivît l'entreprise de séduction commencée avec la donzelle Danaé. Sa présence au souper avait été suspecte. Sans doute la princesse s'était-elle dit que si le comte ne goûtait pas la poule, c'est qu'il préférait le chapon.

— Monsieur, répondit Gottlieb, par compassion à l'égard d'un jeune homme perdu dans ce monde sulfureux, le mieux que je puisse vous offrir est un sofa dans l'antichambre où dort mon domestique Albrecht.

— Monsieur, je l'accepte volontiers. Cette scène… cette scène était effrayante.

*

Quand il se fut retiré et que le jeune Alexis eut été installé sur un sofa dans la chambre d'Albrecht, Gottlieb fit un clin d'œil à ce dernier et l'invita à le suivre sur la terrasse.

Il fut instantanément frappé par l'air goguenard de l'Autrichien.

— J'espère que mon maître s'est bien diverti, déclara-t-il d'emblée.

— Que voulez-vous dire ?

— Là où l'on vous avait installé, vous ne pouviez pas voir. Mais moi j'ai vu.

— Mais qu'avez-vous donc vu ?

— Mon maître, cette forme blanche dans la fumée, c'était un effet de lanterne magique.

— Que dites-vous ?

— J'ai vu le rayon de l'image qu'on projetait. N'avez-vous pas remarqué que ce visage était immobile ?

Gottlieb tendit le cou vers le visage d'Albrecht, hilare.

— Au-dessus de votre tête et de celle de ce jeune homme, mon maître, il y avait un trou dans le mur par lequel passait le rayon de l'image. Vous ne pouviez pas le voir, mais moi, je me disais bien que ce fantôme qui apparaissait sur commande, c'était farce. Nous irons vérifier demain, si vous le voulez bien.

Gottlieb mit un temps avant de digérer l'information. La prestation de la Dame de Babadag était un coup monté. Et la déclaration de la devineresse se révélait cousue de fil blanc : on pouvait associer à tous les joyaux de la terre une histoire de meurtre. Mais dans quel but ? L'impressionner par la connaissance de secrets surnaturels ?

Il regagna sa chambre et mit un temps à s'endormir.

20

Les tentations

La première pensée de Gottlieb au réveil fut la dernière qu'il avait eue avant de s'endormir : fuir Constantza sans tarder.

La seconde fut de savoir quel était l'objet des manigances par lesquelles on avait voulu le duper.

L'une, d'ailleurs, n'excluait pas l'autre.

On lui servit sa collation du matin dans sa chambre ; sans doute la princesse prenait-elle la sienne dans ses appartements. Il enfila une robe de chambre et ouvrit la porte de communication qui le séparait des quartiers d'Albrecht. Le valet était debout, habillé et dispos. Alexis était pelotonné sur son divan, drapé dans une robe de chambre qu'il s'était sans doute fait prêter. Il ouvrit un œil apeuré sur Gottlieb et s'assit. Ses fards s'étaient délavés dans la nuit ; il faisait triste mine.

— Bonjour, Messire Alexis. Si vous voulez bien partager ma collation, vous êtes le bienvenu.

Il se leva et considéra Gottlieb d'un œil pitoyable, puis le suivit sur la terrasse.

— Avez-vous bien dormi, Messire ? demanda Gottlieb en servant le café.

Alexis secoua la tête.

— Non. Le sommeil n'est venu que tard. Mais vous semblez avoir oublié cette soirée.

— Non, Messire. Je ne l'ai pas oubliée. Est-ce cela qui a blanchi votre nuit ?

— C'était terrifiant.

— Je n'ai pas été terrifié.

Alexis lui lança un regard incrédule.

— Vous avez une âme trempée.

— Est-ce la première fois que vous voyez la Dame de Babadag ? demanda Gottlieb en étalant de la crème fraîche sur une sorte de brioche aux raisins secs.

— J'en avais entendu parler. Mais je ne l'avais jamais vue. Je ne souhaite pas la revoir.

Il semblait sincère.

— Vous voyez un spectre proférer des révélations inouïes et vous trouvez le sommeil comme si de rien n'était ? reprit-il. N'avez-vous donc aucun respect pour l'au-delà ?

— Je ne sais quel sentiment je porte à l'au-delà, Messire, mais je sais que nous n'avons vu que l'en deçà, répondit Gottlieb, goguenard.

— Comment ?

— Vous n'avez vu qu'une projection de lanterne magique. Il n'y avait pas plus de spectre que de merle blanc. La Dame de Babadag est un imposteur femelle.

— Que dites-vous ? cria Alexis, convulsé. Vous voulez dire que ma tante aurait monté un coup ? Mais pourquoi ? Vous déraisonnez, comte !

— Point, Messire. Quant aux intentions de votre tante, je compte m'en enquérir sur-le-champ, dit Gottlieb en se levant.

Il enfila sa veste et s'en fut demander aux domestiques à voir la princesse. Ils ne parlaient pas un traître mot de français, mais devinèrent que l'étranger proférait une exigence. Ils appelèrent la dame d'honneur ; elle comprit et pria le comte de patienter. Quelques instants plus tard, il était admis dans le salon de la princesse, parée d'une robe jaune brodée et d'un manteau de soie blanche, les pieds dans des mules blanches ornées de paillettes de nacre.

— Bonjour, comte, avez-vous bien dormi ? lança-t-elle en le toisant.

— Fort bien, princesse.

— Les secrets de l'au-delà ne vous ont pas troublé ?

— Les séances de lanterne magique sont faites pour les enfants, madame, lança-t-il d'un ton acéré.

Un silence s'abattit sur la pièce. La princesse Polybolos fixa le visiteur d'un long regard mécontent.

— Le scepticisme des gens du Nord, marmonna-t-elle.

Contrairement à ce qu'il avait craint, elle ignorait donc les origines de Gottlieb et venait de lui offrir un atout de plus.

— Je viens prendre congé de vous, princesse, mais j'aimerais, avant de vous remercier de votre hospitalité, savoir ce que vous et le pacha attendez de moi.

Elle demeura interdite.

Il laissa passer quelques minutes, pour qu'elle s'imprégnât bien de son avertissement.

— Soit, dit-elle, quand elle se fut ressaisie.

Elle tira sur ses pieds le pan de son manteau et reprit :

— Vous avez de l'audace. C'est bien. Voilà une raison de plus de vous répondre. Asseyez-vous, je vous prie.

Il regarda autour de lui, ne vit que les éternels tabourets bas et les coussins et demeura debout, dans un geste de défi ; il n'entendait pas s'asseoir aux pieds d'une femme qui avait abusé de sa confiance. Elle perçut l'intention ; sa bouche frémit, comme pour proférer des mots d'impatience, puis elle appela sa dame d'honneur et lui donna un ordre. Quelques instants plus tard, deux domestiques apportèrent le même fauteuil qu'on lui avait offert la veille. Il consentit enfin à s'asseoir et regarda la princesse.

Elle sembla chercher ses mots.

— Vos discours sur l'élixir de jeunesse et la pierre philosophale ont donné au pacha des raisons de penser que vous étiez un naïf en quête d'un rôle à jouer dans le monde. Il en a conçu un pour vous. Il m'a chargé de vous le proposer…

— Être un agent de la Sublime Porte en Europe, coupa-t-il.

— Vous êtes moins naïf qu'il l'avait cru, admit-elle avec un sourire. La puissance ottomane, comte, est irrésistible. Elle est aux portes de Vienne. Demain, elle y sera. L'Allemagne est un monceau de principautés sans ciment. La Prusse ne peut les tenir ensemble. Nous n'avons que deux ennemis, l'Autriche et la Russie. Ils ne parviendront qu'à nous faire perdre du temps. Ou à faire couler du sang. Quelques hommes susceptibles d'inspirer la confiance aux princes d'Occident peuvent éviter ce gaspillage déplorable.

— Et selon vous, je pourrais être l'un d'eux.

Elle hocha la tête.

— Vous êtes jeune mais votre personnage attire les regards et l'intérêt. Vous êtes balte et les Russes ne sont pas de vos amis non plus. Avec un peu d'expérience et nos conseils, vous seriez l'un de nos avocats les plus écoutés. Vous ne semblez pas en peine d'argent, mais la Sublime Porte vous assurerait une bourse généreuse pour couvrir les frais de vos missions.

Il médita ces mots.

— Des buts aussi élevés ne me paraissent pas correspondre aux pièges que vous m'avez tendus.

— Quels pièges ?

— La tentative de séduction.

Elle éclata de rire.

— Vous parlez de Danaé ? Ce n'était pas un piège, comte. Elle s'était sincèrement éprise de vous. Avec la fougue de la jeunesse. De surcroît, elle brûle de quitter Constantza. S'il y avait un piège, c'est votre méfiance qui vous y a fait tomber, car vous l'avez repoussée. Elle en a le cœur meurtri.

— Et Alexis ?

— L'avez-vous pris pour un appeau ? Il vous a aperçu d'une fenêtre quand vous êtes arrivé ici et il a immédiatement brûlé de figurer parmi vos familiers. Il m'a supplié de le convier à souper avec vous. Voyez-vous, peu d'étrangers viennent à Constantza et, quand il en arrive un tel que vous, les cœurs et les esprits battent la campagne. Est-il toujours réfugié dans vos appartements ? Je ne l'ai point vu de la journée.

Jusque-là, il s'était donc mépris.

— Il a dormi dans l'antichambre, avec mon valet. Il semblait éprouvé. Mais que signifiait cette sinistre séance d'hier soir ? demanda-t-il, un peu radouci.

— La Dame de Babadag est une vraie voyante, répondit la princesse sur un ton pensif. Elle m'a révélé suffisamment de faits probants pour que je vous l'affirme. L'apparition dont vous avez percé le secret était destinée à fouetter son talent autant que votre imagination. N'y a-t-il aucun homme qui ait payé vos joyaux de sa vie ?

— Quels joyaux ? demanda-t-il. Si vous songez au saphir que j'ai porté à souper chez le pacha, c'est faire d'un caillou une montagne.

Elle l'interrogea d'un œil sombre. Il demeura impavide. Elle soupira.

— En tout cas, reprit-elle au bout d'un temps, le vrai secret de ce monde, comte, c'est le pouvoir. Je ne sais si vous avez vraiment cru à vos histoires d'élixir de jeunesse éternelle et de pierre philosophale et vous me permettrez d'en douter. Vous me semblez trop avisé pour cela. Notre seule certitude est que ce monde existe. De l'autre, nous ne savons rien et n'avons aucun pouvoir sur lui. Le pacha vous offre d'œuvrer dans la réalité. Si vous ralliez notre cause, vous y participez et partagerez notre triomphe.

Il écouta, impassible. Peut-être n'avait-elle pas tort. Mais elle défendait une cause et, comme telle, elle était suspecte. Il posa un doigt sur sa lèvre.

— Vous êtes grecque, princesse. Comment se fait-il que vous soyez au service de ceux qui tiennent votre pays en sujétion ? Constantza n'est pas votre ville. Est-ce là que vous guettez les Baltes de passage pour les enrôler au service de la Sublime Porte ?

La question était insolente, mais Gottlieb était décidé à tirer la situation au clair.

— Les Polybolos habitent Constantinople depuis toujours, répondit-elle. Comme les Ypsilanti, les Mavrocordato, les Cantacuzène, les Comnène et bien d'autres. Faut-il se suicider quand on est vaincu ? Il ne resterait, dans ce cas, pas beaucoup de monde sur terre. Les Romains, vainqueurs, ont appris à parler le grec des vaincus. Les Ottomans ont apprécié notre expérience et notre patience. Ils nous délèguent actuellement le gouvernement de ces terres de l'Europe orientale que nous connaissons mieux qu'eux. Mon époux était gouverneur de Bessarabie. Une fièvre l'a emporté il y a un an. J'attends son successeur. En attendant, j'assume ses fonctions.

La dame d'honneur fit apporter un plateau chargé d'une aiguière de cristal bleu décoré d'or et de deux verres assortis ainsi que d'un plat d'abricots confits. La boisson évoquait le sirop d'orgeat. Il en tâta et leva les sourcils.

— Du lait d'amandes, expliqua-t-elle.

— Et si je refusais votre offre ? demanda Gottlieb.

— Je serais navrée des regrets que vous traîneriez le reste de votre vie, répondit-elle en mâchant un abricot confit.

Il retint un rire de convenance.

— Et qui donc m'instruirait des projets à favoriser ?

— Vous-même. La situation est simple : il faut isoler l'Autriche et la Russie et les empêcher de tisser des alliances qui entraîneraient la France, l'Angleterre ou la Prusse dans un conflit éventuel avec la Sublime Porte.

— Mais comment y parviendrais-je ?

— En acquérant la confiance des Français, des Anglais et des Prussiens. Là résidera votre talent. Plus grand sera votre prestige, plus grande votre efficacité. Les femmes seront vos alliées, n'en doutez pas. Mais ne vous laissez jamais subjuguer. Mon conseil semble d'ailleurs superflu, ajouta la princesse avec un petit rire.

Il échangea avec elle un demi-sourire.

— Vous ne semblez pas marié. Avez-vous une maîtresse ?

— Ce serait équivalent et moins commode.

— Les femmes vous sont-elles indifférentes ?

— Pas si elles renoncent à m'asservir.

La réponse la laissa songeuse, sinon sceptique.

— Il vous faudra donner des gages.

— L'on donne du plaisir et il faudrait de surcroît s'engager ?

— Est-ce la nouvelle idée que les Baltes se font du sentiment ?

— Ce sentiment dont vous parlez, princesse, je voudrais être certain que ce ne serait pas un plat qu'on a cuisiné chaud et qu'on mange froid.

Elle médita la réponse, prise de court, puis sourit.

— Quel âge avez-vous ?

— Dix-neuf ans et quelques mois.

— Comment, aussi jeune, êtes-vous devenu aussi dur ?

— Suis-je dur ? Ou bien voulez-vous dire que j'ai la tête froide ?

— Vous ne rêvez pas ? Aucune maîtresse ne vous a-t-elle donc laissé le désir de la revoir ?…

Pouvait-il avouer qu'il n'avait jamais eu de maîtresse, ni aucun commerce charnel suivi depuis les soirées infâmes de Lima et de Mexico ? Non, c'était son secret.

— Si j'éprouvais un tel désir, ce serait celui d'une image qui n'existe peut-être plus. Vous êtes grecque. Sans doute connaissez-vous un axiome de l'un de vos philosophes antiques, Héraclite : on ne se baigne jamais deux fois dans le même fleuve.

Elle le regarda, la bouche entrouverte :

— Vous êtes effrayant, le savez-vous ?

— Je serais navré de vous effrayer, Princesse, répondit-il en souriant. Vous penseriez que je prends ma revanche de la frayeur que vous avez tenté de m'infliger la nuit dernière.

Elle s'agita, replia une jambe, but une gorgée du sirop inconnu, puis considéra son interlocuteur.

— Le pacha a eu l'intuition juste, dit-elle enfin. Vous êtes un être hors du commun.

Il s'étonna du changement survenu chez cette femme qui, la veille encore, semblait exercer un pouvoir suprême sur son monde, forte de son expérience et d'un veuvage et qui, là, paraissait soudain désarmée parce qu'elle avait rencontré un caractère différent de celui qu'elle avait imaginé.

Un moment passa, long et dense.

— Que pensez-vous de ma proposition ? demanda-t-elle.

— Elle est flatteuse.

— Vous séduit-elle ?

— Je serais léger si je vous répondais sur-le-champ. Laissez-moi le temps d'y penser.

— Demain, annonça-t-elle, soudain impérieuse, un émissaire du pacha viendra s'enquérir de votre décision.

Il prit son temps avant de répondre :

— Et alors ?

— Et alors, vous serez inscrit dans les registres du gouvernement ottoman comme un homme de confiance et des lettres seront expédiées dans les ambassades de l'Empire dans le monde, afin qu'on le sache et qu'on vous porte toutes sortes d'assistances là où vous serez.

— Quelle assistance ?

— Vous serez appelé à rencontrer des gens dont vous ne savez rien et vous aurez besoin d'informations sur eux, afin de mieux les circonvenir. Vous aurez aussi besoin d'argent pour certaines circonstances. Il sera utile qu'on vous renseigne sur ce qu'on dit de vous. Nos agents y pourvoiront.

Il entrevit soudain la perspective de ces derniers mois. Sa fuite de Mexico. L'arrivée à Southampton. Solomon Bridgeman. La sympathie qu'il avait inspirée à ce dernier, en tant que succédané d'un fils perdu. Et soudain, la perspective d'un rôle politique.

Il se leva.

— Je vous répondrai au souper, Princesse.

Elle hocha la tête.

*

Il partit marcher dans les jardins au bord de la mer. La politique. Il n'y avait jamais songé. Tous ceux qui avaient représenté le pouvoir lui étaient apparus comme des monstres infâmes. Mais s'il s'élevait à leur niveau, il pourrait prendre sa revanche. La perspective lui donna le vertige.

Le pouvoir. Était-ce possible ? Cette femme ne serait-elle pas folle ? Mais alors, le pacha serait-il fou lui aussi ?

Était-ce l'effet de l'air marin ? De cette soudaine révélation de celui qu'il pourrait être ? Il se sentit plein de vie, de gaîté presque, lui qui n'avait jamais éprouvé d'allégresse depuis… Depuis combien de temps ?

Il se mit à rire. Puis il grinça des dents. Un jour, il retrouverait le vice-roi du Pérou. Il le souffletterait. Il le ferait fouetter. Et puis mettre à mort, rien que pour payer les infamies qu'il avait couvertes de son autorité.

L'exaltation s'épuisa. Il revint à pas lents vers la villa, regardant les voiles des pêcheurs au loin, telles des mouettes picorant la mer.

Il trouva Albrecht assis devant sa porte, jouant aux échecs avec un domestique turc, et demanda un en-cas en usant du langage des gestes. On lui apporta un demi-poulet et un flacon de vin clair. Il y fit honneur et s'allongea sur son lit pour réfléchir. L'instant d'après, il dormait. Il s'éveilla à l'heure du bain et la soudaineté dans le changement de ses perspectives et de son humeur lui fit soupçonner qu'il aurait souffert d'une hallucination.

Il retrouva la princesse au souper, en tête-à-tête. Alexis avait disparu.

— Princesse, dit-il, votre proposition m'agrée.

Elle hocha la tête et trempa ses lèvres dans le verre de vin.

— Alors, dit-elle, retournez à Vienne.

Elle tira d'une poche de sa robe un pli cacheté et le lui tendit.

— Donnez ce billet au comte Banati. Il vous dira ce que vous devrez faire. C'est un homme sage.

Elle accompagna ces mots d'un long regard qui le laissa perplexe. Il y songerait plus d'une fois par la suite.

— Comte, déclara-t-elle avant de se retirer pour la nuit, je souhaite que vous songiez à ceci : la véritable puissance des secrets réside dans l'attraction qu'ils exercent sur les esprits.

— Mais les secrets eux-mêmes ?…

Elle secoua la tête :

— Ils sont anodins. Les chats se demandent quel est notre secret pour articuler des paroles.

Il éclata de rire.

*

Quand il fut dans sa chambre, il s'avisa, au pas pesant et aux gestes maladroits de son valet, qu'Albrecht avait abusé du tokay ; il l'envoya se coucher sans tarder car ils repartiraient tôt le lendemain. Pour sa part, le somme de l'après-midi avait retardé le besoin de repos. Il n'était pas enclin à la lecture et sortit sur la terrasse, en chemise et en chausses, pour goûter la brise et le calme. Sa tête bouillonnait toujours d'idées qu'il ne parvenait pas à apaiser ni à mettre en place.

Il perçut des froissements de branches dans les fourrés sous la balustrade et se pencha pour en déceler la cause.

Sans doute un de ces chats qui se demandaient comment les humains faisaient pour parler. Mais c'était un bien gros chat que la silhouette qu'il distingua et le visage qu'il leva était trop humain : Danaé. Avait-elle appris qu'il repartirait le lendemain ? Était-elle venue dérober une dernière image de l'étranger ?

Ils se firent face quelques instants, puis il descendit vers les jardins, s'attendant à ce qu'elle prît la fuite et s'apprêtant à la poursuivre. Mais elle demeura figée.

À son approche, elle remonta sur sa poitrine la cape sombre dans laquelle elle avait espéré passer inaperçue et se plaqua contre le soubassement de la terrasse.

— Que vouliez-vous ? demanda-t-il d'une voix feutrée, saisissant le bras drapé.

Il n'obtint qu'un gémissement. En abaissant le bras de la donzelle, il découvrit la chemise de nuit qu'elle portait sous la cape. Elle avait sans doute quitté le lit sur une impulsion. De la main gauche, il tâta la poitrine menue, arrachant un autre gémissement. Brusquement, il défit la cape et la jeta à terre. En effet, Danaé ne portait qu'une ample chemise de nuit, en lin brodé. Elle esquissa un pas de fuite, il la retint. Pour autant qu'il pût voir, elle le fixait de ses yeux sombres, mais il n'y sut discerner la terreur d'un autre sentiment.

— Vous vouliez un souvenir, peut-être ? dit-il, tenant d'une main le poignet de la nièce et relevant la chemise de l'autre.

Ses propres mots éveillèrent en lui des échos confus. N'avait-il pas déjà prononcé ces mots ?...

— Pas comme ça..., haleta-t-elle, non...

Elle se débattit, comme un poisson dans un filet, quand il eut tout à fait relevé la chemise et qu'il s'apprêtait à la faire passer tout entière par-dessus la tête de la fille mais il ne desserrait pas sa prise sur le poignet.

La chemise retomba sur le côté et Gottlieb la fit glisser sur l'épaule, telle un paquet de tissu qui ne tenait plus que par une emmanchure.

Danaé était maintenant nue.

Il s'approcha d'elle, la tira vers lui d'un geste ferme et pencha le visage vers sa prisonnière. Il sentait son haleine. Elle avait mangé un dessert à la rose.

— Non…, feula-t-elle trop tard alors qu'il lui retirait la parole en posant sa bouche sur la sienne.

Simultanément, il repliait dans le dos le bras prisonnier, celui auquel pendait la chemise de nuit, et poussait Danaé contre le mur. De l'autre main, il caressait ce corps qu'elle ne savait plus défendre. Il flatta longuement un sein en dépit de la main qui voulait le protéger. La vigueur désertait la victime. Il caressa longuement le ventre, puis le bas-ventre et ses doigts parvinrent entre les jambes, là où il avait cru trouver une toison. Mais dans ce pays, l'on s'épilait. Il atteignit la cible sans tarder et sa main devint résolument indiscrète.

Il capta dans sa bouche le souffle qui s'exhalait de l'autre. Il l'inclina vers l'arrière, le torse cambré, les seins dardés vers le ciel.

Il s'avisa qu'elle était vierge et s'enflamma.

Il ne disposait que d'un bras. Qu'à cela ne tînt, il s'en accommoderait. Il parvint à défaire le haut de ses chausses.

Elle s'agitait comme un serpent, peut-être de terreur, sinon de désir. Elle saisit le membre que la pression des deux corps emprisonnait entre eux. Elle voulait l'écarter.

Mais le voulait-elle vraiment ?

Elle offrit sa bouche au moment où la pénétration commençait.

Non, elle n'écartait pas le membre, constata-t-il avec surprise. Elle en contrôlait seulement l'invasion.

Il bouta. Elle poussa un cri. Il l'étouffa de ses lèvres. Le bras libre de Danaé se glissa dans la chemise. C'était elle, elle qui le caressait. Et pourtant, elle était en larmes.

Il feignit de se détacher, revint, et ainsi de suite.

Elle agita le bras prisonnier, pour se défaire de la chemise. Il la laissa faire et elle lui saisit l'épaule, afin de prendre appui.

Un moment point si long s'écoula avant qu'elle fût saisie d'un spasme qui la secoua tout entière. Elle cria dans la bouche de son violeur. Il n'était pourtant pas au bout de son élan.

Il n'en finissait pas de la labourer, il ne voulait jamais en finir.

Elle cria une deuxième fois. Il la bâillonna encore de sa bouche. Il s'abandonna. Elle le serra contre lui avec une force insoupçonnée.

Son front ruisselait de sueur.

Il se retira, la regarda longuement, passa les doigts sur les lèvres de Danaé. Soudain, il se rappela à qui il avait demandé : « Vous vouliez un souvenir ? » ; à la serveuse qui avait comploté son empoisonnement, à Paris. Puis il remonta ses chausses et s'en fut vers sa chambre. Il ne se retourna pas. Non, il ne devait pas se retourner.

Il poussa le loquet de la porte-fenêtre et s'écroula sur son lit.

Sa dernière pensée fut qu'il se comportait comme un fauve.

21

Un saut périlleux

Le comte Banati était un vaste quinquagénaire au visage amène. Assis derrière son bureau, le dos tourné à la fenêtre, le billet de la princesse Polybolos devant lui, décacheté, il considéra le comte Gottlieb von Rennenkampf d'une façon qui mit celui-ci légèrement mal à l'aise.

Qu'avait donc raconté la princesse à ce Banati ?

— Quels sont vos liens avec la Sublime Porte, comte ? demanda ce dernier, en français.

— Je n'en ai pas.

— Et cependant, vous vous apprêtez à la servir.

— N'est-ce pas ce qui était convenu ? demanda Gottlieb, flairant un piège.

Banati plissa les yeux, jouant avec un coupe-papier. Il laissa filer un silence annonciateur d'une déclaration importante.

— Ne vous êtes-vous pas étonné qu'une chrétienne dont le pays est occupé par les Turcs vous suggère de contribuer à accroître leur puissance ?

— Si fait, répondit Gottlieb se rappelant la question qu'il avait posée en ce sens à la princesse, lors de leur dernier souper à Constantza. Je l'ai même interrogée à ce sujet. Elle m'a répondu que les Ottomans appréciaient l'expérience des Grecs.

Banati hocha la tête.

— Mais croyez-vous que les Grecs, eux, apprécient leur sujétion ?

— Expliquez-moi, comte, dit Gottlieb, de plus en plus contrarié et conscient de s'être fait berner. Voulez-vous dire que la proposition de la princesse n'avait aucune teneur ?

— Si. Mais elle n'est pas ce que vous avez cru. Les Grecs, tous les Grecs, n'aspirent qu'à la délivrance de leur pays, comprenez-vous cela ? L'Europe n'a cure du fait que des musulmans enturbannés règnent sur la patrie d'Homère et d'Euripide. La France et l'Angleterre craignent d'offenser la Sublime Porte. La Grèce, pour eux, appartient au passé. Un seul pays aspire à la délivrer, non par admiration pour Praxitèle et Socrate, mais pour repousser les Ottomans loin de leurs frontières. C'est la Russie, qui souhaite aussi prévenir un accroissement de l'influence autrichienne, dans le cas où Vienne la devancerait en Grèce.

Gottlieb resta bouche bée.

Il se rappela le long regard que lui avait jeté la princesse à leur dernier entretien. Il comprit : sous couvert de recruter des agents pour les Ottomans, la Chouette du Phanar servait la cause de son pays.

Banati agita une clochette et un laquais ouvrit la porte.

— Faites-nous porter, je vous prie, du vin et quelques biscuits, commanda Banati. Et se tournant vers son visiteur : Je veux espérer ne pas vous avoir trop déçu.

— Je suis stupéfait. Le discours politique de la princesse était pourtant totalement différent du vôtre, répondit Gottlieb, se demandant si ce n'était pas cette fois Banati qui le bernait.

Mais ce dernier riposta avec une moue amusée :

— Jugez-en par vous-même. Et il pointa du doigt un passage de la lettre pour le lire à haute voix : *Il est livonien, il sera donc plus familier des Russes qu'un autre.*

Enfreignant la courtoisie au point de vérifier *de visu*, Gottlieb se leva et alla se pencher sur le papier. C'était bien ce qu'avait écrit la princesse. Puis il se rassit lentement, secoué.

— Il faudrait donc que je me mette au service de la Russie, murmura-t-il.

— Je connais des sorts moins enviables, observa Banati, cependant que le laquais revenait, portant un plateau garni d'un plat de biscuits, d'une carafe pleine et de deux verres.

Il versa un vin d'or pâle dans le verre de Gottlieb et le lui tendit, puis servit son maître.

— Et vous ne seriez certainement pas le seul.

Il leva son verre en souriant et le vida presque d'un trait.

— Ce que signifiait la princesse est que les Livoniens sont frontaliers des Russes. Leur seraient-ils hostiles ?

— On n'est jamais hostile qu'à ses voisins, répondit Gottlieb avec un demi-sourire. Voici quarante ans, Pierre le Grand nous a envahis. Mais nous sommes un bien petit pays pour nous rebeller.

Il s'était tiré de l'impasse : dès son arrivée, la veille, en effet, il s'était précipité chez un libraire pour fortifier ses connaissances sur la Livonie et les pays du Nord. Il se récompensa d'une gorgée de vin.

— Voilà de la sagesse, conclut Banati.

— Et que suis-je censé faire ?

— La même chose que vous eussiez faite pour la Sublime Porte.

Gottlieb s'efforça de repérer un indice qui répondrait à la question suivante : cet homme était-il un agent des Grecs ou bien des Russes ?

— Et j'ajouterai ceci, reprit Banati. Vous serez appelé à rencontrer des personnes dont les goûts ne sont certes pas moins raffinés que ceux des Ottomans, mais certainement moins exotiques. Je propose que vous vous familiarisiez avec ce monde et que vous en acquerriez quelques-uns de ces talents qu'on apprécie fort dans les cours et les chancelleries, notamment la connaissance des langues, l'histoire et la musique. Euterpe, si l'on veut bien lui confier le règne des langues, Clio et Calliope vous attendent.

Ce langage fleuri, et plus encore parfumé d'un accent chantant, signifiait que Banati possédait au moins un vernis de culture. Gottlieb trempa les lèvres dans son verre ; si le vin n'avait été frais, il eût paru râpeux ; mais enrobée de fraîcheur, son âpreté rustique titillait les papilles et disposait à parler. Un vin de philosophe, en tout cas de parleur. Un vin grec.

— Êtes-vous donc ministre ou envoyé de la Russie ? demanda-t-il.

— Point, comte. Conseiller à Vienne de Sa Majesté Charles-Emmanuel le Troisième, roi de Sardaigne.

— La Sardaigne est-elle l'alliée de la Russie ?

— Pas officiellement. Elle est placée sous la protection de fait de l'Autriche. Elle l'aurait été sous celle de la France si, au début de ce siècle, les Français ne s'étaient montrés indûment soupçonneux et n'avaient fait désarmer les troupes du père de Charles-Emmanuel, Victor-Amédée. Mais la Russie est notre protectrice de fait à nous tous habitants de la Méditerranée, car elle seule possède la force nécessaire pour tenir les Ottomans en respect. De plus, je suis attaché à la Grèce par le sang grec que je tiens de ma mère. Êtes-vous satisfait de votre examen, comte ? conclut Banati sur un petit sourire.

— Pardonnez-moi, s'empressa de dire Gottlieb. Mon intention n'était certes pas de vous soumettre à un examen, mais d'éclaircir les raisons de votre offre. Comprenez ma surprise…

Il avait d'abord été pressenti par une Grecque pour être un agent de la Sublime Porte mais ce n'avait été qu'une feinte, car voilà qu'un Sarde lui proposait d'être celui de la Russie !

— Je la comprends, comte, je la comprends, admit Banati. Vous n'êtes pas familier de la politique du Sud. Mais la princesse me laisse entendre que vous avez l'esprit assez délié pour en saisir les labyrinthes.

Banati fit tourner son verre de ses doigts potelés, dévisageant son visiteur d'un air qu'on eût pu définir comme matois ou finaud : un vieux chat rompu aux ruses des chiens et des souris recevant un jeune chat novice.

— Il faudra donc que j'aille à Moscou aussi, déclara Gottlieb, mi-interrogateur, mi-résigné.

Banati croqua un biscuit et secoua la tête :

— Non, pas pour le moment. La situation est confuse. L'impératrice Anne, veuve du tsar Pierre II, qui est mort cette année, vient de monter sur le trône dans des circonstances difficiles car elle est prisonnière de la noblesse. On doute qu'elle et son favori, Biren, s'accommodent du joug exaspérant de l'aristocratie. Vous seriez pris entre des factions farouchement hostiles et vous risqueriez de commettre une bévue. Mais il sera utile qu'en attendant un voyage à Moscou, en effet, vous appreniez le russe.

Il se leva pour regarnir le verre de son visiteur et le sien et parut songeur :

— La princesse m'a donné à penser que vous n'aviez pas beaucoup voyagé ?…

— J'ai fait un séjour à Londres, un autre à Paris, un troisième à Prague.

— Fort bien, si vous m'autorisez un conseil, prenez une année pour courtiser les trois muses que j'ai citées. Nous ne sommes pas pressés. J'ajouterai que les femmes exercent un grand pouvoir dans nos pays. Il faut savoir les charmer, dit Banati en fixant Gottlieb du regard.

Le commentaire de la princesse sur le comte Banati résonna dans la tête de Gottlieb : *C'est un homme sage.* Mais pourquoi donc le dévisageait-il ainsi ? La princesse lui aurait-elle rapporté qu'elle tenait son Livonien pour un garçon frigide ? Si Danaé lui avait fait des confidences, elle avait en tout cas dû changer d'avis.

— Êtes-vous marié ?

— Non.

— Cela vaut mieux pour la séduction d'un homme, à la différence des femmes, observa Banati. Puis il demanda tout à trac : Quels sont donc les arts occultes que vous cultivez, comte ?

— La princesse vous en a parlé ? Le pacha n'y croyait pas. Elle non plus.

— Ces questions absorbent bien plus de temps qu'elles ne sont fructueuses, répondit Banati. Je n'y entends donc rien. Mais si vous avez des connaissances dans ce domaine, ne les rejetez pas parce que vous n'y croiriez pas. Elles fascinent les gens les plus éclairés. Ce sera un moyen supplémentaire d'étendre votre empire sur ceux des gens qui vous seront favorables.

Il retourna s'asseoir.

— Je ne connais qu'un art occulte véritablement fructueux, comte, déclara-t-il, et c'est celui du pouvoir. Et c'est celui que je vous engage à cultiver.

Gottlieb était encore sous le coup du saut périlleux mental qu'il venait d'accomplir, sous les deux baguettes de la princesse Polybolos et du comte Banati.

— La princesse m'assure que vous n'êtes pas pressé d'argent, conclut-il en ouvrant un tiroir de son bureau. Mais votre apprentissage vous vaudra des frais. Je vous confie donc cette bourse en vous recommandant la tempérance.

Il se leva pour remettre à Gottlieb une bourse de veau noir, neuve, qui pesait un poids raisonnable.

— Nous sommes des hommes d'honneur, je ne vous fais donc pas signer de document.

Gottlieb hocha la tête et se leva aussi.

— Vienne est une ville idéale pour apprendre la musique et la danse. Je vous invite à y séjourner quelques mois. Ma maison vous est ouverte. Faites-moi savoir votre adresse quand vous la connaîtrez.

Il conduisit son visiteur à la porte et, comme il tendait la main, Gottlieb la serra. Banati sursauta et lui lança un regard brusquement surpris.

Quand l'embarras se fut dissipé, Gottlieb sourit :

— Pardonnez-moi, je…

Banati le fixait toujours du regard, en se frottant les paumes.

— C'est une propriété singulière que je ne maîtrise pas.

En fait, il la maîtrisait à la condition de caresser longuement du bois mais, dans son trouble, il l'avait oublié.

— Elle est remarquable, comte. Songez qu'elle peut contribuer à votre renom.

Gottlieb hocha la tête, pressé de quitter les lieux.

Dehors, il retrouva Albrecht, qui ne se tenait plus de joie depuis leur retour dans ce qu'il appelait « des terres chrétiennes ».

Une agréable odeur de bois brûlé emplissait la rue où habitait le comte Banati ; Gottlieb s'immobilisa, saisi par le souvenir des feux qu'il bâtissait avec l'Indien Ketmoo dans les forêts de la Nouvelle-Espagne. Il eut un geste machinal, comme pour chasser les moustiques de son visage.

Il revit le corps nu de Fray Ignacio. Il haleta.

Il revit aussi le cadavre de Doña Ana, l'aubergiste de Mayaimi.

Il eût donné une fortune pour voir, vraiment voir à ce moment-là, Solomon Bridgeman près de lui.

Il ne lui avait pas écrit depuis plusieurs semaines et se promit de le faire dans l'après-midi même.

Il se sentit seul. Il se rappela alors une indication d'un traité d'alchimie qu'il avait acheté lors de son précédent passage à Vienne : le premier des douze stades de la transmutation était symbolisé par le premier signe du zodiaque, celui du Bélier et c'était celui de la purification par le feu de l'aspiration.

Vicentino de la Fey était maintenant calciné.

Le stade suivant était celui de la condensation par l'union des parties, c'est-à-dire par la détermination d'un but. Il était symbolisé par le Taureau.

Il l'avait également franchi, il aspirait au pouvoir. Il le savait. Il en était entièrement pénétré.

Albrecht l'observait, soucieux :

— Mon maître ? murmura-t-il.

— Je réfléchissais, Albrecht, je réfléchissais.

DEUXIÈME PARTIE

LES GÉMEAUX ET LE CANCER

(1743-1748)

22

Remous au Kremlin

Un silence émerveillé palpita dans la salle de l'Académie de musique du Prater, comme un voile majestueux qui n'en finissait pas de retomber.

Debout sur l'estrade au fond, devant une assistance d'une demi-douzaine de professeurs et d'une quinzaine d'élèves, le comte Sebastian von Welldona détacha le violon de son épaule, tira un linge de batiste de sa manche et se tamponna délicatement le menton, puis il posa le violon sur la table derrière lui.

Sur le lutrin, dont un étudiant lui avait tourné les pages, s'étalaient les dernières mesures de la partita en *ré* de Jean-Sébastien Bach, écrite pour violoncelle, mais qu'il venait d'interpréter au violon.

Les applaudissements éclatèrent. Les visages rayonnaient.

Le professeur du comte Sebastian, Heinrich Boertsma, petit homme évoquant une sauterelle à crinière blanche, se leva et s'approcha de l'estrade :

— Comte, vous êtes la plus exquise récompense qu'un professeur puisse espérer ! déclara-t-il d'une voix sonore. Et, se tournant vers l'audience : Messieurs, vous avez pu relever l'intelligence du phrasé, la finesse suave du *legato* et le sens accompli de la mesure dont le comte Sébastien a prouvé sa maîtrise.

Nouveaux applaudissements, épars cette fois.

— Notez que le violon a mystérieusement rendu la plénitude sensuelle du violoncelle, reprit le professeur Boertsma.

— Je pense qu'il doit y avoir une grâce attachée à la correspondance des prénoms, émit un autre professeur, du nom de Grozmann.

Des rires discrets saluèrent la saillie et détendirent l'atmosphère, qui devenait par trop solennelle.

— Peut-être le comte Sebastian nous interprétera-t-il les trois variations qu'il a composées sur cette partita ? suggéra le professeur Boertsma, levant un regard bleu vers son élève.

— Volontiers, répondit le comte Sebastian. Cependant, maître, je voudrais, si vous m'y autorisez, proposer plutôt une chaconne et fugue sur ce même thème, que vous n'avez pas encore entendues.

Boertsma parut confondu :

— Vous avez aussi composé une chaconne et fugue ?

— Oui, car je trouvais que les variations en sonate manquaient de relief.

Boertsma fit un geste en forme d'invitation et alla se rasseoir.

Sebastian reprit le violon, retendit une corde, disposa le coussinet sous son épaule et attaqua.

La basse obstinée monta, imposa son rythme dansant et, presque simultanément, comme si le violoniste jouait de deux violons à la fois, exposa le thème, puis la deuxième variation, reprit la basse obstinée, la troisième variation et ainsi de suite jusqu'à la cinquième. Là, jugeant que la chaconne avait servi d'exposition, il entama le développement, puis la strette, qu'il porta jusqu'à la conclusion du thème originel.

Il avait joué avec une telle concentration que la sueur perla sur son front.

Le silence qui suivit fut encore plus majestueux que le premier, quasiment tonitruant. Chacun entendit Boertsma s'écrier, d'une voix étranglée :

— *Gott im Himmel ! Wir haben... Ja, es erscheint, als wenn wir haben den Meister selbe gehört !*

Ce furent les élèves qui déclenchèrent les applaudissements. Ils appréciaient déjà le comte Sebastian pour sa belle mine, sa générosité, ses soirées impromptues à la Taverne des Violettes, mais là, il les vengeait de la condescendance lassée de leurs maîtres. Il était leur champion.

Ils se levèrent et firent un tintamarre.

Les professeurs ne s'en laissèrent pas conter. Le comte Sebastian était le produit de leur génie.

Le directeur de l'Académie, le vieux Wilhelm Waldbach, l'ami de Joseph Haydn, respecté jusqu'à Prague, Munich et Berlin, se leva et imposa le silence.

— Comte Sebastian, déclara-t-il d'une voix majestueuse, je veux vous remercier.

Personne n'avait jamais rien entendu de tel. Waldbach remercier un élève ?

— Je vous exprime ma gratitude pour avoir publiquement démontré l'excellence de notre enseignement.

Et, se tournant vers la salle :

— Que votre exemple inspire vos condisciples.

Les autres professeurs applaudirent.

— Maintenant, messieurs, reprit Waldbach en tirant de son gousset un vieil oignon de Nuremberg pour le consulter, il est midi passé et, pour fêter la satisfaction de vos maîtres, je propose que nous allions tous prendre un en-cas aux Violettes.

Des hourrahs saluèrent la proposition. Sebastian descendit de l'estrade. Ses condisciples le gratifièrent de bourrades dans le dos. Il souriait, rayonnant mais non point fat, gracieux et sans le moindre geste avantageux.

— Si maître Boertsma m'autorisait à sortir avec lui, j'en serais flatté.

Boertsma lui donna une accolade éperdue. Les élèves quittèrent l'établissement dans une joyeuse pagaille ; parvenus au perron, ils entonnèrent en chœur une valse paysanne, *Dufter Brisen die Walden, Dufter Küssen die Mädchen.* Elle agaçait d'habitude les professeurs parce que le deuxième couplet en était polisson, mais ils supportèrent l'incartade de bonne grâce.

C'était vraiment une de ces journées comme seule Vienne sait en prodiguer. Celle du 11 avril 1743, pour être précis.

Dans la rue, le comte Sebastian avisa un valet dont il connaissait la livrée ; ils échangèrent un regard rapide, l'autre s'approcha de lui sans se faire remarquer et lui passa à la dérobée un billet, que le comte glissa dans sa poche.

*

À la taverne, le jeune comte Sebastian von Welldona quitta la table où l'on avait déjà beaucoup bu pour gagner la cabane dans la cour, à la porte de laquelle un domestique lui tendit un pot de chambre, pensant qu'il venait se soulager. Mais le jeune homme secoua la tête et tira de sa poche le billet qu'on lui avait remis, le lut, le replia et le glissa de nouveau dans sa poche. Il donna la pièce au domestique et le pria d'aller chercher son chapeau en lui indiquant où il se trouvait. En effet, Albrecht n'accompagnait pas son maître à l'Académie, mais gardait la maison louée près de l'Académie équestre espagnole.

Une fois coiffé, il quitta la taverne et s'en fut vers la demeure du comte Banati. Chemin faisant, il songea aux treize années écoulées depuis sa première rencontre avec Banati. Il avait appris le solfège, l'harmonie, le violon et la peinture. Il avait aussi appris le russe et perfectionné son allemand. Enfin et surtout, il avait maîtrisé l'art de rédiger des rapports concis sur ce qu'il entendait et voyait, lors des deux missions que lui avait assignées le gouvernement impérial par l'entremise de Banati, l'une à Budapest et l'autre à Copenhague.

Ce métier d'observateur lui seyait bien : il lui enseignait les rouages des caractères, qui, avec la naissance et la fortune, commandent le plus souvent le pouvoir.

L'être humain, avait-il conclu au cours de ces deux missions, n'aspire qu'au pouvoir et ne craint que l'ennui. Le premier l'assure qu'il existe et que sa nature est exceptionnelle, puisqu'il règne sur les autres. Le second est l'antichambre de la mort et le tombeau des sentiments.

Il envisageait d'acquérir le premier en cultivant les remèdes contre le second : c'est-à-dire en divertissant les gens.

Qu'il œuvrât pour les Russes, peu lui importait. Il avait bien été prêt à le faire pour les Ottomans. En réalité, il ne travaillait que pour lui-même. Sa misère d'adolescent et le forfait qui l'en avait délivré le privaient à tout jamais d'un nom, d'un port d'attache, d'une affection stable, voire d'une maison et d'un foyer. Qu'importait ?

« Les gens sont prisonniers de ce misérable Moi dont ils sont si fiers, avait-il souvent songé. Ils ne savent pas quelle est ma liberté, à moi, le Sans-Nom éternel. Hirondelle un jour, cerf le lendemain et poisson le troisième, pourquoi pas ? »

Cependant, une idée parasite cheminait dans sa tête : Vicentino de la Fey était prisonnier des caves d'un personnage sans nom. En sortirait-il jamais ?

Mais pourquoi diantre Banati l'avait-il convoqué si vite ? Quelles secousses avaient encore fait trembler les murs du Kremlin ?

*

Durant l'instant qu'il passa dans l'antichambre, Sebastian von Welldona entendit des bruits de voix dans la bibliothèque. Dès que la porte fut ouverte, il chercha des yeux celui qui, de toute évidence, motivait sa convocation. Il aperçut un homme petit, maigre, au visage anguleux et impérieux, assis à une table à laquelle lui et son hôte avaient déjeuné et que les domestiques achevaient de desservir.

— Bienvenue, comte Sebastian, s'écria Banati en se levant. Je vous présente le baron Zasypkine, qui vient d'arriver à Vienne et qui est désireux de vous connaître. Le baron parle français. Il est envoyé par le vice-chancelier Bestoushev-Ryoumine.

Sebastian connaissait bien le nom : c'était le nouvel homme fort de Russie.

Zasypkine s'inclina imperceptiblement et tendit la main, dévisageant Sebastian d'un feu nourri de regards. Celui-ci soutint le regard, sans forfanterie, avec aménité, mais également assurance. Il avait trente-trois ans ; ce n'était plus l'âge auquel il s'était fait tancer par Bayrak Pacha pour le port d'un bijou trop coûteux, ni traiter par Banati lui-même comme un jouvenceau naïf qui découvre les réalités du monde.

Banati invita Sebastian à s'asseoir. On servit le café.

— Je crois savoir, ajouta Banati, que le comte Sebastian a perfectionné sa connaissance du russe, bien que je ne puisse en juger.

Zasypkine leva les sourcils :

— Vous vous appelez Gottlieb von Rennenkampf, non ? demanda-t-il en russe. *Panemayiti*[1] ?

— En effet, je…

— Pourquoi avez-vous changé de nom ?

— Les Turcs me portant un certain intérêt, comme a dû vous l'expliquer le comte, j'ai préféré le dissiper en changeant d'identité il y a quelque deux ans. Sans doute supposent-ils que je suis mort, répondit Sebastian.

---

1. Vous comprenez ?

Et il répéta la question et l'explication en français, à l'intention de Banati. Sur quoi Zasypkine s'avisa de la discourtoisie qu'il y aurait à poursuivre dans une langue que leur hôte n'entendait pas. Il tourna la tête vers Banati, qui hocha la tête.

— Bien, reprit le baron en français, dardant vers Sebastian un regard d'épervier. Vous savez sans doute les événements qui se sont produits dans notre pays ces dernières années ?

— J'en sais ce que rapportent les gazettes et, évidemment, ce que m'a appris le comte Banati, répondit Sebastian, sans relever les termes « notre pays », puisque la Livonie faisait désormais partie de la Russie.

Depuis quatre ans, une succession de convulsions avait agité le Kremlin. Après un règne court et falot comme sa personne, le tsar Pierre II, fils d'Alexius, lui-même fils de Pierre le Grand, avait rendu l'âme en 1730, l'année même où Banati avait enrôlé Sebastian, alors Gottlieb von Rennenkampf. Le trône était alors revenu à sa veuve Anne, duchesse de Courlande. Lors d'une révolution de palais, celle-ci s'était affranchie de la tutelle de l'aristocratie et avait déchiré la charte que celle-ci avait cru lui imposer. Car Anne était une forte femme. Elle avait régné dix ans, gouvernant le pays d'une main de fer et, à sa mort, elle avait imposé comme héritier du trône un enfantelet, Ivan VI, fils de sa nièce Anna Leopoldovna, duchesse de Brunswick, sous la régence de son favori, le Poméranien Ernst Johann Biren. Puis Anna Leopoldovna avait succédé à Biren comme régente.

La cour de Russie semblait désormais à la garde des Allemands et Banati avait appris à Sebastian que la Vieille Garde, qui détenait toujours du pouvoir, en était très mécontente. Puis tout à coup, en 1740, une autre révolution de palais avait éclaté, menée par une autre forte femme, Élisabeth Petrovna, la propre fille de Pierre le Grand. Dans la nuit du 6 au 7 décembre 1741, elle avait réuni ses amis et les membres de sa garde personnelle et s'était rendue à la caserne du régiment Preobrajensky de la Garde. Là, elle avait harangué les militaires, les appelant à prendre la défense de l'œuvre de son père et de la Russie contre les influences étrangères. Car la régente Anne était considérée comme allemande, autant dire antirusse. La Garde, galvanisée et de longtemps mécontente de la férule d'Anne, avait ovationné la fille du héros Pierre le Grand, s'était mise à ses ordres et l'avait suivie au Palais d'Hiver. Là, elle avait mis la régente Anne et ses enfants en résidence forcée. Les ministres, eux, avaient été arrêtés pendant la marche vers le Palais d'Hiver. La deuxième révolution avait triomphé sans qu'une goutte de sang eût été versée.

La nouvelle régente était donc Élisabeth et son homme fort, Bestoushev-Ryoumine. À part cela, quoi de neuf ?

Sebastian écouta l'émissaire de Moscou, se demandant si une troisième révolution n'aurait pas eu lieu.

— La nouvelle politique du vice-chancelier est de forger une alliance avec les Anglais et les Autrichiens, déclara Zasypkine.

Encore un renversement, songea Sebastian. Et pourtant c'était l'ambassadeur de France à Moscou, La Chétardie, qui avait poussé Élisabeth à prendre le pouvoir pour contrecarrer l'influence autrichienne à la Cour.

— Vous irez à Londres, annonça Zasypkine. Vous nous informerez sur ceux qui sont nos amis et ceux qui ne le sont pas. Surveillez particulièrement les Français. Vous y demeurerez jusqu'à ce qu'on vous confie une autre mission.

Le cœur de Sebastian fit un bond dans sa poitrine : il reverrait Solomon Bridgeman, qui commençait à se faire vieux. Le seul homme qui lui eût témoigné de l'intérêt sans intérêt.

Il hocha la tête.

— Afin qu'on ne se méfie pas de vous, prenez un nom français. Celui de Rennenkampf éveillerait immédiatement les soupçons. En avez-vous un en tête ?

Sebastian réfléchit ; il se rappela Paris, le faubourg Saint-Germain, où demeurait la noblesse.

— Saint-Germain ?

— Pourquoi pas ? répondit Zasypkine. Si vous devez faire vos adieux ici, dites simplement que vous partez pour quelques jours revoir les vôtres. Ne révélez votre destination à personne. N'emmenez pas votre domestique. Il est rare qu'un valet ne finisse par devenir un espion dans l'espoir d'un supplément de solde. Vous en trouverez sur place.

Recommandations habituelles.

— N'attirez pas l'attention sur votre départ en emportant trop d'effets. Le comte Banati se chargera de vous expédier ceux auxquels vous tenez et de liquider votre maison.

Sebastian hocha la tête derechef. De toute façon, Albrecht répugnerait à suivre son maître trop loin une fois de plus.

Le lendemain, il se rendit à l'Académie pour prendre congé de maître Boertsma, alléguant qu'il allait voir sa famille pendant quelques jours, parce qu'elle lui manquait.

— Je comprends, je comprends, dit le professeur. Mais quoi qu'il advienne, comte, n'oubliez jamais que vous possédez un don céleste. Vous n'êtes pas seulement interprète, mais également compositeur. Ne le laissez jamais dépérir. Promettez-le-moi.

Il parlait d'un ton tellement ardent que Sebastian en fut troublé. Il frotta sa main sur le bois de la table à laquelle il s'appuyait et prit celle de son maître et la porta sur son cœur.

— Je vous le promets, maître Boertsma.

Puis il rentra chez lui et donna son congé à Albrecht, en l'assortissant d'une soulte si généreuse que le valet se confondit en bénédictions sans fin. Cela fait, il se rendit au marché, engagea un autre valet, italien, qui semblait assez robuste, et lui acheta une livrée d'occasion, grise à parements rouges. Le lendemain, il fit ses bagages et envoya le nouveau valet, Giulio, porter la clé de la maison et un billet à Banati, indiquant les objets qu'il souhaiterait recevoir à Londres.

À dix heures du matin, lui et Giulio prenaient la malle-poste pour Linz. De là, ils gagneraient Nuremberg, puis Hambourg ou Rotterdam, afin de s'embarquer sur un bateau pour Londres.

23

L'étrange terre de Joachimsthal

L'agrément de voyager en été, songea le comte Sébastien de Saint-Germain et Welldona, était qu'on pouvait lire pour tromper les inconvénients de la route, en dépit de l'avare clarté dispensée par les carreaux exigus du véhicule.

Il avait lu et relu tout Newton, sans trouver la moindre clé aux dires de Solomon Bridgeman, dans l'intelligence duquel il avait pourtant confiance.

Il lisait un ouvrage en mauvais allemand sur la Kabbale, qu'il avait acheté dans le quartier juif de Vienne, et posa près de lui un traité de chimie.

— Tout est là ! avait glapi le vieux libraire à la tignasse hérissée. Tout. Nos gens sont si fiers de la science nouvelle mais ce sont des présomptueux. Les Anciens savaient tout et nous n'avons pas encore déchiffré la moitié de leur science. Rien n'existe sur Terre qui ne soit conforme aux lois naturelles. Et les Anciens, qui n'étaient pas occupés de frivolité comme nos contemporains, avaient compris cela.

Sébastien avait acquis l'ouvrage pour un prix excessif et il le lisait en songeant que Newton avait pourtant découvert les lois naturelles de la gravitation, ignorées des Anciens. Mais n'avait-il découvert que ces lois ? Ou bien avait-il conservé par-devers lui des révélations bien plus profondes ? Il se rappela les paroles de Newton que lui avait rapportées Bridgeman : « Rien ne serait plus désastreux qu'un secret primordial tombant dans la possession d'un esprit inférieur. »

Était-il un esprit inférieur, qu'il n'eût encore rien découvert ?

Il leva les yeux de son livre et songea à Londres. À la petite sœur Elspeth qui avait vu un fantôme derrière lui. Et au frère Howing, qui l'avait exorcisé.

Il ne savait que faire de ces souvenirs, pareils à une portée de chats qui s'agiteraient dans une cage. Il le demanderait à Bridgeman.

Deux jours plus tard, à l'étape de Linz, il dut changer, comme convenu, de voiture. Heureusement, le transfert serait bref, l'autre malle-poste étant déjà présente, attelée et prête.

Il descendit se dérouiller les jambes et boire un verre de vin coupé à la taverne du Cerf Couronné. Deux voyageurs pour Nuremberg attendaient là ; il ne leur aurait prêté qu'un regard passant si l'un d'eux n'avait retenu son attention par sa mine. Il était livide. Malgré la température clémente, il portait des mitaines, sa cape était boutonnée jusqu'au menton et il semblait chanceler ; quand on chargea les bagages, il perdit tout à fait l'équilibre en soulevant une grande sacoche pour la tendre au portefaix et

Sébastien le rattrapa de justesse, puis s'empara de la sacoche et la confia à l'homme de peine ; ce faisant, il trouva le bagage singulièrement lourd. L'inconnu le remercia avec effusion en allemand et Sébastien le soutint encore pour l'aider à monter dans la malle-poste ; ce fut ainsi qu'il jaugea la déplorable maigreur du voyageur : la cape ne contenait quasi rien, pour ainsi dire.

Mais quand il fut assis, sur la banquette d'en face, cet homme dévisagea Sébastien d'un œil intrigué, et aussi un peu plus vif.

— Pardonnez-moi, monsieur, déclara-t-il, je me présente : je m'appelle Ladislas Woyzeck. Vous avez été très obligeant avec moi et je vous remercie. Mais laissez-moi vous dire que, lorsque vous m'avez soutenu par deux fois, tout à l'heure, j'ai ressenti une secousse et de la chaleur dans le bras, et je me sens mieux. Avez-vous donc un pouvoir ?

Sébastien sourit.

— Non, sans doute est-ce la bienveillance qui vous a réconforté. J'en suis heureux.

Woyzeck ne parut pas convaincu et Sébastien rouvrit le livre sur la Kabbale pour en reprendre la lecture, mais dut y renoncer car les cahots après Linz devenaient franchement épouvantables. À ce train-là, la malle-poste lâcherait bientôt une roue, à moins qu'elle versât dans un des précipices qui bordaient la route. Woyzeck perdait à nouveau les pâles couleurs retrouvées au départ. Sébastien tira de sous la banquette un coffret de provisions, dont de petits gâteaux achetés à Vienne et un flacon d'eau-de-vie de prune. Voyant son vis-à-vis aussi piteux, il lui en offrit, ce que l'inconnu accepta avec bonheur.

Woyzeck retira alors une de ses mitaines et Sébastien vit que la main était rouge et couverte de peaux sèches. Son regard s'attarda sur ce spectacle affligeant.

— La terre de Joachimsthal, expliqua Woyzeck avec un soupir.

Sébastien ignorait ce qu'était cette terre et soupçonna que la sacoche de ce voyageur en était chargée.

— Vous ne connaissez pas cette terre ? s'étonna Woyzeck. Il est vrai que vous me paraissez en excellente santé. Elle sert à des usages thérapeutiques. Ses propriétés sont miraculeuses, mais pour les autres, pas pour moi, hélas.

— En quoi est-elle miraculeuse ?

— Les cataplasmes qu'on en confectionne ont guéri des cas de consomption qui semblaient perdus.

Sébastien fut surpris.

— Peut-être contient-elle du soufre ?

— Je l'ignore. Mais elle semble ne faire de bien qu'aux malades car elle m'a brûlé les mains et le corps. Voilà aussi des années que je la manipule.

— Les abus de remèdes peuvent être nocifs aux bien portants, en effet, observa Sébastien. Mais pourquoi la manipulez-vous constamment ?

— C'est que je possède un terrain qui en est riche, et je la vends aux apothicaires du pays et même de Bavière qui m'en commandent. J'en ai même vendu dans des principautés allemandes, et jusqu'au Danemark et en Lombardie. Tel que vous me voyez, je vais en faire une importante livraison à Nuremberg. Mais j'en ai sans doute emporté plus que mes forces ne le permettaient.

— Est-elle coûteuse ?

— Le prix s'en est considérablement accru ces dernières années. Il a atteint cent thalers la livre, c'est-à-dire neuf cents caratanys.

Sébastien haussa les sourcils : c'était le revenu d'une famille bourgeoise pour six mois.

— Mais il faut dire, ajouta Woyzeck, qu'une seule livre suffit pour faire jusqu'à trente cataplasmes.

— En êtes-vous le seul exploitant ?

— Pour le moment. Je suppose qu'à ma mort, sans doute proche, des parents ou des voleurs s'empareront de mes gisements.

— Mais puisque vous êtes riche, semble-t-il, pourquoi transportez-vous vous-même cette terre ?

Woyzeck eut un sourire triste.

— Trois livraisons que j'avais confiées à des commis ne sont jamais parvenues à destination et les commis ont disparu. Deux autres sont arrivées à bon port, je le sais, mais des filous qui se disaient apothicaires ont prétendu ne pas les avoir reçues. Cela m'a valu une perte de quinze mille thalers. C'est beaucoup.

— C'est sans doute cette terre que vous transportez dans la sacoche que je vous ai aidé à porter ?

— Oui. Il y en a trente-cinq livres, plus la boîte de plomb.

— Une boîte de plomb ?

— Nous avons essayé plusieurs métaux plus légers, afin que le transport ne brûlât pas les mains des transporteurs, sans parler d'autres parties du corps, mais seul le plomb s'est révélé efficace.

Sébastien se déclara curieux de voir cette terre mystérieuse.

Pendant le reste du voyage, Woyzeck détailla l'usage que les apothicaires et médecins faisaient de la terre de Joachimsthal : on en mélangeait une partie pour cinquante d'argile blanche, l'on pétrissait bien le tout, afin d'avoir un mélange homogène et l'on en faisait un corset qu'on appliquait sur le torse de la personne atteinte de consomption. On l'enlevait deux heures plus tard, et quelques jours après, on constatait le plus souvent que la personne était guérie. Mais on pouvait en faire aussi des emplâtres qu'on plaçait sur les tumeurs pendant trois fois deux heures à trois jours d'intervalle. Et l'on avait ainsi vu des tumeurs régresser de moitié et même disparaître tout à fait.

À l'étape suivante, qui était Passau, Woyzeck donna l'ordre de descendre la sacoche, la fit transporter à l'auberge du relais et l'ouvrit. Sébastien y plongea le regard et vit une grande boîte de sapin. Woyzeck en souleva le couvercle avec peine ; il était lui aussi doublé de plomb. Une terre gris sombre, comme métallique, emplissait la boîte.

— Regardez, dit Woyzeck en rabattant à demi le couvercle.

Dans l'ombre, la terre semblait lumineuse. Elle semblait aussi irradier une énergie inconnue.

Sébastien demeura songeur. Il considéra Woyzeck, qui refermait la boîte.

— Monsieur, dit-il, vous comptez, dans votre état de fatigue, porter ces trente-cinq livres jusqu'à Nuremberg ?

— Oui, pourquoi ? demanda l'autre, interloqué.

— Et ensuite, vous vous infligerez l'épreuve du retour ?

Woyzeck battit des paupières.

— Que diriez-vous si je vous achetais tout votre lot et que vous preniez, soulagé, le chemin du retour ?

— Tout le lot ? Il y en a trente-cinq livres.

— Cela représente trois mille cinq cents thalers. Je vous en paie la moitié comptant et l'autre avec un billet à ordre sur une banque de Vienne.

— Mais qu'allez-vous en faire ?

— Je suis chimiste. J'entends étudier cette terre étrange.

Woyzeck demeura perplexe.

— Vous êtes bien riche, finit-il par dire, pour satisfaire votre curiosité à si grand prix.

— J'ai les moyens de ma curiosité, monsieur. Je suis le comte de Welldona.

— Vous demeurez à Vienne ?

— J'y demeurais. Mes affaires me mènent plus loin.

— Mais votre compte à Vienne ?...

Sébastien sourit.

— Votre effet sera honoré sur-le-champ, monsieur. Chez MM. Wiedermann & Mayer.

— Je connais cette banque, murmura Woyzeck, balançant visiblement dans son esprit le demi-risque du marché et le soulagement d'être défait de son pesant bagage. Soit, convint-il enfin.

Le marché fut conclu dans la salle même. Sébastien tira de son sac de voyage un papier armorié et un bâton de cire, demanda à l'aubergiste une plume et de l'encre, rédigea l'ordre de paiement et le scella de son cachet, aux initiales I.M. Woyzeck, satisfait, annonça qu'il attendrait la chaise de poste qui le ramènerait à Linz, et de là à Pilsen. Sébastien poursuivit son voyage avec son valet et un bagage de plus.

*

À Nuremberg, le comte de Saint-Germain et Welldona décida de s'arrêter quelques jours, le temps qu'on lui confectionnât une cassette de bois moins encombrante et également doublée de plomb, dans laquelle il enferma à peu près une livre de terre de Joachimsthal. Il prit soin de procéder au transvasement avec une louche à très long manche, afin de ne pas s'exposer aux vapeurs de ce remède décidément dangereux. Puis il fit poser un cadenas sur la grande boîte et la remisa dans les caves d'une banque qui servait de correspondant à la sienne.

Enfin, il reprit son voyage vers Londres.

24

L'exode des souris

Le comte Sébastien de Saint-Germain et Welldona arriva à Londres dans les frimas du 15 novembre 1743. Il loua une voiture pour les emmener, lui et son valet Giulio, transi, à l'adresse de Solomon Bridgeman. Ne reconnaissant pas les parages, il crut d'abord que le cocher s'était trompé, quand, parcourant les lieux du regard, il identifia les arbres du parc, qui avaient grandi, et là-bas, la maison familière.

Plus de treize ans s'étaient écoulés depuis que Jan Hendricks, alors âgé de quelque dix-huit ou dix-neuf ans, avait quitté Solomon Bridgeman pour se rendre en Orient. Les retrouvailles furent émues, car le voyageur avait maintes fois craint de ne jamais revoir celui qui s'était comporté avec lui comme un père et auquel il devait au moins l'établissement de sa fortune matérielle.

Bridgeman paraissait un peu plus pâle et frêle. Il ne put retenir ses larmes. Tenant les bras de son visiteur, il le dévisageait avec admiration et tendresse.

— Jan, murmura-t-il, vous êtes comme un cadeau du ciel avant mon grand départ.

— Vous me paraissez tout à fait frais, Solomon, protesta Sébastien. Chassez donc des idées aussi chagrines, elles seules suffiraient à rendre malade.

— Vous avez raison, convint Bridgeman. Rien qu'à vous revoir, je me sens mieux. Et je brûle d'entendre vos récits.

Ils emplirent trois jours.

Bridgeman resta songeur quand Sébastien lui raconta les derniers épisodes de sa vie, dont l'engagement au service de la Russie.

— Mon cher Jan – il l'appelait toujours de ce nom –, vous me posez un problème considérable. J'ai appris dès l'enfance qu'on doit la fidélité au pays qui vous a nourri, même si on ne le disait pas en ces termes. Le gibet suffisait à démontrer qu'on désapprouvait le traître. Je serais donc tenté de vous désavouer. Cependant, je ne vois guère à l'égard de quel pays vous devriez être loyal et je dois ravaler ma première réaction. Or, vous m'annoncez que vous allez espionner dans ce pays au bénéfice d'une puissance étrangère, car c'est bien ce que vous allez faire, pour parler clair. Je serais, une fois de plus, tenté de vous désapprouver, puisque vous faites de moi le complice d'une entreprise qui servira un pays étranger.

À ce point-ci de son propos, Bridgeman s'interrompit. Sébastien avait écouté sans mot dire, inquiet. Les deux hommes échangèrent des regards interrogateurs.

Bridgeman se mit à rire.

— Il se trouve toutefois que ce pays désire établir des relations d'amitié avec l'Angleterre et qu'en bon Anglais je ne peux que m'en féliciter.

Sébastien, soulagé, rit aussi.

— Il faut donc que je vous assiste dans votre tâche, conclut Bridgeman, levant son verre de porto à la santé de son interlocuteur.

Sébastien leva également son verre.

— Vous avez le singulier talent, mon cher Jan, de brouiller les frontières morales. Vous avez commis deux meurtres et je vous ai approuvé au nom d'une justice immanente. Vous avez emprunté des titres qui ne vous reviennent pas et j'ai dû m'incliner. Vous espionnez mon pays et je m'incline avec conviction. Je voudrais vous mettre en garde contre vos infractions répétées aux lois humaines, car elles risqueraient de vous porter à la ruine, mais je me tais dès que je pense que vous avez doublé ma fortune parce que je vous ai pris en sympathie. Quelle destinée est donc la vôtre !

— Je l'ai souvent pensé, Solomon, répondit Sébastien en riant, en évoquant votre souvenir dans les moments de solitude.

Bridgeman hocha la tête.

— C'est la question que je me pose : comment supportez-vous donc cette solitude ?

— Si j'y renonçais, je me détruirais.

Bridgeman hocha tristement la tête. Puis il donna l'ordre de préparer l'appartement du comte, le même que jadis, l'appartement bleu. Il n'avait même pas consulté Sébastien sur ses projets de séjour.

— Je ne vous encombre donc pas ? demanda ce dernier.

— Vous me meublez, répondit son hôte sur un long regard. Maintenant, si vous voulez bien, nous allons passer à table. Je vous exposerai l'état de la banque Bridgeman & Hendricks, qui est prospère.

*

Le premier soin de Sébastien quand il se fut réinstallé fut d'étudier les propriétés de la mystérieuse terre de Joachimsthal. S'il n'avait vu la lueur qui en émanait dans la pénombre, il eût tenu les propos de Woyzeck pour des fables.

Il ne savait sur quoi l'expérimenter. Après maintes réflexions, il décida d'y plonger l'objet le plus anodin, un rameau d'if qu'il avait cueilli dans le parc et referma la cassette.

Le lendemain, il en retira le rameau, prématurément desséché, et n'y pensa plus. Le rameau était demeuré sur le guéridon où il avait posé la cassette. Dans la nuit, Sébastien se réveilla et se trouva dans le noir ; un courant d'air avait soufflé la chandelle du bougeoir sur sa table de chevet et, maugréant, il décida de rallumer la veilleuse au flambeau qui brûlait dans le couloir. En se dirigeant vers la porte, une miette de lueur infime, infinitésimale, attira son regard. Ce n'était presque rien, comme une luciole, sur la table de la cassette. Il sortit rallumer la chandelle et revint examiner l'origine de la lueur, songeant qu'il avait peut-être eu une illusion d'optique ; or, c'était le rameau d'if. Il fut stupéfait.

La brindille de bois avait donc acquis la luminescence de la terre. En un jour ?

Il alla poser le bougeoir dans le cabinet voisin et revint vers la table. Il laissa ses yeux s'accoutumer à l'obscurité. Il distingua trois points microscopiques qui luisaient. Il n'avait pas été abusé.

Il se recoucha, perplexe, et mit un long moment à s'endormir.

Le lendemain, il réfléchit de nouveau aux moyens d'établir les propriétés de la terre de Joachimsthal. Il pensa que si les objets devenaient scintillants à son contact, il serait plaisant d'avoir des diamants encore plus brillants. Mais la prudence l'incita à choisir pour l'expérience celle de ses pierres qui avait le moins de valeur. Ce fut un petit diamant comportant plusieurs défauts, de petites inclusions noires.

Se rappelant une fois de plus l'état de la main de Woyzeck, Sébastien saisit le diamant au bout de la pince des chenets et l'enfouit dans le coffret. Puis il alla le fourrer sous une armoire, loin des regards indiscrets, pour éviter qu'un valet ou un domestique fût tenté de l'ouvrir.

Il se fit donner par Bridgeman, quelque peu surpris, l'adresse du meilleur marchand de couleurs de la ville et, accompagné de Giulio, partit acheter du matériel de peintre et d'aquarelliste, toiles, papier, pinceaux, pigments, brosses, essences de lavande et de térébenthine, huiles et vernis et, bien entendu, une palette.

Son idée était d'offrir à son hôte un portrait de sa main.

Stupéfait, admiratif, mais sans doute sceptique, Bridgeman consentit de bonne grâce à poser. La première séance fut consacrée à une esquisse tracée à grands coups fluides, à la terre de Sienne, diluée dans l'essence de térébenthine. Quand la séance, qui dura une bonne heure, fut achevée, le modèle s'empressa d'aller juger de son image.

— Grands ciels, Jan ! Vous m'aviez caché ce don.

— Sébastien, pour vous servir, Solomon.

— Oui, j'oubliais. Mais c'est moi… moi tout craché ! En une heure !

— Je ne vous ai rien caché. Vos éloges devraient aller à ce peintre de Vienne, qui m'a enseigné les rudiments du métier.

— Les rudiments ! En vérité je suis ébahi, s'écria Bridgeman en se tournant vers son protégé.

À la séance suivante, l'artiste appliqua d'abord des empâtements de blanc de céruse là où il projetait de placer les couleurs les plus vives, pour le gilet de velours cerise du modèle ; la lumière se réfléchissant sur le fond blanc à travers le vermillon et le rouge de Naples leur prêterait plus d'éclat.

Six séances plus tard, soit une dizaine de jours, le portrait était achevé. Bridgeman n'en finissait pas de l'admirer. Sa bienveillance, son esprit et sa tristesse voilée transparaissaient dans le portrait aussi éloquemment que si l'on venait d'avoir avec lui une conversation intime.

— Il faut le faire encadrer.

— Attendez qu'il soit sec, puis verni…

— Non, je vais prendre les mesures et aller moi-même commander le cadre, protesta Bridgeman. Ce gilet de velours, mais il est plus vrai que le vrai ! Venez, allons en ville.

Dans la voiture, Sébastien s'adressa à son protecteur.

— Peut-être l'occasion est-elle trouvée de donner une petite fête. Qu'en pensez-vous ?

— Une fête ? Volontiers.

— Il faut bien que je fasse mon métier, dit Sébastien avec un demi-sourire. Vous pourriez inviter quelques-unes de ces personnes qui fraient dans le monde et ne peuvent tenir leur langue.

Bridgeman se mit à rire.

— Elles sont toutes trouvées !

— Voyez-vous, Solomon, vous direz que vous avez offert l'hospitalité à un Français qui revient d'un voyage en Orient et qui souhaite connaître la société de ce pays qu'il admire.

— J'entends, opina Bridgeman.

*

Pendant la durée du portrait, puis des préparatifs de la première soirée qui serait donnée à Blue Hedge Hall, désormais le nom de la demeure de Bridgeman, Sébastien avait oublié le diamant. Soudain, un jour après déjeuner, il se le rappela.

Il posa le coffret sur une table, reprit les pinces et fouilla la terre. Il ne trouva pas le diamant et craignit de l'avoir perdu. Peut-être cette terre fantastique l'avait-elle consumé, qui savait ! Enfin, il perçut un petit choc au bout des pincettes et repêcha la pierre ; elle était sale, il la rinça. Il fronça les sourcils. Elle avait changé de couleur et pris une teinte jonquille pâle. Il examina les impuretés et fut encore plus étonné. Les plus grosses avaient pâli et tourné au gris ; elles étaient de la sorte bien moins visibles. Mais il en était de petites qu'il ne percevait plus ; à leur place ne restaient plus que des givrures, bien moins fâcheuses. Avait-il rêvé ? Ou rêvait-il en ce moment ?

Il leva les yeux et son regard s'évada par la fenêtre.

Qu'était donc la terre de Joachimsthal ?

Il était encore là à y rêver quand on toqua à la porte et Sébastien alla ouvrir : Bridgeman. Rare visite. Le maître de céans, suivi d'un valet, semblait hilare.

— Cher ami, dit-il, il faut que je vous rapporte quelque chose de singulier et d'heureux : depuis votre arrivée, me rapporte notre valet William, l'on trouve partout des souris mortes. Quant aux vivantes, elles semblent avoir disparu. Je me suis dit que vous saviez peut-être le secret de ce bienfaisant mystère.

Sébastien jeta un regard à la boîte, par terre, et releva qu'il en avait répandu des traces infimes alentour. Il battit des cils et répondit au bout d'un moment.

— Écoutez, Solomon, il faut que je vous informe d'une découverte…

Et il alla refermer la porte.

25

Le scandale

Il ne fallut pas trois mois pour que le comte de Saint-Germain et Welldona devînt la coqueluche des soirées londoniennes.

Bien qu'il passât pour français et que les sentiments de l'aristocratie ne fussent pas favorables à Louis XV, il fut invité au bal de Mai chez le marquis de Worcester, duc de Beaufort. Il s'y illustra en dansant avec la fille du marquis un menuet qu'il avait quasiment écrit exprès pour le petit orchestre dans la demi-heure précédente. L'émerveillement que cette prouesse suscita dans le beau monde rivalisa avec celui que méritent les hauts faits militaires et ceux qui avaient admiré le portrait de Solomon Bridgeman renchérirent de louanges sur les mérites de ce gentilhomme français.

Chacun admirait déjà les diamants qui ornaient ses boutons, sa montre et ses chaussures ; le fameux pendentif de saphir qui avait scandalisé Bayrak Pacha resplendit dans une apothéose de commentaires superlatifs. Or ce n'étaient encore que des ornements ajoutés à ses nombreux talents, dont celui de la conversation.

Les bijoux rassuraient déjà les convives : cet étranger était riche, très riche même ; il ne serait pas de ces étrangers emprunteurs et cauteleux. De surcroît, il n'était pas glouton, mangeait peu et touchait à peine à son verre de claret. Les mères de filles à marier se prirent à songer à l'éventualité d'un gendre titré, fût-il français.

Mais de surcroît, le comte suffisait à animer la soirée la plus pesante.

Il était d'autant plus apprécié qu'il parlait couramment l'anglais et que son indéfinissable accent étranger le pimentait du charme d'un exotisme de bon ton. Et ses propos, justement, se paraient de séductions tropicales. Il avait été en Orient et décrivait les splendeurs de la Sublime Porte et l'ineffable mélancolie dont la visite de Jérusalem emplissait le croyant, quand il refaisait le Chemin de la Croix.

Après avoir flatté les penchants de l'auditoire pour le luxe et la volupté, avec les descriptions de petits déjeuners composés de café aux épices et de pain à la liqueur de rose…

— De la liqueur de rose ! s'exclamait inévitablement une dame ou l'autre.

— L'haleine en reste parfumée pendant des heures, assurait-il.

… Il arrachait des larmes aux hommes eux-mêmes en décrivant la tristesse avec laquelle il avait repris, pas à pas, le chemin du Christ ensanglanté de sa flagellation, vers le Golgotha.

— Mais on n'y voit plus, disait-il, que des marchands menant des ânes chargés de melons et de salades, le regard vide. Quelle infinie mélancolie vous prend alors ! Notre histoire à tous a commencé dans ces lieux dont la modestie n'a d'égale que la grandeur, et voilà qu'ils sont aujourd'hui déserts, sous la coupe de gens qui n'ont cure de Dieu ni de la Croix !

Un silence profond suivait en général ces propos rassurants.

On l'invita dix fois pour entendre le même récit.

Ce n'étaient évidemment que des broderies sur d'autres récits qu'il avait soigneusement lus.

Mais ce n'était encore rien. Lors d'un après-souper chez le vicomte de Castlereagh, une chanteuse de Covent Garden, Clarissa Purdue, devait donner un récital d'airs de Purcell, accompagnée au clavecin. Or, surprise, ne voila-t-il pas que le comte de Saint-Germain et Welldona proposa d'enrichir l'accompagnement d'un violon.

— Mais qui donc jouerait du violon ? demanda la vicomtesse.

— Moi-même, madame.

Surprise générale. La chanteuse s'inquiéta qu'un crincrin vînt rayer ses arpèges, et cela d'autant plus que le prétendant violoniste ignorait la partition, mais elle se résigna de mauvaise grâce. Saint-Germain se posta derrière le claveciniste, afin de garder l'œil sur le cahier. À la troisième mesure, la suavité des sons qu'il tira de son instrument et le talent avec lequel il en adoucissait les accords pour laisser filet le *legato* de la soprano imposèrent un silence quasi religieux. La fin du premier air déchaîna les applaudissements et la chanteuse, reconnaissant généreusement qu'ils s'adressaient au violoniste autant qu'à elle, se tourna vers lui et l'embrassa. Les applaudissements redoublèrent, on imagina une idylle née sous le signe des Muses. Mais quand Clarissa Purdue en vint à son morceau de résistance, l'adieu de la reine de Carthage dans l'opéra *Didon et Énée*, la soirée se trouva propulsée au sommet des fêtes de la capitale, et même la cour du roi George II en perçut les échos.

Le comte Banati aussi en capta quelques-uns, par le rapport qu'en fit l'ambassadeur d'Autriche à des amis demeurés à Vienne ; il se félicita que son agent eût si fidèlement suivi son conseil. De Sébastien lui-même, il reçut, par l'entremise d'un courrier venant de Hollande, un message bien plus sobre :

> *Worcester ne s'occupe guère de politique que pour dire pis que pendre de la Prusse et, accessoirement, de la France, dont les ambitions territoriales lui paraissent dangereuses pour la sécurité anglaise. Quand j'ai dansé le menuet chez lui, il m'a déclaré que, si seulement les Français voulaient bien se contenter de rechercher la gloire des beaux-arts, la France et l'Angleterre seraient les meilleurs amis du monde. Toutefois, son influence est grande, car il a l'oreille du roi, ayant pris son parti contre le prince de Galles, Frédéric, qui me paraît être une tête brûlée.*
>
> *Castlereagh, qui est donné comme le prochain ministre de la Guerre, est favorable à un rapprochement avec la Russie, à la condition que les ports de la Baltique soient ouverts à la flotte anglaise. Il estime que seule une alliance avec la Russie pourrait tenir en respect les ambitions de la France et de la Prusse.*

Dans l'ensemble, comme je vous l'ai dit dans mon précédent message, les Anglais se distinguent par une méfiance constante à l'égard de tous les pays, et elle devient farouche à l'égard de ceux qui pourraient leur porter ombrage et restreindre les mouvements de leurs flottes de guerre et de commerce.

Vous aviez raison, la musique et la peinture ouvrent bien des portes dans ce pays.

Je vous prie de croire à ma fidélité et à ma gratitude sans défaut.

*

Un après-midi que Saint-Germain avait été invité par Sir Robert et Lady Crewe au Drury Lane Theatre pour juger d'une gloire montante du théâtre anglais, David Garrick, dans une pièce comique, *Léthé*, qui faisait alors fureur, Sébastien se prit à griffonner durant l'entracte un croquis de Lady Crewe sur le dos du programme. Cette dernière, en effet, était une beauté piquante, courtisée par plus d'un galant, et Sébastien soupçonna qu'elle n'était pas toujours farouche ; elle n'avait cessé, durant le spectacle, de faire du pied à son invité. Sir Robert, qui eût pu être son père, se pencha pour examiner le dessin et poussa une exclamation.

— Mais vraiment, monsieur… Je vous ai vu faire ce dessin devant moi… C'est admirable !

Lady Crewe demanda à voir le croquis et puis, avec maints pépiements, à le conserver.

Sir Robert pria alors Sébastien de considérer l'éventualité d'un portrait à l'huile de son épouse. Lady Crewe se pâma.

— Je vous paierai, monsieur, ce que vous demandez.

— Monsieur, je ne voudrais pas faire concurrence à ceux dont le métier de peintre est le gagne-pain. Je vous jure ici que je ne prendrai pas un penny pour ce portrait.

— Ai-je compris que vous le ferez donc ?

— Monsieur, vu le plaisir que j'aurai à répondre à votre souhait et celui que vous vous préparez à y prendre, je vous réponds oui.

Sir Robert fut aux anges. Lady Crewe poussa des cris d'enthousiasme. Ce fut tout juste s'il ne fallut pas quitter le théâtre pour commencer le portrait sur-le-champ.

Sébastien avait jaugé la poularde : il entendait à tout prix que les séances de pose eussent lieu chez elle, dans le grand salon, dont les portes resteraient ouvertes car, disait-il, il avait besoin d'air pour se concentrer.

La première séance de pose eut lieu trois jours plus tard. Sébastien apprit que Sir Robert se répandait dans tout Londres en bramant des éloges sur les talents de ce Français qui vous torchait une ressemblance en trois coups de crayon.

Lady Crewe minaudait beaucoup. Elle abaissa le décolleté de sa robe pour qu'on vît la naissance de sa gorge. Sébastien, impassible, observa le manège sans s'émouvoir. Il avait campé le modèle calé dans un fauteuil, l'œil aux aguets, tel une souris qui attend son chat.

Elle demanda qu'on fermât une porte du salon car un courant d'air l'incommodait. Il lui rappela les conditions du portrait.

— Ouvrons alors les fenêtres, dit-elle.

— À la condition que les portes le soient aussi, pour entretenir le courant d'air.

Dépitée, elle rétorqua qu'elle avait assez posé pour la journée. Elle agita une sonnette pour avoir un verre de porto et négligea d'en proposer au peintre. De toute façon, l'esquisse était campée et Sir Robert, arrivant sur ces entrefaites, s'extasia. Lady Crewe boudait.

— Je trouve, dit-elle, que je ressemble à une nonne.

— Plût au ciel que les nonnes fussent aussi séduisantes, rétorqua-t-il. Nous serions tous en religion.

La deuxième séance, trois jours plus tard, quand l'esquisse eut séché, fut consacrée à donner des couleurs à l'effigie de la dame. À vrai dire, elle était quelque peu rougeaude, mais Sébastien brossa des pâleurs d'ivoire pour relever l'incarnat des joues et des lèvres. Il releva de reflets blonds les bruns sombres de la chevelure ; il esquissa aussi le taffetas azur de la robe et les blancheurs de la dentelle sur la gorge, puis la main qui se crispait sur le taffetas ; ce dernier détail prêtait une vie surprenante au portrait ; on eût cru que le modèle allait bientôt croiser les jambes ou se lever.

Lady Crewe agita cette fois aussi une sonnette pour qu'on lui servît du thé. Elle n'avait pas une seule fois adressé la parole au peintre. Le valet fut plus courtois : le plateau portait deux tasses. Sur quoi, Sir Robert arriva avec le thé ; Sébastien comprit qu'elle le tenait à l'écart jusqu'à ce que la clochette eût tinté.

Les compliments du barbon furent doubles de la première fois. Sébastien but sa décoction, partagé entre l'amusement et l'exaspération. Mais il était déterminé à éviter tout éclat.

À la troisième séance, Sébastien avait compris le manège. Au bout d'une demi-heure, Lady Crewe s'écria :

— Je ne comprends pas que vous fassiez le portrait d'un modèle qui ne vous émeut pas.

— Qu'est-ce qui vous laisse penser, madame, que le modèle ne m'émouvrait pas ?

— Vous êtes froid comme une truffe de chien. Je n'ai pas entendu de vous un seul compliment.

— Mon travail, madame, parle pour moi, dit-il en précisant le dessin du nez de cette gourgandine titrée, mais de si peu, et en ombrant les orbites, pour prêter quelque mystère à une femme qui n'en avait décidément pas.

— Mon Dieu, monsieur, je plains les femmes dont vous seriez épris, s'il en est.

Sébastien envisagea d'aller vers elle, de relever ses jupes à la hussarde et de lui faire tâter d'un compliment auquel elle serait sensible. Mais le portrait n'était pas achevé, il avait par deux fois cédé à pareilles tentations et, à supposer qu'il succombât à celle-ci, il risquerait de se retrouver embringué dans une relation clandestine ; la malchance aidant, la liaison pourrait même se prolonger tout au long de son séjour londonien. Or, il n'avait aucune envie d'entendre dans l'intimité les pépiements pointus de Lady Crewe.

— Madame, répondit-il avec aménité, ce sont mes talents de peintre qui sont ici requis, pas mes vertus d'étalon.

Elle le fusilla du regard et saisit la sonnette, qu'elle secoua avec fureur.

Là, Sir Robert, devançant le valet, se campa devant le chevalet et entra en extase.

— Ce teint, ce regard... Et ce taffetas ! Mais quel éclat ! Quelles couleurs ! Ah, monsieur, l'ange de la beauté a certainement guidé votre pinceau !

— Je suis heureux que le portrait vous plaise. J'ai songé à l'appeler *Le Printemps au salon*, répondit Sébastien, coulant un regard vers Lady Crewe, pincée.

— Merveilleuse idée ! Je vais donner un souper pour présenter cette magnifique esquisse à nos amis.

La belle faisait des grimaces de dépit. À la suivante séance, elle s'agita sans cesse et Sébastien décida de terminer le tableau sur-le-champ pour n'avoir plus à subir les orages de Lady Crewe.

Au souper, huit jours plus tard, Sébastien releva la présence d'un homme de haute taille qui le considérait sans plaisir. Il déduisit que c'était un soupirant de Lady Crewe et n'y prêta pas plus d'attention.

Comme c'était le cas depuis plusieurs semaines, la conversation ne porta quasiment que sur la tentative du Jeune Prétendant, Charles-Édouard Stuart, de reconquérir le trône d'Angleterre avec l'aide des Écossais. Deux jours auparavant, le 7 décembre, les troupes du duc de Cumberland avaient contraint les maigres armées du prince jacobite, décimées par la fatigue, la faim et les désertions, à se replier vers le nord[1].

---

1. Le prétendant au trône avait espéré, sur l'instigation de son père, en exil à Rome, et encouragé par un traité secret avec la France, reconquérir le trône perdu en suscitant une rébellion de l'Écosse et en forçant la France à envoyer des troupes à son secours outre-Manche. Il fut vaincu en avril 1746 et, après des mois d'attente dans la clandestinité, déguisé en femme, il atteignit enfin Roscoff en septembre 1746. Il revint cependant clandestinement à Londres à deux reprises, en 1750 et 1754, pour fomenter des complots futiles et sans suite.

Il était notoire que les Français soutenaient les Stuart et, d'ailleurs, Charles-Édouard avait déjà tenté, l'année précédente, de rallier l'Écosse à bord d'un navire parti de Nantes, *La Doutelle*, escorté par la frégate militaire *Élisabeth*, mais les deux avaient été interceptés par le *Lion* anglais et avaient dû retourner en France.

Sébastien étant français, sa popularité en avait quelque peu pâti et il ne devait plus ses succès mondains qu'à ses qualités de causeur, de musicien et de peintre.

Ce fut sur le soutien de la France au Jeune Prétendant que le personnage de tout à l'heure, qui se nommait Partigan, interpella Sébastien à table :

— Que croyez-vous, monsieur, que la France gagnerait à supplanter les Hanovre par les Stuart ?

— J'ignore, monsieur, si ce sont bien les intentions du roi de France, car je ne suis pas de ses intimes.

— Mais l'évidence est là, les Français se comportent comme des ennemis de la Couronne, insista l'autre.

— Je crains, monsieur, répondit Sébastien, que vous généralisiez un peu vite. Les Français n'ont pas reçu l'ordre de l'hostilité aux Anglais, comme vous pouvez en juger par ma présence ici.

Les conversations s'étaient suspendues et chacun suivait mot à mot ce duel oratoire, en attendant un autre.

— Mais que faites-vous donc ici, monsieur ? demanda Partigan sur un ton encore plus hautain.

— Exactement la même chose que vous, monsieur : je fais honneur à l'hospitalité de Sir Robert, que ces échanges risquent de troubler.

— Cela est vrai, intervint enfin le maître de maison. Je suis heureux de vous avoir tous deux à ma table et je pense que vous aurez oublié, Partigan, la raison de ce banquet, qui est l'achèvement du splendide portrait que le comte de Saint-Germain a fait de mon épouse.

— Et qui ne me semble pas du tout hostile à la beauté anglaise, renchérit la voisine de Sébastien.

Les rires dissipèrent l'humeur de l'échange de tout à l'heure, mais les yeux de Partigan étincelaient de colère. Sébastien jugea prudent de partir après le dîner, dès que la courtoisie le permettrait, afin d'éviter un conflit avec le fâcheux.

Tel ne fut pas le cas. Au moment où il prenait congé de Sir Robert, certains remous se firent jour à la porte : deux officiers du roi venaient d'arriver, chargés d'arrêter le comte de Saint-Germain et Welldona comme complice de Charles-Édouard Stuart dans sa tentative de susciter une révolte en Angleterre.

Sébastien fut à la fois alarmé et abasourdi. Il saisit au passage l'expression ravie de Lady Crewe et se demanda quelle machination elle avait pu ourdir.

— Veuillez me remettre votre épée, monsieur, par ordre du roi, déclara le premier officier. Fouillez cet homme, ordonna-t-il à son compagnon.

Un lieutenant s'avança vers Sébastien, négligeant les protestations de Sir Robert Crewe. Il tâta ses poches et plongea la main dans l'une d'elles. À la stupéfaction grandissante de Sébastien, il en tira un pli cacheté, examina le cachet, puis le brisa. Il fronça les sourcils en le lisant. Cela fait, il leva sur Sébastien un regard chargé de mépris.

— Monsieur, déclara-t-il, votre traîtrise n'est pas celle qu'on m'a dite, mais elle est encore plus indigne.

Et il entreprit de détacher l'épée de la taille du Français.

— Mais enfin, officier, voulez-vous m'expliquer ce qui se passc chez moi ? s'écria Sir Robert.

— Tenez, monsieur, jugez-en par vous-même, répondit le messager royal en lui tendant la lettre.

Sir Robert lut la lettre et dévisagea Sébastien avec stupeur.

— Que dit cette lettre, enfin ? s'écria ce dernier.

Sur quoi il releva le sourire de satisfaction sardonique de Partigan, qui se tenait derrière le maître de maison.

— C'est un message du Jeune Prétendant, qui vous remercie de vous être entremis pour lui obtenir les faveurs de Mrs Fitzcrone et vous prie de la maintenir dans les mêmes dispositions, répondit Sir Robert, consterné.

— Mais c'est une histoire de fous ! cria Sébastien. Je ne connais pas de Mrs Fitzcrone ni de prétendant, jeune ou vieux.

— Monsieur, dit l'officier du roi, vous allez devoir me suivre à la Tour de Londres.

— À la Tour de Londres !

Un murmure de réprobation s'éleva de l'assistance. Mais force fut de suivre les deux officiers vers la sinistre prison.

*

Les hautes fenêtres grillagées censées éclairer la salle où, peu avant neuf heures, les deux officiers qui l'avaient arrêté conduisirent Sébastien, ne laissaient filtrer que la lumière véreuse de décembre. Celle que répandaient les torches dans des embrasses de fer au mur teignait la scène de lueurs sanglantes, ajoutant au caractère sinistre du décor. Les pénombres suintaient l'infamie, la haine et la vengeance des plus forts. On eût dit un cachot de l'Inquisition.

Sébastien, à jeun, avait passé la nuit dans une geôle glaciale, sans aucune possibilité de communiquer avec l'extérieur, donc de prévenir Solomon Bridgeman, afin qu'il lui commît un avocat ; un des officiers l'avait informé qu'il devrait attendre le lendemain matin, à sa comparution devant le magistrat instructeur, pour savoir s'il serait autorisé à adresser un message en ville.

Il craignit le pire. Une cabale avait été montée contre lui et, si les officiers de la Couronne étaient venus l'arrêter, cela signifiait à coup sûr que ses ennemis avait acquis la complicité du Palais ; or, que pourrait-il faire contre la puissance royale ? Il s'attendit à une parodie de justice où on l'accablerait encore d'autres fausses preuves.

Les visions d'Elspeth Partridge et de la Dame de Babadag lui revinrent en mémoire, sans qu'il sût pourquoi. Il se dit qu'un châtiment affreux l'attendait. Il craignit même de revoir à cet instant le spectre de Fray Ignacio.

Il essaya de retracer le moment où quelqu'un aurait pu glisser le pli dans sa poche et se souvint qu'avant de passer à table, engagé dans une conversation avec une dame d'un certain âge, il avait frayé avec l'infect Partigan. C'était peut-être alors. En tout cas, les mines réjouies de ce dernier et de Lady Crewe montraient bien qu'ils étaient de mèche.

Cette volaille faisandée se vengeait de son dédain.

Un personnage glabre et creusé, en perruque blanche, le magistrat de la Couronne, entra dans la salle et s'assit derrière un vaste bureau gothique. Il toisa le prévenu, debout devant lui, et s'assit. Sa bouche mince ne semblait pouvoir proférer que des sentences sinistres. Plume en main, debout devant un épais cahier ouvert à une page blanche, un greffier attendait déjà ; il se rassît et écouta.

— Le prévenu, Votre Honneur, dit le premier officier de la Couronne, faisant signe à Sébastien de s'avancer.

Le magistrat le considéra derechef. Les diamants scintillèrent dans la lumière des torches.

— Vous êtes le comte de Saint-Germain et Welldona ? demanda l'homme en noir.

— Oui.

— Est-ce votre vrai nom ?

— Monsieur, ma très noble naissance m'interdit de vous révéler mon vrai nom jusqu'à ce que ma culpabilité ait été prouvée. Ce qui ne peut être le cas. Pour le moment, je suis le comte de Saint-Germain et Welldona et c'est sous ce nom que je réside à Londres.

La plume gratta le papier. Le magistrat fit une moue vexée.

— Où demeurez-vous ?

— Chez Mr Solomon Bridgeman, à Blue Hedge Hall.

— Quel est votre métier ?

— Je vis de mes rentes.

— Quand avez-vous fait la connaissance du Jeune Prétendant ?

— Je ne l'ai jamais faite et ne sais même pas à quoi il ressemble.

— Pourtant il vous a écrit ?

— Votre Honneur, quelqu'un a glissé ce faux indigne dans ma poche à la faveur d'un moment d'inattention. Je n'en connaissais même pas la teneur jusqu'à ce que l'officier que voici le décachette et le donne à lire à mon hôte, Sir Robert. Votre Honneur croit-il que si j'avais reçu un message du Jeune Prétendant, je l'aurais conservé cacheté dans ma poche ?

— Le pli était-il cacheté quand vous l'avez trouvé ? demanda le magistrat aux officiers.

— Oui, Votre Honneur, répondit l'un d'eux, penaud.

— Qui l'a décacheté ?

— Moi, Votre Honneur.

Le magistrat parut songeur.

— Êtes-vous prêt à jurer sur l'honneur, demanda-t-il à Sébastien, que vous ne connaissez pas le Jeune Prétendant et n'avez jamais eu affaire avec lui, fût-ce par personne interposée ?

— Je le jure formellement sur l'honneur. Je n'ai besoin ni d'argent ni de faveurs des Stuart et aucune pression sur la terre ne me convaincrait d'exercer le métier infâme d'entremetteur.

— Connaissez-vous Mrs Fitzcrone ?

— Je n'ai jamais entendu ce nom.

— C'est une dame qui réside à Édimbourg, me dit-on.

— Je n'ai jamais été dans cette ville. Et comment ces messieurs ont-ils appris que je portais ce pli sur moi ?

Le magistrat fronça les sourcils.

— Comment avez-vous été informé que le comte de Saint-Germain portait cette lettre sur lui ? demanda-t-il à l'officier du roi.

— Monsieur, un message anonyme nous est parvenu au Royal Constabulary selon lequel un Français complice du Jeune Prétendant, nommé Saint-Germain, se trouverait à souper chez Sir Robert Crewe et qu'il porterait sur lui une lettre du Jeune Prétendant, d'une nature propre à intéresser les services de la Couronne.

— Vous voulez dire, demanda le magistrat d'une voix glaciale, que vous avez fait irruption dans une soirée honorable sur simple dénonciation anonyme, que vous avez saisi une lettre cachetée dans la poche d'un convive et que vous l'avez décachetée ?

— Pouvions-nous faire autrement ?

Le magistrat fit une grimace. Il examina longuement la lettre, puis s'attarda sur le cachet. Il se tourna et appela un commis :

— Flavian, voulez-vous prier le conservateur des archives de bien vouloir retrouver un cachet des Stuart et de bien vouloir me le prêter pour une comparaison ? S'il pouvait descendre avec ce cachet, dites-lui que je lui en serais très obligé. Ah, et avant de monter, veuillez faire avancer un siège ici.

Le dénommé Flavian apporta un tabouret et le posa devant le bureau.

— Asseyez-vous, monsieur, dit le magistrat à Sébastien.

Les deux officiers faisaient grise mine. Pendant un temps qui parut interminable au prévenu, on n'entendit que les torches grésiller.

Enfin, Flavian réapparut, suivi d'un homme en manteau noir, portant une grande boîte plate.

— Ah, docteur Culpepper, dit le magistrat, vous êtes bien aimable de vous être dérangé. Je vais vous demander de bien vouloir, dans votre compétence, examiner le sceau que voici, afin de me dire s'il pourrait être celui des Stuart, du Vieux ou du Jeune Prétendant. Flavian, veuillez avancer un siège pour le docteur Culpepper et nous apporter un flambeau pour qu'on y voie bien clair.

Quand tout cela fut fait et que le docteur Culpepper eut en main la missive attribuée au Jeune Prétendant, il y jeta un coup d'œil rapide et, sur un haussement d'épaules, déclara :

— Ce cachet est un faux ridicule, monsieur le juge. Cela saute aux yeux.

— Vous l'avez à peine regardé.

Culpepper ouvrit la boîte et en sortit deux cachets.

— Jugez-en par vous-même. Le cachet rouge est celui du Jeune Prétendant, apposé sur une lettre que nous avons interceptée en juin, le grand cachet bleu est celui des Stuarts.

Le magistrat se pencha et hocha la tête.

— Greffier, écrivez : sur expertise du docteur Isaac Culpepper, directeur des Archives de la Tour de Londres, mandé exprès pour la circonstance, le cachet apposé sur la missive trouvée sur le comte de Saint-Germain et Well-dona est un faux patent[1].

---

1. L'épisode de l'arrestation de Saint-Germain est rapporté par l'essayiste et épistolier Horace Walpole, comte d'Oxford, dans une lettre adressée à Sir Horace Mann, l'envoyé britannique à Florence, datée du 9 décembre 1745. Walpole écrivait que Saint-Germain « joue remarquablement du violon, est fou et pas très intelligent ». (*Letters of Horace Walpole, Earl of Oxford, to Sir Horace Mann*, Londres, 1833.)

Les deux officiers parurent encore plus déconfits que tout à l'heure.

— Docteur Culpepper, je vous remercie de vous être déplacé. Monsieur le comte, vous êtes libre. Je vous prie d'excuser les fâcheuses circonstances d'un excès de zèle du Royal Constabulary, induit en erreur par une personne malveillante.

Il lança un regard sévère aux deux officiers.

— Veuillez rendre sur-le-champ son épée au comte de Saint-Germain. Et raccompagnez-le à la porte. Je vous autorise à lui présenter vos regrets.

Sébastien ceignit de nouveau son épée, s'inclina devant le magistrat et quitta ce lieu lugubre. Il trouva dans le vestibule son valet Giulio, transi et défait, qui l'avait attendu toute la nuit. Une heure plus tard, il était au Blue Hedge Hall, où Solomon Bridgeman faisait les cent pas, rongé d'anxiété.

26

Un changement de masque imminent

De la Tour de Londres, l'histoire fit le tour de Londres. Le lendemain de sa libération, Sébastien fit porter à Lady Crewe, dans un coffret précieux, un gros crapaud vivant, portant autour du cou un ruban et une étiquette ainsi libellée : « Votre âme, madame, vous prie de l'accueillir. »

Solomon Bridgeman riait aux éclats chaque fois qu'il y pensait.

Les domestiques de Sir Robert racontèrent que leur maîtresse s'était évanouie d'horreur en entendant tout à coup le coassement de l'animal dans la boîte ouverte et avait gardé la chambre tout le jour. Cette anecdote aussi se répandit, assaisonnée de commentaires selon lesquels Lady Crewe était aussi rancunière que licencieuse.

Trois jours plus tard, parmi les nombreux messages de sympathie qu'il reçut de ses relations, Sébastien trouva une invitation à souper de William Stanhope, comte de Harrington, secrétaire du Trésor et trésorier de la Chambre.

Sébastien s'y rendit avec appréhension ; il craignait que la coterie qui lui avait fait passer une nuit en prison ne se le tînt pas pour dit et que l'invitation d'un personnage aussi éminent que Lord Harrington dissimulât un autre piège. Mais, poussé par Bridgeman, qui lui fit observer qu'il ne fallait pas paraître avoir peur, il y alla donc.

Stanhope exprima d'abord ses regrets pour la mésaventure dont Sébastien avait été victime.

— Des rumeurs qui me sont parvenues prétendent que l'intrigue dont vous avez été victime aurait eu l'assentiment du roi, déclara-t-il. Laissez-moi vous dire que rien n'est plus faux. La preuve en est que Sa Majesté m'a interrogé ce matin sur ce sujet. Elle voulait savoir le fond de l'affaire et elle a été surprise par l'histoire de la fausse lettre du Prétendant. Elle s'est mise à rire et a déclaré : « Je sais que le jeune Charles est un étourneau mais je ne le crois cependant pas assez sot pour recourir aux services d'un entremetteur à Londres, alors qu'il ne pourrait pas y mettre les pieds sans finir incontinent à la Tour de Londres ! »

— Mais j'ai pourtant été arrêté par des officiers de la Maison royale ?...

— Cela signifie tout au plus que l'un des comploteurs y avait des intelligences, ce qui est le cas de nombreuses personnes. Une enquête sera engagée. En tant que Français, vous étiez particulièrement vulnérable à cette machination détestable.

Sébastien enregistra l'observation.

— À mon avis, reprit Stanhope, le complice de la Maison royale se moquait de la vengeance d'une certaine dame. Il voulait, pour sa part, savoir qui vous êtes vraiment. Que ne le dites-vous ?

— La révélation, monsieur, aurait bien plus d'importance que l'incident.

Stanhope médita la réponse.

— Ne la ferez-vous donc jamais ?

— En son temps, monsieur, en son temps.

— En tout cas, permettez-moi un conseil : si vous entendez résider à Londres, faites savoir au moins, et le plus tôt possible, si vous êtes d'une maison amie ou ennemie de l'Angleterre.

Deuxième remarque digne d'attention.

Quand il regagna Blue Hedge Hall, Sébastien se dit que deux conclusions s'imposaient, l'une pour lui, l'autre pour ses tuteurs russes : d'abord, les Français étaient de plus en plus mal vus en Angleterre et l'épisode du Jeune Prétendant n'y avait pas remédié. Ensuite, l'hostilité aux Français aplanissait le terrain de la diplomatie russe. Il prit sa résolution.

— Solomon, l'incident de l'autre soir me vaut une attention excessive. Tout le monde veut savoir qui je suis. Vous pourriez en subir les assauts aussi bien que moi. Je crois prudent de m'absenter pour quelque temps.

— La dernière fois, vous avez été absent treize ans, mon ami. La prochaine, je crains que vous ne retrouviez pas ici.

— Je ne sais pour combien de temps je quitterai Londres, mon cher ami, mais il faut que je m'en aille.

— Je comprends, répondit Solomon, de nouveau attristé. J'ai en tout cas prévu des dispositions pour qu'après ma mort vous soyez le seul propriétaire de la banque Bridgeman and Hendricks. Il sera seulement nécessaire que vous signiez devant un avocat les documents qui vous en feront propriétaire.

— Sous quel nom ?

— Peu importe le nom : l'essentiel sera la concession que je vous ferai d'un titre de propriété exclusif, une fois retranché ce qui reviendra à mes héritiers. Car cette banque n'aurait pas été fondée sans vous, même si j'y ai mis de mon argent. Vous rachèterez donc ma part dans les banques de Londres et d'Amsterdam. Vous en avez déjà les moyens. À ma mort, ils seront accrus.

Ce fut au tour de Sébastien d'être triste. Il n'avait jamais pensé à la mort de Solomon, mais il ne pouvait nier que, selon toute vraisemblance, elle précéderait la sienne.

— Buvons un verre de claret pour chasser des idées qui sont à l'évidence sans gaîté, déclara Solomon, allant ouvrir un cabinet dont il tira un flacon et deux verres. Quel sort réservez-vous à votre découverte sur la terre de Joachimsthal ?

— Je l'ignore. J'avais espéré que le plomb de la boîte se transmuterait en or. Mais j'en ai bien examiné le couvercle, ce n'est toujours que du plomb, dit-il avec un petit sourire. Ce n'est pas de cette terre qu'est constituée la pierre philosophale. Et quand je me rappelle l'effet qu'elle a eu sur les mains de celui qui me l'a vendue, je me refuse à croire qu'elle ait pu ou puisse servir à confectionner l'élixir de jeunesse.

Il répugna à citer l'objection de Bayrak Pacha aux découvertes supposées que Newton aurait faites : si l'astronome avait découvert le secret de la transmutation des métaux en or, il serait mort fort riche. Et s'il avait découvert l'élixir de jeunesse, il ne serait pas mort du tout.

— C'est déjà remarquable qu'elle purifie les diamants, observa Bridgeman.

Il leva son verre à Sébastien et fit quelques pas dans un sens puis dans l'autre.

— Voyez-vous, Sébastien, j'ai beaucoup réfléchi, ces dernières années. Et j'en suis venu à me demander si toutes les recherches d'Isaac Newton étaient fondées. Il maniait beaucoup de mercure et le faisait chauffer. Or, ce métal dégage des vapeurs qui troublent la raison. Nous en connaissons les effets sur les chapeliers, qui se servent beaucoup de mercure, eux aussi, et qui en ont souvent l'esprit dérangé.

Sébastien se rappela un postulat de la princesse Polybolos : *Le vrai secret de ce monde, comte, c'est le pouvoir.* Peut-être avait-il, après tout, fait trop bon marché de la sagesse de l'Orient…

— Voulez-vous dire qu'il n'y a pas de secret universel ? demanda-t-il. Ou bien que la seule recherche du mystère aurait égaré votre ami Newton ?

— L'un n'exclut pas l'autre, mon ami.

Sébastien fut saisi. Si même Solomon reconnaissait qu'il n'y avait pas de secret, cela signifiait qu'il avait poursuivi pendant tant d'années un rêve juvénile et absurde. Tout à coup, un autre discours lui revint en mémoire ; celui du comte Banati : « Si vous avez des connaissances dans ce domaine, ne les rejetez pas parce que vous n'y croiriez pas. Elles fascinent les gens les plus éclairés. Ce sera un moyen supplémentaire d'étendre votre empire sur ceux qui vous seront favorables. »

— Qu'avez-vous ? demanda Bridgeman, remarquant son air illuminé.

— Rien, Solomon, rien. Je songeais.

*

Il adressa un message à Banati :

> *Une machination indigne, tendant à faire croire que j'aurais été l'entremetteur du Jeune Prétendant Charles-Édouard Stuart, et aggravée par le fait que je suis français, m'a valu une nuit en prison. J'ai été rapidement innocenté, mais ma présence à Londres en est devenue plus difficile.*
>
> *Les gens de cette ville et de la plus grande partie de l'Angleterre portent une si grande méfiance aux Français que cela ne peut à mon avis que faciliter vos projets.*
>
> *Veuillez me faire savoir où je dois me rendre prochainement.*

La réponse lui parvint quelque deux semaines plus tard ; elle était succincte :

> *Revenez. Avec un passeport hollandais.*

L'ordre le laissa perplexe. Il comprenait la recommandation sur le passeport : depuis le début de la guerre de Succession d'Autriche, cinq ans plus tôt, la Hollande et l'Angleterre avaient été les seules alliées fidèles de l'Autriche et la France, tout autant que l'Espagne, la Prusse, la Saxe et la Bavière ses adversaires acharnées. Mais il ne voyait guère quelle serait son utilité à Vienne.

Il passa en revue les informations glanées au cours de ses dîners en ville, tentant de trouver un sens à son rappel à Vienne. Il avait appris que le vice-chancelier de Russie, Bestouchev-Ryoumine, avait fermement assis son autorité à Moscou, en dépit de ses nombreux ennemis, dont la plupart étaient d'ailleurs des amis de l'impératrice Élisabeth, évidemment jaloux du pouvoir de cet homme.

Or, les portraits de cet homme le représentaient comme un chien de garde qui s'élançait vers la première ombre approchant de la maison de ses maîtres. Il semblait changer de plans d'une semaine l'autre.

Mais l'évidence indiquait que la guerre de Succession d'Autriche toucherait bientôt à sa fin. La Prusse, qui y avait gagné la Silésie et une belle réputation militaire, inquiéterait bientôt la Russie. Et même, elle inquiétait déjà le vice-chancelier russe. Le rappel de Sébastien à Vienne devait donc s'inscrire dans les plans de Moscou pour l'après-guerre.

Toujours fut-il que les inconnues mêmes de la situation le séduisirent et il commença à faire ses bagages.

Décidant d'emporter la boîte de terre de Joachimsthal, il se rappela qu'il y avait de nouveau enfoui le diamant et l'y avait oublié. Il l'ouvrit et, avec les mêmes précautions, en retira la pierre. Il fut stupéfait : elle était maintenant d'un jaune intense, du plus bel effet. Les scories avaient quasiment disparu. Il demeura songeur. Il n'était pas diamantaire ; quel usage pouvait-il faire des propriétés de cette terre ?

Un matin, il embrassa Solomon et, comme toujours, lui promit de lui écrire.

Il avait passé à Londres plus de deux années. Le 12 mars 1745, il franchit une mer du Nord particulièrement houleuse et, toujours suivi de son valet Giulio, entreprit le chemin du retour vers Vienne. Il se félicita que la principale branche de la banque siégeât à Amsterdam et qu'il y disposât d'un pied-à-terre. Néanmoins, il dut s'y arrêter trois jours pour obtenir la délivrance d'un passeport[1].

Il en profita pour montrer la pierre jaune à un diamantaire.

— Les diamants de cette teinte sont rares, monsieur le comte, et celui-ci est d'une belle eau. Si vous l'avez acheté, vous avez fait une bonne affaire.

Sébastien demeura songeur.

*

Arrivé à Vienne le 5 avril dans l'après-midi, il s'installa dans la meilleure auberge de la ville et, sitôt rafraîchi, le lendemain, se rendit chez Banati.

L'accueil de ce dernier dissipa toute crainte de disgrâce ou de reproches : le visiteur fut reçu d'emblée.

— Contez-moi votre mésaventure, dit-il, amusé. L'ambassadeur à Londres en a envoyé un récit à la Cour.

---

1. Il est avéré que Saint-Germain arriva à Vienne en 1745 ; or, quelques mois plus tôt, les armées françaises d'une part et austro-sardes de l'autre s'étaient livrées à de violents combats dans le Piémont ; il est donc évident que Saint-Germain n'a pu arriver en Autriche avec un passeport français, qu'il eût d'ailleurs été bien en peine d'obtenir.

Et quand Sébastien eut achevé son récit, Banati observa :

— Je vous avais prévenu de l'influence des femmes. De toute façon, comme vous me l'avez écrit, votre présence à Londres est devenue moins nécessaire que lorsque vous y êtes allé. Le vice-chancelier concentre tous ses efforts sur l'isolement de la Prusse, quitte à devoir pour cela nous concilier les bonnes grâces de la France. Votre nouveau but ici sera de susciter de l'intérêt pour ce pays. Vous conserverez donc le nom de Saint-Germain. Welldona me paraît superflu.

Il agita une sonnette et, quand le valet apparut, lui demanda d'apporter à boire.

— Qu'espérez-vous de moi ? Même avec un passeport hollandais, je porte un nom français.

— La France, comte, se retire des hostilités. Elle ne se bat plus, et encore, dans le Piémont, que pour garder bonne figure. Le roi Louis possède assez de bon sens pour reconnaître les évidences : l'impératrice a sans doute perdu la Silésie, mais elle a gagné le respect des autres nations. Les Français ou ceux qui portent un nom français ne sont pas aussi mal vus qu'ils l'étaient il y a trois ou quatre ans. L'ennemi commun des Russes, des Autrichiens et des Français sera dans peu de temps Frédéric II.

« C'est bien ce que je pensais », songea Sébastien.

— Le maréchal de Belle-Isle, poursuivit Banati, qui a pourtant donné du fil à retordre aux maréchaux autrichiens, Khevenhüller et Lobkowitz, est attendu prochainement à Vienne.

Sébastien parut surpris.

— Mon ami, n'oubliez pas que, pendant toutes ces campagnes, la France et l'Autriche n'ont jamais été officiellement en guerre, expliqua son hôte.

« Je fais mes classes », se dit encore Sébastien.

— Zasypkine souhaite que vous participiez au renversement des humeurs autrichiennes, en faveur de la France. Cela permettra de mieux isoler la Prusse, comprenez-vous ?

Sébastien hocha la tête.

— Pour cela, je vous suggère d'exciter autant que possible la curiosité des puissants. Il vous faut une grande maison, où vous puissiez les recevoir. L'ancienne résidence Windischgraetz, sur la Herrengasse, est fermée, le prince Charles-Auguste désirant s'installer un peu plus au large. Mais telle quelle, l'ancienne demeure est fort suffisante à mon avis et conviendra à votre rang prochain. Vous serez à quelques pas du palais de la Hofburg, ajouta Banati avec un demi-sourire.

Sébastien fut surpris par la confiance avec laquelle Banati misait sur lui. Il fut également pris de court quand son mentor lui déclara tout à trac :

— Vous semblez très fortuné, comte. Puis-je vous demander quelle est l'origine de votre bien ?

— Je possède, entre autres, une banque, répondit prudemment Sébastien. Pardonnez-moi de ne pas vous en révéler le nom.

Banati hocha la tête.

— Des terres ?

— Non.

Banati parut surpris.

— Zasypkine, dit-il, a fait mener une enquête sur les Rennenkampf. Leur fortune ne semble pas justifier la vôtre. Il doute donc que vous apparteniez vraiment à cette famille et me demande quelle est votre véritable naissance.

De nouveau cette question ! Traqué. À la chaleur qui envahit son visage, Sébastien eut conscience de s'être empourpré.

— Je vous répondrai bientôt.

Il but une gorgée de vin. Il devrait sous peu trouver une explication plausible. À l'évidence, l'argent seul ne suffisait pas à assurer sa légitimité sociale. Si les masques excitaient trop la curiosité, il convenait de les abaisser ; il se mettrait donc en quête d'un masque qui ressemblât à un vrai visage.

— Quand je vous ai connu, comte, vous vous disposiez à travailler pour les Turcs. Je vous ai convaincu de votre erreur. Puis-je vous demander pourquoi vous êtes fidèle à la Russie depuis tant d'années ? Vous n'y avez, je crois, jamais mis les pieds, je ne sache pas que vous ayez du sang russe, vous n'êtes pas lié à une maîtresse de ce pays. Vous n'êtes pas dans le besoin et, sans vous faire offense, Zasypkine comme moi-même nous interrogeons sur les raisons de votre constance.

Un silence suivit. La question était justifiée. Elle frappa Sébastien : il eût dû se l'être déjà posée à lui-même. Il réfléchit.

— Peut-être possédez-vous les éléments de la réponse, comte, dit-il. L'aisance, en effet. La facilité d'existence. Et le peu de liens avec une cause. Un homme a besoin d'une cause dans la vie.

Banati rumina la réponse un moment. Sébastien devina qu'il était jaugé, comme une vache au marché des bestiaux.

— Êtes-vous initié ? demanda Banati.

— À quoi ?

— Franc-maçon, précisa l'autre en souriant.

— Non.

Il y eut un long silence et Sébastien eut l'intuition qu'il avait manqué une marche. Il aurait dû répondre d'emblée. Zasypkine était-il maçon ? Et Bestouchev-Ryoumine ?

— On vous le proposera à coup sûr, je ne saurais dire quand. Songez-y.

Et comme Sébastien semblait interdit, il expliqua :

— Une fraternité d'esprits éclairés. Je la juge bienfaisante. La solidarité des gens intelligents peut soutenir les projets des plus entreprenants.

— La maçonnerie est mal vue de la Hofburg et des catholiques, répliqua tranquillement Sébastien. Elle est honnie du Vatican. Y appartenir serait le moyen le plus sûr de ruiner ma réputation. L'appartenance est secrète, mais vous et moi savons ce qu'il en est des secrets : la chose la plus répandue du monde. Si je voulais entrer dans la maçonnerie, il faudrait que j'appartienne à une loge allemande. Croyez-vous que les circonstances et les projets de Bestouchev-Ryoumine s'y prêtent ?

Ce fut au tour de Banati d'être interdit.

— Vous êtes donc informé ? finit-il par demander.

— On m'a pressenti à Londres, avant ma mésaventure.

Banati lança un long regard à son interlocuteur ; la signification en était claire : il avait méjugé Sébastien. Sans doute l'avait-il pris pour un aventurier ou un être futile.

Mais sa question avait été utile. Pour la première fois depuis sa fuite de Mexico, Sébastien s'avisa qu'il ne nourrissait pas de projet. Il avait quasiment vécu au jour le jour, allant de surprise en découverte. Entre-temps, la réalité du pouvoir gisait ailleurs.

Au-delà des barricades mystérieuses qu'il découvrait sans cesse.

— Je vais m'informer promptement sur ce qu'il en est du palais Windischgraetz, conclut son hôte.

27

« On ne crache pas sur un arbre »

Sébastien, en robe de chambre, sirotait son chocolat du matin dans son étude, au premier étage de l'ancien palais Windischgraetz. Il n'y était installé que depuis une semaine, après deux mois de remue-ménage organisé par les architectes et les peintres.

— Monsieur le comte, une dame demande à vous voir.

— Une dame ?

— Elle est avec un jeune homme.

— Un jeune homme ? répéta encore Sébastien.

— Quatorze ou quinze ans, à ce qu'il m'a semblé.

Sébastien perçut une lueur inusitée dans l'œil de Giulio.

— A-t-elle dit son nom ?

— Je le lui ai demandé, monsieur. Elle a refusé de me répondre.

Comment diantre cette visiteuse avait-elle trouvé son adresse ? Qui diantre était-elle ? Et pourquoi refusait-elle de dire son nom ? La renvoyer ? Ce serait digne d'un pleutre. Et un pressentiment l'avertit qu'il risquait un scandale.

Il noua sa ceinture et répondit :

— Faites-la passer dans le salon de musique. Je descends.

Ce salon avait été l'une des premières pièces rafraîchies et meublées de l'ancienne demeure princière. Sébastien noua la ceinture de sa robe de chambre de soie damassée, ajusta sa perruque et descendit, le cœur battant.

L'hôtel sentait partout la peinture, le plâtre frais, la sciure, l'encaustique, le vinaigre.

À la porte du salon de musique, il reconnut la silhouette, fût-ce de dos.

Danaé.

Il s'arrêta pour se ressaisir. L'avait-elle entendu venir ? Elle se retourna. Ils se firent face à vingt pas de distance. Il se composa une expression plaisante, puis s'avança.

Il aperçut alors le jeune homme et se sentit presque défaillir. Vicentino. Non, Vicentino était mort. Non, Vicentino était rené. Non…

Elle le fixa du regard. La frêle silhouette de jadis s'était épaissie, la fleur s'était changée en fruit. Elle lui parut indiciblement belle. Comme le sont les êtres perdus.

— Bienvenue, madame, lui dit-il, s'attendant à ce qu'elle lui tendît la main.

Mais elle n'en fit rien. L'entrevue serait orageuse, peut-être catastrophique.

Elle exhalait pourtant un parfum de jasmin et de tilleul.

— Bonjour, dit-elle froidement. Je vous présente notre fils, le prince Alexandre Polybolos.

Le prince Alexandre Polybolos ! Le titre tenait sans doute à la faveur de la vieille princesse. Mais c'était vertigineux :

son fils, son fils à lui, portait un titre légitime... Sébastien tendit la main au jeune homme, qui la prit et la serra longuement, comme incrédule, sans détacher ses yeux de lui. Les regards du père et du fils s'étaient scellés l'un dans l'autre.

Sébastien eut le sentiment de serrer la main d'un spectre dans un rêve.

— Prenez place, leur dit-il. Que puis-je vous offrir ?

— De l'eau, répondit-elle.

— Du café, s'il y en a, dit Alexandre.

— Je suis ému de vous revoir, dit-il à Danaé.

— Vous pensiez sans doute ne plus jamais en avoir l'occasion ? répliqua-t-elle promptement.

— J'ai été longtemps dans un pays lointain. Comment avez-vous retrouvé mon adresse ?

— Par le comte Banati.

Bien évidemment, Banati n'avait pu que déférer à la demande de la nièce de la princesse.

— Venons-en au fait, déclara-t-elle en prenant le verre d'eau que le valet lui tendait sur un plateau. Je ne suis pas venue ici par plaisir ni nostalgie, ni pour quémander de vous quoi que ce soit. Le seul motif de ma présence à Vienne est le désir obstiné que mon fils avait de voir son père.

Sébastien tourna de nouveau le visage vers le jeune homme. Il s'efforça de déchiffrer son expression, colère, tendresse, curiosité, tristesse, mais les traits instables d'Alexandre défiaient l'analyse.

— Comment pouvais-je deviner ?... commença-t-il.

— Avez-vous même songé à deviner quoi que ce fût ? coupa-t-elle. Alexandre sait tout. Je me suis gardée de lui dicter tout sentiment à votre égard. Je m'en tiens à cette réserve. Ce sera à lui d'en décider.

Sébastien interrogea le prince Alexandre du regard et, n'obtenant pas de réponse, lui dit :

— Je n'ai pas entendu votre voix, Alexandre.

Comprenait-il le français ?

— Vous ne m'en avez pas prié, père.

Père ! Ce seul mot mit Sébastien à l'agonie. Aucun masque ne le protégerait désormais de ce jeune homme.

— N'imaginez pas un seul instant que je ne partagerais pas la tristesse que vous inspirez à ma mère, reprit Alexandre. Mais il en va autrement du désir de vous tenir à distance. Je ne suis pas juge, mais depuis que j'ai appris votre rencontre avec elle, je n'ai cessé de m'interroger sur les raisons de votre injustice à son égard.

À l'évidence, il avait eu un professeur de français, lui aussi.

Soudain, Sébastien s'avisa avec épouvante que ces deux personnes, son propre fils et la mère de celui-ci, Dieu du ciel ! pouvaient ruiner son entreprise à Vienne. Banati avait-il donc perdu la tête en leur révélant son nouveau nom et son adresse ? Car Danaé devait savoir que le comte de Saint-Germain était un agent russe ! Elle pourrait aller le clamer sur les toits. Ou bien Banati ignorait-il les liens qui les unissaient au comte Gottlieb von Rennenkampf de jadis ? Toujours était-il que l'urgence de redresser la situation était impérative.

— L'homme que vous voyez n'est pas celui de jadis, dit-il. Celui-là était hanté par un drame qui avait manqué détruire sa vie physique et morale et qui l'avait changé en animal traqué, dit-il d'une voix songeuse et grave.

Un changement survint dans l'expression de Danaé. Du moins Sébastien crut-il pouvoir l'interpréter ainsi.

— Est-ce pour cela que vous vouliez aller en Inde ? demanda-t-elle.

Il hocha la tête.

— Loin, dit-il.

— Loin du meurtre qu'avait vu la Dame de Babadag ? demanda Alexandre.

Sébastien le regarda, horrifié.

— Votre mère vous a parlé de cette odieuse soirée ?

Il hocha la tête.

— La Dame de Babadag est toujours vivante. Elle m'a dit que je devais aller à la rencontre de mon père, parce qu'il avait besoin de moi.

Un nouveau motif d'angoisse s'empara de Sébastien.

— Ma mère et ma grand-tante m'ont assuré que la Dame de Babadag ne se trompait jamais.

— Comment se porte la princesse votre tante ? demanda Sébastien, pour faire diversion et se donner le temps de réfléchir.

— Elle ne se porte plus, répondit Danaé. Elle est morte il y a trois ans.

— J'en suis navré. Et vous habitez toujours Constantza ?

— Alexandre y séjourne le plus clair de l'année, car il est élevé par mon cousin et époux, le prince Mavrocordato, que la Sublime Porte a désigné pour diriger la Bessarabie mais qui cédera bientôt son poste à un successeur et retournera à Istanbul.

Sébastien discerna une ouverture dans l'adoucissement du ton de Danaé. Il était prêt à de grands élans pour conjurer la menace que cette visite inopinée faisait peser sur lui. Elle ajouta :

— Pour votre intelligence, le prince est mon époux.

Il enregistra l'information sans trop savoir quel usage en faire ; le fait était que les Phanariotes étaient toujours au service des Turcs.

— Où demeurez-vous à Vienne ? demanda-t-il.

— Le comte Banati a bien voulu nous consentir l'usage d'appartements réservés à des visiteurs, répondit-elle.

— Me feriez-vous l'honneur d'accepter l'hospitalité de cette maison ? Elle sera à coup sûr moins frugale que celle des auberges et elle vous épargnera la compagnie des punaises.

Alexandre se mit à rire. Sa mère le consulta du regard.

— C'est bien le moins que je puisse faire, ajouta-t-il. La princesse Polybolos m'avait jadis offert une si généreuse hospitalité…

La phrase était d'une froideur étudiée : c'était donc l'hospitalité d'antan qui motivait la sienne et non sa dette à l'égard de la fille qu'il avait quasiment violée et du fils qui en avait été conçu.

— Je veux bien l'accepter, père, dit Alexandre, cédant visiblement à son désir de mieux connaître ce père inconnu. Si ma mère l'accepte aussi.

La bonne grâce du jeune homme désarçonna Sébastien. Danaé montra moins de spontanéité.

— Je m'en voudrais d'abuser de votre hospitalité, laissa-t-elle tomber.

L'occasion s'offrait à Sébastien de dissiper les dernières traces d'hostilité qu'elle avait apportées avec elle.

— Ce n'est pas la seule civilité, princesse Danaé, qui m'inspire. C'est aussi le désir de partager pendant le temps de votre séjour la constellation que nous aurions formée tous les trois si je n'avais jadis cédé à la terreur.

Elle le considéra un long moment.

Quels avaient été ses sentiments pendant ces quatorze années ? Qu'elle avait été assez légère pour s'enamourer d'un homme jeté par le hasard sur les rives de la mer Noire et que les vents avaient aussi vite emporté ailleurs ? Qu'elle était responsable de sa propre déconvenue ? Qu'elle n'avait jamais connu vraiment le père de son fils ? Qu'elle lui devait un enfant remarquable ? Et quels avaient alors été les conseils de la feue princesse, sa tante ? Il les devina : « Peut-être dois-tu t'estimer heureuse de n'avoir pas lié ton destin à celui de cet éternel voyageur. »

Oui, il le pressentait, seule la sagesse orientale de la vieille princesse avait tempéré la colère et le chagrin de sa nièce.

Il se sentit soudain las comme jamais. Quel était ce malin convive qui courait après l'inconnu masqué, chaque fois qu'il s'apprêtait à prendre congé de ses responsabilités et le rappelait à la réalité incompréhensible de la vie ?

Il agita une sonnette.

— Princesse, je vais faire préparer vos appartements et ceux d'Alexandre.

Il se leva. Elle tendit la main. Il s'inclina et la baisa longuement.

— Nous nous verrons au déjeuner, si vous le voulez bien, dit-il.

Alexandre se leva :

— À tout à l'heure, donc, père.

Père. De nouveau ce mot. Sébastien s'avisa que l'axe de rotation de sa vie venait de basculer.

Dans l'escalier, des larmes lui vinrent. Parvenu à l'étage, il dispensa des ordres à tous les vents. Qu'on allât sur-le-champ louer des meubles et du linge pour installer la princesse Mavrocordato et son fils.

Heureusement, les peintures étaient achevées et sèches, les rideaux étaient posés, les fenêtres et les cristaux des lustres rincés à l'eau vinaigrée, les chandelles munies de bobèches, les tapis battus et déroulés au sol. Seuls manquaient des sièges, du linge, des accessoires tels que brocs et pots de chambre, des vases garnis, des bûches dans les cheminées…

À midi, Danaé et Alexandre furent priés dans leurs appartements et des domestiques allèrent chercher leurs bagages chez le comte Banati et porter à ce dernier un mot le remerciant pour son hospitalité et l'informant qu'ils résidaient chez le comte de Saint-Germain.

*

Les tréteaux du souper furent dressés dans la bibliothèque, dont les rayons s'emplissaient déjà de livres et d'objets de curiosité qu'Alexandre détailla attentivement : géodes, cristaux naturels, coquillages, animaux étranges naturalisés, ivoires de la Chine.

Danaé considéra le décor et son regard s'attarda sur une peinture d'un maître italien au cadre ruisselant d'or, incarnant l'Astronomie : une jeune femme drapée de bleu, la main posée sur un globe céleste et levant le visage vers un ciel étoilé. Puis elle examina les plats et les couverts d'argent, ainsi que le grand flambeau à huit bras au milieu de la table, dressant les flammes des chandelles bien au-dessus des convives, de façon à ne pas les éblouir.

Mais à l'évidence, Alexandre était ébloui.

— Vous êtes installé comme un prince, dit-elle enfin.

— C'est pour mieux vous accueillir, répondit-il en souriant.

— Permettez-moi d'en douter. Ce matin, vous n'attendiez ni moi ni Alexandre. Avez-vous trouvé une mine d'or ?

Il se mit à rire.

— Peut-être, peut-être, répondit-il.

— Est-elle près d'ici ? demanda Alexandre.

— Cela se peut, répondit Sébastien, trempant ses lèvres dans le vin.

— Je vous ai connu sous le nom de Rennenkampf, je vous retrouve sous celui de Saint-Germain, reprit Danaé. Lequel est le vrai ?

— Ni l'un ni l'autre, peut-être.

— Je peux concevoir que vous cultiviez le mystère à l'égard d'étrangers, observa-t-elle, mais vous vous trouvez ici avec la mère de votre fils et ce dernier lui-même. Ne croyez-vous pas que nous méritions plus de confiance ?

— Ma confiance vous est acquise à vous deux, princesse, et même avec plus de tendresse que je n'en ai témoigné à personne. Mais je n'ai connu Alexandre qu'il y a quelques heures et je ne vous ai pas revue depuis quatorze ans. J'ignore donc quels sont vos sentiments à mon égard. Vous me l'avez annoncé d'emblée, la raison de votre visite n'était que la curiosité d'Alexandre. Vous avez généreusement tu vos reproches, mais ils n'étaient que trop évidents. Or, quels que soient mes torts à votre égard, croyez-vous que ce soit là un contexte favorable à la révélation que vous me demandez ?

Un silence suivit cette défense.

Les domestiques vinrent desservir et présentèrent un dessert glacé à l'orange.

— J'entends ce que vous dites, reprit enfin Danaé. Il faut que vous sachiez que ces quelques heures dont vous parlez ont changé mes dispositions et, je crois le savoir mais il s'en expliquera lui-même, celles d'Alexandre.

Elle posa son regard sur Sébastien.

— C'est vrai, je ne suis venue que sur ses instances. Elles étaient légitimes. Mais songez à ce que peuvent être les sentiments d'une femme qui, jeune fille, s'est éprise d'un homme auquel elle semblait pourtant indifférente et qui ne s'est emparé d'elle qu'une heure, assez pour l'engrosser. Ils étaient amers, dit-elle en goûtant la première cuillerée de dessert.

Sébastien revécut ces moments de folie dans les jardins de la princesse, là-bas à Constantza. Il s'était comporté comme un renard qui vole une poule et l'égorge.

— Nous étions sans sagesse. J'ignorais évidemment cette terreur dont vous disiez qu'elle vous hantait et que vous cachiez si adroitement sous vos airs dégagés. Je me suis approchée de votre flamme et, bien que l'image soit infidèle, je me suis brûlée. Ma consolation a été cet enfant. Le prince a été assez généreux pour ne pas tenir rigueur de mon imprudence. Il m'a épousée deux ans plus tard. Pour respecter les convenances du Phanar, Alexandre a été présenté comme son petit-neveu, fils d'une sœur de la princesse morte à l'étranger. Comme le mari de ma tante était le dernier des Polybolos, la princesse a fait en sorte que le nom et le titre lui soient transmis, afin de ne pas s'éteindre. Faites-moi servir du vin, je vous prie.

Sébastien fut frappé : la situation d'Alexandre n'était donc pas beaucoup plus légitime que la sienne.

— Je vous ai posé la question de votre véritable nom, dit Danaé, parce que je trouverais juste qu'un jour Alexandre le portât.

Sébastien hocha la tête. Lequel ? songea-t-il.

— Et vous disiez que vos dispositions avaient changé depuis quelques heures ? reprit-il.

— Quand je vous ai vus l'un en face de l'autre, votre ressemblance m'a saisie. Vous êtes faits l'un pour l'autre. Ma rancœur serait indigne de lui. On ne crache pas sur un arbre.

— Vous m'avez donc pardonné.

— Ce n'est pas vraiment le mot, répliqua-t-elle rêveusement. Non. J'ai fait comme l'oiseau qui vole au-dessus des remous.

Un autre silence survola aussi les paroles.

Le valet vint proposer du café. Les trois convives en voulurent ; la soirée s'annonçait longue.

Sébastien tourna son regard vers Alexandre et celui-ci sourit.

— Mon propos est beaucoup plus simple, père. Si je ne vous encombre pas, je souhaiterais rester près de vous.

Les yeux de Sébastien s'embuèrent soudain. Il ne put se contenir plus longtemps. Il se prit le visage dans les mains et sanglota. C'était ce qu'il eût voulu dire jadis à un père consumé sur un bûcher.

— Père ! s'écria Alexandre, alarmé.

Il se leva et alla vers Sébastien. Celui-ci le serra dans ses bras.

— Père, je vous ai contrarié ?

Les mains du jeune homme étreignirent les épaules de son père. Sébastien secoua la tête et caressa celle d'Alexandre.

Jamais le garçon travesti qui avait fui le palais du vice-roi à Mexico n'avait imaginé vivre pareils instants.

Il tira le mouchoir de sa poche, se tamponna les yeux, se moucha et regarda le vide devant lui. Le vide n'était plus vide.

Danaé le regardait, bouleversée.

Il s'éclaircit la voix et commanda qu'on servît le café dans le salon de musique.

28

Un mémorable après-souper

L'arrivée d'Alexandre dans sa maison fouetta en Sébastien une ardeur qui avait jusque-là subi plus d'une défaillance.

Il était riche et n'avait guère de besoins qu'il ne pût satisfaire. Le stipende que lui faisait verser de Moscou le vice-chancelier Bestouchev-Ryoumine n'était qu'une modeste contribution à son train.

Le service d'une puissance inconnue, la Russie, gouvernée par une femme dont il ignorait presque tout, avait d'abord flatté son goût du pouvoir, mais lui avait ensuite révélé une servitude insoupçonnée : ces gens voulaient savoir son nom, l'origine de sa fortune, les raisons pour lesquelles il n'était pas marié… Quelle que fût la sollicitude courtoise de Banati et son influence dans son épanouissement en tant que personnage social, il avait retiré de ses années d'exercice le sentiment qu'il n'était qu'un pion dans une machinerie formidable. Il n'exerçait ainsi aucune influence sur les changements de politique de Bestouchev-Ryoumine.

Il ne s'était prêté au dernier jeu proposé par Banati, flatter les séductions de la France auprès des Autrichiens, que parce que Vienne le séduisait lui-même, et aussi par prudence : s'il lui avait soudain fait défaut, il se serait rendu suspect d'être passé au service d'une autre puissance.

La présence d'Alexandre renforça son aspiration à un pouvoir personnel.

Danaé était repartie pour Istamboul un mois après avoir amené son fils. Leurs adieux avaient été presque tendres :

— Je sais que je ne pourrais le laisser dans de meilleures mains au monde, avait-elle dit. Mon regret est que le temps ait contrarié notre union à nous deux. Mais je ne sais si je me serais longtemps accommodée de vos mystères.

Elle l'avait embrassé sur la joue, lui laissant un vertige.

Il avait soudain pris conscience qu'on ne peut toujours vivre pour soi seul.

*

Cinq précepteurs furent engagés dans les huit jours : un professeur de grec et de latin, un d'italien, un autre de français, un de sciences naturelles et un de philosophie.

Alexandre fut inscrit au meilleur cercle d'escrime de la ville, au gymnase et à l'Académie équestre espagnole.

Le fils n'avait plus que le souper pour voir son père. Mais c'était tous les soirs, même quand Sébastien donnait de grandes réceptions au palais Saint-Germain. Et parfois, s'éveillant soudain la nuit, le père songeait au fils et ne parvenait à retrouver le sommeil que s'il allait, à pas de loup, vers la chambre de celui-ci, afin de le regarder dormir.

Le père comblait le fils de tous les dons qu'il n'avait pas reçus, vieille histoire. Mais aussi, il trouvait en lui la raison d'être qui avait commencé à défaillir jusqu'à son apparition. Ses ambitions florissaient avec ses projets.

— Vous comblez même les désirs que je n'avais pas, confia un soir Alexandre. Sauf un.

— Lequel ?

— Que ma mère ne partage pas notre vie. Ne protestez pas. Je sais comment le destin a brisé cet anneau. Je veux savoir si vous le regrettez ?

— Maintenant que je vous connais, oui. Je n'imaginais pas le sentiment que vous éveilleriez en moi. J'aurais voulu vous avoir porté dans les bras, avoir assisté à votre croissance. Et le soutien que j'aurais offert à votre mère m'aurait été aussi précieux que celui qu'elle m'aurait donné.

Alexandre dardait sur son père un regard interrogateur.

— Car, ne l'ignorez plus, reprit ce dernier, si tant est que vous l'ayez ignoré, ce qu'on donne le plus chaleureusement, c'est à soi qu'on le donne. Mais tempérez vos regrets, car votre mère m'a dit en partant qu'elle ignorait si elle aurait supporté ce qu'elle appelle mon mystère.

Alexandre demeura songeur un moment.

— Je me demande parfois si vous le supportez vous-même.

La réflexion surprit Sébastien ; il avait donc oublié l'acuité de la jeunesse.

— Et vous n'éprouvez pas le besoin d'une compagne ? demanda le jeune homme.

— Si je l'éprouve, je me console en songeant que je ne connais pas de femme qui ne me répondrait comme votre mère.

— Le soin de votre mystère est donc plus grand que l'amour ?

Question cruelle, une fois de plus, comme la jeunesse.

— Ce qu'on appelle mystère, Alexandre, est ma vie. S'il se dissipe, je suis détruit. Je vous l'expliquerai un jour.

Mais à la suite de ces échanges, Sébastien se reprocha de témoigner à son fils moins de confiance qu'à Solomon Bridgeman.

*

Pour réaliser l'une de ses ambitions, Sébastien projeta un spectacle qui ne dirait pas son nom. Ce serait un grand souper. L'événement marquerait son accession à un personnage bien plus apte à capter l'attention, non seulement de l'élite de Vienne mais encore des cours voisines, par les ministres et les ambassadeurs qui en répercuteraient les échos.

Il y songeait depuis longtemps, il mit trois semaines à l'organiser. Il y invita le prince Ferdinand von Lobkowitz, le prince Ferdinand von Hohenberg, le prince Maximilien von Windischgraetz évidemment, puisque ce dernier lui avait cédé l'usage du palais à des conditions avantageuses, les ministres de Russie, d'Angleterre, de Hollande et de Prusse, l'envoyé extraordinaire du roi Louis XV, le maréchal de Belle-Isle, que le prince de Lobkowitz avait présenté à Sébastien, ainsi que le ministre ordinaire de

France, la comtesse douairière Luisa von Hildebrandt, dont on disait qu'elle avait l'oreille de la cour…

Le 11 mars 1746, vingt-six convives au total, les sexes rigoureusement partagés, s'assirent devant les tréteaux de la grande salle de bal, somptueusement rafraîchie, étincelant de ces éclats dont Vienne raffolait comme les autres villes, vermeil, argent, cristaux, avec quinze serviteurs, un pour deux convives, plus le majordome et le sommelier.

À la surprise de son maître-queux et des deux marmitons, Sébastien avait fait maintes incursions à la cuisine, pour surveiller la confection des plats. Pour un peu, il eût saisi le tranchoir, la fourche et la planche à découper. En tout cas, il tâta de tout.

Dès le premier service, les convives furent éblouis par les quatre bouillons couverts en argent, au couvercle sommé d'une pierre précieuse différente pour chacun, opale de feu, aigue-marine, topaze et racine d'émeraude, en oubliant même le contenu, un consommé de volaille aux carottes.

Le chaud-froid de truite à la crème de céleri les combla d'autant plus que maints invités n'avaient plus toutes leurs dents.

Les treize perdrix dressées ne leur valurent pas de grandes alarmes car elles étaient fort moelleuses.

La salade d'œufs durs et de pommes de terre macérées aux truffes les affola : plusieurs de ces Excellences n'avaient jamais tâté de la truffe.

Le ragoût de veau mitonné au tokay arracha des cris de surprise, en raison de sa saveur rustique.

— Un petit repas paysan, expliqua Sébastien, d'un air farceur.

Le prince von Lobkowitz éclata de rire. Le ministre de France, le maréchal de Belle-Isle, aussi. Les dernières mines compassées se détendirent.

Les vins étaient d'une variété à l'avenant : champagne avec le consommé et la truite, vin du Bordelais pour la perdrix et la salade aux truffes, tokay pour le ragoût de veau, et de nouveau champagne pour les desserts, sorbet à l'essence de rose, compote d'abricots aux clous de girofle, biscuit au café flambé au schnaps.

— Si les paysans de ce pays soupent ainsi, déclara le ministre de Prusse, je veux bien acheter une charrue demain.

Nouveaux rires.

Alexandre, assis entre la comtesse von Hildebrandt et l'épouse du ministre de Russie, la comtesse Tchebychev, ne perdait pas une miette du spectacle. À l'ordinaire, il soupait avec son père d'un potage, voire d'une soupe et d'une omelette ou d'une aile de poulet et d'une salade. Il commençait à connaître Sébastien : ce festin n'était qu'une mise en bouche. Quelle serait la suite de ces divertissements ? De quel diable d'homme était-il donc le fils ?

Quand la comtesse von Hildebrandt lui déclara :

— J'apprends que vous êtes l'hôte de ce palais. C'est un grand privilège à en juger par cette soirée.

… il entra spontanément dans le jeu de son père :

— Feu mon père et le comte étaient grands amis. C'est par fidélité à sa mémoire que le comte veille à mes études.

— Soupez-vous tous les soirs aussi fastueusement ? demanda alors la comtesse Tchebychev.

— Mon Dieu non, nous n'avons pas tous les soirs aussi brillante compagnie, répondit-il avec un sourire.

Les desserts étaient achevés, le café bu, les conversations se poursuivaient sans le cliquetis des couverts. Le comte de Saint-Germain se leva. Un silence se fit.

— Excellences, mesdames, messieurs, je requiers votre attention un moment, dit-il. Je voudrais vous faire une petite démonstration, non de mes talents, mais des lois qui gouvernent ce monde.

Il posa deux bâtons bruns sur la table et tira de sa poche un chiffon gris. Puis il posa une feuille de papier à côté.

Il frotta énergiquement les deux bâtons avec le chiffon et les glissa sous la feuille de papier.

Elle s'envola, comme dotée d'une vie autonome.

Un murmure de stupéfaction s'éleva de l'assistance.

Il tendit les bras et poursuivit le papier, qui palpita entre les chandeliers et atterrit au milieu de la table. Le prince von Lobkowitz le saisit avant qu'il s'enflammât et l'examina.

— Mais c'est de la magie ! s'écria la comtesse von Hildebrandt.

Le ministre de Hollande fit des yeux ronds.

Le comte de Saint-Germain jeta ensuite sur la nappe devant lui une poudre blanche et fine, qui voltigea un instant dans l'air. Il tendit les deux bâtons et un mouvement aérien se fit dans la poudre, qui alla se plaquer sur les bâtons.

Autre murmure.

— Ce que vous venez de voir n'est autre que des manifestations des pouvoirs de ce monde que nous ne connaissons pas assez, dit-il. Celui des forces de sympathie et d'antipathie.

Alexandre ne connaissait pas les phénomènes décrits ; sa main se crispa sur la nappe.

— Nous sommes tous assujettis à ces forces, poursuivit Sébastien. Nous rejetons certaines personnes et sommes attirés par d'autres, sans discerner clairement pourquoi. Parfois, nous donnons à ces forces le nom d'amour et parfois celui de mépris, sans prendre garde que ceux que nous méprisons sont aimés d'autres et ceux que nous aimons, méprisés. Car ceux qui ne veulent pas connaître la nature de ces forces se condamnent à n'être que les jouets de ce qu'on appelle le destin.

Il vérifia d'un regard les dispositions de son auditoire. Il était figé, tous les regards tournés vers lui.

— Certaines des forces de ce monde, reprit Sébastien, ne commandent que des individus, d'autres commandent des peuples entiers. Certaines exercent une influence bénéfique, d'autres sont effrayantes de violence. Comme exemple des premières, je citerai celle qui veut que la Terre tourne autour du Soleil et jouisse de sa chaleur. Comme exemple des autres, celles qui font trembler le sol et provoquent l'éruption des volcans, capables d'ensevelir une ville entière, telle Pompéi.

Il observa une pause.

— J'ai beaucoup voyagé, des sages de pays lointains, en Orient, m'ont révélé des lois, des secrets, des recettes qui leur ont été transmis depuis des générations, pour le bénéfice de ceux qui possédaient assez de patience pour les étudier.

Personne ne broncha : la solennité du ton contrastait soudain avec la légèreté des propos de tout à l'heure.

— Nous résignerons-nous à l'ignorance ? s'écria-t-il.

Sa voix résonna sous les lambris.

— Nous représentons ici la fleur de grandes nations. Est-il possible que nous laissions de tels trésors sommeiller pour le seul bénéfice de ceux qui sont résolus à ne pas les exploiter ? Mon sentiment est que le pouvoir qui n'est pas utilisé à bon escient peut être aussi néfaste que celui qui l'est à mauvais escient.

Le ministre de France, le maréchal de Belle-Isle, s'agita sur son siège. Le ministre d'Angleterre but une gorgée qui demeurait au fond de son verre. Le ministre de Prusse fronçait énigmatiquement les sourcils.

— Car je ne vous ai montré ici que des exemples infimes de l'immense savoir accumulé depuis des millénaires par les esprits éclairés de ce monde. Ceux que j'appellerais les Grands Veilleurs, ceux qui veillent à ce que les lampes ne s'éteignent jamais dans les hypogées du savoir. Il en est d'autres, de merveilleux, de terribles. Mon hospitalité aurait été incomplète si je n'avais évoqué ces mystères pour vous ce soir. Je crois qu'une responsabilité s'impose aux esprits éclairés et puissants de ce monde : c'est de saisir le flambeau qui leur est tenu et de répandre sa lumière.

Il se rassit.

Après un silence, le maréchal de Belle-Isle leva son verre et lui déclara :

— Monsieur le comte, je vous remercie.

Il vida son verre. Le prince von Lobkowitz hocha la tête, se tourna vers lui et dit :

— Je ne crois pas que je me tromperais, maréchal, si je disais que vous avez parlé pour nous.

Un brouhaha d'approbation jaillit des convives. Ils levèrent tous leurs verres à la santé de leur hôte.

Deux regards en particulier convergeaient sur Sébastien : ceux des ministres de Russie et de Prusse. Il feignit de ne pas s'en apercevoir et garda un visage souriant. On servit du café et du chocolat.

Puis il se leva et les convives se dispersèrent, les uns dans la bibliothèque, les autres dans le salon de musique attenant, où deux violons et un claveciniste jouaient un air ancien. Le comte de Saint-Germain ne jouerait pas ce soir. Les conversations se ranimèrent. Oui, il y avait bien des prodiges dans ce monde dont seuls les esprits vigilants s'avisaient. Oui, le comte de Saint-Germain avait raison de l'évoquer. Il semblait d'ailleurs instruit de ces mystères. Chacun se réjouissait d'avoir à rapporter le lendemain une soirée extraordinaire.

Un verre de tokay en main, le ministre d'Angleterre, Robert Clive, baron de Plassey, s'approcha de Sébastien à un moment où celui-ci se retrouva seul.

— Permettez-moi, comte, de vous remercier à mon tour pour l'un des discours les plus remarquables que j'aie jamais entendus, sans parler de ce magnifique souper.

Sébastien enregistra le compliment et s'inclina.

— Peut-être me permettrez-vous de vous poser une question : nous sommes dans un petit monde et je me demandais pourquoi la France ne récompensait pas un esprit tel que le vôtre par une charge digne de lui ?

— Il y a longtemps que j'ai quitté la France, monsieur le ministre. Peut-être m'a-t-elle oublié, répondit Sébastien avec un sourire.

— Bien d'autres pays seraient flattés d'y pourvoir, savez-vous ?

— C'est moi que vous flattez, monsieur le ministre.

Et il ajouta, en anglais :

— *Is it of your own country that you're thinking of, may I ask in turn ?*

Plassey ouvrit de grands yeux.

— Et vous parlez notre langue, grand ciel ! s'écria-t-il en riant.

— J'en parle plusieurs autres. Je m'en estime heureux. Car je crois l'avoir dit, la communauté des Veilleurs ne connaît pas de frontières.

Ils furent alors interrompus par deux dames qui vinrent entretenir le maître de céans. La conversation s'arrêta là. Mais Sébastien fut certain qu'un rapport du baron Plassey serait adressé à Londres dans les jours suivants.

Il trouva piquant que l'Angleterre lui eût proposé d'acheter ses services. Il en parlerait à Banati.

29

Les huit préceptes de la Société des Amis

Comme il l'avait prévu, le souper chez le comte de Saint-Germain fit l'objet des conversations dans les milieux aristocratiques de Vienne pendant plusieurs semaines.

Les conséquences en furent multiples.

Deux jours plus tard, Sébastien reçut un billet du ministre de France, le maréchal de Belle-Isle, le conviant à déjeuner, à la résidence du ministre ordinaire.

Belle-Isle, le petit-fils de l'illustre Fouquet, surintendant des Finances de Louis XIV, était un petit homme floride et vif, exhalant l'autorité et l'esprit de tous ses pores. Le ministre en place, Franqueville, qui assistait au repas, lui témoignait une déférence sans défaut.

— Monsieur le comte, déclara Belle-Isle, j'ai été profondément frappé par la lucidité de vos propos l'autre soir. Je vous ai exprimé mon admiration. Je vous la redis. Laissez-moi, cependant, vous demander si votre suggestion a quelque rapport avec la franc-maçonnerie.

De nouveau cette question.

— Non, monsieur, je ne suis pas maçon mais ne porte aucune hostilité à ceux qui le sont.

Belle-Isle parut humer l'air quelques instants avant de reprendre :

— Nous sommes en pays catholique, savez-vous, et l'empereur François et son épouse Marie-Thérèse professent une grande fidélité au pape. Or, l'aversion de celui-ci pour les francs-maçons est notoire.

— Votre discours de l'autre soir ne manquera pas d'atteindre la cour, notamment par la comtesse von Hildebrandt, ajouta Franqueville. On ne manquera pas, à Vienne, de se demander si vous ne seriez pas animé par l'esprit libertin qui triomphe à Paris. Cela ne vous serait pas favorable.

— Telle est la raison, conclut Belle-Isle, pour laquelle je m'enquérais sur votre appartenance aux maçons.

— J'étais informé de l'aversion de la cour pour la maçonnerie, dit Saint-Germain. Vous ai-je donné l'impression que j'adhérais à celle-ci ?

— Non, répondit Belle-Isle. Sauf quand vous avez parlé d'esprits éclairés. C'est une notion anathème pour les dévots. Ils estiment détenir le privilège de la lumière !

Et il éclata de rire.

Un poisson de rivière au coulis d'écrevisses suivit la salade de bœuf. Saint-Germain observa par-devers lui que le cuisinier ignorait comment effacer le goût souvent fangeux des poissons de rivière : en ajoutant un filet de vinaigre blanc au début de la cuisson.

— Voyez-vous, monsieur le comte, reprit Belle-Isle, il se trouve que le ministre et moi-même sommes fort heureux de vous voir à Vienne.

Sébastien dressa l'oreille.

— Je vous remercie du compliment, répondit-il.

— Il est intéressé, reprit Belle-Isle sur un petit rire. La mission dont je suis chargé, je vous le dis à mi-voix, vise à inciter l'impératrice et son époux à un esprit de paix. Depuis 1740, l'Autriche mène des guerres incessantes, qui l'affaiblissent et au cours desquelles elle a déjà perdu bien des territoires, dont la Silésie, cédée à la Prusse. Sa tentative d'occupation de la Bavière a été un échec.

— Vous vous êtes cependant battu contre ses troupes et ses alliés, observa Sébastien.

— Certes, admit le maréchal. Depuis son accession au trône, l'impératrice s'est comportée comme une femme obsédée par ses ennemis au point d'en perdre le sang-froid. Il est vrai que son pays a vécu dans la hantise des Turcs. Ceux-ci calmés, elle a vu surgir l'ombre de Frédéric de Prusse comme celle de la bête du Gévaudan. Là-dessus, l'affaire de la Bavière l'a exaspérée[1]. Elle a cru pouvoir s'en emparer. C'était défier le bon sens. Certains

1. Au cours de l'hiver 1741-1742, l'Électeur de Bavière prit le titre d'archiduc d'Autriche, puis de roi de Bohême et, le 21 janvier 1742, fort de l'appui tacite des autres États allemands ainsi que de l'Angleterre, il se fit couronner empereur à Prague, sous le nom de Charles VII, revendiquant ainsi le trône des Habsbourg. Ce fut le point de départ de la guerre de Succession d'Autriche. L'impératrice Marie-Thérèse s'alarma et les armées autrichiennes envahirent la Bavière ; Munich, capitale de l'Électeur, tomba le jour même de son couronnement. La mort de Charles VII, le 29 décembre 1744, mit fin aux menaces qui pesaient sur le trône des Habsbourg, son successeur ayant renoncé à toute prétention impériale.

de ses ennemis sont réels, d'autres pas. Elle s'est donc lancée dans des entreprises militaires inutiles.

Il s'interrompit pour juger de l'effet de son exposé. Sébastien écoutait attentivement, conscient que son interlocuteur était l'une des gloires militaires de l'heure. Une fois satisfait, Belle-Isle reprit :

— La Silésie revient de fait à Frédéric comme les Flandres reviennent à la France[1], reprit Belle-Isle. On ne peut régner sur des territoires trop éloignés du centre du pouvoir. L'impératrice a dû le comprendre, à présent. L'affaire du trône impérial est maintenant réglée. Or, le roi Louis considère qu'en dépit des batailles où j'ai combattu contre elle et son futur époux Charles de Lorraine, l'Autriche est une alliée naturelle de la France. Le roi a même persuadé l'empereur de Russie de soutenir l'Autriche contre les menées conquérantes de Frédéric II, le roi de Prusse. Vous avez suscité un élan d'intérêt pour la France et d'autant plus que vous n'avez pas de visées politiques, ou du moins, ne semblez pas en avoir.

Sébastien s'avisa à ce moment de l'exactitude des informations et des calculs de Banati. Puis un déclic se fit dans son esprit : il était donc considéré comme l'agent objectif de la France, alors qu'il était l'agent officieux de la Russie. C'était inattendu. Mais le maréchal savait-il que son interlocuteur était en Autriche en qualité de sujet hollandais ?

— Un homme aussi brillant que vous, monsieur le comte, enchérit Franqueville, est un atout pour notre rayonnement dans ce pays.

---

1. Les deux régions appartenaient alors aux Habsbourg.

Allaient-ils donc lui proposer d'être l'agent de la France ?

— Laissez-moi vous dire que le faste et la culture de votre souper ne sont pas communs à Vienne, sinon à la cour même, dit Belle-Isle. Pour ne pas parler de votre table ! ajouta-t-il avec un autre petit rire.

— Vous me flattez, répondit Sébastien.

— J'ai trouvé piquant que vous ayez invité le ministre de Prusse. Avez-vous remarqué qu'il semblait assis sur une brique chaude ? demanda Franqueville. Ne doutez pas qu'il adresse à Berlin un rapport sur votre soirée. Les Prussiens seraient fort en peine de se prévaloir d'un envoyé tel que vous. Quand ils ont mangé leur saucisse, leur gruau et leur pain noir, avec une chope de bière, tout est dit !

— Votre discours sur la fraternité des grands esprits était prémonitoire, déclara Belle-Isle[1].

Prémonitoire ? Comme son interlocuteur paraissait perplexe, le maréchal expliqua :

— Je suis, en effet, convaincu que seule une alliance des esprits éclairés peut sauvegarder la grandeur des États. La fortune des armes est trop capricieuse et je me crois bien placé pour le dire. Un mauvais hiver, un ravitaillement interrompu, le malaise d'un chef peuvent renverser l'issue d'une bataille[2].

---

1. La faveur témoignée par Belle-Isle à Saint-Germain est établie : ce fut ce maréchal qui fit venir ce dernier à Paris et l'introduisit à la cour de Louis XV.

2. La soudaine indisposition de Louis XV à Metz, en 1744, avait ainsi permis à Charles de Lorraine d'échapper aux troupes françaises.

Et quand le déjeuner fut achevé et le café bu, Belle-Isle demanda à Sébastien :

— Vous êtes certainement parent de Claude-Louis[1], notre brillant officier ?

Sébastien se mit sur le qui-vive ; il s'était évidemment informé, à la dérobée, des véritables Saint-Germain de France, mais il craignait toujours une chausse-trappe, préméditée ou accidentelle.

— Lointainement.

— Quand le prince von Lobkowitz a cité votre nom, j'ai cru un moment que c'était de Claude-Louis qu'il parlait, étant donné qu'il a quitté la France…

— Une histoire de duel, paraît-il, dit Sébastien.

— En effet. Comme il s'est ensuite engagé au service de l'Électeur palatin, puis de l'Électeur de Bavière, j'ai cru qu'il avait poussé une pointe sur Vienne.

Voilà, songea Sébastien, un homme qu'il ne souhaitait pas rencontrer de sitôt ; en tout cas pas quand il porterait le nom de Saint-Germain.

— Vous êtes en tout cas bien plus fortuné que lui.

— Je me ferais un devoir de lui être utile s'il avait besoin de moi, dit habilement Sébastien.

Sur quoi il prit congé de ses hôtes, soulagé qu'on ne lui eût pas proposé une mission secrète.

---

1. Claude-Louis, comte de Saint-Germain (1707-1778), futur ministre de la Guerre de Louis XVI, quitta la France à la suite d'un duel et se mit au service de l'Électeur palatin et de l'Électeur de Bavière, puis de Frédéric le Grand et rejoignit enfin le maréchal de Saxe dans la campagne des Flandres.

*

Il en revint à la terre de Joachimsthal. Sa substance n'était pas celle de la pierre philosophale, car le plomb de la boîte restait toujours du plomb. Qu'était-ce alors ? Un minerai exceptionnel, oui, mais encore ? Était-elle magnétique ? Il avait maintes fois tenté de l'établir mais l'aiguille s'affolait, puis se déréglait durablement ; une boussole avait été ainsi abîmée.

Car le magnétisme intriguait Sébastien de plus en plus. L'attirance et la répulsion qui caractérisaient ce phénomène semblaient beaucoup plus aptes que la pierre philosophale à expliquer les lois découvertes par Newton. Il se dit qu'il possédait peut-être une force magnétique exceptionnelle. S'étant procuré le plus célèbre ouvrage sur la question, le *De magnete* de William Gilbert, ancien d'un siècle et demi, il avait été profondément surpris par l'observation de l'auteur : « Le magnétisme imite la vie. » Mais n'était-il pas la vie elle-même ?

Alexandre le possédait-il aussi ? La première fois qu'ils s'étaient serré la main, il n'avait pas cillé.

Il considéra la boîte contenant la terre de Joachimsthal. La dernière fois qu'il l'avait ouverte, il avait posé sur la terre une aiguille d'argent ; il l'avait retrouvée oxydée, sans plus d'aimantation qu'auparavant.

Peut-être Woyzeck avait-il eu raison : le seul usage de ce matériau était sans doute thérapeutique et Sébastien, ayant en mémoire les effets corrosifs de cette terre, referma la boîte en songeant que ce serait pour longtemps.

La seule propriété appréciable qu'il lui connût était de purifier les diamants.

Il évoqua une fois de plus l'argument de Bayrak Pacha : si Newton avait trouvé le moyen de transmuter en or les métaux ordinaires, il serait mort immensément riche. Les doutes de Bridgeman sur les travaux de l'astronome achevèrent de confirmer ce point : la vertu la plus puissante de l'hypothétique pierre philosophale résidait dans sa fascination.

L'athanor qui sommeillait dans la maison de Solomon Bridgeman, à Londres, ne servirait qu'à faire chauffer les esprits.

*

La deuxième conséquence du souper fut une visite du prince Ferdinand von Lobkowitz. Celui-ci avait, d'emblée, témoigné à Sébastien une sympathie généreuse.

— Mon cher ami, déclara-t-il, depuis l'autre soir, je n'ai cessé de penser à la proclamation finale de vos propos : « Je crois qu'une responsabilité s'impose aux esprits éclairés et puissants de ce monde : c'est de saisir le flambeau qui leur est tendu et de répandre sa lumière. »

Il goûta la tasse de chocolat parfumé au girofle qui venait de lui être servi et fit une mine d'appréciation.

— Avez-vous donc un projet en ce sens ?

— Oui, Monseigneur, répondit Sébastien. Je crois que des personnes qui partagent les mêmes affinités peuvent exercer une influence bienfaisante sur le destin des peuples. Et cela même si elles n'appartiennent pas aux mêmes pays. Leur union peut constituer une force supérieure qui atténue, voire efface les conflits. Si je regarde l'histoire de l'Europe depuis quelques décennies, je ne vois que guerres et renversements incessants d'alliances. Les querelles, vous avez pu en juger, Monseigneur, sont toujours passagères, mais même quand elles sont achevées, le sang qu'elles ont fait couler suscite des ressentiments tenaces. Les effets des renversements d'alliances, qui n'en finissent pas, ne sont guère plus favorables à l'harmonie, car ils suscitent des factions. Il n'est pas en ce moment de cour en Europe qui ne soit de la sorte divisée contre elle-même.

Il but une gorgée de chocolat.

— Cela, Monseigneur, s'appelle désordre. Pourquoi les grandes puissances ne pourraient-elles être à l'image des planètes, qui suivent paisiblement leur cours autour du Soleil ?

— Vous avez raison. Cela doit être mis en œuvre, déclara le prince avec force. Avez-vous envisagé les moyens de le faire ?

— Cela n'est possible que si tous les membres d'une telle association acceptaient de souscrire aux grands principes qui les guideront. Car sans accord, Monseigneur, nous n'obtiendrons ni l'unité ni l'harmonie.

— Quels principes ?

— Le premier est le respect de la puissance supérieure qui gouverne l'univers. Celle qui résout les contraires et transmute la vile argile en or et en essence de la vie.

Lobkowitz réfléchit et dit :

— N'objectera-t-on pas que la religion chrétienne y suffit ?

Sébastien secoua la tête :

— Les vertus chrétiennes ne suffisent pas, nous en sommes tous témoins, à garantir la paix. N'a-t-on pas vu des gens éminents tels que vous-même et le maréchal de Belle-Isle s'affronter sur le champ de bataille avant de souper ensemble, comme chez moi l'autre soir ? Ce sont de pareils désordres qu'il faut prévenir.

— Vous ne faites pas confiance à la clairvoyance des rois ?

— Elle n'est pas assurée, Monseigneur. L'exemple de Charles VII de Bavière le montre assez. L'ambition l'a poussé à revendiquer un trône qui ne lui revenait pas et que sa Maison aurait eu de la peine à conserver. Trois ans plus tard, il est mort, comme un glouton qui succombe à une indigestion.

Lobkowitz se mit à rire.

— Monsieur le comte, je rends hommage à votre lucidité. Tout est exactement comme vous le dites. Oui, Charles VII a été glouton.

Au bout d'un moment, il reprit :

— Les monarques seront-ils acceptés dans la confrérie que vous décrivez ?

La tête penchée, Sébastien parut chercher ses mots ; puis il leva les yeux vers son visiteur :

— S'ils ont l'humilité de ne pas en contester les principes, leur présence est même souhaitée. Mais pareille humilité est rare chez les têtes couronnées.

Lobkowitz sourit.

— La conviction des rois, reprit Sébastien, est que l'univers doit contribuer à leur gloire et non l'inverse. Je crains que, si l'impératrice et Frédéric de Prusse entraient dans une telle société, ils demanderaient à en changer les principes dès qu'ils en auraient pris connaissance. C'en serait fait sur-le-champ de nos efforts.

Le prince, pensif, se versa du chocolat :

— Il faut donc que cette confrérie soit secrète.

— Tant que le secret n'exhale pas une odeur de clandestinité criminelle ou séditieuse, observa Sébastien. La discrétion attire l'intérêt, mais aussi le secret, la méfiance.

— Exact, admit Lobkowitz.

Et au bout d'un temps :

— Rédigerez-vous ces statuts ?

— S'il vous plaît, Monseigneur.

✱

Trois jours plus tard, une invitation à souper du prince von Hohenberg fut la troisième conséquence du souper. Informé par le maréchal de Lobkowitz de la conversation que ce dernier avait eue avec Saint-Germain, il se montrait impatient de voir constituée ce que ce dernier appelait la Société des Amis.

Douze conséquences de ce genre suivirent. Une semaine plus tard, une Société des Amis avait été, en effet, constituée, sans le moindre statut ni document écrit pour en asseoir l'existence, sinon la déclaration de principes rédigée par Sébastien.

L'Intelligence qui gouverne le monde est incomparablement plus profonde que celle du sage le plus réfléchi.

Ses lois sont l'Ordre et l'Harmonie par la résolution des contraires. Il est du devoir des esprits supérieurs d'en garder toujours conscience.

Les esprits élevés s'efforcent d'agir selon l'inspiration de l'Esprit indicible, c'est-à-dire selon ceux de ses desseins qui transparaissent dans ce monde et non selon leurs passions car celles-ci sont fugaces et contraires à l'harmonie.

Un esprit éclairé sait que la seule Force durable est fondée sur l'Harmonie et qu'une force sans amour n'est que violence vulnérable et, en fin de compte, faiblesse.

Toute chose de ce monde appartient à l'un des Quatre Règnes, l'Eau, le Feu, l'Air et la Terre. Seul l'être humain combine les quatre et, s'il n'est pas régi par l'esprit d'harmonie, il est voué au désordre, par lequel il succombera.

Nulle chose vivante ne peut s'abstraire des lois de la Grande Intelligence, ni des grands cycles de la nature, et sa méconnaissance de ces rythmes suprêmes ou sa rébellion contre eux ne peuvent que le vouer également au désordre.

Le propre d'un esprit inférieur est de flatter les passions, celui d'un esprit supérieur, de les transmuter en énergie divine.

La fraternité des esprits supérieurs est pareille à l'harmonie des planètes. Quand elle est bien accordée, elle régit le monde.

Les secrets de la nature ne doivent pas être divulgués car s'ils tombaient au pouvoir d'esprits inférieurs, ils serviraient alors à des buts infâmes.

✶

Au cours d'une séance exclusive, qui se tint portes fermées dans la bibliothèque du palais de la Herrengasse, Sébastien en fit la lecture. Les quinze membres – le quinzième étant lui-même – jurèrent de se conformer aux huit préceptes et, s'ils ne pouvaient se réunir, de s'informer mutuellement si l'un d'eux affrontait un problème l'opposant à la nouvelle philosophie de la Société des Amis.

Sébastien en informa Banati.

— Vous avez donc constitué une loge, observa le Sarde.

— Mais nous n'avons pas de rites initiatiques, comme les maçons.

— Tant mieux, cela aurait attiré l'attention de la cour.

*

Un soir à souper, Sébastien en informa aussi Alexandre.

— Vous avez taillé un royaume à votre ressemblance, dit le jeune homme, accompagnant ces mots d'un sourire malin.

— Comment l'entendez-vous ?

— Vous triomphez dans le mystère. De votre naissance à votre fortune, tout est mystère. Même moi j'en suis nimbé. Vous et moi sommes les seuls à Vienne à connaître notre parenté.

Il leva les yeux vers le portrait à l'huile que Sébastien avait fait de lui et qui ornait le plus grand mur de la bibliothèque. Dans la pénombre, le bleu du gilet et les yeux du modèle brillaient encore plus qu'en pleine lumière, prêtant à l'ensemble un aspect inquiétant. C'était l'effet de la terre de Joachimsthal qu'il avait mélangée à l'huile[1].

— Même le personnage de ce portrait est mystérieux, dit-il avec amusement. Cette branche de houx…

Ce fut au tour de Sébastien de sourire. Une branche de cet arbuste se dressait dans un pot, sur une étagère de la bibliothèque ; il l'avait représentée derrière Alexandre, parce que Pline l'Ancien assurait que c'était le remède à tous les maux. Or, Alexandre n'avait-il pas été son remède ?

— Même les sentiments sont obscurcis par ce mystère, poursuivit Alexandre. J'ai acquis la quasi-certitude que je suis le seul être au monde auquel vous portiez de l'affection.

— Cela est possible, à l'exception de Solomon Bridgeman.

— À la manière dont vous m'avez parlé de lui, j'ai l'impression que vous le considérez comme un père.

Sébastien jeta à son fils un long regard admiratif : la finesse d'intuition du jeune homme l'émerveillait. Il regretta de ne pas pouvoir lui raconter sa vie. Mais que dirait le fils d'un père qui avait fui le palais du vice-roi à Mexico, déguisé en femme ? Des sévices qui avaient inspiré le forfait ? Que penserait-il d'un père qui avait assassiné une aubergiste à Mayaimi pour éviter la potence ? Outre que de pareilles confidences seraient, à ses propres

---

1. Ses contemporains s'étonnaient de l'éclat inusité des couleurs de ses toiles. Quand le peintre Carle Van Loo, à Versailles, vit celles-ci, il en demanda le secret à Saint-Germain, qui refusa de le lui révéler.

yeux, suspectes d'un appel à la compassion d'Alexandre, qu'ajouteraient-elles à leur affection réciproque ?

— Il est vrai, dit-il, que dans ma jeunesse Solomon s'est comporté à mon égard comme un père.

— Vous étiez donc en besoin d'un père.

— En effet.

— Le vôtre était donc mort ?

— Oui, répondit Sébastien en ravalant sa salive et en réprimant l'émotion irrésistible de l'image de son père sur le bûcher.

Alexandre acheva son dessert sans mot dire. Puis il leva les yeux sur Sébastien et il alla poser un genou en terre devant lui et lui prit la main.

— Père, ne me le reprochez pas mais je devine que vous tenez dans l'ombre des souvenirs douloureux, peut-être terribles. Je ne vous en aime que davantage.

Sébastien demeura confondu. Il n'avait connu pareille bonté que chez Solomon.

Il ne se la reconnaissait même pas en lui-même.

Quand Alexandre se fut retiré dans ses appartements, il en écrivit à Solomon.

30

Le Grand Échiquier

Belle-Isle avait-il rêvé ? Ou bien le roi Louis XV avait-il changé d'avis ? L'Autriche était-elle toujours considérée comme l'alliée naturelle de la France ? Trois mois après le souper de mars, des nouvelles parvinrent à Vienne selon lesquelles les troupes françaises étaient en action contre le camp autrichien mais cette fois en Italie. En juin, elles se battaient devant Piacenza aux côtés des troupes espagnoles, sous les ordres du général de Maillebois et de l'infant d'Espagne, contre les troupes autrichiennes et sardes.

Sébastien alla confier sa perplexité à Banati.

— Ne vous étonnez pas, répondit ce dernier. Si l'impératrice ne s'était mis en tête de compenser la perte de la Silésie en se taillant une portion de l'Italie du Nord, dont la Ligurie, les Français seraient rentrés chez eux à l'heure qu'il est. Mais eux et les Espagnols ont conclu une alliance secrète avec la République de Gênes et le royaume de Naples, et ils sont maintenant tenus de voler au secours des Génois.

— L'impératrice n'était pas informée de cette alliance ?

Banati sourit avec commisération :

— Je ne sais si son allié, le roi de mon pays, la Sardaigne, l'en a avisée ou non. J'ignore même si ses espions eux-mêmes ont été assez diligents pour découvrir cette alliance.

— Vous en étiez vous-même informé, cependant ? s'étonna Sébastien.

— Nos protecteurs me consentent, Dieu merci, assez de fonds pour que nous soyons convenablement tenus au courant de ce qui se passe dans les chancelleries. Les maîtres d'hôtel et les majordomes, ainsi que les valets de table, sont souvent mieux payés qu'on pense, répondit le Sarde d'un air entendu.

Sébastien se rappela que Banati lui avait enjoint de se séparer de son valet Albrecht, de peur que ce dernier ne fût bavard. Les décisions des grandes puissances dépendaient donc des indiscrétions de domestiques !

— Vous n'avez pas idée du nombre de rapports urgents qui auraient peut-être changé la face du monde et qui n'ont même pas été lus par leurs destinataires ! déclara Banati en haussant les épaules.

— Dont quelques-uns des miens, je suppose ? insinua Sébastien avec un demi-sourire.

— Non, rassurez-vous, moi-même et Zasypkine prenons soin de ne pas négliger une miette d'information. Bref. De toute façon, que l'impératrice ait été informée ou pas, cela n'aurait pas changé grand-chose, reprit Banati. Elle vit dans les sphères du pouvoir et, à ces altitudes, les proportions du monde changent. Pour elle, la République de Gênes et le royaume de Naples sont des objets insignifiants et sans véritable pouvoir. C'est une femme avide. Elle croit qu'elle gobera la Ligurie comme elle avait cru avaler la Bavière.

Sébastien rumina ces commentaires. Donc Marie-Thérèse avait cédé au dépit et, à peine signé le traité de paix avec la Prusse, elle avait été chercher compensation ailleurs. N'avait-elle donc pas de conseillers ? Lobkowitz ? Hohenberg ? Personne ne lui avait donc fait entendre que l'Autriche n'avait rien à faire en Italie ? Il céda lui-même à une sorte de dépit. La Société des Amis n'avait servi à rien. Le sujet n'avait été évoqué à aucune réunion. Et lui-même, à quoi avaient abouti ses efforts ?

— Je suis donc amené à conclure que mon entregent aura été vain, dit-il.

Il but une gorgée de café. Sans doute sa frustration apparaissait-elle sur ses traits, ou bien transparaissait-elle dans son silence, car Banati déclara, tendant une jambe dodue, au mollet gainé de soie :

— Détrompez-vous. Vous avez vu l'intérêt que vous ont porté les convives de votre souper. Dans le fond, Vienne et Paris ne demandent qu'à s'entendre. Les escarmouches de Piacenza sont des fanfaronnades.

Ç'avait été également l'opinion de Belle-Isle.

— Tôt ou tard, reprit Banati, Marie-Thérèse finira par comprendre qu'elle ne peut régner sur l'Italie du Nord. Une dégelée militaire, qui ne saurait tarder, l'en convaincra mieux que tous les discours. Mais elle et le roi de France savent bien que leurs ambassadeurs finiront par s'asseoir à une table et signeront un traité de paix. Il n'y a pas de véritable haine entre les Français et les Autrichiens, comme il en existe entre les Russes et les Polonais ou les Vénitiens et les Ottomans, par exemple. Entre-temps, vous aurez disposé les Viennois à célébrer leurs épousailles avec les Français. Vous n'êtes pas le Tout-Puissant, mais vous avez fait de la bonne ouvrage. Il faut maintenant représenter aux Français et aux Autrichiens que leurs vrais ennemis sont ailleurs.

Une fois de plus, le jugement de Banati recoupait celui de Belle-Isle.

— Quels sont leurs vrais ennemis ?

— Pour la France, c'est l'Angleterre. Pour l'Autriche et incidemment pour la Russie, c'est la Prusse. Ne vous laissez pas fasciner par le petit échiquier européen.

Sébastien suivit des yeux le geste de son hôte. Ce dernier indiquait une grande carte du monde en couleur et encadrée, qui pendait au mur.

— Voilà le grand échiquier, comte, dit-il. Portez votre regard jusqu'aux Amériques et en Asie.

Il se leva et indiqua ces continents. Sébastien considéra ces horizons lointains, piqués d'animaux fabuleux et de petits personnages exotiques, quasiment nus et coiffés de plumes ou vêtus de longues robes et enturbannés.

— C'est là que se trouve le vrai théâtre de la politique, déclara le Sarde.

Il consulta sa montre :

— Si vous n'avez rien de mieux à faire, voulez-vous déjeuner avec moi ? Ma table ne vaut pas la vôtre, j'en suis sûr, et ce ne sera qu'un modeste en-cas. Mais nous pourrons poursuivre utilement cette conversation.

Sébastien accepta et Banati agita sa sonnette, puis donna à son valet l'ordre de dresser une table pour deux.

— Je crois nécessaire, reprit le Sarde quand ils furent assis, de vous brosser un tableau de la situation plus large que celui que vous apercevez d'ici. Vous pourrez ainsi accomplir vos missions sans risque de découragement ou de perplexité.

Le maître d'hôtel fit servir une perdrix farcie froide avec une salade de pommes de terre. C'était bien un en-cas, mais Sébastien le trouva savoureux.

— Je vous parlais d'un grand échiquier, poursuivit Banati : c'est désormais le vaste monde. La France est engagée dans un bras de fer avec l'Angleterre en Amérique du Nord et en Asie. Car l'Angleterre entend arracher à la France le Canada et ses comptoirs aux Indes. Cet été, les Anglais se sont emparés du fort français de Louisbourg, au Canada, et je parierais gros qu'ils ne s'arrêteront pas en si bon chemin. Ils projettent également d'arracher à l'Espagne ses colonies d'Amérique, notamment les Indes occidentales, qu'ils croient aussi faciles à enlever qu'un gâteau à la devanture d'un pâtissier.

Il mâcha consciencieusement une grosse bouchée de perdrix, puis avala un demi-verre de vin et reprit :

— Le vice-chancelier Bestouchev-Ryoumine s'en inquiète. Si l'Angleterre parvenait à ses fins, elle deviendrait la plus grande puissance mondiale. Une alliance avec la Prusse achèverait de réduire l'Europe en sujétion. Fort de cette alliance, Frédéric II pourrait alors croquer ceux des territoires qu'il convoite jusqu'à ce que l'Angleterre considère qu'il devient obèse, car les Anglais n'aiment pas qu'on soit trop puissant. Comme Frédéric nourrit une aversion sans bornes pour l'impératrice, il n'est pas douteux qu'il reprenne ses tentatives de conquête en direction de Vienne. Et cela, la Russie ne peut l'admettre, dit Banati avec force. Comprenez-vous ?

Sébastien hocha la tête. Tout se mettait enfin en place dans son esprit : il comprenait les efforts de la Russie pour favoriser une alliance entre la France et l'Autriche.

— L'impératrice Élisabeth ne veut pas non plus que l'Angleterre acquière trop d'importance en Asie, déclara Banati. Elle y voit les prémices d'un encerclement. N'oubliez pas qu'elle est la fille de Pierre le Grand, le tsar qui a ouvert les fenêtres de la Russie sur le monde. Elle n'entend pas que l'Angleterre les referme.

Sébastien hocha la tête.

— J'avoue que je discerne mal mon utilité sur un aussi vaste échiquier.

Banati prit son temps pour répondre.

— Vos rapports nous seront utiles. Vous possédez un regard aiguisé. Votre personnage social facilite les rencontres, voire les confidences. L'information est une force qu'on n'estimera jamais assez. Que diriez-vous d'aller aux Indes observer la situation ? Et nous dire de quelle façon nous pourrions soutenir les Français ?

Stupéfait, Sébastien roula des yeux. Les entretiens avec Banati étaient toujours une source de surprises.

— Aux Indes ? répéta-t-il.

— Vous vouliez jadis aller en Orient, je crois me souvenir. L'occasion se présente de joindre l'utile à l'agréable.

Sébastien se mit à rire.

— Pourquoi pas, dit-il. Mais quel serait mon itinéraire ? Je ne suis pas trop désireux de retourner chez les Turcs.

— Je ne crois pas que les Turcs aient conservé après tant d'années un souvenir précis du comte Gottlieb von Rennenkampf, répondit Banati. Et vous ne reprendriez pas le même itinéraire, puisque vous passeriez par la Russie. Mais attendons la fin de l'hiver, pour ne pas ajouter aux rigueurs du voyage.

Le déjeuner s'acheva sur le café. Après quelques échanges anodins, Banati demanda à son hôte, en le raccompagnant à la porte :

— Êtes-vous satisfait d'avoir retrouvé votre fils ?

Sébastien fut pris de court. Banati se mit à rire.

— La ressemblance, cher ami ! La ressemblance. Telle est la raison pour laquelle je n'ai pas tardé à donner votre adresse à sa mère.

Sur quoi il s'inclina et tendit la main au comte de Saint-Germain.

Celui-ci se retrouva déconcerté sur la Spittelbergasse. Ce vieux matou sarde le tenait dans ses griffes.

*

L'automne s'avança dans ses ors, comme un long crépuscule. Trois réunions de la Société des Amis se tinrent, l'une chez le prince von Hohenberg, l'autre chez Saint-Germain et la troisième dans une taverne du Prater. À chacune manquèrent trois ou quatre membres, retenus qui par une indisposition, qui par des obligations de la cour ou de famille. Les conclusions de leurs échanges furent qu'un grand traité de paix serait bientôt signé entre les pays qui se faisaient la guerre depuis tant d'années et que l'harmonie régnerait bientôt sur le continent.

L'harmonie ! songea sarcastiquement Sébastien. Se référant aux réflexions de Banati, il voyait que la France et l'Angleterre étaient engagées pour de longues années dans une rivalité sans merci. Et ni les impératrices Marie-Thérèse et Élisabeth, ni Frédéric II ne paraissaient disposés à goûter aux joies tranquilles de la paix, chacun des membres de ce trio infernal guettant les autres, comme des fermiers cherchant l'occasion de voler une vache à son voisin.

La nature humaine, se dit-il. Quand elle n'était pas en quête de nouvelles proies ou de nouveaux plaisirs, elle était à son tour conquise par les givres de la mort.

Mais peut-être un jour la Société des Amis, si elle s'étendait, pourrait-elle brider la bestialité naturelle des humains.

31

« Hic jacet Filius Azoth Mercuriique »

Deux seules vraies distractions occupèrent désormais Sébastien, dans les mois qui le séparaient de son départ pour les Indes d'Orient.

La première était la fréquentation d'un libraire qu'il avait découvert dans une ruelle proche de la Karlsplatz et dont la boutique caverneuse regorgeait de caisses de livres et documents en toutes les langues, que le commerçant avait à peine inventoriés, épaves de dispersions de fonds de confrères ou de bibliothèques dont les héritiers n'avaient cure. L'homme était un veuf taciturne ; la fréquentation de ce client fortuné autant que savant lui rendit sa langue, car elle lui avait aussi valu quelque prospérité.

Préalablement ganté, pour éviter de se souiller les mains dans une poussière parfois séculaire, mêlée d'insectes morts et de crottes de rongeurs, Sébastien acquit chez lui des traités anciens de chimie, de médecine, d'apothicairerie et autres, mais aussi des documents incongrus tels qu'une liasse de rapports de police et une correspondance égrillarde qui l'amusèrent plusieurs soirées.

Cédant sans frein à une fièvre d'achats qui ne lui coûtait que des sommes pour lui dérisoires, Sébastien avait rapporté chez lui des monceaux d'ouvrages qui s'empilaient sur le sol de la bibliothèque, en attendant qu'il les lût, les nettoyât et les rangeât dans les rayons.

Le libraire se plaignit un jour des souris et des rats, qui abîmaient sa marchandise et notamment les reliures. Sébastien se souvint de l'effet de la terre de Joachimsthal sur ces rongeurs. En échange des prix avantageux que le libraire consentait désormais à son meilleur client, il lui apporta un matin une poignée de la terre mystérieuse.

— Mettez-la le soir dans une écuelle ouverte au milieu de votre boutique, conseilla-t-il.

Quand il revint trois jours plus tard, le libraire se jeta quasiment dans ses bras. Pour la première fois, il manifesta de l'émotion.

— Monsieur ! s'écria-t-il, enthousiaste.

Et il courut près de son bureau et revint, portant par la queue trois souris mortes.

Ce spectacle répugnant fit cependant rire Sébastien ; il se représenta le libraire comme un Hercule de comédie tenant les dépouilles de petits lions de Némée par la queue.

— Monsieur, reprit le libraire, vous m'avez sauvé ! Plus une seule de ces maudites bestioles ! J'en ai compté neuf hier matin. Toutes mortes. Les autres ont sans doute fui. Mais qu'est donc ce produit ?

— Il est tout à fait naturel, répondit Sébastien.

Le libraire le regardait avec des yeux d'enfant qui verrait un saint lui apparaître. Puis il pria Sébastien d'accepter en remerciement un gros livre à la reliure pelucheuse.

C'était une somme de botanique médicinale, annotée dans les marges par une main inconnue.

Sébastien accepta le cadeau de bonne grâce, à la condition qu'il en payât la moitié.

Il se trouva peu après que ce premier plaisir intervint dans le second, qui consistait, tous les dimanches, après avoir assisté à la messe basse à Saint-Stéphane, à partir en longue chevauchée avec Alexandre. Cela leur évitait à tous deux des invitations à déjeuner de dévotes élégantes que Sébastien trouvait fastidieuses. Il en connaissait trop le programme : on le supplierait de jouer du violon ou du clavecin pour le café ; ainsi offrirait-il le divertissement pour le prix d'un maigre repas et l'on se flatterait d'avoir goûté de la musique du célèbre comte de Saint-Germain. À la fin, cela le mettait au rang de ces violoneux auxquels on donnait la pièce pour accompagner des saltarelles dans les noces villageoises.

Il avait acheté deux chevaux arabes, tous deux de robe alezane, ayant déjà apprécié, lors de parties de chasse, la fierté et la douceur de ces montures courtes au pied dur. L'hôtel de la Herrengasse ne comportant pas d'écuries, Sébastien loua deux stalles à l'Académie espagnole, dont les valets savaient le mieux comment traiter leurs pensionnaires. Lui et Alexandre partaient vers le Prater et, alternant le trot et le galop, ils descendaient jusqu'à Simmering, ou bien traversaient le Danube et longeaient le Vieux Danube, déjeunaient dans une guinguette de jambon et de fromage arrosés de bière. Puis ils rentraient avant le soir, contents de s'être fouetté le sang. Un des domestiques ramenait ensuite les chevaux à l'écurie.

Lors d'une de ces randonnées, fin octobre, une averse glacée surprit et trempa les deux cavaliers avant qu'ils pussent trouver un abri. Au retour en ville, Alexandre frissonnait et Sébastien s'inquiéta. La nuit, la respiration du jeune cavalier devint difficile et sibilante. En dépit des enveloppements chauds et d'une forte suée, le lundi matin il avait le front brûlant.

Sébastien, pour sa part, n'avait guère dormi, ne cessant de songer qu'Alexandre était la part la plus précieuse de sa vie. L'image de la mort le tarauda : la sienne, celle d'Alexandre, et des deux conjointes. Si Alexandre mourait, il mourrait lui-même, de l'intérieur avant le reste.

Il ne voulait pas mourir. C'était la chose la moins naturelle du monde.

Depuis la fuite du palais du vice-roi, il n'avait jamais éprouvé pareille révolte de tout son être. À trente-six ans, la mort lui apparaissait comme la perte injuste du peu qu'il avait construit par l'énergie et la ruse, comme un prisonnier qui rampe dans un tunnel, sachant qu'au bout la lumière l'attend.

Le médecin, convoqué au chevet du prince Polybolos, diagnostiqua une fluxion et pronostiqua une durée de huit jours, assurait-il, au terme desquels la santé du malade reviendrait peu à peu.

Sébastien s'impatienta et, le médicastre parti, se mit en quête d'un remède plus efficace que ces platitudes. En cherchant le gros manuel de botanique médicinale acquis chez son bouquiniste, il renversa une pile de livres et, à sa surprise, s'avisa qu'un gros tome à deux fermoirs de fer, qui s'était ouvert en tombant, comportait un évidement ;

un objet indiscernable y nichait. Il n'avait pas le temps de s'y intéresser, l'état d'Alexandre lui paraissant plus urgent que des grimoires. Une heure plus tard, ayant trouvé sa recette, ou plutôt ses recettes, il était parti chez l'apothicaire voisin, en était revenu et s'affairait aux cuisines, sous le regard intrigué du cuisinier. Il plongea dans une casserole d'eau bouillante des feuilles de houx, de plantain et d'absinthe pilées ; au bout de dix minutes, il filtra le bouillon à l'aide d'un linge, le versa dans une grande tasse, y ajouta une cuillerée de miel et monta administrer la potion à son fils.

Dans les heures qui suivirent, celui-ci ne cessa de tousser, mais d'une toux grasse qui lui faisait cracher dans le pot de chambre des flots de phlegme verdâtre.

— C'est fatigant, mais ça soulage, murmura le malade. J'ai l'impression de me purifier les poumons.

Sur quoi il s'endormit. Sa respiration se fit moins stertoreuse et plus paisible. Sébastien avait appris de ses lectures médicales que les fièvres atteignaient leur pinacle au midi et au coucher du soleil. À sept heures du soir, il alla donc tâter le front d'Alexandre et le trouva moins chaud que la veille. Il administra au malade une autre tasse de sa potion et la fit suivre d'un bouillon et d'une aile de poulet.

La domesticité était sur les dents. Personne n'avait vu personne prendre autant de soin de la santé d'un hôte. Mais le majordome s'abstenait de commentaires. Banati n'était pas le seul à avoir remarqué la ressemblance entre son maître, le comte de Saint-Germain, et le prince Alexandre Polybolos.

À demi rassuré, Sébastien fit préparer un bain chaud dans la grande baignoire de cuivre qu'il avait fait installer dans son cabinet de toilette, s'y plongea une heure, puis soupa frugalement. L'humeur ainsi rafraîchie, il alla dans la bibliothèque, rebâtit la pile de livres après en avoir tiré le gros tome à secret. L'objet qu'il y avait aperçu était un vieux parchemin, tout jauni et cassé, enroulé et ficelé avec un fil de soie. Il s'assit à son bureau, coupa le fil et déroula le parchemin ; celui-ci contenait une fiole. Était-ce donc un livre de chimie ? Point : l'ouvrage même datait de 1646 et c'était un exemplaire des *Vies des hommes illustres*, de Plutarque. Sébastien s'empara de la fiole, grosse comme un doigt et cachetée à la cire brune ; le verre épais en était comme dépoli par le temps et ne conservait que deux ou trois fragments encore transparents. Elle contenait quelques gouttes d'un liquide rouge rubis, dense, presque huileux.

Il déplia le papier, couvert d'une écriture décolorée, et tenta de la déchiffrer ; il crut deviner du latin. L'encre avait pâli jusqu'à disparaître sur les parties qui avaient été les plus proches de la fiole, ce qui était singulier car c'étaient les parties externes qui eussent dû subir l'érosion du temps. Peinant à sa lecture, il alla chercher un autre flambeau. Quand il revint à son bureau, la fiole lui parut étinceler sous la lumière des chandelles. Un soupçon lui vint. Il écarta les deux flambeaux et se pencha sur la fiole : elle était, en effet, luminescente, comme la terre de Joachimsthal. Possédait-elle les mêmes propriétés ? Par prudence, il alla la déposer sur une étagère de la bibliothèque et se rassit pour reprendre l'étude du billet. Quand il voulut le lisser de la main, le parchemin se cassa.

Les premières lignes en étaient à peu près lisibles :

Hic jacet Filius Azoth Mercuriique. Hic atque jacet maxima vis mundi tal nunquam vedit homo. Cave, tu qui id legis, inferni vel coeli portae rubrata flamma oculi sui aperit.

Il sollicita ses connaissances de latin : « Ici se trouve le fils d'Azoth et de Mercure. Ici aussi se trouve la plus grande force du monde, telle que jamais l'homme ne la vit. Prends garde, toi qui lis ceci, la flamme rouge de ses yeux ouvre soit les portes de l'enfer, soit celles du ciel, selon que… »

L'écriture devenait ensuite si pâle qu'elle en était indéchiffrable. Seules deux ou trois lignes restaient lisibles au bas du billet :

… Sed aureus verus in anima vera vivit dum se ipsam inducam animum facet…

« … Mais l'or véritable vit dans l'âme vraie, pourvu qu'elle fasse l'effort de se prendre en main… »

L'or véritable ? Et que serait donc l'or trompeur ? La fiole était-elle la clé de la transmutation ? Sébastien se pencha sur la signature et demeura confondu : Regiomontanus ! Mais celui qui avait choisi ce surnom, parce qu'il était né à Königsberg, l'astronome, mathématicien et algébriste Johann Müller, était mort deux siècles plus tôt.

La fiole luisait là-bas dans la pénombre.

La formule défiait le sens : Azoth était le nom alchimique du mercure, et *mercurius*, son nom latin. Comment ce liquide rouge pouvait-il être le fils d'un couple de deux identiques ? ou bien Azoth désignait-il un autre mercure ?

Regiomontanus s'intéressait-il aussi à l'alchimie ? Qu'était la *maxima vis mundi* qui avait inspiré cet avertissement terrible à Regiomontanus, à supposer que ce fût bien lui ? Quel était le pouvoir du fils mystérieux d'Azoth et de Mercure ? Comment s'en servait-on ?

Il songea aux soupçons de Bridgeman concernant l'équilibre mental de Newton : le savant avait respiré beaucoup de vapeurs de mercure, qui dérangeaient l'esprit. Puis le parallèle le frappa : Regiomontanus avait, lui aussi, été astronome.

Il leva les yeux vers la fenêtre et s'adossa. Les questions se bousculaient dans sa tête.

À l'évidence, Regiomontanus avait trouvé un secret concernant la transmutation des métaux. Mais la méthode ? La méthode, grand ciel ?

Il se pencha sur les restes du parchemin : rien. Des traces brunies. Il alla prendre un tube de limaille de fer dans son cabinet, en jeta une pincée dans un godet d'esprit-de-vin et, à l'aide d'un pinceau, en badigeonna les caractères évanouis, espérant les voir ressurgir.

L'esprit-de-vin détrempa le parchemin, le rendit pelucheux et acheva de l'abîmer.

Sébastien poussa un soupir de frustration.

Il alla dans la chambre d'Alexandre écouter la respiration du dormeur ; elle semblait plus paisible. Il consulta sa montre : une heure passée du matin. Il alla enfin se coucher.

*

Quand il retourna dans la bibliothèque, le lendemain, les fragments du parchemin semblaient s'être encore plus détériorés. Il les mit dans une boîte et la fiole dans une autre.

Que ne pouvait-on en faire autant de ses pensées !

Il contemplait les débris du palimpseste quand un pas feutré dans la pièce lui fit tourner la tête.

Alexandre. En robe de chambre, la démarche faible, mais souriant, il se dirigea vers son père.

— Je vais mieux, annonça-t-il, posant la main sur le bras de son père. Qu'est cela ? demanda-t-il en pointant le doigt vers le billet ruiné.

— Un secret qui s'enfuit de la matière, répondit Sébastien, rayonnant. Moi aussi je vais mieux, puisque vous vous remettez.

32

Trois kopecks

L'hiver 1746 offrit à ceux qui possédaient assez de hauteur de vue un spectacle aussi consternant que l'avait laissé prévoir le comte Banati.

Les Génois se rebellèrent contre l'occupation autrichienne et en six jours seulement, du 5 au 11 décembre 1746, les mirent proprement à la porte. L'armée de l'impératrice, vexée, prétendit refaire le siège de la ville, mais en vain. Son avant-garde décela des mouvements des troupes françaises, commandées par le maréchal de Belle-Isle, une fois de plus. Banati, décidément informé de près, le rapporta à Sébastien.

Les milieux de la cour exprimèrent publiquement le violent désappointement que leur causait l'arrogance belliqueuse des Génois. Se rebeller contre la protection impériale, en vérité ! Mais en privé, Sébastien put juger qu'ils étaient beaucoup moins emportés. Le prince von Hohenberg, qui se piquait de culture française, s'écria même :

— Qu'allions-nous faire dans cette galère !

Sébastien ne vit pas la fin de ces péripéties, car dès le mois de mars, il prépara son long périple vers les Indes, avec le concours de Banati. Il partirait vers la Galicie, descendrait le Dniestr jusqu'au port ottoman d'Odessa, sur la mer Noire, où l'attendrait un guide turkmène, délégué par Zasypkine ; il gagnerait ensuite, toujours par bateau et en contournant la Crimée, le port de Rostov, sur l'autre rive ; de là, il descendrait le fleuve Monych jusqu'à un troisième port, Kiziyar, celui-là sur la mer Caspienne, et traverserait celle-ci en diagonale jusqu'à Khodorkovsk. Le reste du voyage s'effectuerait par voie de terre.

— Je sais que vous êtes excellent cavalier, nota Banati.

Celui-ci estimait que le voyage durerait près de trois semaines et qu'au terme d'une quatrième, dans les vallées afghanes, Sébastien serait parvenu en Inde.

— Je ne doute pas de votre capacité à vous tirer d'affaire dans un pays inconnu, dit Banati, mais Zasypkine juge préférable d'épargner vos efforts. Il a fait prévenir le prince de Holkar, qui règne sur l'État d'Indore, afin qu'il vous délègue un guide à votre arrivée aux Indes. Ce prince est un ami. C'est à lui et à ceux qu'il vous indiquera que vous confierez vos courriers.

— Mais comment ce prince saura-t-il me reconnaître ?

— Vous arriverez le plus vraisemblablement par Peshawar. Un étranger tel que vous n'y reste pas une heure inaperçu.

Sébastien releva que Zasypkine tenait donc pour acquis qu'il accepterait de se rendre aux Indes ; allié, il était désormais considéré comme étant aux ordres. Mais il dissimula sa contrariété parce que ce voyage le tentait.

Puis il se demanda comment Zasypkine avait prévenu le prince de Holkar et pourquoi ce dernier prendrait tant de soins d'un étranger. Banati devina probablement la question :

— La Russie est frontalière de l'Afghanistan, expliqua-t-il. Bien des commerces transitent par ce pays, l'ancienne Bactriane ; des soieries, des épices douces, des fourrures, de la poudre, de l'ivoire. Ne soyez donc pas surpris de trouver des marchands russes à Peshawar. Par ailleurs, depuis l'effondrement de l'empire musulman des Moghols, les Indes sont morcelées en je ne sais combien de principautés dont les chefs cherchent un protecteur qui ne les dévore pas. Ils n'ont pas d'armées à proprement parler et ils se sont donc adressés à la Russie. Mais celle-ci a pour le moment d'autres chats à fouetter.

Sébastien demeura silencieux un long moment.

— Puis-je emmener avec moi le prince Alexandre ? demanda-t-il enfin.

— Pourquoi pas ? Mais gardez présent à l'esprit que ce voyage sera aventureux et fatigant. C'est à vous de juger si le prince peut le supporter.

Dans les jours qui suivirent, l'hôtel de la Herrengasse fut progressivement fermé, la domesticité congédiée, les chevaux vendus et la banque prévenue d'une longue absence du comte de Saint-Germain. Le coffret de terre de Joachimsthal et quelques objets précieux serrés dans un placard dont Sébastien seul connaissait le secret.

Alexandre ne se tenait plus de joie à l'idée de ce voyage. Et sa joie emplissait Sébastien : il ne se serait pas résolu à laisser son fils seul à Vienne pendant une absence qu'il estimait à au moins un an[1].

*

Pour Sébastien, le voyage commença véritablement quand, ayant mis le pied avec Alexandre sur le quai d'Odessa et attendant qu'on débarquât leurs sacs de voyage, il vit un homme fendre la foule de janissaires sourcilleux et de marchands en caftan, coiffés de bonnets de fourrure aux formes diverses, ronds, pointus, carrés ou tout simplement mous. Cet homme se dirigeait vers lui :

— *Kniaz Sandgermann ?* demanda-t-il en russe, d'une voix courtoise mais sourde.

— Moi-même, répondit Sébastien, se félicitant de sa pratique de cette langue.

Un large sourire éclaira la face énergique et moustachue du jeune homme de vingt-cinq ou vingt-six ans qui lui faisait face, botté de cuir souple et vêtu d'un long manteau brun sombre, dague au flanc. Un bonnet court et cylindrique, orné de passementerie, laissait déborder des mèches raides et rebelles.

---

1. Saint-Germain n'était plus présent à Vienne après 1746, selon Sypesteyn *(op. cit.)*. Selon cet auteur, Saint-Germain se rendit aux Indes en 1755 lors d'un « second voyage ». Mais il ne précise pas la date du premier voyage ; étant donné qu'on ne dispose d'aucune donnée sur les activités de Saint-Germain entre 1746 et 1755, force est de conclure que le premier voyage eut lieu au départ de Vienne au début de l'année 1747.

— Permettez-moi de me présenter, dit-il en s'inclinant : je suis l'envoyé du baron Zasypkine et je m'appelle Ismet Ismetovich Solimanov. Je suis à vos ordres. Je parle russe, turc et turkmène, entre autres langues.

Afin de ne pas attirer l'attention d'oreilles indiscrètes par le nom de Polybolos, Sébastien présenta Alexandre sous le titre de « prince Alexandre de Vauzelles ».

Solimanov héla deux porteurs et leur indiqua les bagages des voyageurs.

— Si vous voulez bien me suivre, dit-il à Sébastien, j'ai réservé des appartements pour vous dans le meilleur caravansérail de la ville. Mais il est à une certaine distance d'ici et, voyez-vous – il montra du geste la ville qui siégeait sur une colline –, la montée risque d'être pénible. Aussi j'ai loué des chevaux. Les bagages suivront sur des mulets.

Sébastien acquiesça et, une heure plus tard, ils étaient rendus. Le maître du caravansérail prêta à peine attention aux voyageurs : on voyait de tout à Odessa. Alexandre s'enchanta du hammam, où les voyageurs se dessalèrent la peau, puis se firent savamment maltraiter par des colosses qui les étrillèrent au crin savonneux. Ils en sortirent frais à souhait pour un souper de pigeons farcis et de ragoût d'aubergines.

— Nous repartirons à l'aube, annonça leur cicérone, qui occupait la pièce voisine de la leur.

À neuf heures le lendemain matin, en effet, ils étaient à bord d'un voilier russe, *La Bénédiction de Taganrog*, et le troisième jour, ils débarquaient à Rostov-sur-le-Don. Solimanov n'était visiblement pas d'humeur à musarder car, sitôt descendus de bateau, il les conduisit vers un quai du fleuve Monych et, là, ils embarquèrent sur une sorte de gigantesque chaland. Quatre autres jours plus tard, arrivés à Kiziyar, ils rembarquèrent, cette fois sur *L'Aile de Saint-André*. Les deux Viennois d'adoption se résignèrent à retrouver les menus de bord, poisson frit, œufs durs, racines bouillies et pain humide. Sur ce navire-ci, cependant, la vodka remplaçait le thé et le café ; mais Sébastien n'en usait que pour aromatiser l'eau du bord.

Cependant, Solimanov conservait une bonne humeur imparable, mangeait d'excellent appétit et il manifesta une joie juvénile quand Sébastien produisit un jeu d'échecs de voyage, dont les pions, munis de minuscules tenons, ne risquaient pas de chavirer car ils s'ajustaient à des trous au centre des cases. Or, le Turkmène était un partenaire digne de Sébastien et il apprit plus d'un coup à Alexandre.

Le voyage s'annonçait donc sous les meilleurs auspices.

Sébastien avait espéré faire bonne chère à Krasnovodsk ; il en fut pour ses frais. Au-delà du port, la ville se réduisait à un campement tatar et turkmène au pied d'une forteresse construite par Pierre le Grand ; quelques rares maisons aux murs percés de meurtrières s'élevaient, si l'on pouvait ainsi dire, dans les parages immédiats de la forteresse et n'inspiraient guère la jalousie. Une soldatesque sourcilleuse patrouillait des espaces qu'avec bienveillance on eût appelés rues.

Les trois hommes soupèrent dans une des maisons, un caravansérail, de ce mouton grillé gras dont l'odeur partageait l'espace odorant de Krasnovodsk avec le parfum non moins entêtant de l'ambre gris. La consternation s'empara d'eux quand ils découvrirent leurs quartiers : c'étaient des chambres délabrées, déjà habitées de souris et de cafards ; la literie consistait en une peau de chameau jetée sur des claies. L'air étant clément, Sébastien et Alexandre préférèrent s'allonger tout habillés sur des bancs de bois dans la cour, sous la garde de Solimanov.

« Je connais le plus grand secret du monde, songea Sébastien, et me voilà somnolent comme un vagabond sur un banc de bois dans un trou perdu. » L'idée le fit rire. Et quand il se rappela qu'il avait jadis tenté d'aller en Orient chercher d'autres secrets, son rire devint sonore et Alexandre dressa la tête pour s'enquérir du motif d'hilarité de son père.

Mais enfin ils s'assoupirent.

— Et maintenant ? demanda Sébastien le lendemain matin, non sans quelque ironie, à Solimanov, désolé, quand ils eurent tous trois déjeuné d'un petit pain noir, rond et plat et d'une tasse de thé également noir, à décaper les forges de Vulcain ; cette dernière boisson servit d'ailleurs de rince-dents matinal.

Sébastien et Alexandre étaient fourbus, les reins endoloris, passablement décoiffés et les vêtements défraîchis au-delà de la décence. Les chemises étaient crasseuses, les bas guère plus frais. Quant aux chaussures, elles étaient à jeter.

— Je crains, comte, que nous ayons encore quelques épreuves à subir. Nous allons devoir rejoindre l'Amou-Daria à Khodzheyli, car nous ne pouvons pas envisager de traverser le désert du Karakoum. Le fleuve nous portera quasiment à Mazar el Charif, au pied d'une vallée d'Afghanistan, d'où nous pourrons rejoindre Poushapour[1], où vous êtes attendus.

Il se pencha et traça au sol, avec un caillou, une carte rudimentaire de la région.

Sébastien examina la carte et demanda :

— Comment envisagez-vous d'atteindre Khodzheyli ?

— En chariot, comte. C'est le seul moyen de transporter vos bagages, répondit Solimanov, qui semblait de plus en plus déconfit. À moins de louer des chameaux, ce qui serait bien plus long.

— Combien de temps prendra ce trajet ?

— En chariot, vingt jours au moins, compte tenu des étapes.

Vingt jours en chariot ! Impossible, songea Sébastien. À quoi avaient donc songé Zasypkine et Banati dans leurs bureaux confortables ? Mais ils étaient au milieu de nulle part. Revenir sur leurs pas serait physiquement aussi pénible que d'aller de l'avant, et bien plus humiliant. Alexandre épiait le visage de son père ; il n'avait pas proféré une plainte ; à l'évidence, il jugeait qu'il serait malvenu de se montrer moins endurant que lui, mais il n'en était pas moins déconfit.

— Nous aurons l'air de gueux quand nous arriverons, observa Sébastien.

— Comte, déclara Solimanov. Il existe un bain dans le caravansérail. Il est bien moins raffiné que celui d'Odessa,

---

1. Nom ancien de Peshawar.

mais enfin, on peut s'y laver. Si vous le permettez, je vous suggère aussi de vous habiller à notre façon. Vous serez plus à l'aise pour voyager.

C'était une réflexion que Sébastien s'était déjà faite.

— Pendant que vous serez aux bains, reprit Solimanov, je peux aller vous acheter des vêtements.

Sébastien hocha la tête et prit dans sa bourse trois pièces d'or. Solimanov se mit à rire. Une telle somme, expliqua-t-il, suffirait à habiller plusieurs familles. Il accepta une pièce et s'en fut.

Suant l'enfer dans une étuve de buanderie, entretenue par un feu de charbon, en compagnie de gens au corp livide et au visage noir, qui semblaient surgis des entrailles de la terre, Sébastien et Alexandre attendirent tout nus, espérant que leur confiance ne serait pas trahie. À la façon dont on les avait dévisagés quand ils étaient entrés, tels Dante et Virgile au septième cercle de l'Enfer, ils n'étaient pas trop rassurés, mais feignirent néanmoins la désinvolture. Les flacons que plusieurs baigneurs, si ce nom s'appliquait à eux, tenaient sur leurs bancs témoignaient que la sobriété de la clientèle était toute relative. Sébastien ne quittait pas des yeux sa dague, son épée et sa bourse ; les deux premières serviraient à défendre sa peau et celle de son fils en cas de querelle ; quant à la troisième, même avec des vêtements dépenaillés, elle permettrait de les sortir d'une impasse.

Un gaillard mafflu, suant de tous ses pores, une serviette ceignant sa panse, s'avança vers eux sur des jambes d'ours, les toisa un moment et leur adressa la parole en russe :

— D'où venez-vous ?

— De la civilisation, répondit Sébastien, goguenard. Et vous ?

— De la garnison. Je suis le lieutenant-général Astakov. J'en avais assez de ma propre odeur. Où allez-vous ?

— Aux Indes, répondit Sébastien, relevant à part soi que le personnage devait avoir quelque nez, au moins, lui.

— Vous allez donc passer par l'Afghanistan ?

Sébastien hocha la tête. L'inconnu paraissait perplexe, sinon incrédule.

— Vous avez une escorte ?

— Il faut une escorte pour traverser l'Afghanistan ? demanda Sébastien.

Le militaire éclata alors d'un rire tonitruant.

— Il est plus facile de traverser l'enfer que de passer sans escorte à travers les bandes de voleurs de l'Afghanistan !

Alexandre ne parlait pas le russe, mais à l'expression de son père, il comprit que celui-ci avait entendu quelque chose de contrariant.

— Vous êtes armés ? demanda Astakov.

Sébastien indiqua son épée. Le Russe poussa un soupir de commisération.

— Je suis le comte de Saint-Germain et ce jeune homme est le prince Polybolos, dit Sébastien. Comment envisageriez-vous donc de traverser l'Afghanistan ?

Astakov plissa le front en dévisageant son interlocuteur.

— Où avez-vous trouvé le Turkmène que j'ai vu tout à l'heure et qui semble vous servir de guide ?

— Il nous a été délégué par votre gouvernement.

Le Russe plissa encore plus le front. Il inspira profondément, essuya du regard de la main la sueur qui dégoulinait sur ses yeux et retrouva la parole au bout d'un temps :

— Où allez-vous ?

— De Mazar el Charif à Poushapour.

Le Russe secoua la tête, éberlué. Sébastien lui aurait annoncé son intention d'aller de la Terre à la Lune à dos de licorne qu'il n'aurait pas réagi autrement.

— Vous n'y arriverez jamais, affirma-t-il. Je peux vous prêter trois soldats de ma garnison. Armés de bons fusils allemands. Ils s'ennuient à ne rien faire. Ils seront contents de trucider quelques brigands. Vous leur paierez un supplément de solde.

Sans doute, songea Sébastien, faudrait-il également en consentir un au lieutenant.

— Combien sont-ils payés ? s'enquit-il.

— Trois kopecks par jour.

La somme était tellement dérisoire que Sébastien se retint de rire. Trois kopecks par jour pour se tenir l'âme chevillée au corps et le défendre. Tous les discours de la Société des Amis et la pétition des huit principes s'effondrèrent dans un bruit mou.

Astakov possédait un louable sens pratique :

— Il faut que vous réalisiez que vous mettrez vingt bons jours à atteindre Khodzheyli, une semaine pour remonter l'Amou-Daria et une autre jusqu'à Mazar el Charif. Trente-quatre ou trente-cinq jours, donc, soit 315 kopecks de soldes pour aller et autant pour le retour. Soit encore six roubles et trente kopecks.

Sébastien hocha la tête. Voilà donc à quels calculs d'intendance aboutissaient les grands projets du vice-chancelier Bestouchev-Ryoumine, de Zasypkine et de Banati. Il se rappela avec ironie le discours de ce dernier sur le Grand Échiquier. Le Sarde s'était fourré le doigt dans l'œil dans ses estimations sur la durée du voyage.

Et Sébastien se demanda si l'émissaire qui les attendrait à Poushapour saurait rectifier les calculs et la date du rendez-vous.

— Vous paierez les munitions en plus, ajouta le militaire. Dix kopecks par dix balles. Et je ne fais pas le compte des provisions que vous devrez emporter pour huit hommes pendant un mois. Songez à l'eau.

Sébastien secoua une goutte de sueur au bout de son nez.

— Un rouble d'or pour vous si vous nous louez également trois fusils, dit-il froidement.

Les yeux d'Astakov brillèrent ; il eut cependant la bonne grâce de ne pas enchérir.

— Parole, dit-il.

— Parole.

Ils se serrèrent la main et le Russe, mouillé, ressentit une décharge, un rien préméditée. Il écarquilla les yeux.

— Par saint Vassili, vous êtes un gaillard ! cria-t-il.

Les ombres sauvages qui peuplaient le bain tournèrent la tête, surpris par ces éclats de voix. Les rires qui suivirent les rassurèrent.

Sébastien consulta sa montre : Solimanov était parti depuis deux heures. Il avertit Alexandre qu'en attendant, il allait lui frotter le dos au crin et que le fils devrait en faire de même avec le père. Le garçon semblait égaré ; l'indolence luxueuse d'Istamboul ne l'avait pas préparé à ces épisodes dignes de soudards ; il ne s'avisa pas que, pendant cette épreuve, Astakov lui-même étrillait obligeamment Sébastien. À bout de souffle, les trois hommes allèrent dans la pièce voisine se rincer les uns les autres avec une eau glacée coulant d'une bouche de pierre dans un mur, alimentée par on ne savait quelle source.

Ce fut alors que Solimanov apparut, tenant sur ses bras un monceau de vêtements. Il parut déconcerté par la présence du Russe. Sébastien, ruisselant, le lui présenta.

— Allez de grâce me chercher un linge pour nous sécher, lui demanda-t-il ensuite.

Cela fait, il considéra les vêtements : des braies amples en toile ; une chemise longue et ample, en toile plus fine et brodée ; un gilet de laine, également brodé et, pardessus le tout, un vaste manteau d'une sorte de laine que Sébastien ne connaissait pas ; du poil de chameau, expliqua Solimanov[1]. Enfin, des babouches, de vastes bottes courtes et un calot pareil à celui du Turkmène, ainsi que deux ceintures de passementerie à porter, l'une sur la chemise et l'autre sur le manteau. Sébastien s'habilla donc ; nul doute, il était bien plus à l'aise que dans ses habits occidentaux, à cette différence près que, si la dague se portait sans difficulté à la ceinture, l'épée semblait incongrue. Alexandre éclata de rire.

---

1. C'était sans doute la tenue dans laquelle Casanova aperçut une fois Saint-Germain, quand il lui rendit visite à Tournai, parlant d'un « manteau d'Arménien ».

— Père, vous semblez vous rendre à un carnaval !

Le Russe observait la scène avec intérêt et Sébastien s'avisa tout à coup qu'il ignorait les moyens par lesquels lui, Alexandre, Solimanov et les trois soldats se rendraient à Mazar el Charif. Il interrogea Solimanov :

— Un chariot à mulets, répondit celui-ci.

— Combien de passagers peut-il prendre ?

La question parut intriguer le Turkmène et, à l'évidence, il comprit que le Russe avait changé les plans car il lui lança un regard.

— Quatre personnes avec le cocher, répondit-il.

— Alors, dit Sébastien, il nous faudra deux chariots. Nous avons besoin de gardes. Le lieutenant-général Astakov nous prête trois soldats.

Solimanov fit de grands yeux.

— Vous avez déjà traversé l'Afghanistan ? lui demanda Astakov, d'un ton rude.

— Oui…

— Combien étiez-vous ?

— Deux caravanes…

Le militaire éclata de rire.

— Deux caravanes ! Armées sans nul doute. À trois personnes sans armes, vous ne finiriez pas le premier jour. Toutes les passes sont surveillées par des bandes de brigands. L'Afghanistan est un pays de brigands, ne le saviez-vous pas ?

Solimanov, penaud, se garda d'objecter. Sébastien assistait avec surprise à la remontrance. Astakov connaissait son affaire.

— Ne savez-vous pas que le roi de ce pays, Ahmad Chah, est lui-même le féal d'un brigand ?

— Pardonnez-moi, lieutenant, intervint Sébastien, mais pouvez-vous détailler ce que vous dites ?

— Volontiers. Le roi d'Afghanistan est le féal de Nadir Chah, le roi de Perse, qui a commencé sa carrière comme chef d'une bande de brigands. Ils ne vous l'ont pas dit, à Moscou ?

Outre qu'il n'avait pas été à Moscou, Sébastien n'avait jamais entendu pareilles informations de la bouche de Banati.

— De brigands ?... répéta-t-il, alarmé.

— Brigands. Voleurs de grand chemin. Et puis il a réuni une armée, il s'est battu contre les Russes, contre les Turcs, il a gagné parce que ces diables connaissent leur pays mieux que nous, et maintenant il règne non seulement sur la Perse mais encore sur le nord des Indes. Ce n'est pas trois, mais dix soldats que je devrais vous prêter pour emprunter la vallée qui mène à Peshawar.

Il se tourna vers Solimanov :

— Savez-vous vous servir d'un fusil ?

— Oui, répondit Solimanov, déconfit.

— Bon, avec six fusils, vous devriez y arriver. À condition de bien viser, conclut Astakov.

Il aboya un ordre à la porte qui donnait sur la cour, et un soldat, sans doute une ordonnance, se présenta avec une serviette et l'uniforme de son maître, les bottes et la casquette. Sur quoi Astakov se rhabilla, publiquement, et sortit. Sa prestance eut l'effet attendu sur Solimanov ; celui-ci ressemblait à un petit garçon pris en faute.

Sébastien attacha sa bourse à sa ceinture, roula ses effets défraîchis en un ballot, prit son épée et le suivit. Il tendit discrètement la pièce d'or à Astakov. Celui-ci s'inclina.

— Pardonnez-moi, mais c'est une chance pour vous que nous nous soyons rencontrés. Votre guide est un brave garçon, mais je n'en ferais pas mon lieutenant. Qui donc à Moscou vous l'a envoyé ?

— Le baron Zasypkine.

Le nom fit presque sursauter Astakov. Puis un sourire méprisant se dessina sous sa moustache :

— *Kniaz*, comme vous pouvez le constater, tous ces beaux messieurs en redingote dans leurs bureaux dorés ne savent pas ce que c'est que de chier dans un trou !

La réflexion secoua Sébastien : dans une autre vie, il avait entendu Fray Ignacio dire la même chose.

— Et c'est comme ça que nous avons perdu nos provinces sur la Caspienne ! tonna le militaire.

Le voyage s'annonçait bien plus aventureux qu'il l'avait imaginé.

*

Neuf heures du matin : Sébastien décida qu'il ne passerait pas une nuit de plus dans l'infâme caravansérail. Sitôt que Solimanov eut amené les deux chariots, ils partirent vers la forteresse. Astakov leur présenta les trois soldats, deux jeunes hommes d'une vingtaine d'années, Igor et Trofim, et un sergent plus âgé, Vassili, qui paraissaient ravis de fuir leur caserne. Astakov leur remit les fusils avec les balles et des provisions de poudre mais exigea cependant d'en démontrer le maniement à chacun des voyageurs.

C'étaient des mousquets à silex : on glissait la balle dans le canon, puis on versait la poudre d'un cornet de cuir dans le bassinet ; quand on abaissait la pierre du chien contre une râpe, un jet d'étincelles enflammait la poudre et, simultanément, le bassinet se fermait. Dans la seconde suivante, l'explosion de la poudre expulsait le projectile. Toute l'opération durait quinze secondes.

Sébastien se tira honorablement de son essai et découvrit qu'il détestait l'odeur de la poudre.

— Ne tirez jamais à plus de deux cent cinquante pas, recommanda le Russe, indiquant la distance à grandes enjambées dans la cour de la forteresse. Vous gaspilleriez une balle.

Astakov ajouta aux munitions cinq grenades, grosses comme des melons noirs.

— C'est le remède parfait contre des ennemis embusqués, déclara-t-il. Ça vaut un canon !

Il éclata d'un rire bref et sinistre.

Alexandre était tout fier d'avoir, du premier coup, atteint une cible désignée par le lieutenant-général.

Puis Sébastien donna l'ordre d'aller faire des provisions au marché, gardant en mémoire un dernier conseil du lieutenant-général :

— Du pain, du fromage, des fruits secs et de l'eau, croyez-moi, c'est ce qui durera le plus longtemps. Beaucoup d'eau. Et de quoi la purifier ! ajouta-t-il avec un clin d'œil, agitant une bouteille de vodka. Et n'oubliez pas le fourrage des animaux. Ce ne sont pas des chameaux. Ils boivent eux aussi et vous allez en enfer.

À onze heures, les deux chariots étaient partis vers l'est, en direction de Khodzheyli.

33

Le Feu, le Double, le Stade des Gémeaux

Un couple de grands rapaces, des aigles si ses yeux ne lui faisaient pas défaut, survolèrent une étendue désespérément aride, que le soleil blanchissait, sous un ciel implacable. De quoi donc vivaient-ils ? De cailloux ?

Quand il y repensa plus tard, la traversée du désert de l'Oustiourt, à la lisière de celui du Karakoum, apparut à Sébastien comme un songe minéral. Peut-être avait-ce été le dernier de la femme de Lot, quand elle s'était retournée pour voir brûler Sodome et Gomorrhe et qu'elle s'était changée en statue de sel.

Sauf qu'ici, sur les pistes, il fallait subir des cahots à désosser un homme.

L'œil rivé sur la piste aveuglante, le visage masqué par une longue écharpe de soie pour avaler le moins possible de poussière, il prit conscience d'un nouvel épisode de son sort : il était pour un temps indéterminé le jouet du destin ; celui-ci avait pris la forme d'une mission aux Indes dont le sens profond apparaissait bien moins clairement que dans le cadre paisible d'un salon viennois. Il subissait les conséquences des calculs erronés d'un Sarde qui n'avait aucune idée de ce qu'était la réalité de la Russie et, en tout cas, du plateau de l'Oustiourt. Et il payait d'épreuves physiques l'ignorance d'un Turkmène de bonne volonté mais inexpérimenté.

Quand il s'allongeait sur le sol des chariots, pendant les haltes, il avait l'impression d'être un tronc d'arbre qui tombe.

Alexandre partageait l'épreuve dans une disposition différente : pour lui, les inconforts de cette expédition se garnissaient des charmes de l'aventure, sinon de l'héroïsme. Quant aux soldats, ils en avaient vu d'autres et l'essentiel était pour eux l'évasion. Le doigt sur la gâchette, ils guettaient les lièvres, car Solimanov avait assuré qu'il y en avait. Ils en tirèrent une demi-douzaine et s'empressèrent de les écorcher pour les rôtir. Sébastien en tâta : le goût était trop fort à son goût. Il céda chaque fois sa part.

Sébastien se dit aussi que ce voyage ressemblait au stade de la purification dans les traités d'alchimie : celui de la dissolution de la personnalité et de son évaporation dans le monde environnant. Pendant trois semaines, il n'avait été que sable, cailloux, poussière, à l'exception d'un passage par deux orages terrifiants de printemps.

Les deux chariots avaient dû s'arrêter, car les pistes étaient rapidement devenues fangeuses et impraticables. Et à l'exemple de Solimanov, des cochers et des soldats, Sébastien et Alexandre s'étaient promptement déshabillés et précipités hors des chariots, pour s'exposer dans le plus simple appareil, les pieds dans la boue, à la violence des trombes. Scène étrange que ces huit corps blancs qui semblaient danser sous un ciel de fer zébré d'éclairs. Ils s'étaient lavés de haut en bas, yeux, cheveux, torses, pieds, puis ils s'étaient abreuvés. Il suffisait alors de tendre les mains, à la façon des soldats de Josué, pour boire à pleines goulées. Et Dieu, qu'ils avaient bu ! De l'eau pure, enfin, sans le goût de moisi que leurs provisions avaient pris dans les outres et que la vodka effaçait mal.

Moments d'orgie ! Une orgie d'eau.

Les mulets aussi avaient bu dans les mares.

Grâce au ciel, un miracle avait eu lieu : le lendemain des averses, le plateau de l'Oustiourt avait soudain verdi. Au point que trois à quatre jours après chaque averse, les mulets avaient pu paître des pousses d'on ne savait quoi, des plantes à fleurs par-dessus le marché. Cela économisait le fourrage, dont il ne restait plus grand-chose.

Sébastien en avait même oublié l'objet du voyage. Khodzheyli n'était plus dans son esprit qu'une image confuse.

Quand ils furent parvenus à destination et qu'il put s'étendre pour la première fois sur un matelas, à bord du chaland qui remonterait l'Amou-Daria, il lui sembla que sa vie antérieure n'avait été qu'un fantasme agité.

Tel était l'effet du désert. Il est durable. La chair vivante n'y pourrit pas, elle s'y dessèche. Il élimine l'inutile, concentre les sucs et dilate l'esprit vers l'infini, qui est son aspiration profonde. Ce n'est d'ailleurs pas accidentel s'il a produit des ascètes et que ceux qui éprouvaient la vocation du dépouillement y ont élu domicile.

*

Sébastien réintégra cependant sa nature terrestre ordinaire avec une soudaineté désagréable.

Quand les chariots déposèrent les six hommes à Khodzheyli et que les cochers eurent été payés, le trajet prévu de ce bourg à Mazar el Charif se révéla rapidement n'être qu'une fiction, une de plus qui avait abusé Solimanov. L'Amou-Daria ne méritait le nom de fleuve que de mai à juillet, quand les neiges du Pamir fondaient ; le reste du temps, ce n'était qu'une succession d'eaux basses et indolentes. Et il n'était navigable que jusqu'à sa rencontre avec son affluent, la Kokcha. La remontée avait d'ailleurs été laborieuse, car le fleuve se changeait par moments en torrents furieux et glacés. Il faudrait donc, de l'avis des bateleurs, abréger les conforts du chaland et reprendre la terre bien avant le point proposé par Solimanov.

Si les guerres étaient lancées sur la foi d'informateurs tels que le Turkmène, il était peu surprenant qu'elles fussent perdues ou gagnées par le fait du hasard plus que de la valeur des hommes, de leurs généraux ou du génie des stratèges. Sébastien prit les choses en main, *dum se ipsam inducam animum facet,* comme avait écrit Regiomontanus.

Une fois débarqué du chaland, dans un patelin obscur appelé Kerki, Solimanov ayant été réduit au rang d'interprète, il décida d'acheter au seigneur local sept chevaux, un de plus pour porter les bagages et le fourrage. Outre l'appât du gain, ce potentat du bout du monde flaira en Sébastien un visiteur hors du commun ; il se montra empressé et conduisit les visiteurs vers les prairies où ses troupeaux paissaient.

Sébastien n'avait jamais vu pareils chevaux : tous de robe isabelle dorée, ils respiraient l'intelligence et la fierté de toute leur personne. C'étaient des Akhal-tékés. Il choisit d'emblée le sien, parce que celui-ci l'avait regardé le premier. Il alla vers lui, lui fit longuement face, pour que l'autre s'habituât à son odeur, puis il lui parla. Il fut certain que le cheval le comprenait ; celui-ci tendit au bout d'un moment son museau aux larges naseaux. Sébastien lui caressa le chanfrein et l'autre releva la tête, pour que la caresse fût plus ferme. Sébastien éclata de rire.

— Vous connaissez les chevaux, je vois, dit le potentat par le truchement du Turkmène.

— Je les aime. Celui-ci est beau comme un ange.

— Toute connaissance est amour. Celui-ci a choisi son maître.

Impressionné par le sens des chevaux de l'étranger, le potentat, qui se nommait Ismaïl Fakhr el Dine, insista pour lui offrir, à lui et à sa suite, le gîte et le couvert. Sébastien craignit de tâter de nouveau du mouton grillé : ce fut du chevreau, servi avec du blé noir et arrosé d'un alcool mystérieux, mais non déplaisant. Les soldats bâfrèrent. Mais enfin, les quartiers étaient acceptables : au moins ils étaient propres.

— Où allons-nous donc, père ? demanda Alexandre, allongé sur une sorte de caisse de bois garnie d'un épais tapis, avant de souffler l'une des lampes de l'habitation.

— Nous suivons le cours de la vie, répondit Sébastien, sur un ton plaisant.

— Si je n'étais avec vous, j'aurais perdu la raison.

— Vous auriez eu tort, elle vaut mieux qu'une boussole.

Alexandre se mit à rire.

Le lendemain matin, il fallut acheter aussi des selles, des mors, des étriers et du fourrage. Cent dix roubles : le potentat considéra la somme avec stupeur, puis il indiqua la route à suivre pour atteindre le presque mythique Mazar el Charif : première étape Termez, deuxième, Faïzabad.

Ils y furent enfin deux jours plus tard. Après avoir quitté Mazar el Charif, ils s'engagèrent à l'aube du troisième jour dans une vallée elle-même montueuse, qui s'étranglait çà et là en défilés que seule l'intelligence athlétique des chevaux permettait d'aborder.

*

Peu avant le coucher du soleil, Sébastien trouva soudain sa monture nerveuse, secouant la tête de part et d'autre. Quelques secondes plus tard, une détonation et les ricochets d'une balle sur les cailloux de la piste le tétanisèrent. Des chevaux hennirent, celui de Sébastien se cabra. Les soldats crièrent.

Devant eux, deux ou trois silhouettes enturbannées apparurent et disparurent derrière des rochers à une centaine de pieds de hauteur. Sébastien se retourna : de l'autre côté de la vallée, derrière eux, d'autres têtes apparurent.

Ils étaient encerclés. Des brigands. De part et d'autre du défilé.

— Pied à terre tous ! cria Sébastien, descendant précipitamment de selle. Il tira sa monture sous une paroi trop raide pour que les brigands au sommet pussent tirer sur eux, à moins que ce fût à la verticale. Son premier souci était de garder les chevaux indemnes.

— Ils ne tueront pas les chevaux, souffla Solimanov. Ils espèrent les emporter aussi comme butin. Surtout ceux-ci.

En s'abritant au pied d'une paroi, les voyageurs n'affrontaient quasiment plus que les brigands d'en face ; Sébastien avait bien calculé : ceux d'en haut se trouvèrent beaucoup moins à l'aise pour les viser. Leurs balles se firent rares, à l'exception de quelques-unes qui éclataient sur la piste comme des pétards. Les autres cependant l'avaient belle. Leurs cibles étaient toutes rangées devant eux. Des mousquets pointèrent par-dessus les rochers. Alexandre courut près de son père.

— Non. Espacez-vous ! cria Sébastien.

Forts de leur pratique, les soldats avaient déjà tiré leurs mousquets des selles, jusque-là enveloppés de couvertures. Ils armèrent promptement et tirèrent. Les canons ennemis changèrent soudain de place. Des imprécations jaillirent. Les brigands n'avaient pas repéré les mousquets des voyageurs. Désagréable surprise, sans doute. Solimanov, Alexandre et Sébastien suivirent l'exemple des soldats. Plus une demi-minute ne passa sans qu'un coup de feu ne retentît. Les éclats de pierre arrachés à la crête des rochers volaient en tous sens au-dessus de la falaise, presque aussi dangereux que les balles. Les brigands éprouvaient de plus en plus de difficulté à mettre en joue. Leurs coups se firent plus rares.

Une autre balle ricocha sur le sentier, puis une autre, au pied de Solimanov : c'étaient les brigands d'en haut qui prenaient le relais de leurs complices d'en face. Un de ces derniers se servit comme meurtrière d'un interstice entre des rochers. Il y glissa le canon de son mousquet. Un des soldats, le sergent Vassili, arma, visa et tira. La meurtrière explosa. Le mousquet ennemi avait été touché : il resta en place, peut-être cassé.

— Bravo ! s'écria Solimanov.

Les bandits crièrent, sans doute d'autres malédictions. Un d'entre eux tira, puis un autre ; leurs balles se perdirent.

Solimanov versa la poudre de son cornet et arma son mousquet, visa soigneusement un bonnet qu'il apercevait derrière un rocher au-dessus de lui et tira. Une fois de plus, la pointe du rocher éclata et on entendit des vociférations.

À l'évidence, les bandits ne s'étaient pas attendus à pareille résistance. Mais le combat risquait de s'éterniser jusqu'à épuisement des munitions. Les chevaux s'affolaient de plus en plus et Sébastien craignit qu'ils s'enfuissent. Et le jour déclinait.

— Les grenades ! cria-t-il. Où sont les grenades ?

— Ici, capitaine ! répondit le soldat Igor, à dix pas de lui. Mais on ne peut pas s'en servir.

— Allumez un petit feu, répliqua Sébastien. Qu'on puisse enflammer immédiatement la mèche, dès que l'occasion se présentera.

Ses derniers mots furent couverts par d'autres détonations et les hennissements des chevaux. Les brigands d'en face avaient identifié Vassili comme un tireur d'élite ; il semblait maintenant leur servir de cible. Sébastien avait compté cinq têtes. Il y en avait au moins autant au-dessus d'eux. Soudain, alors qu'il armait son fusil, une détonation toute proche le fit sursauter. Alexandre, prenant appui sur une saillie rocheuse, venait de tirer sur une des têtes qui s'étaient penchées pour repérer les voyageurs. Des cris jaillirent au-dessus d'eux. Alexandre poussa un juron que son père n'avait jamais entendu, versa la poudre, arma de nouveau et quelques secondes plus tard tira encore une fois. Cette fois-ci, un hurlement suivit le coup et un corps, atteint en pleine face, tomba le long de la paroi rocheuse et s'écrasa sur un rocher en contrebas.

Alexandre émit un grognement.

Un bref silence suivit.

Un autre coup, sec comme sur du silex. Sébastien cria. Il crut qu'il avait été touché. Une balle avait frappé la paroi à une main de lui et un éclat de pierre lui avait éraflé le cou ; un autre avait coupé son manteau comme une lame. Trofim aussi poussa un cri, puis une bordée de jurons : il avait été atteint au bras.

Sébastien examina la crête d'en face : il compta maintenant six brigands. Aucun de ceux-là n'était tombé. Puis il parcourut des yeux la paroi contre laquelle il était réfugié.

— Igor, donnez-moi une grenade, ordonna-t-il.

— Comment allez-vous la lancer ? demanda Igor.

— Enflammez la mèche et donnez-la-moi.

Puis à Alexandre :

— Couvre-moi !

Il s'élança en avant. Il avait repéré à quelques pas de là des rochers qu'il pourrait escalader. Une grenade à la mèche enflammée dans une main, il agrippa le premier rocher de l'autre, se hissa dessus et entreprit l'escalade d'un autre ; elle fut plus ardue. Il avait la main en sang. Mais sa botte avait prise et il était maintenant à hauteur d'homme. À un tiers de hauteur de la paroi. Pas assez haut.

Derrière lui, les détonations crépitaient.

La mèche brûlait. À moitié consumée. Aurait-il le temps d'escalader le troisième rocher ? Une balle atteignit le rocher à ses pieds. Les brigands semblaient avoir deviné son intention. Il posa d'abord la grenade sur un creux, gravit le rocher comme un diable et reprit la grenade. Une autre balle. Moins d'un doigt de mèche. Mais il était à bonne hauteur. Il lança la grenade de l'autre côté de la piste, de toutes les forces qui lui restaient. Elle décrivit un grand arc tendu et s'abattit en roulant sur des rochers. Des hurlements fusèrent. Quelques secondes plus tard, une lueur rouge fulmina et une explosion assourdissante secoua le défilé. La montagne en répercuta les échos. Une pluie de cailloux jaillit et s'abattit sur la piste.

Des cris de douleur éclatèrent. En face, les hommes criaient aussi. On en avait fini avec les brigands d'en face. Restaient ceux d'au-dessus.

Plus que quelques quarts d'heure de jour. Un gémissement perçant monta.

Igor et Vassili avaient pris exemple sur Alexandre : ils guettaient les têtes des bandits de leur côté et, dès qu'en apparaissait une, ils tiraient. Mais les bandits avaient saisi le danger. Ils ne se montraient plus.

Soudain, un spectacle incompréhensible dérouta Sébastien et les autres. Igor enfourcha son cheval et, une grenade en main, partit à bride abattue en avant. Mais où allait-il donc ? Sébastien le perdit bientôt de vue. Il n'entendit même plus le bruit des sabots.

— Où est-il parti avec sa grenade ? demanda Alexandre.

— J'ignore. Elle n'était pas enflammée, dit Sébastien.

Dix minutes plus tard, la réponse leur vint. Des cris violents firent lever la tête aux voyageurs, puis une autre explosion projeta par-dessus la paroi une averse de terre et de cailloux. Les cris furent rares ou se perdirent dans les hennissements des chevaux d'en bas et d'autres, là-haut.

Le silence retomba.

À six, les voyageurs avaient eu raison d'une douzaine de brigands au moins.

Ils attendirent.

Ils avaient compris la manœuvre d'Igor. Mais pourquoi ne revenait-il pas ? Était-il mort dans sa folle attaque ? Aurait-il été lui-même victime de la grenade ?

Sébastien alla s'occuper de Trofim. Vassili avait garrotté le bras de son collègue. La balle avait traversé le biceps au-dessous de l'épaule. Sébastien alla vers le dernier cheval, le flatta pour l'apaiser, puis ouvrit le sac dans lequel il conservait des produits médicinaux, dont un flacon d'esprit-de-vin et un onguent de plantain. Il nettoya la plaie et l'enduisit d'onguent, puis la banda avec son écharpe. Le garrot ne serait plus nécessaire.

Le temps passait. La nuit tomberait bientôt. Où était donc ce diable d'Igor ?

— Je vais aller voir, dit Vassili, puisque vous vous occupez de Trofim.

Un bruit de sabots se fit entendre. Sébastien craignit de voir le cheval revenir sans cavalier. Mais c'étaient les pas de plusieurs chevaux qu'il entendait. Il s'alarma. Tous les voyageurs se pétrifièrent. Solimanov et Alexandre mirent la main sur leurs cornets de poudre.

Igor apparut, bien en selle. Quand il s'approcha, chacun put voir qu'il rayonnait.

Il tirait derrière lui trois chevaux, dont l'un portait en selle un butin insensé : sept fusils, des manteaux, des poignards, des sacs de poudre…

Trofim éclata de rire. Un rire insensé, presque fou, culminant dans des aigus argentins. Puis Vassili se tapa sur les cuisses et fut secoué lui aussi d'un fou rire. Sébastien et Alexandre se détendirent.

Igor mit pied à terre. On l'entoura. Il fit un geste explicite devant son cou.

— J'en ai achevé trois, dit-il.

Pendant que Vassili examinait le butin, Sébastien s'empressa d'achever ses soins avant l'obscurité.

— Des fusils anglais, dit Igor.

Trofim voulait maintenant aller récupérer aussi les chevaux de l'autre côté. Mais la nuit tombait.

Solimanov demanda si l'on allait enterrer les morts.

— Il nous faudrait rester jusqu'à minuit, objecta Vassili. C'est trop dangereux. Partons d'ici le plus vite possible.

— Les oiseaux de proie, ce n'est pas pour les chiens, renchérit Trofim.

Le convoi reprit donc sa marche pendant quelque temps, puis il s'arrêta au premier endroit où l'on pourrait camper et se restaurer.

Igor et Vassili nourrirent les chevaux, y compris les nouveaux, s'assirent autour d'un feu et se nourrirent eux-mêmes.

Sébastien fut frappé par l'éclat du regard d'Alexandre.

Ce qui entraîna des réflexions imprévues. Le Grand Œuvre alchimique prévoyait le durcissement par le feu, au stade des Gémeaux.

« Depuis cette embuscade, il est devenu un homme », songea-t-il.

Il avait le sentiment de s'être dédoublé. Puis son échine se hérissa, comme un chat effrayé, avant même qu'il sût pourquoi : il revit le visage d'Alexandre quand celui-ci avait abattu le brigand au-dessus. Il entendit de nouveau son grognement animal. La ressemblance allait bien plus loin qu'il l'avait imaginé et l'aurait voulu.

Mais justement, n'était-il pas, dans l'évolution alchimique, au stade des Gémeaux ?

34

Le prince au bout du labyrinthe

Poushapour enfin.

Et l'incertitude.

Le voyage depuis Odessa avait duré près de trois mois, deux de plus que prévu par Zasypkine et Banati. L'émissaire du prince de Holkar, qui devait les attendre à Poushapour, avait à coup sûr désespéré de jamais voir le comte de Saint-Germain et avait regagné ses terres.

Igor, Trofim et Vassili étaient repartis, riches non seulement de leur butin, armes et chevaux, mais encore de leurs propres montures, les trois Akhal-tékés, dont Sébastien leur avait fait don ; les quatre autres lui suffiraient pour le reste du voyage.

Solimanov ne parlait aucune des langues de l'Inde et, n'était l'attachement tissé par les épreuves endurées ensemble, Sébastien l'eût renvoyé lui aussi. Sa compétence se limita à dire :

— Je crois qu'ils parlent pashtoun.

C'était une langue des tribus de l'Afghanistan, qu'il distinguait tout juste et ne pratiquait pas.

Bref, les trois hommes se trouvaient en pays étranger, incapables de trouver le moindre gîte dans cette ville qui méritait son nom de Cité des fleurs : partout des jardins. Entre les vastes étendues piquées de bosquets et de plates-bandes, des hommes enturbannés et sans doute ressemblant aux brigands qui les avaient cernés, allant et venant à dos de mulet, plus rarement de cheval. Puis des gens de type asiatique, aux vestes plus courtes.

« Nous sommes quasiment perdus », songea Sébastien.

Dix heures du matin. Ils s'étaient avancés jusqu'à la lisière d'un marché, à l'entrée de la ville, et ils attendaient debout, près de leurs chevaux, comme dans la case d'un gigantesque jeu de l'oie libellée : « Vous êtes hors jeu. »

De teint pâle, en dépit du hâle acquis sur le plateau de l'Ourdoust, habillés de façon décidément étrangère au pays, ils attiraient aussi les regards des passants et marchands. Les chevaux aussi. Apparemment, personne n'en avait vu de tels et leur beauté éclatait de façon scandaleuse. Sébastien s'en impatienta.

L'étrangeté du trio fut pourtant sa sauvegarde.

Sébastien envisagea, toute honte bue, de recourir au langage des gestes pour signifier au premier marchand de salades venu qu'il cherchait un endroit où dormir et manger.

Un spectacle attira alors son attention. Un homme à cheval, d'une quarantaine d'années, au port hautain et suivi de dix gardes armés à pied, vint se planter devant eux ; il les dévisagea, puis considéra les chevaux, et son regard revint sur Sébastien, qui semblait décidément le chef du trio :

— *Do you speak english ?* demanda-t-il, du haut d'une selle parée de velours et d'ornements dorés.

Sébastien fut stupéfait, puis inondé de joie.

— Oui, répondit-il dans la même langue. Qui êtes-vous ?

— Je suis Assad Zafrouldine, déclara-t-il, comme en France il eût dit qu'il était le prince de Condé. Mes gens m'ont signalé des étrangers qui semblaient désemparés. Ils n'ont pas su me dire quelle langue vous parlez et leur seule description se limitait à votre teint clair et à vos mises de Turkmènes.

Comment ce personnage parlait-il donc anglais ? On verrait plus tard.

Un petit attroupement s'était formé et Sébastien eût trouvé civil que le sieur Zafrouldine descendît de cheval pour poursuivre la conversation. Il manqua se fâcher. Mais enfin, c'était le seul être humain dont il pût espérer quelque secours et il tint sa langue.

— Qui êtes-vous ? demanda le cavalier de façon abrupte.

— Je suis le comte de Saint-Germain et mes compagnons sont le prince Alexandre Polybolos et notre guide Ismet Solimanov.

— Comte, observa Zafrouldine, c'est un titre de noblesse, n'est-ce pas ?

— En effet.

— Dans quel pays ?

— La France, en l'occurrence.

— Et ce jeune homme est prince ?

— Oui.

— Dans quel pays ?

— La Grèce, répondit Sébastien, jugeant son interlocuteur à la fin ridicule.

L'homme avait un beau visage, énergique et taillé à la serpe, mais ses manières aussi semblaient taillées à la serpe.

— Vous venez de Samarkand ?

— Non.

— De Boukhara, alors ?

— Non plus.

— Vous n'êtes pas marchands ? s'étonna Zafrouldine.

— Non, répondit Sébastien, quelque peu sèchement.

Alors assuré de ne pas se fourvoyer avec des gens d e peu, Zafrouldine claqua des doigts et deux de ses hommes s'empressèrent pour lui soutenir les coudes et l'aider à descendre de cheval.

— D'où venez-vous ?

— De Mazar el Charif.

Zafrouldine parut abasourdi :

— Et vous avez remonté la vallée tout seuls ? Vous avez vraiment montré une grande audace ! Les tribus qui la gardent ne sont pas commodes.

Sébastien se retint de faire des commentaires sur l'hospitalité qu'on lui avait témoignée et se garda instinctivement de préciser qu'ils avaient été accompagnés par des soldats russes.

— Puis-je vous demander ce que vous venez faire à Poushapour ? s'enquit Zafrouldine.

Pour se livrer à cet interrogatoire de police, le personnage détenait à coup sûr de l'autorité.

— Nous devions y retrouver un émissaire du prince de Holkar mais nous sommes en retard de plusieurs semaines et nous nous demandions comment l'informer de notre arrivée. Puis vous êtes gracieusement apparu, ajouta Sébastien avec une pointe d'ironie.

Le nom du prince de Holkar galvanisa le sieur Zafrouldine. Il considéra son interlocuteur un moment et déclara :

— Je suis le ministre du prince de Poushapour, Tarik Khan Khattak. Peut-être puis-je vous aider à retrouver l'émissaire que vous avez manqué. Mais si vous vouliez me faire l'honneur dc me suivre, je pourrais déjà m'assurer que vous disposerez d'un gîte digne de vous.

Sébastien hocha la tête. Il eût été enclin à porter cette générosité soudaine au crédit de l'hospitalité orientale, mais l'intuition l'inspira autrement : en fait, cet homme les prenait en otages, lui et ses compagnons. Un ministre ne se déplace pas de la sorte avec dix gardes armés parce qu'on l'a informé que des étrangers sont en difficulté. Le véritable motif de l'arrivée de Zafrouldine était le soupçon. Les dix gardes avaient été destinés à les arrêter et, qui sait, à les exécuter sur-le-champ, dans le cas où les réponses des étrangers auraient déplu.

Ce pays vivait donc dans l'inquiétude. Mais pourquoi ? Sébastien se rembrunit.

Quelques instants plus tard, lui, Alexandre et Solimanov étaient remontés en selle, mais sans l'honneur d'y être aidés par les gardes de leur nouvel hôte. Sur un ordre sec de ce dernier, le cortège des cinq chevaux se mit en mouvement ; ils allèrent au pas, s'éloignant du marché pour gagner des jardins qui s'étendaient vers l'ouest et semblaient plus grands que ceux que les trois voyageurs avaient vus, plus nombreux aussi. Des vergers en fleurs répandaient leurs parfums et leurs pétales non loin de sycomores centenaires. Des paons traînaient dédaigneusement leur queue sur des pelouses et des cygnes non moins arrogants rayaient des pièces d'eau garnies de nénuphars.

Le contraste fut saisissant avec les contrées arides que les voyageurs venaient de quitter. Ils approchèrent d'un ensemble de bâtiments aussi vaste qu'une cité. Était-ce le palais de ce prince dont Sébastien n'avait pu retenir le nom ? Des gardes armés jusqu'aux dents de lances, cimeterres et mousquets, veillaient aux portes des jardins ; à la vue de Zafrouldine, ils s'inclinèrent jusqu'à terre.

Parvenu à un grand pavillon entouré de galeries, à l'écart d'un édifice somptueux dominé de quatre tours blanches, sans doute le palais, le ministre aboya des ordres. Une nuée de valets s'empressa pour l'aider à descendre de cheval et, cette fois, pour en faire de même avec ses hôtes. D'autres se chargèrent des bagages, puis emmenèrent les chevaux vers des écuries.

— Je veux espérer que ces quartiers vous plairont, dit Zafrouldine. Je vous retrouverai, si vous le voulez bien, dans deux heures, ajouta-t-il en consultant une grosse montre en or.

Sébastien s'inclina avec la meilleure grâce possible. L'accueil valait celui que Bayrak Pacha lui avait jadis réservé. Les gardes confirmaient cependant son intuition : ils étaient en quelque sorte prisonniers.

Restait maintenant à s'acquitter de la mission qui lui avait été confiée. À vrai dire, son estime pour Zasypkine et Banati venait de décliner brutalement. L'un et l'autre l'avaient fourvoyé dans une expédition mal préparée et encore plus mal conçue. Sa fidélité à leur égard s'en ressentit. Mais il jugea sot, ou en tout cas prématuré, de déclarer forfait après avoir enduré toutes ces tribulations et ces jours sans eau pour la peau ni la soif. Il lui fallait maintenant connaître la nature de l'enjeu.

Il flairait qu'à son insu il avait mis le pied dans un piège en forme de labyrinthe et il en ignorait l'issue.

Au-delà de ces considérations tactiques, une humeur soudaine l'envahit : il n'avait jusqu'ici connu que les domestiques du pouvoir, les Stanhope, Lobkowitz, Belle-Isle, Zasypkine, Banati et autres. Mais jamais leurs maîtres, les rois.

Or, il voulait désormais traiter avec les rois. Ce ne serait qu'ainsi qu'il prendrait sa revanche. Mais laquelle ? se demanda-t-il, debout sur la terrasse du pavillon qui lui avait été dévolu.

Alexandre l'observait silencieusement. Leurs regards se croisèrent. Que devinait ce garçon ?

— Me parlerez-vous un jour, père ?

Sébastien demeura interdit.

— Vous me trouvez muet ?

— Vous avez d'autres choses à me dire, je le crois.

Sébastien sourit.

— Vous êtes fin, Alexandre.

— Peut-être est-ce héréditaire, père. Toujours est-il que la conversation avec ce personnage…

— Il s'appelle Zafrouldine et c'est le ministre du prince de Poushapour.

— Oui. Mais votre entretien avec lui semble vous avoir assombri.

— Je vous dirai tout ce qu'il en est quand je verrai clair.

Un domestique vint annoncer au comte et au prince que leurs serviteurs étaient à leur disposition pour les aider dans leurs ablutions.

*

Vers six heures du soir, Zafrouldine, magnifiquement habillé de soierie, de lin et de velours brodés, vint informer Sébastien que Tarik Khan Khattak l'invitait avec ses compagnons à un souper. Il examina la mise de Sébastien et des autres.

— Ce sont là tous vos vêtements ? demanda-t-il.

À vrai dire, ils étaient défraîchis. Presque piteux.

Il donna des ordres. Quelques moments plus tard, des domestiques apportèrent des pantalons frais, des chemises fines, des babouches brodées, des manteaux superbes et rhabillèrent les étrangers. Sébastien supporta l'humiliation de bonne grâce, une fois de plus. En guise de riposte, il alla ouvrir l'un de ses bagages et tira d'une bourse une bague d'émeraude saisissante, qu'il enfila avec une désinvolture étudiée, puis un collier de diamants, qu'il se passa au cou d'un air savamment ennuyé.

Zafrouldine sourit, l'œil mi-clos :

— Vos joyaux sont superbes, dit-il. C'est mieux ainsi.

Puis son regard se posa avec insistance sur Sébastien :

— Êtes-vous un agent étranger ?

— Agent, non. Ambassadeur plutôt, répondit Sébastien avec hauteur, jouant le tout pour le tout.

— De qui ?

— De la Russie.

Zafrouldine rumina la réponse. D'autres ordres : des domestiques apportèrent des plateaux chargés de boissons inconnues, du lait d'amande, du jus d'abricot, du jus d'orange au girofle, Dieu sait quoi !

— Je vous présenterais plus aisément à mon maître si je savais l'objet de votre rencontre avec le prince de Holkar.

On n'aurait pu être plus abrupt.

— Il est simple et clair : établir avec lui un tableau de la situation des Indes, répondit Sébastien avec aplomb.

— Dans quel but ?

Ignorant tout de la situation dans laquelle se trouvaient aussi bien le prince de Holkar que le potentat de Poushapour, Sébastien décida d'improviser :

— Le jeu d'échecs a été inventé aux Indes, n'est-il pas vrai, Excellence ? La Russie est au nord de cet échiquier.

— Et elle n'a pas oublié les échecs que lui a infligés Nadir Chah[1], observa Zafrouldine.

---

1. Né à la fin du XVIIe siècle, assassiné par sa propre garde privée en 1747, Nadir Kouli Beg, chef d'une bande de brigands, mais homme politique avisé et général de grande valeur, voire de génie, était originaire du Khorassan, province de l'est de la Perse, frontalière de l'Afghanistan et de la Russie et alors occupée par les Turcs. À la tête d'une armée de cinq mille hommes de sa tribu, les Afshars, il défit les Turcs et tint en respect la Russie, puis restaura l'autonomie de la Perse et, en 1736, fut couronné chah de ce pays sous le nom de Nadir. En 1738, il envahit l'Afghanistan et l'Inde et descendit jusqu'à Delhi, où il s'empara du célèbre trône du Paon, actuellement à Téhéran. À l'époque du voyage de Saint-Germain en Inde, il exerçait un contrôle jaloux sur la rive occidentale de l'Indus.

Saint-Germain ne savait de Nadir Chah que les quelques mots que lui en avait dits Astakov : pour lui, c'était un ancien brigand devenu roi de Perse, un point c'est tout ; il ne voyait guère pourquoi son hôte en parlait.

Zafrouldine regarda Sébastien avec insistance et s'allongea sur un divan. Il but une gorgée de sirop d'amande, puis s'empara d'une chibouque bourrée que lui tendit un domestique et l'alluma avec un tison que lui offrit un autre. Alexandre et Solimanov, muets, observaient cette scène orientale apparemment indolente, devinant son importance sans en comprendre la teneur.

— Avant que vous ne rencontriez mon maître, déclara Zafrouldine, laissez-moi vous parler de lui.

Sébastien apprit ainsi que le prince de Poushapour, Tarik Khan Khattak, était le petit-fils du héros Khoushal Khan Khattak, poète et chef de guerre de la tribu des Pashtouns, qui avait trois quarts de siècle plus tôt déclenché une révolte contre les Moghols, ou Mongols. Son aïeul avait ainsi chassé les troupes du Mongol Aurangzeb et reconquis la vallée de Poushapour. Cependant, au travers du langage diplomatique de Zafrouldine, Sébastien comprit que ce potentat n'était en fait que le vassal de Nadir Chah et du propre vassal de ce dernier, le roi d'Afghanistan, Ahmed Chah. Bref, une sorte de gouverneur de province, auquel seule son ascendance illustre garantissait un titre et un pouvoir local.

À l'évidence, déduisit Sébastien, la situation du prince de Poushapour n'était pas enviable. Seule l'intervention d'une puissance étrangère telle que la Russie le libérerait de la tyrannie de Nadir Chah. D'où l'intérêt de son ministre pour la mission de l'étranger.

Il hocha la tête.

— Comte, dit Zafrouldine en se levant, avec une vivacité presque animale, laissez-moi vous dire que la Russie est en retard. Ici, au nord, nous sommes dans une arrière-cour. La partie se joue désormais entre deux autres pays, la France et l'Angleterre. Elle se joue sur les côtés.

— Puis-je vous demander où vous avez appris l'anglais ? demanda Sébastien.

— À Calcutta. Chez les marchands d'ivoire et de bois précieux, répondit Zafrouldine avec un demi-sourire. Venez, nous devons être présents dans la salle quand Tarik Khan Khattak y entrera. Quand je vous présenterai, vous vous inclinerez et vous lui baiserez la main. Il ne parle aucune langue européenne. Je servirai d'interprète. Il vous indiquera votre place. Votre compagnon le jeune prince s'assoira près de vous. Votre guide turkmène prendra place à l'arrière. Veuillez les en informer. Je reviendrai vous chercher dans un quart d'heure, dit-il.

— Qu'a-t-il dit ? demanda Alexandre quand le ministre fut sorti.

— Rien encore de révélateur. Mais j'ai le sentiment que Poushapour n'est pas le lieu de délices qu'on peut croire.

Zafrouldine revint comme annoncé. Ils longèrent des galeries bordées de fleurs odorantes et parvinrent dans une première salle où une dizaine de notables les dévisagèrent avec surprise, leurs regards accrochés par le collier de Sébastien.

Derrière eux, le regard découvrait une vaste salle de marbre gris pâle, au sol couvert de tapis rouges. Ce serait là que se déroulerait le souper et l'on n'y pénétrerait pas avant le prince. Celui-ci arriva bientôt.

Pâle, mince, le visage cerné d'une barbe plus noire que le noir, le regard tantôt perçant et tantôt sombre et absent, Tarik Khan Khattak entra d'un pas lent, escorté de deux vieillards et de deux adolescents. Ses yeux parcoururent l'assistance avec la rapidité d'une belette. Avant même que Zafrouldine se fût avancé, il fit un pas vers lui et dévisagea Sébastien, puis Alexandre. La cérémonie de présentation se passa très vite et, quand Sébastien prit la main du prince pour la baiser, celui-ci frémit et proféra une interrogation à l'adresse de Zafrouldine.

— Son Altesse Exaltée demande si vous êtes magicien ? traduisit ce dernier.

— Non, que Son Altesse Exaltée veuille bien me pardonner. Je possède un don que je ne peux maîtriser.

Le prince émit encore des ordres brefs.

— Son Altesse Exaltée vous prie de vous asseoir à sa droite. Le prince Alexandre sera à votre droite.

L'assistance suivit et prit position en demi-cercle, de part et d'autre du prince. Quand il s'assit, elle en fit autant, sur les tapis, devant des tables basses individuelles. Pas de couverts, mais des bols de porcelaine bleue et un verre. On mangerait avec les doigts. Alors commença le défilé des domestiques, offrant des salades, des oiselets rôtis aux épices, du riz, des brochettes d'agneau, d'autres salades… Les seules boissons, selon les préceptes du Coran, étaient du thé et de l'eau, parfumée à l'encens.

Tarik Khan Khattak se tourna vers Sébastien et lui adressa la parole. Zafrouldine se pencha pour faire son office de traducteur.

— Le ministre me signale que vous êtes venu sans encombre de Mazar el Charif à Poushapour. Vous avez eu beaucoup de chance.

— Le ciel veillait sans doute sur nous.

— Il avait à coup sûr délégué des anges armés de fusils.

Une imperceptible expression d'ironie et l'image arrachèrent un sourire à Sébastien. Le prince était-il donc informé de l'accrochage qui s'était produit au début du voyage ? Ce n'était pas impossible, mais Sébastien répugna encore plus à révéler qu'il avait été escorté par trois soldats russes. Dieu seul savait à quel parti ou tribu appartenaient les brigands, et la déconfiture totale des brigands avait dû être répercutée par leurs compagnons.

— Les Russes qui vous ont envoyé en ambassade auprès du prince de Holkar vous ont exposé à de grands dangers, reprit Tarik Khan Khattak.

— Ils auront surestimé les talents de notre guide, répondit Sébastien.

— Savez-vous pourquoi ils vous ont délégué en premier lieu auprès du prince de Holkar ?

— Comme l'objet de ma mission est de recueillir des informations sur les souhaits des princes des Indes et la manière dont la Russie pourrait les satisfaire, ce prince m'a été indiqué comme celui qui m'en donnerait le plus.

Tarik Khan Khattak sourit avec ironie ; c'était sans doute son inclination habituelle.

Sébastien s'avisa que la plus grande partie des convives mangeaient à peine ; ils s'efforçaient de saisir la conversation ; ils étaient probablement frustrés, car la voix du prince était sourde et peu d'entre eux, à supposer même qu'il y en eût, comprenaient l'anglais dans lequel Zafrouldine traduisait questions et réponses.

— Vous n'avez pas besoin d'aller jusqu'à Indore pour vous informer, dit le prince. N'importe qui vous dira ce qu'il en est. La chute de l'empire des Moghols n'a laissé que des décombres. De beaux décombres en l'occurrence : plusieurs douzaines de principautés opulentes mais sans armées. Dans le nord-est, nous sommes sous l'emprise de Nadir Chah après avoir été sous celle d'Aurangzeb et sous la tutelle tacite de son allié, Ahmed Chah, le roi d'Afghanistan, si tant est qu'un tel pays puisse avoir un roi.

Tarik Khan Khattak lança à Sébastien un regard entendu, teinté d'ironie, comme pour souligner ces propos sarcastiques, et poursuivit :

— Si la Russie entend jouer un rôle dans nos pays, il faudrait qu'elle occupe la Perse et l'Afghanistan et, de surcroît, qu'elle ait une marine puissante, ce qui n'est pas le cas. Il faudrait aussi qu'elle défie les Ottomans, ce qui serait pour elle une belle aventure. Trop belle sans doute.

Saisi par l'amertume de ces propos, Sébastien demeura muet.

Après avoir gobé un poireau à l'huile, le prince se rinça les doigts dans un bol d'eau parfumée que lui tendit un domestique, s'essuya la barbe dans une serviette également parfumée et but une longue gorgée de thé.

— Voilà pour le nord. Au sud, à l'est et à l'ouest, reprit-il, les Français et les Anglais se disputent les dépouilles de l'empire d'Aurangzeb et leurs compagnies commerciales s'arrachent des comptoirs sur les côtes et surtout des alliances. La plus grande moitié du continent est composée de petits royaumes hindous, qui prétendent former une confédération, la confédération marathe. Le sud est constitué des restes de l'empire musulman d'Aurangzeb. Les uns et les autres seront croqués par l'Occident, comme ça, déclara le prince en croquant un radis.

Sébastien éclata de rire et le prince rit aussi, montrant des dents de nacre.

— Les Hollandais, les Suédois et les Danois ? demanda Sébastien.

— Oh, ils picorent aussi des bribes çà et là, mais ce sont surtout les Français et les Anglais qui dominent. Ils se préparent à une guerre sans merci, grâce aux troupes qu'ils ont déjà débarquées à cette intention. Dans peu d'années, les uns ou les autres aura amassé le plus gros des territoires. La Russie devrait avoir une bien grande puissance militaire et surtout une grande flotte, pour s'occuper des Indes. Tel est ce que vous devez dire à sa reine.

Sur quoi le prince déchiqueta férocement un pigeon farci.

Voilà un homme qui avait l'esprit clair, songea Sébastien, qui se mit également en devoir de faire honneur au volatile qui attendait dans son assiette, pattes en l'air. Le roi lui lança un autre regard :

— Je suppose que vous avez des questions à poser.

— Oui, Altesse Exaltée, répondit Sébastien que ce titre pompeux finissait par amuser. De quel côté penchent les préférences des princes ?

— Ha ! Je ne les connais pas toutes, vous pensez. À l'évidence, les princes préféreront ceux qui leur laisseront leurs possessions, avec le titre de vice-roi. C'est probablement le cas de ce mirliflore que vous allez voir à Indore.

Mirliflore ? Le terme anglais choisi par Zafrouldine était résolument injurieux, *fop.* Sébastien ouvrit de grands yeux. Le prince lui fit un clin d'œil.

— Je ne sais pas qui vous a dit que c'était un prince, expliqua-t-il. Malhar Rao est un fils de paysans de la caste des bergers. Il s'est distingué dans l'armée et est parvenu au rang de commandant de la cavalerie du district marathe, la peshwa. Ce nom de Holkar vient du fait qu'il est né dans la bourgade de Hol. Il s'est approprié des terres et il s'est nommé prince, maharajah.

Le prince et son ministre semblaient s'amuser beaucoup de la déconvenue de leur interlocuteur. Car Sébastien se trouvait une fois de plus pris de court : Zasypkine lui avait-il donc fait traverser des déserts et des montagnes pour rencontrer un ruffian monté en graine ?

— Pour reprendre ce que je vous disais, reprit Tarik Khan Khattak, beaucoup de ces princes sont âgés et ont des fils ambitieux, comme Nizam el Moulk dans le Deccan et Anwar el Dine dans le Karnataka. Quand ces enfants seront en âge de régner, certains écouteront les promesses des Français, d'autres celles des Anglais. Vous voyez d'ici la confusion.

— Mais vous, Altesse Exaltée ? osa demander Sébastien, bien que Zafrouldine l'eût prévenu qu'on n'interrogeait pas le prince.

— Moi ? répondit amèrement le prince. Je suis un khan. Savez-vous ce qu'est un khanat ?

— Non.

— C'est un gouvernorat de la Perse. Alors je récite les vers de mon grand-père.

Sa voix sourde se fit chantante, relevée d'accents héroïques, pour déclamer un texte que Zafrouldine ne traduisit que lorsque son maître eut achevé :

L'Oiseau de l'Honneur est le roi de tous.
Quand il chante, le rossignol se tait,
Et sa serre est plus puissante que celle de l'aigle.
Son plumage est d'or pur et son regard
Plus pénétrant que celui de la salamandre.
Homme courageux, chéris-le,
Nul homme n'est homme si son cœur ne résonne
Du chant divin de l'Oiseau de l'Honneur.

Des murmures s'élevèrent parmi les convives, puis des exclamations d'appréciation.

Ce furent les dernières paroles du prince jusqu'à la fin du repas, qui s'acheva sur des confiseries compliquées.

Des musiciens portant des mandores à long col et des cithares vinrent s'incliner devant Tarik Khan Khattak, puis s'assirent en face de lui. Une femme lourdement parée se joignit à eux et, après s'être inclinée jusqu'à ce que son front touchât le sol, elle se tint debout devant le prince. Sa voix douce et charnue entonna une mélopée rêveuse, accompagnée par les accords délicats des musiciens.

Quand elle eut fini, le prince de Poushapour hocha la tête et se leva. Les convives suivirent son exemple. Il souhaita une nuit étoilée à ses hôtes et quitta la salle.

Après quelques échanges avec Zafrouldine, Sébastien prit congé de ce dernier et, suivi d'Alexandre et de Solimanov, regagna ses appartements.

Le ministre lui avait annoncé qu'un émissaire partirait le lendemain prévenir le pseudo-prince de Holkar de l'arrivée de ses hôtes. Il espéra que le voyage de l'émissaire serait prompt. L'atmosphère du palais lui semblait, en effet, déjà pesante.

35

La lune brillante sur le poignard

Un bruit infime perça les ténèbres du sommeil. Un rat ? Un chat ?

Sébastien tendit l'oreille. Ni un rongeur ni son ennemi. Le bruit se décomposait en glissements et frôlements trop forts pour le poids de l'un ou l'autre. Il ouvrit les yeux et, dans la tremblante clarté diffusée par la veilleuse dans l'antichambre des appartements sur les jardins, qu'il partageait avec Alexandre et Solimanov, il perçut trois masses sombres en mouvement dans la vaste pièce. Elles se dirigeaient vers lui.

Au même instant, des cris éclatèrent dans les jardins.

Sébastien hurla « Alexandre ! » et roula hors du lit.

Simultanément, une des trois ombres fondit sur lui et Alexandre poussa des cris indistincts. Sébastien saisit une main tenant un poignard et maîtrisa de toutes ses forces d'escrimeur le poignet de l'assassin. À l'extérieur, sur la terrasse semblait-il, Solimanov criait aussi, haletant. Une forte lumière apparut dans la pièce.

Sébastien perçut un choc sourd, sans savoir qui le recevait ni le donnait, mais toujours fut-il que le corps de son agresseur chut sur lui, soudain inerte. Il s'en dégagea. Un long poignard tomba sur le sol dallé.

Puis, en une fraction de seconde, Sébastien vit Alexandre engagé dans un étrange duel avec un autre homme, également armé d'un poignard, qu'il tenait en respect avec un grand bougeoir de cuivre, long comme un canon de mousquet. L'autre détendait brusquement le bras, tentant de l'atteindre de sa lame.

Une fraction de seconde, ce fut tout, car au moment où Sébastien allait secourir son fils, le troisième agresseur s'élança vers lui, poignard au poing.

Sébastien, terrifié, fit un soudain plongeon.

Du coin de l'œil, il entrevit Solimanov, armé d'un autre candélabre, fracasser le crâne de l'assassin.

Le bruit sec et écœurant de l'os défoncé.

Soudain, la chambre fut pleine de clameurs et de gardes brandissant des torches.

Ils s'emparèrent du seul assassin indemne, celui qui dansait sa danse de mort avec Alexandre et le malmenèrent avec une brutalité exemplaire. Malédictions et horions. Puis ils tirèrent les corps des deux autres pour les allonger sur la terrasse. Deux faces barbues pointèrent le nez vers l'infini.

Les doigts de l'un d'eux n'avaient pas desserré leur prise sur son poignard. La lune le fit étinceler.

Sébastien, stupéfait, hagard, se laissa tomber sur le lit. Il consulta machinalement sa montre, sur sa table de chevet : trois heures du matin. Il n'avait rien compris à ce qui venait de se passer. Il regarda Alexandre, également assis sur le lit d'en face, haletant, égaré, qui ne parvenait pas à réprimer ses tremblements. Il leva les yeux sur Solimanov, dont le visage était convulsé de colère.

— Mais que s'est-il passé ? murmura-t-il enfin.

— J'étais dans les jardins quand j'ai vu ces hommes se faufiler sur la terrasse. J'ai à peine eu le temps d'accourir et d'alerter les gardes.

Que faisait donc Solimanov dans les jardins à cette heure de la nuit ? Et quelle était cette jeune fille qui se profilait derrière lui, en larmes ?

Quelques instants plus tard, Zafrouldine arriva, bouleversé. Il dévisagea l'assassin en vie et le souffleta de la paume et du revers de la main. L'une de ses bagues traça une éraflure sanglante sur la joue du malfrat. Il se mit à l'interroger ; l'assassin lui répondit d'un ton haineux. Puis il alla sur la terrasse, se pencha sur les deux autres et secoua la tête. La cervelle de l'un sortait du crâne éclaté. L'autre râlait et ferait mieux de ne pas user du peu de vie qui lui restait.

— Je vous prie de bien vouloir pardonner ce déplorable incident, déclara Zafrouldine à Sébastien.

— Pourquoi voulait-on me tuer ? s'écria Sébastien.

Le ministre huma l'air un moment avant de répondre.

— Au souper, le prince vous a récité des vers de son grand-père. C'est un poème de révolte et d'indépendance. Certains convives présents auront conclu que vous veniez au nom de la Russie lui proposer de soutenir sa rébellion…

Il tourna la tête : Tarik Khan Khattak venait d'entrer dans la pièce ; il avait entendu les derniers mots.

— … et comme ce sont des espions de Nadir Chah, dit-il pour achever l'explication de son ministre, ils ont cru bon de vous punir de votre audace.

Sébastien écouta, consterné :

— Maintenant, vous savez ce qu'est un khanat, conclut le prince. Pardonnez cette offense à l'hospitalité. Elle n'est pas de mon fait. Que la nuit vous apporte le sommeil. Dix gardes veilleront à votre porte.

Il s'entretint avec Zafrouldine et les deux hommes quittèrent la pièce comme s'ils avaient à faire. Sébastien devina quoi : ils allaient arrêter les instigateurs de l'attentat.

C'était une vengeance. Et une piètre manœuvre politique.

*

L'aube dessina les faces blêmes de Sébastien, d'Alexandre et de Solimanov. Ils n'avaient guère dormi ; une heure environ après l'attentat, des éclats de voix gutturaux avaient retenti dans les jardins et le palais. Sorti sur la terrasse, Sébastien avait distingué un détachement militaire ramenant des hommes qui se débattaient.

— Que faisiez-vous dans les jardins ? demanda Sébastien au Turkmène.

— L'amour, répondit laconiquement ce dernier.

Cela expliquait donc la présence de cette jeune femme.

L'amour avait sauvé la vie de Sébastien et de son fils et, accessoirement, celle de Solimanov, qui eût été assassiné lui aussi s'il n'avait donné l'alerte.

L'ironie de la situation fit sourire Sébastien.

Le Turkmène avait largement racheté son incompétence. Sébastien le remercia et informa Alexandre, qui ne parlait ni le russe ni l'anglais et que ces événements avaient jeté dans l'égarement.

Les domestiques apportèrent des plateaux chargés de boissons et de victuailles.

À neuf heures, les trois hommes, passablement rafraîchis et habillés, reçurent une autre visite de Zafrouldine.

— Les instigateurs ont été arrêtés, annonça-t-il. Ils ont avoué. Ils seront enterrés vivants.

Sébastien frémit. Quand il se fut ressaisi, il déclara au ministre :

— Je ne crois pas prudent de prolonger notre séjour ici. Avec votre permission, nous allons reprendre notre voyage.

Une fois de plus, ils manqueraient un rendez-vous avec l'émissaire du prince de Holkar.

Zafrouldine hocha la tête.

— C'est de mon maître aussi qu'il vous faut prendre congé.

Ce fut fait une demi-heure plus tard. Tarik Khan Khattak retira de son doigt une bague ornée d'une grosse pierre bleue dans laquelle une étoile semblait prisonnière et l'offrit à Sébastien.

— Acceptez-la en signe de pardon, dit-il.

Sébastien l'interrogea du regard ; il ne lut une fois de plus que de la tristesse.

À dix heures, les quatre Akhal-tékés, pansés, lustrés, sellés, furent menés hors des écuries. Deux guides armés conduisirent les voyageurs sur la route d'Indore.

Sébastien ne se retourna pas une fois. Seuls les lieux de délices inspirent la nostalgie. Tous les parfums de Poushapour n'effaceraient pas le souvenir de la nuit où lui et son fils avaient failli être les victimes des convulsions du pouvoir.

Des comparses dont les roses auraient bu les sucs en une saison.

36

« ... et autres pays de porteurs de chapeaux »

Dans les brasiers de juillet, charriés par les brises de la rivière Saraswati, les effluves de la roseraie proche se faisaient insistants, obsédants, indiscrets. Des chants d'esprits féminins sollicitant les mâles à la danse.

Les bourdons au-dehors, eux, chantaient et dansaient à la fois.

Indore constituait la première halte digne de ce nom dans un voyage qui avait jusqu'alors été une cavalcade échevelée, des balles des brigands afghans aux poignards des mahométans de Poushapour.

Introduit d'emblée auprès de Malhar Rao, présumé prince de Holkar, Sébastien put vérifier que la description de Tarik Khan Khattak n'avait pas été entièrement inspirée par la malveillance. Le personnage était impérieux et gras, doté de moustaches en crocs et d'une voix de stentor ; on discernait sans peine sous la soie écarlate de sa tunique à boutons d'or le paysan promu galonnard. Peut-être le fondateur d'une race qui plus tard froncerait le nez à la vue de tels rustres.

Néanmoins Sébastien fut accueilli avec une chaleur qui prouvait pour la première fois sans ambiguïté que Zasypkine et Banati n'avaient pas raconté que des fables. Accolades, présents et sourires, la Russie disposait bien de connivences aux Indes. L'émissaire ? Ah oui, il avait attendu le comte à Poushapour mais, ne le voyant pas arriver, il avait regagné Indore. En tout cas, le comte de Saint-Germain était bienvenu dans la principauté.

Mais que valaient de telles connivences ?

Sébastien songea à un épisode piquant, peut-être pittoresque, en tout cas révélateur. À sa première visite dans la salle d'audience du prince, il n'avait jeté qu'un regard cursif sur le décor, surchargé de dorures, déploiement d'opulence vaniteuse comme l'affectionnent tous les potentats. À la deuxième visite, il remarqua une carte géographique occupant la plus grande partie d'un mur. Il s'en approcha et l'examina.

— Qu'est cela ? demanda-t-il.

— Une carte du monde, répondit en anglais un personnage qui semblait être l'intendant du palais.

Peint sur vélin et de grandes dimensions, le document représentait avec un soin considérable toutes les rivières et montagnes des Indes, ainsi que les grands sanctuaires, avec leurs noms en sanscrit.

— Du monde ? s'étonna Sébastien.

À l'est de l'Inde, il n'y avait rien. Au-dessus, la Chine était représentée comme une petite île. Et à l'ouest de l'océan Indien figuraient des îlots dont l'intendant déchiffra les inscriptions pour le visiteur : « Angleterre, France et autres pays de porteurs de chapeaux. »

Sébastien se retint de rire. Mais quand il se retourna, il déchiffra un sourire imperceptible sur le visage de l'intendant.

— Ce n'est pas une carte de navigateur, observa-t-il.

— Non, c'est une carte politique.

Ces gens ne voyaient pas plus loin que le bout de leur nez. Ils seraient donc condamnés à servir de jouets aux grandes puissances. Et si la Russie s'intéressait jamais aux Indes, elle ne serait pas plus miséricordieuse que l'Angleterre ou la France à l'égard de leurs amours-propres, de leurs traditions et de leurs richesses.

Le maharajah d'Indore ne serait probablement pas admis dans la Société des Amis. À supposer qu'il postulât.

Après le premier souper, plus fastueux encore que celui de Tarik Khan Khattak, agrémenté de vin et, pour accompagner les desserts, d'un spectacle de danseuses à peine nubiles, le prince de Holkar avait déclaré de façon aussi péremptoire que son anglais était approximatif :

— Nous avons les hommes. Nous avons la poudre. Il nous faut des canons et la flotte pour réduire les Mahométans en esclavage et chasser les Anglais et les Français. C'est ce que vous devez dire à la Russie, comte.

Rude programme.

Sébastien s'était alors évertué à représenter qu'une flotte ne se construisait pas d'un jour l'autre et que la Russie était pour l'heure occupée à contenir les Ottomans – « des Mahométans ! » avait coupé le prince – et les Persans – « des brigands ! » avait encore clamé le prince.

Le potentat n'était guère porté à la nuance, éventail des pusillanimes.

Sébastien l'avait charmé par le récit de ses mésaventures dans le voyage de Mazar el Charif à Poushapour, assorti de considérations sur la légèreté des brigands afghans et le courage des soldats russes. Il avait également désigné le prince Alexandre Polybolos comme un tireur d'élite qui, du premier coup, avait abattu l'un des forbans sur la crête de la vallée. Le nombre même de ceux-ci avait été quelque peu grossi.

Un interprète traduisait le récit au fur et à mesure pour l'audience, qui considéra l'envoyé de l'impératrice Élisabeth comme un vrai héros.

Le prince leva son verre au jeune héros. Voilà quelqu'un qui savait manier un mousquet ! Des vivats jaillirent. Alexandre hocha gracieusement la tête et leva son verre.

Sébastien avait gagné la partie. Gratifié du titre d'« ambassadeur de la Russie », il se vit allouer l'usage d'un véritable petit palais indépendant, sur les propriétés du prince, et nanti de la domesticité nécessaire et même superflue.

Le vaste pavillon de marbre blanc était tout neuf, comme la plus grande partie des bâtiments du palais et de la ville d'Indore, d'ailleurs.

Il restait juste à attendre que la Russie construisît ses navires.

Alexandre assista à ce triomphe d'un œil goguenard.

*

Sébastien put donc s'installer dans le confort qui lui avait durement fait défaut ces derniers mois.

Sa mission terminée, Solimanov était reparti pour la Russie. Et Sébastien avait pu regarnir sa bourse auprès d'un commerçant hollandais, grâce à un billet à ordre sur sa banque d'Amsterdam. Le Batave, qui semblait avoir fait fortune dans l'ivoire et les soieries, avait aussi indiqué au comte de Saint-Germain l'adresse d'un négociant en pierres précieuses. Sébastien n'avait pu résister à un rubis de Golconde, gros comme une noisette, ainsi qu'à des pierres inconnues et peu coûteuses, ressemblant les unes à des diamants, les autres à des émeraudes, en fait des grenats de l'Oural, qu'il fit sertir en boutons.

Mais après avoir fait rafraîchir leurs vêtements européens, qu'ils n'avaient pas portés depuis Krasnovodsk, Alexandre et son père s'habillèrent à la mode du pays. Les vêtements occidentaux, trop serrés, auraient été insupportables sous ce climat. Sur les indications de l'intendant du maharajah, Jaimini Ayangar, ils s'étaient fait confectionner des braies, des chemises et des manteaux de la qualité et du modèle convenant exactement à leur rang : celui de personnages certes étrangers, mais néanmoins égaux dans leurs pays aux membres de la caste supérieure des Hindous, les brahmanes. Ils s'en trouvèrent parfaitement contents. Seule différence avec les pantalons turkmènes, ceux des Hindous étaient serrés aux mollets, ce qui évitait d'accrocher les sculptures des meubles et permettait de monter à cheval.

Leur habitation était un petit palais. Mais Sébastien jugea qu'il ne saurait l'occuper jusqu'à ce que la Russie eût achevé de construire ses chimériques navires. Au bout de trois semaines d'hospitalité princière, il rendit visite à l'intendant, en fait le ministre des Finances de la maison et des propriétés princières. Ayangar, en effet, était son principal interlocuteur : par un bonheur inattendu, il parlait anglais. Son visage lisse et son geste onctueux résumaient à la fois sa personnalité et sa fonction : résoudre les problèmes sans trahir le moindre effort. Il lui déclara qu'il aurait scrupule à abuser de la générosité du prince et le pria de l'aider à trouver une maison aussi agréable dans les parages.

— Celle-ci ne vous convient pas ? demanda Ayangar, tendant un pied dodu sur le tapis bleu.

— Elle comble mes vœux, mais je serais indiscret de m'attarder.

— Le prince me l'a dit : il considère que vous lui faites un plaisir en acceptant son hospitalité. Vous représentez le seul pays qui ne fonde pas sur les Indes comme le vautour sur le mouton. Le prince est heureux de vos entretiens, il vous considère comme un héros et il a maintes fois loué votre sagesse et votre savoir. Vous ne voudriez pas le désobliger ?

— J'en serais navré.

— Alors n'hésitez pas, je vous prie, à me faire savoir de quelle manière je peux enrichir l'agrément de votre habitation.

— Vous pouvez enrichir celui de mon esprit, répondit Sébastien après réflexion.

— Et comment ?

— Je souhaite apprendre le sanscrit.

L'intendant leva imperceptiblement les sourcils.

— Votre intérêt pour notre langue savante nous flatte. Mais c'est une langue qu'on lit plus souvent qu'on ne la parle, savez-vous ?

— En effet, je souhaite pouvoir lire vos livres anciens. Votre maître loue ma sagesse, je lui en sais gré. Je la trouve infime. Je suis certain que vos livres l'enrichiront.

— L'humilité est le propre de la sagesse, répondit Ayangar. Laissez-moi réfléchir aux moyens de mieux vous satisfaire.

Le lendemain, Ayangar présenta Sébastien au *pourohita*, en quelque sorte le chapelain royal, qui serait son professeur. Comme sa fonction l'exigeait, c'était un brahmane.

*

Le *pourohita* représentait l'opposé physique d'Ayangar : mince et pensif. Sans moustaches. Les attaches fines et le pied aristocratique. Il se nommait Jagdish Chaudhouri et Sébastien l'appela d'emblée maître Jagdish.

Les deux hommes se dévisagèrent un moment, sans mot dire, épiant l'un chez l'autre ces signes infimes qui informent sur le caractère et l'éducation : une ride, l'esquisse d'un geste, les dessous d'une expression. Sébastien jaugea la réserve intérieure d'un homme de la caste supérieure qui se trouvait contraint d'assurer le service d'un homme de caste inférieure, et qui en plus était employé dans un palais, ce qui était dévalorisant.

Enfin, maître Jagdish rompit l'examen d'un geste : il invita Sébastien à s'asseoir. Cette initiative signifiait déjà qu'il assumait l'autorité de son rang et qu'il était satisfait de son exploration. Il ne parlait que des bribes de portugais, mais cela suffisait à l'élève ; et il donna sur-le-champ sa première leçon à Sébastien.

— Indore sera donc notre nouveau pays ? demanda Alexandre le troisième jour, car il assistait chaque matin à l'heure de leçon, intrigué par cette langue inconnue.

— Vous éprouvez, vous, le besoin d'un pays ? demanda Sébastien, d'un ton désinvolte.

Le jeune homme, déconcerté, ne sut que répondre.

— Le seul pays que j'éprouve le besoin de connaître est le monde, reprit Sébastien.

— Vous voulez être voyageur, alors ?

— Non pas : le voyageur considère ses déplacements comme un métier. Pour ma part, j'aspire à savoir ce qu'il y a de mieux ailleurs. Telle est aussi la raison pour laquelle je souhaite connaître le plus grand nombre de langues. Vous n'en parlez que trois, le grec, le turc et le français. J'en parle déjà six et je n'entends pas m'arrêter là.

— Vienne ne vous manque pas ?

— Non. Je n'y étais qu'un visiteur. Si je ressentais de la nostalgie, ce serait pour Londres, parce que Solomon s'y trouve.

Le jeune homme demeura pensif un moment.

— À quoi sert le savoir ? demanda-t-il enfin.

— Au pouvoir.

— Vous aspirez donc au pouvoir.

— Oui. Mais pas un pouvoir qui n'existerait que dans un seul pays. Le prince de Holkar à Vienne et le prince von Lobkowitz à Indore ne seraient que des personnages exotiques, sans intérêt. Vous et moi ici conservons le nôtre.

Ce qui plongea Alexandre dans une longue réflexion.

*

À la vingt et unième leçon, ayant préalablement visité le grand temple d'Indore, Sébastien demanda à maître Jagdish :

— Enseigne-moi ta religion.

Les deux hommes étaient assis sur le tapis de la grande salle de l'habitation de Sébastien, face à la roseraie. Un sourire de courtoisie, exprimant la perplexité plutôt que la satisfaction, se peignit sur le visage du brahmane. Il leva les yeux et regarda au-dehors, puis considéra la fumée qui s'échappait du bec de la verseuse de cuivre, pleine de thé, posée sur un plateau.

— Elle ne sera jamais la tienne.

— Pourquoi ?

Le brahmane leva les sourcils et les épaules :

— On y naît, c'est tout. Dix pèlerinages à Bénarès ou Kedarnath n'y changeraient rien. Tu ne connaîtras jamais l'*oupanayana*, ni ne recevras la *prasada.*

L'initiation et la grâce. Sébastien assimila l'inéluctable rejet.

Il emplit le bol du maître, puis le sien.

— Ta religion est-elle secrète ?

L'autre secoua la tête.

— Non. Maints étrangers croient en connaître la parole.

— La parole ?

— Ce qui en est écrit. Les textes. Les rites. Pas l'esprit.

— Quel est l'esprit ?

— C'est le souffle. *Prana.*

Sébastien attendit l'explication. Il perçut incidemment son propre souffle. Les deux hommes se firent face un long moment.

Peut-être étaient-ce des commentaires que les mouches faisaient sur ce dialogue.

— Mais je peux t'éclairer. Tout ce que tu fais ou crois faire par toi-même est l'effet des souffles qui t'habitent. Voir, toucher, entendre, goûter, sentir. Et vouloir. Le stade suprême de ma religion est d'enseigner à se servir des souffles.

Jagdish plongea son regard dans celui de Sébastien.

— Voir au-dedans, exister au-dehors. Si tu contrôles tes souffles, tu pourras voir au-dedans de toi.

— Je ne verrais alors que moi.

Jagdish secoua doucement la tête.

— Pour comprendre ce que je dis, il faut que tu saches que tous les dieux sont en toi. *Sarve devah sarisrasthah.* Ce que tu apercevras est ce que les dieux ont fait de toi. Tu n'es pas rien, n'insulte pas leur œuvre, mais tu n'es pas tout. Alors tu pourras maîtriser tes souffles selon leurs volontés et non de façon désordonnée, comme les sots. Tu existeras à l'extérieur.

Il but une longue gorgée de thé. Sébastien ne put s'empêcher de penser qu'il étanchait ainsi la soif des dieux.

— Et c'est là l'esprit de ta religion ?

— Ce que je te dis est l'œuvre d'une vie. Parfois de plusieurs. J'ai touché ta main. Tes souffles sont forts. Peut-être t'aideront-ils. Mais peut-être aussi sont-ils pareils aux grands vents qui demandent plus d'adresse aux mariniers.

« Mes souffles sont forts parce que j'ai vu mon père brûler sur un bûcher et que j'ai été traité comme un esclave sexuel par un moine fou et une folle libidineuse », songea Sébastien.

— Et la statue du dieu que j'ai vue dans le temple ? demanda-t-il.

Jagdish sourit.

— Les dieux n'habitent pas que dans ton corps. Ils sont partout et parfois dans leurs effigies. Si l'on sait regarder, ils peuvent se révéler.

Sébastien réfléchit un moment et demanda :

— M'enseigneras-tu à maîtriser mes souffles ?

Le regard de Jagdish s'immobilisa sur son élève :

— Chaque être humain est régi par un élément et je m'efforce depuis notre première leçon de définir le tien. Parfois tu me parais fluide comme l'eau et parfois dense comme la terre. Mais on dirait aussi qu'un feu te fait cuire. Serais-tu constitué de trois éléments ? Il ne manquerait alors que l'air. Mais si tu parviens à maîtriser le joug, tu seras redoutable.

Un feu.

L'image de l'athanor s'imposa à Sébastien.

37

L'un doit être l'autre

Cet après-midi-là, Alexandre était parti avec l'un des fils d'Ayangar faire du cheval dans la forêt voisine. En robe de chambre de simple toile fine, l'œil mi-clos, allongé sur une chaise longue, Sébastien poursuivait une songerie sur les théories de Newton.

Si l'amour était une force d'attraction, le pouvoir était une force de répulsion : personne ne tolère le pouvoir d'un autre. Mais l'amour lui-même n'était-il pas ambition de possession, c'est-à-dire de pouvoir ?

Pourquoi alors le clou s'attachait-il par un bout à l'aimant et s'en éloignait-il de l'autre ? Et pourquoi le négatif attirait-il le positif ? Parce que l'un et l'autre espéraient conquérir ce qu'ils n'avaient pas ?

Amour et pouvoir étaient donc synonymes et tous deux désignaient l'instinct de conquête. Or, cet instinct n'avait l'espoir de triompher que chez les puissants. Attraction et répulsion étaient les inlassables moteurs de l'action humaine.

Et tous deux voués à l'échec : la haine et l'amour sont également fugaces. Mépris de la haine. Mépris de l'amour.

Un autre esprit l'habitait sans doute.

Voilà près de cinq mois qu'il avait quitté Poushapour et qu'il était l'hôte du prince de Holkar. Et quelques heures que l'intendant de ce dernier était venu lui annoncer d'une voix navrée :

— Pardonnez-moi, Excellence, de vous annoncer une triste nouvelle : nous venons d'apprendre que Tarik Khan Khattak est mort il y a dix jours.

— Comment est-il mort ? Il était si jeune ?

Ayangar, l'intendant, avait haussé les épaules, de cet air qui exprime chez les gens expérimentés de tous les pays une longue connaissance des secrets sordides de la fatalité. Sébastien n'eut pas de peine à reconstituer ceux-ci : un espion de Nadir Chah qui avait échappé à la vengeance de Tarik Khan Khattak avait prévenu le potentat persan du complot imaginaire et ce dernier avait sévi.

Empoisonné ou égorgé, le prince de Poushapour était mort faute de pouvoir.

Sébastien soupira, considéra la bague à l'étoile prisonnière et, l'intendant parti, entreprit d'écrire enfin à Banati et à Solomon Bridgeman. Le prince de Holkar avait en effet confirmé pour une fois que des courriers à peu près réguliers partaient bien pour l'Europe, comme l'avait assuré Banati ; ils étaient acheminés jusqu'à Bombay et, de là, les sacs de lettres et paquets étaient embarqués soit sur un bateau français de la Compagnie Perpétuelle des Indes, soit sur un anglais de l'United Company, voire un bateau hollandais, portugais ou danois. Tous regagnaient l'Europe en contournant l'Afrique. La missive arrivait généralement à son destinataire dans les deux à trois mois.

Il s'assit à une table ouvragée, garnie d'un plateau à fumer, de deux encriers et de plumes d'oie, ainsi que de papier. Grâce au ciel, les Hindous écrivaient beaucoup et le papier n'était pas une rareté.

Cher ami,

L'itinéraire établi pour mon voyage jusqu'ici était bien plus long que prévu et bien plus périlleux. Mes compagnons et moi avons failli y perdre la vie par deux fois. La traversée de l'Afghanistan est un défi à la prudence. S'il fallait que je revienne, je crois que la voie de mer serait plus rapide et plus sûre.

Des conversations avec le prince de Pousha-pour, puis avec le maharajah d'Indore, votre ami le prince de Holkar, m'ont appris que les princes des Indes, dont le chiffre avoisinerait la centaine, sont conscients des menaces qui pèsent sur leur indépendance et se soucient des moyens de la préserver.

Au nord, les princes mahométans sont déjà soumis à l'autorité du roi de Perse, Nadir Chah, au sud, ils sont cernés à l'est et à l'ouest par les Français et les Anglais. Au centre, les princes hindous, dont la religion est fort différente, forment une confédération, apparemment lâche, et de surcroît distendue par des rivalités et des querelles de succession sans fin. Toutefois, elle suffit pour le moment à entretenir les attaques des Hindous contre les Mahométans, qui sont incessantes.

Le sort des Indes dépendra de l'issue de la lutte que se livrent ici les Français et les Anglais. Les propos que j'ai entendus sur ce sujet voudraient que les Anglais aient un avantage sur les Français parce qu'ils seraient plus habiles à se servir des rivalités entre les princes et à établir des alliances avec les plus forts. Les Français, eux, ne penseraient qu'en termes de commerce et d'armée. Je n'en crois rien. Les vainqueurs seront tout simplement les plus déterminés.

Un point est certain : les plus farouches opposants à l'emprise d'une puissance étrangère dans la confédération marathe seront les gens de la classe supérieure, les brahmanes. À l'exception de ceux qui sont leurs hôtes, tels que moi-même, et qui respectent donc les lois de l'hospitalité, ils considèrent tous les étrangers et les Mahométans, comme des barbares épouvantables.

Les princes de Poushapour et de Holkar concordent sur un autre point : la Russie devrait disposer d'une bien grande puissance militaire et surtout d'une grande flotte, pour intervenir aux Indes.

C'est l'essentiel de ce que j'ai appris jusqu'ici. Je vous confierai ce que j'apprendrai d'autre au fur et à mesure.

Votre fidèle comte de Saint-Germain,
ce 24 juillet de l'an de grâce 1746, à Indore.

Il relut sa lettre, la cacheta et apposa son sceau. Puis il saisit la chibouque sur le plateau de fumeur, en cura le fourneau avec une lame à cet usage, la bourra de tabac haché prélevé dans un pot, alluma une brindille et embrasa le tabac. Il réfléchit à l'autre lettre, qu'il destinait à Solomon, et venait à peine d'exhaler sa première bouffée qu'Alexandre revint, rayonnant, en culottes gonflantes et bottes longues, le sang fouetté par sa promenade. Voyant son père à sa table de travail, il s'écria :

— Me permettez-vous de vous succéder à votre place ? Voici plus de quatre mois que je n'ai écrit à ma mère. Elle doit se ronger d'inquiétude…

L'image de Danaé surgit dans l'esprit de Sébastien avec la soudaineté d'un orage d'été. Elle l'avait aimé, disait-elle. Aimé ? Depuis une certaine conversation jadis, avec Solomon, il ne parvenait plus à comprendre le mot. Fray Ignacio aussi l'avait aimé. Et pourquoi pas la comtesse de Miranda. Ils avaient tous voulu le posséder.

Et lui ? Il avait aussi voulu posséder Danaé.

Le fils observait le père, intrigué par le regard vague. Sébastien leva les yeux. La fumée dériva en direction de la fenêtre et l'arôme âcre du tabac épousa le parfum des roses. Les deux mélangés formèrent une troisième odeur, androgyne et parfaite.

— Alexandre, vous m'aimez, je suppose ?

— Oui, père, répondit le fils, surpris et rieur, posant sa badine de bambou sur un coffre.

— Et vous supposez que je vous aime ?

— Oui, père, répondit Alexandre, cette fois perplexe.

— Vous avez raison. Eh bien, il faut que nous cessions de nous aimer.

Il regarda son fils, l'air plaisant, mais résolu. Un instant décontenancé, Alexandre fronça les sourcils :

— Que voulez-vous dire ?

— Avez-vous songé à ce sentiment ?

— L'amour ?

— En effet, c'est le nom qu'on lui donne.

— Oui… Je ne comprends pas…

— Avez-vous songé qu'il exprime la volonté d'appropriation ?

Alexandre cilla rapidement.

— On veut posséder ce qu'on aime, expliqua Sébastien.

— N'est-ce pas naturel ?

— Justement. La haine aussi est naturelle. On n'aime pas les êtres ou les choses pour ce qu'ils sont, mais par besoin de leur imposer notre volonté.

— Et alors ?

— Alors on manque de respect pour l'objet aimé. Ni l'amour ni la haine ne sont gratuits. Et si l'objet aimé nourrit d'autres désirs, on veut les écraser. Il se rebelle. Le conflit est né. Le désamour s'installe, voire la haine.

Alexandre se mit à rire.

— Comme vous décrivez cela ! Quelques désaccords…

— Ils seraient moins pénibles si l'amour ne s'en mêlait.

— En quoi cela fait-il que nous devions cesser de nous aimer l'un l'autre ? Vous ai-je contrarié ?

— Point. Je songeais que si nous renoncions à ce sentiment et que nous essayions de considérer que nous sommes l'un l'autre, notre lien serait bien plus profond et moins primaire.

Alexandre s'assit, presque égaré.

— L'un l'autre ? répéta-t-il.

— Si je vous considère, non comme le fils aimé mais comme un être autonome que la civilité m'impose de comprendre avant de lui dicter ma volonté. Je m'identifie à vous.

Alexandre sourit et Sébastien lutta contre l'affection qu'il portait à ce garçon comblé par la nature et dénué de ces détours et masques de forfanterie qu'il avait vus à d'autres de son âge.

— Cela serait plus commode pour vous, père, puisque c'est vous qui disposez de l'autorité. Mais je ne me souviens pas de vous avoir jamais dicté ma volonté.

— Justement, vous subissez la mienne. Un jour vous vous rebellerez et vous prétexterez que l'âge m'a dérangé l'esprit. Vous ne m'accorderez alors plus que de la pitié, en espérant secrètement que le ciel abrège ma sénilité.

Un rire intérieur secoua Alexandre.

— Pareillement, poursuit Sébastien, si je considère que je suis vous, je ne tenterai pas de vous imposer ma volonté quand je jugerai que vous faites erreur. Je vous le ferai simplement observer comme on le fait avec soi-même ou comme je le ferais pour un ami.

Alexandre demeura songeur.

— Vous voulez être moi ? demanda-t-il, incrédule.

— Et vous, moi.

— Et comment ferais-je ? Depuis plus d'un an que je vis avec vous, je ne sais presque rien de vous.

— Parce que vous étiez un autre, répondit Sébastien avec intensité. Vous avez découvert à quatorze ans un père que vous n'aviez jamais vu. J'étais un objet mystérieux.

— Et vous l'êtes toujours.

— Vous voyez.

Un silence passa.

— Je vous admire, reprit Alexandre. Faudrait-il que je cesse ? Si je suis vous, il faudrait que je ravale mon admiration, sauf à m'emplir de vanité.

— Pourquoi m'admirez-vous ?

— Votre aisance, une façon mystérieuse d'interpréter les gens et les situations, votre distance à leur égard…

— Je l'ai acquise dans la souffrance.

— D'autres pas. Vous ne cessez de me combler.

— Si vous vous identifiez à moi, vous l'acquerrez.

Le jeune homme réfléchissait à ces propositions, évidemment inattendues.

— Et vous, vous m'admirez ? demanda-t-il, un rien provocateur.

— Oui.

— Pourquoi ?

— Votre mère vous a admirablement élevé. Vous êtes droit, mais capable de ruse. Volontaire mais intuitif. Votre grâce morale se répand dans votre maintien. Quand je vous observe à cheval, je retrouve toutes ces qualités. Un homme à cheval révèle sa nature : on reconnaît d'emblée les pleutres et les courageux, les innocents et les roués.

Le compliment fit sourire Alexandre.

— Rendez également hommage à ma grand-tante, la princesse, dit-il. Elle a été pour moi une autre mère.

Au bout d'un temps, il ajouta :

— Elle a souvent regretté que vous soyez parti. C'est elle qui m'a inspiré la volonté de vous connaître. Elle m'a dit que vous étiez pareil à un cheval sauvage.

— Un cheval sauvage ! répéta Sébastien.

Alexandre hocha la tête.

— Il a dû beaucoup souffrir, disait-elle, et il se méfie des autres humains.

Son regard se fit insistant.

— Vous ne voulez pas me parler de ces souffrances ?

— Un jour. Je vous dirai seulement qu'elles ont été causées par l'esclavage. Quand j'avais votre âge, j'étais traité comme un animal domestique.

— Et l'on croyait vous aimer, sans doute ?

Sébastien sourit :

— Sans doute.

— D'où votre méfiance à l'égard de l'amour.

Sébastien hocha la tête : la finesse du jeune homme ne se démentait pas.

— Vous croyez que ma mère n'aurait pas su dompter le cheval sauvage ? demanda Alexandre.

— Si, justement. Mais elle n'aurait pas compris qu'elle se serait trompée et un jour, elle aurait été déçue.

— Il en va ainsi de toutes les femmes ?

— Je ne peux parler de toutes les femmes, j'en ai connu si peu. Mais ce que je peux dire, c'est que plus elles sont honnêtes et plus elles sont enclines à considérer l'amour comme un troc.

— Un troc ?

— Je te donne mon corps en échange de toute ta personne. Elles feignent de considérer l'homme comme un maître, mais en fait elles en sont les maîtresses. D'où le nom de celles-ci.

Alexandre se leva.

— Voyez-vous, père, avant que nous devenions l'un l'autre, laissez-moi vous dire que vous m'émerveillez. Je me demande si jamais un fils a entendu de son père un discours aussi surprenant. Ni flatteur.

— Je vous cède ma place, dit Sébastien en se levant aussi. Nous confierons demain nos lettres à l'intendant. Car j'en ai une autre à écrire, à Solomon.

Ce faisant, il s'arrêta, surpris par une image. Sa dague, qu'il avait retirée du fourreau pour la polir et essuyer les traces d'humidité, reposait sur un des coffres de ses appartements. La lame étincelante reflétait une petite lune de nacre incrustée dans le coffre.

Il songea au poignard que tenait encore en main l'un des assassins assommés, à Poushapour, et qui reflétait la vraie Lune.

Existait-il donc un lien entre les poignards et la Lune ?

38

Les prières exaucées

Un regard soudain fuyant, une joue qui s'empourpra sans raison. Alexandre venait de rentrer de sa promenade. Sébastien éclata de rire.

Le jeune homme se retourna et fit face à son père :

— Quel est l'objet de votre gaîté, père ?

— Vous.

Alexandre inspira profondément et leva les sourcils.

— J'espère que l'expérience fut plaisante, dit Sébastien sur un ton de bonne humeur.

— Est-elle écrite sur mon front ?

— Quasiment, répondit Sébastien. Vos bottes sont immaculées et vous portez un parfum inconnu, où je crois distinguer du santal. Votre regard se dérobe et vous rosissez sous le mien. Je ne suis pas Dieu. Et je crois pouvoir identifier Ève : c'est la petite danseuse qui, depuis quelques soirs, vous lance des regards langoureux.

— Vous êtes redoutable.

— Non, attentif. Pardonnez-moi de le demander, mais était-ce votre initiation ?

— Oui.

— Vous avez quinze ans passés, c'est l'âge. Êtes-vous épris ?

— Elle est aussi redoutable que vous, mais d'une autre façon. Vous exaltez l'esprit par des tortures subtiles. Elle est une servante du corps. Le septième ciel.

— Donc vous êtes épris.

Alexandre s'assit et retira ses bottes. Il parut contrarié.

— Je voudrais l'être.

— Vous ne l'êtes donc pas. Qu'est-ce qui vous en empêche ?

— J'espérais que vous me le diriez.

Sébastien coupa une pomme et en offrit la moitié à son fils.

— Même si je le savais, je ne vous le dirais pas. Les seules explications utiles en pareils cas sont celles qu'on se donne à soi-même. Mais je ne le sais pas.

— Vous prônez l'abolition de nos identités. Puisque vous êtes moi, dites-le-moi.

— Et puisque vous êtes moi, vous devez comprendre que je ne peux deviner ce que vous-même ne savez pas.

— Aidez-moi, alors.

— Je le fais en vous écoutant. Sinon, j'aurais l'impression de vous dicter ce que vous devez penser de vos propres sentiments.

Alexandre soupira.

— Bien. En est-il toujours ainsi ? Le temps s'écoule si vite que trois heures semblent avoir duré un quart d'heure. Il ne reste du plaisir qu'un sentiment de satiété et un parfum. Puis quand on se ressaisit, les choses se sont déjà changées en souvenirs ?

Sébastien se retint de sourire.

— On peut en dire autant de tout ce que nous vivons. L'instant après avoir mangé une pomme, elle n'est que souvenir.

— Il n'y a pas de présent ?

— Non. Il n'y a pas plus de présent que d'existence, Alexandre. Nous sommes faits d'espoirs et de souvenirs. Et sinon, de craintes et de regrets. Ou de remords.

— Mais vous m'aimez et je vous aime et ce n'est ni un espoir ni un souvenir.

— C'est qu'il n'y a pas eu d'esprit de conquête entre nous. Tel n'était pas le cas entre vous et votre maîtresse. Elle vous a séduit et vous étiez sa proie. À son tour, vous l'avez séduite et elle est devenue votre proie. C'est, d'ailleurs, le duel idéal que celui où les combattants s'infligent au même moment la même blessure.

— Toute conquête est donc maudite ? s'écria Alexandre, sur un ton présageant le désespoir.

Sébastien se leva, alluma une chibouque, en tira une bouffée et fit trois pas dans un sens, puis dans l'autre.

— Il est une phrase d'une sainte espagnole, Thérèse d'Avila, qui mérite votre méditation dans ces circonstances : « Nous versons plus de larmes sur les prières exaucées que sur celles qui ne le sont pas. »

Alexandre parut assommé par cette citation.

— Toute conquête est donc maudite, répéta-t-il, mais cette fois dans un murmure.

Et soudain :

— Pourquoi ?

— Parce que nous nous en déprenons.

— Pourquoi ?

— Parce que notre esprit inférieur est un charognard. Nos rêves sont façonnés de souvenirs, c'est-à-dire de cadavres du passé. Notre désir pour la prochaine pomme est composé des souvenirs de la précédente. Or l'avenir n'est jamais semblable au passé. Ce que nous voulons conquérir ne peut être ce que nous espérions. Et nous sommes fatalement déçus.

Alexandre était accablé.

— Il ne faut donc pas désirer ?

Une douleur inconnue poigna Sébastien. Il souffrait pour son fils.

— Alexandre, je ne dis jamais, vous l'aurez constaté, « il faut » ou « il ne faut pas ». Je ne suis docteur d'aucune loi. Vous avez désiré, je m'en félicite. Reste pour vous à savoir si vous avez désiré un être ou désiré votre désir.

Un silence, un de plus, suivit cette réponse.

— Comment parvenez-vous à vivre en sachant tout cela ? demanda Alexandre d'une voix si basse comme son père ne l'avait jamais entendue.

— Je suis l'oiseau sur la branche. J'observe. Parfois je brûle, comme le phénix, et je m'efforce de renaître de mes cendres. Parfois je mange des vers. J'essaie de ne jamais être en cage.

— Je veux être vous, s'écria Alexandre avec passion.

— C'est une conversation que nous avons déjà eue, il me semble, répondit Sébastien avec un sourire.

— Que vais-je faire avec cette maîtresse ?

— La revoir, bien sûr. Pourquoi vous chargeriez-vous de regrets ?

— Et quand nous quitterons Indore, je lui infligerai un grand chagrin, comme vous à ma mère ?

Sébastien enregistra la pointe, mais demeura impassible.

— C'est l'un des inconvénients du commerce amoureux. Avec un peu d'expérience, on en vient à reprocher aux femmes le chagrin qu'on va leur faire. Pour atténuer celui d'Indra, vous pourriez vous racheter.

— Me racheter ?

— Par une rançon. Un bijou mènera vos rapports dans le chapitre des échanges matériels. Vous veillerez à ce qu'il ne soit pas excessif, ce qui risquerait de suggérer des sentiments profonds, ni trop modeste, ce qui serait un signe de mépris. Je vous emmènerai le choisir chez mon joaillier.

Alexandre demeurait pensif et apparemment tourmenté. Sébastien posa la main sur son épaule :

— Allez vous reposer. Puis nous nous préparerons pour le souper avec notre hôte, Malhar Rao. N'êtes-vous pas flatté de souper avec le fils d'un gardien de chèvres ?

Alexandre éclata d'un rire juvénile, presque enfantin, et se leva pour prendre son père dans les bras, sans cesser de rire.

Quand il fut parti, Sébastien se félicita, comme tous les pères, de donner à son fils ce qu'il n'avait pas eu. La brutalité de sa propre initiation aux choses sexuelles l'avait laissé à quinze ans aussi instruit qu'on l'est à soixante, dans le meilleur des cas.

Le plaisir physique était un troc. Hommes et femmes, tous les amants étaient pareils au Marchand de Venise qui demandait obstinément le paiement d'une livre de chair en remboursement de son prêt, conformément à un ancien contrat.

Tout en se prêtant aux soins du domestique qui lui frottait le dos, au bain, il récita les mots de Portia :

How little is the cost I have bestow'd
In purchasing the semblance of my soul
From out the state of hellish cruelty[1] *!*

*

Une lettre de Banati arriva en février 1747.

Les Anglais ne sont plus nos ennemis. Rentrez.

Dans une bouffée d'impatience, Sébastien la jeta au feu. Il n'avait cure de l'inspiration du message. D'abord, il n'était pas un domestique. Puis il se moquait éperdument des caprices des faiseurs de politique européens, russes, allemands, autrichiens, français et autres. Il avait assisté quelques jours auparavant, en ville, à une séance du théâtre d'ombres qui fascinait les habitants d'Indore. Des marionnettes s'invectivaient et se battaient : la diplomatie occidentale.

---

1. « Quel prix dérisoire j'ai donc payé / Pour racheter un semblant d'âme / À une servitude d'infernale cruauté ! » (Shakespeare, *Le Marchand de Venise*.)

Le souvenir des résolutions de la Société des Amis le jetait dans des accès d'amertume. Ces gens se liaient, se déliaient, guerroyaient, s'embrassaient et se trahissaient d'une semaine l'autre sous le coup de frayeurs inopinées, aux causes vraies ou imaginaires, de rancunes que réchauffait le premier soupçon, d'ambitions délirantes, conçues dans la solitude des puissants, bref, de lubies. Ce faisant, ils détruisaient des villes et des villages, sacrifiaient la jeunesse de leurs pays dans le plus parfait mépris de la vie humaine.

Alexandre, qu'il initiait depuis quelques semaines à ces secrets, s'étonna de sa révolte inopinée :

— Mais enfin, pourquoi traitez-vous avec des gens que vous méprisez ? Vous les connaissez depuis des années…

Sébastien chercha ses mots quelques instants.

— Peut-être ai-je une vengeance à prendre, dit-il d'un air sombre.

Ce fut au tour d'Alexandre de rester silencieux. Au bout d'un temps, il demanda :

— Est-elle si grande ?

Et n'obtenant pas de réponse de son père :

— Est-ce là votre secret ?

— Vous voyez juste. C'est une partie de mon secret. Mais je vous l'ai déjà dit : je vous le révélerai quand l'heure sonnera. Pour le moment, je dois poursuivre ma discipline. J'induirai ces gens en erreur jusqu'à ce qu'ils soient réduits à leur nature véritable, qui est celle de pantins, et qu'ils soient contraints de mordre la poussière et de comprendre qu'ils n'ont pas d'autre choix que d'élever ce qui leur sert d'esprit. J'ai un allié de poids, dit-il en fixant son regard sur son fils. C'est vous. Vous verrez.

*

La veille, ayant sans doute appris que son hôte avait reçu un message d'Europe, le prince de Holkar lui avait demandé si, à son avis, la construction de la flotte russe avançait. Sébastien avait répondu qu'il partirait s'en informer dans peu de mois. Le départ s'imposait à lui : Indore devenait aussi monotone que Vienne.

Tout en s'inquiétant de la naissance éventuelle d'un petit-enfant, qui susciterait pour lui des problèmes, Sébastien répugnait aussi à couper court à la liaison d'Alexandre avec Indra. Mais la danseuse hindoue était sans doute experte dans l'art d'éviter une grossesse ; celle-ci eût mis fin à sa carrière. Quand il demanda à Alexandre si sa maîtresse ne s'arrondissait pas, le jeune homme lui répondit, avec une moue facétieuse :

— Point. Le congrès ne se fait pas.

— Comment ?

— Le déduit ne sert qu'à l'échauffement, expliqua Alexandre sur le même ton. Le plaisir ne sert pas à la génération.

— Vous aspiriez déjà à une descendance ?

— Non. Je m'en inquiétais, même.

— Alors la liaison vous convient.

— Elle comporte son agrément. Elle la considère elle-même comme provisoire. Quand j'ai proposé d'approfondir nos rapports, je me suis laissé dire que je n'étais pas un mari d'avenir, car un jour je rentrerais dans mon pays, puisque je ne suis ici que le fils d'un ambassadeur.

— Elle vous a dit cela ?

— Je crois que notre ressemblance ne trompe pas grand monde. Mais de toute façon, je ne me voyais pas fonder famille à Indore.

— Bien. Alors nous pourrons partir quand bon nous semble.

— Vous voulez rentrer à Vienne ?

— Ou à Londres. Mais pas par le même chemin. Nous prendrons le bateau. Ce ne sera pas plus long et nous n'y risquerons pas nos vies de la même façon.

*

Pas de la même façon, en effet.

Peu avant d'atteindre l'île de Saint-Laurent[1], le ciel devint noir et le vent s'enfla furieusement. Le capitaine du trois-mâts *Épée de Saint-Georges*, navire marchand de la United Company of Merchants of England, fit réduire la voilure des deux tiers, à partir du haut, évidemment. Les matelots grimpèrent aux mâts et s'échinèrent à carguer, exercice particulièrement périlleux par gros temps, surtout quand il fallait amener les cacatois sur un vaisseau gîtant à quarante degrés de part ou d'autre. Bref, l'opération se fit comme d'habitude, dans des jets d'aiguillettes, de paumelles, d'épissoirs et de jurons qui

1. Ancien nom de Madagascar. C'était à l'époque un repaire de pirates anglais et français.

tombèrent sur le pont ou se perdirent dans le vent, le tonnerre et le rugissement des vagues, sans parler des craquements et crissements déchirants du gréement. Les trois voiles du bas, misaine et grand-voiles, suffisaient largement à propulser le navire et sa cargaison de soieries et de cotonnades.

Chaque fois que le navire plongeait dans les creux, Alexandre blêmissait. Sébastien serrait les dents. Depuis sa conversation de la veille au souper avec le capitaine Mallester et le premier lieutenant, il maîtrisait mal sa frustration. La tempête était pour lui un exutoire.

Il s'était embarqué sur le navire anglais comme citoyen hollandais, désignant Alexandre comme Grec.

— Puisque vous êtes hollandais, monsieur, et donc de nos alliés, vous devez être de bien sombre humeur, avait déclaré le premier lieutenant.

— Pourquoi ? avait demandé Sébastien, expliquant qu'il était sans nouvelles du monde depuis plusieurs mois.

Le capitaine Mallester lui avait alors exposé les événements qu'il avait manqués, en le priant de pardonner la contrariété que ceux-ci lui vaudraient sans doute.

Et Sébastien avait ainsi appris bien plus que le renversement d'alliances dont Banati l'avait si succinctement informé. Depuis les sévères défaites du prince Charles de Lorraine à Raucourt et du prince d'Orange et du duc de Cumberland à Lauffield, la France tenait militairement le haut du pavé. Elle occupait les Provinces-Unies et avait repoussé les Alliés au-delà de la Meuse. La Russie avait bien envoyé des troupes au secours des Alliés et elles étaient arrivées jusqu'à la Meuse, mais trop tard.

C'était donc ainsi que la Russie s'était alliée à l'Angleterre. Tous ces longs mois de farniente à Indore, il n'avait rien su. Pendant que le monde changeait, il avait envoyé des rapports sur la lune en humant le parfum des roses et en s'initiant aux finesses du sanscrit.

Sa mauvaise humeur ne fut pas feinte.

— Consolez-vous, monsieur, lui avait reparti Mallester, la partie n'est pas finie. Nous enlèverons les Indes à ces Français comme nous leur enlèverons le Canada.

La consolation fut à demi efficace. Les Indes, oui. Mais la Russie en serait exclue et il doutait qu'il y eût jamais plus affaire.

*

On entrevoyait déjà l'île au travers des montagnes et des vallées de la mer, quand la pointe de Diego-Suarez disparut soudain sous un rideau de pluie. Des trombes d'eau mitraillèrent toutes les surfaces, horizontales ou verticales.

Sébastien et Alexandre, qui n'en pouvaient mais d'être ballottés dans leur cabine, revêtirent leur ciré, enfilèrent leurs bottes et montèrent sur le pont. Ils faillirent perdre pied aussitôt, car une vague balaya le navire de tribord à bâbord.

À vrai dire, la pluie des moussons de février les avait poursuivis depuis qu'ils avaient quitté Bombay. Mais aussi, les vents étaient propices et le navire anglais avait quasiment volé de toute la force de ses neuf voiles carrées, les écoutes de foc et clinfoc tendues à craquer. Bénéfice supplémentaire, les réserves d'eau avaient été largement renouvelées par la pluie.

Les deux passagers – en fait trois, mais le pasteur qui était aussi du voyage avait préféré se balancer sur son hamac, en priant – gravirent la dunette et se tinrent près du capitaine et du pilote.

— Dans une heure, dit le capitaine Mallester, nous devrions avoir atteint la baie d'Antongill.

Il fronça ses sourcils ruisselants et ajouta :

— Pourvu qu'on voie la terre à temps.

La perspective de se fracasser sur les rochers hanta Sébastien.

On aperçut la terre de justesse. Le pilote tourna la barre avec une vigueur de titan. Une bonne heure plus tard, le navire entra dans la baie. Les bourrasques faiblissaient. Dûment rincées, les hauteurs de l'île verdoyaient. À une demi-encablure, un autre navire était à l'ancre : un cinquante-deux canons ; le pavillon détrempé pendait comme un vieil oripeau, mais on voyait bien qu'il ne portait pas d'autre couleur que le noir. Le capitaine l'observa à la lunette, sardonique ; une bonne douzaine de matelots aux rambardes observaient aussi l'arrivant.

— Des pirates, dit-il.

Sébastien frémit. Si c'étaient des Français ou des Portugais, la baie d'Antongill servirait sous peu de théâtre à une bataille sans espoir entre les quatre canons du bord et les cinquante-deux bouches à feu ennemies.

— Français ? demanda-t-il.

— On va voir, répondit Mallester.

Il appela le trompette du bord et lui fit donner du bugle. Quelques instants plus tard, un appel martial retentit dans la baie. Presque aussitôt, trois notes identiques de bugle, presque ironiques, répondirent de là-bas. Sur les grèves et les bouts de quais rudimentaires, des indigènes ruisselants, pareils à des statues de bronze, observaient la scène.

L'équipage était réuni sur le pont, mousses, cuisinier et marmiton compris. Le pasteur, qui avait ressurgi, roulait des yeux ronds.

— Sur terre, sur mer, partout des brigands, marmonna Alexandre.

Le vaisseau pirate mit une chaloupe à la mer. Six hommes ramaient et un septième se tenait debout à la proue. Mallester sourit et fit descendre une échelle. Un moment plus tard, un homme d'une trentaine d'années, au visage carré et plaisant, en tricorne et redingote bleue de fantaisie, à boutons dorés, mit pied sur le pont, suivi d'un gaillard de la même farine :

— Capitaine William Owen pour vous servir, monsieur, déclara-t-il d'un ton empreint d'une légère forfanterie.

— Capitaine Charles Mallester, de la United Company, répondit ce dernier, tendant la main avec bonhomie.

Sébastien suivit l'échange d'un œil mi-rassuré. Des Anglais ne se battaient pas entre eux ; les flibustiers ne chassaient que l'étranger et, ce faisant, travaillaient officieusement pour la Couronne. Mais on ne savait jamais.

Owen se tourna vers son second, lui prit des mains deux paires de gros volatiles et les offrit à Mallester.

— Gibier local, expliqua-t-il.

C'étaient des canards à bec rouge.

Mallester hocha la tête, remercia et tendit le gibier au cuisinier.

— Il n'y a pas grand-chose de plus à terre, reprit Owen. Nous sommes arrivés ce matin à l'aube. L'auberge portugaise est quasiment sans alcool et les chambres sont détestables. Les indigènes ne sont guère plus aimables avec les Anglais qu'avec les Français[1]. Vous rentrez en Angleterre ?

Mallester hocha la tête.

— Puis-je vous demander un service ? Quelques-uns de nos hommes voudraient envoyer des lettres chez eux.

Nouveau hochement de tête.

— Le temps que l'écrivain les rédige, je vous les fais parvenir dans deux heures.

Mallester s'inclina avec un léger sourire ; les quatre canards servaient sans doute à payer les frais de poste. Les pirates étaient certes civils, mais ils conservaient le sens de la comptabilité.

L'intermède médusa Alexandre. Sébastien lui en expliqua plus tard les données. Hors-la-loi et gens honnêtes s'entendaient d'office sous le couvert du pavillon national.

— Combien de temps durera votre escale ? demanda Owen.

— Jusqu'à la fin de la tempête.

— Voulez-vous que je vous escorte ? Les Français et Portugais traînent beaucoup sur la côte occidentale de l'Afrique.

1. En 1642, la moitié de la garnison française à Fort-Dauphin avait été massacrée par les indigènes et la population resta longtemps hostile aux pionniers de l'occupation coloniale.

— Merci, répondit Mallester. J'ai fait plusieurs fois ce voyage. Sans encombre.

Sébastien devina que le capitaine n'était pas disposé à payer Owen pour sa protection.

Deux sortes de pirogues se détachèrent du rivage, en direction de l'*Épée de Saint-Georges* ; on distinguait au fond des régimes de bananes, des oranges et d'autres fruits.

— On en achète ? demanda Sébastien au cuisinier.

— Vous en trouverez à toutes les escales d'Afrique. Mais enfin, si vous en voulez…

Il jeta par-dessus bord une corde munie d'un crochet et, au bout de quelques échanges dans un sabir indéchiffrable, remonta un régime de bananes et un panier d'oranges, vida le panier, y jeta une pièce et le redescendit. Sébastien, Alexandre et le pasteur dégustèrent des bananes et se mirent en demeure de peler des oranges.

Quelque deux heures plus tard, le ciel se dégagea, la chaloupe des pirates revint avec les lettres annoncées, toutes de la même main, et un tonnelet d'un alcool inconnu, une sorte de vin cuit qui ressemblait au xérès. Mallester donna l'ordre d'appareiller et leva l'ancre. Le voilier se dandina un temps infini avant de prendre le vent et de regagner enfin la haute mer.

Les canards furent cuits et servis sur une vaste litière de riz, afin d'en récupérer le jus. La nuit était claire, sous un vent de douze nœuds. Tout le tonnelet du faux xérès fut avalé avec, mais chacun convint qu'une bonne pinte de bière eût mieux convenu au repas.

Cinq jours plus tard, l'enfer se déchaîna de nouveau : le cap de Bonne-Espérance. La vue de la haute muraille de montagnes, sur laquelle le vent menaçait de drosser le navire, et du pic du Diable, autour duquel étincelaient des éclairs, ne rassura personne. L'*Épée de Saint-Georges* entra au port à la nuit tombée avec trois vergues cassées.

Sébastien était éreinté autant que mécontent. Le lendemain matin, lui et Alexandre gagnèrent en chaloupe la bourgade qui bourgeonnait autour du port et prirent une chambre dans une auberge hollandaise.

Huit escales et trente-trois jours plus tard, ils étaient à Blue Hedge Hall, chez Solomon Bridgeman. Sébastien poussa un soupir de soulagement.

C'était le 6 mai 1748.

39

Un combat de cadavres

Son regard allait du père au fils, comme un enfant qui suit du regard les balles dans les mains d'un jongleur.

— Seigneur ! s'écria Solomon Bridgeman, en voyant côte à côte Sébastien et Alexandre. Mais j'ai la berlue !

Sébastien éclata de rire et Alexandre parut amusé.

L'Anglais comptait maintenant soixante-neuf ans, mais la principale différence qu'on discernait dans son état avec la dernière fois que Sébastien l'avait vu, trois ans auparavant, était dans l'effort qu'il faisait pour se lever. Il convoqua son maître d'hôtel, Benedict, toujours vaillant, et commanda « le plus beau souper que vous puissiez imaginer ».

Ce le fut à coup sûr, par la chaleur de l'accueil. Bridgeman sembla considérer Alexandre comme son petit-fils. Il en était tellement ému que ses yeux se mouillaient sans cesse. Sébastien s'en félicita ; ses plans étaient arrêtés.

— Solomon, dit-il, si Alexandre en convient, je souhaite que vous acheviez son éducation comme je le ferais moi-même.

Les deux hommes se tournèrent vers le petit prince ; ce fut à son tour d'avoir les yeux humides.

— Père, répondit-il, j'ai compris l'affection que vous portez à M. Bridgeman. Ce sera une joie et un honneur que de l'écouter.

Sébastien se pencha par-dessus la table et posa sa main sur celle de son fils.

— Voilà qui me comble. Solomon vous enseignera les choses les plus élevées et celles qui sont quotidiennes, aussi bien sinon mieux que moi. Car son expérience, infiniment supérieure à la mienne, ne s'est certes pas appauvrie ces dernières années.

Bridgeman sourit. Sébastien observa une pause et reprit :

— Alexandre a vécu le plus clair de sa vie dans les entrailles et non la tête du monde. La tête est en Occident. Je vais voyager souvent. Je souhaite qu'il jouisse du calme nécessaire pour s'instruire de l'histoire de cet Occident et qu'il en maîtrise l'histoire et la philosophie. Il est excellent escrimeur et cavalier. S'il apprenait de surcroît ces talents que sont la peinture et la musique, je m'en féliciterais.

Bridgeman considéra Sébastien un moment.

— Vous voulez en faire en quelque sorte le chef-d'œuvre de vous-même.

Au bout d'un temps, Sébastien déclara :

— Jadis, un Indien d'Amérique m'a dit que j'avais sauvé une vie et que j'en aurais donc deux. Et il y a moins longtemps, Alexandre m'a dit qu'il voulait être moi.

— Je vois le lien, dit Alexandre d'un ton gai.

Ce qui détendit les humeurs, jusqu'alors un peu graves.

*

Trois jours plus tard, les nouvelles de la chute de Maastricht, assiégée par les troupes du maréchal de Saxe et de Lœwendahl, consternèrent Londres. La reddition de la place forte était advenue le lendemain du retour de Sébastien ; il y vit un présage. La politique erratique et les caprices frénétiques des maîtres de l'Autriche, de l'Angleterre, des Provinces-Unies et de la Russie avaient abouti à un désastre. Une fois de plus, Sébastien se persuada qu'à demeurer au service de Zasypkine par l'entremise de Banati, il ne ferait que perpétuer le rôle d'un subalterne ; il n'aurait jamais voix au chapitre de cette façon-là.

Il fut découragé. Plusieurs semaines se passèrent de la sorte, d'une part à surveiller les études d'Alexandre, de l'autre à s'entretenir avec Solomon sur leurs affaires. Il eût voulu reprendre ses recherches sur la terre de Joachimsthal, mais le principal demeurait dans les caves d'une banque à Nuremberg et le coffret qui en contenait une livre était dans une cachette de l'hôtel de la Herrengasse, à Vienne.

À la fin, il reprit donc la mer et, miséricordieusement, il atteignit Nuremberg une semaine plus tard. Il fit confectionner un autre coffret doublé de plomb, y déposa cette fois trois livres de la mystérieuse terre et reprit le chemin du retour. Dans la malle-poste, il s'avisa de l'inconvénient d'avoir une partie de ses affaires et de ses livres à Vienne et une autre à Londres ; il songea à l'utilité d'un lieu bien à lui où tout cela serait réuni. À Francfort, il s'enquit auprès du bourgmestre d'une propriété qui serait à vendre dans la région. Francfort se trouvait, en effet, à distance raisonnable des Provinces-Unies, de l'Angleterre, de la France et de l'Autriche. Le bourgmestre lui apprit que le prince héréditaire Wilhelm de Hesse-Cassel souhaitait, en effet, vendre des terres et des bois non loin de là, ainsi qu'un petit château et une ferme qui s'y trouvaient.

Sébastien écrivit au propriétaire, qui le pria en retour, par messager exprès, de lui rendre visite dans son château de Hanau, près de Francfort.

— Le comte de Saint-Germain ! s'écria le prince avec chaleur quand le majordome pria Sébastien dans le grand salon du château. Mon Dieu, quel honneur, monsieur. Mes amis de Vienne, le prince von Lobkowitz et bien d'autres m'ont parlé de vous de façon si élogieuse ! Lors de mon séjour à Vienne, j'ai espéré vous rencontrer, mais on m'a dit que vous étiez parti pour l'Orient.

— Je regrette de vous avoir fait défaut, répondit gracieusement Sébastien. J'étais aux Indes depuis près de deux ans.

— Aux Indes ! Je voudrais avoir le plaisir de vous entendre sur ce voyage.

Le prince convia Sébastien à déjeuner, puis à séjourner au château. Des valets furent mandés chercher les bagages du comte à l'auberge de Francfort. Le lendemain, argua son hôte, ils pourraient ainsi visiter à loisir le château et les terres à vendre[1].

Sébastien accepta ces privilèges princiers avec la même aménité et, le soir même, soupa donc en compagnie de l'épouse, des enfants, de parents et de clients du prince. Mais quand, après souper, Wilhelm de Hesse-Cassel pria les membres mâles de l'assistance dans la bibliothèque, pour fumer le cigare ou siroter un chocolat chaud, ou les deux à leur convenance, il se lança dans une diatribe sur les échecs répétés des Alliés. Cela fait, il sollicita l'avis du comte de Saint-Germain sur ces sujets attristants. Ce dernier, échauffé mais froid, répondit :

— De quoi s'afflige donc Votre Altesse, si ce n'est de la folie des maîtres du monde ?

Un silence effaré tomba sur l'assistance.

— Qu'avons-nous vu, Altesse ? reprit Sébastien d'une voix sonore. Je vous prie de le considérer. Il y a quelque six ans, l'Électeur de Bavière, entretenu par ses courtisans et quelques princes voisins dans une illusion aussi grandiose

---

1. Il est avéré que Saint-Germain acheta des terres et une maison en Allemagne aux environs des années 1750, mais on ne sait où. Le mémorialiste J. J. Bjornstahl rapporte dans ses *Voyages en Europe en 1774 (Reise in Europa in 1774)*, qu'il se trouva cette année-là dans le château du prince héréditaire de Hesse-Cassel en compagnie de Lord Cavendish et de Saint-Germain. Selon ses *Mémoires de mon temps* (Copenhague, 1861), Karl de Hesse, frère du prince héréditaire, accueillit également Saint-Germain chez lui quatre ans plus tard. Ce dernier jouissait donc de l'amitié des Hesse-Cassel et il est donc permis de supposer que ce fut grâce à eux qu'il fit l'acquisition de ses propriétés allemandes.

que futile, juge que Marie-Thérèse de Habsbourg est une matrone dérisoire qui ferait mieux d'aller à vêpres et complies plutôt que de prétendre maintenir le trône d'Autriche, bien au-dessus de ses moyens et de sa misérable nature de femme. Nul doute, il estime que ce trône lui revient à lui, c'est la propriété tacite des Wittelsbach. Il prend incontinent le titre d'archiduc d'Autriche puis, de souper en souper, grisé par l'absence d'objections, celui de roi de Bohême.

Le silence, cette fois épouvanté, accueillit ces propos provocateurs. Le prince écoutait, cependant, sans donner le moindre signe d'émotion. Sébastien reprit, cigare en main :

— Le 21 janvier 1742, vous en souvenez-vous ? fort de l'appui tacite d'autres États allemands, enivrés ou titillés par l'aventure, ainsi que de l'Angleterre, qui n'entend pas grand-chose aux affaires du continent et qui croit s'assurer un allié dans la guerre ininterrompue qu'elle mène à l'Europe, il se fait couronner empereur à Prague, sous le nom de Charles VII. Il a franchi un pas insensé : il revendique ainsi le trône des Habsbourg.

Tous les regards se tournèrent vers le prince : il avait été des partisans de Charles VII. Mais le prince héréditaire Wilhelm de Hesse-Cassel sirotait calmement son chocolat. Sébastien le consulta du regard :

— Dois-je ou puis-je poursuivre, Altesse ?

— Votre scrupule m'honore, votre censure me désobligerait, dit le prince.

— Je vous en remercie humblement. Toute femme qu'elle soit, l'impératrice Marie-Thérèse s'alarme et envoie ses armées envahir la Bavière. Munich, capitale de l'Électeur, tombe le jour même de son couronnement. Charles VII ne survit pas longtemps à ses illusions : le 29 décembre 1744, il meurt. Son successeur, instruit par l'exemple, renonce à toutes prétentions impériales. L'affaire semble close. Les menaces qui pesaient sur le trône des Habsbourg ont disparu avec le prince trublion. Tout devrait revenir au *statu quo ante*. Hélas, l'Autriche apparaît désormais comme une puissance avec laquelle il faut compter. La Prusse ne l'entend pas de cette oreille. Ainsi commence la guerre de Succession d'Autriche.

L'assistance ne pipait mot, fascinée par le réalisme impudent de l'invité du prince. Celui-ci n'allait-il pas s'indigner et chasser l'insolent ? Le faire arrêter ?

Point : le prince posa sa tasse vide et dit :

— Vous avez raison, comte. J'ai été de ceux qui ont soutenu Charles VII. Je m'en repens. Il n'est personne ici présent qui ne le sache. J'ai méjugé Marie-Thérèse. Racontez-nous la suite et comment vous la jugez.

C'était un ordre. Le prince en personne versa du chocolat dans la tasse de l'orateur.

— Des partis se forment, encouragés par les rivalités. La France, qui exècre l'Angleterre, laquelle a bizarrement pris le parti de l'impératrice après avoir soutenu son usurpateur, s'oppose avec l'Espagne à l'hégémonie de Marie-Thérèse sur l'Autriche-Hongrie. Le prince d'Orange, qui exècre l'Espagne, prend le parti de l'impératrice. Frédéric II de Prusse, jamais à court d'une exécration, s'oppose également à Marie-Thérèse, à laquelle il espère arracher la Silésie. La Russie s'alarme de la montée de l'Autriche comme de celle de la Prusse et cherche des alliés, pour contenir les victoires de Frédéric et l'émergence de l'Autriche.

Sébastien observa une pause et parcourut l'assistance du regard.

— Le résultat de tout cela ? conclut-il. Le tocsin sonne en Europe. Il y a sept ans que l'on se bat. Les alliances se font et se défont au gré des chancelleries et des fantasmes. C'est un spectacle de la folie, où les nations s'affaiblissent inexorablement. À la fin, il sera aussi effrayant que celui de cadavres se disputant un tombeau dans un cimetière.

Certains se récrièrent. Les autres convives observaient un silence consterné. Ce qu'ils venaient d'entendre jetait bas leurs convictions. Et le pis était que le prince lui-même, le prince ! donnait raison à Saint-Germain. Ils croisèrent et décroisèrent les jambes, se passèrent la main sur le visage, rajustèrent leurs perruques.

— Le prince me fait l'honneur de me demander s'il est un remède. Oui. Il est tellement évident que personne ne le voit. C'est la paix. La paix à tout prix.

— Mais comment feriez-vous, demanda Karl de Hesse, frère du prince, quand un monarque soudain vous offense en revendiquant un titre qui vous menace, comme Charles de Bavière offensa Marie-Thérèse ?

— Cela n'adviendrait pas, répondit Sébastien. Parce que si les princes veulent la paix, ils formeront une société où l'on se consultera avant de prendre des décisions.

— C'est le rôle des envoyés.

— Les envoyés ne sont généralement au courant de rien, rétorqua Sébastien. Ils sont chargés de missions dont ils ne connaissent pas les dessous. Et de surcroît, ils entretiennent souvent leurs propres querelles.

— Que serait cette société ? demanda le prince héréditaire. Il me semble avoir entendu parler de quelque chose de semblable par notre ami le prince de Lobkowitz.

Sébastien exposa les principes de la Société des Amis.

Le prince héréditaire demeura songeur un moment.

— Monsieur, dit-il enfin, c'est le projet le plus sage que j'aie jamais entendu. La paix, oui, la paix est le bien le plus précieux de l'humanité. Vous avez mon plein assentiment.

Les chandelles tiraient près des bobèches et le prince décida d'aller se coucher.

*

Peu après survint un incident comme il s'en produit souvent dans les châteaux.

Sébastien, déshabillé, s'apprêtait à se coucher et venait de tirer la courtine du lit sur la ruelle quand un éternuement étouffé le fit sursauter. Le bruit avait été tout proche et il fit le tour du lit pour surprendre l'éternueuse, car le son de l'éjaculation lui avait semblé féminin : personne. Il alla à la porte, l'ouvrit et surprit une jeune fille en robe de chambre, confuse, s'essuyant le nez du revers de la main.

— Pardonnez-moi, dit-elle sans le moindre embarras, ces couloirs sont pleins de courants d'air.

C'était une des convives du souper. Mais du diable s'il parvenait à se rappeler son nom. Une demoiselle joliment écervelée, en tout cas.

Il la considéra, amusé. À l'évidence, elle écoutait à la porte. Le regard qu'elle glissa dans la pièce confirma son indiscrétion.

— Vous espériez surprendre un secret, dit-il.

— Mon oncle dit que vous êtes un monsieur bien mystérieux. Je me demandais…

— … qui donc partageait ma chambre, dit-il en s'effaçant pour la laisser entrer.

— Je peux ? dit-elle, pointant du nez.

Mon oncle. Il la situa d'emblée : une nièce du prince. La situation était délicate autant que prévisible. La brebis avait elle-même demandé l'accès à la tanière du loup.

À force d'abstention, le loup était devenu abstinent, sinon ascétique. Cependant, il s'étonna de ressentir de l'appétit.

Elle frissonna, vraiment ou par feinte. Mais elle coula quand même un œil vers le lit, pour vérifier qu'il était bien vide.

Quelques braises achevaient de rougeoyer dans l'âtre, mais Sébastien n'était guère frileux et septembre était clément.

— Vous n'avez pas froid, vous ? demanda-t-elle.

— Qu'à cela ne tienne, je vais vous réchauffer, Mademoiselle…

— Sieglinde, dit-elle alors qu'il la prenait dans ses bras.

Elle leva vers lui un museau froid autant que frais. Il l'embrassa, d'abord délicatement, puis chaleureusement et enfin goulûment avant de l'étreindre plus fort. Ses caresses furent résolues. Elle frémissait, de froid ou d'émotion, qu'importait. Il l'entraîna vers le lit. Elle n'eut bientôt plus besoin de se réchauffer : les mains de Sébastien lui fouettaient le sang. Elle se lécha les lèvres et se pâma.

— Qu'attendez-vous ?... murmura-t-elle alors qu'elle jugeait que son partenaire était à point.

Tout indiquait que la demoiselle était plus ardente qu'expérimentée.

— S'agit-il de votre plaisir ou bien de votre descendance ? répliqua-t-il.

Elle tenta de le chevaucher, visiblement déterminée à faire l'expérience du membre de son partenaire ; mais il esquiva et, la maintenant de force d'une main, la porta de l'autre au pinacle. Elle haleta. Il dut la bâillonner de ses doigts afin qu'elle n'ameutât point le château. Elle se tortilla, gémit, battit des jambes, darda des seins et poussa enfin un grand soupir.

— Mais vous ?... demanda-t-elle, quand elle se laissa retomber sur le lit.

Peu après, elle poussa un petit cri de surprise, puis de refus, puis de résignation.

— Que faites-vous ! Cela est interdit ! protesta-t-elle, mais trop tard.

Pourtant, divers signes témoignèrent pour Sébastien qu'elle n'était pas entièrement indifférente à ces mauvais traitements.

— Je ne suis pas un garçon ! reprit-elle quand l'épisode se fut achevé.

— Vous êtes bien informée, observa-t-il en riant.

— Je pensais que vous feriez meilleur usage de votre outil, dit-elle, usant du mot vulgaire allemand *Tölpell.*

— Il en est un auquel vous n'avez pas songé.

Elle parut étonnée ; il lui expliqua ; elle se récria.

— J'essaierai la prochaine fois, dit-elle, minaudant, puis se lova contre lui. N'importe, vous tenez chaud, conclut-elle avant de s'endormir.

*

Le lendemain, le prince, son intendant et Sébastien partirent en malle-poste visiter l'habitation et les terres que le prince se proposait de vendre. La propriété avait appartenu à un oncle mort sans descendance et dont le prince était le seul héritier ; elle comportait une centaine d'hectares, dont un tiers de bois, des terres agricoles avec une ferme et, ce qui intéressait le plus Sébastien, un manoir de deux étages sur le Main, non loin de Höchst, en assez bon état, bien qu'abandonné depuis des années. L'affaire fut conclue sur-le-champ, avec un billet à l'ordre de la banque d'Amsterdam.

De retour à Hanau, le prince déclara à Sébastien :

— J'ai longuement songé à votre discours d'hier. En fait, je n'ai cessé d'y songer. Une société telle que celle que vous décrivez existe déjà…

— Les francs-maçons, dit Sébastien.

— En effet, reprit le prince, surpris. Êtes-vous des leurs ?

— Non. S'ils existent, je ne les trouve guère efficaces.

— Mais si vous vous joigniez à eux et que vous les ameniez à vos vues, sans doute le seraient-ils davantage. Je vous appuierais de tout cœur.

— Êtes-vous des leurs ? demanda à son tour Sébastien.

— Oui, sous le sceau du secret.

— J'ignore comment je me joindrai à eux.

C'était admettre qu'il y était disposé.

Le prince convainquit alors Sébastien de faire une halte par Münster, où il le présenterait lui-même à la grande loge de cette ville[1].

---

1. C'est à Münster que fut créée en 1717 la première grande loge allemande, la plus ancienne de ce pays.

40

La demoiselle qui avait toujours froid

De retour de Münster, Sébastien s'attela, avec l'intendant du prince Wilhelm, à l'aménagement du manoir et à l'organisation du fermage. L'automne survint sur ces entrefaites. Puis il ne fut question dans toutes les principautés allemandes que du congrès d'Aix-la-Chapelle, ville décidément destinée aux traités de paix.

Même la domesticité et les métayers de fermes en parlaient.

— Allons voir, nous apprendrons toujours quelque chose, avait dit le prince. Nous séjournerons chez mon ami l'évêque de Cologne.

Ils n'avaient pas plutôt quitté Hanau qu'ils se trouvèrent pris dans un embarras d'attelages et de cavaliers.

— Pas question d'atteindre Aachen avant ce soir ! cria l'un des cochers à celui du prince.

Or, il n'était que trois heures de l'après-midi.

Une fois arrivés à Cologne et à l'évêché, les deux voyageurs ne se virent offrir que des quartiers spartiates chez le seigneur de l'Église, petit homme haletant et débordé de demandes. On pouvait le comprendre : la moitié de ses hôtes étaient protestants. Giulio, le domestique fidèle, dormit sur un banc de la chapelle privée et Sébastien ne dormit pas du tout, incommodé par le froid, les ronflements du prince et des pensionnaires d'occasion qu'on entendait à travers les murs, ainsi que les couinements des souris de l'évêché qui devaient, elles aussi, tenir un congrès.

Les représentants de l'Autriche, de la Prusse, de la France, des Provinces-Unies, de l'Angleterre, de l'Espagne et de la Russie avaient, en effet, drainé une sorte d'invasion. Non seulement on ne trouva plus à Aix-la-Chapelle ni lit ni cheval, mais encore Cologne, toute proche, fut-elle investie par les suites des délégués, conseillers, militaires, secrétaires, favoris, curieux, domestiques, maîtresses et gitons, sans compter les espions, les rabatteurs et les putains. Les rues des deux villes grouillaient de monde jusque tard dans la nuit. Fait inouï : le vin et la bière menacèrent de manquer.

Bien après les heures honnêtes, des cris d'extase fusant au travers de la jactance des ivrognes et des braillards révélèrent que le menu fretin se livrait à la galanterie. Pour se dédommager des avanies que lui infligeaient ses maîtres, le personnel chiffonnait sous des portes cochères les gourgandines accourues pour l'occasion.

Le lendemain, Sébastien se leva de fort mauvaise humeur et songea à retourner dans ses terres, à supposer qu'il trouvât un attelage pour l'y ramener. Ce fut Giulio qui sauva la mise : à onze heures, il accourut, haletant, pour annoncer à son maître qu'il avait dégotté une veuve impotente, toute disposée à lui louer une partie de son vaste logis, derrière l'église Sainte-Ursule. Sébastien s'y rendit incontinent : la logeuse d'occasion, une dame Grosswinkel, veuve d'un drapier, était effarée.

— Que se passe-t-il dans cette ville, Dieu du ciel ? s'écria-t-elle.

— Sept pays viennent y faire la paix, lui répondit-il, amène.

— La paix ? Mais c'est l'enfer qu'ils ont battu en neige ! glapit-elle. On ne trouve même plus de pain !

— Je vous en obtiendrai, l'assura-t-il. Je suis le comte de Saint-Germain.

Der Graf Saint-Germain ! Émerveillée, émoustillée, elle lui loua tout un étage d'une maison de trois et, comme elle avait des chats, Sébastien espéra trouver enfin un peu de repos la nuit prochaine. Il la paya royalement d'une pièce d'or et Giulio courut chercher les bagages à l'évêché.

Le soir, il entrait dans une taverne quand il croisa à la porte un homme qui lui saisit le bras et qu'il ne reconnut d'abord pas sous son vaste chapeau : c'était le maréchal de Belle-Isle. Ils se donnèrent l'accolade. Enchanté de revoir son hôte de Vienne, le maréchal quitta sa suite pour retourner s'attabler avec Sébastien.

— La paix ! maugréa le militaire. La paix ! Avez-vous donc vu quelle sorte de paix ce sera ? Tout le monde perd tout ce qu'il avait gagné, à l'exception de Frédéric, qui conserve la Silésie et le comté de Glotz ! Et ce grand benêt de don Philippe, qui se voit attribuer trois duchés qui sont à mille lieues de chez lui[1] et qu'il perdra au premier coup de vent !

Sébastien, stupéfait, ignorait tout cela, le traité n'ayant même pas été signé. Belle-Isle, décidément échauffé, avala une rasade de sa chope.

— La France, reprit-il, perd Madras aux Indes après Louisbourg au Canada. Et la situation est pire qu'auparavant. Avez-vous vu ce désastre ? Les armées russes sur la Meuse ? Mais ce sont les invasions barbares qui reprennent ! Cette paix porte en elle les germes de je ne sais combien de guerres futures !

— Pouvions-nous poursuivre la guerre ? demanda Sébastien.

— Non. Vous avez mis le doigt sur le fond de l'affaire. Nous commencions tous à être épuisés. Ce n'est qu'une trêve, le temps de nous ressaisir. Pour nous, la partie se poursuit cependant aux Indes et au Canada. Ah, mon ami, quelle sombre aventure ! Cette fausse paix est un désastre. Je tremble à la réaction du roi.

— Il vous faut maintenant chercher des alliances, déclara Sébastien. Leur seule existence dissuadera les agresseurs.

— Vous avez toujours l'esprit aussi clair, je m'en félicite. Mais avec qui proposez-vous que nous nous alliions ?

— D'abord l'Angleterre, répondit Sébastien. Puis l'Espagne. Des traités avec de petits États tels que Gênes et Naples ne peuvent effrayer personne.

---

1. Parme, Plaisance et Guastalla.

— Ah mon ami, il faut que vous veniez à Paris. Que votre conseil soit écouté du roi…

— Mais je n'ai aucun titre à conseiller le roi.

— Il en est bien d'autres qui l'ont et qui n'ont rien de sensé à dire. Songez à mon offre.

— Je constate avec tristesse que la Société des Amis est encore loin d'être influente, observa Sébastien.

— Elle le sera, elle le sera ! s'écria le Français avec chaleur. Nous ne pouvons nous permettre d'y manquer.

Sur quoi le maréchal partint rejoindre les siens. Sébastien se disposait à souper d'une cuisse de canard rôti aux pommes en jus et d'un doigt de vin d'Anjou quand trois hommes entrèrent dans la taverne. L'un d'eux était Zasypkine. Parcourant la salle du regard à la recherche de places, il aperçut Sébastien, seul à sa table ; il se dirigea vers lui, l'air surpris.

— Vous ici ? s'écria-t-il, quand lui et ses compagnons furent parvenus à lui. Nous permettez-vous de nous joindre à vous ? Banati et moi nous demandions si vous n'aviez pas fait naufrage…

— J'eusse pu, non pas faire naufrage, mais être égorgé plus d'une fois, en effet, répondit Sébastien d'un ton pointu.

— Solimanov m'a, en effet, informé de vos tribulations, admit Zasypkine. J'en suis sincèrement navré. Je m'étais indûment fié à l'avis d'un bureaucrate incompétent.

Comme l'avait dit Astakov, songea Sébastien.

— Vous jugerez sans doute utile d'accorder une promotion au capitaine Astakov, du fort de Krasnovodsk, qui m'a prêté une escorte, sans laquelle je ne serais probablement pas ici ce soir.

Bien que courtois, le ton de Sébastien exprimait de la froideur. Zasypkine en comprit la cause : le comte de Saint-Germain n'entendait pas être traité en factotum qu'on expédiait à mille diables au péril de sa vie et qu'on priait ensuite de revenir sans autre forme de procès.

— J'entends vos reproches et vous renouvelle mes regrets, dit Zasypkine. Mais pourquoi ne nous avez-vous pas avisés de votre retour ?

Jugeant qu'il avait enfoncé le clou, Sébastien se fit plus amène :

— Ma mission étant terminée, je n'ai pas vu d'utilité à prolonger mon séjour aux Indes. Un dernier message de Vienne m'a confirmé dans cette idée et je suis revenu vers l'Europe.

— Laissez-moi vous dire, déclara le Russe, que vos observations ont été très appréciées par le chancelier. Elles ont fortement contribué à sa décision en ce qui touche aux Indes. La Russie n'y interviendra pas.

Sébastien hocha la tête.

— Je suis heureux d'avoir été utile.

— Vous l'êtes toujours, comte. Ayez la bonté de ne pas douter de notre attachement. Et dites-moi de quelle manière je puis vous être agréable.

Ce ton ne ressemblait guère à celui du Zasypkine impérieux que Sébastien avait connu à Vienne ; il s'en félicita. Cela signifiait que sa renommée était établie à Moscou.

Il donna sa nouvelle adresse à Zasypkine et laissa les trois Russes achever leur souper. Puis il regagna à pied son logis derrière Sainte-Ursule.

*

Il arrivait à la porte cochère et Giulio avait tiré la clef de sa poche quand une ombre bougea dans le recoin de la maison voisine. Sébastien mit la main à son épée et soudain remarqua que la vaste cape couleur de muraille qui s'approchait était véhiculée par de petits pieds. Des pieds de femme. Toujours sur le qui-vive, il observa cette inconnue. La cape s'ouvrit et une voix aussi féminine que les pieds lança :

— Enfin ! Je commençais à transir !

Éberlué, Sébastien reconnut Sieglinde. Ce n'aurait eu aucun sens de lui demander ce qu'elle faisait là ; il se contenta de la considérer. Évidemment, elle avait encore froid. Giulio, qui supposait sans doute que son maître avait un rendez-vous, tourna enfin la clé dans la porte.

— Comment avez-vous trouvé mon adresse ? s'enquit Sébastien pendant que le domestique décrochait un lumignon pour éclairer l'escalier.

— Je vous conterai tout cela quand nous serons au chaud, dit-elle. J'espère qu'il y a du feu là-haut.

Elle tenait donc l'invitation pour acquise et il n'eût su la désobliger. Une fois entrée dans l'appartement, elle s'installa dans un fauteuil devant la cheminée, où Giulio s'empressa de jeter deux bûches.

— Ah, fit-elle. Ce mois d'octobre est encore plus frais que les autres.

Sébastien se retint de rire, songeant que l'année devait être un éternel octobre pour cette jeune fille. Quand Giulio se fut retiré, elle déclara :

— Je m'ennuyais au château comme une enterrée vivante. Mon oncle Karl a décidé d'aller à Aachen et il a accepté de m'emmener. Une fois arrivé ici, on l'a dissuadé de poursuivre son chemin et il a rejoint mon oncle Wilhelm à l'évêché. Pensez, je n'allais pas dormir avec les nonnes ! Karl s'est enquis de vous et Wilhelm lui a donné votre adresse. Voilà toute l'affaire.

— Et si j'avais été en compagnie ? suggéra-t-il, taquin.

— Oh, je crois que vous n'auriez pas hésité entre moi et une fille des rues !

— Vous êtes bien effrontée.

— Sébastien, vous me désennuyez et il me semble que vous y mettez du talent, dit-elle avec un sourire entendu.

Ils se mirent au lit et, à sa surprise, il découvrit que Sieglinde n'avait pas oublié les observations de l'autre soir : elle mit en œuvre les indications évoquées, et même s'y appliqua.

Il découvrit avec perplexité qu'il en était satisfait. Où le menait donc la demoiselle Sieglinde ? Car une demoiselle éprise mène toujours quelque part et c'est le plus souvent à l'autel.

Il ne le pouvait, il l'avait jadis expliqué à Solomon.

Mais celle-ci l'ignorait. À vrai dire, elle ne s'en porta que mieux. Elle s'agita la plus grande partie de la nuit. Elle se coucha en octobre et se réveilla en juin…

TROISIÈME PARTIE

LE LION ET LA VIERGE

(1748-1760)

41

« On n'épouse jamais que le hasard »

Comme des âmes de nymphes surprises par un œil indiscret, les brumes montant du Main se dissipèrent dans le soleil du matin. De la fenêtre de son atelier, Sébastien vit deux barques se détacher du rivage et glisser en direction de la ville de Höchst.

Il alla ouvrir le tiroir d'une commode pour en tirer du papier. Son regard tomba sur un médaillon et il demeura songeur. Une miniature cerclée d'or, pendue au bout d'une chaîne. Un ravissant visage, de surcroît flatté par l'artiste.

Il le prit dans sa paume et une fois de plus, le cœur serré sans savoir pourquoi – car il n'avait pas été amoureux d'elle –, examina le cadeau ultime de Sieglinde von Wuthenau. Morte de consomption treize mois après leur rencontre. Selon son dernier souhait, elle avait prié son oncle Wilhelm de remettre ce souvenir en main propre au comte de Saint-Germain. Une fois de plus, il se demanda si un enveloppement à la terre de Joachimsthal l'aurait sauvée. Mais il se trouvait alors à Londres, mandé en urgence par Alexandre : Solomon Bridgeman vivait ses derniers jours et il souhaitait revoir Sébastien.

Il soupira.

C'était l'année suivant le traité d'Aix-la-Chapelle. Huit ans déjà !

Solomon Bridgeman était assis près du feu quand Sébastien entra dans la bibliothèque. Il ne tourna pas la tête. Il dit simplement :

— Sébastien, je sais que c'est vous. Mon ami Newton avait décidément raison. La loi de sympathie est la plus forte. Je vous ai senti arriver il y a quelques minutes. Mon cœur a encore frémi.

Sébastien se pencha pour lui baiser le front et, s'asseyant près de lui, lui prit la main.

— Merci d'être venu, murmura Bridgeman. C'est encore une grande joie que vous me donnez. Peut-être la dernière, hélas.

Alexandre parvenait à peine à conserver un visage serein. Le vieux docteur Jeremiah Hutchins, plus si frais lui-même, prit congé après un long regard à Sébastien.

Comme s'il avait retenu son âme pour revoir celui qu'il avait connu sous le nom de Thomas Tallis et qui avait été pour lui un fils, le vieillard mourut le lendemain de son arrivée. Dans son sommeil, Benedict, son vieux domestique, avait toqué à la porte pour annoncer, d'une voix proche des larmes :

— Monsieur Solomon ne s'est pas réveillé ce matin.

L'autre valet, William, placé derrière lui, ne se retenait pas de sangloter.

Les obsèques avaient été sobres, noires dans les murs blancs du temple. Sébastien et Alexandre avaient suivi leur ami jusqu'au bord de la fosse. Une pluie fine tombait. Elle lava leurs larmes.

Trois mois se passèrent ensuite entre les notaires et les avoués. Bien qu'ils eussent reçu leur dû sans la moindre difficulté, les parents de Bridgeman, des neveux et petits-neveux qui l'avaient à peine connu et beaucoup négligé, s'étonnèrent de ce que leur oncle eût légué Blue Hedge Hall à un étranger qui semblait déjà fortuné. Quand ils apprirent de surcroît que la totalité de la banque Bridgeman & Hendricks appartenait désormais au même, ils se scandalisèrent et en appelèrent à la justice, puis écrivirent au secrétaire d'État au Trésor, dénonçant un détournement d'héritage. Le secrétaire était le même William Stanhope, Lord Harrington, qui avait fait si bon accueil à Sébastien après sa libération de la tour de Londres, en 1745 ; ses dispositions envers Sébastien n'avaient pas changé.

— Mr Bridgeman semble avoir verrouillé son testament, déclara-t-il à Sébastien, qui était allé lui rendre visite, et votre avoué me semble des plus compétents. Ne vous inquiétez pas.

— Je m'inquiète cependant, milord, des échos de cette contestation. N'y aurait-il pas moyen de les étouffer ?

Lord Harrington sourit et, plissant les yeux, se pencha pour examiner un triangle d'or qui pendait à une chaîne du même métal sur le jabot de son visiteur.

— Intéressant bijou, observa-t-il. Êtes-vous un Frère ?

Sébastien hocha la tête. Puis il reconnut le symbole sur l'un des boutons de l'habit de son interlocuteur.

— La vigilance est de coutume dans les affaires où l'esprit de lucre et la bassesse nous menacent, déclara Stanhope.

Sébastien avait entendu le propos lors de son admission à Münster.

— Vos séjours à Londres, comte, semblent voués à exciter les esprits inférieurs. Mais votre avoué me semble avoir prévu ce danger. Il a expressément conseillé aux parents de Mr Bridgeman de tenir leur langue, sous peine de poursuites pour libelles.

Sébastien poussa un soupir de soulagement. Alexandre pourrait continuer à présider la banque et à y appliquer les principes enseignés par Solomon.

Stanhope avait invité Sébastien à souper.

Un autre convive était présent. À la surprise de Sébastien, c'était celui qu'il avait connu à Vienne comme ministre d'Angleterre : Robert Clive, baron de Plassey[1], qu'il avait convié au fameux souper dans la résidence de la Herrengasse : celui-là même qui lui avait fait entendre que ses services seraient utiles à l'Angleterre.

Sans doute Clive, déjà présent à l'arrivée de Sébastien, avait-il rapporté au maître de maison des échos de ce souper et l'intérêt que le comte de Saint-Germain pourrait présenter pour la Couronne, car l'accueil de Stanhope fut encore plus chaleureux que le matin.

---

1. Robert Clive (1725-1774) est unanimement considéré comme le fondateur de l'empire britannique des Indes, par son génie à la fois militaire et administratif. Il invita Saint-Germain à l'accompagner lors d'un voyage aux Indes et ce dernier y retourna bien une seconde fois en 1755, avec Lord Cavendish. En 1749, Clive était à Londres, pour soigner une crise de paludisme.

Serrant la main de Clive, Sébastien fut frappé par le teint blafard de ce dernier ; bien que fort jeune, il avait décidément une mine de déterré.

— Oui, je sais, dit Clive, vous me trouvez bien moins frais qu'à Vienne. La cause en est que j'ai attrapé les fièvres aux Indes.

— J'y étais aussi, dit Sébastien. Certaines régions sont pleines de miasmes, en effet.

Clive poussa une exclamation de surprise.

— Quand y étiez-vous donc ?

— En 1746 et 47.

— Puis-je demander ce que vous y faisiez ?

— Je m'enquérais des talents des Hindous pour purifier les pierres précieuses. Accessoirement, j'ai pu constater que ces pays appartiendront au pays qui saura montrer assez de force et d'autorité pour les organiser. Tous ces potentats dévorés d'ambition semblent aspirer en fait à un successeur d'Aurangzeb.

— Vous entendez, William ? s'écria Clive. Je vous avais dit que le comte était un esprit remarquable.

Stanhope opina. Sébastien inclina la tête en signe de remerciement.

— Monsieur, devenez donc anglais, je vous prie ! s'écria Clive.

Sébastien et Stanhope rirent.

— Avez-vous appris quelques-uns de leurs secrets ? demanda Clive.

— Une chose ou deux, répondit Sébastien avec un sourire. Et quelques remèdes précieux, notamment dans votre cas.

Le lendemain, il avait fait porter à Clive une boîte d'herbes sèches en lui recommandant d'en confectionner et d'en boire trois tisanes par jour pendant deux semaines, quelque déplaisant qu'en fût le goût ; il précisa que celui-ci pouvait être masqué par du miel. Il connaissait le remède par le manuel de botanique d'apothicairerie qu'il avait laissé avant son départ dans la maison de Solomon : c'était la décoction d'armoise, réputée souveraine contre les fièvres quartes[1].

Quelques jours plus tard, Clive en personne s'était présenté à Blue Hedge Hall, la mine bien plus rassurante.

— Mon Dieu ! s'était-il écrié, prenant les mains de Sébastien. Mais qui êtes-vous donc, Monsieur ? Vous m'avez sauvé la vie ! À la première gorgée de votre tisane, j'ai cru que vous aviez décidé de m'empoisonner, puis je me suis dit que vous auriez indiqué une potion au goût plus agréable. J'ai pissé de l'encre pendant trois jours et maintenant je n'ai plus d'accès de fièvre et me sens comme neuf. Ma gratitude vous est acquise à jamais.

Et, sur une vigoureuse poignée de main, il avait fait promettre à son bienfaiteur de l'accompagner aux Indes. Promesse tenue : Sébastien avait consenti à suivre Clive aux Indes, où pourtant il ne pensait pas retourner. Ils étaient allés cette fois jusqu'à l'extrémité orientale du continent, le Bengale, pays marécageux, luxuriant et hostile. Là, Sébastien découvrit que l'empressement de son obligé

1. Figurant dans les manuels des missions depuis le XVIIIe siècle, comme anti-paludéen et vermifuge, prescrite dans les pharmacopées traditionnelles comme antipaludéen, l'armoise a été redécouverte au XXe siècle par les firmes pharmaceutiques.

était passablement intéressé : un tiers au moins des troupes anglaises était affecté des fièvres quartes et quasiment inapte au combat.

Trois jours après leur arrivée, Clive était entré dans sa chambre, dans l'un de ces palais appartenant à des nizams et autres maharajahs rutilants, que les Anglais réquisitionnaient sans façons ; il était suivi d'un des médecins galonnés avec lesquels Sébastien avait déjà soupé :

— Mon ami, vous m'avez sauvé à Londres. Laisserez-vous maintenant des chrétiens succomber aux miasmes de ce pays de païens ? Je vous en conjure, administrez-leur le remède que vous m'avez prescrit.

— Je n'en ai ici que les quantités qui seraient nécessaires à un ou deux hommes. Vous parlez de centaines de malades. Il me faut, pour trouver la plante idoine, des volontaires vaillants qui parcourent la campagne avec moi.

— Vous les avez ! s'écria Clive. Que Dieu vous aide ! Que Dieu nous aide !

Dix jours durant, se fondant sur les seuls souvenirs qu'il avait retenus du traité de botanique, Sébastien arpenta les plaines du Bengale, escorté de trois soldats aptes à la botanique comme à la lecture de Raymond Lulle, et fit la cueillette de plants d'armoise. Ou qu'il croyait être de l'armoise. Une plante de trois à quatre pieds de haut, aux tiges cannelées, poussant dans les terrains vagues, sur le bord des cours d'eau et des marais, aux feuilles petites, un peu rugueuses et velues, vert sombre aux pointes rougeâtres…

Mais c'était bien de l'armoise. Des chaudrons de tisane furent confectionnés et, par ordre du médecin militaire, tous les malades furent tenus d'en boire trois bols par jour. Il n'y avait pas de miel ; les imprécations plurent. Breuvage infâme ! Mais une semaine plus tard, les résultats prouvèrent la science du comte de Saint-Germain. Les malades retrouvèrent des forces.

Qu'y avait-il donc de nouveau sous le soleil ? Des siècles auparavant, des herboristes avaient identifié les vertus des plantes qui guérissaient tous les maux connus. Peut-être d'autres chercheurs avaient-ils trouvé la pierre philosophale, mais sur ce point il conservait ses doutes. Il décida de rentrer.

Il n'avait rien vu du Bengale que des Anglais et des paysans portant des masques à l'arrière de la tête, pour duper les tigres qui, selon la légende, n'attaquent jamais un homme de face.

Il avait aussi acheté quelques pierres.

Il regagna Londres quatorze mois plus tard, le 6 avril 1756. Il songea qu'Ismaël Meianotte avait quarante-six ans. Les fluides corporels circulaient plus lentement.

Alexandre lui fit fête.

— Vous rappelez-vous notre conversation à Indore ? demanda-t-il, quand son père se fut rafraîchi.

Ils étaient assis devant le feu car l'avril était frisquet. Sébastien se rappelait cette conversation, bien sûr, mais il voulait être certain des souvenirs de son fils. Il le regarda, l'air de mal comprendre.

— Vous m'avez dit que si nous renoncions à nos identités et que nous essayions de considérer que nous sommes l'un l'autre, notre lien serait bien plus profond et plus élevé à la fois.

Sébastien sourit. Il avait toujours été frappé par la façon dont les gens changeaient la formulation des idées.

— Oui, c'était ce que je voulais dire.

— Je n'ai cessé d'y penser, dit Alexandre d'une voix basse. Chaque fois que je m'abstrais de moi, j'ai l'esprit plus clair. Je deviens vous.

— Est-ce un sort enviable ? demanda Sébastien avec un sourire de dérision.

— Père !

— Pardonnez-moi.

— Je l'ai choisi.

Sébastien regarda son fils : Alexandre avait maintenant vingt-cinq ans. Il tenta d'assimiler ce fait et n'y parvint que malaisément. Le fait était que le jeune homme avait adopté bien des attitudes de son père, de la démarche à la manière de s'habiller et au langage ; voire, il portait souvent des vêtements de Sébastien car il était de la même taille.

— Je voulais que vous le sachiez.

Sébastien hocha la tête :

— L'évidence me l'indiquait déjà.

Il repensa à la prophétie de l'Indien selon laquelle il aurait deux vies.

Alexandre se mit à rire ; sa capacité de gaîté constituait l'une de leurs différences ; Sébastien n'avait jamais eu ce rire juvénile et léger.

— Ma mère est venue me voir, dit le jeune homme. Quand elle est entrée dans cette pièce et m'a aperçu, elle a hésité un instant, rien qu'un instant, mais quand même !

— Comment va-t-elle ?

— Elle est veuve et riche. Elle vit maintenant à Chypre.

Alexandre hésita un instant et reprit :

— Elle a également dit qu'on croit épouser un homme mais qu'on n'épouse jamais que le hasard.

— Les Grecs ont toujours eu le sens du tragique, dit Sébastien.

Et il se demanda si ce n'était pas une autre raison pour laquelle il esquivait le mariage.

— Croyez-vous que je l'aie, moi aussi ? demanda Alexandre sur un ton plaisant.

— Vous ne le saurez que lorsque vous vous trouverez dans une situation dont votre vie dépendra. Ou bien vous vous soumettrez au destin et vous serez tragique, ou bien vous le surmonterez et vous serez héroïque. Comment vont nos affaires à la banque ? enchaîna Sébastien, pour changer de sujet.

— Prospères. J'ai pris un risque dont je dois vous informer : j'ai consenti un prêt de dix mille livres à la United Company of Merchants of England. À quinze pour cent.

— Vous ne pouviez faire autrement : Bridgeman & Hendricks est une banque anglaise.

La réponse satisfit Alexandre. Il interrogea son père du regard :

— Nourrissez-vous toujours un désir de revanche ?

Ce garçon avait décidément de la mémoire.

— Solomon, poursuivit le jeune homme, m'a dit que votre adolescence avait été tragique.

De nouveau ce mot.

— Vous a-t-il révélé autre chose ?

— Non. Mais il m'a confirmé que vous aviez bien une revanche à prendre.

— J'y songe, Alexandre, j'y songe.

*

Il poussa un soupir et remit le médaillon dans le tiroir. Les neiges de février 1757 s'amoncelaient mais les jours rallongeaient.

Il se rappela le premier discours qu'il avait tenu aux Frères, à Münster, après son admission dans leur Grande Loge. Le cercueil. Le linge rouge sur le visage. Le drap mortuaire, peint de larmes de sang. Les pointes des huit épées posées sur lui. Le dévoilement. La résurrection et l'invitation à se lever. La poignée de main qui avait fait sursauter le grand maître. L'accolade. Le mot du maître.

Par dérogation exceptionnelle, demandée par le Grand maître et acceptée à la majorité, il avait été nommé compagnon trois jours après avoir été admis comme apprenti.

Et plus tard, dans une salle voisine, ses nouveaux frères avaient accueilli avec chaleur son plaidoyer pour une connivence des esprits supérieurs, aux fins d'éviter que la cruauté bestiale dominât les affaires humaines.

Tout le long du discours, il avait songé que, paradoxalement, la cruauté l'avait privé de son identité et, en le forçant à se rebeller, lui avait forgé un autre caractère, bien plus fort que celui qu'aurait été Ismaël Meianotte. Avait-il compris correctement l'art ? Ou bien celui-ci appelait-il de nouveaux raisonnements ?

— Si cela est nécessaire, il faudra imposer la paix par la force, avait-il affirmé. Mais ce ne sera jamais que lorsque l'esprit de finesse et la diplomatie auront échoué. La paix et la loi morale vont la main dans la main.

Il considéra le tissu de soie écarlate jeté sur un siège, un carré grand comme la moitié d'un châle. Nul n'en avait jamais vu de pareil. Ce rouge-là étincelait. Il avait été arraché au soleil. Et la faille bleue qui séchait sur un fil : tirée du cœur de l'azur ! Voilà un autre effet de la terre de Joachimsthal dont il était certain.

*

L'athanor.

Quelques jours auparavant, un inconnu était venu au manoir. À pied. Des vêtements élimés. Quarante ans, lisse et pâle, l'air d'un clerc de notaire ou d'apothicaire, le regard noyé. Sébastien le reçut sur le perron.

— Vous êtes le comte de Saint-Germain ?

— C'est moi.

— Mon nom ne vous dirait rien.

— Alors vous ne me direz rien non plus.

L'inconnu le dévisagea, impassible.

— Michel Heller, donc. J'ai entendu dire que vous vous intéressiez à la pierre philosophale.

Le regard de Sébastien se fit pointu.

— Qui vous l'a dit ?

— Je l'ai entendu à Francfort.

Heller, si c'était bien son nom, tira de sa poche une boîte et l'ouvrit. Au fond gisaient des pierres de couleur plus ou moins vertes, de l'émeraude à la citrine.

— Alors vous reconnaîtrez ceci, dit-il.

Sébastien remarqua les doigts roussis de l'homme : il ne s'était pas trompé : un clerc d'apothicaire. Il hocha la tête et sourit :

— Si c'étaient des pierres philosophales, monsieur, vous ne seriez pas venu à pied.

L'autre ne se laissa pas démonter.

— Ce n'est pas la fortune que je vends, monsieur, c'est le savoir dont vous êtes si grand amateur.

Boniment astucieux, mais absurde. Quel homme résiste à la richesse ?

— Combien voulez-vous de votre savoir ?

— Dix mille livres du tout.

Sébastien haussa les épaules. Il avait son idée, mais il voulait la vérifier. Il voulait savoir si le grand Helvétius avait été dupe d'un pareil marchand[1].

— Je ne suis pas démesurément avide de savoir, monsieur. Je vous donne cinq cents livres pour la plus grosse de vos pierres.

Heller était probablement aux abois ; il accepta.

L'apothicaire parti, Sébastien enduisit la pierre de cire. Le lendemain, il fit chauffer l'athanor et fondre dix grammes de plomb. Quand le métal fut en fusion, il y jeta le cristal. Celui-ci provoqua la formation de bulles et

1. Dans une expérience célèbre, le savant Helvétius, auquel pareil marchand avait vendu une « pierre philosophale », crut avoir fabriqué de l'or. Mais tous les métaux précieux obtenus par cette méthode n'étaient en fait que recouverts de cuivre, comme en attestent les spécimens exposés au musée de Dresde, et la fameuse pierre n'était en réalité qu'un cristal de nitrate inorganique de cuivre.

dégagea une étonnante lumière irisée, puis devint d'un vert intense. Sébastien le versa alors soigneusement sur une vieille médaille et laissa refroidir le tout.

Quand il revint, quelques heures plus tard, il fut émerveillé : la face de la médaille enrobée du mystérieux alliage semblait en or.

Il la posa sur l'appui de la fenêtre pour l'exposer à l'humidité. Deux jours plus tard, elle s'était ternie.

Du cuivre.

Il éclata de rire.

Il n'y avait donc rien à espérer des longues macérations et ébullitions dans l'athanor. Le mercure rouge, le fils d'Azoth et de Mercure, qu'il avait jadis trouvé dans un livre évidé, ne changeait pas le plomb en or.

Il ignorait son pouvoir. Peut-être le découvrirait-il un jour.

Il soupira et palpa de nouveau les tissus.

Il les avait trempés dans un mélange d'eau et de vinaigre additionné de terre de Joachimsthal très finement broyée au mortier. Le plus extraordinaire était que la même solution pouvait servir à deux, trois bains de tissus de couleurs différentes : le résultat était le même ! Une fois secs, les tissus acquéraient une luminosité inexplicable.

Il avait écrit au nouveau ministre de la Guerre de France – nul autre que le maréchal de Belle-Isle lui-même – pour lui faire part d'une invention extraordinaire qu'il souhaitait lui soumettre. Le maréchal avait répondu qu'il en parlerait au marquis de Marigny, mais que l'occasion d'une visite à Versailles était toute trouvée et qu'il serait judicieux d'en écrire directement au marquis : cet homme était le chef de la Maison du roi et le frère de la marquise de Pompadour, favorite du roi.

La réponse était arrivée la veille :

À Monsieur le comte de Saint-Germain…

Il était enfin invité à Versailles.

Il appela Giulio et le jeune valet allemand qu'il venait d'engager, Johann-Felicius, et les pria de préparer ses malles. Il prit soin d'y inclure le coffret de terre de Joachimsthal.

C'était son arme secrète.

42

« Un pays de saints et de charognes »

Installé derrière un somptueux bureau de marqueterie, dans une vaste pièce vert d'eau aux rechampis blancs et dont les linteaux de portes s'ornaient d'amours dodus, le marquis de Marigny examina les deux pièces de tissu que lui avait présentées son visiteur.

— Prodigieux, murmura-t-il.

Son regard gris se posa derechef sur Sébastien et, bien que mi-clos, s'attarda sur les boutons en diamants de l'habit du comte de Saint-Germain, Sébastien le remarqua avec amusement ; nul doute qu'il eût également aperçu le gros saphir étoilé, cadeau de Tarik Khan Khattak, et l'émeraude qui sommait le pommeau de l'épée.

— Êtes-vous apparenté à Claude Louis, notre vaillant officier ?

— Non, je le regrette.

La réponse était assez brève pour décourager une récidive. Le nommé Abel-François Poisson, tout frais marquis de Vandières, de Ménars et de Marigny, entre autres titres, saurait reconnaître le rang naturel d'un homme et ce

Saint-Germain-là n'avait rien d'un manant : s'il usait d'un pseudonyme de fantaisie, comme le font tant de hauts personnages qui ne veulent pas être reconnus en voyage, c'est certainement qu'il portait un nom plus prestigieux. D'ailleurs, il était recommandé par le maréchal de Belle-Isle. L'accent légèrement chantant de Saint-Germain ne lui fournit cependant aucune indication : il pouvait être espagnol ou piémontais, mais aussi bien russe ou hongrois.

— Et vous êtes le détenteur du secret de cet éclat ? demanda-t-il, plissant les yeux.

— Le seul détenteur, puisque j'en suis l'inventeur. J'ai pensé qu'il intéresserait Sa Majesté et l'industrie de la France.

— Assurément. Il serait cependant souhaitable de vérifier l'effet de votre méthode sur d'autres tissus.

— J'en suis impatient. Mais un atelier et des apprentis me seraient pour cela nécessaires.

— Puis-je vous demander où vous demeurez, comte ?

— Chez le maréchal de Belle-Isle, à Paris.

— Laissez-moi quelques jours pour décider du meilleur lieu que je pourrais vous offrir comme laboratoire. Me permettez-vous de garder entre-temps ces deux échantillons ? Je les soumettrai à Sa Majesté dès que l'occasion se présentera.

— Bien sûr.

Le marquis parut méditer quelques instants, puis invita son visiteur à souper le soir même et le pria de se présenter à dix-neuf heures trente au premier étage du château, précisant qu'il s'agirait d'un petit souper.

Sébastien songea que cela lui laisserait une journée entière à vaquer et qu'il risquait de se trouver défraîchi pour sa première visite à Versailles. Il reprit donc le carrosse que lui prêtait le maréchal et rentra à Paris.

Il mit l'une de ces quelques heures à profit pour rendre une visite inopinée à la baronne Westerhoff, que Zasypkine lui avait indiquée comme sa mandante à Paris, ajoutant :

— Ne vous entretenez avec elle que de vive voix. N'écrivez rien. Même sur vos affaires amoureuses.

Et pour répondre à l'étonnement de Sébastien :

— Nous avons quelques raisons de penser que les postes françaises sont interceptées par la police.

*

Elle habitait un petit hôtel ou plutôt le fond d'un hôtel, rue des Petites-Écuries. Quand il tira le cordon, une femme d'une quarantaine d'années, d'une taille presque égale à la sienne, dans une robe de chambre doublée de renard, ouvrit la porte au bout d'un long moment. Un visage carré, énergique, aux yeux bleu de glace, à la peau de marbre, aux cheveux de métal froid. Aucun fard, aucun bijou. Il fut saisi : Junon.

— Je souhaiterais voir la baronne Westerhoff, dit-il.

— C'est moi, répondit-elle en français, d'une voix grave à l'accent exotique. Vous devez être le comte de Saint-Germain, ajouta-t-elle en dévisageant le visiteur.

— C'est moi, en effet.

— Donnez-vous la peine d'entrer. Ma femme de chambre est souffrante.

C'était donc elle-même. Il fut pris de court. Elle le précéda dans l'escalier et l'introduisit dans un salon passablement dédoré, que chauffait une cheminée. Il ne douta pas que c'était elle qui y avait bâti le feu.

— Asseyez-vous, dit-elle. Voulez-vous du café ? On m'a dit que vous parliez russe. Ce sera plus commode pour moi.

Toujours sous l'effet de sa surprise, Sébastien murmura « *Spassiba* » et prit le siège en face de celui où elle lisait sans doute quand il avait sonné : le livre était posé ouvert sur un guéridon. *Cinna*, de Pierre Corneille. Lecture appropriée à cette beauté givrante. À l'évidence, la baronne Westerhoff n'était pas une héroïne racinienne.

Après les premiers échanges et la référence à Zasypkine, pour vérifier les rôles, elle déclara :

— Vous arrivez en terrain miné. Depuis qu'on a tenté de l'assassiner, le roi Louis est rongé par une noire mélancolie. Il faudrait un chef de guerre : c'est sa favorite, Mme de Pompadour, qui en tient lieu.

— On a tenté d'assassiner le roi ? s'écria Sébastien.

Là-bas, à Höchst, il avait eu peu de chances de l'apprendre.

— Un fou, sans doute, payé par on ne sait qui. Le roi Bien-Aimé n'est aimé que de la Pompadour. Bref, à Moscou, l'impératrice bout de colère. Vous êtes informé du traité de Whitehall ?

Sébastien secoua la tête. Il lui faudrait à l'avenir abréger les séjours dans sa thébaïde de Höchst.

— L'Angleterre et la Prusse ont conclu une alliance, expliqua la baronne. Le but principal en est d'empêcher les troupes russes de courir une autre fois au secours de ses alliés à l'ouest.

Sébastien se rappela les alarmes de Belle-Isle, sept ans auparavant, à Aix-la-Chapelle : *« Les armées russes sur la Meuse ? Mais ce sont les invasions barbares qui reprennent ! »*

— Ce traité isole la Russie. L'impératrice s'estime trahie, reprit la baronne. Elle veut maintenant une alliance avec la France. La Prusse doit être contenue dans ses frontières et cesser de menacer l'empire.

La concision du discours frappa Sébastien ; cette femme s'exprimait comme un général.

— Qu'attend-on de moi ? demanda-t-il.

— Le maréchal de Belle-Isle vous a invité à Paris. Il va vous introduire à la cour. À notre connaissance, c'est la première fois que vous vous trouverez dans la citadelle du pouvoir. Nous attendons que vous fassiez la preuve de votre talent de persuasion. Vous devez incliner le roi et accessoirement la Pompadour à accepter la Russie dans l'alliance de la France avec l'Autriche.

— Un renversement d'alliances de plus. Ce ne sera pas facile. Belle-Isle et bien d'autres conservent un souvenir effrayé des troupes russes sur la Meuse.

— C'était il y a longtemps, dit la baronne. Maintenant, je vous le répète, il faut contenir la Prusse. Vous aurez un ennemi de poids, le cardinal de Bernis, ministre des Affaires étrangères, qui est partisan d'une alliance avec la Prusse.

Comment cette femme était-elle si bien informée des affaires de la cour ?

— Mais qui dirige donc le pays ? La Pompadour ou Bernis ?

— La Pompadour a de l'influence, mais moins qu'on le croit et au moins autant par l'entremise du cardinal de Bernis que de sa liaison avec le roi. En ce qui touche à la Prusse, par exemple, elle et Bernis sont en désaccord. Elle hait la Prusse, Bernis non. C'est Louis qui tranchera. C'est un homme secret, qui prend ses décisions tout seul.

Tout cela était bien compliqué.

— Allez-vous à la cour ? demanda-t-il après réflexion.

— Non. Mais je suis informée par une amie qui y va.

— Peut-être serait-il utile que je puisse la reconnaître, suggéra Sébastien.

— La princesse d'Anhalt-Zerbst.

Une informatrice de choix : la princesse, Sébastien le savait, était la belle-mère du grand-duc Pierre de Russie, l'héritier du trône ; elle avait un pied dans chaque cour. La baronne resservit du café.

— Si vous demeurez en France assez longtemps, vous aurez une autre mission.

Il l'interrogea du regard.

— Rapprocher la France de l'Angleterre.

Il leva les sourcils.

— Mais je croyais que l'impératrice était furieuse contre l'Angleterre ?

— L'impératrice ne se laisse pas guider par le ressentiment. Elle sait que le poids de sa guerre contre l'Angleterre est trop lourd pour la France et que celle-ci serait soulagée d'y mettre fin. Elle pourrait alors s'engager entièrement aux côtés de la Russie contre la Prusse.

Quand il eut assimilé la complexité machiavélique du calcul, Sébastien rétorqua :

— Les rivalités des deux pays aux Indes et en Amérique du Nord ne faciliteront pas la tâche.

— Nous en reparlerons, ajouta-t-elle en se levant

Elle lui donnait congé. Elle tendit la main. S'étant frotté la paume à l'accoudoir de son siège, il s'inclina pour baiser les doigts offerts et les garda dans sa main. La courtoisie s'achevait sur l'audace. Elle ne retira pas sa main. Ils se firent face.

— Ne trouvez-vous pas le temps long à Paris ? sourit-il.

C'était l'introduction à une invitation à souper et sans doute à d'autres plaisirs. Elle le comprit, retira sa main sans brusquerie et détourna le regard.

— Vous le saurez tôt ou tard, comte, je suis à Paris en exil.

— En exil ?

— J'ai tué mon mari.

Le silence tomba. À l'intérieur de lui-même, Sébastien recula : elle avait dit ces mots sur le ton d'une mise en garde.

— Feu le baron Westerhoff m'a ruinée au jeu, reprit-elle. Et avec des filles de rues. Il a prétendu vendre la main de ma fille à un épouvantable moujik pour payer une dette criarde. Je l'ai tué d'un coup de pistolet. Au cœur.

Elle darda son regard de glace sur Sébastien. Il entendit presque le coup de feu. Il vit la scène : la baronne pointant un revolver sur un être vil, fût-il son propre époux. Non, ce n'était pas une héroïne tragique : elle s'était rebellée contre son destin. Comme lui-même.

— Le scandale à la cour a été considérable, mais tout le monde a compris. L'impératrice a refusé le jugement.

Officiellement, le baron Westerhoff s'est tué accidentellement en nettoyant son arme. L'impératrice et le chancelier ont jugé que je serais plus utile à l'étranger. Inutile d'interroger là-dessus la princesse.

Toujours sous le coup de l'aveu, Sébastien la regardait sans mot dire. Celle-ci n'était pas Danaé : s'il l'abandonnait après l'avoir séduite, elle le poursuivrait jusque dans la lune.

— Connaissez-vous la Russie, comte ? Comme dans tous les pays du Nord, le froid y durcit le vice, forge l'endurance et aiguise l'âme. C'est un pays de saints et de charognes.

N'étant guère une charogne, comme feu son mari à coup sûr, elle se rangeait donc parmi les saints.

— N'y retournerez-vous donc jamais ?

Elle soupira.

— Attendons. De grands événements se préparent.

Une explication suivrait sans doute ; ce fut le cas, mais elle fut brève :

— Je crains que la santé de l'impératrice et le pouvoir du chancelier Bestouchev-Ryoumine ne déclinent en même temps.

Sombre diagnostic. Elle n'en dirait pas plus. Pas tout de suite en tout cas : sa main était posée sur la poignée de la porte.

— Revenez m'informer, je vous prie, de vos impressions de la cour, conclut-elle en raccompagnant Sébastien.

Il était dans l'escalier quand elle se pencha sur la rampe et ajouta :

— Un dernier mot, comte. Vous allez susciter des curiosités. Elles ne seront pas toutes amicales. N'écrivez pas. N'envoyez pas de lettres à quiconque, sauf à votre famille. Et même dans ce cas, tenez-vous-en aux propos les plus anodins. Ne confiez au papier ni vos affaires de cœur ni vos idées politiques.

Il hocha la tête. Cela lui rappela les méthodes de l'Inquisition à Lima.

Giulio lui ouvrit la porte du carrosse.

Sébastien écouta pensivement le bruit des roues cerclées sur les pavés : comme les déclics d'engrenages gigantesques actionnant une machine inconnue.

43

Les roses des Indes et quelques bagatelles

Dans le carrosse qui le ramenait à Versailles, Sébastien revécut chaque instant de son entretien avec la baronne Westerhoff.

Pour la première fois de sa vie, les mots « une femme extraordinaire » s'imposèrent à son esprit. Il se demanda s'il était épris et ne sut répondre car, pour lui, il ne l'avait jamais été auparavant. Il résolut de laisser son émotion se décanter.

Puis il récapitula ses expériences depuis son arrivée à Paris, trois jours auparavant. Comme prévu sinon mieux, il avait été accueilli avec effusion par le maréchal, qui lui avait offert un appartement dans son hôtel et, au souper, lui avait résumé la situation dans laquelle il allait trouver la cour :

— Les temps sont orageux. Voici moins de trois mois, le 5 janvier, à six heures du soir, le roi s'apprêtait à prendre un carrosse pour aller à Trianon voir sa fille, Madame Victoire, qui souffrait de fièvres. Dans la cour, il a été attaqué par un fou qui lui a donné un coup de poignard. Ce dément se nommait Damiens. Le roi a été ramené dans sa chambre. Je n'y étais pas, mais l'abbé de Bernis m'a décrit l'agitation et la consternation qui régnaient. Laissez-moi vous dire que le 1er janvier, cet abbé et moi-même avions été nommés au Conseil d'État.

C'était l'accident évoqué par la baronne Westerhoff, mais bien plus en détail. Le visage tendu du maréchal reflétait l'angoisse qui avait saisi la cour et Paris dans ces heures-là. Il s'humecta les lèvres et resservit le verre de son hôte et le sien de vin de Porto, puis reprit son récit :

— Le roi s'est cru condamné. Il a déclaré à la reine : « Madame, on m'a assassiné ! » Il s'est confessé trois fois dans la soirée, deux au père de Soldini et une au père Desmaret…

— Mais il a survécu, s'étonna Sébastien.

— Attendez, mon ami. Le médecin du roi, La Martinière, est accouru de Trianon, où il soignait Madame Victoire, il a déclaré que la blessure n'était pas dangereuse et que le roi s'en serait rétabli en deux ou trois jours. Mais chacun craignait que le couteau de l'assassin fût empoisonné.

Sébastien s'étonna du manque de vigueur d'un roi, chef de toutes les armées de son pays, qu'une blessure pourtant non mortelle jetait dans un tel désarroi ; cependant, il tint sa langue.

— Vous êtes fin, comte, je l'ai vu. Tentez de vous représenter la scène. Pendant cinq jours, le roi n'a pas quitté son lit, bien qu'il fût sans grand mal, sinon rétabli. Il marchait même en s'aidant d'une canne. Pendant ce temps une guerre intestine sans merci se déroulait dans le palais. Entre la famille du roi et Mme de Pompadour. La reine, le dauphin, la dauphine et leurs partisans étaient décidés à forcer Mme de Pompadour à quitter le château. On lui a dépêché Machault, qui a tenté de la convaincre que c'était le souhait du roi, puis d'Argenson, aux mêmes fins…

— Elle a tenu bon, coupa Sébastien.

— Oui, dans ce brasier d'intrigues et de vilenies qu'était devenue la cour, elle n'a eu que deux alliés, l'abbé de Bernis et le duc de Croÿ.

— Pourquoi tant de défaveur ?

— Le mot est faible. La reine, les enfants du roi et beaucoup de courtisans estiment que la marquise n'a aucun droit au pouvoir qu'elle exerce, sinon les faiblesses charnelles du roi. Nous sommes dans une société chrétienne, mon ami, et la charge officielle de favorite, « dame du palais » selon les termes convenus, est considérée comme une concession à l'adultère. Et croyez-moi, les dévots n'hésitent pas à se servir de la culpabilité du roi.

Là encore, les souvenirs de l'Inquisition revinrent à la mémoire de Sébastien.

— Comment tout cela a-t-il pris fin ?

Ce serait un point d'appui bien précaire, songea Sébastien, qu'une femme détestée de tant de gens.

— Huit jours après ce coup de couteau, répondit Belle-Isle, se radossant avec un sourire goguenard, Louis s'est soudain rétabli. Un matin, le dauphin, la dauphine et plusieurs dames de la cour étaient dans sa chambre, sans nul doute portant des mines funèbres, quand le roi s'est levé et a ordonné à tout le monde de sortir, sauf Mme de

Brancas. Il a prié celle-ci de lui prêter son manteau et il est parti en interdisant même au dauphin de le suivre. Il est revenu vers quatre heures de l'après-midi, d'humeur charmante, et il a rendu son manteau à Mme de Brancas. Puis il a demandé qu'on organise un souper.

Le maréchal éclata de rire.

— Il avait été voir Mme de Pompadour, suggéra Sébastien.

— Vous l'avez deviné !

— Le pouvoir de celle-ci s'est donc rétabli ?

— Jusqu'ici, oui.

Soudain Belle-Isle se rembrunit.

— N'allez pas croire toutefois que tout soit rose. Et c'est ici que vous intervenez.

Le maréchal se leva et arpenta le salon empli de souvenirs de guerre, des lances, des mousquets, des drapeaux, des cartes.

— Depuis l'agression de Damiens, déclara-t-il, l'air soucieux, le roi est devenu sombre. Je crois qu'il y voit un avertissement du ciel. Il a souvent des accès d'absence. Quand il se montre à la cour, il semble inquiet, voire craintif, comme s'il était entouré d'ennemis. À l'intérieur, la situation du pays est détestable. Paris bourdonne de placets insolents. Les Parlements montrent un esprit de fronde obstiné. À l'extérieur, nous nous préparons à livrer à Frédéric de Prusse une guerre coûteuse. Le roi a promis à Marie-Thérèse d'entretenir dix mille soldats en plus des vingt-quatre mille auxiliaires et des cent cinq mille autres qu'il avait promis au premier traité de Versailles. Et il doit lui payer douze millions de florins !

Sébastien réfléchit à la façon de concilier ces informations avec la mission confiée par Moscou à travers la baronne Westerhoff.

— La paix vous coûte cher, observa-t-il, se rappelant les discours de jadis, à Vienne, quand Belle-Isle brûlait de conclure un traité d'alliance avec l'Autriche.

Une fois de plus, et celle-ci avec une pointe d'amertume, il constata l'incohérence des politiques nationales. Louis était découragé. Il était contraint de s'allier au prix fort avec Marie-Thérèse pour affronter l'aigle qui s'apprêtait à fondre sur l'Europe. Sans doute le maréchal devina-t-il ses pensées :

— Si nous avions conclu la paix il y a huit ans, nous n'aurions pas cette teigne de Frédéric sur le dos ! Mon ami, je voulais vous dire ceci : vous souperez ce soir avec Mme de Pompadour. Songez que c'est elle qui, dans l'indolence morbide du roi, dirige la politique de la France. Je vous en conjure : défendez la politique d'alliances. Elle seule nous sauvera du désastre.

— Je vous entends, dit Sébastien.

Il avait enfin trouvé sa tactique. Il plaiderait pour la paix, d'un point de vue philosophique.

— Le roi sera-t-il présent ce soir ? demanda-t-il.

— Je l'ignore. Son humeur est plus changeante que le temps. Mais de toute façon, ce sera un petit souper, c'est-à-dire que les convives seront assis. Un spectacle précède souvent les petits soupers, mais je ne sais pas non plus s'il y en aura un.

Aux grands soupers, Sébastien l'avait appris, la cour se tenait debout tandis que le monarque mangeait.

Mais il savait que le vice-roi d'Espagne à Lima n'en faisait pas autrement.

*

— Monsieur le comte de Saint-Germain, annonça l'aboyeur, à la porte du Salon de la Pendule.

Le marquis de Marigny s'avança pour accueillir son hôte, la mine suave, et lui souhaita la bienvenue. Cinq ou six personnes déjà présentes se retournèrent pour dévisager le nouvel invité et le marquis déclina les noms et qualités. La princesse d'Anhalt-Zerbst. Le baron de Gleichen. La marquise d'Urfé. Le duc de Croÿ. L'abbé Bridard de la Garde. Mme de Lutzelbourg. La duchesse de Lauraguais. Au soulagement de Sébastien, son principal allié, le maréchal de Belle-Isle, arriva alors et s'empressa auprès de lui avec une chaleur remarquée de tous. À sept heures trente, un mouvement comme concerté se fit chez les convives : ils s'écartèrent pour former un double rang spontané en l'honneur d'une nouvelle arrivante.

Une femme jeune, en manteau ample de soie grise, retenu au cou par un nœud de satin rose, portant tous les stigmates de la beauté : l'ovale du visage, le regard étincelant, une bouche en cerise, à la lèvre inférieure à la fois volontaire et boudeuse, un exquis petit nez droit… Mais point la beauté. Point celle qui éclate, sûre d'elle, insouciante, rayonnante. Et pourquoi, grand ciel, s'appliquait-elle tant de rouge sur les joues ? Était-ce pour masquer le tourment mystérieux qui la rongeait ?

Telle fut, une fraction d'instant, la première impression de Sébastien : cette femme avait manqué ses noces avec la séduction spontanée.

Il ne la connaissait pas. Était-ce la reine ? Son port et l'autorité émanant d'elle le lui laissèrent penser une autre fraction d'instant. Puis, comme elle considérait l'inconnu, Marigny s'empressa de le présenter et marmonna à peine le nom de cette femme, la marquise de Pompadour. Sa propre sœur. Celle qui faisait office de ministre, comme la baronne Westerhoff en avait prévenu Sébastien.

Tout en s'inclinant pour baiser la main qu'elle daigna tirer de sous sa cape pour la tendre, Sébastien sentit quasiment l'intrigue crépiter dans ces lieux et prit instantanément conscience du réseau d'influences et de pouvoir au centre duquel elle se trouvait.

Et dans lequel il venait lui-même de pénétrer.

— Soyez le bienvenu, Monsieur le comte, dit-elle, avec une pointe de sincérité.

Il releva que l'œil de la marquise s'était également accroché aux boutons de diamant.

Elle se tourna vers la princesse d'Anhalt-Zerbst et Marigny présenta alors Sébastien à la dame qui avait précédé la marquise dans le salon : Mme du Hausset, femme de chambre de la marquise.

— Nous attendons le roi, qui a daigné se joindre à nous ce soir, annonça la marquise.

Un murmure enthousiaste s'éleva. Peu après, en effet, Louis XV entra dans le salon. Sébastien fut désagréablement surpris : le regard du monarque trahissait une indéfinissable lassitude, chargée de morosité. On en oubliait qu'il était fort bel homme. Quel souci le rongeait ? Son teint était blême. Étaient-ce vraiment les séquelles du coup de couteau ?

Cette fois, le marquis de Marigny ne reprit ses offices que pour Sébastien. Celui-ci s'avisa qu'il était donc le seul étranger de la soirée.

— Voici donc l'illustre ami dont vous m'aviez parlé, dit le roi à Belle-Isle, qui se tenait près de Sébastien.

— Oui, Sire. Je suis heureux du privilège que vous lui faites de le convier à souper avec nous.

Le roi décida alors qu'on passât à table et les convives le suivirent vers la nouvelle salle à manger. Chacun était à portée de voix du monarque. Sébastien se trouva assis entre la princesse d'Anhalt-Zerbst et la marquise d'Urfé.

— Le maréchal, dit le roi en s'adressant à Sébastien, m'a rapporté qu'une des dernières fois qu'il vous avait vu, c'était à Aix-la-Chapelle. Vous vous intéressez donc aux affaires de ce temps.

— Oui, Sire. Il me semble qu'il faudrait beaucoup d'inconscience pour ne pas les suivre.

La marquise de Pompadour dirigea son regard vers Sébastien. C'était, en effet, un honneur de choix que de se voir demander par le roi son opinion sur les affaires du monde.

— Qu'avez-vous pensé de ce traité ?

— Le respect que je vous porte, Sire, me contraindra d'être franc. Je l'ai trouvé déplorable.

— Pourquoi, selon vous ?

— Il m'a semblé que le seul véritable gagnant y était le roi de Prusse.

— Bien vu, commenta la marquise.

— Et près de neuf ans plus tard, la Prusse est toujours gagnante, dit le roi, d'un ton sombre. Qu'en pensez-vous, comte ?

— Sire, je crois que seul l'encerclement contraindra le roi Frédéric à la paix.

— L'encerclement ?

— Il est déjà tenu à l'ouest et au sud, sire. Ne restent que l'est et le nord pour fermer l'enclos.

— La Russie et l'Angleterre ? s'écria Louis. Mais ce sont nos ennemis !

— Que Votre Majesté veuille bien me pardonner mais je ne serais pas surpris qu'avant peu la peur ne pousse la Russie à se joindre à vous. Peut-être aurait-elle déjà frappé à votre porte si elle n'avait craint l'affront d'un refus.

Le roi parut surpris.

— Vous croyez cela ?

— Oui, sire, répondit Sébastien avec un sourire calme. Mais ce n'est qu'un sentiment.

Les apartés s'étaient interrompus pour suivre le dialogue entre le monarque et Saint-Germain. Belle-Isle, assis en face de Sébastien, lui adressa un clin d'œil complice.

— Si cela seulement se vérifiait, soupira la marquise.

La princesse d'Anhalt-Zerbst se tourna pour considérer son voisin. Sans doute avait-elle été prévenue par la baronne Westerhoff de la présence du comte de Saint-Germain.

— Nous verrons bien, dit le roi.

Les conversations reprirent sur un tout autre sujet : la nécessité de renouveler les rosiers des serres de

Trianon, qui semblait intéresser le roi. Le marquis de Marigny évoqua la possibilité de ramener des plants de la Bulgarie.

— Peut-être pourriez-vous aussi demander aux grands marchands qui vont aux Indes de vous en ramener aussi des plants, suggéra Sébastien. Certaines variétés sont aussi odorantes que splendides.

— Où les avez-vous vues ou humées ? demanda la marquise.

— Aux Indes mêmes, madame.

— Vous avez été aux Indes ? demanda le roi.

— Oui, sire. J'y ai passé un peu plus de deux ans.

Un papillotement de regards et d'exclamations suivit ces mots.

— Ah, vous aviez raison, Belle-Isle, notre ami le comte de Saint-Germain mérite d'être connu, dit le roi. Que faisiez-vous donc aux Indes ?

— J'avais beaucoup entendu parler de la sagesse immémoriale des Hindous. Je suis allé m'en enquérir. À l'occasion, j'ai appris quelques-uns de leurs secrets.

— Lesquels ? demanda la marquise, qui s'animait enfin, visiblement heureuse d'une rupture dans l'enchaînement de soirées où les motifs humains de distraction étaient sans doute rares, hormis les spectacles de théâtre.

— Celui de purifier les pierres précieuses, madame.

— Je vous prends au mot, dit le roi en se levant.

Les convives retournèrent au Salon de la Pendule. On y servit du chocolat, du café et des liqueurs. Sébastien fut l'objet de maintes attentions. La princesse d'Anhalt-Zerbst ne le quittait plus ; elle parut enchantée quand Mme de

Pompadour vint demander à Sébastien de revenir au petit souper du jeudi suivant.

— Puis-je demander d'être aussi conviée ? s'écria-t-elle.

Ce qui lui fut concédé. Le roi se retira. Les convives se retrouvèrent dans le corridor.

Ils partirent les uns et les autres et Sébastien attendit seul le maréchal, avec lequel il devait rentrer à Paris. Il s'étonna de son retard et se demanda, si jamais Belle-Isle lui faisait défaut, comment il regagnerait Paris. Puis il perçut des voix, relativement animées, derrière l'une des portes du salon de la Pendule. Il s'en rapprocha et tendit instinctivement l'oreille :

— … Mais où l'avez-vous donc connu ?

Il reconnut la voix de Marigny.

— À Vienne. Il y vivait comme un prince et frayait avec les plus grands noms de la cour. Et vous avez vu qu'il n'est pas tombé de la dernière pluie.

Ça, c'était la voix de Belle-Isle.

— Nous ne savons rien de lui, protesta Marigny. Quelle est sa naissance ? Quelle est l'origine de sa fortune ? Enfin, n'oubliez pas qu'il s'est présenté à moi comme teinturier ! Vous voyez ça, un teinturier à Versailles !

— Il s'est présenté à vous sur ma recommandation, marquis, et quand vous rencontrerez des teinturiers dont les avis politiques retiennent l'attention d'un roi, veuillez me les faire connaître.

— Mais Saint-Germain, enfin, c'est un nom impossible ! Cet homme n'est même pas français ! Que vais-je dire aux Saint-Germain ?

— Qu'il a la faveur du roi, vous l'avez bien vu. Pardonnez-moi mais il m'attend.

L'instant suivant, Belle-Isle sortit dans la galerie.

— Excusez-moi, cher ami, une visite aux lieux de discrétion.

Dans le carrosse, après un moment d'agitation, il parut d'excellente humeur.

— Je vous l'avais bien dit, vous deviez venir à Paris. Je m'en félicite. Vous avez la faveur du roi, croyez-m'en. Ce n'est pas rien.

Sébastien s'abstint évidemment de mentionner la querelle qu'il avait entendue.

44

La couleur du sang

Sébastien fut aux petits soupers de Versailles une à deux fois par semaine pendant le mois de mars et le début d'avril, et chaque fois le roi fut présent. Au deuxième souper de mars, un épisode remarquable survint. Pendant que les invités s'entretenaient comme à l'ordinaire dans le Salon de la Pendule, le roi entra, salua rapidement les invités et se dirigea droit vers Sébastien.

— Comte, dit-il, votre prédiction s'est réalisée.

Une lueur d'amusement et de surprise brillait dans son regard. Sébastien fut étonné.

— Ce matin, le duc de Choiseul a reçu la visite d'un envoyé de l'impératrice Élisabeth. La Russie demande à se joindre au traité de Versailles. Vous l'aviez annoncé.

— Je suis heureux, sire, que mes conjectures se soient avérées à votre satisfaction.

Cependant une singularité intrigua Sébastien : le ministre n'était-il pas le cardinal de Bernis ? N'était-ce pas à ce dernier que l'envoyé aurait dû s'adresser ?

Les autres convives observaient la scène à distance et peut-être entendaient-ils le dialogue. Mais aucun, même pas la marquise, n'osait approcher.

— Cela tient de la clairvoyance, dit le roi, d'un ton vaguement sarcastique. Quel est votre secret ?

— Je n'en ai peut-être pas d'autre, sire, que de me tenir à distance des événements comme on le ferait sur une planète lointaine et de percevoir ce que les principaux intéressés ne voient pas. Pas toujours, du moins.

— Et qu'annoncent vos présentes conjectures ?

Sébastien sourit, bien qu'il sentît la fusillade des regards converger sur lui :

— Sire, votre question me flatte. Je ne vois qu'une chose, c'est que la paix sera bienvenue avant qu'elle ait épuisé les forces vives des pays en conflit.

— Croyez-vous toujours à la paix avec l'Angleterre, dont vous parliez l'autre soir ?

Sébastien hésita, de façon quasi théâtrale.

— En Europe, j'en serais sûr. Outre-mer, je le serais moins. Les Anglais veulent les Indes et l'Amérique, où leur rivalité avec la France est patente. Ils s'empareront pour commencer des colonies espagnoles.

— Vous êtes bien informé.

— D'autant plus que je n'ai pas de parti, sire, répondit Sébastien, regardant le roi dans les yeux.

Il mentait à peine. Il tenait enfin le fil dont il avait si longtemps rêvé : celui qui le conduisait face à face au pouvoir.

— Êtes-vous de ces anglomanes qui ne jurent que par le bon ton anglais ?

Là, Sébastien fut sincèrement déconcerté.

— Existe-t-il donc un bon ton anglais, sire ?

Le roi éclata de rire et cette fois les conversations s'interrompirent tout à fait pour suivre l'entretien.

— Vous connaissez l'Angleterre ?

— J'y ai séjourné quelque temps, sire, répondit Sébastien, devinant que le roi ne portait pas de sympathie aux Anglais. La nourriture y est déplorable et les manières bien sombres. Je ne parlais que du point de vue politique.

Le roi parut satisfait.

— Écoutez-le ! déclara-t-il à l'assemblée. Il faudra le présenter à M. Voltaire !

Puis se tournant vers Sébastien :

— Comment pourrions-nous faire la paix avec un pays qui nous fait la guerre aux Indes et dans les Amériques ?

— Peut-être, sire, serait-ce déjà un pas en sa direction si vous leur faisiez connaître vos intentions pacifiques. Ils seront alors embarrassés car ils apparaîtraient comme des agresseurs obstinés s'ils faisaient la sourde oreille.

Le roi ne répondit pas. Il parut hésiter, puis son expression se détendit.

— Nous ne réglerons en tout cas pas cela ce soir.

Il se tourna vers l'assemblée et les courtisans s'empressèrent. La marquise rejoignit Sébastien :

— Le roi semble vous avoir annoncé une nouvelle ?...

— Oui, madame, l'impératrice de Russie a demandé à se joindre à l'alliance entre la France et l'Autriche.

— Comme vous l'aviez prévu.

— En effet, madame.

— Comment le saviez-vous ?

— Je ne le savais pas, madame. Je m'exerce de longue date à m'abstraire de moi-même pour tenter de comprendre ce que pensent les autres.

L'explication parut la surprendre un instant :

— Comment peut-on s'abstraire de soi-même ?

— C'est une discipline que m'ont enseignée les Hindous, madame. Elle consiste à chasser de son esprit les désirs et les soucis. L'esprit se fait plus pur. Cela se fait en maîtrisant sa respiration.

Elle le dévisagea, perplexe, puis :

— Croyez-vous qu'il serait plus sage de faire la paix avec la Prusse ?

— Ce serait prendre un grand risque, madame, celui de mécontenter deux alliés de poids, l'Autriche et la Russie.

Pas plus que la précédente, cette réponse n'eut l'heur de la rasséréner, au contraire. Elle s'éloigna sans mot dire, laissant cette fois Sébastien inquiet et se joignit à un groupe où figurait un prélat. « Ce doit être Bernis », se dit Sébastien, vers qui les regards se tournaient ; chacun attendait qu'il vînt se faire présenter au cardinal. Ce que fit la marquise. Sébastien s'inclina pour baiser la main qui lui était mollement tendue. Quand il se redressa, il surprit un regard étonnamment insistant de la princesse d'Anhalt-Zerbst, qu'il interpréta comme un avertissement muet.

La situation, en effet, se compliquait : Mme de Pompadour exécrait la Prusse, mais son principal allié cherchait à conclure la paix avec elle et c'était au duc de Choiseul que l'envoyé russe s'était adressé : il existait donc une rivalité toute fraîche entre Bernis et Choiseul et l'envoyé russe en était informé. De plus, le roi semblait se féliciter de l'initiative russe. Quel était et quel serait le courant dominant dans tout cela ?

Dans la galerie menant à la salle à manger, la princesse d'Anhalt-Zerbst se rangea près de lui et lui souffla :

— Soyez prudent. Vous avancez dans une tourbière.

C'était la première fois qu'elle abattait ses cartes devant lui. Il s'en tint donc à des propos anodins jusqu'à la fin du souper, le plus marquant portant sur l'art de cultiver des perles du plus bel orient.

Il ne pouvait risquer ses gains sur un banco.

*

Son compte rendu achevé, il reposa sa tasse sur la soucoupe.

La baronne Westerhoff hocha la tête. Sa femme de chambre s'était rétablie ; la baronne était vêtue avec élégance, dans une robe bleu acier à nœuds de satin argenté, qui accentuait son apparence métallique. Une cape doublée d'hermine était posée sur ses épaules.

Elle hocha la tête :

— Bernis s'en ira. Vous avez raison. Ce serait imprudent pour la France de renoncer à deux alliances aussi précieuses que l'Autriche et la Russie et ce serait également désastreux pour tout le monde, parce que ça n'enlèvera pas les griffes de Frédéric.

Elle considéra le triangle d'or qui pendait sur la poitrine de son visiteur, puis le saphir étoilé à son doigt.

Son regard insistant signifia d'abord qu'elle les avait bien vus, puis revêtit une expression énigmatique, peut-être dubitative.

— *Deux* symboles ?

— Deux ? répéta-t-il, car il n'en connaissait qu'un.

— L'étoile flamboyante de votre bague, dit-elle.

— Je ne l'avais jamais interprétée ainsi. Ce saphir vient de Taprobane et ce n'est pas moi qui ai enfermé cette étoile, observa-t-il d'un ton qui se voulait plaisant.

Ce fut sans effet. La baronne conserva une mine soucieuse.

— Quelle est l'objet de votre contrariété ? finit-il par demander.

— Cela complique encore votre tâche.

— De quelle façon ?

— Bernis est maçon. Et il est grand maître.

— Un cardinal maçon ? s'écria-t-il.

— Nous sommes en France, comte, pas en Espagne, répondit-elle en haussant les épaules. N'en doutez pas, Belle-Isle est dans son obédience. Je ne suis pas éloignée de penser que l'affection soudaine que Bernis porte à la Prusse est inspirée par le fait que Frédéric II est Grand maître maçon.

Sébastien demeura sans voix. La situation se révélait, en effet, considérablement plus compliquée qu'il l'avait imaginé.

— Et tout le cercle des amis de Mme de Pompadour : Voltaire, Diderot, d'Alembert. Quel est votre rang dans cette société ?

— Compagnon.

— Vous serez sans poids face à des personnages aussi puissants, soit par le rang, soit par la renommée. Vous risquez même d'être disgracié sur leur requête par Mme de Pompadour.

— Vous m'avez dit qu'elle déteste la Prusse ?

— Pour le moment, c'est Bernis qui détient le portefeuille des Affaires étrangères, pas elle. La princesse d'Anhalt-Zerbst a été bien inspirée de vous conseiller la prudence.

Il soupira de soulagement ; il l'avait échappé belle. Mais il se rappela que la marquise avait paru bien perplexe quand, en tête-à-tête avec elle, il avait déconseillé de courtiser la Prusse.

— De toute façon, déclara la baronne Westerhoff, ce sera le roi qui tranchera. Veillez à ne jamais, jamais vous l'aliéner. Jamais, entendez-vous ?

Il hocha la tête.

La baronne était sa maîtresse d'école.

Il tira de sa poche un rubis en pendentif, qu'il avait acheté à Indore. Il le souleva pour le faire rutiler un instant à la double lumière du jour et des chandelles et le tendit à la baronne.

— Qu'est cela ?

— Si vous m'y autorisez, Madame, c'est un cadeau.

Elle prit le bijou et l'examina avec un demi-sourire.

— Il est magnifique. Mais je ne saurais… comment dire…

Elle chercha ses mots.

— … Je ne saurais le mériter, conclut-elle.

Elle esquissait déjà le geste de le rendre à Sébastien.

— Les cadeaux, madame, ne sont pas des récompenses.

Elle sourit avec une pointe de tristesse.

— Vous avez choisi une pierre de la couleur du sang, comte. Je l'accepte pour ne pas vous offenser. Mais c'est vous qu'elle engage.

— Faut-il que j'y ajoute une pierre couleur de l'espérance ?

— Ne soyez pas trop français, répondit-elle, presque insolente.

Un long silence suivit jusqu'à ce que la baronne Westerhoff eût raccompagné son visiteur à la porte. Là, elle lui saisit les deux bras et lui dit d'une voix soudain chaleureuse :

— Merci. Ne vous méprenez pas. Mais il y a tant de choses que vous ne pouvez comprendre…

Il allait répliquer quand elle secoua la tête :

— Ne parlez pas. Ne parlez plus. Il existe diverses façons de porter un veuvage. En tuant mon mari, c'est à mes propres rêves que j'ai donné le coup de grâce.

— Juste un mot, exigea-t-il. Juste un : vous ne pouvez pas vivre le reste de votre vie emmurée vivante.

Et il s'engagea dans l'escalier.

45

La revanche du « teinturier »

Marigny avait-il décidé de l'éloigner de la cour ? Obéissait-il à des instructions de sa sœur ? Toujours fut-il qu'en avril il proposa à Sébastien de mettre à sa disposition des appartements au château de Chambord, ensemble avec des ateliers et un groupe d'apprentis. Il lui remit également trois pièces chacune de quelque cinq pieds par trois, l'une de soie, l'autre de velours et la troisième de calicot.

L'avertissement de la baronne Westerhoff sur les risques de disgrâce se vérifiait. S'il s'était agi de concéder un atelier à celui que Marigny avait appelé « le teinturier », Paris n'en manquait pas. Mais quand Sébastien s'enquit de Chambord et apprit que le château était à deux jours de carrosse de Paris, il comprit que l'assignation était une lettre de cachet déguisée. Bernis n'avait pas l'autorité de chasser ou d'expédier à la Bastille cet étranger présomptueux mais, en tant que ministre, il le faisait donc éloigner de Versailles.

Sébastien devina que la faveur royale avait indisposé certains courtisans, à commencer par Marigny lui-même ; la conversation surprise entre le marquis et Belle-Isle le prouvait : le maître de la Maison du roi n'appréciait pas ce trouble-fête. Puis il apprit par la princesse d'Anhalt-Zerbst que François Quesnay, le médecin personnel de la marquise, disait sans se faire prier pis que pendre de lui ; elle l'avait entendu déclarer au roi que Saint-Germain était un charlatan.

— Mais le roi l'a rabroué avec agacement, précisa la princesse. Quesnay tiendra désormais sa langue.

Toutefois, songea Sébastien, la faveur royale ne l'avait pas protégé d'une demi-disgrâce. La raison en était claire : la marquise avait fait part au cardinal de l'hostilité de Saint-Germain à une alliance avec la Prusse et Bernis s'était impatienté. Et quel était le sentiment de Mme de Pompadour elle-même à son égard ? Sans doute indécis pour le moment.

— Vous aurez le meilleur des petits appartements, avait précisé Marigny.

Sans doute fut-il surpris, puis dépité quand la princesse d'Anhalt-Zerbst, la marquise d'Urfé, Mme de Genlis[1] et le baron de Gleichen décidèrent de suivre Sébastien à Chambord, avec leurs suites. Marigny, prévenu de cet exode, dut mander un courrier exprès pour faire ouvrir d'autres appartements.

— Vous auriez dû voir sa tête, dit la marquise d'Urfé en gloussant.

Ce furent en fait trois carrosses qui prirent la route du château.

---

1. C'est par ses *Mémoires inédits pour servir à l'histoire des XVIIIe et XIXe siècles* (Paris, 1825) qu'on apprend cet épisode singulier dans l'histoire de Saint-Germain et les noms de ceux qui le suivirent à Chambord.

Pendant une heure après leur arrivée, les voyageurs furent réduits à faire le tour des bâtiments : les portes étaient fermées.

— Un château fort rhabillé en palais italien, jugea le baron de Gleichen.

À l'évidence, on ne les attendait pas, ou pas ce jour-là. Mais enfin, Sébastien avisa un domestique qui allait remplir un seau à la fontaine et le pria d'aller quérir l'intendant. Un long moment plus tard accourut un vieillard branlant dont la perruque datait sans doute du siècle dernier ; effaré par la vue des trois carrosses et de toutes ces Excellences qui débarquaient soudain, il ne sachant où donner le peu de tête qui lui restait.

Il s'appelait Clos du Quesnay et balbutia des excuses : il quittait son service et devait être remplacé sous peu par M. Collet, qui n'était pas arrivé.

— Mais Monsieur de Marigny ne vous a-t-il pas prévenu de notre arrivée ?

— Monsieur, un messager est bien venu de Versailles mais le message qu'il a laissé était adressé à Monsieur de Saunery, le gouverneur de ce château.

— Et où se trouve donc Monsieur de Saunery ?

— Il est à Tours, monsieur, auprès de sa fille malade et ne reviendra que dans plusieurs jours.

Il marmonna et sortit un trousseau de clés pour ouvrir les petits appartements, qui se trouvaient au troisième étage, sur les terrasses.

Décidément, songea Sébastien, l'administration des domaines royaux n'était pas ce qu'on eût pu espérer.

M. Clos du Quesnay était éploré. Les petits appartements ne paraissaient guère accueillants.

Les installations furent laborieuses : une domesticité rameutée d'urgence s'affaira à balayer des chambres aux plafonds bas, inhabitées depuis des lustres, et déloger à coups de balai des souris jusqu'alors sédentaires. Le mobilier était rare autant que vermoulu, les tentures en cheveux, la literie inexistante et les valets des visiteurs signalèrent l'absence de bois de chauffage et de chandelles.

Tous ces signes renforcèrent les soupçons de la compagnie : l'éloignement à Chambord était destiné à décourager le comte de Saint-Germain de donner un quelconque avis sur la politique ; Marigny ne lui avait concédé que l'usage des petits appartements et non les conforts ordinairement offerts à des hôtes de marque. Les ragots flambèrent comme de l'étoupe. Le véritable inspirateur de ces avanies était Bernis, ce curé sentant la bougie, tout fraîchement élevé à la dignité de cardinal et de ministre.

Sébastien chargea Giulio et Johann-Felicius d'aller acheter des draps, des chandelles, du vin, du pain, des vivres, du bois, Dieu sait quoi ! M. Clos du Quesnay se rendait bien compte du peu de décorum des opérations.

— Je supplie Leurs Seigneuries, dit-il, de bien vouloir attendre ailleurs que le ménage soit fait. Je leur suggère une visite du château en attendant que les appartements soient prêts.

Sébastien et sa suite allèrent donc admirer les salles plus avenantes du château. Ils commencèrent évidemment par l'escalier d'honneur, à double révolution, merveille quasi céleste.

— C'est un ouvrage pour l'ascension de Moïse au Sinaï ! s'écria Sébastien. Et, regardant autour de lui, avec un geste circulaire embrassant le faste fabuleux du décor : Voilà l'erreur, le vertige du défi !

— De quel défi parlez-vous ? demanda la princesse.

— Le défi au monde entier. François affronte deux monarques au moins aussi puissants que lui, Charles Quint et Henry VIII. Et il se fait plus gros qu'il n'est. Ce château est une réplique en pierre du camp du Drap d'or. Savez-vous pourquoi ? Parce que le roi n'est pas sûr de lui. Il est indécis, pusillanime. L'effet de sa munificence sera inverse de celui qu'il escomptait. En arrivant à Boulogne, Henry VIII prend peur. Il pense que le Français veut l'éclipser. Et il prend le parti de l'empereur.

— Mais comment savez-vous tout cela ? demanda la princesse d'Anhalt-Zerbst, stupéfaite. On croirait que vous l'avez connu.

— Ce n'était qu'il y a deux siècles, répondit Sébastien en souriant.

Là-dessus arriva M. Clos du Quesnay pour annoncer que Leurs Seigneuries pouvaient maintenant s'installer.

— S'il en est ainsi, veuillez nous déléguer des domestiques pour aider nos valets aux bagages, ordonna Sébastien.

Puis il alla s'assurer du confort de chacun.

Toussant dans un nuage de poussière, assise dans un salon qui sentait le moisi et qui était aussi froid qu'une cave en hiver, la princesse d'Anhalt-Zerbst s'écria en riant :

— Mon Dieu, comte, on croirait que vous êtes le maître de céans !

Pendant que les valets procédaient à l'installation de leurs maîtres et maîtresses, Sébastien s'enquit des services de bouche ; or, il n'y en avait à proprement parler aucun. Le personnel commis à la garde du château ne se servait que d'un coin de cuisine, quatre étages plus bas, pour y préparer une soupe aux choux ou aux raves et, on pouvait l'espérer, une volaille aux jours fériés. L'hiver n'était pas encore terminé : le potager était vide, le volailler également.

Grâces au ciel, Giulio, en bon domestique, avait aussi flairé ce désastre-là et revint de Cholet trois heures plus tard avec des paniers chargés de morue, de truites, de chapons, de pain, de vin, de laurier et de girofle, de lard, de crème, de beurre, de fromages, en plus des autres achats requis.

— Eh bien, annonça gaiement Sébastien, je vais donc me mettre aux cuisines !

Ses compagnons, pris de curiosité, le suivirent et, se piquant au jeu, ceignirent des tabliers. Sébastien faisant fonction de maître-queux, le baron de Gleichen se sacra marmiton et la marquise d'Urfé, gâte-sauce. La princesse d'Anhalt-Zerbst, qui s'amusait comme une écolière aux champs, se présenta comme princesse Tournebroche. Le personnel de cuisine les regardait, ébahi. Trois chapons farcis de pain au lard furent mis à rôtir et le menu fut enfin constitué et proclamé solennellement par le comte de Saint-Germain : filets de truite sur lit de mie sauce blanche, chapon farci et rôti, pommes de terre au jus et salade de chou blanchi. Sébastien se creusa la tête pour le dessert et ne trouva à proposer que des tranches de carotte légèrement poivrées et sucrées au miel, qu'il caramélisa au four.

Pendant ce temps, Mme de Genlis faisait poser des chandelles dans les flambeaux, épousseter des chaises, dresser des tréteaux dans la salle la moins froide des petits appartements et rassembler de la vaisselle pour le repas ; il fallut d'ailleurs laver celle-ci à l'eau vinaigrée car elle était à la fois poussiéreuse et grasse. Les cristaux étant introuvables, les convives boiraient dans leurs gobelets de voyage.

L'on s'assit enfin, dans le désordre.

— Je ne me suis jamais tant amusée dans un château royal, déclara la marquise d'Urfé.

— C'est qu'aussi le comte de Saint-Germain ne règne pas, renchérit la princesse d'Anhalt-Zerbst.

— J'étais philosophe, me voilà aubergiste, dit Sébastien.

— Et moi tournebroche ! dit la princesse.

Les langues se délièrent.

— Je ne donne pas longtemps avant que les nouvelles de notre installation ne parviennent à Versailles et que nous recevions alors des visites.

— Qui ? demanda le baron de Gleichen.

— Faisons des paris, proposa Mme de Genlis.

— Diane de Lauragais, dit la marquise d'Urfé.

— Non, elle ne quitterait la proximité du roi pour rien au monde, objecta Mme de Genlis. Je verrais plutôt Berryer[1] accourir : il porte les oreilles de la marquise. Et celle-ci doit s'inquiéter de nos départs soudains.

---

1. Nicolas-René Berryer, d'abord intendant du Poitou, devint en 1747 lieutenant de police et espion personnel de Mme de Pompadour. En 1758, quand Choiseul prit le pouvoir, il fut nommé ministre de la Marine. Il fut le père d'Antoine Pierre, le célèbre avocat légitimiste.

Le baron de Gleichen pouffa. Sébastien écoutait, de plus en plus surpris par les échos d'une cour qui ressemblait à un essaim de guêpes. Le conseil prodigué à la fois par Belle-Isle et la baronne Westerhoff lui revint en tête : conserver à tout prix la faveur du roi. Dans cet infernal charivari, le monarque était le seul point fixe et le véritable centre du pouvoir.

Soudain, la baronne lui manqua et il rêva qu'elle apparaîtrait par enchantement et que sa lumière d'étoile du Nord emplirait sa chambre ce soir.

Les paris continuaient et tout le monde s'accorda sur la possibilité qu'Anne de Romans[1] finirait par venir à Chambord.

— Qui est-elle ? s'enquit-il.

Madame de Genlis lui expliqua que cette dame était une des maîtresses du roi. Il eut le tort de paraître surpris. Elle sourit.

— Vous le pensiez fidèle ?

— N'a-t-il pas lui-même élevé la marquise au rang de dame du Palais ?

— Le roi n'est fidèle qu'à lui-même, répondit-elle. Vous ne connaissez pas le parc aux Cerfs ?

— Non.

— Vous avez été en Orient, n'est-ce pas ?

---

1. Anne Couffier de Romans (1737-1808), marquise de Cavanac, mère d'un fils illégitime de Louis XV, Louis-Aimé, dont la garde lui fut retirée en août 1765, pour la punir d'avoir été mêlée à un complot contre Choiseul. Elle a laissé des *Mémoires sur Louis XV et Mme de Pompadour*, édités en 1985 (Mercure de France).

— Oui.

— N'est-il pas vrai que les potentats de ces pays entretiennent des cours de femmes pour leurs caprices amoureux ? Eh bien, ici, cela s'appelle le parc aux Cerfs.

Il craignit de paraître béjaune et se contenta de lever les sourcils.

— Et qu'advient-il quand un enfant naît ?

— Le roi l'adopte ou non et la demoiselle est le plus souvent donnée en mariage à un courtisan célibataire.

— Et les parents de la demoiselle ?

— Ils sont consentants. Ils sont assurés que leur fille fera un bien plus beau mariage que si elle restait dans sa condition.

Finalement les convives conclurent que l'enjeu serait douze bouteilles de bon vin d'Anjou et topèrent là.

Mais le soir, seul dans son lit, il ne put s'empêcher de songer au parc aux Cerfs. La ressemblance entre ces jeunes filles qui y attendaient le bon plaisir du roi et feu Ismaël Meianotte était à la fois inévitable et insupportable.

La jeunesse n'était pour ces rois que chair à foutre.

Et maintenant, il avait passé dans l'autre camp.

Mais y avait-il vraiment passé ?

*

Le lendemain, Sébastien se mit en demeure de démontrer qu'il était capable de prêter à des tissus ordinaires l'éclat exceptionnel caractérisant les pièces soumises à Marigny. Levé et débarbouillé dès le petit matin, il emporta les trois pièces de tissu et la cassette de terre de

Joachimsthal dans l'atelier prévu, qui n'était en fait qu'une ancienne remise aux harnais, près des écuries. Il y avait là une ancienne auge qui ferait office de bassin de trempage. Aucun des apprentis n'était présent et c'était tant mieux : il ne souhaitait d'aucune façon qu'ils fussent initiés à son secret : il était décidé à ne leur montrer que le superflu.

Or, il lui manquait un mortier, quelques litres de vinaigre et des bâtons pour sortir les tissus de la cuve quand ils seraient imprégnés, afin de ne pas manier ceux-ci avec les doigts.

Le premier apprenti arriva vers neuf heures ; c'était en fait un garçon d'écurie. Sébastien le chargea de nettoyer scrupuleusement l'auge, de la bonder soigneusement et de la remplir d'eau à moitié, puis de quérir un mortier et un pilon. Quand le deuxième apprenti arriva, Sébastien apprit que c'était l'ancien aide-boulanger du château ; il le pria de lui apporter cinq litres de vinaigre et des bâtons solides de cinq pieds de long, puis de tendre une corde dans la remise.

Tout cela prit un temps fou. Dans les premières heures de l'après-midi, Sébastien congédia les apprentis et trempa enfin la première pièce, celle de calicot, dans l'auge additionnée de vinaigre, pour le mordançage, et d'une grosse mesure de terre de Joachimsthal finement broyée. Il remua le tout énergiquement pendant près d'une heure et sortit enfin la pièce de son bain, la laissa dégoutter et, prenant garde de ne pas y toucher, l'étendit sur la corde.

Laissant le tout en l'état, il reprit la cassette de terre et ferma ensuite la remise à clef. Il trouva les deux apprentis dehors.

— Comment apprendrons-nous donc notre métier si Monsieur ne nous montre pas comment il fait ? demanda l'un.

Il soupçonna que Marigny les avait chargés de l'espionner.

— Je mets la méthode au point, afin de ne pas vous enseigner des erreurs, répondit-il. Quand j'aurai vérifié son succès, je vous apprendrai ce qu'il faut faire.

Du diable si Marigny découvrait jamais le secret de la méthode !

Miséricordieusement, la princesse d'Anhalt-Zerbst et Giulio avaient vaqué aux soins de bouche avec l'aide des autres invités. Sébastien put enfin consacrer quelque temps à sa toilette, dans une salle de bains plus qu'improvisée : une salle vide et glacée au centre de laquelle il fit installer un grand bac. Giulio lui versait de l'eau chaude sur le corps, puis lui frottait le dos et le rinçait.

Le souper consista en une tourte de volaille aux truffes, dont la pâte feuilletée avait été confectionnée sous la surveillance de la marquise d'Urfé, et en une salade de pommes de terre. Le baron de Gleichen avait préparé le dessert : des galettes de biscuit aux noix et à la crème.

— Nous nous sommes ennuyés sans vous, lui dit la princesse d'Anhalt-Zerbst. Qu'avez-vous fait toute la journée ?

— J'ai voulu justifier ma réputation de teinturier auprès de Monsieur de Marigny, répondit-il.

Teinturier ? On se récria. M. Abel-François Poisson ne s'était donné que la peine d'être le frère d'Antoinette pour devenir marquis de Marigny.

— Plût au ciel qu'il sût teindre ! s'écria la princesse d'Anhalt-Zerbst. Il fait partie de ces gens qui ne savent que salir les réputations !

46

Des singes se disputant un diamant

Sébastien vaquait à sa toilette matinale avec l'aide de Giulio quand des éclats de voix inconnues lui parvinrent à travers la porte ; il envoya donc son valet voir de quoi il s'agissait. Quelques instants plus tard, ce dernier revint lui annoncer :

— Monsieur le lieutenant Berryer est arrivé et demande à voir le comte.

— Priez-le d'attendre quelques moments que je m'habille, répondit Sébastien, surpris.

Cela fait, Giulio annonça Berryer, qui entra dans le petit salon attenant à la chambre à coucher. Un homme jeune, de belle prestance, au visage compact. L'expression était amène. Sébastien fit servir du café.

— La marquise de Pompadour m'a envoyé vérifier si la rumeur était exacte et comment cela se faisait, déclara-t-il.

— Quelle rumeur ?

— Que Chambord sous votre égide a plus de charmes que Versailles, puisqu'une partie de la cour vous y a suivi, répondit Berryer, d'un ton moqueur.

— Ne plaise au ciel, repartit Sébastien, inquiet. Je suis venu faire les expériences demandées par Monsieur de Marigny, et quelques personnes de la cour ont eu la bonté de s'y intéresser.

Il avait quitté Paris huit jours auparavant et il lui semblait être parti depuis le triple. Le rappel des humeurs de Versailles le ramenait soudain à la réalité.

— Le roi a deux fois demandé après vous et s'étonne que Monsieur de Marigny vous ait envoyé si loin.

Sébastien esquiva la dernière partie des propos et se borna à dire que le roi était trop bon de s'inquiéter de lui.

— Est-ce à vous que je dois m'adresser, comte, pour avoir des quartiers ici ? s'enquit Berryer sur le même ton moqueur, en regardant autour de lui. C'est ce que l'intendant m'a laissé entendre. Voudriez-vous donc m'indiquer l'appartement qui m'échoit ?

— Vous voulez rire, j'espère, répliqua Sébastien. Nous avons dû improviser notre séjour. Le gouverneur et l'intendant sont certainement plus à vos ordres qu'aux miens.

Il pria Giulio de faire appeler M. Collet pour le lieutenant Berryer et s'inquiéta une fois de plus : le bruit courait-il donc à Versailles qu'il s'était approprié le château de Chambord ?

Les domestiques étant ce qu'ils sont, la nouvelle de l'arrivée de Berryer s'était déjà répandue dans les petits appartements. La première qui vint en parler à Sébastien fut Mme de Genlis :

— Je ne sais qui aura gagné le pari, dit-elle, d'humeur plaisante. Mais nous en étions sûrs : la marquise enverrait quelqu'un voir ce que nous faisons. Mais vous savez déjà ce qu'il faut penser de notre visiteur.

Après les civilités d'usage et un verre de vin de bienvenue, qu'il dut à sa surprise boire dans son propre gobelet, Berryer parcourut l'assistance du regard.

— Quelles nouvelles nous apportez-vous de Versailles ? demanda la marquise d'Urfé.

— Le roi est d'excellente humeur. Le jour de votre départ, il a appris par courrier de Moscou qu'il avait perdu un de ses vieux ennemis, le chancelier de Russie.

Le visage de la princesse d'Anhalt-Zerbst se figea. Berryer se tourna vers elle.

— Bestouchev-Ryoumine[1] est mort ? demanda-t-elle d'une voix rauque.

— Non, il a été disgracié. En fait, il a été condamné à mort. Mais son frère, lui, est toujours en fonctions à Paris.

---

1. Alexeï Petrovitch Bestouchev-Ryoumine (1693-1766) avait été accusé d'avoir comploté trois ans plus tôt avec le commandant en chef des armées russes, Stepan Apraxine, pour l'inciter à ne pas se battre, lors de l'offensive russe contre la Prusse (qui se termina par la victoire russe de Gross-Jägersdorf). L'accusation était évidemment absurde. En réalité, l'impératrice Élisabeth et ses courtisans lui reprochaient de préparer trop activement l'accession au trône de la grande-duchesse Catherine, fille de la princesse d'Anhalt-Zerbst, qui fut une des amies de Saint-Germain. Son frère aîné, Mikhaïl Petrovich (1688-1760), diplomate, fut victime des intrigues de l'ambassadeur de France, le marquis de La Chétardie, pour discréditer les Bestouchev-Ryoumine : sa femme fut injustement accusée d'avoir participé à un complot contre la couronne, fut fouettée publiquement et sa langue coupée, puis elle fut exilée. Mais la carrière de Mikhaïl Petrovich résista brillamment à cette épreuve.

Le cœur de Sébastien fit un bond dans sa poitrine. Ses liens avec Moscou tombaient-ils donc en poussière ? Les instructions qu'on lui avait données étaient-elles toujours valables ? Il évita de consulter la princesse d'Anhalt-Zerbst du regard. Son cœur alla à la baronne Westerhoff.

Conscient que Berryer épiait toutes les réactions des convives à la nouvelle, il feignit l'indifférence et leva son verre :

— Eh bien, buvons à la bonne humeur du roi.

La princesse d'Anhalt-Zerbst but aussi, mais c'était pour se donner du courage. Sébastien se promit de réserver un entretien avec elle dès qu'ils seraient loin de Berryer.

— Combien de temps encore vous prendront vos expériences ? demanda Berryer à Sébastien.

— Deux ou trois jours.

— Je demeurerai donc avec vous jusque-là et je vous raccompagnerai tous à Versailles.

Bien qu'il fût rompu aux manières de la cour, Berryer ne s'en comporta pas moins comme un policier, se rapprochant de ceux qui tenaient des apartés, épiant les mines et doté de trois oreilles. Sébastien reprit avec soulagement le chemin de Paris.

Il emporta les trois échantillons de tissus, dont le plus étonnant était le velours ; déjà chatoyant, il étincelait lorsqu'on le manipulait.

*

À peine arrivé, il trouva dans son appartement chez le maréchal de Belle-Isle un billet de Mme de Pompadour le conviant à un petit souper pour le soir même. Il courut chez la baronne Westerhoff. Il la trouva sereine, presque lunaire.

— La chute de Bestouchev-Ryoumine ne changera pas grand-chose, dit-elle. Et quoi qu'elle entraîne, cela ne durera pas longtemps. L'impératrice vit ses derniers mois.

— Mais vous et moi et d'autres allons nous trouver compromis. On saura que nous étions ses émissaires…

Elle le considéra avec une hauteur où semblait se mêler de l'amusement.

— Rassurez-vous. Nous sommes au service de Zasypkine et c'est Zasypkine qui a contribué à la disgrâce de Bestouchev-Ryoumine.

— Pourquoi ?

— Parce que le pouvoir du chancelier s'était beaucoup trop affaibli.

La noirceur de l'affaire coupa le sifflet à Sébastien.

Elle le remarqua.

— Je me demande dans quel milieu béni vous avez vécu, comte. Ne connaissez-vous pas la réalité du pouvoir ? C'est une proie que se disputent des fauves. Vous n'en êtes pas plutôt désigné comme titulaire que vous êtes voué à la vindicte générale. Vous êtes aussitôt un incapable, un criminel, un ennemi secret. Cent personnes qui vous flattaient la veille sont prêtes à verser le poison dans votre verre.

Il versa une cuillerée de miel dans son café.

— Vous allez voir le roi ce soir, reprit-elle. D'après ce que vous me rapportez, il a besoin de vous. Il est coutumier de la diplomatie secrète, il n'a pas confiance dans ses commis, qu'il soupçonne de travailler à leur propre grandeur et non à la sienne. Il n'a d'ailleurs pas tort. Un messager personnel n'attendra de faveur que de lui. Ce sera son âme damnée. Il est donc assuré que celui-là au moins lui sera fidèle.

— Qu'attend-il de moi ?

— Je l'ignore. Probablement une mission diplomatique.

Il s'adossa. C'était maintenant le quitte ou double.

*

Louis fut bien au souper et se montra fort civil. Un je-ne-sais-quoi de chagrin ne quittait cependant pas l'expression de Mme de Pompadour. Bernis et Berryer, également présents, ressemblaient à deux matous guettant la souris.

Sébastien attendait.

À l'après-souper, le roi fit appeler le maître de la garde-robe et lui ordonna d'apporter un certain diamant, qui se trouvait dans telle cassette dans sa chambre, et la balance d'orfèvre, placée sur telle étagère. Quand on lui remit la pierre et l'instrument, il plaça l'une sur un plateau de l'autre et annonça :

— Quatre grains et une poussière[1].

Il s'adressa ensuite à Sébastien :

---

1. Le grain était l'unité de poids pour les joailliers et orfèvres ; il valait 0,053 g ; quatre grains équivalaient donc à 0,212 g, soit un peu plus d'un carat (0,2 g).

— La valeur de ce diamant tel qu'il est, avec son défaut, est de six mille livres. Sans le défaut, il en vaudrait au moins dix mille. Puisque vous savez purifier les pierres, d'après les secrets que vous dites avoir appris aux Indes, accepteriez-vous de me faire gagner quatre mille livres[1] ?

Tout le monde suivait attentivement l'épisode.

Sébastien examina méticuleusement la pierre ; elle comportait un crapaud visible, près de la pointe ; il répondit :

— C'est possible, sire. Je vous rapporterai la pierre dans un mois.

L'ombre d'un sourire flotta, narquois, sur la bouche de Bernis, et sarcastique sur celle de Berryer. Le cardinal gardait l'œil mi-clos et Berryer l'avait grand ouvert.

C'était le 6 avril 1758.

Aucune mission ne fut proposée à Sébastien. À l'évidence, ses ennemis avaient, pendant son absence à Chambord, criblé le monarque de critiques sur le « teinturier » et le « charlatan ». Ils avaient ébranlé la sympathie de ses protecteurs et la proposition de purification du diamant constituait une mise à l'épreuve.

Il fourra le diamant dans la terre de Joachimsthal. Aucune invitation aux petits soupers ne lui parvint plus avant le 4 mai, pour le 6. La mise à l'épreuve n'aurait su être plus éloquente.

Il retira le diamant de la cassette et le rinça, puis l'examina avec une loupe d'orfèvre. Il fut surpris ; il

1. L'anecdote est rapportée par Mme de Genlis dans ses *Mémoires (op. cit.)*.

s'était attendu à trouver une givrure à la place du crapaud ; mais elle était si ténue qu'elle échappait au premier regard.

À l'avant-souper, il releva qu'il y avait là beaucoup plus de monde qu'à l'accoutumée : une bonne vingtaine de personnes, dont le dauphin Louis, Belle-Isle, le duc de Choiseul et d'autres que Sébastien ne connaissait pas. Une telle assemblée signifiait que si l'épreuve était perdue, Saint-Germain serait discrédité pour toujours aux yeux de tous, mais que, si elle était gagnée, ses ennemis seraient réduits au silence.

— Eh bien, comte, dit le roi d'un ton plaisant, m'avez-vous ramené ce diamant ?

— Oui, sire, je n'aurais su manquer à ma promesse, répondit Sébastien, tirant de sa poche un tissu d'amiante et le dépliant pour montrer la pierre.

Le roi prit le diamant et l'examina.

— Surprenant, dit-il. Tout à fait surprenant, répéta-t-il, parcourant les convives du regard.

Bernis et Berryer parurent interloqués. Mme de Pompadour demanda alors, d'une voix haute et distincte, sans doute intentionnellement :

— Le diamant est-il purifié, sire ?

— Jugez-en par vous-même, dit le roi.

— Mais c'est extraordinaire ! Il n'y a là aucun défaut ! déclara-t-elle en levant les yeux vers les convives.

— Peut-être a-t-elle été retaillée ? suggéra le cardinal de Bernis.

— Nous allons bien voir, dit le roi, qui fit demander la balance.

La princesse d'Anhalt-Zerbst suivait la scène d'un air soucieux. Elle consulta Sébastien du regard, mais il était impavide. La balance fut apportée et Bernis s'approcha, suivi de Belle-Isle et de Berryer :

— Quatre grains, annonça le roi, comme à l'origine.

— N'y avait-il pas une poussière de plus, sire ? demanda Bernis.

— Si vous voulez dire que l'impureté aurait été enlevée en retaillant le diamant, il aurait fallu lui enlever plus d'un grain, rétorqua le roi d'un ton mécontent, et non une poussière. Nous le ferons d'ailleurs vérifier par Monsieur de Gontaut.

C'était le joaillier du roi.

Sébastien parcourut l'assemblée du regard et il eut fugitivement l'impression de voir des singes travestis, que cette affaire de diamant agitait au-delà du croyable. Le souper se passa sans autre incident.

Le lendemain, convoqué par Marigny, Sébastien se vit soumettre un document créant une manufacture de teinture de tissus au château de Chambord, dont il serait le maître, par la volonté du roi, moyennant une pension de deux mille livres par an. La somme était modeste, mais le document, qui semblait avoir été rédigé en hâte, constituait une reconnaissance de ses talents et donc un renforcement de la faveur royale.

— Sa Majesté a admiré l'éclat de ces tissus, déclara Marigny. Il souhaite que vous traitiez un de ses gilets de velours.

Sébastien se déclara très honoré du royal désir et signa donc la charte.

47

Le guignol

Sébastien se préparait à entrer dans le salon de la Pendule quand il entendit un homme déclarer :

— Cette histoire de diamant n'est pas close…

Il fit un signe au maître d'hôtel qui allait l'annoncer et mit un doigt sur sa bouche. L'autre sourit et hocha la tête. Sébastien lui glissa une pièce. Dans le salon, la même voix pérorait :

— Il est fort possible que ce *comte* de fées ait rendu au roi un morceau de verre taillé. Monsieur de Gontaut s'empressera d'en alerter le roi et nous verrons Monsieur de Saint-Germain mené à la Bastille les fers aux pieds !

Un petit rire conclut la prédiction.

Sébastien avait reconnu la voix ; il hocha la tête et le maître d'hôtel l'annonça. Celui qui pérorait n'était autre que Bernis, en compagnie de la duchesse de Choiseul et de la marquise d'Urfé. Mme de Pompadour n'était pas encore arrivée. Sébastien alla s'incliner et baiser la main de son calomniateur, lui fit un sourire rayonnant, puis salua les deux autres dames, qui semblaient s'amuser beaucoup.

Le roi arriva par la porte du salon qui ouvrait sur sa chambre et Mme de Pompadour par celle de la galerie. Après les civilités, le roi fit servir du vin de Champagne et déclara à Sébastien :

— Savez-vous, monsieur, que Monsieur de Gontaut m'offre neuf mille six cents livres du diamant que vous avez purifié[1] ?

La consternation se peignit sur le visage de Bernis. La duchesse de Choiseul éclata de rire et, connaissant les soupçons de Bernis, Mme de Pompadour retint le sien.

— J'en suis navré, sire, répondit Sébastien, feignant la déception.

— Comment, navré ? demanda le roi.

— Votre Majesté m'avait demandé de lui faire gagner quatre mille livres et je m'y étais engagé. Cela ne fait que trois mille six cents livres.

À son tour, le roi se mit à rire. Seul dans l'assistance, Bernis faisait une face de carême.

— Qu'en dites-vous, cardinal ? lui demanda le roi.

— Que je m'apprête à voir le comte de Saint-Germain marcher sur la Seine.

Sans doute le roi et Mme de Pompadour attendaient-ils cette dernière confirmation des talents de leur hôte pour lui rendre toute leur confiance. Après le souper, en effet, le roi prit Sébastien à part :

— Monsieur, vous avez déclaré, il y a quelques jours, que vous étiez favorable à des ouvertures de paix avec l'Angleterre. Êtes-vous toujours de cet avis ?

---

1. C'est le chiffre cité par Mme de Genlis dans ses *Mémoires*.

— Oui, sire.

— Tel n'est pas le cas du ministre des Affaires étrangères, le cardinal de Bernis. Il estime que la paix ne peut être obtenue que par un traité avec la Prusse. On me rapporte que vous trouvez ce projet imprudent, parce qu'il fâcherait l'Autriche et la Russie. Vous en êtes toujours convaincu ?

— Ce n'est pas moi qui en suis convaincu, sire, c'est l'évidence.

— Bien, dit le roi, vidant son verre, accepteriez-vous de faire les ouvertures en ce sens à l'Angleterre ?

C'était donc la mission attendue. Sébastien fut saisi.

— Je suis à vos ordres, sire.

Il réfléchit un instant :

— Toutefois, je ne saurais entreprendre les démarches nécessaires sans une lettre qui m'accrédite auprès des autorités que je rencontrerai.

Le roi fit deux pas dans un sens, puis dans l'autre, l'air pensif.

— Vous êtes mon émissaire personnel et je ne peux vous désigner comme envoyé officiel dans une mission qui va à l'encontre des buts de Bernis. Cependant je peux vous faire délivrer par Bernis un document qui vous donne suffisamment d'autorité. Cela vous va-t-il ?

— Il le faudra, sire.

— Bien. Réfléchissez à votre manœuvre. Informez-vous des gens que vous verrez. Nous en reparlerons.

Quand ils rejoignirent les convives, un faisceau de regards se concentra sur Sébastien. De quel sujet secret le roi l'avait-il donc entretenu ?

*

Le lendemain matin, il courut chez la baronne Westerhoff. Il trouva chez elle la princesse d'Anhalt-Zerbst et rapporta la proposition de Louis XV.

— C'est exactement ce que nous attendions, dit la baronne. Mais c'est un exercice d'équilibriste que vous demande Louis. Il vous faut aller demander la paix sans lettre de créance.

— Mais n'allez pas en Angleterre, conseilla la princesse d'Anhalt-Zerbst d'un ton catégorique.

— Pourquoi ?

— Les Anglais seraient trop heureux de discréditer les Français en arguant que ceux-ci leur ont envoyé un émissaire sans pouvoir. Dans le meilleur des cas, ils vous renverront en France après vous avoir ridiculisé, dans le pire, ils vous mettront en prison. Dans les deux, ce ne sera pas bon pour votre mission ni votre banque.

— Ma banque ? demanda Sébastien, stupéfait.

— N'avez-vous pas une banque à Londres ? demanda la princesse.

Il faillit lui demander : « Comment le savez-vous ? » mais il aurait semblé pris en flagrant délit de dissimulation. Restait à établir comment la princesse et sans doute la baronne étaient au courant de la banque.

Les deux femmes le regardèrent sans mot dire, l'air d'en savoir long.

— Où suggérez-vous que j'entreprenne les ouvertures ? demanda-t-il.

— Je ne vois que la Hollande, répondit la princesse. On y sera peut-être un peu moins informé de votre personnage.

Elle avait dit ces mots d'un air entendu ; il attendit la suite.

— Vous intriguez de plus en plus la cour et Paris, expliqua-t-elle. Le bruit court ainsi à Versailles et donc Paris que le roi vous a fait cadeau de Chambord.

Sébastien écarquilla les yeux. La baronne se mit à rire :

— L'ambassadeur Bestouchev-Ryoumine est même venu me demander si je savais la raison de cette extraordinaire libéralité. La princesse m'ayant rapporté les conditions de votre installation là-bas, j'ai répondu que je doutais fort de la réalité d'un tel cadeau.

— Mais c'est insensé ! s'écria Sébastien.

— Il faut croire que le fait que certaines personnes de la cour vous aient suivi à Chambord a donné à penser que vous disposiez du château à votre guise, donc que le roi vous l'avait offert.

— Ce n'est pas tout, enchérit la princesse. Vous avez, il y a quelques semaines, raconté devant le cardinal de Bernis que les exercices spirituels que vous avez appris aux Indes permettent de se dégager des contraintes du temps.

Il hocha la tête.

— Vous avez ensuite déclaré qu'en s'abstrayant de soi-même par je ne sais quels exercices respiratoires, on pouvait revivre le passé.

Il hocha la tête.

— Eh bien, Bernis va racontant à qui veut l'entendre que vous prétendez avoir vécu à la cour de Charlemagne.

Voltaire a entendu ces fables de Bernis, puisqu'ils sont tous deux maçons, et il les répand à son tour. Il raconte que vous déclarez avoir soupé avec les pères du concile de Trente.

La princesse semblait s'amuser de ces folies. Sébastien ouvrit de grands yeux.

— Pis, reprit-elle : il y a à Paris en ce moment un Anglais qui se nomme Lord Gower et qui vous a aperçu je ne sais où, chez la duchesse de Lauragais, je crois. Or, il s'habille comme vous, prétend qu'il est le comte de Saint-Germain, qu'il vit depuis plus de mille ans et qu'il est immortel, qu'il a connu Jésus-Christ et que c'était un excellent garçon et autres coquecigrues. Bien évidemment, les gens se tordent de rire et Gower est invité partout, parce qu'il offre aux gens l'occasion de se divertir.

— Et mieux, enchérit la baronne, de se divertir aux frais de la cour, qui invite des extravagants aux petits soupers de Versailles.

Sébastien se trouva soudain à l'agonie : ces deux femmes qu'il avait crues favorables faisaient-elles partie d'un tribunal d'inquisition ?

— Maintenant, poursuivit la princesse, les fabricants de masques pour la mi-carême en préparent un à votre effigie.

Et elle se pencha pour tirer de sous son siège un masque caricatural en papier mâché : c'était lui tout craché !

— Un guignol ! se lamenta Sébastien. Je suis donc devenu un guignol !

— Tenez, le chocolat console les cœurs affligés, dit la princesse en lui en servant. Que voulez-vous, vous intriguez les gens. Personne ne sait d'où vous venez ni où vous allez, quel est votre nom véritable ni quelle est l'origine de votre fortune. Vous accomplissez des prodiges, comme de purifier des diamants. C'en est déjà assez pour inspirer des ragots. Et vous semblez méconnaître la rapidité avec laquelle ils s'enflent de bouche en bouche et la propension de gens qui s'ennuient à prêter foi à tout et n'importe quoi.

— C'est pour cela que la Hollande nous semble indiquée pour votre mission.

Il quitta l'hôtel de la baronne Westerhoff dépité et mélancolique.

Il avait jadis cru au secret de Newton. Il n'y en avait pas.

Il aspirait au pouvoir. La route était barrée par des ennemis formidables.

Il s'était épris de la baronne Westerhoff. Il ne trouvait plus en elle qu'un juge instruisant son cas.

Il se retrouvait aussi seul que dans le palais du vice-roi à Lima.

*

Trois jours plus tard, il reçut une lettre d'Alexandre et, à l'examen du cachet, vérifia que celui-ci en avait été brisé, comme l'en avait prévenu la baronne Westerhoff. La lettre, prudente, ne disait rien d'autre que le regret qu'éprouvait le fils d'être éloigné du père.

« En va-t-il de même pour tous les pères ? » se demanda Sébastien en songeant à l'étrangeté de sa relation avec

Alexandre. Il avait souvent le sentiment de n'exister que par lui.

« À la fin, ce serait lui qui serait mon père », se dit-il avec amusement.

48

Le prix de la damnation

Il différa son départ. Il faillit même renoncer à sa mission. Des semaines s'écoulèrent dans une humeur morose, traversée par des moments d'âcreté. Les dîners où il était tenu de briller lui apparaissaient comme des mascarades.

Il eût presque loué les services de Lord Gower, dont il découvrit qu'on le surnommait Gauve, pour le représenter.

Il se voyait comme dans le domaine d'un conte fantastique, sur lequel régnait un lion entouré d'animaux fétides, des sortes de rats simiesques, glapissant et se déchirant les uns les autres.

Son malaise s'accrut soudain quand un mendiant, à la porte de l'hôtel de Belle-Isle, s'approcha de lui pour demander l'aumône. C'était un homme jeune ; il avait perdu une jambe.

— Où l'avez-vous perdue ? demanda Sébastien.

— À Berg-op-Zoom, monsieur. Un boulet.

Un boulet. Un boulet passe et la vie change.

— N'avez-vous pas de famille ?

— Je ne suis plus qu'une bouche à nourrir, monsieur.

Cet homme avait perdu une jambe pour le roi. Et le boulet avait emporté les affections.

Sébastien lui donna une pièce et fut comblé de bénédictions ; les mêmes sans doute que marmonnait Fray Ignacio pour la comtesse de Miranda.

Le roi partit pour Compiègne. Les petits soupers s'interrompirent.

Sébastien crut que la campagne de sottises sur son compte s'affaiblissait ; son deuxième valet, Johann-Fabricius, dissipa involontairement son illusion : il vint lui demander si la rumeur qu'il avait entendue, selon laquelle Monsieur le comte fabriquait des diamants de la plus belle eau, était vraie.

— D'où tenez-vous cela ?

— Du maréchal-ferrant, chez qui j'accompagnais le cocher ce matin, monsieur.

— Bien sûr ! s'écria Sébastien, sarcastique.

Fabriquer des diamants, en vérité !

Il décida de s'éloigner de Paris et de repartir pour Chambord, seul, afin de méditer sur sa destinée, mais aussi de satisfaire à une commande de la garde-robe royale et de celle de Mme de Pompadour : faire teindre des vêtements du roi et de la marquise, hauts-de-chausses, gilets, habits, capes, jupons, échelles de rubans, colliers de dentelle, que sais-je.

Teinturier et guignol, songea-t-il.

En chemin, la pluie tomba, une de ces averses précoces d'automne qui se répandent avec une force vengeresse. Sur la route, à travers les vitres détrempées du carrosse, il aperçut une silhouette voûtée sous la colère du ciel et détrempée. C'était un homme, et même de qualité car il portait une épée. Sébastien cria au cocher d'arrêter et ouvrit la portière. L'inconnu comprit que c'était pour lui ; il accourut et leva vers Sébastien un visage crispé et pathétique.

— C'est pour moi que vous vous êtes arrêté, monsieur ?

— Oui. Montez donc.

Il obtempéra, dégouttant, haletant, frissonnant, et s'assit en face de Sébastien.

— Permettez-moi de me présenter. Chevalier Aymeric de Barberet.

— Je suis le comte de Saint-Germain.

— Je vous connais, monsieur. Vous avez une légende.

« Je vais encore entendre des niaiseries », se dit Sébastien.

— D'où venez-vous ? demanda-t-il pour y couper.

— Je viens d'Orléans et j'allais à Tours.

— À pied ? s'étonna Sébastien en ouvrant le coffret de provisions pour servir un verre d'armagnac à cette âme errante.

Le chevalier lui lança un regard de défi calme :

— Je suis ruiné, monsieur. J'allais au couvent qui abrite mon frère, dans l'espoir d'un gîte. Le chrétien que vous êtes m'aura sauvé de la fluxion de poitrine.

Sébastien lui tendit le godet d'armagnac et demanda à entendre son histoire. Le chevalier de Barberet avait vingt-quatre ans et, pour le moment, il était maigre comme une rame à pois. Il rentrait d'Italie chez son père, sans le sou. Là, il avait appris que son géniteur était mort et enterré et que son aîné avait tout hérité, mais qu'aussitôt des créanciers avaient saisi l'héritage.

— Que savez-vous faire d'autre que vous battre et prier ? demanda Sébastien.

— Rien, monsieur. Autant dire que je suis disposé à tout apprendre.

Sébastien médita la réponse. Il avait besoin d'un homme qui l'accompagnât dans l'existence et qui possédât plus de qualité, d'autorité et d'entregent qu'un valet.

— Donc vous n'avez rien à espérer de votre frère sinon qu'il vous fasse entrer dans son ordre ?

— Cela est vrai.

— Si vous voulez bien m'accompagner à ma destination, je pourrais peut-être vous proposer un avenir moins austère.

— Monsieur, je suis à vos ordres. Mais est-il vrai que vous fabriquez des diamants et que vous avez mille ans ?

— Où avez-vous entendu ces sornettes ?

— Elles étaient dans la gazette que j'ai trouvée dans une taverne d'Orléans.

— Servez-vous de votre bon sens, chevalier. Si je fabriquais des diamants et que j'avais mille ans, je n'aurais pas besoin de voyager comme je le fais. Je suppose que je volerais dans les airs.

Barberet éclata d'un rire juvénile, et même communicatif car il gagna Sébastien.

« Ciel, songea Sébastien, voilà longtemps que je n'ai entendu rire d'aussi bon cœur ! »

— Mais une telle réputation, monsieur, reprit le chevalier, peut aussi vous servir, car vous pouvez ainsi revendiquer des pouvoirs magiques et répandre la terreur chez vos ennemis.

« Voilà un garçon qui a oublié d'être sot », songea Sébastien.

Quand ils parvinrent à Chambord, il lui fit allouer un appartement par le nouvel intendant des châteaux de Chambord et de Blois, M. Collet, ce que ce dernier consentit avec mauvaise grâce ; après avoir toisé Barberet, il répondit, en effet, que l'un des communs du château ferait aussi bien l'affaire. Sébastien insista et finit par avoir gain de cause[1].

Cela fait, Barberet n'ayant que les vêtements mouillés qu'il portait sur le dos, Sébastien chargea Giulio d'aider son hôte à se débarbouiller et de lui porter des vêtements de voyage qu'il avait avec lui, bas compris, à l'exception des bottes.

Cette fois-ci, le château était pourvu d'assez de chandelles et de bois pour s'éclairer et se chauffer, mais les services de bouche ne valaient pas mieux qu'au premier séjour de Sébastien au château, en dépit de la présence de M. Collet ; celui-ci se nourrissait sans doute de peu, car il

1. La véritable disposition qu'avait Saint-Germain d'appartements au château de Chambord est très différente des interprétations fantaisistes qui courent encore sur ce sujet ; la preuve en est donnée par plusieurs documents des Archives nationales relatifs aux châteaux de Chambord et Blois (cote O 1326), notamment la correspondance entre M. Collet, intendant général de ces châteaux, M. de Saunery, gouverneur du château de Chambord, le comte de Saint-Florentin (plus tard marquis de la Vrillière), surintendant des Deniers, et le marquis de Marigny, chef de la Maison du roi. Il y eut apparemment plusieurs contestations quant à l'usage des appartements et même des jardins du château (v. tome II, *Les Puissances de l'invisible*, Archipoche n° 55).

n'avait pas invité les voyageurs à souper. Sébastien se félicita donc d'avoir emporté des provisions pour le premier et même le second repas dans ces lieux.

Tandis qu'il vaquait aux cuisines, faisant frire des quartiers de canard au vin, il fut rejoint par Barberet, qui avait décidément bien meilleure mine qu'à l'arrivée.

— Monsieur, déclara-t-il, votre obligeance me confond ! Vous me sauvez du déluge, puis vous me prêtez des vêtements secs, et de quelle qualité… Mais quoi, vous faites le cuisinier ?

Sébastien sourit :

— Je n'ai pas d'autre recours pour me nourrir. Si vous vouliez ceindre un tablier, chevalier, vous pourriez aussi m'aider à préparer notre souper.

Barberet éclata de nouveau de son rire d'adolescent et s'empressa d'obéir.

— Surveillez, je vous prie, la cuisson de ce canard pendant que je confectionne une salade de pommes de terre.

Enfin, ils purent s'asseoir pour souper, servis par Giulio et Johann-Fabricius.

— Je sais que vous ne volez pas dans les airs, mais vous êtes la Providence, déclara Barberet. J'étais transi, affamé et seul au monde et voilà que vous passez, me recueillez, me chauffez et me nourrissez.

Soudain, Sébastien se prit à penser qu'un boulet aurait aussi pu emporter une jambe du chevalier et il se demanda si son attitude aurait été la même.

— Tout cela, répondit-il plaisamment, était destiné à vous attendrir, afin de mieux vous disposer à écouter ma proposition.

— Laquelle ?

— J'ai besoin d'une âme damnée. Voulez-vous l'être ?

— Monsieur, s'écria Barberet avec un tel élan qu'il renversa une partie de son gobelet, ce sera moi ou nul autre !

— Vous vous emportez, observa Sébastien, surpris.

— L'emportement est naturel et noble. Me prendriez-vous pour un sot ? Quand je marchais sous l'averse, ce n'est pas à un tel calcul que vous avez obéi. Je ne sais si vous fondez des diamants et je m'en moque. Vous avez du cœur. Et quiconque est bien né et en a aussi ne peut que vous répondre comme moi.

« Il est trop honnête, songea Sébastien, il n'a connu que l'armée comme seule famille. Que n'ai-je recueilli la baronne Westerhoff sous la pluie ! » Mais il était quand même surpris par la réaction de Barberet. Le chevalier était pareil à ces êtres que les épreuves ont dépouillés des sentiments secondaires : ils ne reconnaissent plus que le courage et le cœur et sont désormais trop fiers pour feindre.

En cela, Barberet lui était supérieur : car il avait, lui, élu la ruse comme arme de reconquête.

— Chevalier, je ne connais pas le prix de la damnation, mais je vous offre mille cinq cents livres pour être à mon service, plus le gîte et le couvert.

Barberet demeura silencieux un moment. Puis il leva les yeux vers Sébastien :

— Monsieur, c'est douze fois le prix que j'étais payé pour risquer ma vie. L'honneur m'imposerait donc de n'accepter que le quinzième de cette somme. La délicatesse, elle, requiert que j'accepte votre offre, sans quoi ce serait vous mon débiteur.

— Bienheureuse averse, dit Sébastien.
— Bienheureuse averse, en effet, monsieur.

*

Le lendemain, 10 novembre 1758, un personnage majestueux vint rendre visite à Sébastien, dans l'atelier improvisé des écuries. Il se présenta : M. de Saunery, gouverneur du château de Chambord.

Sébastien faisait procéder au trempage d'un gilet et de culottes royales par l'un de ses aides. Il tenta de déchiffrer l'expression de son visiteur ; c'était celle d'un homme ayant quelque chose d'important à annoncer, mais qui attend d'avoir suffisamment disposé l'esprit de son interlocuteur pour le faire avec le plus grand effet.

— Je veux espérer, monsieur, lui dit Sébastien, amène, que votre présence signifie un rétablissement de Mademoiselle votre fille.

— En effet, monsieur, je vous remercie de votre souci.

Mais il continuait de dévisager Sébastien comme une bête curieuse. Peut-être avait-il, lui aussi, lu la gazette et croyait-il que l'hôte de Chambord allait se métamorphoser en animal fantastique, griffon ou licorne, ou étinceler soudain de tous ses pores.

Barberet observait la scène à distance. Saunery commençait à taper sur les nerfs de Sébastien.

— Vous avez sans doute une nouvelle à m'annoncer, dit-il d'un ton quelque peu impérieux.

— En effet, monsieur.

— Je vous écoute.

— Le cardinal de Bernis n'est plus ministre.

— Cela est récent.

— Je viens de l'apprendre, en effet.

Sans doute croyait-il effrayer Sébastien. Il en était loin. Au diable cette chabraque malveillante de Bernis !

— La sagesse royale a certainement inspiré cette mesure, répondit-il d'un ton dégagé. Connaît-on le remplaçant du cardinal ?

— Le duc de Choiseul, articula Saunery, apparemment surpris par la sérénité de son interlocuteur.

— Je vais m'empresser de le féliciter, annonça Sébastien en se tournant vers la cuve où trempaient les effets royaux.

Là, Saunery en resta pantois.

— Le cardinal n'était-il pas de vos amis ?

— Certes, monsieur, mais l'intérêt du roi prime les amitiés.

Bernis, de ses amis ! Décidément, Chambord était loin de Versailles.

Et Sébastien, lui, encore plus loin des deux.

Il écrivit à Alexandre. Une lettre affectueuse mais contenue, au cas où les espions du roi l'intercepteraient.

49

Sauver le roi de France ?

Belle-Isle accourut deux jours plus tard. Il avait été nommé ministre de la Guerre. Sébastien le félicita.

— Et votre ami Berryer, annonça-t-il avec une pointe taquine, est ministre de la Marine.

Le visage du maréchal devint tout à coup sérieux :

— Mon ami, le roi s'inquiète : auriez-vous renoncé à vos desseins de paix ?

— Point. Mais le terrain est accidenté. Bernis voulait s'allier la Prusse et j'apprends que Choiseul vient de le remplacer. Or il est hostile à l'Angleterre. Et vous-même, d'ailleurs, êtes favorable à la paix avec Frédéric, si je vous ai bien compris. Je ne comprends plus : le roi nomme aux Affaires étrangères un homme qui veut poursuivre la guerre avec l'Angleterre et il me demande d'engager des pourparlers de paix ?

— La Prusse est maintenant alliée à l'Angleterre, répondit Belle-Isle. Faire la paix avec l'une n'est pas contradictoire avec l'autre. L'essentiel est la paix ! s'écria le maréchal avec émotion. Là réside votre atout et la gageure : faire triompher la volonté de paix du roi.

— Fût-ce au risque de mécontenter le nouveau ministre Choiseul ?

— Choiseul fera ce que le roi lui ordonne. La paix, vous représentez-vous ce que c'est ?

C'était étrange d'écouter ce militaire et qui plus est ministre de la Guerre faire les éloges de la paix. Mais Sébastien l'entendait : ces milliers de jeunes hommes que des potentats envoyaient à la mort ou à l'infirmité pour satisfaire à des fantasmes de gloire ou des soupçons lui déchiraient le cœur. Après la chair à foutre, il y avait la chair à canon. Les rois chrétiens ne valaient pas plus que les Molochs des Carthaginois et autres païens, auxquels on sacrifiait chaque année, en grande pompe, de jeunes garçons et des vierges.

— Et ce pays s'appauvrit, poursuivit Belle-Isle, du même ton passionné, sinon furieux. Le peuple se rebelle. Où trouverons-nous les douze millions de florins que le roi doit payer à Marie-Thérèse ? Et pendant ce temps, des gens comme Joseph Pâris-Duverney s'enrichissent sur notre dos !

— Sur votre dos ?

— Il est fournisseur des armées. Vous n'imaginez pas l'argent que lui rapporte le ravitaillement. Il est plus riche que le roi lui-même ! Connaissez-vous sa fortune ? Vingt-cinq millions de livres !

La somme étonna Sébastien.

— Voilà des années que les frères Duverney s'enrichissent en nourrissant de futurs cadavres ! Comte, je vous en conjure, ne différez plus. Le roi espère en vous, j'en ai la preuve.

— Expliquez-moi comment le roi a nommé Choiseul.

Belle-Isle soupira.

— Le duc est soutenu par les partisans de Pâris-Duverney, comprenez-vous ? La paix est leur cauchemar, parce que c'est la fin de leurs prébendes. Plus d'armées, plus d'intendance à fournir. Choiseul projette de faire construire toute une flotte à Toulon, pour faire pièce aux Anglais partout dans le monde. Ne doutez pas que Pâris-Duverney aura aussi la patte dans les chantiers navals, grâce à son ami Berryer.

— C'est l'argent qui commande donc tout ? Le roi ne le voit-il pas ? Et Mme de Pompadour ? demanda Sébastien.

— Si fait, ils le voient mais ils n'ont pas les moyens financiers.

— Pâris-Duverney est donc le roi de France, si je vous comprends bien ?

Sébastien réfléchit un moment et reprit :

— Voulez-vous dire que ma mission est de sauver le roi de France ?

— Elle équivaut à cela, en effet.

— Et le roi pourrait alors tenir tête à Choiseul ?

— La paix sera pour lui la plus grande victoire.

— Vous rendez-vous compte que je n'ai aucune autorité pour mener à bien pareille mission ?

— Votre autorité vous attend à Versailles, répondit Belle-Isle. Le roi vous remettra votre ordre de mission. C'est moi-même qui en ai rédigé les termes sur sa demande[1]. Vous êtes chargé de préparer la paix avec l'Angleterre.

---

1. « Le maréchal rédigea les instructions, le roi les remit lui-même à Saint-Germain, avec le chiffre. » (C. H. de Gleichen, *Mémoires*, *op. cit.*)

— Bien, dit Sébastien. J'achève mes travaux ici et je pars dans deux ou trois jours.

Il était conscient d'avoir mis le doigt dans une machinerie gigantesque. Mais le but en était la paix. Il avait souhaité la paix. Il la souhaitait toujours. L'impératrice Élisabeth avait raison. Elle serait satisfaite.

*

En fait, il eût mieux fait de partir tout de suite et de laisser le reste du travail à ses apprentis.

Le lendemain, éclata une algarade entre Barberet et l'intendant Collet. Ce dernier vint protester auprès de Sébastien car l'autre avait tiré son épée contre lui.

— C'était à quel sujet, monsieur ? demanda Sébastien.

— La disposition des jardins.

— Qu'en est-il ?

— Ce monsieur voulait y mettre à sécher les hardes que les apprentis teignaient…

— Les hardes, coupa Sébastien, impatienté, sont des vêtements du roi.

Collet en fut pantois.

— Mais… mais les jardins ne sont pas à votre disposition, monsieur…

— Ils sont à la disposition du roi. Vous n'en êtes que le conservateur. Je vous souhaite le bonjour.

L'explication de Barberet fut très différente : le sieur Collet l'avait prié de débarrasser le jardin des haillons que son marchand d'orviétan de maître y avait étendus. Barberet avait sommé l'intendant de retirer ses propos insolents et l'autre avait enchéri. Sur quoi Barberet avait tiré son épée[1]. Sébastien éclata de rire, bien qu'il fût touché par la réaction du jeune homme.

— Je rends hommage à votre amitié, chevalier. Mais ne tirez pas votre épée chaque fois que vous m'entendrez insulté. Elle serait tout le temps au clair.

---

1. L'incident fit l'objet d'une lettre de Marigny à Saint-Florentin, d'une autre de Saint-Florentin à Marigny, demandant pourquoi Barberet demeurait au château avec Saint-Germain, et d'une troisième de Collet à Marigny, indiquant que la gazette avait rapporté l'algarade. On ignore l'emploi de Barberet chez Saint-Germain. L'affaire confirme que Saint-Germain n'avait aucunement la disposition du château de Chambord, comme le crut Frédéric II et comme on le prétend encore.

50

Les barricades mystérieuses

La première impression que Sébastien retira de l'ambassadeur de France à La Haye ne fut guère concluante : un homme petit de taille et d'esprit, compassé, imbu de lui-même, à mi-chemin de la cinquantaine, tel était le comte Louis-Augustin d'Affry, ministre de France bien que citoyen helvétique et diplomate bien que de façons militaires.

Venu de la mer du Nord et ayant accumulé de l'énergie sur les plaines, un vent à démancher les moulins soufflait, en ce début de février 1760, un déluge de neige sur les avenues et les places de la ville, comme sur le reste de la République. Les chevaux patinaient sur la chaussée et les voitures se déportaient. Cependant, quelques vrais patineurs se livraient sur les canaux gelés à une prouesse inédite : ils tendaient leurs capes dans le vent et se laissaient glisser sans effort, comme de petits voiliers noirs.

L'ensemble des paysages, d'ailleurs, ressemblait plus à des gravures qu'à des peintures : même la brique rouge des maisons paraissait grise sous l'effet du givre.

Dans la voiture le menant à la Résidence de France, sur Prinsegracht, Sébastien s'était pris à grelotter dans sa pelisse de petit gris et avait ouvert son coffret de voyage pour se verser un godet de schnaps après en avoir offert un à Barberet.

Quelque deux semaines après son installation à La Haye, Sébastien avait jugé utile et même diplomatique de mettre d'Affry dans sa manche. Il suivait en cela le conseil d'un frère et du plus haut personnage des Provinces-Unies, le comte William Bentinck van Rhoon, le conseiller du *stadhouder* Guillaume IV d'Orange. En trois jours, Bentinck, qu'il avait connu par un autre Frère, de Soele, était devenu son Belle-Isle à La Haye : lui, de Soele et un admirateur spontané, le maire de La Haye, Hasselaar, avaient facilité ses problèmes d'intendance et lui avaient trouvé un hôtel particulier dans le quartier huppé de Tournooiveld. En fait la moitié de cet hôtel, l'autre étant occupée par deux frères Thomas et Adrian Hoop.

Mais le fait que Bentinck sût qui était le véritable propriétaire de la branche d'Amsterdam de la banque Bridgeman & Hendricks n'était pas non plus étranger à sa faveur : cette banque était l'une des plus prospères des Provinces-Unies.

D'Affry avait reçu Saint-Germain sans tarder : la ville bruissait de nouvelles sur le séjour et les propos d'un mystérieux Français qui menait grand train et qui avait le verbe haut. La gazette locale avait rapporté un souper magnifique offert en son honneur par l'un des plus riches citoyens de Gravenhaag – car tel était le nom de La Haye en flamand. « Le comte de Saint-Germain, rapportait la gazette, éblouissait le regard par la profusion des diamants qu'il portait et l'esprit par ses références aux personnages les plus puissants de la planète. » À l'évidence, s'il était protégé par le conseiller Bentinck, ce n'était pas un menu fretin.

S'étant secoué la neige de ses vêtements et ayant accepté une tasse de café, Sébastien commença par exposer à M. d'Affry les difficultés financières de la France et notamment l'engagement de payer à l'impératrice d'Autriche douze millions de florins. D'Affry leva les sourcils en signe de surprise.

Il mentionna incidemment le scandale de ceux qui, tel Joseph Pâris-Duverney, s'enrichissaient sur les souffrances des armées et le saccage de la jeunesse. D'Affry ouvrit des yeux scandalisés, mais ne pipa mot.

Il expliqua la nécessité de la paix avec toutes les puissances belligérantes qui menaçaient la France et ne se souciaient que de conquêtes territoriales : seule la paix, affirma-t-il, garantirait la prospérité de la France, et le roi et Mme de Pompadour en étaient ardemment convaincus ; il en retira le sentiment d'avoir parlé en sanscrit.

Ou bien M. d'Affry était le butor le plus buté de la butte, se dit Sébastien, ou bien c'était lui-même qui manquait d'éloquence ; il en redoubla.

Il décrivit les cabales qui agitaient la cour et les difficultés qu'elles posaient pour l'établissement d'une ligne politique ; M. d'Affry s'agita dans son fauteuil.

Il évoqua l'amitié qui le liait au ministre de la Guerre, le maréchal de Belle-Isle, et le soutien de ce dernier ; il montra pour en témoigner deux lettres qu'il avait reçues du maréchal depuis son arrivée à La Haye, en date des 4 et 26 février ; dans l'une, Belle-Isle lui adressait un passeport en blanc et dans l'autre, il exprimait son impatience d'avoir de ses nouvelles et de ses espoirs dans le succès de la mission dont il était chargé ; après en avoir pris connaissance, M. d'Affry sembla de plus en plus en proie à la colique.

Sébastien se garda toutefois d'abattre toutes ses cartes et notamment l'ordre de mission signé du roi. Il craignit que le document ne jetât l'ambassadeur dans des convulsions.

Il assura que le concours du comte Bentinck van Rhoon était tout acquis à la France dans la mise en œuvre d'une approche amiable du ministre d'Angleterre à La Haye, le major-général Joseph Yorke ; car il était urgent d'entamer une campagne de paix. Au nom d'une autorité telle que Bentinck, la couleur de M. d'Affry varia du livide au ponceau.

Enfin, Sébastien annonça son projet le plus immédiat : tirer parti du prochain mariage de la princesse Caroline, fille du roi George II d'Angleterre, avec le prince de Nassau-Dillenburg, pour entreprendre un grand emprunt auprès des banquiers des Provinces-Unies aux fins de renflouer le Trésor de France.

Là, il s'interrompit : M. d'Affry, qui tirait une mine longue d'une aune, déclara à son visiteur qu'il ne comprenait pas son projet. Sébastien, à la fin excédé, le remercia de son audience et prit congé, mécontent du résultat.

Il n'apprendrait que deux semaines plus tard, par l'entremise de Belle-Isle, l'effet désastreux de sa visite : d'Affry était entré dans une violente colère et avait amèrement reproché au duc de Choiseul d'avoir « sacrifié un vieil ami de son père et la dignité d'un ambassadeur au projet d'un traité de paix qui devrait être conclu sous ses propres yeux et dont il n'aurait été informé que par un obscur étranger[1] ».

Barberet, qui l'attendait dans l'antichambre, se montra plus fin que lui. Il lui déclara dans la voiture :

— Monsieur, j'ignore tout de cette entrevue, à laquelle vous sembliez accorder une grande importance. Mais à votre visage et à celui de cet ambassadeur, j'ose penser qu'elle s'est mal déroulée. Cet homme était effrayé et contrarié. Et vous, vous êtes mécontent, n'est-il pas vrai ?

— Vous avez raison, répondit Sébastien. D'Affry ne comprend rien et, de surcroît, je l'ai sans doute humilié.

Sa résolution de mener à bien sa mission n'en fut que plus enragée. De retour chez lui, il adressa un message au comte Bentinck, le priant de bien vouloir arranger une rencontre avec le comte von Kauderbach, ministre de Saxe à La Haye.

Le lendemain soir, il soupait avec ce dernier chez Bentinck. L'accueil du Saxon fut aux antipodes de celui d'Affry. Le ministre écouta attentivement les propos de

1. Le détail de cette entrevue est conforme à la lettre de vives doléances d'Affry au duc de Choiseul, datée du 10 mars 1760, (f° 212-214, n° 563, des Archives du ministère des Affaires étrangères de France), et au rapport qu'en fait le baron de Gleichen dans ses *Mémoires (op. cit.)*. L'initiative de Saint-Germain auprès des banquiers hollandais témoigne qu'il connaissait le terrain et qu'il avait donc une certaine autorité en la matière.

Sébastien sur les raisons des tempêtes qui sévissaient sans relâche sur la politique française : l'indécision du roi Louis XV et les intrigues des ministres qui l'entouraient, presque tous à la solde de Duverney.

— J'entends, observa Kauderbach, que Mme de Pompadour possède un certain pouvoir. Ne s'en sert-elle pas ?

— Le pouvoir des financiers domine celui du trône.

Réaliste autant qu'il fût, le jugement frisait le scandale. La Haye était un bourg : ces propos en firent le tour. D'un souper l'autre, Sébastien s'entendait interroger sur ceux qu'il avait tenus la veille. Il s'en félicita.

S'étant assuré de sa renommée dans cette ville, il décida de l'étendre à la plus grande cité commerciale des Provinces-Unies, Amsterdam. Les gazettes avaient préparé son séjour et les banquiers ne pouvaient que s'enorgueillir de ce que l'un des leurs fût honoré comme il l'était ; en effet, il y fut encore plus fêté qu'à La Haye. Tout le pays était maintenant au fait de sa mission : préparer la paix entre la France et l'Angleterre. Les banquiers se félicitaient que leurs pays fût la plate-forme sur laquelle on réaliserait le grand emprunt français. On cita même des sommes sur la foi d'un chiffre jeté par Saint-Germain : cinquante millions de florins.

— Je suis assuré que le ministre d'Angleterre vous aura entendu avant de vous voir, lui déclara Bentinck, à son retour à La Haye.

Autant dire : le fruit est mûr.

*

Le 14 mars 1760[1], le général Joseph Yorke reçut le comte de Saint-Germain à la légation d'Angleterre.

Ils s'étaient connus dix-sept ans auparavant, chez la princesse de Montauban ; ils se retrouvèrent avec le sourire. Yorke parlait français avec aisance. Sébastien procéda selon le canevas qu'il avait rodé. Il commença par brosser un tableau de l'état malencontreux où se trouvait la France, qui inspirait son désir de paix, un bien, soulignait-il, désirable pour toute l'humanité.

Ici, toutefois, il introduisit une variante ; une confession d'amitié pour l'Angleterre et la Prusse, qui le désignait comme utile à la France.

Après l'avoir écouté attentivement, Yorke répondit que le sujet était trop grave pour être discuté avec des personnes, aussi honorables fussent-elles, qui ne présentaient pas de lettres de créance officielles et qu'il désirait savoir ce que projetait exactement le comte de Saint-Germain.

Sébastien s'impatienta : tous les diplomates étaient-ils donc aussi bornés ? Il pria Son Excellence de bien vouloir prendre connaissance de deux lettres que lui avait adressées le ministre de la Guerre, le maréchal de Belle-Isle ;

---

1. La date est précisée dans la lettre de Yorke au comte (Earl) Holdernesse, ministre des Affaires étrangères de son pays, dont sont tirées les descriptions de l'entretien de Saint-Germain avec l'ambassadeur anglais ; cette lettre, ainsi que les échanges de courriers entre Holdernesse et Yorke relatifs aux propositions de paix de Saint-Germain se trouvent dans le fonds Mitchell, au British Museum, à Londres (6818, P.L. CLXVIII. I. 12).

c'étaient celles qu'il avait montrées à d'Affry et qui avaient eu sur ce dernier un si déplorable effet.

Ces documents adoucirent Yorke ; il demanda alors à son visiteur de mieux détailler sa mission.

— L'affaire est simple, Excellence : le roi, le dauphin, Mme de Pompadour, la cour et la nation de France tout entière aspirent à la paix avec l'Angleterre, à l'exception de Monsieur de Choiseul et de Monsieur Berryer. Monsieur de Choiseul est tellement autrichien qu'il n'entend que ce qu'il veut. Madame de Pompadour n'est pas autrichienne, mais elle est indécise car elle n'ose espérer en la paix et n'y croira que lorsque celle-ci sera conclue. Seuls le roi et le maréchal de Belle-Isle s'efforcent ardemment d'y parvenir.

— Votre ministre ici est-il informé de ce projet ?

— Il l'est désormais, par moi.

Yorke déclara alors que le désir de paix de Sa Majesté George II était profondément sincère, puisque l'Angleterre avait elle-même fait des ouvertures en ce sens alors qu'elle remportait les plus grands succès militaires, mais que le roi devrait être informé des détails que lui-même, Yorke, ne connaissait pas encore. Par ailleurs, il rappela la dépendance de la France à l'égard des deux impératrices, de Russie et d'Autriche, et de la contrariété qu'elles ressentiraient à la perspective d'un traité de paix avec l'Angleterre. Bien qu'il fût certain de la volonté du roi de France, il ne pourrait donc approfondir la discussion.

L'entretien dura trois heures. Sébastien en retira le sentiment obscur que les lettres de Belle-Isle suffisaient à l'accréditer comme interlocuteur sérieux, mais qu'elles ne suffiraient pas à inciter l'Angleterre à déclarer l'ouverture des négociations[1].

Faute du courage nécessaire pour imposer ouvertement sa volonté à Choiseul, Louis XV l'avait envoyé seul à l'assaut de barricades mystérieuses et seul un miracle pouvait sauver sa mission.

Ce soir-là, il soupa seul, fort découragé avec Barberet.

Le lendemain, il écrivit à la marquise de Pompadour, s'efforçant de laisser entrevoir une lueur d'espoir et, comme il venait d'être informé de l'arraisonnement par les Français d'un navire hollandais, l'*Ackermann*, dans lequel sa banque d'Amsterdam avait investi cinquante mille couronnes, il la pria de bien vouloir intervenir dans le règlement de cette affaire « scandaleuse[2] ».

Il ne s'attendait pas à l'orage qui suivrait.

---

1. La réponse de Holdernesse à Yorke, en date du 21 mars, résume clairement le sentiment des Anglais : les propositions de Saint-Germain pouvaient être désavouées par Versailles sans autre forme de procès, si la volonté de Choiseul l'emportait sur le roi.
2. Cette lettre (n° 567, f° 245, Archives du ministère des Affaires étrangères de France) est l'une des plus révélatrices des véritables activités financières de Saint-Germain. Ce dernier y prie Mme de Pompadour de bien vouloir intervenir auprès du Conseil royal pour défendre ses intérêts, représentés par MM. Emery & Co., firme anglaise basée à Dunkerque.

51

« Un vagabond »

Il fallait d'abord faire sauter le verrou d'Affry.

Sébastien chargea Bentinck d'amollir l'homme et Bentinck à son tour chargea d'autres fonctionnaires des Provinces-Unies d'amener d'Affry à une rencontre. En vain : l'ambassadeur répliqua en des termes d'une insolence et d'une ambiguïté calculées qu'il savait trop bien Bentinck capable de retournements de veste et que ses protestations d'amitié pour la France étaient bien trop fraîches.

Bentinck en fut informé par ses émissaires et le rapporta à Sébastien.

L'entretien fut morose. Les deux hommes sirotaient du porto en compagnie du chevalier de Barberet, dans le salon de la maison de La Haye. Le ciel de mars était d'argent clair ; il laissait espérer le printemps, mais les cœurs étaient à l'hiver. Bentinck conservait son naturel placide, mais Sébastien commençait à s'impatienter des manigances qui les cernaient. Ce fut Barberet qui trouva le mot juste :

— Monsieur, Don Quichotte se battait contre des moulins à vent. C'est bien le pays pour ça. Vous vous battez, vous, contre des fantômes.

La démarche auprès d'Affry se retourna même contre le conseiller du *stadhouder* : deux jours plus tard, Bentinck vint en informer Sébastien :

— D'Affry a déclaré au Pensionnaire – c'était le nom du ministre d'État des Provinces-Unies – et à deux fonctionnaires des Affaires étrangères, Monsieur de Selingulande et le comte de Hompesch, que je tenterais de le circonvenir pour l'entraîner dans une folle entreprise de paix avec l'Angleterre.

— Ce sont eux qui vous l'ont dit ?

— Non, mais j'en ai été prévenu. Ils ont répondu que j'essayais de relever mon crédit défaillant dans les Provinces-Unies et en Angleterre. Croyez-moi, nous affrontons une violente offensive de Choiseul.

— Ah, les braves gens ! s'écria Barberet.

Bentinck, d'abord interloqué, éclata de rire.

*

Trois jours plus tard, un messager venu exprès de Paris apporta un billet cacheté à Sébastien ; celui-ci reconnut sur la cire, cette fois-ci vierge, les armes de Belle-Isle :

> *Mon ami, quittez les Provinces-Unies dès que vous pouvez. Choiseul a donné l'ordre de vous faire arrêter et ramener ici les fers aux pieds. Le*

roi ne résistera pas. Je ne puis davantage. Votre ami désolé,

Belle-Isle.

Barberet était présent lorsque Sébastien lut le message. Il déchiffra, lui, l'expression de son protecteur. Leurs regards se croisèrent et s'attachèrent l'un à l'autre. Barberet alla remplir un verre de porto et l'apporta à Sébastien. Celui-ci s'assit, consterné.

— Monsieur, dit Barberet, j'ignore ce que vous venez de lire, mais vous n'en êtes pas content. Laissez-moi vous dire : ce pays sent le poisson pourri.

— Vous avez raison, répondit Sébastien. Mais je vais quand même aller vider le baquet où ce poisson croupit.

C'était le lundi 26 mars. Sébastien se leva, pâle, enfila sa pelisse, puis se rendit à la résidence de France et demanda à voir d'Affry. Surpris par l'insolence de la démarche, l'ambassadeur le reçut. Et le prit tout de suite de haut :

— Monsieur, déclara-t-il, le ton pointu, vous vous êtes fourré dans un très vilain pétrin, très vilain, dis-je, en osant écrire à Mme de Pompadour pour l'assurer du soutien de Monsieur Bentinck de Rhoone à votre projet délirant ! Je suis chargé de vous dire que vous vous mêlez de choses qui ne vous regardent pas, entendez-vous ? Et moi, je vous ordonne, au nom du roi, de vous occuper de vos affaires. J'ai été trop bon de vous recevoir, mais ce sera la dernière fois !

Sébastien le toisa, imprégné d'une colère froide :

— Si quelqu'un s'est fourré dans un pétrin, d'Affry, ce n'est pas moi mais vous ! Je ne sais ce que le roi vous a ordonné, mais laissez-moi vous dire que je ne suis pas son sujet et que je n'ai pas d'ordre à recevoir de lui. M'entendez-vous ?

D'Affry devint blême.

— De toute façon, cria Sébastien, je sais que vous êtes aux ordres de Monsieur de Choiseul et que le roi ignore tout ce que vous deux faites et racontez. Je vous souhaite le bonjour !

Les portes étaient restées ouvertes. Tout le personnel de la résidence, et Barberet dans l'antichambre, entendirent l'altercation.

— Il va certainement tenter de se venger, dit Barberet.

— Ce ne sera pas si facile. Il n'est pas le maître de la République.

De retour chez lui, Sébastien rédigea un billet à l'intention de Yorke, demandant un entretien pour le lendemain ; en effet, il devait devancer les manœuvres d'Affry.

Ce deuxième entretien dura quatre heures. Le ministre montra à Sébastien les réponses du Premier ministre William Pitt, de Lord Holdernesse et du ministre de la Guerre, le duc de Newcastle. Dans son exercice de ministre, Yorke se montrait donc de bien meilleure foi et plus ouvert que son homologue français. Mais les trois chefs de son gouvernement exigeaient des preuves officielles du bien-fondé de la démarche du comte de Saint-Germain. Ils voulaient que Saint-Germain fût « officiellement accrédité », afin qu'il ne fût pas démenti par la suite et que Yorke pût commencer à traiter avec lui.

Tout espoir n'était donc pas perdu.

— Il vous faut maintenant trouver moyen de contourner Choiseul, lui déclara Bentinck dans la soirée. Envoyez un courrier à Mme de Pompadour, voire au roi lui-même.

Sébastien temporisa : valait-il mieux adresser une lettre à Mme de Pompadour ou au roi ? Ou bien encore, ne devrait-il pas retourner lui-même à Versailles pour exposer la situation ? Mais ce serait risqué, Choiseul pouvait lui faire interdire le territoire. Envoyer Barberet, alors ?

Il avait pris sa mission tellement à cœur qu'il en oubliait le principal bénéficiaire : l'impératrice Élisabeth, qui voulait retourner contre la Prusse la puissance militaire mobilisée par la France contre l'Angleterre.

Il s'échauffa : quelle était sa dette à l'égard de la Russie ? La même que celle envers la France : nulle. À cent mille diables ces têtes couronnées ! Des velléitaires et des impuissants !

Le lendemain matin, le chevalier de Brühl, ministre du Danemark, et le comte de Kauderbach, ministre de Saxe, vinrent l'informer qu'ils souhaitaient sa présence en qualité d'envoyé extraordinaire du ministre de la Guerre de France à la conférence qui se tiendrait à Ryswick avec le ministre de Russie, le comte Golovkine.

— Qui d'autre sera présent ? demanda Sébastien.

— Monsieur d'Affry, répondit Kauderbach.

Sébastien fut certain que la conférence serait animée, car d'Affry ne supporterait pas sa présence en tant qu'égal. Il ne se trompait pas : quelques heures plus tard, il reçut un billet comminatoire de d'Affry, le convoquant à la résidence à dix heures du matin. Il haussa les épaules. Depuis quand cette buse lui donnait-elle des ordres ? En tout état de cause, il ne voyait pas d'utilité à aller à Ryswick : il était à La Haye pour ouvrir des pourparlers avec les Anglais, pas pour bavarder avec des ambassadeurs qui seraient évidemment hostiles à toute idée de paix franco-anglaise. Même si Golovkine était au fait des intentions secrètes de sa maîtresse, l'impératrice, il ne pourrait pas en faire état devant les autres ministres, sauf à créer un charivari sans nom.

Tous ces doubles jeux donnaient le tournis.

D'Affry entretenait pendant tout ce temps un feu nourri contre le personnage Saint-Germain, multipliant des avanies qui se répandaient dans les chancelleries, les salons et les gazettes.

— Méfiez-vous, le prévint Bentinck, pendant que les ministres étaient à Ryswick. Le conseiller Pensionnaire, Stein, m'a montré le réquisitoire que lui a adressé d'Affry à votre sujet. Le Français demande qu'une plainte soit enregistrée contre vous, que vous soyez arrêté et conduit sous escorte jusqu'à Lille. Là, a-t-il déclaré, vous serez jeté en prison. Il a déclaré que vous n'êtes qu'un vagabond…

— Il a dit cela ?

— C'est ce qu'a répété Stein, qui est digne de foi.

Sébastien s'alarma ; c'était bien ce qu'il avait craint : que Choiseul le fît arrêter à son retour en France.

— Ne me dites pas que le gouvernement de la République déférera à ses ordres ?

— Stein lui a répondu que vous étiez un étranger hôte de ce pays et que, n'ayant commis aucun crime, vous étiez protégé par nos lois et que le droit de sanctuaire est sacré chez nous. Cependant, il s'inquiète de la réaction du gouvernement français…

— Existe-t-il donc une telle chose qu'un gouvernement français ? s'emporta Sébastien.

— Mon ami, il existe en tout cas un ministre, Choiseul, à qui semblent obéir tous les autres, y compris votre ami Belle-Isle. Car le maréchal ne me semble être d'aucun secours pour vous.

Un silence suivit.

— Ne prenez pas ces menaces à la légère, reprit Bentinck. D'Affry est dans un tel état de rage contre vous qu'il pourrait vous faire assassiner, par la dague ou le poison. Mon avis est que, pour assurer votre sécurité, vous devriez posséder un titre de séjour ici, tel que la possession de terres.

— Vais-je donc acheter des terres d'un jour l'autre ?

— Il existe un ravissant manoir à Ubbergen, près de Nimègue, que notre ami Hasselaar est disposé à vendre. Il ne vaut pas cher. Dès que vous aurez signé l'achat, je vous procurerai un passeport des Provinces-Unies qui assurera votre sécurité contre les menées d'Affry.

Si Bentinck songeait à de telles précautions, se dit Sébastien, c'est que les risques étaient sérieux. Il accepta l'offre sans même avoir visité les terres.

Le lendemain, lui, Hasselaar et Bentinck étaient chez le notaire pour conclure la vente du manoir.

Quand il rentra de chez le notaire, Sébastien trouva une nouvelle convocation d'Affry ; il l'ignora.

Un vagabond, en vérité !

52

Le dindon ou l'agneau, selon les goûts

À 9 h 30, un messager de la Résidence de France se présenta chez Sébastien pour lui déclarer que l'ambassadeur était surpris qu'il n'eût pas répondu à sa convocation.

— On ne me convoque pas, répondit Sébastien avec mépris. Dites à votre maître que j'irai le voir quand je voudrai.

Que voulait donc ce sapajou ?

— Il serait quand même utile, monsieur, de savoir ce que peut manigancer un ennemi, conseilla Barberet.

Après avoir médité cet avis, Sébastien se rendit donc à la résidence. Il se fit accompagner par Barberet pour le cas où l'on en viendrait aux mains.

Les premières tulipes et jacinthes pointaient le nez hors des plates-bandes.

— Monsieur, commença d'Affry, sans même offrir un siège à Sébastien, je vous ai convoqué par deux fois et vous ne m'avez pas répondu.

— Monsieur, vous n'avez pas qualité pour me convoquer. Je ne suis point à vos ordres.

— Je vous intime au nom du roi l'ordre de cesser de voir monsieur le conseiller Bentinck van Rhoone et Monsieur le ministre Yorke…

— J'ai toutes les raisons, coupa Sébastien, de penser que vous dissimulez la vérité au roi et que vous n'êtes qu'au service de Monsieur de Choiseul.

— Votre impertinence, monsieur…

— Vous me traitez partout de vagabond. Je ne vous dois donc aucune courtoisie. Vos ordres m'indiffèrent et je continuerai de voir qui bon me semble pour remplir la mission confiée par le roi.

— Sa Majesté ne vous a jamais confié de mission !

— Vos propos ne prouvent que votre ignorance, répondit Sébastien en tirant de sa poche l'ordre signé par le monarque en personne.

Le sceau royal ne pouvait laisser de doute. D'Affry se pencha et voulut le saisir pour l'examiner, Sébastien ne le laissa pas faire. D'Affry se redressa, une fois de plus livide. Il se recomposa une contenance.

— Votre mission traite-t-elle de nos armées ?

— Point.

— De notre marine ?

— Non plus.

— Elle ne peut donc être que politique.

Sébastien ne répondit pas et affecta un air ennuyé et surpris. Il toisa l'ambassadeur des pieds à la tête.

— Monsieur, déclara d'Affry, je suis chargé de vous dire que si vous franchissez les frontières de France, vous serez immédiatement mis aux fers. Si vous vous mêlez d'affaires qui ne vous concernent pas, comme vous avez tenté de le faire, vous serez officiellement démenti par Sa Majesté et par son ministère. Bonjour.

Sébastien le considéra avec un léger sourire et se dirigea vers la porte. Là, il s'arrêta un instant, se retourna, regarda d'Affry avec commisération, secoua la tête et dit :

— Fossoyeur.

*

Il le savait, d'instinct : le tocsin sonnait dans les rangs de d'Affry.

Il s'en moquait désormais.

Le roi de France était prisonnier. D'abord des parlements, et maintenant de son propre ministre.

La mission ne serait pas accomplie. Tant pis pour l'impératrice de Russie.

À la fin, les Indiens d'Amérique étaient des gens plus civilisés.

*

Quatre jours plus tard, le 16 avril à sept heures du soir, Bentinck vint rendre visite à Sébastien de Saint-Germain.

Il l'avait quitté une heure plus tôt, au bal pour l'anniversaire du prince d'Orange, où Sébastien avait été chaleureusement salué par la meilleure société de La Haye : non seulement les Hasselaar, mais également Mme Geelwinck, Mme Byland et bien d'autres.

Il s'assit, alluma sa pipe et déclara qu'en raison du mémoire accusateur soumis par d'Affry au gouvernement et du bruit suscité autour du comte de Saint-Germain, mieux valait quitter la ville pendant quelque temps. La République pourrait le protéger contre des persécutions indues, mais non écarter le scandale qui s'annonçait. Déjà les frères Hoop, qui lui louaient la moitié de la maison de Tournooiveld, se déclaraient impatients de le voir partir.

— Il faudrait donc que j'aille me terrer à Ubbergen comme un rat ? s'écria Sébastien.

Bentinck secoua la tête.

— J'ai été voir Yorke, dit-il. Il comprend votre situation. Il dit que ses appréhensions étaient justifiées, vous êtes victime de l'abandon du roi. Il vous porte de la sympathie et m'a remis pour vous un passeport en blanc. Vous y inscrirez le nom qui vous plaît.

— C'est vous qui le lui avez demandé ?

— Non. C'est lui qui l'avait préparé de sa propre initiative.

— Donc Yorke aussi est pressé de me voir quitter La Haye ?

Bentinck hocha la tête.

— Mon ami, vous étiez au service du roi de France. Si vous restez ici, vous le mettez en péril.

— Comment ?

— Votre querelle avec d'Affry est maintenant exposée aux yeux du gouvernement et même du *stadhouder*, sans parler du reste des notables. Tôt ou tard, vous devrez démontrer publiquement que vous n'êtes pas l'imposteur que d'Affry vous accuse d'être. Votre seule preuve, c'est l'ordre de mission de Louis XV. Si vous la produisez, vous démontrerez aux yeux de tous que le roi de France complote contre son propre ministre. Je vous laisse à penser l'usage qu'en fera Choiseul. Tel que je me le représente, Louis XV est un homme faible et, plus encore, affaibli dans son pays. Vous l'avez bien vu ces derniers jours : ni lui ni son ministre Belle-Isle n'ont levé le doigt pour aller à votre secours et maîtriser Choiseul. Il reculera. Il prétendra même que votre ordre de mission est un faux.

Bentinck tira une bouffée de sa pipe.

— À ce moment-là, il sera beaucoup plus difficile pour la République de vous protéger.

Au fur et à mesure du raisonnement de Bentinck, l'accablement tombait sur Sébastien.

— L'Angleterre n'en tirera aucun profit, bien au contraire. Elle sera promptement accusée par Choiseul et ses gens d'avoir ouvert des négociations avec un imposteur délirant. Yorke passera pour un imbécile, et son ministre Holdernesse pour le complice d'une machination ténébreuse. La générosité de Yorke n'est donc pas gratuite.

Sébastien se passa la main sur le visage : il était le dindon de la farce. Ou l'agneau sacrificiel, selon les préférences.

— Cela va bien plus loin, poursuivit Bentinck. Bien plus loin !

Sébastien l'interrogea du regard.

— Ne doutez pas que les ambassadeurs de Prusse, d'Autriche et de Russie à La Haye suivent attentivement cette affaire et qu'ils en auront déjà écrit à leurs maîtres. La Prusse a conclu une alliance avec l'Angleterre. Or, s'il était avéré que l'Angleterre a bien ouvert des négociations secrètes avec la France ou, en tout cas, qu'elle serait disposée à le faire sans l'en avertir, cela démontrerait sa duplicité. Votre insistance à poursuivre le duel avec d'Affry ne peut qu'entretenir les soupçons du ministre de Prusse. Il concluera à juste titre qu'il y a bien anguille sous roche. En demeurant à La Haye, vous risquez de déclencher une crise entre ces deux pays.

Sébastien était stupéfait. Il n'avait jamais imaginé l'immensité des répercussions de l'affaire.

— Idem pour l'Autriche et la Russie, conclut Bentinck. Pardonnez-moi, mais à sa place j'aurais agi comme d'Affry l'autre jour : j'aurais fait l'impossible pour vous empêcher d'aller à la conférence de Ryswick. Votre seule présence là-bas aurait été une provocation équivalant à une déclaration de guerre ! Une grenade explosant dans un salon !

Bentinck se leva pour vider sa pipe dans la cheminée, puis tira une blague de sa poche et s'employa à en bourrer une autre.

Sébastien tentait encore d'assimiler le raisonnement du conseiller. Il n'avait pas flairé le danger ! Il s'était comporté comme un innocent ! Lui ! à cinquante ans !

Comment s'était-il fourvoyé dans ce bourbier ?

— Mais alors, pourquoi Brühl et Kauderbach m'ont-ils invité à Ryswick ? s'écria-t-il.

Bentinck ravala un petit rire sarcastique.

— Sur le moment, je ne l'ai pas compris, sans quoi je vous aurais, moi aussi, dissuadé de répondre à leur invitation. Maintenant, je vois plus clair : ils vous ont invité par duplicité, mon ami, par duplicité. L'un et l'autre avaient tout avantage à vexer la Prusse.

Le ciel s'assombrit. Le tonnerre éclata. Une averse se déchaîna sur la ville. Les deux flambeaux allumés suffisaient à peine à éclairer le salon.

— Imaginez, reprit Bentinck : le comte de Saint-Germain, envoyé extraordinaire du roi de France, chargé d'ouvrir des pourparlers de paix avec l'Angleterre, présent à une conférence avec les ministres de Russie, de Saxe et du Danemark ! Et cela en présence de l'ambassadeur de France, ce qui aurait à soi seul accrédité votre mission. Mais Frédéric II en aurait fait une attaque ! Non, croyez-moi, vous voulez œuvrer pour la paix ; dans ce cas, il est plus sage de quitter le pays.

— Où irais-je ?

— En Angleterre, par exemple.

Revoir Alexandre. Ce fut la seule étincelle qui réchauffa le cœur de Sébastien.

— Et mon honneur ?

— Il souffrira moins de votre disparition que de votre présence. D'Affry est décidé à vous faire mordre la poussière.

Giulio entra alors dans le salon.

— Monsieur, dit-il, l'ambassadeur de France vient de faire livrer un colis pour Monsieur le comte.

— Un colis ?

Sébastien, suivi de Bentinck, se leva pour inspecter l'envoi.

C'étaient six bouteilles de vin. Accompagnées d'un billet de d'Affry : « Bon voyage. »

Bentinck et Sébastien échangèrent un long regard sous les yeux de Barberet, intrigué.

— Je vous envoie demain matin à 4 h 30 une malle-poste à quatre chevaux avec un domestique, annonça le conseiller. Vous embarquerez à Hellevoetsluis. N'oubliez pas le passeport, sans quoi vous ne pourrez prendre le bateau pour l'Angleterre[1].

Puis il souhaita bon voyage à Sébastien. Tout en faisant ses bagages, ce dernier ne put s'empêcher de penser que Bentinck aussi était soulagé de le voir partir car sa réputation avait été mise à mal par cet épisode. À l'évidence, le conseiller savait qu'il ne pourrait maintenir sa protection plus longtemps.

Bref, La Haye tout entière criait : « Bon débarras ! »

---

1. Ces détails, ainsi que les faits du chapitre précédent, sont tirés du *Journal* de Bentinck van Rhoone, conservé dans les Archives royales des Pays-Bas. L'auteur rapporte qu'à cette dernière rencontre il éluda plusieurs questions que lui posa Saint-Germain et qu'il jugea sans urgence, sans toutefois préciser lesquelles.

53

Quelques miettes d'or

Les brises du nord dissipaient les premières ardeurs de l'été. La raison siège-t-elle toujours au nord ?

Les couleurs fugaces du printemps, fleurs de pommiers, jacinthes et renoncules avaient depuis longtemps déserté les bois et les prés des environs de Höchst. Des pastels qui ne tenaient pas le mois. Le paysage appartenait désormais aux rouges intenses des coquelicots et aux parfums capiteux des lys.

Le souvenir de ses retrouvailles à Londres avec Alexandre s'imposa soudain à Sébastien. Le jeune homme était encore tout ému de la visite que sa mère Danaé lui avait rendue deux semaines auparavant.

Marchant à pas lents dans les prés autour de sa maison, Sébastien s'efforça de se rappeler les traits de la jeune Grecque qui avait déclenché un orage dans deux corps, jadis, sur les bords de la mer Noire. Il songea à tous les gens qu'il avait connus depuis le départ de Mexico. Des centaines de visages qui déposaient chacun une image fragile dans la mémoire, comme un papillon qui laisse des écailles sur un mur.

Et le regard d'Alexandre : cette fois-ci, il était différent. Plus brillant, plus admiratif. Père et fils étaient assis face à face pour un souper dans la maison léguée par Solomon Bridgeman.

— Ma mère m'a dit que vous travaillez pour la libération de la Grèce. J'en suis fier.

Sébastien en était demeuré muet.

— Si vous vouliez bien vous expliquer ?…

— Ne feignez pas, père, avait dit le jeune homme en riant. Vous servez la Russie depuis votre passage à Constantza parce qu'elle est votre seul espoir de nous défaire de la tutelle des Ottomans. Voilà votre mystère, tout au moins une part.

Sébastien en avait éprouvé un vertige intellectuel : c'était pourtant vrai. Il était entré au service du comte Banati pour la cause grecque. Il l'avait oublié.

Mais les Russes ne donnaient plus signe de vie. Le comte Banati s'était dissous dans le temps. La baronne Westerhoff s'était évaporée dans l'air depuis le voyage à La Haye. Les gazettes ne mentionnaient guère Zasypkine. De toute façon, ce dernier devait bien avoir compris par les ambassadeurs que la mission du comte de Saint-Germain avait été un échec.

Il avait laissé son illusion à son fils : ce que disait Alexandre n'était pas faux ; cela aurait suffi pour un rapport de police, mais c'était aussi loin de la réalité que la Lune d'un fromage blanc.

*

Avant l'embarquement à Hellevoetsluis, Sébastien avait donné son congé au chevalier de Barberet, en lui tendant une bourse généreuse et un billet.

— Veuillez porter cette lettre en personne à sa destinataire et cachez-la en traversant la frontière, afin qu'elle ne soit pas interceptée par la police de Choiseul.

Le billet avait été plié de telle sorte qu'on pût le glisser dans une botte.

— Monsieur, avait répondu le jeune homme, nous nous disons ici au revoir, mais moi je ne vous quitte pas. Donnez-moi une adresse où vous écrire. Voici celle où vous pourrez m'appeler. Vous aurez besoin de moi, tôt ou tard.

Sébastien sourit, ému de cette fidélité de chien obstiné, et lui donna l'accolade.

— Adressez donc vos messages au prince Alexandre Polybolos, à Blue Hedge Hall by the Thames. Rappelez-vous.

Barberet lui avait lancé un long regard. Sébastien éprouva la différence de l'âge : il ne savait plus en lancer de pareils. Depuis le départ de Bentinck, il n'avait pas fermé l'œil ; il était épuisé.

La lettre avait été écrite à minuit ; à cette baronne qui avait tué son mari et dont il ignorait même le prénom, mais dont l'image flottait dans sa mémoire comme un fantôme :

Madame,

Tout est perdu et, cette fois-ci, j'y laisse même des lambeaux de mon honneur. Je vais à Londres, mais je serai dans quelques semaines à mon manoir de Höchst, près de Francfort-sur-le-Main, dans la principauté de Hesse-Cassel. Si vous désirez voyager, demandez en mon nom un passeport au maréchal de Belle-Isle.

Comte de Saint-Germain

C'était plus de trois mois auparavant.

Le soleil transmutait la surface du Main en argent. Il était sans nouvelles de Paris et de Versailles. Puis il tourna le regard vers le manoir ; des filets de fumée montaient des deux cheminées. Herbert, le domestique frison qu'il avait engagé à son arrivée sur le continent, sortit de la maison, une hache à la main : il allait couper du bois.

*

Le séjour à Londres avait été abrégé. Six jours après son arrivée, il avait reçu une visite à Blue Hedge Hall. Un homme jeune et courtois qui lui avait déclaré :

— Monsieur, il semble que les gazettes soient informées de votre arrivée. Mon maître, Lord Holdernesse, s'en inquiète. Il dit, je vous rapporte ses mots, que cela prolongera les échos d'une intrigue déclenchée aux Provinces-Unies et qui a agité ce pays mais aussi l'Autriche, la France et la Russie. Il vous prie, au nom de Sa Majesté le roi, d'avoir l'obligeance de repartir jusqu'à ce que cette affaire soit oubliée.

Sébastien demeura silencieux un long moment. On le chassait de partout.

— Bien. Dites à Lord Holdernesse que je m'en vais demain.

L'émissaire secoua la tête avec un petit sourire :

— Après-demain, plutôt. Le bateau de demain va aux Provinces-Unies et je ne crois pas que vous désiriez y retourner.

Ils avaient tout prévu.

Alexandre avait assisté à la scène médusé, puis désolé. Sébastien dut lui résumer l'affaire.

*

En tournée dans les parages, le maître de chasses du prince Wilhelm de Hesse-Cassel avait vu, lui aussi, de la fumée aux cheminées de l'ancien manoir de son maître ; il le lui rapporta. Sébastien songeait aux merveilleux chevaux jadis achetés à Peshawar et laissés aux Indes et se demandait s'il n'allait pas en acheter un, quand arriva un billet du prince : *« Sehr lieber Graf... »* Le comte de Saint-Germain était convié à un souper à trois jours de là, un dimanche.

Il était temps de renouer avec la race humaine.

Seul le souvenir des Indiens qui l'avaient recueilli, là-bas, en Amérique, l'empêchait de glisser vers la misanthropie. Puis le regard de Barberet sur le quai. Quelques miettes d'or gisaient toujours, enfin, presque toujours, dans ces masses de plomb qu'étaient les hommes. Quant à transmuter le reste…

Il songea mélancoliquement à la Société des Amis : un beau rêve. Les maçons ? Ils l'avaient aidé certes, mais dans la mesure de leurs moyens : Bentinck n'avait pu faire autrement que le prier de quitter La Haye.

Il regarda l'athanor, désormais froid pour l'éternité, et prit sur sa table la médaille qu'il y avait faussement dorée. Il sourit.

Il relisait le texte mystérieux qu'il avait attribué à Regiomontanus : *Hic jacet Filius Azoth Mercuriique. Hic atque jacet maxima vis mundi…* quand un bruit de sabots et de roues lui fit lever la tête. Une visite ? Il alla à la fenêtre. Une malle-poste à deux chevaux s'avançait, en effet, sur le chemin arboré menant au manoir. Il se pencha à la fenêtre, intrigué. La voiture s'arrêta devant la demeure. Le domestique Herbert était déjà sur le perron ; il ouvrit la portière. Une femme ! En grande houppelande bleue. Ayant posé le pied à terre, elle leva la tête.

La baronne Westerhoff !

54

Une flamme, une flamme insoutenable !

Elle était venue, son parfum de vétiver emplissait le manoir mais elle n'était pas à lui pour autant.

— Je suis ici de mon plein gré. Ne vous hâtez pas de vous emparer du trophée.

Le sourire assorti à cette déclaration n'en adoucit pas la teneur.

Ce fut sa seule allusion au rapport des cœurs que Sébastien avait tenté d'instaurer entre eux ; pourtant elle portait le pendentif de rubis. Le reste de ses propos fut politique :

— Il faut maintenant unir nos forces.

— *Nos* forces ?

Zasypkine, expliqua-t-elle, ne lui tenait aucunement rigueur de l'échec de la mission que lui avait confiée, de fait, le roi de France. Tout le gouvernement russe était informé de la faiblesse de caractère de Louis XV. Ce roi voulait sans doute la paix, mais il n'avait pas la force de l'imposer à ses ministres. L'impératrice Élisabeth lui avait adressé une lettre secrète, proposant une alliance, mais il n'y avait pas donné suite.

— Et pourquoi dites-vous qu'il faut *maintenant* unir nos forces ?

— L'échéance approche. La santé de l'impératrice décline. La succession sera périlleuse.

Mais elle ne voulut pas en dire plus.

Dès l'arrivée de la baronne, Sébastien avait, par messager, prévenu le prince Wilhelm qu'il serait accompagné au souper.

Une surprise les attendait au château princier : la présence de la princesse d'Anhalt-Zerbst. La coïncidence éveilla aussitôt un soupçon dans l'esprit de Sébastien : la baronne était-elle donc venue à Höchst sachant que la princesse serait dans les parages ? Et si tel était le cas, quel était donc le projet inavoué de ces deux femmes ?

Néanmoins, les retrouvailles furent sincèrement chaleureuses. Le cousin de la princesse, le prince de Holstein-Gottorp, était également là. Le souper – une quinzaine de convives – prit rapidement le caractère d'un repas de famille. Les princes parlaient finances et politique ; la présence de Sébastien, dont tous les convives connaissaient désormais la mésaventure hollandaise, dirigea rapidement la conversation vers le second sujet. On le pria de raconter son expérience ; il le fit en se présentant comme le jouet de la puissance maléfique des frères Duverney et de Choiseul, par l'entremise de cet homme méprisable qu'était l'ambassadeur d'Affry. On le plaignit et l'on médit de Louis XV et de Choiseul. Rappelant le rôle maléfique du marquis de La Chétardie, ministre de France à Moscou, dans les cabales contre les frères Bestouchev-Ryoumine, la princesse d'Anhalt-Zerbst déclara qu'il fallait se méfier des ambassadeurs de France.

— Ils sont les exécuteurs des basses œuvres de leurs maîtres, affirma-t-elle. Quant à lui, ce roi, il paiera chèrement son aveuglement. Il ne voit pas où se trouvent ses vrais alliés ni quelles sont les limites de ses forces. Il ne gagnera pas sa guerre contre l'Angleterre, mais entre-temps, Frédéric se renforce. La France est jalouse du pouvoir de la Russie à l'est, mais elle craint d'offenser un empire qui se délite, la Sublime Porte. Un jour, Frédéric sera sur les bords du Rhin, mais Louis ne sera plus là pour le voir.

— *Après moi le déluge !* s'écria en français le prince de Hesse-Cassel.

On se mit à rire.

— L'ennui, reprit le prince, c'est qu'alors Frédéric nous aura mangés nous aussi.

Après souper, la princesse d'Anhalt-Zerbst interrogea Sébastien sur ses recherches.

— Un soir à Versailles, dit-elle, vous avez révélé à Mme de Pompadour, devant le cardinal de Bernis, que vous pouviez vous abstraire de votre corps.

Sébastien fut sur ses gardes : c'était sur ce point qu'elle et la baronne Westerhoff lui avaient fait des reproches à leur dernière entrevue à Paris. Pourquoi y revenait-elle ? Et en public ? Il s'en irrita. Il scruta l'expression de la princesse, puis celle de la baronne Westerhoff.

Tout le monde écoutait l'échange.

— C'est exact, madame.

— Vous pensez donc que l'âme peut se libérer du corps ?

— Je le crois, madame.

— Croyez-vous que les âmes des disparus circulent ainsi, invisibles de nous ?

Il se rappela les visions de Miss Elspeth Partridge à Londres et de la Dame de Babadag, à Constantza.

— J'en suis persuadé, madame.

— Croyez-vous que ceux qui l'ignorent peuvent en avoir la démonstration ?

Ces deux femmes le mettaient-elles donc au défi ?

— Cela est possible, madame.

— Mais comment ?

La contrariété enflamma Sébastien, mais il se contint.

— Si nous nous réunissons autour d'une table, ici, en nous tenant les mains, et que nous invoquons l'une de ces âmes, elle apparaîtra.

— Ici ? insista la princesse.

Il le comprit cette fois : c'était un défi public.

— N'importe où, madame.

La princesse se tourna vers le prince Wilhelm :

— Monseigneur y consent-il ?

Le prince, apparemment troublé, répondit :

— Cela me paraît risqué, car nous ne savons pas quelle âme apparaîtra. Mais enfin, je suis curieux d'assister à l'expérience.

Des ordres furent donnés, les valets apportèrent une table ronde et disposèrent des sièges puis, sur la requête de Sébastien, enlevèrent tous les flambeaux, sauf un placé à distance, et l'on prit place dans la pénombre.

— Mettons les mains à plat sur la table, dit Sébastien. Qu'on observe le silence. Et l'un de nous demandera à l'une des âmes trépassées de se manifester.

Onze heures tintèrent au carillon de l'étage.

— Je demande à l'une des âmes que nous avons connues de se manifester, dit la princesse d'une voix mal assurée.

Plusieurs minutes passèrent. La passion innommée qui habitait Sébastien le fit presque haleter. Il le savait, il allait voir le fantôme de Fray Ignacio.

Mais ce ne fut pas celui-là.

Une buée d'abord transparente se forma au centre de la table.

Le prince Wilhelm retint une exclamation.

La passion de Sébastien brûla.

La buée s'épaissit. Les contours de la forme se précisèrent. Le visage était celui d'une femme appesantie par l'âge. Elle se dirigea vers la princesse. Elle tendit un doigt accusateur vers la vivante. Chacun vit ou crut voir du sang dégoutter du doigt.

La princesse cria.

Puis, le doigt pointé vers le bas, la forme se tourna vers Sébastien.

Il tendit le cou.

— Quoi ? cria-t-il. Quoi ?

Une flamme, une flamme insoutenable s'éleva au centre de la table, puis aveugla l'assistance.

Tout le monde cria. Même les valets aux portes s'alarmèrent.

— Les flambeaux ! ordonna le prince Wilhelm.

La lumière des vivants revint dans le salon. La forme avait disparu. L'esprit égaré, les convives allaient et venaient sans but, les bras ballants, incapables de parler.

— Regardez ! s'écria le prince de Holstein-Gottorp, indiquant quelque chose sur la table, devant l'endroit où était assise la princesse.

Une tache rouge.

— Du sang, dit le prince de Holstein-Gottorp.

La princesse perdit connaissance. La baronne Westerhoff s'empressa auprès d'elle. Le maître d'hôtel apporta une serviette mouillée et des sels.

— Et regardez ceci, dit Sébastien, montrant le milieu de la table.

Tout le monde se pencha dessus. La peinture grise s'en était écaillée et le centre était noir. Brûlé.

Le prince ordonna de servir du vin et du schnaps pour réconforter ses invités.

— Pourquoi m'a-t-elle défié ? demanda Sébastien à la baronne, hagarde.

— Ce n'était pas un défi mais une mise à l'épreuve, parvint-elle à articuler.

Pour la première fois, elle s'appuya au bras de Sébastien. Elle avait les larmes aux yeux.

— Mais quelle était cette flamme ? Oh... Cette flamme ! gémit-elle.

— Je l'ignore.

— L'avenir..., balbutia-t-elle, l'avenir de la sainte Russie... Oh mon Dieu !

Table

PREMIÈRE PARTIE

LE BÉLIER ET LE TAUREAU

DEUXIÈME PARTIE

LES GÉMEAUX ET LE CANCER

TROISIÈME PARTIE

LE LION ET LA VIERGE

CHEZ LE MÊME ÉDITEUR

Gerald Messadié

LA ROSE ET LE LYS

JEANNE DE L'ESTOILLE *

Jeanne n'aurait jamais dû s'attarder en forêt ce jour de mai 1450. Le temps de remplir son panier de cèpes et de girolles, la fortune lui a tourné le dos. À quelques lieues de là, dans la maison saccagée, père et mère gisent près de l'âtre. Assassinés. Et Denis, son petit frère, a disparu. Seul a survécu l'âne de la maisonnée.
Des brigands ? Plus sûrement des déserteurs anglais, assoiffés de vengeance, écumant la campagne normande comme loups en maraude. Ils ont pillé l'église de La Coudraye, profané le tabernacle, souillé l'autel. À défaut de curé, Jeanne dira les prières pour ses parents défunts.
Est-ce à Paris, ce ventre peuplé de mendiants et de malandrins, avec ses places festonnées de pendus et ses rues pavées de boue, que Jeanne trouvera la force d'oublier ? Elle n'a encore que quinze ans et, pour toute richesse, son baudet, un sac de méteil, du beurre, un peu de sel. Comment survivre parmi ce peuple de camelots et de détrousseurs, elle qui ne sait faire que des petits pains ?
Dans une France décimée par la peste et livrée aux aventuriers, nul ne donnerait cher du destin de Jeanne. Mais la rose est gracieuse, et le lys magnanime. Comment un roi, Charles VII, comment un poète, François Villon, ignoreraient-ils longtemps sa beauté ?

ISBN 978-2-84187-810-4 / H 50-4096-9 / 480 pages / 8,50 €

Gerald Messadié

LE JUGEMENT DES LOUPS

JEANNE DE L'ESTOILLE **

Dix années ont passé depuis que Jeanne Parrish a fui sa Normandie natale, livrée aux pillards anglais. Elle qui n'était qu'une miséreuse lorsqu'elle posa son bagage sur le pavé parisien, un matin de l'an 1450, est devenue baronne de Beauvois. Et la cour continue de savourer les pâtisseries qui ont fait sa renommée.

Mais la roue tourne. Son mari est emporté par l'explosion d'une bombarde, sa protectrice Agnès Sorel terrassée par le poison, et le poète François Villon, père de son enfant, impliqué dans une affaire de meurtre… Autant d'amis que vent emporte…

Lorsque resurgit dans la vie de Jeanne le premier homme qu'elle eût aimé, qui peut dire si ce messager annonce un retour de fortune ? Car Isaac Stern est juif : si la rumeur le répétait, même la faveur royale ne pourrait empêcher le discrédit…

Mais Jeanne est femme de cœur autant que de tête. Pas question pour elle de sacrifier son amour à son honneur. Isaac lui a dit : « Tu est mon étoile. » Il est bien temps que cet astre brille. Dût-elle, pour forcer le destin, supporter l'accusation de sorcellerie, braver les docteurs en Sorbonne, ou soumettre son propre frère au jugement des loups…

ISBN 978-2-84187-811-2 / H 50-4097-7 / 480 pages / 8,50 €

Gerald Messadié

LA FLEUR D'AMÉRIQUE

JEANNE DE L'ESTOILLE * * *

Jeanne, la petite paysanne devenue pâtissière du roi, est désormais riche. Le fils que lui donna le poète François Villon règne avec elle sur un empire industriel et financier. Ateliers d'imprimerie, banques, draperies : quoi qu'il touche, le « clan de l'Estoille » s'illustre par son audace.

Dans le fief palatin de Gollheim, pourtant, Jeanne désespère du destin. Un seul homme occupe son esprit : Franz-Eckart. Ce garçon étrange n'a pas vingt ans, mais ses dons singuliers d'astrologue le distinguent entre tous. Tant de légendes courent sur son compte. On murmure même qu'il ne serait pas le petit-fils de Jeanne…

En cette fin de XVe siècle, bien des certitudes vacillent. Un jour, un navigateur génois nommé Colomb prétend ouvrir une voie occidentale vers les Indes… Le lendemain, un cartographe allemand prédit qu'il trouvera sur sa route une *terra incognita* infranchissable…

Ces querelles ennuient le roi de France. Jeanne et les siens, au contraire, entrevoient de nouvelles conquêtes, aux confins du monde connu. Une aventure périlleuse, dont seul un mage pourrait deviner l'issue…

ISBN 978-2-84187-812-0 / H 50-4098-5 / 480 pages / 8,50 €

Cet ouvrage a été composé
par Atlant'Communication
aux Sables-d'Olonne (Vendée)

Impression réalisée par
Liberduplex

pour le compte des Éditions Archipoche
en décembre 2007

Imprimé en Espagne
N° d'édition : 54
Dépôt légal : janvier 2008